講談社文庫

謀聖　尼子経久伝

雷雲の章

武内 涼

目次

出雲国之図

石見
波根

赤穴城
赤穴家

備後

備中

国

山 地

比婆山

馬木

日野

備中

出雲
稲佐の浜
日御碕神社
出雲大社
平分城
神西家
神西
梶谷家
塩冶家
斐伊川
高瀬城
牛尾城
桜井家
三沢城
三沢家
阿用城
月山富田城
亀井家

宍道湖
佐陀水海
佐陀城
天吉城
中海
飯梨川
美保関

法勝寺

大山

伯耆

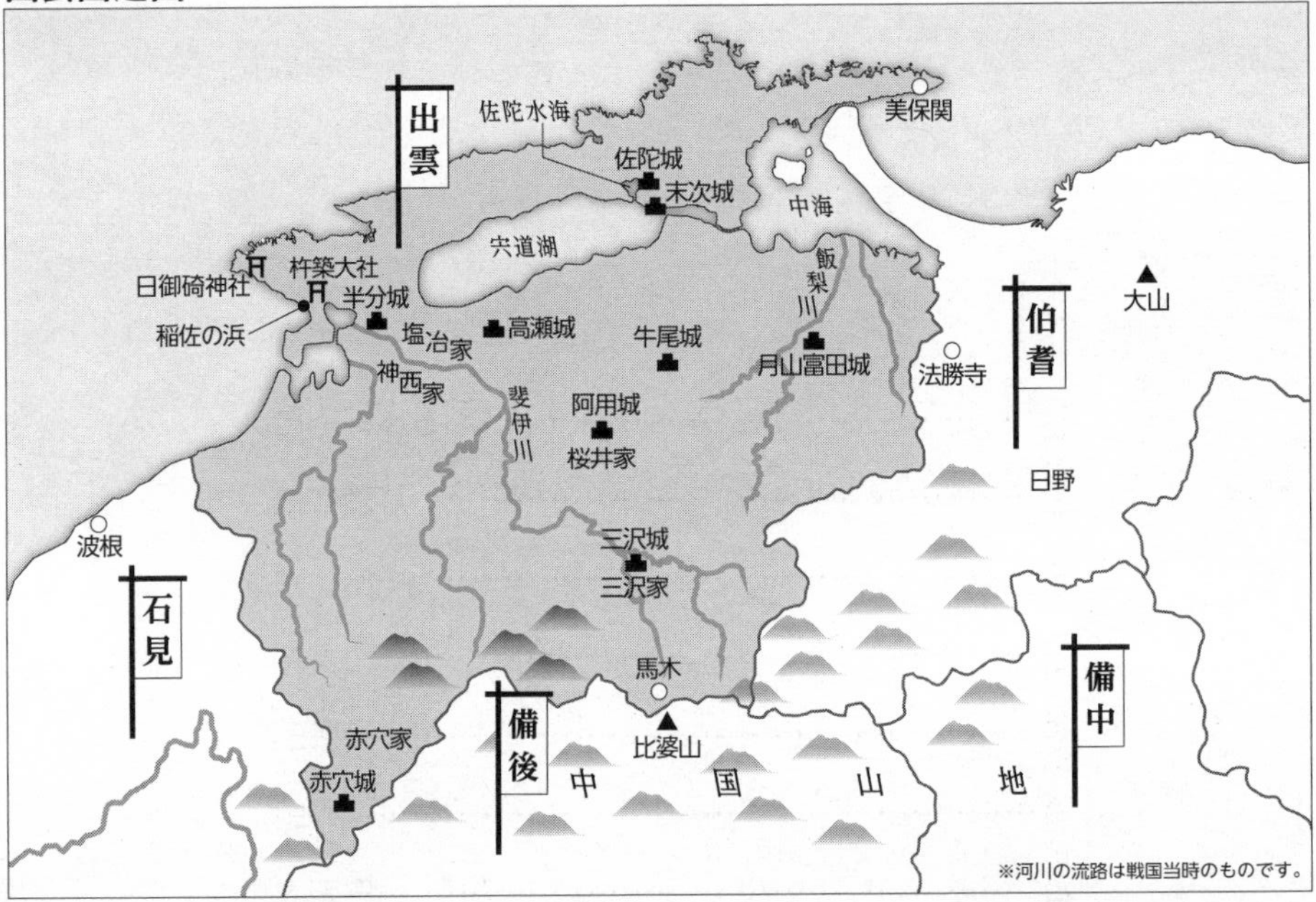

※河川の流路は戦国当時のものです。

月山富田城之図

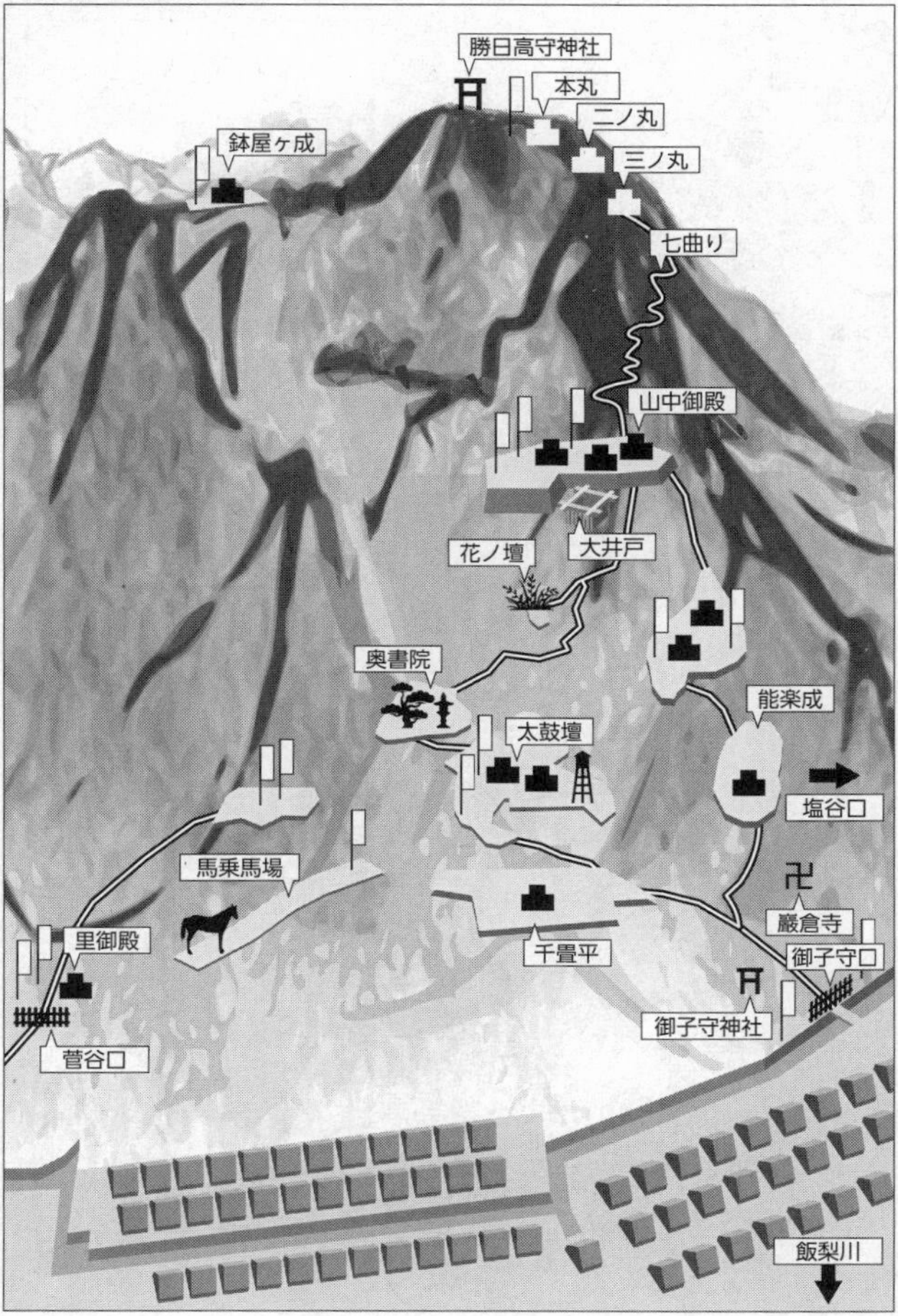

勝日高守神社
本丸
二ノ丸
三ノ丸
鉢屋ヶ成
七曲り
山中御殿
大井戸
花ノ壇
奥書院
能楽成
太鼓壇
塩谷口
馬乗馬場
巖倉寺
里御殿
千畳平
御子守口
御子守神社
菅谷口
飯梨川

西国勢力図

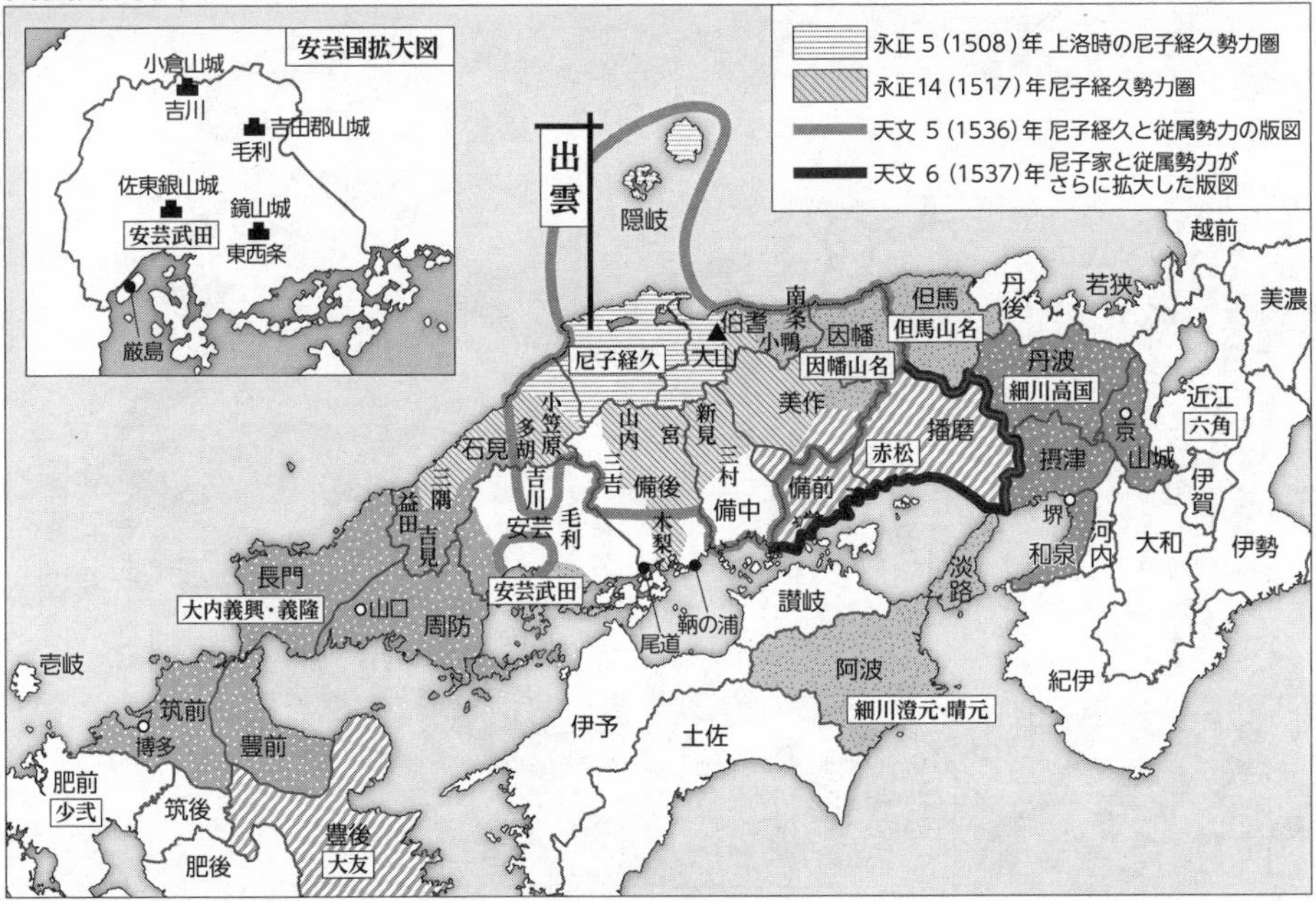

安芸国拡大図
小倉山城
吉川
吉田郡山城
毛利
佐東銀山城
安芸武田
鏡山城
東西条
厳島
永正 5（1508）年 上洛時の尼子経久勢力圏
永正14（1517）年尼子経久勢力圏
天文 5（1536）年 尼子経久と従属勢力の版図
天文 6（1537）年 尼子家と従属勢力が さらに拡大した版図
出雲
隠岐
尼子経久
伯耆
大山
南条
小鴨
因幡
因幡山名
但馬
但馬山名
丹後
若狭
越前
美濃
丹波
細川高国
近江
六角
京
山城
摂津
伊賀
伊勢
大和
河内
堺
和泉
紀伊
淡路
美作
播磨
赤松
備前
備中
新見
三村
宮
山内
備後
三吉
木梨
小笠原
多胡
石見
三隅
益田
吉見
吉川
安芸
毛利
安芸武田
長門
大内義興・義隆
山口
周防
鞆の浦
尾道
讃岐
阿波
細川澄元・晴元
伊予
土佐
壱岐
筑前
博多
豊前
豊後
大友
肥前
少弐
筑後
肥後

尼子家系図

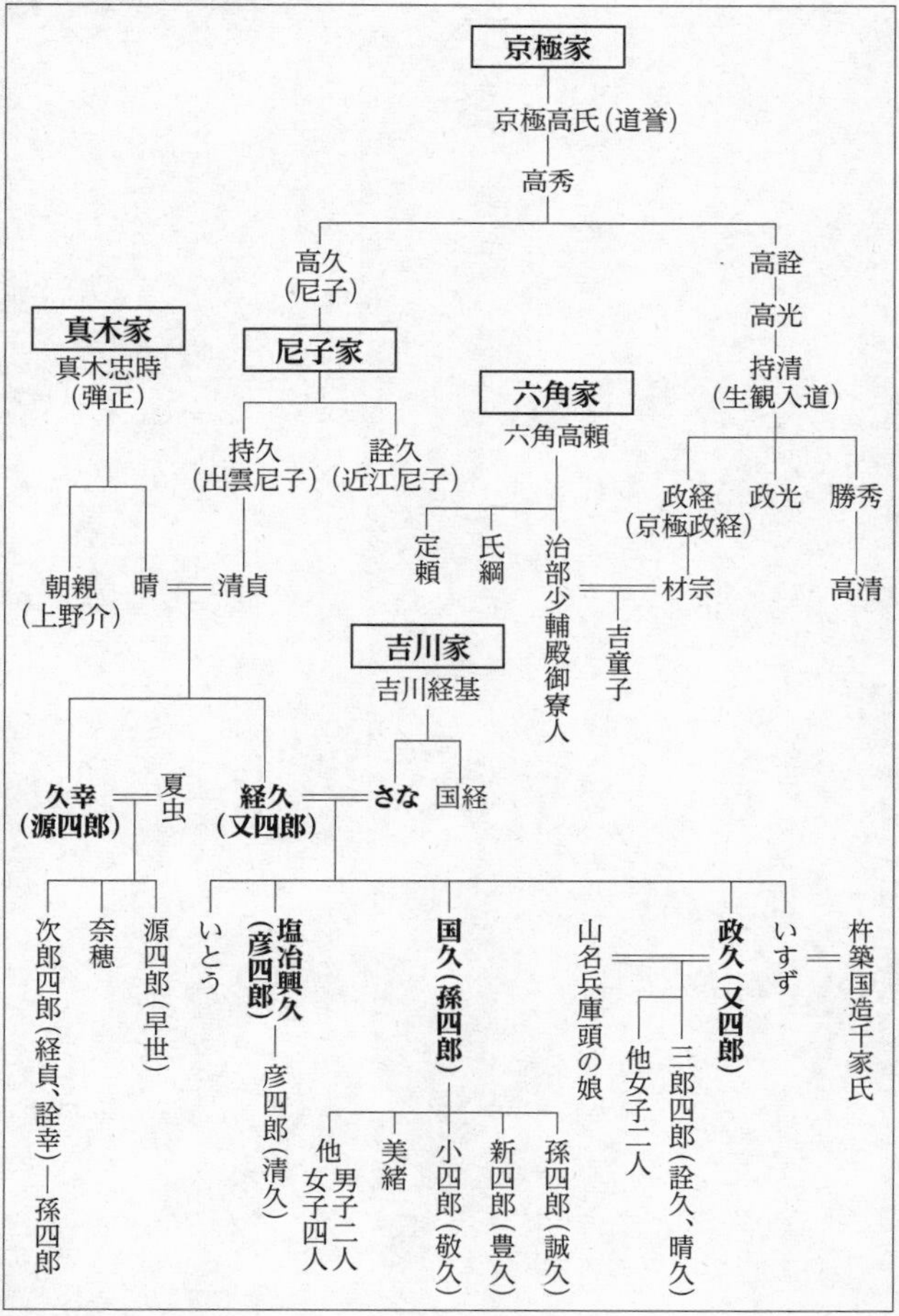

図版製作　スギヤマデザイン

謀聖　尼子経久伝

雷雲の章

序

永正《えいしょう》五年（一五〇八）春。

京に割拠する第十一代将軍・足利義澄《あしかがよしずみ》と管領《かんれい》・細川澄元《ほそかわすみもと》の連立政権を討つべく、挙兵した前将軍《さきの》・足利義材《よしき》（この頃は義尹《よしただ》といった）と妹の祝渓聖寿《しゆくけいしようじゆ》、義材、聖寿兄妹《きよう》の庇護者《だいひご》で日本最大の大名・大内義興《おおうちよしおき》、義興に呼応した九州の大名たちは、鞆《とも》の浦《うら》において山陰山陽諸侯をまっていた。

鞆の浦——備後《びんご》一の湊《みなと》である。

鞆とは昔、弓を射る時、弓手《ゆんで》（左手）に巻いた皮の道具だ。

——この弓にまつわる名の湊は足利将軍家にとって特別な意味をもつ。

何故《なぜ》なら、南北朝の乱の頃、一度は官軍によって西国に大敗走した、足利尊氏《たかうじ》は鞆の浦で、光厳《こうごん》上皇から新田義貞《にったよしさだ》追討の院宣を受け取り、味方を奮い立たせ、遂には湊《みなと》川《がわ》の戦いで、官軍総大将・新田義貞を蹴散らし、稀代《きだい》の謀将・楠木正成《くすのきまさしげ》を討ち、天下の覇権を決定的なものにしている。

……鞆の浦は、足利家にとって、敗北からの大転換を、意味する運命の湊だった。

陰徳太平記《いんとくたいへいき》は当地にあつまった大軍を、大内義興率いる二万五千を主力とし、薩摩《さつま》の島津《しまづ》、日向《ひゅうが》の伊東《いとう》ら錚々《そうそう》たる大名が扈従《こじゅう》する十五万余とするが、誇張もあろう。たとえば島津は義材に味方すると言いおくりつつ内乱に苦しみ兵を出せなかった。それでも数万であったろう。

今ここに安芸《あき》分郡守護（安芸の一部を治める守護）で項羽《こうう》が如《ごと》き万夫不当の武勇で知られる、武田元繁《たけだもとしげ》、同じく安芸からは毛利興元《もうりおきもと》、吉川経基《きっかわつねもと》の嫡男で名代、吉川国《くに》経《つね》、宍戸元源《ししどもとよし》ら国人衆。

備後の山内大和守《やまのうちやまとのかみ》、備中《びっちゅう》の三村宗親《みむらむねちか》等、備後、備中、石州《せきしゅう》の国人。

但馬《たじま》守護・山名致豊《やまなむねとよ》、因幡《いなば》の山名豊重《とよしげ》。

そして——出雲《いずも》の尼子伊予守経久《あまごいよのかみつねひさ》ら山陰山陽の大名小名が結集しつつあった……。

鞆の浦の人々は武士が張り巡らした家々の幔幕、大内菱《びし》、安芸武田の割菱など様々な紋がほどこされた恐ろしい数の旗、瀬戸内海を埋め尽くす船の大群に目を瞠《みは》っている。

＊

尼子経久、政久《まさひさ》親子、出雲の諸将、備中国人・新見蔵人《にいみくらんど》は、さる山を登っている。

「大友殿《おおとも》もこられたとか……。いやはや壮観じゃ。これほどの大名が一堂に会すると」

新見蔵人が言うと、経久は、

「大友殿は某《それがし》と同じ……元敵方だったのですが、大内殿に帰順をみとめられたようですな」

その急峻《きゅうしゅん》な山からは鞆の浦の狭くにぎやかな町や、鞆の浦を守る海城・大可島《たいがしま》城《じょう》、さらに——真っ青に開けた備後灘《びんごなだ》と数多《あまた》の島々を見渡せた。

足利義材、そして、大内義興がいる大可島城は鞆の浦からほとんど陸続きといってよいほど近い小島にある。そこから三町（約三百メートル）とはなれていないもっと大きな島——仙酔島《せんすいじま》は、今、鞆の浦に入り切らぬ九州の諸侯が陣取り、一大要塞となっている。

竹林を背負った、草庵《そうあん》風の、竹の格子戸がもうけられた小門から、海を見下ろせば、多くの大名が陣取る仙酔島、夥《おびただ》しい兵船の群れに魚の山をつんで近づかんとする浦人の小舟、その舟を追う海猫どもが、みとめられた。

嫡男、尼子政久、出雲国人・三刀屋忠扶《みとやただすけ》の甥《おい》、三刀屋為虎《ためとら》らをつれた尼子経久、鎧《よろい》武者が守る鄙《ひな》びた門を潜る。

三沢為幸《みざわためゆき》が小声で、

「鞆の浦の問丸《といまる》の、伯母が出家し、いとなんだ庵《いおり》とか……」

三沢為幸——奥出雲国人・三沢遠江守為忠《とおとうみのかみためただ》の次男で、武勇に秀でる。

経久と激闘をくり広げた知将、三沢為信《ためのぶ》の孫である。

この為幸からは、多くを経久から学びたいという思いを感じる。

なかなか使い応えのある若武者ゆえ鞆の浦に先発させた。

すなわち、宿陣の手配、必要なものが何処《どこ》で手に入るかの確認、をさせたわけである。むろん経久は配下の忍び、苫屋《とまや》鉢屋衆《はちやしゅう》も鞆の浦に先発させ、大内、山名らが張った罠《わな》がないかしらべさせていた。

針の筵《むしろ》に座る覚悟でこれまでの敵がひしめく湊に乗り込んだ経久だった。

経久は、陣幕が張りめぐらされた、草庵風の家に近づく。二つ引き両の幕である。

この紋は足利将軍家の紋で——只《ただ》ならぬ貴人が中にいることを知らせている。

「椿餅《つばきもち》は支度しておろうな？」

経久が問うと、

「ぬかりござらぬ。鞆の浦一の餅屋にととのえさせました」

三沢為幸が、言った。

丸顔で口髭《くちひげ》を生やした備中国人・新見蔵人が、横から、

「尼子殿から椿餅がお好きと聞いて、助かった」

新見蔵人は北備中の山深き里を治める小領主で備後路を南下する途次、たまたま旅の道連れとなっている。

蔵人は足利の者とあったことがないから、ひどく作法を気にしており、まだ鞆の浦に入らぬのに、こちこちの緊張につつまれていた。

経久は上洛の経験があり京の作法を知悉《ちしつ》している。

実に親切に——将軍家にあう折の作法、心得を、伝授している。蔵人が恥をかかぬよう細やかにおしえ感謝されている。

経久たちが今からあう人は椿餅が好物だ。

延徳《えんとく》二年（一四九〇）、北野《きたの》社の社家は経久が今からあう相手に、「御誕生日」のお祝いとして、山海の珍味ほか椿餅をおくっている。

室町戦国の人々には貴人の「御誕生日」を祝う習わしがあった。

そして、今日、永正五年二月二十五日も……その人の御誕生日であった。

謀聖と畏怖された尼子経久。第十一代将軍・足利義澄と細川京兆《けいちょう》家（細川本家）の側に立って活動してきた。細川を後ろ盾に西国最大、いや、日本最大の大名たる大内の力を削《そ》ぐ……尼子の戦略だった。

だが、昨年、管領・細川政元《まさもと》が暗殺されてから日本の中枢を牛耳る家——細川家に起きた分裂、自壊は、目も当てられぬ。

政元の三人の養子間で争いが起きた。まず、細川澄之《すみゆき》と、細川澄元、同高国《たかくに》が戦い、澄之が滅んだ。

すると今度は管領・細川澄元と最大の功臣・細川高国の間が裂けた。

出雲の謀聖の耳目は――細川高国が現将軍・足利義澄、細川澄元を見限り、前将軍・足利義材、大内義興に内通している旨、探知している。

だとすればもう……足利義澄、細川澄元は、沈みゆく船。

経久は素早く難破船から飛び出て今まで対立してきた大内勢力に降礼を取っている。

さもなくば西国一円の大名が出雲に殺到、滅ぼされるところであった……。

何とか、恭順をみとめられた経久だが大内内部には「反尼子派」がいるし……大内の同盟相手で、尼子の刃で切られつづけてきた山名一門には――経久に強い殺意をいだく男が、ごろごろ、いる。

そのような輩《やから》が十万近い軍勢と共にいる湊に五十一歳の尼子経久は、五千七百の兵を引きつれ、本日、乗り込んだ。

……まずは、味方をつくる。一人でも多く。

斯様《かよう》な心胆から……素朴な人柄の新見蔵人に実に親切《げ》に接していたのだ。

――次に、今からあう御方の懐に飛び込む。

草庵の板間に黒白沢潟縅《おもだかおどし》の鎧姿でかしこまりつつ経久は思慮する。

……今からあう御方の御誕生日に鞆の浦入りすれば――敵はよも血の雨を降らすまいよ。

そこまで考えて、この日をえらんだ経久だった。謀聖はもっとも危ないのは鞆の浦入りする日、まさに今日で、ここを乗り切れば敵も手を出しにくくなると踏んでいる。

経久の左手では明かり障子が開け放たれている。

草庵風といいつつ、豊かな尼の閑居であるため、広い。

障子の先には、枯山水の小庭。

苔《こけ》むした石組の傍を、小石がつくる小川が流れる。草木といえばなよやかな細竹とトクサ、童ほど小さな紅葉のみ。

紅葉の木は春なのに錦秋を思わせる赤い木の芽を沢山吹いていて、そのいくつかは淡緑の若葉にふくらみつつあった。

黒ずんだ小柴垣《こしばがき》にかこまれた小庭だが、寂たる趣がある。

と——その庭を眺め得る濡《ぬ》れ縁《えん》の方から、あるかないかの衣擦《きぬず》れの音がしている。

経久以下、鎧武者が、一斉に平伏する。

二人の者が板間に入ってきて、

「よう、お越し下された」

明るく溌剌《はつらつ》とした声が経久たちにかけられた。

二人の者が板間に座すやわらかい気配がある。いずれも、女性《にょしょう》である。

一人は板間のもっとも奥に座り、いま一人は経久から見て斜め手前に座る。

斜め手前に座した方が、

「方々、面を上げられよ。――曇華院主《どんげいんしゅ》・祝渓聖寿様であらしゃる」

厳かな声で、命じた。

経久と家臣たち、そして備中の新見蔵人、すなわち今日、鞆の浦入りし、大可島城で、まず大内義興、次に足利義材に目通りしてきた武士たちは、一斉に面を上げて、

「いもじ御所様、御誕生日、祝着至極にございます！　我ら一同、お慶《よろこ》び申し入れます」

いもじ御所――妹将軍、というほどの意味だろう。

兄、足利義材が将軍だった頃、祝渓聖寿は妹将軍と呼ばれて恥ずかしくない働きをしていた。

この女性は兄が総理大臣なら官房長官で、外務大臣でもあった。

聖寿は、時の幕府から財政および外交を丸投げされていた五つの禅寺「京都五山」に指図し、五山の高僧の人事を決める大権をにぎっていた。

さらに、李氏朝鮮《りしちょうせん》におくる使いについても聖寿が差配した。

左様な大役を物怖《ものお》じせず、見事にこなし――諸大名から畏敬された。

聖寿は応仁《おうにん》二年（一四六八）の生れと思われるから……その大きな権限が、この人

の手ににぎられたのは、二十歳を少しすぎた頃だろう。今年四十一になるはずだが、十は若く見える祝渓聖寿、美しき顔をほころばせて、墨色の袂《たもと》で口元を隠し、

「いもじ御所と呼ばれていた頃は……ちょうど、今くらいの季節。花の盛り頃であったのかもしれぬ」

陰暦二月二十五日は、当代の暦では、四月上旬。

鞆の浦の寺社では満開の桜が見られた。

「あるいは……花が半ば散って、青葉が目立ちはじめた頃かもしれぬ」

少女時代からずっと尼寺で生きてきた聖寿は寂し気に語る。


足利将軍家は——世界の多くの権力者と異なる、ある仕来りをもつ家である。

この世の多くの権力者、たとえば足利配下の日本の大名は、己の姫を、諸侯に嫁がせて権益、人脈の拡大を目論《もくろ》んだ。あるいは家臣に娶《めと》らせ絆《きずな》を深めんとした。

が、足利家は、違う。

室町将軍の家に生まれた姫はどれほど魅力的でも、どれほど恋しい人がいても——結婚は許されない。

必ず髪を下ろし尼寺に入らねばならぬ。

海の外まで見渡しても、似たような仕来りをもつ家は、同時代の天皇家など、ごく

少数だ。

恐らくは室町将軍の姫を娶った大名や重臣が天下の権柄をにぎり、将軍家そのものを圧迫する事態を危ぶんだのだろう……。

聖寿は気品が漂う声で、

「今花は散り……」

経久は頭《かぶり》を振るも、聖寿は、

「葉も色づきはじめた頃。歳《とし》を重ねるのを喜んでよいのか、悪いのか……。また、いもじ御所は気が早い。——兄は、将軍に、復帰しておらぬ」

思慮深き面差しでつけくわえる聖寿だった。

美しき尼僧の右手前に座す、でっぷり太った老尼が重々しい声で、

「曇華院主様は……いもじ御所と呼ばれるのはまだ気が早いと仰せであらしゃる」

経久たちを見て悪戯《いたずら》っぽく笑った聖寿は、

「この者は宝光庵宗金《ほうこうあんそうきん》。わたしの道友です。わたしを追って、都の宝光庵を棄《す》て、山《やま》口《ぐち》に来てくれたのよ」

鞆の浦に入る前、義材、聖寿は大内家の首府・山口にかくまわれていたのだ。宗金は道友というより、婆《ばあ》やのような者だろう。

「……宗金、室町家の下命を諸侯が大人しゅう聞く世なら古い仕来りには意味があった……。されど今、柳営は、常に謀反や、反乱に満ち、国々の戦は止《や》まず、村々は一揆《いっき》で騒いでおる。固すぎる仕来りに何ほどの意味があろう？」

主の意向を解しかねるような顔になる宝光庵宗金だった。

「間に入らずともよいぞ。——兄上や、わたしは、諸侯との絆を深めたい」

明るく澄んだ声で宗金に告げた聖寿は、経久らに、

「方々。——直答を許します」

「くもじながら（恐れながら）お姫《ひい》様……」

恐らく聖寿が幼い頃からつきしたがっているであろう宗金から出かかった苦言は、すっと動いた扇で止められている。

「初めてお会いする方もいる。一人一人、名をうかがいたい」

武士の中でもっとも前に座った経久、額を下げ、

「出雲守護代・尼子経久にござる」

かつての水もしたたる美男子は——今や口髭をたくわえ、凛々《りり》しき風格の武将となっている。切れ長一重の目を細め、顎がすっと尖《とが》った顔を下げた経久。

一度は守護代職を追われるも、自力で国を奪い、旧主・京極政経《きょうごくまさつね》をかくまい、ふたたび正式な「守護代」に任じられた経久の版図は、出雲、隠岐《おき》二ヵ国にくわえ、西伯《ほう》

者《き》と東石見《いわみ》にまで広がっている。

山陰屈指の強力な「戦国大名」である。

乱世にあって、室町の枠組みを存分に壊し、大きく羽ばたいてきた経久だが……今は、室町の枠組みにしたがう素振りを見せねばならぬ時だった。

聖寿は深い感謝がにじむ声で、

「尼子殿。出雲では……一方ならぬ世話になりました」

宝光庵宗金も、

「わたくしからも厚く御礼申し上げます」

「滅相もない。室町家に仕える武士として、当然のことをしたまでにござる」

聖寿はやわらかい声で、

「出雲での日々は……何でしょう、今が乱世であることを忘れさせてくれる、楽しく、心温まる日々にございました。そうした日々を貴方は、数知れぬ者の上にもたらしていた。これからも、頼りにしておりますぞ。――その智謀《ちぼう》で我が方を助けてほしい」

「……勿体《もったい》ないお言葉。恐悦至極にございます」

経久にうながされ、すぐ後ろに座った尼子政久が、すがすがしい声で、

「尼子経久が嫡男、政久にございまする」

政久は――本年、二十一歳。

若かりし頃の経久によく似た惚《ほ》れ惚《ぼ》れするような美男であった。

切れ長で、二重の目。白き顔。高き鼻。経久よりしっかりした顎。

父と同じくすらりとした長身の政久は、逞《たくま》しい。経久譲りの色々縅《おどし》腹巻――紅、白、紫、三色が縞《しま》模様をつくった鎧――をまとっていた。

聖寿は驚嘆を弾《はじ》けさせ、

「ずいぶん、立派になられたっ。わたしが出雲をおとずれた時、政久殿は……」

「あれは明応《めいおう》八年のことゆえ、某、十二にございました」

「尼子殿もたのもしき跡取りがおるゆえ、さぞ安心でしょう。母御は息災か？」

「……はっ」

政久の声に、かすかな不安が漂う。

妻、さなを思い出した経久の面貌にも刹那だが――影が差す。

一時は病からもち直した、さなだったが、経久、政久、そして吉田《よしだ》家に養子入りした次子、孫四郎《まごしろう》が出陣の支度に追われだした頃からまた体調を崩していた。

軍勢を引きつれ月山富田《がっさんとだ》城を出る時に、気丈な妻が見せたかつてない心細そうな顔が、経久の胸を掻《か》き乱《みだ》す。経久は後ろ髪を引かれる思いで出雲から備後に入ったのである。

さなの傍にいてやりたいとも思った。

だが今は、尼子の存亡がかかっている。

何かこちらに粗相があり、足利義材、大内義興の覚えを悪くすれば……足利義澄、細川澄元方と見なされ、西国一円の大名に攻められ、尼子は滅んでしまうかもしれない。

政久は知勇兼備の驍将《ぎょうしょう》にそだったがまだ若く経験は少ない。

……わしがやらねば。

という思いが経久にはあった。

ミノ、ゴンタ、照葉《てりは》。

経久がもたらすであろう安寧の世をまち望みながら散った者たちだった。

今はもう出家し、経久との約束通り法名に雲の字を入れ「早雲庵宗瑞《そううんあんそうずい》」と名乗っている伊勢新九郎《いせしんくろう》。新九郎との約束――天下を二分し、西を経久が、東を新九郎が治めるという大望は、まだ半分も成し遂げられていない。

伊豆《いず》を切り取った新九郎はすでに相模《さがみ》まで進出、相州《そうしゅう》の東端にあった小城・小田原《おだわら》城を、後に「無敵の城」と言われる鉄の要塞にまで、大拡張するも、

『まだ相模を一統するには……時が、かかる。わしの家来にお主がおれば違ったかもしれぬが』

経久への書状で新九郎はぼやいている。知略に秀でた新九郎をも苦戦させる大きな勢力が相模にあり、盟友の快進撃は止まっていた。

経久の婚儀に新九郎が駆けつけてくれた時以来、二人はあっていない。経久もあの小男の顔を見に行きたかったし、翼でも生えていれば、遥《はる》か東に飛んでいったろうが……出雲の状況は、経久が山陰道から片時《へんし》もはなれるのを許さなかったのである。

経久の婚儀から二十二年もの歳月が流れていた……。

思い出にひたりつつあった経久だが、その感傷は、たどたどしく上ずった声で、蹴散らされている。

「びっ……備中の住人、新見庄司《しょうじ》蔵人と申しまするっ！　いもじ……ああっ、曇華院主様、お目にかかれて光栄の極みにござるっ」

「新見殿の参陣、誠にありがたく、たのもしゅう思いますよ」

春の風のように暖かい声をかけられ、感極まった形相で、新見は、

「ははぁっ」

新見蔵人は小勢力ながら自立した領主であるため政久の隣に並んでいた。

政久、蔵人の後ろに浅山《あさやま》、広田《ひろた》ら経久にしたがう出雲国人、出雲国人の子弟で経久の家来の三刀屋為虎、三沢為幸らが控えており一人一人名乗っていった。

経久と新見蔵人は挨拶が終わると、聖寿に祝いの品々をわたす。

経久は椿餅、美保関《みほのせき》にきた越後《えちご》商人からかわせた蝦夷地《えぞち》の昆布、杵築《きづき》商人から入手した大明の砂糖が入った壺《つぼ》、練り絹など多くの贈り物を、蔵人は椿餅と、硯《すずり》、筆、そして、

「尼子殿から曇華院主様は般若湯《はんにゃとう》をたしなまれると小耳にはさみまして……」

仏門にありながら酒をたしなむということである。

「陣中にありました、美酒に、ございまする」

朱漆で剣巴《けんどもえ》がほどこされた太鼓樽《だる》を指す。

聖寿は、蔵人に、

「陣中にあったということは……新見殿がたしなむ酒だったのでは？」

「……はあ、まさに、その通りにござる」

正直に白状した蔵人をおかし気に眺めつつ聖寿は、

「それをわたくしが頂戴してよいのかしら？」

ちなみに、貴人に贈り物をする時、戦国の武士には作法があって、たとえば練り絹は檜《ひのき》の三方に据えて、座敷《ざしき》の上座に置く。一方、食べ物、飲み物は一段格が低いとみなされるため濡れ縁に茣蓙《ござ》などをしいて、その上に置く。

蔵人はこの手の作法におぼつかないところがあり、経久は親身になって伝授。厚く

感謝されている。

飲食物の中でもっとも序列が下なのが――酒。

だから、蔵人持参の太鼓樽は、経久持参の砂糖壺の傍ら、濡れ縁のもっとも下《しも》の方に置かれている。

濡れ縁の贈り物を聖寿と並んで見ていた宝光庵宗金が板間にもどりつつ、澄ました様子で、

「……ねもじ（練り絹）、やわやわ（綿）、椿の餅《かちん》……。ある所にはあるのですなぁ」

言葉遣いからして宗金は公家《くげ》の出かもしれぬ。

「昔は……京の都に何もかもあらしゃいました」

禁裏に伺候する公家衆、柳営（幕府）にさぶらうこの世の最高の武家貴族たちが、連日遊び暮らしながらも、鄙からおくられてくる山海の珍味をたらふく食えた頃を、宗金はなつかしんでいるのかもしれない。

だが――時代は、変わった。

そのような貴種、権門に対する怒りが、飢饉《ききん》と戦にみちた世の中に渦巻いている。

中央の指図を全く無視する尼子経久のような武士や、大名を追い払う国人衆が現れ、村々では百姓の一揆が頻発していた。

聖寿は、宗金に、言った。

「宗金、古き世は……終わった。それを壊したのは、侍でも百姓でもない。……ほかならぬ足利の者」

経久の目を真《ま》っ直《す》ぐ見ながら聖寿は、

「我らは罅割《ひびわ》れ、崩れかかっている世を、建て直さねばならぬ」

その力を経久からかりたいとこの賢き尼僧は思っているようだった。

経久は、聖寿や、その兄の義材は、己と通じ合う志をもっていると、考えている。生き残りのための打算のみならず、その志に応えたいという思いも、この男を備後鞆の浦に駆り立てた。

と、

「曇華院主様」

この家の主らしき尼が恐縮しつつ濡れ縁に現れた。

また、間に入ろうとする宗金を手で制した聖寿は、穏やかに、

「どうしました？」

この家の主である尼は直《じか》にお話ししてもよいのでしょうかという顔で宗金をうかがってから、

「大内家家宰、周防《すおう》守護代・陶興房《すえおきふさ》様、曇華院主様に御誕生日のお祝いを言上すべく、目通りを願《ねご》うておられまする」

大内家家宰・陶興房——周防、長門《ながと》、筑前《ちくぜん》、豊前《ぶぜん》、四ヵ国にくわえ、西石見、そして安芸の一部まで治める日本最大の大名・大内の一の家来であった。

陶興房は経久から、軍師にして股肱《ここう》の山中勘兵衛《やまなかかんべえ》、歴戦のくノ一、香阿弥《こうあみ》、大切な二人の家来を奪った男である。正しくは興房に使嗾《しそう》された大内家の乱破《らっぱ》、外聞衆《とぎき》の元締め・自在坊《じざいぼう》が勘兵衛、香阿弥を、死に追いやっている。

興房の来訪を聞いた経久の双眸《そうぼう》で鋭気の光芒《こうぼう》が瞬《またた》く。

興房がどんな面構えなのか、見てくれようぞという気で鞆の浦入りした経久、先ほど肩透かしをくらっていた。てっきり大可島城の義興の傍に控えているかと思ったが、

『陶殿は備後の水軍の慰撫《いぶ》にむかわれましてな』

義興の傍にいた他の重臣から、聞かされていた。

聖寿に祝いの品をとどけにきたらしい陶興房——大内家からの祝いの品は恐らく朝一に聖寿の許《もと》にとどけられているが、それとは別途にということなのだろう。

聖寿は経久に、

「尼子殿は……陶殿とご面識はないのでしょう？　もし、よろしければお引き合わせ

しますが」
どす黒い闘気をつつみ隠した経久は——満面の笑みを浮かべて、
「是非よろしくお願いします」
大内菱が白く染め抜かれた紺色の直垂《ひたたれ》をまとったその男は烏帽子《えぼし》をきっちりかぶり
小柄な体から隙の無さを漂わせていた。
「大内氏家宰、周防守護代・陶興房にござる」
「出雲守護代・尼子経久にござる」
興房はほんの一瞬——刺すような目で、経久を睨《にら》んだ。
興房から放たれた鋭気が経久に当たる。
だが、経久は温和な笑みを浮かべたままだった……。
興房も、すぐ鋭さを隠し、満面の笑みを浮かべる。
きりっと上に吊《つ》った興房の眉の下には、二つの大きな眼《まなこ》がある。下側が分厚い唇
は、ほのかに少年の香りを漂わしている。
笑顔で経久に対する興房だが暗く冷ややかな気をまとっていた。
本年、三十四歳になる興房の後ろには——屈強な武士が二人立っていた。
一人は若い。にこやかな、男だ。

美形の若武者である。彫りが深く浅黒い顔をしている。

「某の若党で、宮川房長《みやがわふさなが》と申す者にござる」

宮川房長――大薙刀《なぎなた》を取れば周防一と言われる豪の者で経久も名を知っていた。

房長は恭《うやうや》しく、

「尼子殿。ご高名はかねて、うかがっておりまする。以後、お見知り置きを」

もう一人の男は愛想というものを母の胎内に置き忘れてきたようだ。

仏頂面で、経久を、無遠慮に、睨んでくる。

大きい。

身の丈六尺（約百八十センチ）の経久より二寸（約六センチ）ほど大きい。

手足は――異様に太い。

重量感のある面長。かなり顎が発達し、受け口である。

眼窩《がんか》は窪《くぼ》み小さな目は血走っていた。

仏頂面の大男からは、「陶殿に何かしてみい。ひねり潰してくれようぞ」という猛気をひしひしと感じる。経久は愛想のいい宮川房長より、この手の男の方が御しやすいと知っているから、にこやかさを崩さなかった。

経久のあまりの鷹揚《おうよう》な気色が仏頂面の大男をたじろがせたようだった。

「我が郎党中……随一の力者、若杉四郎三郎《わかすぎしろうさぶろう》。相撲を取らせれば防長《ぼうちょう》、豊筑《ほうちく》一と言われる男じゃ」

「それはたのもしい。我が家中にも相撲の上手がおる。取り組みを見たいものだ」

経久は言った。次男の孫四郎は出雲屈指の相撲上手だし、このほど足軽組頭に引き立てた若林宗八郎《わかばやしそうはちろう》も並はずれた怪力の持ち主だ。

すると、興房は、やおら、

「――止めておいた方がよいかもしれませぬぞ」

「と、言いますと？」

「四郎三郎の相撲は、ことのほか荒々しい……。この男が土俵に入ると必ず、死人《しびと》が出る」

聖寿が横から、

「今日はわたしが生まれた日で、城攻め、野合わせの最中ではありませんよ」

興房、経久、口々に、

「これはしたり。つい、無粋な話をしてしまいましたな……。ご無礼をばいたしました。父祖代々、戦の庭に身を置きすぎて、松風、浦風より、矢風の音を聞きなれておる無調法者にございますれば平《ひら》にご容赦下さいますよう」

「陶殿に同じです」

興房は聖寿に多大な金銀を費やしたと見える誕生祝いをわたすと、

「御屋形様から曇華院主様を唐船《からふね》にご招待するように言われております」

「唐船？」

「明の船が博多《はかた》に参りまして……。その船を鞆の浦に、呼び込んだのです。船上にて、一席もうけ、明の料理を曇華院主様、上様に振る舞いたい、我が主は斯様に申すのです」

「まあ……。大内殿にはすでに祝いの品々をいただいたが、さらにそのような宴《うたげ》まで開いて下さるとは……」

聖寿が言い、宗金が、

「恐れながら陶殿。曇華院主様は生臭物を一切お召し上がりになりませぬ。唐土《もろこし》のおばんや、おまわりは……」

明のご飯や、おかずは、と言ったのだ。

「生臭物の火取《ど》りものが多いのではあらしゃいませぬか？　もし、生臭物の火取りものばかりであらしゃいますと……曇華院主様は……」

「船の中に明の寺ではたらいておったという包丁人がおりまして……。この者を、呼びました。宮川、どのような料理なのだ？」

陶興房に訊《き》かれた宮川房長が慇懃《いんぎん》な様子で、

「はい。全て精進物でつくらせております。豆腐や、油で揚げた豆腐、切麦（饂飩《うどん》）

の如《ごと》きもの、火を入れた青菜、茸《きのこ》の吸い物などにござる」

「それならばわたしも食べられます」

聖寿が花が咲いたような顔で言う。

「陶殿。尼子殿、新見殿を、唐船の宴にお誘いしても？」

「もちろんよろしゅうございます。我が主もきっと喜ぶことでしょう」

大きな笑みを浮かべた興房だが双眼は冷光をやどしている。

聖寿は、経久たちにさっと振り向き、屈託ない笑顔で、

「ということです。尼子殿、新見殿、ご一緒に如何《いかが》ですか？」

経久、慇懃に、

「我ら今日……鞆の浦に参ったばかり。宿陣の方にも顔を出さねばなりませぬ。されば、せっかくのお誘いですが某は、ご遠慮したく思います」

「尼子殿と同じです」

経久、蔵人は聖寿と興房に暇乞《いとまご》いする。

興房に背を向けた刹那、経久の面は険しさをにじませた。

経久は己の背に降りそそぐ興房の冷ややかな眼差《まなざ》しを感じていた……。

先ほどの小門を潜り外に出た先に、槍《やり》をもった門番――大内家の武士である――

に、閑居への立ち入りをこばまれた経久の郎党、陶がつれてきたらしい夥しい侍が、ひしめいていた。

陶の供の方が経久の警固の士より多い。両者は、二間（約三・六メートル）ほどへだてて固まっている。

早速、警固隊をたばねていた、茄子《なす》の如き形の顔をした武士と、大身槍を引っさげた大柄な若者が、近づいてくる。

茄子顔の武士は大薙刀を引っさげていた。

牛尾《うしお》遠江守《とおとうみのかみ》幸清《ゆききよ》。

猛将、牛尾三河守《みかわのかみ》幸家《ゆきいえ》の娘婿で、顔はとぼけているが、戦に出れば暴れ牛のようにはたらく。舅《しゅうと》に劣らぬ豪の者である。

大柄な若者は若林宗八郎だ。

身の丈、六尺三寸（約百九十センチ）。

浅黒く角張った顔に、凜々しく太い眉。目は大きい。

樵《きこり》の子であるが人並み外れた膂力《りょりょく》、体力を有し、経久配下の槍術《そうじゅつ》や、馬術の名手から特訓を受け——めきめき頭角をあらわしていた。若手で取りわけ期待出来る侍だった。

牛尾幸清、若林宗八郎らを筆頭に経久がつれてきた警固の士の武勇は高い。

何かここに血腥《ちなまぐさ》い謀があり、たとえば陶勢などが闇討ちしてきたとしても、彼らなら打ち払えよう。

……ただ、陶による闇討ちはないか。陶は合戦の折の不意打ちはともかく、平時の闇討ちは忌み嫌っておるようだ。

父を主君に闇討ちされた過去が興房に闇討ちを嫌わせると経久は見ていた。

……もっとも、打吹《うつぶき》城の襲撃――。あれは、闇討ちに近かったが。

陶の中では戦時の不意打ちに分類されるのであろう。

……わしがあの男を討つか、あの男がわしを討つか。

思案する経久に、新見蔵人が、

「尼子殿。あすこに見えるのが陶殿がおっしゃっていた唐船ではありませぬか？」

経久は海の方を眺められる崖の上に立つ。

俄《にわ》かに人がふえた鞆の浦では次々に木《き》が伐り払われ薪炭にされている。薪はそれだけでは間に合わず、近郷の者が舟で売りにくるようだ。

その崖は、草木一つない崖であった。

裸の崖の下に、西国一円の軍勢があつまった湊町《みなとまち》があり、海には夥しい大船小舟が碇《いかり》を下ろしている。仙酔島の西、落日に照らされた海原に、日本の軍船からはなれて、かなり大きな船が泊っていた。

せた。

「何という大船じゃ……」

三沢為幸が瞠目《どうもく》する。

明朝の帆船、ジャンク船だ。

大内家は聖寿を喜ばせるためだけに、あの異国の大船を博多から、鞆の浦に呼び寄せた。

――恐るべき権勢といえよう。

当時の明や朝鮮の人に広く名が知られた日本の武士はごく少なく、数家と思われるが、大内家は間違いなくその一つに入る。日本が異国に開けた大きな窓、北九州を掌握するこの家は、三代将軍・義満《よしみつ》の頃、天下の覇権を狙って幕府に戦をいどんだほどなのである。

新見蔵人は打ちひしがれたような感慨を籠めて呟《つぶや》いた。

「さすがは……大内殿。みどものような小身とお考えになることが一段も二段も……いや、十段二十段も違う」

「……そうですな。あれほどのことが出来る大名は、他におりますまい」

相槌《あいづち》を打つ経久であったが、本音は、

――わしはいつか、大内を斬りしたがえてみせん。

町に降りたところで蔵人とはわかれている。経久の陣は鞆の浦のもっとも北、山陰方面の品をあつかう大黒屋《だいこくや》なる店にもうけられ、重臣は大黒屋傍の商家や漁家で寄寓《きぐう》し、足軽雑兵は鞆の浦北郊に野営している。

次男の孫四郎や牛尾三河守がもうけた足軽陣を一回りした経久は、四つ目結《よめゆい》の幕を張りめぐらした大黒屋に入るや、知恵深き鉢屋くノ一、星阿弥《しょうあみ》を呼び、

「陶の様子に目を光らせておけ」

命じた。

大内忍び・外聞衆にしたしかった香阿弥を惨《むご》たらしく殺された星阿弥は、真冬の三日月のような光を琥珀《こはく》色の瞳に灯《とも》し、

「……ははっ」

と、襖《ふすま》の先で黒正甚兵衛《くろまさじんべえ》の声が、

「殿っ、吉川殿がお見えになりましたっ」

さなの、齢のはなれた兄、吉川国経が案内《あない》されてきた。白髪頭となった義兄は経久を見るや破顔一笑し、

「婿殿！　まだ、首がつながっておったかっ」

鬼吉川と恐れられた吉川家は大内の進出激しい安芸国において親尼子、反大内の急先鋒《せんぽう》だった。経久も幽霊ではない義兄に今日見《まみ》えられたことが嬉《うれ》しい。己の首を強く

二度叩《たた》き、

「互いの首があるのが——今日ほど嬉しい日はありませぬな」

経久も、国経も、双方の重臣も、どっと哄笑《こうしょう》する。豪快なる義兄は笑い止むと、

「わしは今日ほど貴公が酒を飲めぬのが寂しい日はない」

「飲みますぞ、今日は」

「無理をするな」

国経の分厚い手が経久の肩を強く叩いた。

一方、仙人を酔わせるという景勝の島、仙酔島を眺めつつ、大船の上で、高貴なる尼の誕生日を祝い、景勝でも船でもなく、明国の酒に酔うた陶興房は上機嫌でさる寺の山門を潜った。

大可島城近くの寺が興房の宿陣だった。

夜である。

本堂に向かう参道に煌々《こうこう》と篝火《かがりび》が焚《た》かれ、物憂げに咲き乱れる満開の桜を鉄の篝で燃える火が照らしていた。

精鋭が警固を固める方丈に入った興房を——商人風の男が一人まっていた。

角張った顔に眠たげな眼《まなこ》。一見、鈍重そうな男だが、四肢をよく見れば——ただの

商人よりずっと鍛え抜かれているのがわかる。

陶興房、商人風の男に、

「自在坊」

今、興房の前に控えているこの商人に化けた者こそ——山中勘兵衛、香阿弥を死に追いやった大内家忍び頭・自在坊だった。

「尼子はあの後、誰かとあったか？」

「……はっ。経久をおとずれた国人が二人」

自在坊は言った。

「新見蔵人はそこにふくまれまいな？」

「御意。新見とわかれた尼子は……大黒屋に入りました。その大黒屋をおとずれた安芸国人が一人、石見国人が一人おり申す」

脇息《きようそく》に手をあずけた陶興房は目を細め、厳しく、

「勿体ぶるな」

「一人は安芸国人、吉川経基が倅《せがれ》、吉川国経。経久の妻女の兄。いま一人が出雲に近い石見の国人、小笠原長定《おがさわらながさだ》が倅、小笠原長隆《ながたか》」

その名を噛《か》みしめるように興房は瞑目《めいもく》してしばし考え込んだ。やがて、半眼で、

「なるほどな……」

経久が陶を探っているように陶も経久を見つづけている。

細川方に与《くみ》して大内を苦しめてきた尼子経久、吉川経基は、陶興房にとって煙たい存在だった。主たる大内義興は素直で懐が深いので、謀聖・尼子経久と、鬼吉川の参陣を、大いに喜んでいる。

だが、興房は——尼子経久を、都にいる敵、足利義澄、細川澄元の幾層倍も危険で、厄介と心得ていた。

どうせなら彼らに参陣してほしくなかった。

時代からも、西国からも、孤立させ、西国諸侯の軍と共に討滅し、尼子領は大内と山名で折半したかった。

全く同じ存念にござる、という山名の内意も、確かめ済みだ。

しかし、尼子、吉川は、さすがに都に居座る細川政権の焦げ臭さを嗅いだのだろう。

矛をすて、お味方したいと申し出てきた……。

——それでも討つべしというのが大国大内をになう、陶興房の考えであった。

だが足利義材、祝渓聖寿兄妹は尼子、吉川を庇《かば》い、お味方したいという者を討っては大内家の名が下がろう、という同じ大内家中からの反論にも見舞われ、自説を引っ込めざるを得なくなっている。

……皆、尼子への用心が足りぬ。今日初めてあったが……全く油断ならぬ男だ。経久めを何としても孤立させねばならぬ。

興房から暗く冷ややかな妖気の如きものが放たれる。酔いが、醒《さ》めてゆく。

しばし、思慮し、濡れ縁に控えた家来に向かって鋭く、

「宮川を呼べい」

家来が去る音を聞きつつ、忍び頭に、

「今日は下がってよいぞ」

「ははっ」

「引きつづき諸大名、就中《なかんずく》――尼子……あとは大友の動きに目を光らせておけよ」

自在坊が退出して間もなく浅黒く端整な顔をした若侍、宮川房長がやってきた。

興房は宮川房長に、

「尼子殿も来られたゆえ――明後日《あさって》、軍議を開こうと思う。わしは諸大名の席次を考えてから御屋形様の許に参上するが、お主は明日朝一番に登城、軍議の旨、御屋形様におつたえしてくれ」

「……ははっ。殿、そのことでこの宮川、一つおたずねしたき儀がござる。実は……御屋形様も気にかけておられることなのでござる。内藤《ないとう》殿に仕える某の友から聞いたのです」

内藤というのも大内の重臣だ。

陶にも内藤にも宮川のような家人がいる。この宮川のような者は、大内の直属の家臣から見たら陪臣なので一段軽い者としてあつかわれる。

左様な折り目を——興房は大切にしてゆきたい。

「何じゃ？」

興房の眉が険しく寄せられる。

「はっ、尼子殿の席次は——如何様《いかよう》にお考えでしょう？」

蕩《とろ》けるような笑みが興房の満面をおおった。

「尼子殿は守護代である。故に、居並ぶ守護の方々の下《しも》、たとえば、周防守護代であるわしや、山名家中、但馬守護代・垣屋《かきや》殿などと同列に座っていただく。これがもっとも自然な形であろう？」

宮川房長は、浮かぬ顔をしている。興房は笑みを崩さず首をかしげ、

「如何した？」

「尼子殿は……たしかに出雲守護代にござれども、その実を見ますと……一国の守護にとどまらぬ、もそっと大きな大名と申せます」

不愉快をにじますも、興房は先をうながす。当の興房もついさっき自在坊への下知では、経久を「大名」の一員にくわえていた。

「尼子殿の席次には……それなりの配慮が要るのでは？」

「何を配慮せよというのか？」

興房は突き放したように言っている。

この時代——武士の席次というのは家々の誇りと直結する極めてデリケートな問題だった。

席次が原因で、揉《も》め事《ごと》が起こり、その揉め事がきっかけで、刀を抜き合い、ついさっきまで和やかであった城で、殺し合いがはじまる、ということまで、あったのだ。

経久を守護代の席に座らせるのは経久を揉め事の渦に落とす興房の罠である。

願わくば、経久か、短気な重臣から、不満がもれてほしい。

そして不満をもらしたら最後……西国の守護たちは一斉に、経久の、敵になる。

何故なら室町の世の支配者・守護たちは同じ守護の京極政経を追い詰め、幽閉している経久に敵意をもっている。

同日夜、何処かの陣で遊び女《め》でも呼んでいるのだろうか、今様を歌う声、女子《おなご》のはしゃぎ声を遠くに聞きながらまどろんでいた経久は、

「——殿」

襖の外から近習《きんじゅう》の囁《ささや》き声《ごえ》を、聞いた。

経久の鋭敏な双眸はすぐ開いている。

「何か？」

寝間の外から、

「出雲から……急の知らせがとどきましてございます。その者を、通してもよろしゅうございますか？」

「すぐ、通せ」

くたびれた墨衣をまとい、雲水に化けた四十がらみの鉢屋者が寝所に通された。

近習がもつ手燭《てしょく》の明かりだけが経久、近習、出雲から駆けてきた鉢屋者を照らしていた。

「忍び頭・鉢屋兵衛三郎《ひょうえさぶろう》様の使いで参りました」

今、尼子の忍び頭は鉢屋治郎三郎《じろうさぶろう》、兵衛三郎兄弟がつとめていた。経久をずっとささえた忍び頭・鉢屋弥《や》三郎《さぶろう》の子供たちだった。

一の頭・治郎三郎に領外——つまり他の大名について探らせ、二の頭・兵衛三郎に領内を探らせている。

「殿が出雲を出られて……塩冶《えんや》家中に不穏な動きが、出ております」

雲水に化けた忍びの者は、報告した。

経久は瞑目して先をうながしている。

塩冶家は三男、彦四郎《ひこしろう》を養子入りさせた家である。鞆の浦にも、彦四郎の名代率いる塩冶勢が、参陣している。

ただ塩冶家内部には塩冶の血を引かぬ少年が跡目を継ぐことへの反発も強かった。

左様な勢力が、経久の留守中、蜂起、彦四郎を排除しようとするのは、想像に難くない。

忍びの報告は果たして、

「塩冶の中に、殿が上洛された時点で、彦四郎君を害し奉り、京極家の方々をまつり上げ、諸国人に加勢を呼びかけ、月山富田《がっさんとだ》城に一戦いどまんという輩が、出はじめております る」

「亀井新次郎《かめいしんじろう》には？」

亀井新次郎――尼子譜代の郎党、亀井家の出で、かつて、経久の小姓だった。

武芸百般に通じ学問にも秀でる麗しき若武者だった。

経久は絶大な信頼を置く亀井新次郎を彦四郎に添えて塩冶領に入れている。

「亀井様にはすでにつたえてあります」

塩冶領に何かあらば、真っ先に亀井新次郎につたえるよう、経久は苫屋鉢屋衆に言い置いていた。

十二歳の息子が大変心配であるが、亀井新次郎が傍にいれば、塩冶内部の不平分子などたやすく蹴散らせるだろうと経久は思っている。

また、経久は上洛するにあたり伯耆法勝寺《ほっしょうじ》を守る弟、久幸《ひさゆき》を——尼子の本城、月山富田城に入れていた。久幸には、経久に些《いささ》かも劣らぬ思慮深さが、ある。

また公正で情け深い人柄を多くの侍や領民から好かれていた。

分身というべき久幸が本城をきっちり押さえているため——ちょっとやそっとのことで出雲は揺らがぬと思われた。

乱破は、経久に、

「亀井様は……まずは、殿の御指図をあおぎたいと仰せでした。その後、某はいま少し敵を泳がした方がよいと愚考するが、と仰せにございました」

——会心の笑みを浮かべる経久だった。

唇をほころばせ、ととのった顔に冷えた闘気を漂わせた経久は、

「新次郎の考え、我が思いと合致する」

経久は己が上洛すれば必ずや塩冶の一部など不平分子が動きだすと踏んでいた。

——この際、膿《うみ》は全て出し切った方がよい。わしが都に行けば、塩冶の者のみならず、わしに不満をいだく者全てが、動き出すだろう。油断したふりをしてわざと蜂起させ一網打尽にした方がよい。

「久幸と新次郎にこうつたえよ。──十分、用心しつつも、油断した素振りを見せて、敵を立ち上がらせよ。その後で一気に叩くと」

と、若き近臣が、

「……それでは……もし何か手違いあった時、彦四郎君に害がおよぶことも考えられるのでは？」

若侍にどんどん意見を申せと言っている経久は、

「──それは、無い。新次郎ならば、彦四郎を守り切れる」

非情なようであるが……息子を囮《おとり》にして、出雲の内に潜む敵を一網打尽にする腹積もりだった。

──彦四郎が心配だが……出雲にもどるわけにはゆかん。

そのようなことをすれば、出雲の内に潜む敵は、陰に隠れてしまう。

さらに、義材や聖寿の信頼を裏切り、連合軍の中での尼子の地位は急低下してしまう。

最悪の場合、敵への内通を疑われ、諸侯に攻められるかもしれぬ。

……彦四郎。これが、一つ目の試練だ。わしの子なら乗り越えてみせよ。耐えてみろ。

一瞬、さなの姿が──経久の中で瞬いた。

彦四郎を塩冶にやると経久が言った時……妻、さなは涙をにじませて、強く反対した。

まだ、十歳の彦四郎には荷が重すぎると、さなは言った。

上洛

——鞆の浦、大可島城内、板敷きの一室。

八幡大菩薩《はちまんだいぼさつ》と書かれた掛け軸が下がっている。

その軸の前に、三方に乗った餅がかざられている。

白い大鎧《おおよろい》もかざられている。

花の御所に伺候したことがない鎮西の諸侯は、

「あれぞ……将軍家の至宝、御小袖《おんこそで》か……」

「将軍家に危機迫ると鳴動するという、あれか？」

足利将軍が出陣する時、必ずかざられるという伝説にいろどられた白き鎧でないかと囁《ささや》き合うも……冷静に考えれば、御小袖は、明応《めいおう》の政変で細川政元に奪われ、足利義澄方にあることがわかるはずである。

大内家が御小袖に似せてつくった白い鎧の手前に畳が一つ据えられていた。

まだ誰も座っていないが——前将軍・足利義材の畳であることは明らかだった。

義材が座るであろう畳のもっとも近くに西国数ヵ国の王、大内義興、但馬の守護・

山名致豊《むねとよ》が向き合う形で座り、そのあとは、日向の伊東尹祐《ただすけ》、豊後《ぶんご》の大友義長《よしなが》など守護大名が二列になって居流れている。

大名たちの畳が終わると守護代級の席であり――ここからは畳がなくなる。

板敷きに腰を下ろす形だ。

守護代級の最上席は、二人。

一人は、周防守護代・陶興房。大国大内の一の家来で大内家の軍事をつかさどる興房がここに座るのに異論をはさむ輩などいない。

興房と同格の席に向き合う形で座っているのは……但馬守護代・垣屋続成《つぐなり》。

但馬山名の一の重臣で二十七歳の若者だった。

興房の右、一つ下座には少年の香り色濃く漂う弱冠十四歳の、長門守護代が、座っていた。

内藤興盛《おきもり》。

年若いが大内の二の家来である。

さて――興房の左、一つ上座、畳の端近く、つまり「大名の末席」に誰が座るか。

この問題が……先ほどから諸侯の間に静かなる波紋、警戒、緊張を孕《はら》んだ興味を、掻《か》き立《た》てている。というのももはやそこは最後の大名席であったが、そこに座るかもしれぬ大名級の人物がまだ二人、のこっている。

一人は、安芸分郡守護・武田元繁。

安芸一国ではなく芸州《げいしゅう》の南西の一角を治めるにすぎない。が、かの甲斐《かい》武田、若狭《わかさ》武田と同族で室町家から、守護に任じられた男だった……。今や大内家に圧迫され、大名でありながら強大な大内に、半従属する立場に追い込まれている。

——もう一人が、出雲守護代・尼子伊予守経久。

守護代とは名ばかりで……その実態は、出雲、隠岐、西伯耆、東石見を統べる大名である。

室町の世の古い守護大名ではない。乱世に己の才覚でのし上がったあたらしい大名、戦国大名だ。

その版図は、一国だけを治めている大名を、ゆうに超え、大内よりは狭いものの、大内と向き合って大名の最上位に腰を下ろした、但馬山名よりも、広い。

武田殿と、尼子殿、一体どちらが——最後の大名の席に座るんじゃ？

まだ現れぬ二人の男の席次が諸大名と重臣たちの気を揉《も》ませる。諸侯は固唾を呑んで輿房の左の畳を注視している。

物凄《ものすご》い眼光を迸《ほとばし》らせた大男が——のし、のし、と、入ってきた。

武田元繁。

細川勝元《かつもと》記によれば元繁の父、武田元綱《もとつな》は「世に隠れなき……大剛ノ者」であったという。

元綱は七尺三寸（約二メートル二十センチ）という驚異的な長さの大太刀を、軽々と振りまわす豪傑で……応仁の乱においてはわずか二千の兵で、五万の敵軍相手に互角の戦をしたといわれる。

その時は……、

郎党共に手負い疲れて、只基綱（元綱）一人ぞ戦《たたかい》ける。

（家来はみんな傷つき疲れ、動けなくなったが……元綱が一人で、戦っていた）

という有様《ありさま》だったという。

その元綱、大太刀の長さから見てとんでもない大男だったと思われるが、息子の元繁も、圧倒的な体軀《たいく》を受け継いだ荒武者だった。

その身の丈、六尺七寸（約二メートル）。

横に太く、筋骨隆々。

角張った顔で太く逞しい首はずっしりと重たげだ。黒い針金のような髭《ひげ》をたくわえている。目は、針のように細く、凄《すさ》まじい鋭気の光芒が灯っていた。唇から頰にかけて刀傷が走っていた。

緋縅《ひおどし》の鎧をまとった元繁からは——俺に無礼があったら叩き潰すぞ、という猛獣を何頭も合わせたような殺気が、滾々《こんこん》と、湧き出ている。

俺の席は何処であろう、というふうに、鋭い目が、場をぐるりと見まわす。

「武田殿、さ、さ、こちらにござる」

世慣れた様子の大内の若侍が元繁をいざなったのは、興房の左、最後の大名の席だった。

安芸の武田元繁がそこに地鳴りのような音を立てて腰を下ろした。

……では、尼子殿はあの席か？

狼狽《うろた》えが諸侯の顔を走る。

興房は、あるかないかの微笑《ほほえ》みを浮かべている。

つづいて、尼子伊予守経久が、現れている。

「尼子殿は……こちらにございます」

五十一歳の経久が誘導されたのは——但馬守護代・垣屋続成の下座、少年と言っていい、長門守護代・内藤興盛の相向かいだった。

経久が座る席を見て……西国屈指の武家貴族たちの中には、真《まこと》に嬉し気な笑みを一瞬浮かべる者もいれば、いや、尼子殿の席はそこではあるまいという固い危惧の念を面《おもて》ににじます者もいた。

他ならぬ興房の主、義興も……心配するような顔で経久の方をうかがっていた。

温厚な性格で、合戦以外の争いを嫌う傾向のある大内義興は、尼子贔屓《びいき》の義材、聖寿の顔も立てねばと思っているようなのだ。

だから興房の考えた席次に難色をしめしたのだが——強く説いてこの席次にさせた。

——御屋形様、しっかりなさって下さい。ここで、当家の方が尼子より絶対の優位にあることを世にしめさねばならぬのです。

興房にも、固い言い分が、あった。

……経久の席を見て狼狽えておる諸侯は何を動じておるのか？　経久が、大名の座に座るべきなどと、乱心しておるのか？　其《そ》は、断じてならぬ。彼は、守護代。此度《こたび》の戦は将軍家を不当に都から追った不忠者どもを懲らしめる義戦。我らが、この世の秩序、名分を世に赫々《かくかく》としめさねばならぬのに——ここで物事の順序を違えて如何するのか？

昨日、年齢、勢力の大きさ、名声、三つを考え、垣屋続成の上座に尼子経久を据えるべきではと進言した宮川房長を——興房は厳しく叱りつけた。

『——何を、血迷《かす》うておるのか！　尼子の勢力が大きいと申すが、其《そ》は京極公、山名公から、不当に掠《と》め取っただけの話。また山名家は、かつて六分の一衆と言われた西国屈指の名門。宗全《そうぜん》殿の時は西軍総大将をつとめ、上様の御父君をお守りした……』

上様の御父君とは応仁の乱の西軍が神輿《みこし》としてかついだ、足利義視《よしみ》のことだった。

『対して京極家は東軍であった。山名殿は、上様の挙兵に真っ先に応じ、助太刀を申し出てきた。一方、尼子は土壇場まで追い込まれて、仕方なく味方にくわわったにすぎぬ。山名の一の家来である垣屋殿の下座に、京極の臣下、尼子を座らせるべきであろう』

尼子経久は――己が誘導された席を見て、立ち止まっていた。

興房は表情を消し、

……さあ、如何する？　経久。そなたがここでことを荒立てれば西国の諸侯は一気にそなたの敵になる。大人しく垣屋殿の下に座ると……お主は大内、山名の下に在る者、という認識が醸される。それもまた、よかろう。お主の家中、および、お主が伯者や石見で奪った地が、揺らぎはじめるからだ――。

経久は深い笑みを浮かべ――己が誘導された席に大人しく座ろうとする。

諸侯の間で、静かなるざわめきが、起きる。京極政経の幽閉を憎んでいるのだろう、意地悪い敵意をにじませて経久を睨む武士もいる。

と、何やらもじもじしていた但馬守護代・垣屋続成が、腰を浮かせ、

「御屋形様」

上座にいる山名致豊に、

「某……若輩者にて、ここに座るのは何やら居心地が悪うございます」

山名領を奪ってきた経久、憎くて憎くてたまらぬはずの経久の方を向き、

「ここに座るべきは……尼子殿であるように思いまする。城攻め、野合わせの識見も、練達の闘将たる尼子殿の方が遥かに上。さ、さ、尼子殿、こちらにお座り下され」

と、経久は落ち着き払った声で、

「いやいや、垣屋殿。某は長らく上様から見て敵陣におった者。また応仁の乱でも当家は東軍であったゆえ、こちらの席で結構にござる」

「尼子殿……みどもの居心地が悪いのです。どうか、お座り下され」

若い垣屋もゆずろうとせぬ。興房の片眉が——ピクリ、と動いている。

……垣屋め。よけいな真似《まね》を……。

その時であった。

興房の左で赤く分厚い猛気が立ち上っている。

圧倒的な体軀をもつ、安芸分郡守護・武田元繁が、立ったのだった……。

ただ立っただけで周りの武将に荒々しい気の重圧をここまでかぶせてくる武士は、なかなかいない。元繁の眼光鋭い強面《こわもて》は、真っ直ぐ、経久に、向いていた。

元繁は轟《とどろ》くような声で、

「尼子殿——ここもとに、座られい」

「武田殿、何を仰せになるか！」

経久が何か言うより先に陶興房が口を開いていた。

武田元繁は表情もなく、興房を見下ろしてきた。

興房は、守護の身分である武田元繁に、慇懃な口調で話していたが……大内義興に安芸武田を圧迫するよう進言してきたのは、他ならぬ興房なのだった。

安芸の猛虎は再び経久を鋭く見据え、

「わしはなるほど守護じゃが……安芸の南西の一隅を辛《かろ》うじて治めておるにすぎぬ」

経久は頭を横に振るも元繁は、

「一方、貴公は……山陰数ヵ国の大名。わしは見ての通りの猪《いのしし》武者《むしゃ》。尼子殿は——機略縦横の策士。軍議ともなれば、貴公の言葉の方が、我が言葉よりずっと重かろう。深かろう。わしがそちらに降りるゆえ、貴公がこちらに座られい」

経久は謙虚さを漂わせ、いと、爽やかに、

「過分の御言葉……嬉しゅうござれども、某は、出雲の守護代。武田殿は安芸の守護。貴公がこちらに来られて、某がそちらに行くということはやはり出来かねます」

武田元繁は太い声で、

「この乱世、名分にいかほどの意味があろう？　敵に勝つことを……」

「武田殿」

厳しい声が——陶興房から放たれている。

小男の興房は、西国一、いや天下一の鬼柄者《おにがらもの》に何ら物怖じせず、

「我ら天下の名分を正すために京に上るのでござる。その我らの本陣が、名分を掻き乱せば、誰がついてくるでしょうか?」

興房はぐるりと諸将を見まわし、冷たい闘気を漂わせ、

「そもそも、名分がないがしろにされ——言う甲斐なきほどの下郎が跋扈《ばっこ》しておることが、今の世の、乱れを産んでおるのです。左様な乱れのもっとも大きいものが政元が上様を追った一件ではありませぬか?」

と、主君、大内義興が、春の畑のようにのどかで、そしてちょっと面白そうな声で、

「陶……お主らが言い争っておるうちに……垣屋殿が、尼子殿が座るはずであった所に座ってしまったぞ」

——はっとした興房がそちらを見ると、小太りで、福々しい顔にニキビの痕がある垣屋続成が尼子が座るはずだった所に腰を下ろし……いかにも昔からそこにいるかのようににこにこしているではないか……。

垣屋は経久にさあわたしの上席に座って下さいという素振りをする。

面長の赤ら顔で獅子鼻《ししばな》、品のよい口髭を生やした大内義興は、

「垣屋殿は、そちらでよろしいか？　尼子殿……垣屋殿が初めに座っていた所に座っていただけぬか？　武田殿はそのままお座り下され。西国一円から名立たる大名、権臣がつどうため、当家の席次に些か考え不足があったようにござる。悪いのは、この義興にござる。——さ、御両名、座っていただけぬか？」

これが落としどころだろうという顔で義興が、こちらを見てくる。

「垣屋殿が年長者を立てて下さる……ということなので、某、ここに座らせていただく」

穏やかに言った経久は元繁、そして自身から見て右、武田元繁と向き合う形で大名の末席に座していた因幡の山名豊重に一揖《いちゆう》、垣屋にも一揖し——興房と向き合う形で腰を下ろす。

先ほど、尼子殿の席はそちらでよいのかと険しい顔をしていた武士たちはほっと胸を撫《な》で下《お》ろすような顔を見せ、経久を小馬鹿にしたり、睨みつけていたりした諸侯も、決まり悪げな顔になっている。

興房一人が——険しい顔をしていた。

……何が、某は、出雲の守護代、だ？　出雲では主たる守護を幽閉、伯耆では真の守護を殺《あや》めておるくせに。よくもぬけぬけと——。

刹那、興房は……刃物のような視線に突き刺された。

興房の血が凍《い》て付《つ》くほど鋭く冷ややかな視線で睨みつけてきたのは経久であった——。

興房が青筋をうねらせると、経久の鋭さは一瞬にして掻き消え、別人のような……穏やかで爽やかな笑顔で会釈してきた。

……経久！　わしは、騙《だま》されぬぞ。お主はこの中の誰よりも危険な男だ。

と、

「上様の御成《おなり》ー」

烏帽子をかぶり、甲冑《かっちゅう》をまとった足利義材が現れ、全ての武士が平伏《へいふく》している。

軍議の結末は興房をさらに苛立《いらだ》たせた。

この日の議題は——赤松《あかまつ》家をどうするか、だった。

播磨《はりま》、備前《びぜん》、美作《みまさか》を治める赤松家は、反足利義材、親足利義澄、という立場を鮮明にしていた。鞆の浦から都の方を眺めればまず初めの敵として赤松が立ちふさがっている。

赤松討つべし。

というのが、陶興房、そして興房があらかじめ根回ししていた山名一門の考えだった。

山名は長い間、赤松との血みどろの戦をつづけてきた。

「赤松を討たずして兵糧を畿内まではこぶ道をつくれませぬ」

興房は赤松攻めにもっていこうとするが、前将軍・義材は、

「赤松を討たずとも兵糧をはこぶ道はつくれる気がする」

「と……言いますと？」

「赤松は十万にならんとする我が方の大軍に怯《おび》えておるはず。赤松に使いをおくるのだ」

細身でありながら剣術に秀でる義材は、諸侯を見まわし、

「海は天下の大道。これを行く、我が方の武者船、兵糧船に、手出しすなと言いおくる。城に閉じ籠もり、我が方の通過を許すなら――こちらも一切手を出さぬ。我が方に少しでも手を出せば全軍で討つ、こう言いおくるのだ」

興房は言う。

「上様の仰せ……誠にもっともかと思います。ただ、一点、そのような形で我が方の大軍が畿内にすすんだ時、赤松が突如、約定を破り、播磨に泊めた兵糧船を焼き払ったら如何しましょう？　その場合、我が大軍は源平の頃の義仲《よしなか》が如き危機に、花の都での飢えに陥りまする」

と、尼子経久が、

「某は上様の御説――もっともかと思いまする。赤松攻めが下手に長引けば、全軍の士気にもかかわり、もっとも大切な目的を果たせなくなることもあり得ます。赤松に使いを出せば、我が方は労無く畿内まで駒をすすめ、都の御敵を薙《な》ぎ倒《たお》すのは火を見るよりも明らか。上様は速やかに将軍職に復職されるでしょう。赤松は将軍となられた上様の軍門に降《くだ》るかもしれぬ」

経久は、興房を見つつ、

「いや、降らぬだろう、と言われる方もおるかもしれませぬが、その時点で、赤松が当方の兵糧船を焼いたらどうなりますか？」

微笑みを浮かべた経久の切れ長の双眸に冷ややかな光が灯る。

「赤松は――明らかな賊軍となり、一気に悪名高くなり、孤立する。その孤立した数ヵ月後の赤松を平らげる方が、今悲壮な決意を固めておる赤松を討つより、遥かにたやすいのでは？　経久、こう愚考する次第にござる」

経久の声には――興房ですら聞き入ってしまう、強い説得力が、ある。

「上様と尼子殿の御説の方が……理が通っておる気がするな」

物事を個人の好悪でなく公平に見ることが出来る大内義興が言った。

この一言で、軍議は決まった。

……またしても、出雲の狼《おおかみ》に……。

興房は険しい顔をかしげ、山名致豊は歯嚙《はが》みする。

足利義材が、満足げに、

「左様な形でよいかな？　では、赤松を取り仕切る洞松院尼《とうしょういんに》に早速文を書こう」

実は、義材、聖寿から昨日……赤松を取り仕切る洞松院尼は横死した最大の敵・細川政元の姉であるが、戦いたくない、赤松との戦をさける方向で、軍議をすすめたい、との相談が、密《ひそ》かに、経久に寄せられていた。

管領・細川勝元の娘であった洞松院尼。

俗名を「めし」という。稀代の醜女《しこめ》として知られていた。

勝元は、この娘を嫁にやらぬと決め、都の龍安寺《りょうあんじ》に入れて尼にしている。

義材への反乱——明応の政変——の直前、勝元の息子で洞松院尼の弟、細川政元は、赤松家を何としても味方につけようと考えた。政元には子がなかったため、龍安寺の姉を還俗《げんぞく》させ、赤松政則《まさのり》に嫁がせ——クーデターに協力させた。赤松政則がその後、亡くなったため、洞松院尼こと、めしが、幼君の後見人となり、山陽道の東を治めていた。

洞松院尼——まさに女戦国大名である。都に上らんとする十万近い足利義材軍を一人の尼僧、祝渓聖寿が動かす一方、これに初めの壁として立ちふさがる家も、別の尼が動かしている。

祝渓聖寿は経久にあてた密書で、

『洞松院尼殿とわたくしは同じ尼僧ということもあり、西軍だの東軍だの気にせず、したしく交際して参りました。賢明にして豪胆、面白おかしきお方です。そして……わたしたち、兄妹の命の恩人でもある。

政元は政変の後、わたしたちを、殺そうとしました。これを取りなして庇って下さったのが、洞松院尼殿。立場を超えた友なのです』

赤松家としたしくしてきた経久は、協力する旨、即答していた。

経久からしてみたら、赤松が討たれ、その所領が全て大内領、山名領になれば、尼子は全方位から大内、山名に取りかこまれ……窒息するほかなくなる。

——陶興房の恐るべき狙いはここにあると経久は正しく看破している。

その日、軍議を終えた経久が供をした嫡男、政久や宗八郎らと、大可島城から橋を北にわたると、主の帰りをまつ諸国の侍の中から、一群の男どもがどどどっと駆け寄ってきた——。

小高い大可島城は鞆の浦の東南、水堀のような細い海で本土からへだてられており、そこに橋がかかっているのだ。

闇討ちかと若林宗八郎が色めき立つも尼子の部将どもだった。

小さな海城、大可島城には諸大名の供の侍まで到底入り切らぬ。彼らの多くは橋の北詰でまっていたのだ。こうした武者の溜《たま》り場《ば》をつくるため大可島城に向かう橋の傍にあった町屋は大内兵によって破却されている。

今、土倉が並ぶ丘に見下ろされて、大内家がつくった武者の溜り場に西国一円の侍どもが雲集していた。

その人の波を、

「失礼する！　失礼する！」「通りまする。通りますぞぉっ」

などと言いながら、手で漕《こ》いで、尼子衆が、来る――。

見ればここでまっているはずの赤穴左京亮久清《あかなさきょうのすけひさきよ》、牛尾遠江守のほかに、大黒屋で待機しているはずの経久次男・吉田孫四郎、牛尾遠江守の舅、牛尾三河守、小柄な股肱、黒正甚兵衛らの姿もあるではないか――。

経久と郎党たちは大内兵が守り固める橋の北詰で合流している。

紅蓮《ぐれん》の直垂の下に腹巻をまとった厳《いか》つい美丈夫、赤穴久清が、

「殿！　御無事で……ござったかっ」

強髭の猛将、牛尾三河守が、目を潤ませ、白いものがまじった髭をふるわし、

「ずいぶんお帰りがおそいゆえ……我らいても立ってもいられず……」

「陣でまっておれと言うたではないか」

経久が目を丸《まろ》げると、赤穴、牛尾、黒正らを引きつれてきたらしい孫四郎が、

「何かあったのではないかと某が申すと皆、大黒屋などにおられぬ心地になりまして……」

「何かあるわけなかろう」

すらりと背が高い政久が、端整な顔をほころばせて強く言った。

経久は己を心配してここまでやってきた男たちに、ふっと微笑む。

「ほれ……。他家の方々が見ておる。大黒屋にもどるぞ」

牛尾三河守が自分より遥かに上背のある若林宗八郎を睨み、

「宗八郎めが……朝、某がおるゆえ大丈夫です、などと高言吐くゆえ……よけい、心配になったのじゃっ！」

孫四郎は経久よりも……祖父、吉川経基に似ている厳つく扁平《へんぺい》な赤ら顔をさらに赤くし、やや下に垂れた一重の目をぴくぴくふるわし、恐ろしく太い腕を動かし、宗八郎を小突く。

「そうじゃ、そうじゃ、全て宗八郎めの高言のせいよっ」

「……そんな……」

「何を申すか。宗八郎はなかなかにたのもしいぞ」

経久が言うと、牛尾三河守が不貞腐《ふてくさ》れた顔で、

「……ふん。殿はそう仰せになるが、わしから見ればまだまだ、未熟者にござるわ！」

と、赤穴久清の陰から黒正甚兵衛がおどけた顔をひょっこり出し、

「宗八郎も牛尾殿や孫四郎様から高言、などと言われたくないでしょう」

「何を小癪《こしやく》なっ……」

熱い鼻息を噴出させた牛尾が黒正につかみかからんとした時、

「──尼子殿！」

橋の方から声がかかった。

経久は、顧みる。

巨人が……橋に立っていた。

さっと、顔様を険しくした孫四郎と牛尾三河守が経久を守るように踏みはだかる。

中背の孫四郎、深く息を吸って分厚い胸をさらにふくらませ、巨大な体軀をもつその男に些かも吞《の》まれず、低い声で、

「──我が主に何用でござろうか？」

孫四郎は経久の子だが吉田家に養子入りしたのでこういう言い方をしたのだ。

燃えるように赤い鎧をまとった大男は遥か高くから問う。

き返し、

「何じゃ、お主らは？」

孫四郎、牛尾は――上から叩《たた》き落《お》とされた猛気の圧を、同じくらい分厚い闘気で叩

「尼子家家中、吉田孫四郎！」「同じく牛尾三河守！」

経久が落ち着いた声をあびせる。

「孫四郎、牛尾、控えよ。その御方は安芸の武田元繁殿だ」

「これは……御無礼をばいたしましたっ」

はっとした孫四郎は、牛尾と共に道を空ける。

武田元繁、愉快げに、元服前の孫四郎を見下ろし、

「尼子殿の御子息か……。噂《うわさ》通り、不敵な面構えよ」

どんな噂が、安芸に漂っているのか……。

「急度《きつと》、高名をば轟かす武者《むさ》になるじゃろう。いくつになられた？」

「当年、十七！」

孫四郎は吠《ほ》えるように答えた。武田元繁は、瞠目して驚き、

「十七……とな？」

と、元繁の家来の中からカラリとした大声が、

「十七？　わしの二つ下？　到底そう見えぬわい！　わしは……三十六くらいの古強

者かと思うたわいっ。うわははは！」

小兵《こひょう》で色黒、目がギョロリとしていて、異様なほど逞しい、黒糸縅の若武者である。野卑だが憎めぬ男だ。

牛尾三河守がその大笑いする若武者――恐らく初対面のはずだが――に、

「わしもまさに同じことを……ここ数年、思うておった！　だが……言いにくうてなぁ」

愉快気に言う。

黒い鎧の武士は笑いすぎて涙目になりながら、腹をかかえて、遥かに年配の牛尾に、

「そりゃそうじゃろう！　あんたの主の子供なんじゃから」

ぽかんとしている孫四郎を見た経久、政久は、くすりと笑う。

経久は穏やかな顔で、

「武田殿。あの愉快な若者は？」

「熊谷元直《くまがいもとなお》。わしの一の家来じゃ」

熊谷元直――元繁と鉄の絆でむすばれた若き豪の者の名を、経久は知っていた。

「お主が熊谷か、あいたいと思うておったわ。牛尾三河守じゃ」

「一目見てそうじゃと思うたわ」

牛尾と、熊谷が、歳の差をものともせず意気投合する中、笑みを浮かべていた武田元繁は経久に歩み寄り真顔になって、

「今日の席次……」

「………」

経久はこの時代にはかなり大きい六尺（約百八十センチ）の大男である。だが、元繁は経久よりなお七寸（約二十一センチ）も高いため経久が、大きく見上げる形になっている。

元繁は、言った。

「――わしは、違うと、思った。それだけつたえたかった」

去ろうとする安芸の猛将に経久は、

「武田殿、我が陣は鞆の浦のもっとも北、大黒屋にござる」

元繁は――夥しい小早《こばや》、関船《せきぶね》などの兵船の向こうに弁天島《べんてんじま》、仙酔島が見える方にすっと太い指を向け、そこから大きく右、東南に手をまわして、

「わしの陣は、南。海の上じゃ」

カモメが頭上を飛ぶ。

安芸武田家――南芸州を領するこの家は同族の甲斐武田と同じく、荒武者揃《ぞろ》い、で知られる。だが、甲斐の武田が騎馬隊で勇名を馳《は》せたのに対し、安芸の武田は強力な

水軍でその名を轟かせていた。

経久は元繁に、

「いつでもお寄り下され」

「同じく」

西日が照らす鞆の浦の町を黒駒に静かに揺られながら経久は行く。

周りを尼子兵の槍の林がかこんでいる。イカが干された家、魚と草鞋《わらじ》を商う店を横目に大黒屋にかえりながら経久は思案している。

……今日の軍議は恙《つつが》なく切り抜けたが陶は今後もいろいろ仕掛けてまいろう。備中新見家につづいて安芸武田も——いつか大内と戦う時、味方に引き込めるやもしれぬ……。

……安芸武田が細川方から大内方に回り、当家は苦渋を舐《な》めさせられたこともあったが……武田元繁、直にあってみると話の通じそうな男であった。

さらに、経久は、陶を見た元繁の目の色から——武田は好き好んで大内にしたがっているわけではないと感づいた。

……一方、陶興房。知略に秀でた戦上手だが、わしと興房の道がまじわることはない。これだけひどい天下大乱の源を興房は考えておらぬ。あるいは、あえて……気付かぬふりをしておる。

経久は天下大乱の原因を、命を大切にしない政《まつりごと》、一握りの武家貴族だけが楽しむための幕府と考え、その腐りの原因を荒療治しようとしている。

この殺戮《さつりく》と戦が吹き荒れる世で、武によって、あたらしき世を切り開かんとしていた。

陰徳太平記は経久が「勇武」の人だけではなく「愛和」の人であったと説く。

愛和とは……このような経久の考え方を言うのだと思われる。

また、陰徳太平記に、云《い》う。

兵法は強弱の二を出でず、経久は弱を専らにし……。

(兵法には、強と弱、二つの道がある。経久は弱の道を採ることが多かった)

陰徳太平記は別の所では経久を「無双の名将」、「知勇全備」などとたたえているので、この弱は後ろ向きな意味ではない。

たとえば――軍事的な弱さ、武勇の弱さ、軟弱さ、などを意味するものでは決してない。

では、弱、とはいかなる意味か？

恐らくは――。

凶暴より寛容、恐怖で人をしたがわせるやり方ではなく、人を懐けてゆく徳性、火のような荒々しさではなく、水のような冷静、陰湿な独裁ではなく、多くの家臣の言葉に耳をかたむける家風。

これらを言うのだと思われる。

多くの大名が……何も考えていないか、強の道で領民をおののかせ、近隣に軍事侵攻し、血の泥沼のような苦戦に沈み込み、深く傷つき、逆に衰えていた。

赤入道と言われた宗全に率いられた荒ぶる家、山名など、その良き例だ。

経久は別の道を行った。

陰徳太平記の著者が「弱」と呼んだ道を歩んだ。

この道を行きながら経久は……山陰最強の軍勢を鍛え上げ、戦えば必ずと言っていいほど勝ち、西国一円の大名が驚くほど急速に、版図を広げ、天下にその勇名を轟かせている。

今、経久の中である思いが、強く渦巻いていた。

――あたらしき世を切り開くには、大内という樹《き》に倒れてもらうほかない。

むろんしばらくはこの古く大きな家と動きを共にするほかない。

一人の男として大内義興を見た時、経久は興房よりは好感をもてた。しかしその好感は経久が信じる道をゆく時、闘志で切り払うほかない。

黒駒に揺られる経久の双眸に冷ややかな妖光が灯っていた。

……いずれぶつかる敵と、その時むすぶべき相手。顔をつき合わせて話せる……。

この連合軍の収穫かもな。


大黒屋にかえった時点で大可島城で、何があったか明かされる。

恐らくは陶が席次を考えたと聞いた孫四郎はここに陶がいたら首根っこを摑《つか》みそうな形相で、

「おのれ陶めっ――。父上を、辱めおって！」

赤穴久清も目を爛々《らんらん》と光らせ、両の拳をにぎりしめ、

「大名の席でなかったのはまぁ仕方ない。されど、垣屋の下、というのが許せませぬな！」

牛尾三河守もいきり立ち、

「陶の陣に火矢でも射かけたい気分じゃっ。もう、よい！　出雲にかえりましょうぞっ」

憤懣《ふんまん》の家の子郎党に経久の手がすっとかざされ、静かだが、強い声で、

「――ならぬ。今、雲州《うんしゅう》にもどったりすれば、相手の思《おも》う壺《つぼ》ぞ。興房が何か仕掛けて

くるのは端から知れていたこと」

冷静沈着な政久が深くうなずいて、

「父上がもしそこで……席次のことで突っかかれば、陶は次々罠を仕掛けてきて当方を孤立させたでしょう。ここには西国一円の大名があつまっている。鞆の浦で孤立する、すなわち西国で孤立するということ――」

孫四郎や牛尾三河守よりずっと思慮深いが、経久の名誉がそこなわれたりすると、火を噴くように怒る男、赤穴久清は、濃い眉をひそめ、厳つい顔をかしげ、よく通る声で、

「頭では……わかる。しかしこの赤穴が殿の立場なら皮肉の一つも陶に浴びせたくなったと思います」

経久は己が一字をあたえた赤い勇将に、

「わしは常につまらぬ怒りと、大事の怒りを、わけて考えておる。陶の軍規は厳しく、そのようなことをみとめる人物ではないが……たとえば、陶の兵士が、鞆の浦の者たちに日夜、乱暴狼藉《ろうぜき》をはたらき、陶が諸大名の兵糧を私し、不当な利を貪っていたとしよう。

これに怒るのは――大事の怒り。

この怒りを飲み込み、陶の勢威を恐れて、口をつぐむ者を、臆病者という。

だが……わしの席次、しかも相手にはまがりなりにも理があり、その理が決めた、席次。これにあれこれ申し要らざる不和をもたらすのはなるほど臆病ではないが、浅はか者の行いである。

浅はか者の怒りは――つまらぬ怒りである」

家臣たちをぐるりと見まわし、

「何かに苛立っても、つまらぬ怒りと、大事の怒りをわけよ。大事の怒りならわしは止めぬが、つまらぬ怒りで――己が身と、尼子、双方に、火の粉を降りかからせてはならぬ。都への道中、よくよく気を付けるように」

重臣たちは、

「――御意！」「ははぁ」

赤穴久清、すっくと立って、

「頭ではわかり申したが心の一隅がどうにも納得してくれん！」

凛々しき顔をふっとほころばせ、

「斯様な時は、色酒に酔うにかぎるわ……」

牛尾三河守が興味深そうに、

「色酒……？」

赤穴は、一同に、

「左様。鞆の浦は諸国の浦人がつどうだけあってその色里は広く深い。その深みに潜ってこようと思うのでござる」

経久はあきれたという顔になるも、牛尾三河守はいそいそと腰を浮かせ、

「わしも……参ろうかな？」

「どうぞ、どうぞ、お――」

鼻の下をのばしている吉田孫四郎を見つけた赤穴は、

「孫四郎様も共に行かれますか？」

「お……っう……うん？」

言葉にならぬ声が孫四郎からもれている。

「……赤穴。孫四郎を妙な方に引きずるのは止めてくれ。これはただでさえ……書物を読まず、わしもいろいろと苦労しておるのだ。これ以上、苦労を重ねさせないでくれ」

経久は、鋭く、

「ということじゃ、吉田の若君。この牛尾めが代参をして参りますっ！」

「何に代参するのか？」

孫四郎が不貞腐れたように言うと、

「決まっておりましょう」

逞しい赤穴久清は、これまた頑健な体の牛尾三河守と肩くんで、

「観音。ないしは、海の女神、弁天にお参りにゆくのでござる」

牛尾遠江守幸清がつられてぬっと立ち上がると、舅の牛尾三河守幸家は角で突きかかるように詰め寄って、

「何で、お主まで立ち上がるかっ。お主は我が娘を大切にせよ！　わしは……仕方ない。吉田の若殿の代参じゃ。では、行って参りますっ！」

赤穴、牛尾の後ろ姿をうらやましそうに見ている弟に、政久が、

「立場の違いというものがあろう？　……孫四郎」

分厚い肩をすくめた孫四郎、小声で、

「……ははぁ」

経久はいろいろ気を揉ませてくれる次男に、

「そなたも直、元服。しっかりしてくれねば困るぞ」

政久が思慮深い顔をこちらに向けて、

「父上。孫四郎の烏帽子親は……何方《どなた》に？」

経久と政久が元服した時に冠を頭に乗せたのは京極政経だった。

「……そのことよ。味方の諸侯の何方かにおたのみしたいと思うておる。いま少し考えたい」

言いながら経久は、

……孫四郎の嫁も、そろそろさがさねばな。

嫡男の嫁探しは——経久の胸に、棘《とげ》となって、今も刺さりつづけている。

政久は山名兵庫頭《ひょうごのかみ》の娘を妻としていたが、その前に……阿用《あよう》城主・桜井宗的《さくらいそうてき》の娘、雪《ゆき》と深い仲になっていた。

その恋を引き裂き跡取り息子を政略結婚させた経久であった。

息子に申し訳のないことをしたという気持ちは、ある。だが、今、時を引きもどせても……同じ決定を下すように思う。

孫四郎の時は同じようなことをくり返したくないと思う経久だった。

この夜、尼子陣で例の席次の件を聞き、思わず会心の笑みを浮かべた武士が一人、いた。

阿用城主・桜井宗的だった。経久といろいろ軋轢《あつれき》のある宗的だが鞆の浦には参陣している。

宿陣で、ほどよく燗《かん》した濁り酒を、イカの干物を肴《さかな》に啜《すす》っていた宗的は、

……危ない、危ない。用心すべし。経久めの鉢屋者が何処から見ておるか知れぬわ——。

小兵だががっしりした宗的、顎が大きな長い顔に浮かんだ笑みを掻き消すと、ギョ

ロリとした目を針の如く細めている。

大黒屋の傍、網元の家で、魚油の火に照らされた宗的は、居住まいを正す。

宗的が間借りしている網元は出雲国人をもてなすにあたって、荏胡麻《えごま》油の火を入れようとしたが、宗的は、

『戦陣に贅沢《ぜいたく》はいらぬ。無用の気遣い』

と、強く言い、ふだんこの家でつかっている油――悪い臭いのする魚油で結構と、つたえている。

魚油の臭いの中、桜井宗的は、

……さすがは陶殿。物事の道理というものを、ようわかっておられる……。陶殿のおられる周防では、下剋上《げこくじょう》などの大悪事が出来《しゅったい》しておらぬ。武士の美風が生きておる。何と羨ましいことか。

頑《かたくな》さがにじむ宗的の顔からは陶興房への尊敬が漂っている。

宗的がもっとも憎むのは不義理、である。

宗的の目は経久が出雲全体に何をもたらしたかではなく……京極氏への行いだけを注視していた。宗的は経久が京極にしてきたこと、政久と雪のこと、二つの理由から、尼子家を憎んでいた。

そんな憎しみがありながら何故、彼が鞆の浦にいるかと言えば……、

……妖人・細川政元めが、前公方《くぼう》様を京から追った一件は、天下一の不義也！

と、考えているからだ。

この戦いには武士としてどうしても出なければならぬと宗的は考えていた。

上洛戦に後ろ向きな輩が多い中、宗的は誰よりも強い熱量で、参陣している。

そんな宗的が経久を見た時、その大きな眼《まなこ》の中には……経久への憎しみがあるだけではなかった。決してみとめたくはないが、ある部分では経久をみとめている。

たとえば、経久の謀の深さ、勇猛さ、決断力、などを武士としてみとめざるを得ない。

……何故……その力を京極公のために役立ててくれぬ――？

と、思うのだ。

……ともかく尼子の下知にしたがうのは癪《しゃく》じゃが、都におる不義不忠の輩を討ち滅ぼすのは、肝要なことぞ。

尼子の下にいることは宗的の苦痛だが、

――吉童子《きちどうじ》様の元服は……いま少し先。もう少しの辛抱じゃや。

京極家の若君、京極吉童子。祖父・京極政経、母である近江六角《おうみろっかく》氏の姫と共に経久が出雲国平浜八幡宮《ひらはまはちまんぐう》近くで匿《かくま》っているこの少年は恐らく、明応四年（一四九五）前後の生まれと思われる。

とすれば吉童子は当年、十四歳になる。

……かつて勘兵衛めは、京極家から経久以上に出雲をよく治めるお人が出たら経久は身を退くはずとわしに申した。わしは、その時、閃《ひらめ》いたのじゃ……。

恐ろしい形相で笑む桜井宗的だった。

京極への鉄の忠誠をもつ宗的だが、さすがにこの男も……あの人の許に、あつまれと呼びかけたところで、出雲衆は誰もあつまらず、自分たちは尼子に負けるとわかっていた。

……京極政経だ。

戦に出れば連戦連敗、失政に次ぐ失政を重ねた、御屋形様だ。

だから、宗的は、考えた。

……吉童子様が元服され立派な武士になられる頃、経久は、老いておる。驕《おご》りたかぶり家中の反発をまねいておるかもしれぬ。――わしが動くは、その時ぞ。

その時、宗的が起《た》ち、吉童子こそ出雲を治める正統の君主であると宣言すれば、

――一挙に味方はあつまるのでないか？　尼子を、滅ぼせるのでないか？

この男は、その時が来るまでは、尼子にしたがいつづけ、機が熟せば、一気に尼子に大打撃をあたえるつもりである。

それまでは経久からあたえられた仕事は腐らずに完璧にやり遂げる気だった。

とくに、此度のように宗的もやり甲斐《がい》を見つけられる仕事なら——誰にも負けぬ熱意ではたらき、出雲一と言われる弓の腕で、大手柄を立てる所存である。

この知恵深き男は経久が上洛すれば出雲において、

……何か騒ぎは起きるじゃろう。されど、わしは——左様な下らぬ騒ぎにくわわるつもりは、ない。

短見的な蜂起で自滅する気は、ない。宗的の計画はもっと長期的なのだ。

用心深い宗的は計画を重臣にも、親友にも、明かしていない。

尼子忍びが身の回りをさぐっているのに宗的は感づいているが、

……彼奴《きやつ》らは、何も、見つけられぬ。

——桜井に怪しい動きは、見られぬか……。

鞆の浦に甘酒を売りにきたその百姓娘は心の中で呟いた。

西国一円の大名があつまった鞆の浦。夜になっても、ほうぼうで篝火が焚かれ、不寝番の武士が、陣所の守りを硬い顔でつとめていた。

鞆の浦の胃袋は未曽有の大きさにふくらんでいる。

この湊町にあつまった数万兵士の腹をみたすのは、町の中の商人だけでは、手が足りぬ。昼も夜も——近隣の農漁村から男や女がやってきて、食べ物や飲み物を商っている。

むろん桜井陣前にいたのはただの甘酒売りにあらず。

――鉢屋者・星阿弥だった。

はや、三十をすぎた星阿弥だが小柄で童顔であったため、かなり若く見える。幼さがのこる百姓娘に化けるなどお手のものだ。

塩冶の中の叛徒《はんと》と宗的がつながっていると読んだ星阿弥は、今や尼子忍びの中忍の立場。陶の方は下忍《げにん》にまかせ桜井陣を鋭く見張っていた。

だが今日も怪しい者が桜井陣に入った形跡はない。

あまり桜井陣前にいると怪しまれるから、下忍にまかせ、星阿弥は別の場所へ歩み出す。

備後山内家、安芸毛利家の陣の前を歩む、甘酒売りの娘は篝火に照らされながら、

「甘酒ー、甘酒ー」

毛利兵に呼び止められて甘酒を売る。

また別の方に流しながら星阿弥は考えている。

……桜井は何かを、企《たくら》んでいる。だけど、何も……出てこない。殿様も、宗的には、用心しておられる。けれど――証《あかし》が無ければ滅ぼさない。そういう御方だ。

証とは、宗的が経久の暗殺を企んだり、仲間をあつめて謀反の謀議をしたりした、

証拠である。そういう証があれば——経久は容赦なく、宗的を討つ。

ほかの大名ならそんな証拠などなくとも宗的を斬るのではないかと星阿弥は思った。

だが、謀聖は、その道を決して歩まない。

ある時、経久は星阿弥に言っていた。

『六代将軍・普広院《ふこういん》殿（足利義教《よしのり》）は……いつ家来に襲われまいかと疑い、幾人もの大名を殺した。しまいには普光院殿の刃を恐れる大名の反乱に遭い、命を落とされた。室町家の威信の低下は、天下大乱のきっかけの一つとなった。故にわしは同じ轍《てつ》を踏まぬ。

我が身の安泰のための粛清が、我が身に降りかかる刃となり、結句《けっく》、我が身を滅ぼす。

歴史は我らに——そうおしえておるからだ』

……自分の心の中の疑いで家来を斬れば、必ず無実の者を殺めてしまう……。それを危ぶんでおられるのだろう。

さらに、宗的は大功臣、山中勘兵衛の従弟であった。

……おまけに桜井殿は殿にあたえられた役目をほかの多くの侍より早く、完璧にこなす。

経久は文武両道の宗的を警戒しつつも……その能力を高く評価しているのだ。

星阿弥の足は、なまめかしい明かりが灯る一角に近づいていた。

色里。

と、星阿弥の後ろで聞きなれた声が、

「茜屋《あかね》という店が、もっとも評判でな」

「茜屋……芳しい響きじゃ。そこ。そこに行くほかあるまい！」

赤穴左京亮久清、牛尾三河守の、声だった。

うつむき加減になった娘甘酒売りのすぐ横を若党数名を引きつれた赤穴、牛尾らが大股で歩いて行き、諸家の侍でごった返す遊里に消えてゆく。

と、前方から辛《つら》い暮らしに衰憊《すいはい》した乞食の翁《おきな》が歩いてくる。

すれ違いざま、

「——南条《なんじょう》、小鴨《おがも》が、鞆の浦入りした」

星阿弥にしか聞こえぬ声で話したのは銀兵衛《ぎんぺえ》である。笛師《ふえし》銀兵衛——星阿弥と違って経久に仕えておらず、銭でやとわれている鉢屋者だった。

南条宗貞《むねさだ》と小鴨清忠《きよただ》は、東伯耆で、尼子と戦いつづけている手強《てごわ》い国人だった。

「鞆の浦につくや否や山名致豊が南条、小鴨を宿陣にまねいて歓待したぞ。この宴席に陶も、呼ばれた」

自在坊を追う銀兵衛は陶の周りをさぐっていた。

星阿弥と銀兵衛の間には、香阿弥の一件に端を発する、わだかまりがある。だが共に忍び働きする以上、左様な気持ちは押さえねばならぬ。

・

三月、都で、また、政変が、起きた。

管領・細川澄元と重臣筆頭、細川高国の対立が極みに達し——高国が京を追われた。

高国は伊賀《いが》に引っ込んでいる。

伊賀の守護は、高国の従弟、仁木高長《にきたかなが》である。細川高国と仁木高長は伊賀にて管領・細川澄元討伐の兵を掻きあつめ都をうかがう素振りを見せた。

すると——管領・澄元の足元は大揺れする。

というのも澄元、高国の養父・細川政元を風呂場で暗殺した黒幕は……細川澄之で……この仇《かたき》というべき細川澄之を討ち取ったのは、高国だ。

その大功ある高国を圧迫し、都から追った細川澄元への反発、さらに澄元の側近、阿波《あわ》侍どもへの反感が、都の侍たちの間に、燻《くすぶ》っていた。

室町幕府は京にあったので京都武士というべき者たちを生んでいた。武者というよりは……官僚のような男たちだ。この京都武士が支持しているのが同じ京都武士の細川高国なのだ。

一方、阿波細川家の澄元は四国は阿波の山や海で鍛えられた……三好《みよし》家を軸とする、猛烈な武勇をもつ阿波武士たちにささえられていた。

阿波武士は京都武士を気取った奴《やつ》らめと思い、京都武士は阿波武士を、田舎者めと思っている。

四月九日。鞆の浦に集結した、反足利義澄、反細川澄元連合軍十万近く、伊賀から都を窺《うかが》う細川高国、足元のクーデターの危険、三つに怯えた細川澄元は、惑乱、最側近・三好之長《ゆきなが》と近江《おうみ》に逃げた――。

将軍を見捨てて逃げる慌てぶりで、京には……守ってくれる兵がほとんどいない、将軍・足利義澄が、ぽつんと、のこされた。

その都に細川高国が――一万の兵と上洛。

ところが高国は鞆の浦の足利義材、大内義興に内通を願い出ている男なのである……。

•

将軍・足利義澄もまた恐慌に陥っている。

四月十六日、夜。将軍・足利義澄も、先に逃げた管領・細川澄元を追うように近江に落ちている。

途中、この哀れな十一代将軍の一行は盗賊に襲われ……相当な危険に見舞われたとつたわる。

さて、細川高国は細川澄元、足利義澄が潜んだ近江を攻めることなく、摂津《せっつ》の澄元方を攻めた。

足利義材、大内義興が上洛する地ならしである。

斯様な畿内の様子にくわえ、赤松家から領内通過の黙認が出たところで、鞆の浦の大軍——足利義材をかつぎ、知恵袋に祝渓聖寿をいただく、大内、山名、尼子、大友、伊東、龍造寺《りゅうぞうじ》、安芸武田ら、錚々たる諸侯がくわわった大連合軍は東に動き出した——。

経久は先鋒《せんぽう》を願い出るも、誉れある先鋒は——陶興房の強い推挙により、東伯耆の南条宗貞と決まった。元、盗賊、沼熊《ぬまぐま》の首領であり、塩商人の用心棒・天田《あまだ》又八郎《またはちろう》こと——若き日の尼子経久を憎む不穏な闘将である。

四月二十六日亥《い》の刻（午後十時）。足利義材を守る連合軍が、堺《さかい》に上陸した。

細川高国、河内《かわち》の不屈の義材派・畠山尚順《はたけやまひさのぶ》が、出迎えている。

義材は自分を迎えてくれた高国を細川京兆家の当主とした。

足利義材が上洛したのは——永正五年六月八日である。今の暦で七月中頃だ。

公家、三条西実隆《さんじょうにしさねたか》はその日の日記に、こうしるす。

霽《はれる》……今日将軍御上洛午刻云々、仍人々見物成群……。

(晴……今日、昼間、将軍がご上洛された。よって人々は見物し、群れとなった)

突き抜けるような青空に真っ白い入道雲が浮かんでいる。

西国街道の両側、広々とした青田に白鷺《しらさぎ》の群れがいこうていて、青いシオカラ蜻蛉《とんぼ》が盛んに、飛んでいる。

五重塔《ごじゆうのとう》の甍《いらか》が尼子勢を迎え、板葺《いたぶき》屋根の町屋、そして群衆が見える。大内軍を主力とする連合軍を一目見ようというのだ。

明応の政変で都を追われた義材にとっては実に十五年ぶり。

守護代となって出雲にもどった経久にとっては……二十九年ぶりの都であった。

……なつかしいな……。

ミノ、ゴンタ、クロマサ。不夜城というべき五条東洞院《ごじようひがしのとういん》で蛍火《けいか》という名で呼ばれていた初恋の人、照葉。……塩冶《あふ》掃部介《かもんのすけ》、伊勢新九郎。

若き日の思い出が胸の中で溢れて経久は悲し気な微笑みを浮かべる。

クロマサは側近、黒正甚兵衛として傍におり、伊勢新九郎こと早雲庵宗瑞は遥か東でその武名を轟かせていた。

ミノと照葉を救う道もあったのではないか？ 苦い思いが胸に沁《し》み、端整な顔に濃い翳《かげ》が差す。

――そして、掃部介。まさか、あの頃……。

天下無双の武勇で知られた畠山義就《よしなり》の手勢に無謀にも突っ込んでいった、若き日の己と、痘痕《あばた》面の友を思い出す。

……あの頃、わしはお主と戦うことになるなど夢にも思わなんだ。

そして今、経久は……掃部介の同族が出雲で叛旗《はんき》を翻すのを、今か今かとまっていた。

……またわしは、そなたに叱られることをしようとしておる。だが、出雲を、山陰を――天下を平らかにするためなのだ。こうする他ないのだ。

深く息を吸い――感傷を振り払う。切れ長、一重の双眸を細めた経久は、

「見よ。政久、孫四郎」

黒白沢瀉縅の甲冑をまとい黒駒に跨《また》がった経久は色々縅をまとい白馬に跨った美貌の若大将と、荒々しい栗毛《くりげ》に乗り、赤黒段縅《あかくろだんおどし》の鎧をまとった厳つい次男坊に、声をかける。

「あれぞ東寺の五重塔だ」

「あそこより先が……都なのですな」

孫四郎の声には少年っぽい興奮が籠もっている。戦ともなれば、鬼同然となる孫四郎だが、経久から見ればまだまだ子供だ。その子供の烏帽子親となるべき男を——経久は、堺で、見つけていた。まだ重臣にも伏せているが先方の内諾は得ている。

と、東寺の土塀の近くにかたまっていた見物人から、

「尼子様！」

一人の翁が弾んだ声を発している。

見るからに富商といった風情の老人で、人の好《よ》さ、如才なさが、福々しい顔からにじんでいた。

経久は、馬上から気さくな笑みを浮かべ、

「おう、今浜屋《いまはま》」

都から叡山《えいざん》を東にこえた所にある琵琶湖《びわこ》をのぞむ湊町が、東坂本《ひがしさかもと》だ。

経久は東坂本の問丸、今浜屋に今は亡き塩冶掃部介と身を置いていたことがある。掃部介と氷雨《ひさめ》の中、馬を飛ばして照葉を取りもどそうとしたのは、今浜屋にいた頃だ。

都をはなれてからも経久は今浜屋と文のやり取りをつづけ上方の情報を得てきた。

都の情報を得る時、今浜屋はある意味、洛中《らくちゅう》の商人より、役に立つ。

というのも応仁の乱の災禍、治安の崩壊から何とか立ち直ったところに、細川同士

の戦争が降りかかった京では、またも群盗が跋扈、都の商人は突然、殺されてしまったり、俄かに行方知れずになったりすることが、多かった。紛争中も当然便りがこない……。

ところが東坂本は都から山を一つはさんだだけなのに平和であった。

この湊は比叡山延暦寺《えんりやくじ》の門前町だったから、大名同士の戦にほぼ巻き込まれなかったのだ。

経久が堺に入ると今浜屋は次男をつれてやってきて、再会を喜ぶ感涙を懐紙でぬぐい、

『尼子様、わしの次男は洛中で材木屋をはじめまして……。上洛されたら是非、そちらに。七条堀川《しちじようほりかわ》にあります、愚息の家を宿としておつかい下さいませっ。また、東坂本にもどうぞお越し下され』

むろん、ことわる謂《いわ》れはない。

今、今浜屋は東寺口まで、次男と下人数名をつれ、迎えに現れたのだった。

「後ほどあおう。まずは上様を、仮の御所にお入れせねばならぬ」

今浜屋に言って馬をすすめる。

天下大乱から何とか立ち直ったはずの都だが……急に焼け野原が目に飛び込んでくる。

立ち並ぶ町屋に巨大な火の玉が落ちたような、あるいは大きく惨たらしい穴が、突然開いたような感覚だ。

髪と顔が薄汚れた裸足《はだし》の童たちがその焼け野原に途方に暮れたように立っていた。骨と皮ばかりに痩せた、ぼろぼろの衣をまとった女が、肋骨《ろっこつ》が浮き出た体にぴったりと赤子をかかえ、力ない目で佇《たたず》んでいた……。

戦で身寄りも、家もうしなったか、悲しみを面にこびりつかせた老人たちが、打ちひしがれたように固まっていた。

——何故、これをすて置いていた？　ついこの間まで都を治めておった細川澄元、足利義澄公は……。戦とは……天災ではなく、人災。大名同士の争いが起こした災いであろう？　なら何故……政人《まつりごとびと》が、これに手を差しのべぬ？

むろん経久は天災をおろそかにしているわけではない。

天災への備え、天災に遭った人々への助けもきちんとおこなっている。

たとえば経久が出雲で水害への備えをおこなった事績がつたわるのである。

傍らに馬を並べた政久が、

「これは……ひどい」

政久の目は道の右側、焼け野原にそそがれていた。

ところが……孫四郎の目は……焼け野原と道路をはさんだ逆、富商の家や店と思われる大きな板屋の連なりの方、正しくはそれら板屋の何とも雅《みやび》な暖簾《のれん》の前に立つ、色とりどりのめずらしい模様の絹衣をまとった、美しい娘たち、たぶん富商の娘たちなのだろう、そっちの方にそそがれているではないか……。

政久はそんな弟に、

「孫四郎。この都には、光もあれば陰もあるようだ。いろいろなものを見ておくのが大事だぞ」

「……はっ」

どこか軽いが、素直な孫四郎。恐縮している。

すぐに道の反対——焼け野原に視線を走らせ打ちひしがれた顔になった。

そんな兄弟のやり取りに微笑む経久は、

……久幸がおくってくれた兵糧は十分すぎるほどだ。この人々にくばろう。また義尹様（義材のこと）、聖寿様にも、申し上げねば……。

京につどった諸大名の力により戦で家や身寄りをなくした人々に何らかの手助けを出来ぬかと経久は思案する。

常に飢たるには食を與《あた》へ、凍たるには服を玉はりける、と言われた経久。

恒産なければ、恒心なし……古の賢者の教えに感銘を受けた若き日の志から、大身となっても、踏み外さぬのである。

この日、七条堀川に入った経久は――今浜屋の倅の店と、周りのいくつもの家に、兵を分宿させている。

足利義材は一条室町《いちじょうむろまち》、吉良《きら》邸に入った。また、大内義興は六条《ろくじょう》油小路《あぶらのこうじ》、法華堂に入り、陶などその重臣は法華堂近くの商家などに入った。

七月一日、足利義材は――征夷大将軍《せいいたいしょうぐん》になった。

長い日本の歴史の中で、一度、将軍職を追われた者がまた復職した例は、ただこの一度だけである。

将軍復職を見とどけた九州の大名たちは、我先に国許《くにもと》にかえっていった。

大乱世に、これ以上、国を空けるわけにはゆかぬという判断である。

山陰山陽の武士からも帰郷に心引きずられる者が溢《あふ》れ出《で》るも、義材、聖寿はもちろん、治安回復を喜ぶ公家衆、高僧たち、都の富商は……必死に彼らを引き留める。

時には泣き落としにかかる公家や豪商もいる。

九州勢が消えた後も京にのこり、義材をささえつづけたのは――大内義興、七月に管領になったばかりの細川高国、尼子経久、山名一門、安芸分郡守護・武田元繁、紀伊《い》と南河内の大名・畠山尚順などだった。

七月二十日、尼子経久の次男、吉田孫四郎の元服式がおこなわれ――孫四郎の烏帽子《えぼし》親《おや》の名が、陶、山名ら反尼子勢力の度肝を抜く。

――管領・細川高国。

抜け目ない高国は四月に義材を迎えるや義材や大内に満面の笑みを浮かべて近づくと共に……何か思惑あって尼子家にも急接近してきた――。

鞆の浦や堺で経久は連合軍の諸将の間をくまなくまわり味方作りをおこなってきた。誰か特定の武士とだけ付き合うと――陶や山名に睨まれるため、満遍なく親交を深めつつ、これはと思う人物を、ごく自然に、味方に引き寄せている。

たとえば新見蔵人を筆頭とする備中国人。

安芸の猛虎、武田元繁。

石見国人の一部。

――謀聖は大内に大人しくしたがう素振りを見せつつ……目に見えぬ大内包囲網を密かに張りはじめていた。そんな謀に手を染めつつも、惚れ惚れするような笑顔で義興、興房に挨拶し、交誼《こうぎ》をかかさぬ経久なのだった……。

経久の方も高国に近づこうという腹づもりだったので、向こうの方からぐっと近づいてきた時は嬉しくもあったし驚きもした。

経久は堺において細川高国とも親交を深め――孫四郎の烏帽子親をたのんでいたのだ。

いくつもの高燈台《たかとうだい》の光が、真新しい畳に端座する経久次男・孫四郎、その傍らに置かれた烏帽子の乗った柳筥《やないばこ》、銀の泔坏《ゆするつき》、あるいは鏡を乗せたススキの蒔絵の鏡台、張りめぐらされた新調の簾《すだれ》を、照らしていた。

管領・細川高国の分厚い掌《てのひら》が立烏帽子を取る。

妖術に魅せられた前々管領の死後、三人の養子間で起きた権力闘争を勝ち抜き室町幕府第二位の武士、管領となった、高国。

政久と歳が近い。

二十五歳。

背が高く小太り。色白で下膨れ顔。異様に力強いどんぐり眼が印象的で――物静かな男だった。

……高国とすれば、大内の突出を押さえたいのであろう。故に、大内とも尼子とも親密でありたい。大内が驕れば尼子をつかい、尼子が思い上がれば大内で押さえる腹づもりだ。

経久は、赤穴久清が理髪した倅の頭に、ゆっくり冠を近づける細川高国を眺めつつ、その意中を読んでいる。

孫四郎に、烏帽子が、乗った。

この瞬間、吉田孫四郎は、室町幕府管領・細川高国から一字拝領、「吉田国久《くにひさ》」という成人の武士に生まれ変わった。

その夜、孫四郎あらため国久の元服祝いで、烏帽子親・細川高国、武田元繁、畠山尚順ら来賓の大名、そして若君の成人を喜ぶ、赤穴久清、三沢為幸、両牛尾、黒正、今浜屋やその倅、さらに途中参加の特別の来賓、曇華院主・祝渓聖寿らと言葉をかわした経久は、さすがに昂揚感《こうよう》につつまれていた。ふとむっつりと押し黙り杯を口にはこぶ桜井宗的と目が合った。宗的は目を逸《そ》らす。政久は——そんな経久と宗的の視線の交錯を複雑な眼差しで見詰め、自身も硬く冷えた気をまとい黙々と杯を口にはこぶ宗的に目をやるも——やがて気まずそうに視線を落としていた。

経久や政久の烏帽子親は出雲守護・京極政経だった。

だが国久の烏帽子親は——守護大名に指図する、室町幕府管領だ。

管領は、足利将軍の子が元服する時、必ず烏帽子親になると決まっている。

管領を烏帽子親にすることは当時の武士にとって極めて名誉なことである。

経久は名聞など眼中になく実を重んじる。

だが現実主義者の経久は利用出来る名聞はとことんつかう。

たとえば、名聞は……それを重んじる陶のような人間をたじろがせたり、したがわせたりする武器になる。

管領を息子の烏帽子親にしたのは反尼子勢力に経久が射た矢である。

般若湯をたしなみほろ酔いになった祝渓聖寿と、名高い柳の酒をたらふく飲んで深く酔うた高国を輿《こし》に乗せ、二人の息子、重臣たちと見送った経久は、松明《たいまつ》に照らされながら深い笑みを浮かべている。

……よし。軍勢はまだのこしておくが、わしが京におる意味はなくなった。出雲の叛徒どもよ。何をしておる？　早く立ち上がるがよい。

経久の双眸に——冷ややかな妖光が灯った。

経久は、敵の奇襲、夜襲をまち構え——張りめぐらした幾重もの罠でつつみ込み一挙に滅ぼす、という戦い方を、得意とした。

この知恵深き男は国内の反乱にも同じ手がつかえるのでないかと考えている。

多くの将軍や、大名は、反乱に怯え、恐れる。

だから反乱の芽を大きくなる前に摘もうとする。

芽を摘む中で——無実の者を力ずくで引き抜き、殺してしまったりする。罪なき家を疑って、家ごと血の海に沈めてしまったりする……。

それは当然、将軍、大名の悪名として溜《た》まってゆく。

左様な将軍、大名は……いつ自分が殺されるかわからないという強烈な不安の圧力を家中にあたえつづけている。

その圧が極みに達すると——まさかこの者が……という家来が突然、反乱を起こし、そういう将軍、大名を、殺してしまうのだ。

経久はそれを無用の圧と思っていた。

――己の命を守りたいがために、己の命を奪う者を、そだてておる。

――そうではなくて、反乱を、起こさせてしまえばよい。反乱の企みを忍びによって事前に察知、これを迎え撃つ備えを、完璧にしておく。夜襲をくじく備えのように。さすれば……。

不平分子の多くは反乱に合流するため、粛清に粛清を重ねる大名のように、次の裏切り者は誰じゃろう、と、常にびくびくする必要がない。一気に片付けることが出来るのだ。

……大内とこと構える前に、出雲の膿を出し切らねばならぬ。

出雲の狼の謀略は歳を経るごとに研ぎ澄まされている。

細眉をぴくりと動かした経久は、政久、孫四郎あらため国久に、

「さて、宿陣にもどろうぞ」

と、

「尼子殿――」

たおやかな声がかかった。

見れば――去りかけた輿が一つ、止まっていた。

高国が乗った輿が庵形（家の形）の軒をしているのに対し、その輿は軒が雨眉（眉

法《のり》の道をゆく輿だとしめす、軒である。

「何でございましょう？　いもじ御所様」

もう、こう呼んでよかろう。

経久は嫡男、政久、元服したばかりの次男、国久、家来たちをつれ、曇華院主・聖寿の輿に向かって歩いている。

影の将軍というべき女性《にょしょう》は御簾《みす》の内から、

「尼子殿。一つ、話し忘れておりました。お人払いを」

経久が政久、国久だけを傍にのこし家来を輿から遠ざけると、聖寿は、

「尼子殿の統治の辣腕をわたしも兄もこの目で見ました。知勇にすぐれた貴方《あなた》が味方になってくれたこと、感謝しております。兄は尼子殿に教えを請いたいとしばしば言うております」

「勿体ないお言葉。……ありがたき幸せにございます」

「わたしや兄は貴方が出雲を初めとする山陰の地を治め、守る者、と心得ておりますが、それをみとめたくないという者もおる様子」

「…………」

興房や、山名致豊の顔が、胸底を、漂う。

「——其《そ》はつまり尼子殿が出雲の守護代であることに因る。名が、実に、追いついておらぬ……。故に名だけを見ようとする者に批判の口実をあたえてしまう。——我らも、そこを考えておるところです。……追って沙汰がありましょう。

尼子殿が心なき者の言葉に怒りをつのらせ山陰の地にもどるようなことを、我ら、憂いております」

「……怒りをつのらすなど滅相もない。お二人にそのように言うていただき、経久、感悦しかござらぬ」

「安堵《あんど》いたしました。では——」

聖寿の輿は立ち去り、経久、政久、国久は、深く頭を下げている。

経久は、義材、聖寿に、厚く感謝していた。

一歩間違えれば大内軍を主力とする連合軍に討滅されてしまうところから救ってくれたのが、この兄妹だった。二人の伯父が若き日の経久から最愛の女《ひと》を奪った日野勝《ひのかつ》光《みつ》であることを思うと、何とも不思議な話である。

一方——義材、聖寿も経久をたのもしく思い、西国諸侯の中では、大兵力の大内と智《ち》の尼子に将軍をささえる両輪になってほしい、そのためには経久の地位を引き上げねばならぬと、心から思ってくれているようだった。

経久としても二人の気持ちに応えたい……。せめて、近江に潜み、じっと都を窺っている敵を蹴散らすなどしてはたらきたい。

だが——出雲で何かことあらば、経久は、もどらざるを得ぬ。

胸の中の大計と聖寿たちに応えたい思いがせめぎ合い、出雲の主の相好は険しい。

宿陣の前にもどった経久は黒正を見かけると、

「例の童ら、どうか？」

経久は黒正甚兵衛に久幸が十分とどけた米を戦によって家や身寄りをうしなった人々にくばるように命じていた。黒正はその中で、見所のありそうな孤児を尼子の家来にしてよいかと訊いてきたのだ。恐らくは昔の自分を重ね合わせたのだろう。経久は、笑って許している。その子らの様子を訊いたのだ。

「はっ、今、字を覚えたがっており、某がおしえております。だがどうも……戦場を往来するうち、忘れてしまった字も多く困っております」

牛尾三河守が、ふふんと笑い、

「お主は忘れたのではなく……。うむ。まあ、よいわ」

「何ですかっ！　牛尾殿、それは——。無礼ですなっ」

そんな黒正をあるかないかの微笑を浮かべて見詰める短髪、小袖姿の女人がいる。

星阿弥だった。

経久が、都の飢民に目配りしていたこの頃、大内家は陶発案のもと、公家衆に抜かりなく米をくばっていた。

二日後……将軍・足利義材に呼ばれた西国の覇者、大内義興は、浮かぬ顔をしている。

一条室町、吉良邸。

義興の前に細身の将軍、ほかに小太りの管領・細川高国が、いた。

義興の不満は――将軍の態度。

……尼子の提案により、諸大名から米を少しずつ出し、戦火で焼け出された孤児などを救うことになった。ここにこの義興も異存はないのじゃ。その後の上様のお言葉に引っかかる……。

大内義興は前《さき》の上洛戦で一兵もうしなっていなかったが……自分こそ戦功第一と思っている。まず義興は義材を幾年《いくとせ》もかくまってきた。さらに、自分が諸侯に呼びかけねば、義材の味方はあれほどあつまらず、上洛、将軍復職も、なかったろう。

義興は――大きな恩賞を望んでいた。

が……そんな義興に、義材が提示した恩賞は、堺の町の権益、というものだった。

たしかに堺は天下屈指の湊でその税収ははかり知れぬ。

だが、大内はすでに堺に匹敵する日の本最大の湊、博多を我が手に押さえている。

『……堺——？　畿内で一国を頂戴しても余りある、御屋形様の恩賞が、堺、ただ一港？　突っぱねるべきにござるっ！』

陶興房を中心に重臣は憤激。

大内氏は、将軍の提案を、突っぱねている。

このことが今まで固い絆でむすばれてきた将軍・足利義材と、大内義興の間に走った初めの罅《ひび》である……。

大内は足利将軍から侮辱された気がしていた。だが、義材とその知恵袋、祝渓聖寿も、大内から辱められた気がした。

義材、聖寿にも、同情出来るところがある。彼らが自由に動かせる国や土地はほとんどない。大内側は「畿内で一国」などと簡単に言うが、五畿内のうち、摂津《せっつ》、和泉《いずみ》は、細川、河内は、畠山のものと決まっていた。大和《やまと》は、興福寺《こうふくじ》と、その後ろにいる——藤原《ふじわら》摂関家のものである。最後にのこるのは京がある山城《やましろ》国一つだが……足利の兄妹には、山城を、将軍の直領にしたいという思いもあったろう。

義材、聖寿、高国は相談の結果、大内義興を日本の中心、山城国の守護にすると決めた。

だが初めに変な味噌《みそ》がついたため、大内家も足利家も何だか喜ばしくない義興の山城守護就任だった。

この味噌がこびりついているからか――？

もう一つの問題が大内義興の胸に引っかかっている。

将軍・足利義材は五人の者に相談をすることが多い。

一人目が、賢き妹、祝渓聖寿。

二人目が、管領で丹波《たんば》、摂津、和泉の大名・細川高国。二十五歳。

三人目が、日本最大の大名・大内義興。三十二歳。

四人目が紀伊、南河内の大名・畠山尚順。三十四歳。

五人目が……山陰道でのし上がった乱世の雄・尼子経久。五十一歳。

祝渓聖寿は別格だから何の異存もない。

管領で京侍をしたがえた、高国に、京のことを相談するのはまあわかる。

尚順の父は畠山政長《まさなが》で義材の盾となって討ち死にした武将だ。これを重んじるのもよい。

問題は、経久……。義興と、経久に、義材が相談する頻度は、ほぼ一緒だった。

また、将軍・義材は――尚順を「無二の忠臣」、一度は牢人《ろうにん》に沈むもわずか一代で身を起こし大名格となっている経久を「最高の謀将」と心得ているらしく、軍事のもっとも大切なところを、尚順、経久に、相談したりする。

これが――義興を傷つけている。

たとえば敵——足利義澄、細川澄元、三好之長らは、近江に隠れ、四国や淡路島《あわじしま》の手下と盛んに連絡を取り合っている。

敵はこちらに少しでも隙があれば都を挟み撃ち出来た。

この挟み撃ちにどう対処するか、などという相談を、義材は尚順、経久らにしているようなのだ。そういう相談を自分にしてほしい。

……公方様はこの義興に……もっとも大きな相談をしてくれぬ。一回り小さな相談しか。

……この大内の功の大きさ、率いる兵の多さを鑑みれば……。

最多で最大の相談が寄せられるべきだと義興は考えるのだ。

いろいろな意味で将軍に軽んじられている気がする大内義興だった。

義興は寛大でのどかな男だが、誇り高い。将軍・義材から、冷たい言葉をかけられたことも、陰湿な嫌がらせを受けたこともない。

だが恩賞の一件と他の大名と自分をくらべた時に覚えた棘が刺さるような感覚により、義興の誇りは、傷つきはじめていた……。

そんな義興に将軍・義材は、こう言ったのだ。

「のう、義興……尼子のことだが……鞆の浦の軍議以降、尼子の席次は守護代の上席、ということで落ち着いておる。ただ尼子の勢威、二十年以上、領国を治めてきた実績、此度のような提案を見ると……大名の席に座るのがふさわしいと申す者もおっての」

赤ら顔の義興は半分引き攣《ひっ》った笑みを浮かべ、

「……なるほど。誰がそのようなことを？」

「大名国人からも左様な声が出ておるし……」

……安芸分郡守護・武田元繁だろうか？　あるいは備中の、新見蔵人？

「公家衆からも出ております」

冬の湖のような冷え冷えとした深みのある声がした。

管領・細川高国だった。

細川高国は――これまで大内義興に、極めて親密な態度を、取っている。だが一方で……尼子経久ともしたしく付き合っていると聞いていた。ついこの間、経久の次男の烏帽子親までつとめている。京兆家（細川本家）の当主が尼子づれの烏帽子親を？という声は細川家中にあったらしいが、若い高国は左様な古めかしい反論を顧みず、断固として己の意志を貫き、尼子に恩を売った……。

長らく都に巣くってきた謀略の家、細川の血を引く、高国。若いがなかなか正体の見えぬ男であった。

小太りの管領は夜の沼を思わせる黒く大きな眼を瞬き一つせずじっと義興に向けて

いる。

「公家……衆？」

公家は大内に感謝しているはず。意外な言葉に義興の声が詰まると、

「……はい」

高国は少し申し訳なさそうに微笑み、

「尼子殿は公家衆の評判も……高い。つい昨日、尼子殿の重臣が都の飢えた童に米をくばっておるのを見たと、さる堂上家の方に言われましてな……」

「………」

「その御仁、尼子殿の御振る舞いにしきりに感服しておられた。出雲の国主と言っても差し支えないのでは、と仰せでした」

義興の眉がうねる。義興の胸の中に――ある尼の顔がたゆたっている。

父方から武家、母方から公家の血を引くその尼僧、義材政権の朝廷、寺社担当となっている。その尼僧は自らに諸大名がとどけた金銀財宝、米穀の多くを朝廷にくばり、堂上家から深く感謝されていた。つまり――公家に何か言わすなど朝飯前だ。

むろん、聖寿である。

足利義材、ゆっくりと、

「その御方は高国にのう……『堂上家が武家の席次に口をはさむのは世に異数のこと

なれど、尼子殿は守護代の上席ではなく、大名の末席に座るべきでは』そう仰せであったそうな。義興……如何、思う？」

大内義興は、細身だが、かなりの剣力をもつと評判の将軍に、

「さ……それは……。出雲には京極殿がおられるゆえ……」

何か馳走《ちそう》が並ぶのでないかと期待して出た宴で、腐りかけの茄子を食わされた人のような、義興の顔だった。

——何故、そこまで尼子を贔屓されるっ——？

実は、大内義興はこれまで陶興房がいだくほどの宿意を、経久に、いだいてこなかった。

尼子はなるほど雄大な大内領の東北を攻撃、攪乱《かくらん》しようとしてきた。

だが、大内の繁栄に絶対の自信をもつ義興にとって、尼子は……国境の一角で騒ぐ害鳥の如きものでしかなく、何故、重臣筆頭、陶興房があれほどの警戒と敵意をつのらすのか、わかりかねていた。

だが今日はさすがにそんな余裕をたもてなくなっている。

一方で、余裕の無さを、将軍や管領に、悟られたくない義興は、

「みどもは別に尼子殿を守護の席に座らせる一段、反対ではございませぬが……国々の守護の中には、快く思わぬ諸輩もおられるのではと、愚考いたしまする。京極家と

の兼ね合いもござれば、みどももこれはもちかえり、重臣どもとよくよく話し合いたく思いまする」

「左様か」

将軍と管領はめくばせをする。何かこの二人の間で——根回しが出来ている気がする。

細川高国が義興に、

「その公家の方は……こうも仰せでした。『尼子殿が守護代という縛りゆえ、大名の席に座れぬ、斯様な話であらしゃるようなら、尼子殿を——出雲の国司にしてしまう、左様なやり方もあらしゃいますな』……と」

「こ……い、あ……尼子を、い、出雲の国司っ——?」

呆然《ぼうぜん》とする大内義興。

守護は幕府の役人で一国を治める。国司は朝廷が、一国を治めるためにつかわす役人だ。

国司が実権をもったのは平安時代までで、その後は守護に権限を奪われた。

幕府の守護と、朝廷の国司——国司の方が古く、格式は高い。

高国は注意深く、

「どうもそのお方のほかにも尼子殿を出雲の国司に……かくお考えの方が紫禁《しきん》におら

れるような口ぶりでした」

紫禁――宮中である。

経久が出雲国司になれば出雲守護・京極政経を押しのけて政をおこなう、法的な正統性が生まれてしまう。

その正統性を誰がさずけるかと言えば禁裏の奥深くにおわす御方、帝《みかど》であった。この頃の帝は後柏原《ごかしわばら》天皇であった。

腐った茄子の次に虫食い梨を口に詰め込まれたような心地になった義興に、将軍は、探るように、

「高国が聞いたというその御仁の話、余ももっともかと思うての」

「大内の家には……武家のみならず朝家の仕来りにくわしい者もおりますれば……」

「朝家のことは武家よりも堂上家の方がくわしいと思うぞ」

義興を穏やかにたしなめた義材は、

「尼子の席次についての様々な意見から斯様な話になった。彼が出雲、隠岐を治める実を鑑みて守護並みに遇するか……朝廷に奏上し、尼子経久を出雲国司とするか、どちらがよいかその方の意見を聞きたいと思うての」

憮然《ぶぜん》とした西国無双の大名は、

「重臣どもの意見も聞いてみとうございます」

「もっともだ。是非、諮ってみてくれ」

「尼子を……守護の席に座らせるか、出雲の国司にする？　双方、論外にござろう！」

六畳油小路・法華堂。大内陣で――鋭く叫ぶ周防守護代・陶興房だった。

「まず、守護と同列にあつかえば、出雲におられる京極公の悲しみ、憤り、計り知れませぬぞ！」

血が駆け上り、小柄な興房の面は赤鬼のようになっていた。

「さらに国司というのは堂上家の方か親王などが任じられるもので尼子如きが任じられてよいはずはありませぬ」

将軍の御前から自陣にもどった義興が、興房に、

「されど公方様は……『京極はもう……敵する気がないのではないか』などと仰せなのじゃ……」

青筋を立てた興房は悔し気に、

「公方様こそこの宇内《うだい》の秩序をお守りにならねばならぬ御方なのに、何としたことでしょう……？　興房、不肖の身にございますれば、公方様の御考えにとかく意見すべからずとも思いますが、そのような横暴な御説……無念の至極にございまする。尼子

は、京極公を脅かし幽閉をしておるだけ。そのような公方様の御言葉を聞きますと興房、何のためにはたらいてきたのだろうという気になりまする」

大内家に鉄の忠誠を誓う興房は、義興を辱める者、苦しませる者に、ひとしく怒るのである。その怒りは義興より上にいる者でも作動した。興房の目は――据わっている。

法華堂には、義興と、興房以下、大内の重臣たちが居並んでいた。

老いた重臣が嗄《しやが》れ声で、

「御屋形様……恩賞の一件からはじまり公方様の我らへのなされ様、悔しゅうござる」

ほかの家来が、

「もう、かえりましょう」

「そうじゃ、かえろう！」「少弐《しように》一党、先に鎮西にもどった大友の動きも心配じゃ」「鎮西の諸侯のように我らもかえろう」「そうじゃ、そうじゃ」「――国許が心配じゃ！」

という声が、どっと沸く。

……そうじゃ。かえろう。

義興はその方向に大きくぐらついた。

「――ならぬ。かえってはならぬ！」

ぴしゃりと言い放った家来が、いる。

陶興房だった。

興房は、言った。

「我らはここ……山城の守護に任じられたばかり。その役目は？　投げすてるのか？」

法華堂はしばし静まり返る。もっとも老いた重臣が、眼を光らせ、

「――投げ捨てればよかろう！　山城は、我らが分国から遠くはなれておる！　我らの死活を決するのは鎮西である。その地に所領を広げることこそ我らに意味があるのじゃ。山城の守護職など、細川にでも、畠山にでも、くれてやればよかろう」

「愚かな！」

興房は自分よりずっと年配の白髪頭の老臣を恐ろしい形相で一喝している。

くわっと睨んできたほかの重臣たちを、殺気が放電しそうな物凄い目で睨み返した興房は唾を飛ばして怒鳴った。

「その方らは不名誉をこうむった御屋形様を、さらなる不名誉に沈めんとしておるのだ！　拝命したばかりの山城の守護職を意に添わぬことがあったゆえ放り出し都落ちするとな？　朝幕の権臣の大内への評、天下の人心、どちらに流れるか、少しも見え

ぬのか？　何年武士をしておるのか？
大内家、頼りなし。信を置けず。斯様な評がさだまってしまうのではないか？
そちたちの進言は、沼にかこまれたあばら家に困り果てておる者に、より深い泥沼に身投げせよと忠告するようなもの！」

「…………」

　誰も何も言えなくなるほどの気迫で、

「――愚の骨頂というべきものである！」

　陶興房、声を落ち着けて、

「それに我らあれほど勇ましきことを言うて国許をはなれたのに、敵と一戦もせず、一矢も放たず、国にもどれば、武士の名折れであろうよ。また、我らの大軍が都から消えた途端、近江に潜んだ敵が攻めてきて……公方様に何事かがあったら如何する？」

　かえりたいという気持ちに駆られている重臣たちが幾人かうなだれた。

「名折れどころではあるまい？　我ら大内家は、ぬぐい取れぬ汚名をこうむるぞ。拝命したお役目を幾年か、あるいは大きな結果を出すまで、つとめる。一方で近江に逃げた凶徒を強く叩き立ち上がれぬほどの深手をあたえる。この双方をなすまで、帰国するべきではない。――どれほど辛くともだ」

行きがかり上、帰国派の旗頭になった先ほどの老臣が、

「……御屋形様は如何様にお考えなのでしょう？」

義興は陶興房の話の途中から手を開いたり閉じたりをくり返しており、その手を寂し気に眺めていた。興房はそんな主に厳しく、

「御屋形様、帰国されるおつもりならば、どうか某の言葉を吟味していただき、御再考を願いたいと思うのでござる」

「……考えさせてくれ」

興房の面貌は、辛そうにふるえている。

「御屋形様っ――」

興房の顔を見ようともせぬ義興から陰影をおびた答が返ってくる。

「……考えさせてくれ」

七月二十三日、大内義興が帰国したがっているという噂が、京の都を駆けめぐり、朝廷、幕府、町衆を激しく狼狽えさせ、恐れさせている。

数百年も権力の磁場であった古き町は義興のただ一言で揺れている。

何が恐ろしいかと言えば、大内の大軍が都から消えれば――近江、四国、淡路の細川澄元勢力が雪崩《なだ》れ込《こ》んでくるかもしれない。

戦が起き、家屋敷《やしき》が焼かれるかもしれない。治安が崩れ、盗賊団が跋扈、殺されたり、女子供が攫《さら》われたり、銭金や食べ物を奪い取られるかもしれぬ。

こういう深刻な恐怖だ……。

室町幕府はもちろん朝廷も夢中で引き留めにかかった——。

幕府からは副総理というべき管領・細川高国など錚々たる重臣が、将軍・義材、祝渓聖寿の言葉をもって、法華堂をおとずれ、必死に帰国を食い止めようとするも、義興は、

「……いま少し考えさせて下され」

帰国しない、とはどうしても言わなかった。

朝廷からはまず大内義興としたしい公家、三条西実隆がつかわされる。

この実隆相手にも義興は態度を明らかにしていない……。

次に朝廷は、勅使を大内陣につかわしている。

「大内よ。朕はそなたを頼りにしておる。どうか、周防にもどらず、都の守りにその方の力をかしてほしいのじゃ」

という天子の言葉を聞かされた義興はかしこまり、

「……恐悦至極にございます。なるべく……のこりたく思うのですが、今は、乱世。国許の方も心がかりなのでございます。いま少し重臣どもと諮ってみとう思います」

義興は西国にかえれば王、である。自分の上を見渡しても誰もいない。誰かに下知されることもなく、不快な思いにさせられることもほとんどない。

……ところが都には義興の上位者が幾人もいた。

山口にいた頃、義材、聖寿は大人しくしていたが……この兄妹、都に入ったとたん、水を得た魚のように生き生きと政界を泳ぎ出している。穏やかな口調であったが義興に指図するようになっている。

そんなことも義興の中にもやもやした鬱屈をため込ませ、その鬱屈から帰国願望が迸った。だから、簡単には、「はい、のこります」とは言えない。

――本気でかえりたいのだ。

その夜、大内陣では……勅命を受けて再び評定が開かれている。

幕府と朝廷の意向を後ろ盾とした陶ら残留派が勢いづくも、帰国派も多い。

さらに今、都に一万数千人が駐屯、山城摂津の要地に残り一万強が展開する大内軍のうち、数千人ばかりをのこし、残りは義興と共に帰国しましょうという、中間派まで出はじめた。

帰国派である義興は陶の鋭い声が目立つ評定の間、じっと瞑目して押し黙っていた。

帰国派の老臣が興房に言い返すも、興房が強く言いかぶせる。

気まずい静けさが――評定の場をつつむ。

その時だった。

「御屋形様！……ただ今……尼子伊予守殿……お目通りを願っておられますが」

「尼子……が……？」

義興は開眼し興房と視線をかわす。

「何用じゃ？」

興房が厳しく問うと、衛兵は、

「さあ……。それを仰せになりませぬ。お会いしてから話すと。また、尼子殿とご家来衆、異様に硬い面差しで具足に身を固めておられます」

鞆の浦の評定では鎧を着ていた大内家の面々だが今は平服だ。

荒武者の一人が猛々《たけだけ》しく、

「経久め、我らを襲う気であるまいな？」

「それはないかと……。供回りの方はわずかにございまする。如何取りはからいましょう？」

「通せ」

義興は、許している。

黒白沢潟縅の鎧をまとった尼子経久はすぐやってきた。ふてぶてしい面構えの次男、国久、そしてたしか黒正甚兵衛なる郎党をともなっていた。吉田国久、黒正甚兵衛、いずれも鎧をまとっている。

「尼子殿……斯様な夜分に何用でござろう？　ずいぶんものものしい出《い》で立《た》ちだが」

義興が問うと、経久は深刻な面差しで、

「実は……国許にかえらねばならぬ仕儀になりましてな」

「かえる？」

大内義興は一瞬、混乱した。まさにかえろうとしていたのは己である。この男、からかっているのか？　だが、経久の顔を見るにそうでもなさそうだ。

細眉を険しく寄せた尼子経久は、大内義興に、

「お恥ずかしい話ですが……国許で、反乱が起きました。領国が盤石の如く揺らがぬ大内殿がうらやましい限りにござる」

経久によると塩冶領で武装蜂起が発生。経久の三男、塩冶彦四郎の命を狙っているという。

「塩冶の家に入れた子にござれども……血をわけた倅。まだ幼く凶徒ども相手に満足に戦えるようには思えませぬ。某、直々にもどって鎮定せぬことには」

……経久が、かえる？

何だか胸がふわっと軽くなる気がする義興だった。義材の態度ももちろんだが、こ

こしばらく尼子経久の存在が義興の心の重石《おもし》となっている。その重石がすいっと取り去られた感覚だ。

「尼子殿、貴殿の事情、大略わかったが、この義興の前に公方様の御許しを得るべき案件であろう？」

「――公方様の御許しは、得てござる。先ほど公方様の御前に参上。公方様と管領殿から、帰国のお許しを得ました」

……公方様はわしの帰国を強くお止めになった。だが、経久の帰国は……案外すんなりお許しになったのだな……。

ということは――裏を返せば将軍が経久より自分を頼りにしている証ではないか？

義興の胸に温かい安堵の風が吹いている。

思わず相好が、ゆるみかける。

何だか、かえらなくともよいという気になってきた。もう少し都にいてやろうかという気に……。家来の幾人かも義興と同じ思いだったようで顔がゆるみかけていた。

……いかん、いかんっ。この男の倅は凶徒に討たれかかっておるのだ。

「左様な次第ならお止めすることは出来ぬな。速やかに国許にもどられ、反乱軍を討伐されるがよい」

多くの重臣も義興と一緒で尼子帰国と聞き、ほっとしたような顔をしていたが……

はっと面を硬くして強くうなずいた。

「何かわしに出来ることは？」

義興が問うと経久は、殊勝な面差しで……、

「ありがたいお言葉にござれども……此《こ》は出雲のことにござれば、我らで解決しようと思います。大内殿と力を合わせ公方様をおささえしたかったので斯様な形で出雲に引っ込むのは無念至極にござる。されど、大内殿が都におられるゆえ、経久、安心して山陰に退けまする。どうか……公方様、いもじ御所様をたのみます」

巷《ちまた》で囁かれている義興帰国の噂に一切ふれず経久は深く平伏した。

……何だか、わしは経久という男を誤解しておったかもしれぬな。

陶をちらりと見、義興は、

……陶は経久を義理を欠いた稀代の悪党の如く申すが……。こうやって話してみると真っすぐで、義理堅く、重厚な人物のように思えるな。

決して愚物ではないが、のどかで寛大な義興は、経久の殊勝な態度にほだされかけていた。経久の顔には出雲に妻子をのこしているからだろうか、深い不安がまとわりついていた。

……妻子を大切にする愛情の細やかな男でもある。陶に引きずられ、尼子が大名並みに遇されることに反対していた己が、小さく、愚かであったようじゃ。尼子を大名

の席に座らせておけば経久を出雲国司になどという馬鹿馬鹿しい話も出なかったのじゃ。

　義興は強く、

「……わかった。お任せあれ」

　大内義興が、帰国を撤回した瞬間だった。

「尼子殿、御武運を祈っておりまする。貴公の留守を狙った、空き巣のような、卑怯《ひきよう》千万の輩に負けてはならん！」

「……ありがたきお言葉。雲州の倅が気にかかりますれば、これにて――」

「尼子殿。またれよ」

　さっと、去ろうとする経久に、冷ややかな声が浴びせられる。

　周防守護代・陶興房だった。

　義興や多くの重臣が経久の殊勝な態度にほだされ、その帰国を喜んだり応援したりする顔を見せたのに対し――一人、興房だけは暗く冷えた険しい形相で、経久を、注視しつづけていた……。本州の西端から北九州を統べる大内の、柱石をになう陶興房は、経久に、

「尼子殿は帰国、と仰せになるが……それはあまりにも責任を欠いた振る舞いではないか？」

経久の帰国を喜んでいる義興からかっと怒気が放たれる。赤い顔をさらに赤くし、

「陶っ！　何を申すかっ――！　尼子殿の御子息が危うい目に遭っておるのだぞっ」

さっき興房に激しくやり込められた帰国派の重臣が、今度は経久の帰国を弁護する気になったか、唾を飛ばし、

「鎮西の諸侯とて帰国しておろうがっ！　お主はその時、何も言わなかったろう？　何が責任を欠いた振る舞いなのか！」

興房は氷のようにひんやりした目で義興を見、すぐに経久を鋭く睨みつけ、

「鎮西の諸侯がかえったのには理がある！」

尼子の三人と今発言した男に吹雪を叩きつけるような声で、興房は、

「薩摩の島津や、肥前《ひぜん》の少弐は、上洛しておらぬし、南九州では動乱がつづき、西海を見れば海賊が跋扈しておる。また遠国ゆえ負担も大きい。彼らが九州にかえったのには、道理が、ある。翻って山陰山陽はどうか？　我が大内家、貴殿の尼子家、但馬の山名殿、皆、上洛し、出雲で起きたという反乱をのぞけば、大きな戦が起こる予兆はない。鎮西の諸侯が国にかえった今、我ら山陰山陽の諸士が力を合わせて将軍家をお守りするべきなのである。そんな中、全軍を国許にかえすとは……」

と、経久は、興房に、

「某、国許で起きたことに当惑し大切なことをつたえわすれていたようです。全軍で

かえるわけではござらぬ。精兵五千七百のうち、千七百を引きつれて帰国し、四千人は都にのこしまする」

「その四千、誰がたばねる？」

興房が突き立てた尖った声に、経久はびくともせず、興房でなく義興に向かって、

「嫡男、政久がたばねます。政久には赤穴、三沢、桜井ら戦巧者どもをつけ、某もこの二人と共に出雲に下り反乱を鎮定、国許が落ち着けば、また上洛したいと思うておりまする」

「貴公の御留守は……たのもしき御舎弟を筆頭に幾人ものすぐれたご家来が守っておろう？　この陶が思うにその二人がもどるなら貴殿直々に都をはなれる必要もないのでは？」

なおも言葉の刃で経久をほじくろうとする陶に義興は怒った。

「──陶！　さっきから、何なのじゃ！　尼子殿は国許にのこした御子息が心配なのじゃ。何故、くどくどとお引止めするのかっ？　お主にも、子がおろう？　その子が敵に殺されかかっておる、如何思うのか？　他家のことにいらざる嘴《くちばし》をはさむでないわ！」

「……ははっ」

「尼子殿にお詫《わ》びせよ。さあ！」

義興は厳しい面差しで扇を取り出しながら、その扇で板敷きを強く叩いている。

陶は板敷きすれすれまで額を下げて、硬く冷えた声で、

「……尼子殿、御不快になられたのならお詫びしたい」

経久は主君に叱られた興房をいたわるように微笑みを浮かべて、

「陶殿も、近江の敵の逆襲などを懸念、天下のために某をお引止め下さったのでしょう？」

「…………」

「ただ政久には武芸はもちろん、軍略なども叩き込んでございますれば、そこまでの御懸念にはおよばぬかと思います。それでは、出雲が心配ゆえ、これにて――」

国久、黒正をつれて颯爽《さつそう》と立ち去る尼子経久だった……。

……何と爽やかな男なのだ――。公方様仰せの如く、京極殿が政や合戦への意気込みを全くうしなっておるならば、尼子を事実上の出雲の主とみとめてもよいのではないか？　守護と守護代の間に在る者……守護並みの守護代、と考え、大名の席に座らせてもよいのでは？　朝廷をわずらわせて国司にするよりもその方がよほど……。

義興は斯様に考える。興房を見て、溜息《ためいき》をつき、

「陶はのこれ。余の者は、下がれ」

陶と二人きりになった。義興は、一の重臣に、

「近《ちこ》う寄れ」

興房がいざり寄ってくる。近くまで来た興房に義興は、言った。

「さっきのあれは……何じゃ？　何ゆえ、そなたは尼子殿のことになると執拗《しつよう》に――」

「――経久の悪巧みを警戒したまでにございます」

陶興房は堂々と答えた。興房は首をかしげた義興に、

「尼子は謀多き男ゆえ――今の言葉の多くが嘘《うそ》である恐れがござる」

目の前がぐらぐら揺さぶられる気がした義興は、

「出雲で謀反が起きたのも嘘と申すかっ――」

「そこは……真なのでしょう。上手《うま》い嘘つきは、嘘と真を、巧みにまぜながら、話すもの」

「尼子が何を企むと申す？」

「たとえば御屋形様が都におられる隙に石見、長門と兵をすすめる……」

「馬鹿なっ……。四千もの精兵を、京においておるのだぞ。しかも嫡男を都に置いてゆくのだ。我らは人質をこの手におさめておるようなものではないか！」

興房は、低い声で、

「――尼子は忍びの者や小人数《こにんず》の兵を巧みにつかい、城盗りする名手。京に置いてお

く政久も、本物とはかぎりませぬ。影武者を洛中にのこし本物は足軽に化けさせてつれてゆく、尼子なら、それくらいの奇策をくり出しかねません」

陸に上げられた魚のように口をぱくぱくさせた義興は、半信半疑になっている。

義興という人には人間への強い信頼がある。だから、義興はまず、他人の言葉を信じる。一方、幼くして義興の父に、自分の父を殺された興房には——人間への強い不信がある。興房はまず他人を徹底的に疑う。

温厚な義興と、冷厳な興房、この二人……絶妙の主従と言えた。足りないところを補完し合っている。

義興は興房が言うことが真であると思う反面、経久の言に嘘があったようには思えない。

「むろん、某の思い過ごしかもしれませぬ。されど、左様な企みがあるかもしれぬので御屋形様の御ために某は、経久を止めたのです」

「彼奴に悪計があるならば……どうすればよい？」

「すでに手は考えてあります。——二人の男を伯耆に入れまする」

冷えた笑みを浮かべた陶興房はある策を具申した。

「山名殿が反対されたら？」

「まさか反対されないかと。経久の悪巧みは石見でなく伯耆、因幡を向いておる恐れもございますれば……」

＊

宵の口の萱原《かやはら》を尼子勢は早足で行く。

山陰道の両側に透き通った虫の音をひびかせる萱場が控える。

青い夕闇に沈んだススキの原からは――涼しくも単調なコオロギの唄、小さな精霊の舌打ちを思わせるカネタタキの調べ、ほか多くの虫の声が、聞こえる。

もの悲しい虫たちの唄を溢れさせる萱場の先に濃青《こあお》の淀《よど》み同然となった、木立と、なだらかな山々がみとめられた。

丹波である。

義興に面談した翌未明、経久は千七百人を率い都を出、山陰道をひた走っていた。

将軍・義材、祝渓聖寿からは、強く引きとめられた。だが経久は出雲の反乱を自ら鎮定せねばならぬこと、全軍でかえるつもりは毛頭なく、武芸に秀で軍略も叩き込んだ嫡男、政久を十分な兵とのこしてゆくこと、出雲が落ち着いたらもどってくる旨をつたえ、説得した。

反乱の鎮定はもちろんだが、ほかにも経久が出雲に帰らねばならぬ理由《わけ》が、ある。

先頭近くを行く経久、洛中を出た時からほぼ無言、鷙族《しぞく》に似た険しい目付きで前を見据え、ひたすら黒駒を走らせている――。

――わしを見張る外聞の気配が絶えたようだ。

直覚する。

夜の帳《とばり》が下りはじめた。

闇にくるまれた山々から――不穏な狼の遠吠《とおぼ》えが次々聞こえた。

灰色の狼が一頭、山陰道に不意に飛び出て――松明をかざし東から殺到する軍勢に顔を向けた。ぎょっとした表情になった狼は慌てて萱原に飛び込み姿を隠している。

瞬間、経久は吸い込まれそうなほど透き通った星空を仰いで腹の底から笑った。

……義興め。すっかり、わしを信じたようじゃ。

経久は、笑みを抑える。

……さすがに陶は疑いをもったようだが――。

後方から星阿弥が音もなく駆けてきて、

「陶は南条、小鴨に伯耆にもどるよう告げました」

経久が連合軍の中で密かに味方をつくっていたのに同じく、陶もまた尼子を包囲するためだろう、諸国の武士に積極的に近づいていた。陶の工作により、東伯者の山名傘下、南条宗貞、小鴨清忠は、山名と大内に、両属するような形になっていた。

心胆か。
南条、小鴨を伯耆にもどす――経久が石見を攻めたら、東から出雲に雪崩《なだ》れ込ます

――わしが、石見を攻めると思うておるのか？　甘い。わしの腹にあるのは、もっと深く長い企みぞ。

その遠大な謀計、さらに、最愛の妻、さなの容態が思わしくなく……法勝寺の別宅にうつって療養しているという知らせが、西出雲で起きた、彦四郎を狙った反乱と共に、経久を、故郷に引っ張っている。

経久は傍らで馬を走らせていた大兵《だいひょう》に、

「日が暮れたが次の宿《しゅく》は突っ切る」

「――ははあ！」

近頃、めきめきと馬術の腕を上げている若林宗八郎が腹の底から応じた。

「今宵《こよい》は兵が行ける所まで行き、野営するぞ。後方の国久、黒正にも、つたえい」

「御意！」

宗八郎が後ろに馬を反転させる。大男の宗八郎ゆえ、一際大きい木曽《きそ》馬に跨ってい るが、これは都を出てから二頭目だ。一頭目は早くも潰れてしまった。

野営地につくと星阿弥が――二人の鉢叩きをつれてきた。

編《あ》み笠《がさ》をかぶり、粗衣をまとい、杖《つえ》から瓢簞《ひさご》をぶら下げた男たちである。

諸国をさすらい、門付けし、和讃《わさん》を歌い茶筅《ちゃせん》なども商う鉢叩き。経久をささえる忍び、苫屋鉢屋衆の「表の顔」だった。

出雲から走ってきた二人の鉢屋者の報告は、

「叛徒どもは大西《だいさい》城を落とし、そこを根城としております」

大西城——別名、高麻《たかさ》城という。尼子十旗の一つである。経久が本城を守るためにととのえた十の城の一つを叛徒は急襲して乗っ取った。塩冶の不平分子を核とする反乱軍、そこそこの勢力であるようだ。

「彦四郎は無事か？」

三男、塩冶彦四郎の安否を問う。反乱軍は十二歳の彦四郎を討ち、塩冶の血を引く者を西出雲の主にせんとしているのだ。

「はっ、米原小平内《よねはらこへいない》殿、亀井新次郎殿と共に半分《はんぶ》城の守りを固めておられます」

動くなという経久の下知が——塩冶の城、西出雲・半分城に出ている。

大西城は西に動けば半分城を突け、東に雪崩れれば月山富田城を襲える所にある。

「敵は……京極家をお守りすることと、塩冶家の再興をかかげ、味方をふやそうとしておりますが、兵の集まりは悪いようです」

「わかった。遠路ご苦労であったな、そなたらはやすめ。星阿弥」

経久に呼ばれ、短髪のくノ一がすすみ出る。

「──出雲まで走ってもらう」

「御意」

「耳をかせ」

虫の音がひびく野営地の床几《しょうぎ》にかけ、篝火に照らされた経久は、星阿弥の耳元で、

「京極家の御三方を敵に取られるとまずい」

京極政経、政経の息子、材宗《きむね》の夫人・治部少輔殿御寮人《じぶしょうゆうどのごりょうにん》、彼女が生んだ京極吉童子。

この京極家の三人は、宍道湖《しんじこ》と中海《なかうみ》をつなぐ大橋川《おおはしがわ》の南、平浜八幡宮の傍で尼子兵に守られ、見張られ、ひっそり、暮らしていた。

尼子への闘志を全てうしない、ただ静かに暮らしていきたいと願っている鳥好きの主君と、病気がちで大人しい気質のその孫に、政治的な野心はほとんどないように思われた。

「京極の方々を守る見張りを──倍にふやすように。怪しい者が御屋形様に近づくようならその者を斬れ」

「はっ」

「さらに月山富田城、半分城にも言伝《ことづて》がある。我が千七百が出雲にもどったら城から兵を出すように。同時に、三方から、大西城に押し寄せるのだ」

「かしこまりました」

星阿弥は一陣の風となって――消えた。

中国山地で鍛えられた最良の鋼を刀槍とした尼子勢千七百は猛速の疾風《はやて》となって山陰道を駆け――わずか五日で鉄の国に入った。

出雲に入る寸前、西伯耆を突き抜けた経久は、山陰道から南へ分岐する街道に心惹《ひ》かれている。その道を南に下ればさなが療養する法勝寺に出る。

だが、親兄弟や妻子にあいたいのは千七百の兵、皆一緒だ。

――さな。何とかもち直してくれよ。そなたは、鬼の娘。病如きはねのけてくれよ。

南へ向かう街道の先を願いを込めて見やった経久は、きっと前を睨み山陰道を直進した。

出雲にもどった経久の千七百はまず月山富田城に入るような素振りを見せて敵の油断を誘う。そうしておいて、突然、矛先転じ西に向かう神速の突風となり、山や川を難なく吹きすぎ――大西城を襲った。

同時に、月山富田城兵、さらに塩冶彦四郎率いる半分城兵も反乱の中心に殺到している。

経久は月山富田城で軍議をしてからくるだろうと読んでいた叛徒は深い混乱に陥っ

た。

反旗が翻る山城——経久が様々な指図をして工夫を凝らした堅城である——を攻める尼子勢の動きは……変幻自在を極めた。

まず、尼子軍は、総攻撃の構えを、取る。

すると大西城は全方位に固く身構える。直後、尼子勢は、もっとも攻めにくい搦手《からめて》だけを攻める動きを見せた。反乱軍は搦手に重心を置く。

間髪いれず尼子勢は、やや手薄になった大手に猛攻をかけた。

敵は——混乱を深めながら大手と搦手の防御に力をさく。

大西城から矢が、どんどん射られる。

盾で受ける尼子方だが、射殺される足軽、矢傷を負う武士もいる。経久は一度退くように命じた。大西城は……ほっと一息つく。

あの尼子を押し返したぞ、という安堵、喜びが、城兵をひたしている。

瞬間、経久は厳しい顔で全方位からの猛攻を命じた。

安心した刹那の総攻撃だったため反乱軍は恐慌に陥った。

各方面の城兵が慌てふためきありったけの矢を——寄せ手に浴びせた。

経久は敵が射る矢が一気に少なくなり、たとえば縦堀を登る味方に飛んでくる矢が急減したのを見て取る。

山肌に縦にきざまれた縦堀に寄せ手が入れば、横に逃げられない。

城方からしてみたらここにはまった寄せ手を射殺すのはたやすいことなのだ。なのに、矢が飛んでこぬ。

――尽きたな。

冷静に読む経久だった。

籠城戦で気をつかわねばならぬのが「矢の残数」である。矢を射尽くせば反撃力は大幅に削られるから、そうならぬように冷静な判断力をうしなわずに射ねばならない。

経久は波状的な翻弄によって――敵の冷静さを押し流している。

敵から判断力をうしなわせた経久は厳しい面差しで咆哮《ほうこう》した。

「――さあ、矢は尽きたぞ！　一気に攻め立てよ！」

尼子の鎧武者や足軽が、縦堀をほとんど矢風に吹かれることもなく登る。

土塁、土塀に、梯子《はしご》がいくつもかけられる。国久と若林宗八郎が真っ先に梯子を登り槍を同時に入れる。

――一番槍《いちばんやり》はこの二人で決まりだった。

また経久三男、十二歳の塩冶彦四郎も、家来の制止を振り切って山肌に取りつき敵の鎧武者二人を討った。

もはや反乱軍は抗《あらが》えず——大西城は経久が現れてたった一日で落ち、反乱は平定されている。

この戦いで黒正甚兵衛は——足と右腕に矢傷を負った。盾に乗せられてはこばれ、痛みに呻《うめ》いていると——経久が飛んできて、黒正をはげましその手で晒《さらし》を巻いてくれた。

黒正は感悦している。

こういう時の経久の相貌から漂う、全ての者をつつみ込むような和やかさは、黒正が荒廃した京で出会った、十七歳の尼子又四郎《またしろう》と何ら変わらなかった……。

黒正はこの不思議な度量をもつ将に出会い、郎党になれたことに無上の幸せを覚える。黒正の手当てがすむと経久はほかの負傷兵の手当てを自らおこなった。

経久は百姓の出自の者、漁家の倅、町のあぶれ者であったり、最下層の侍の子であったりする男たち——手負いの足軽雑兵に気さくに語りかけ、温かくはげまし、晒を巻き、薬を塗る。

だがある雑兵を見た時——仏の顔から一転、周りが、ちぢみ込むほどの恐ろしい怒気を放った。鬼の顔、いや御仏が時として見せる憤怒《ふんぬ》相であった。

それは腹に深手を負った十歳前後の雑兵だった。その子に怒ったのではない。

「——わしがもとめた雑兵の数に足らぬからと言って数合わせで童をかり出すとは。その心根が気に食わぬ。誰が、この童をここにこさせたか、しらべよ。——厳しく叱らねばならぬ。雑兵が足りぬなら……足りぬと素直に申せばよい」

ここにその者がいれば、経久を見ただけで肝が潰れてしまうほど凄まじい形相だった。

それからすぐに穏やかな顔で激しい痛みに悶《もだ》え苦しむ童をはげまし、てきぱきと療治をおこなっている。

その子の手当てを終えた経久は大西城に入り諸将を呼ぶ。

板敷きに座した経久は活躍いちじるしかった国久や若林宗八郎をたたえ月山富田城から来た部将たちと語らう。

そこに、ガシャ、ガシャ、と鎧音《がいおん》がひびいた。

「父上、よくぞ恙のうお戻りになられましたっ」

萌黄縅《もえぎおどし》をまとった彦四郎だった。眉目秀麗の若武者、亀井新次郎をつれている。

経久はそもそも彦四郎の初陣をまだ尚早と思っていたため「そなたは半分城を堅守し、亀井新次郎らに手兵をさずけて大西城につかわしてくれ」と下知していた。

ところがこの三男坊は城にいろとの命に猛虎のように怒り、萌黄縅に身をつつみ、新次郎の制止を振り切って居城を飛び出し——大西城に駆けつけている。で、実に果《げ》敵に城に攻めかかり、敵を二人も討っている。

経久は、彦四郎の無謀さを危ぶみつつも……末恐ろしい武者ぶり、勇気を、たのもしく思っていた。

……ほんの一年と少しでずいぶん逞《たくま》しゅうなった。

「彦四郎」

経久は具足をまとった三男に、いたわりを込めて、穏やかに、

「よう……出雲を守ってくれたな」

「…………」

尼子のすらりとした長身の血と、鬼吉川の骨太な猛の血が、まざり合ったか。塩冶彦四郎は十二にしてはかなり体が大きく逞しい。

——早くも上背は、中背の国久を超えていて六尺に迫らんという勢いだ。

首太く、顔は角張り、顎はしっかりしていて、目付きは刃物の如く鋭い。

経久は言った。

「先刻の城攻めで見せた武者ぶりも見事であったぞ。これからも西出雲の守りをたのむぞ」

彦四郎は低く、

「……はっ」

——恐ろしく悪い目付きであった。辺りを睥睨《へいげい》し今にも殴りかかってきそうな目。経久が牢人であった頃、安芸の町で初めて出会った、さなの目に似ている。

経久はこの子のあまりの刺々《とげとげ》しさは塩冶領の侍や百姓を恐れさせ傷つけてしまうと思った。誇り高き塩冶家は——経久の剛腕で、塩冶の血を引かぬ当主を押し付けられ、傷ついていた。その傷が膿《う》み……此度の反乱につながった。

乱世を生きてきた武将の勘として経久は今は塩冶領を恫喝《どうかつ》したり圧迫したりするべき時ではないと考える。

そうではなくて、

……寛容に温かくつつみ込み、塩冶領の者をなつけるべき時なのだ。——追い詰めすぎてはならん。追い詰めすぎれば必ずや、反動がある。

彦四郎の過度の荒々しさに手綱をつけるべきだと思った。

「ただ……わしは、城におれと、そなたに命じた。この命を無視して城を出る——これはいただけぬな。以後、同じような振る舞いをすることがないように」

彦四郎は解《げ》せませぬという表情で首をひねっている。暗く、険しく、刺々しい猛気が、経久に向けて放たれる。

「彦四郎、よいな？」

齢《よわい》十二にして大人の体をもつ不敵な三男は青筋を立てて黙り込んだ。

「彦四郎。何じゃ、その態度は？　父上にお答えせよ！」

国久が、厳しく言った。黒正甚兵衛、亀井新次郎が、はらはらした顔で経久と彦四郎のやり取りを見守る。

――彦四郎はそれでも何も答えない。不敵な面構えで黙り込むだけ。

経久は、苛立ちを覚えた。

家臣たちに緊張が走った。

と――亀井新次郎がばっと手をついて細く引きしまった体を下げ、額が床にふれるくらい深く平伏している。

「殿！　彦四郎君は……殿からおあずかりした塩冶衆が斯様な騒ぎを起こしてしまったことを深く嘆かれ、殿をわずらわせ、京師から出雲に下らせてしまったことでご自身を深く責めておいででした！」

家来が自分を庇っているのに彦四郎の目付きはますます尖る。

「故に、此度の一件、ご自身が始末をつけねばならぬとお考えになり、殿のご意向はおつたえしたのですが、御自ら出馬せねばならぬと言われ、半分城を出られたのです。殿のお怒りもわかります。……半分城を、敵に取られる恐れもござったっ。ですが、彦四郎君の御働きもあって凶徒は滅ぼされました。どうか――御寛恕《かんじょ》下さいますように」

「……そうだったのか？　彦四郎」

萌黄縅の鎧をまとった少年は――それでも答えぬ。唇を強く噛みしめただけだった。

国久が耐えかねたように、

「彦四郎ぉっ」

「はい」

強情なる彦四郎はようやく言った。

経久は――夕餉《ゆうげ》の後、家臣たちを下がらせるとしばし一人で思案していた。やがて、亀井新次郎を呼んだ。経久は武芸百般、水軍の法に長《た》け、学問にも秀でる新次郎に、

「彦四郎は……兵法書以外の書物を読んでおるだろうか？」

「源平盛衰記、太平記などを愛読されるようになりました」

「軍記物か……。それ以外は？」

亀井新次郎のほっそりとして鼻高く彫りが深い白皙《はくせき》の顔に浮かんだ憂いが、言葉より多くを物語っていた。

彦四郎が幼い頃、経久はもっと様々な書物を読むように言い聞かせていた。だが、

彦四郎は「戦の役に立ちそうもない」の一点張りで、頑として、読もうとしなかった。

紺白片身替りの小袖をまとった新次郎に経久は、

「論語や孟子《もうし》、釈尊の言葉が載った経。乱世はもちろん、戦のない世の歩みも描かれた史記……。源氏物語や伊勢《いせ》物語……四季の花、虫の声、川に流れる紅葉、深雪《みゆき》……左様なものに心揺さぶられた昔人の言の葉が詰まった、古今集、左様な書物は？」

今経久が言った書物を悉《ことごと》く愛読している新次郎は辛そうにうなだれて、

「……お読みするように幾度かおすすめしたのですが……残念ながら……」

深く落胆した経久は溜息をついた。

「わしも幼き頃……武芸や、乗馬、外で遊ぶことに夢中でな……。書物などほとんど読まなんだ。久幸はおさない頃からよく書見する方だったが。だが、わしは上洛をし、ある人にすすめられて一冊の書物を読んだ」

伊勢新九郎のことである。

「それからは書物の虜《とりこ》となり多くを読んだ……。それらの書物はわしの心を豊かにし考えを深めてくれた。それらの書物に出会っておらねばと今思うと、ひやっとすることもある」

新次郎は言った。

「殿が書物に出会われたのは元服前後のことと拝察いたします。彦四郎君はまだ、元服前。弱冠十二にございます。……これからの御方です。また、彦四郎様にもすぐれたところが沢山あります。武芸では下手な大人は到底敵《かな》いませぬし、賢いお方です。たとえば孫子、呉子などご自身が関心をもたれた兵書は一字一句あやまたずに諳《そら》んじられたりします」

——その強さ、賢さが道を過つことをわしは危ぶんでおるのやもしれぬ。

「そなたの言わんとすることはわかる。彦四郎のよいところにも目を向けよというのだろ？　だが十二のわしと十二の彦四郎では背負っているものがまるで違う。わしは勝手気ままに振る舞う守護代の倅にすぎなかったが彦四郎は多くの家来と民をあずかった、領主ぞ。新次郎……彦四郎が兵書、軍記物にとどまらず多くの書物にしたしむようみちびいてくれぬか？　幅広いものの見方をつちかうように。本来は親であるわしやさながやらねばならぬが、塩冶からはなれており目が行きとどかぬ。——そなただから斯様なことをたのむのだ」

経久は、若き家来に頭を下げる。

「殿、お顔をお上げ下さいませ」

新次郎は目を潤ませて、凜々しい面差しで、

「……あいわかりました。何とか工夫をこらし……彦四郎君にすすめてみたく思いま

する」

「頼りにしておるぞ。今日はもう、下がってよいぞ」

「ははっ」

去りかけた新次郎に経久は、

「新次郎。……苦労をかけるな」

新次郎はかすかに硬い笑みを浮かべて、

「滅相もない。……某、彦四郎君にお仕え出来て幸せにござる。強情なところもある若君ですが、この乱世、それくらい強い心根というものがなければ城や所領を守り切れますまい」

森を駆ける清流のような気をまとって、言った。

「もちろんだ。――強き者に尖るのはよい。されど、弱き者に尖るのはよくない。其は勇士ではなく、乱暴者である」

新次郎が退出しても経久の薄暗い不安はなかなか晴れない。

座禅をくみ、瞑想《めいそう》的な顔になり、心を落ち着かせてから――兄、治郎三郎とは逆、領内を担当する忍び頭・鉢屋兵衛三郎と星阿弥を呼んでいる。

月山富田城から来た軍勢にくわわっていたのだ。

経久は鉢屋弥三郎の子、鉢屋兵衛三郎に、

「叛徒の残党がおらぬか、その辺りの調べをまかせたい」

「御意」

経久の顔が星阿弥に向けられる。

「黒正が怪我《けが》をした」

星阿弥は黒正と長く共にはたらいてきたが表情もなく、

「存じております」

忍者はえてして武士や百姓より表情が乏しいが、星阿弥はその忍者の中でも突出して表情が少ない。そういえば経久は星阿弥の過去をほとんど聞いた覚えがなかった。

星阿弥の中には目に見えぬ岩壁があり、過去の思い出はその硬い壁の向こうに隠されている気がした。

「わしが手当てしてやりたい気もするが、いろいろと手をつけねばならぬことがある。そなた、薬草などの知識も深かろう。手当てしてくれぬか?」

「……わたしが黒正殿をですか?」

星阿弥は訝《いぶか》しむような声を発している。無表情な星阿弥の面貌から、初めて、真にほのかな感情がこぼれた気がした。

直後、

「法勝寺の北の方様が――」

妻、さなが血を吐いて倒れ重篤な様子になっているという知らせに経久は翌払暁《ふつぎょう》、黒駒に跨り、東に向かっている。経久は夜の内に身仕度し、すぐ向かおうとしたが、夜道を馬で急ぐのは危ないと、国久に止められたのだ。国久、彦四郎、そして騎馬の精兵、ほか数名の鉢屋衆が、同道した。

出雲は――稲刈りを迎えていた。

山間の里で黄熟した稲穂は一様に頭を垂れていた。編み笠をかぶった百姓衆は、黄色い稲に鎌を入れてゆく。刈られた稲を器用にたばねている女や童がいる。たばねられた稲を肩にかついだり、天秤棒《てんびんぼう》に下げたりして、はこんでゆく男たちがいた。

稲は次々に出雲で稲架《ハデ》と呼ぶ稲掛けにかけられていた。

稲刈りをする百姓の男女、童、老人の面は……喜びで溢れていた。

他国の年貢の半分ほどに押さえた尼子家がもたらした喜びだ。

他国では、五割から六割の重い年貢が搾り取られているが、経久の親友、伊勢新九郎はこれを四割に、経久は――その段銭から推測するに、平時は三割弱までに、おさえている。

この驚異的な年貢の軽さは経久が米の年貢以外の様々な財源をもっていたことにく

わえ、

……他国では五割、六割取る年貢。この年貢がまっとうにつかわれておればよい……。だが、つかわれておらぬ……。他国の年貢は大名やその取り巻きの眩《まばゆ》い蜀錦《しょっきん》の衣、伊勢海老《えび》や鮑《あわび》、鶴肉……山海の珍味を並べた宴、豪奢《ごうしゃ》な遊びに日々費やされておるだけだ。あるいは……。

深い謀、先の見通しもないまま大名がはじめた戦争が……長期化し、泥沼の様相を呈し、

……死なぬでもよい武士、死なぬでもよい百姓、子供が、次々殺されておる。女たちが日々攫われ焼けぬでもよい町が焼けておる。たとえば御屋形様が近江ではじめた戦は二十余年にもおよび……その間、奪われた命は数え切れぬ。

経久は——ここを変えた。

年貢を軽くすることのみならず、民衆を貧窮に閉じ込め、自分たちは贅沢に遊び暮らすほかの多くの大名と、真逆をおこなった。領主たる尼子家や重臣たちには質素倹約をもとめ、無駄な費えをなくす一方、民衆がもとめる事業には——躊躇《ためら》わず銭を放出している。

堤作り。街道の整備。民を戦から守る城の拡張などである。

こうして経済を刺激し、百姓、商人を潤す一方……懐が温かくなった彼ら彼女らが

銭を使う場所、湯町（温泉街）などをつくることにまで心を砕いている。

一方、戦を起こせば——深い謀を練り、先の先まで見通し、瞬く間に敵を斬りしたがえ、味方のこうむる損害、人々に降りかかる負担を、最小に抑えた。

また、敵地の民への——蛮行も禁じた。

領内を豊かにした経久だがそれでも貧しい者はいるわけで、左様な者を見ればすかさず食料、衣服をあたえた。

家来たちに刀や衣服、馬や鞍《くら》、屏風《びょうぶ》、茶道具などをあたえることも、しばしばだった。それがあまりにも頻繁なので牛尾三河守、黒正甚兵衛などは若侍を見る度に、

「殿のものを褒めるな。決して、褒めるでないぞっ！」

と、厳しい緘口《かんこう》令をしいていた。なのに、つい口をすべらせて、褒めてしまう者がいるわけで、そういう者に経久は……ぱっと顔を輝かし、実に嬉《うれ》し気に、

「そんなに気に入ってくれたならそなたにあたえよう！　これも、そなたの許に行った方が喜ぶだろう」

などと言ってその宝をすぐにその人にやってしまうのだ。

破格、といっていいほど気前のよい経久は細かいところにこだわらぬ男であったが、意外に細かいところもあり、たとえば家族やごく近しい家来といる時、瓜《うり》の皮が厚めに剝《む》かれるのを見ると、そわそわとし出して、必ずこう、寂し気に言う。

「……もっと薄く剝いた方がよい。わしが、手本を見せてやろう」

経久の政によって豊かな安寧をもたらされた百姓たちが、

「あれは……」

「尼子様ではないかっ」

日焼けした顔から深い喜びをにじませ金色に輝く田から顔を上げる。

赤トンボやオオヤマトンボが経久と百姓たちの間を飛び、雀《すずめ》の群れが鳴子にめげず、金の命の粒をついばもうとする。

ふだんなら百姓商人と気さくに語らう経久だが今日その余裕はない。

経久の胸は——悲しみにひたされている。

国久の分厚い背を見、彦四郎と馬を並べて疾駆する経久は、

……さな——。

百姓たちが鎌を入れる田の横を黒駒は通りすぎ、まだ一つの鎌も入っていない金色の広がりが左方に展開する——。

田と街道の間に、小さな水路があり、その水路の傍に紅蓮の彼岸花が咲き乱れている。

右手は休耕田か。

小さく湿った削平地に蒲《がま》の群れが佇み茶色い棒状の花を垂直に立てていた。

出雲の神、大国主命《おおくにぬしのみこと》が、因幡の白兎《しろうさぎ》を癒《いや》す薬をとったという草だ。

……神仏よ。もしわしを見ておるならば、頂戴したい。出雲の男が安芸の愛おしい女子を癒す薬があるならば……頂戴したいのだ。

経久は悲壮な面差しで、透き通った秋空を仰いでいる。

……さな。そなたはわしより……十も、若い。置いていかないでくれ。そなた無しの日々など到底考えられぬ――。

やがて経久たちはにぎやかな富田の町を通り抜け、月山富田城の傍を素通りし、国久が治める吉田――本来、富田と別の里であったが今や富田の町の一部となりつつある――も通過。

茶畑が広がる伯太川《はくたがわ》沿いの村々をすぎ、また山を越え――伯耆国法勝寺に入った。なだらかな山にはさまれた法勝寺もまさに稲刈りをむかえんとしていた。

赤い彼岸花の畔《あぜ》で区切られた金色の稲田と稲田の間を、尼子親子の馬は行く。武者の馬群に驚いた雀の群れがばーっと飛び立つ。経久はいつだったか蛍をさなたちと見た、小川を前に、山を背にした、別宅の前についた。

下馬する。

樹々《きぎ》に見下ろされて薄暗い坂を上ると――弟、久幸、そして久幸の妻、夏虫《なつむし》、久幸と夏虫の娘、奈穂《なほ》が迎えに出てきた。久幸の男子、次郎《じろう》四郎《しろう》も出てくる。

久幸は深くうなずき夏虫の目は赤くなっている。

経久は夏虫に、

「夏虫……さなが、世話になったな」

医術に秀でた夏虫は、さなの看病をしてきたのだった。

――柿葺《こけらぶき》の大きな屋敷に入る。

若松がつくる丸い模様がいくつも襖に漂っていた。

若松の丸。

思い出が――ちくんと胸に刺さる。

さなが決めた襖の柄だった。

あれはいつだったか、法勝寺に別宅をもうけて間もなかったはず――。

閉じられた若松の丸の襖の前で経久は思い出す。

……彦四郎はまだ、生まれていなかった。わしとさな、いすず。又四郎……。孫四郎はおったか？　おったな。

……このごつごつした男が……こんな小さくてな。久幸と夏虫、あの頃は、可哀《かわい》そうに、幼くして亡くなった源四郎《げんしろう》がまだ生きておって……奈穂が生まれたばかりであったか。みんなで、蛍を、見た。この屋敷のすぐ下の小川で。

たしかその日、いすが——不思議なものが庭にあるのを見つけて、夏虫はそれを法華経《ほけきよう》に出てくる優曇華《うどんげ》の花だと言った。

その夜、さなが、

『殿は……贅沢をお嫌いになりますが、一つ贅沢を所望してもよろしゅうございますか？』

寝所で問うたのだ。

『おう、何だ？』

経久が言うと、さなは、ややはにかむように、

『そこの……襖』

『襖？』

『はい、そこなる襖は……殿が夏虫に言うて四つ目結にしたそうですが……』

法勝寺の尼子家別邸は法勝寺山名の重臣宅に、夏虫がまた人が住めるように、襖や障子をあたらしくするなどして手をくわえたものである。経久は何気なく夏虫に、寝所の襖は尼子の紋・四つ目結を入れたらよかろうと話していたのだ。

『真新しい襖に文句を言うなど殿はおろか芸州の父にも叱られそうですが、ここが、四つ目結だと……何でしょう、月山富田城におるような、何やら厳めしい心地がして、気がやすまりませぬ』

経久はぷっと吹き出して、

『月山富田城はそなたにとってそんなに居心地悪《あ》しき城かな？　誰よりも居心地よさげにしている気がするがな』

『富田の御城が居心地悪いとは言うておりませぬ。ただせっかく所を変えているわけですから……別の所、遠い場所に来たような心地になりたいと、さなは言うておるだけです』

隣の闇の中で――さなが見せたふくれ面が目に見えるようだった。

経久はさなを抱き寄せている。

『そなたは先ほど、この辺りが昔の新宮谷《しんぐうだに》に似ていると言うたでないか？』

『ええ。過ぎし日というのも……遠い場所にございましょう？』

黙り込む経久の腕の中で、さなは、

『まだ大きゅうなる前の尼子の家に来たような、そんな心地になる襖にしたいのです』

『わかった。如何《いか》なる襖がよい？』

『殿がお決め下さいませ』

『わしが……？』

『さなは安芸や出雲の城しか見た覚えがありませぬが、殿は都で様々なお方の館や、寺社に行かれているでしょう。お目が肥えているはず……』

『八幡大菩薩の三つ巴《みどもえ》はどうだ？』

『厳めしい気持ちになるではありませんか、からかっておいでですなっ』

翌朝、さなは朝餉《あさげ》の粥《かゆ》の湯気の向こうで、

『若松の丸』

刺すように言った。

『うん？』

寝所と居間の間にある襖をさなの尖った顎が怒ったように指した。

その時の妻の顔がありありと思い出され、胸が溢れそうになった。

……若松のようにこれからすくすくと大きくそだってゆく家にしたい、そう思うてくれたのだな？

「殿の御成にございます」

腰元の声がして──若松の丸が浮かんだ襖がすーっと開かれた。

経久、国久、彦四郎が、清々《すがすが》しい青畳が広くしかれた寝所に入る。

白い明かり障子から淡い光が差し込んでいる。

その光につつまれて、白い小袖をまとったさなは、眠っているようであった。

枕元には十歳の末娘、いとうと侍女頭・山路《やまじ》が控えていた。

さなの傍には黒漆がほどこされた角盥《つのだらい》、大小鏡箱、銅の銚子《ちょうし》が置かれていて、角盥と鏡箱には下がり藤と三つ引両、吉川氏の紋が金色にほどこされていた。

さなの嫁入り道具である。

黒く澄んだ漆の傷一つない艶がこの道具が大切につかわれてきたことを物語っている。

奥には違い棚があり、床の間には桔梗《ききょう》とススキが生けられた青磁の壺が据えられていた。

大名の姫にしてはかなり快活ないとうは経久を見るや泣きはらした顔を歪《ゆが》めて、ばっと腰を浮かせ、錦の衣を翻して駆け寄り、経久の袴《はかま》に取りついた。

「父上っ、母上の病が大変な時にお顔も見せず戦の方に行ってしまわれるなんて……」

さながひどく疲れたような声で、

「……いとう……」

可憐《かれん》なるいとうが母に振り向く。さなは、末娘に、

「――そなたは、誰《たれ》？」

まだ小さな、いとうは涙を流しながらさなをじっと見詰め、首をかしげる。彦四郎が歯を食いしばり妹の頭を撫《な》でる。

いとうは経久を円《つぶ》らな黒瞳《こくどう》で見上げる。いとうのふっくらした唇が動く。

「出雲守護代・尼子伊予守経久の娘、いとう」

「そう。守護にかわって、出雲を治め守る者の娘だ」

守護代――守護の代理で、国を治める者である。だが、さなが、かわって、という言葉に込めた語気には、明らかに別の意味が強く籠もっていた。

「出雲だけでなく、隠岐も、伯耆も、石見も、守護にかわって治める者。それが、そなたの父だ。父上は……わたしやそなただけでなく、もっと多くの者を守らねばならぬ。そのようなことを言って困らせてはならぬぞ」

「はい」

さなは半年間あわぬ間に――ずいぶんやつれていた。さなの声のあまりの弱々しさに経久の胸は引き千切れそうになった。経久の表情に気付き、さなも辛そうな顔になっている。

さなは国久に顔を向け、

「孫四郎……」

ごつい額に青筋を立てた国久は答えようとして答えられぬ。

「そうか、今は、国久という名であったか。元服したのだな？　祝着。一番槍を入れ傷一つ負わなかったとか。これまた、祝着」

国久が手の甲で顔をぬぐった。

「ますます安芸の祖父殿《おおじ》や我が兄たちに似て参った。……けれどそなたの父も、我が父、経基も武勇一本槍の武士ではないぞ。大西城に我先に突っ込んで犬死するとは思わなんだか？」

「我が身より誉れが大事と思いました」

さなは国久に威厳をもって、

「よいか、国久。真の武士とは――死の恐れを克服した者。だが、其《そ》は、命を軽んじることでも、好んで犬死にすることでも、ない。真の武士とは……己の命を懸けるべき時を、正しく知る者ぞ」

「得心しましたっ」

さなは和やかな微笑みを浮かべ、

「よし」

彦四郎にはそのまま穏やかな顔で、

「彦四郎、此方《こなた》に参れ」

己の傍を叩く。塩冶彦四郎が、さなの傍で膝をおる。

さなは強情な三男の顔を下からまじまじとのぞき込んで、

「さなは……」

長いこと黙り込んで、深い憐《あわ》れみを白い顔に浮かべて、彦四郎の目を見て、

「さなは……そなたの傍に、もっと長くいたいと思うておったぞ」

彦四郎から、

「――ぐっ」

という低い呻きが発せられ丈夫な肩が大きくわななく。大人のような、いや並の大人より大きな体をもつ、十二歳の少年から、さなの夜衾《よぶすま》に滴が垂れた――。経久はそれを見て自分や国久、郎党どもの前では一人前の武士のように振る舞うこの大柄な三男が、実は年相応の少年にすぎないとまざまざとわからされた。

さなは彦四郎の手を取って、普段の切れ味鋭い物言いから考えられないほどやわらかく、

「大変な役目をまかされておるな？　辛いこともあろう？」

彦四郎の頑強な首が、きっぱり横に、振られた。

「偉いぞ。父上も……わたしも、そなたしか出来ぬ役目と思うたから、そなたを塩冶に行かせたのだ。しかと、その役目、果たせよ」

彦四郎は――涙をぬぐって、こくりと首肯している。経久には見せぬ、素直さだ。

さなは真剣な面差しで言った。

「いろいろな者が、そなたに、いろいろなことを申してくる。今もそうか？　これか

ら、もっとそうなる。……その時、二種類の者がいる。自分のためを思うて、そなたにいろいろ申す者。そなたのためを思うて、そなたを叱ったり、はげましたり、褒めたりする者。……人の一生はみじかい。自分のためにそなたにあれこれ申す者の相手をしておる暇など、そなたには——無いはず。そなたのためにそなたに物申す者の言葉に、耳をかたむけよ」

「得心しましたっ」

吠えるような彦四郎の声だった。

「よし。亀井新次郎は——そなたのために、そなたに物申す男だ。このさなが請け合う」

国久の太い指が幾度も自分を差し、次いで経久を差している。

さなはくすっと笑い、彦四郎の手をさらに強くにぎり、揺り動かして、

「そなたの父も、兄も、そなたのために物申す者」

「いとうは？」

忘れてもらっては困るわという顔でおかっぱ頭のいとうが目を丸《まろ》げ、首をかしげた。

さなはいと愉快気に打ち笑んで、

「いとうが……彦四郎に意見するなら、もそっと研鑽《けんさん》をつまねば」

「けん、さん？」

経久が微笑みを浮かべて赤い衣をまとったいとうの肩に手を置く。いとうは経久に寄りかかり、父の衣にやわらかく頰ずりする。経久と彦四郎の目が合う。経久は、微笑みかけた。だが彦四郎は――ぎこちなく視線を逸らした。

さなが彦四郎から手を放してうつむきながら呟いた。

「だが……自分のためにそなたに物申す者も、そなたのためを思う者の顔をして……」

その時――、

「母上！」

若松の丸の襖がさっと開き――錦の打掛をまとった女性《にょしょう》が入ってきた。

杵築国造《こくそう》・千家《せんげ》氏に嫁いだ長女のいすずであった。

薄月夜である。

外に出れば星々の囁きが聞こえそうなほどの静けさが、天地《あめつち》をおおっている。

経久はさなの傍らで端座し妻の病がよくなるように祈っていた。

杵築から、輿に揺られて法勝寺に駆けつけた、いすずは、疲れ果て、経久のすぐ横に突っ伏して眠っていた。目を開けた経久は先刻まで昏々《こんこん》と眠っていたさなが自分の方をじっと見詰めているのに気付いた。

「……如何した？」

経久は、かすれた声を発している。国久、彦四郎はすでに下げ、いとうは乳母とやすませていた。やつれ切ったさなは何でもないというふうに頭を振る。横に動いた白い首の、あまりの細さが、経久の胸に突き刺さった。

経久は、さなに、

「先ほど……彦四郎に何と言いかけたのだ？　いすずが、来る前だ」

「ああ……。自分のためにそなたに何か言う者も、そなたのために言うような顔をして、ほめたり、叱ったり、はげましたりしてくると……」

「大切なことだ」

「あと国久もそうですが、彦四郎は我が、強すぎます。政久をささえてゆかねばならぬのに。お前たちの強すぎる我で父上と兄上を困らせてはならぬと二人に言いたかったのです」

細い声で囁いたさなはある方に顔を向ける。都がある方に——。

「……政久は知恵深く、勇敢な子ですが……貴方より我が弱い」

「………」

子供たちの中で今ここにいないのは都にのこした尼子勢を率いる跡取り息子だけだ

った。

「貴方もかなり我が強いのに、それを引っ込めねばならぬ時をしかと知っている。そして、強い我を――やわらげて見せることが出来る」

経久は、さなに、

「致し方あるまい？　そなたそっくりがおらぬように、わしそっくりとておらぬ」

「あの三人が力を合わせれば尼子の将来は明るいでしょう。されど、兄弟同士が諍《いさか》いを起こせば……」

兄弟間の争いで血が流れようものなら――四囲の猛獣どもは舌なめずりして喜ぶ。列強は兄弟同士の戦争に嬉々《きき》として介入、次々出雲に兵をすすめ、尼子氏は滅び去るだろう。

「さなの寿命がもう少しあれば、頼朝《よりとも》と義経《よしつね》、尊氏《たかうじ》と直義《ただよし》ではなく、経久と久幸を見習えと――三人に、説教しつづけるのですが」

経久は面貌を歪めて、

「何を弱気な……。さな、そなたはわしより十も若いのだぞっ」

いすずが――びくっと跳ねるように起きる。さなは寂し気な目で夫と娘を見くらべ、

「猫ですら、それを知る。自分のことは自分がようわかります」

いすずが横から、

「母上……安芸の祖父殿は御年、八十一歳でまだ馬に乗られ、弓場《ゆみば》に立たれ、強弓を軽々引いて日に、何本も射られるとか……。あと十年生きると笑顔でおっしゃっているとか」

さなは懐かし気に、

「……あれは、化け物だ。人ではなく山の鬼だ。さなは武芸を父から受け継いだが寿命は母から受け継いだ。我が母はちょうど今のわたしくらいの時に病で儚《はかな》くなった。それに……さなはある御方に寿命をわけて参った」

「誰《たれ》？」

さなの光る目が——真っ直ぐ経久を見詰めた。

「父上？」

「まだ、嫁ぐ前でしたが……貴方がわずかな同志をあつめて、京極家と戦おうとしていた時、三沢と戦った夜、西出雲の国人衆とぶつかった時、さなは八幡大菩薩様に幾度もお願いしました。——あの御方を勝たせてくれと。我が寿命を削ってもよいから、どうか、勝たせてくれと」

さなの頬を一筋の涙が流れた。いすずは、激しく泣き崩れ、経久は声をふるわし、

「さなっ——」

「貴方が天下を取らねば苦しむ者が何千何万、何十万も、いる。さなはそう思うたのです」

静かに言った妻は身を起こさんとするが、重い苦しみがのしかかり衰えた体をはばむ。経久はさなに手をかし枕に頭が乗るように寝かせている。

その時、さなは——そっと囁いた。

「経久様。ありがとうございました……」

尼子経久の妻、さなは——翌明け方、眠るように息を引き取った。

あまりにも……早すぎる別れであった。

多くの者が声を上げて泣き崩れる中、経久は声を殺して——泣いた。

さなの葬儀は月山富田城でおこなわれたが、遺体は、さなが好んだ法勝寺の別邸にもどされ、そこで埋葬されている。

様々な思い出が詰まったその地に寺が建てられたのは後年、永禄《えいろく》の頃というが経久の遺命であったのかもしれない。尼子経久の妻が眠る法勝寺のその場所には……現在、経久寺《きょうきゅうじ》という寺が、ひっそりと、建っている。

船岡山《ふなおかやま》

妻の死は――経久の心に、深手をあたえた。

出雲、隠岐、西伯耆、東石見の太守たる経久には月山富田城にもどり、諸国諸侍に指図するか、再び上洛し、義材政権をささえるか、いずれかが強くもとめられていたが……どちらの動きも経久は取れなかった。

さなをうしなったことは経久の心に想像以上の大きな穴を開けていた。

経久は大丈夫だと自分に言い聞かせ、すぐに政務にもどろうとするも……やはりいつもの経久とは違う。その様子を見ていた、杵築国造夫人・いすず、久幸が、いま少しやすまれた方がよいです、と助言している。

経久は二人の進言に素直にしたがうことにした。経久上洛中、富田に入っていた久幸は伯耆にもどした。

国久をためす意味もあり、これを代官として――月山富田城に入れる。鬼神の武をもつも、深い思慮を苦手とする国久……。

若干不安はあるが……そこは、執事・亀井武蔵守安綱《むさしのかみやすつな》（亀井新次郎の父である）、秀綱《ひでつな》親子。知勇兼備、歴戦の勇将でこのほど執事に抜擢《ばってき》された、河副久盛《かわぞえひさもり》、二人の忍び頭・鉢屋治郎三郎、兵衛三郎兄弟らが、補佐するのだ。

いすずと彦四郎は——西出雲にもどった。だが、経久といとうはさなの埋葬が終わっても法勝寺にのこった。

昔、さなと、幼い子らをつれてきていた時にくらべ……ガランとした寂しさが漂っている大きな屋敷で、十歳の末娘とすごす経久。久方ぶりの静かな時にひたった。

経久は、趣味の一つとして——絵を描いた、とつたわるが、この趣味に深く没頭するようになったのは、この頃であったかもしれない。

ただ、顔料を練っていたり、若松の丸の襖にそっとふれていたり、絵に描こうと思って、いつだったか優曇華が咲いた枇杷《びわ》の木をあおいだりしていると——ふっと誰かが後ろに立つ気配がすることが度々あった。

振り返ってみても誰もいない。

だが経久は……妻が、肩を叩いてくれたような気がしている。

……何をやっているのです？　経久様。よも、さなの祈りを、お忘れではありますまいな？　貴方には——やるべきことが山ほどございましょう？

手のとどかぬ所に行ってしまった妻に、そう言われた気がしている。

前栽《せんざい》の傍でしゃがみ込み菊を眺めていた経久に——風が吹き寄せる。

強い風だ。

山の樹々が、波打っていた。椎《しい》や樫《かし》、ケヤキや合歓《ねむ》が、一斉に、騒いでいる。

経久はその風に押されるように深く息を吸って――立ち上がった。

その時にはもう強く硬い面差しに、なっている。悲しみは癒えぬ。だがさながら言ったように……多くの者を守る務めがあるのだ。

その夜、経久は久幸を、呼んだ。久幸はつい先頃――「伯耆守護代」になっている。

傀儡《かいらい》の伯耆守護・山名澄之《すみゆき》に代わって西伯耆の政、軍事、裁きを、一手に取り仕切る伯耆守護代・尼子久幸の屋敷は、法勝寺の経久別邸から田園をはさんだ、向かい側にある。

法勝寺の里は――伯耆における、たたら製鉄、つまり工業の中心の一つで、たたら場で生まれる鉄はもちろん、たたら場で必要とされる米や塩など、様々な物資が商われる商業の磁場であり、尼子家の伯耆支配の要、政治の中心でもある。

馬などつかわず、松明をもった供に守られ、二つの屋敷の間にある刈田にはさまれた道をてくてく歩いてやってきた久幸を、経久は書院に招じ入れた。

書院には炉が切ってある。

経久は夜風の音を聞きながら久幸のために茶を点《た》てていた。

井戸《いど》茶碗をもった久幸は、一揖すると経久が入れた茶をゆっくりとした所作で口にはこぶ。眉太く二重の目が大きい久幸もはや四十八。経久と同じく、口髭を、たくわえていた。

黒い直垂をまとった経久はおもむろに口を開く。

「そろそろ、月山富田城に入ろうと思う」

右腕というべき弟、さなをうしなった経久を心から案じていた弟は、無言で首肯した。

「杵築大社のことをすすめたい」

久幸が、首をかしげた。経久は久幸に、

「わしは戦乱で傷ついた杵築大社の復興を現《げん》せん上人にお願いし、それは、上人亡き後、源春《げんしゅん》が引き継いだ」

源春は現せんの弟子であり、経久は、現せん、源春ら、僧に杵築大社（出雲大社）の復興のための勧進（募金）をおこなわせ、財源をつくる一方――この僧たちを杵築に入れることで強い影響力を大社におよぼそうと目論んでいた……。経久は他にも大社の頂点に君臨する国造家に嫁入りした、いすず、檀所《だんしょ》持ちや巫女《みこ》など大社を縁の下でささえる人々の懐柔、門前町の商人の取り込みなど、あの手この手の大社対策を講じている。大社としてはあらゆる回路、深度でおこなわれる尼子の調略に狼狽える一方である。

「しかしわしも余事に手を取られ大社の復興は思いのほかすすんでおらぬ」

これを本格的にすすめたいと、経久は話し、

「またわしは古い建物を再建することにくわえ杵築の境内に――全くあたらしい建物をつくってゆきたい」

久幸が訝しむような顔を見せる。

「――仏閣だ。一切経堂、三重塔、鐘楼などを、つくってゆきたい」

「恐れながら……兄上……」

久幸の眉宇の曇りが、深まった。

「――其は今の出雲に必要な施策でしょうか？」

いさめるような久幸の言い方だった。弟の顔には、兄上は義姉上《あね》を亡くされたことで、目に見えぬものに関心を寄せられるようになってしまったのではないか、という憂慮が、浮かんでいた。

経久の双眸に――妖光が灯る。神仏の話をしていたとは思えぬほど生臭い、危険な光だ。

「わからぬか久幸。此《こ》は――大内を滅ぼす、謀ぞ」

「――えっ……」

久幸は茫然《ぼうぜん》とし、経久からは……寒々とするような凄まじい闘気が放たれる。

「わしはこのためにこそ、京からもどったのよ……」

経久は、言った。久幸は自らを落ち着かせるかのように生唾を飲み、

「兄上。久幸には……杵築の再建と仏閣作り、これが、大内を滅ぼす御計略につながる道筋がいま一つ見えませぬ」

「大がかりな作事をおこなえば何が起きる？」

「人がふえる。職人、人夫に銭が落ち、彼らはその銭で米や餅、酒をかい……商人がもうかります。すなわち、民が潤う」

久幸ははたと何かに思いいたり、大きな目をさらに広げ、

「そうか……。兄上は大内領から……人と銭を吸い上げるおつもりか——」

経久は恐るべき笑みを浮かべ、

「そういうことよ。大内は今、二万五千の大軍を畿内に置いておる。これはかなり重い負担となって領国にのしかかり、臨時の段銭などが課せられておる。これらの銭は——京に吸い上げられておるのだ。大内の年貢は、当家よりも、重い。ここに臨時の段銭がかかれば——潰れる百姓が出てくる。村をすて、路頭に迷う、飢民が出てくる。くらべて我が方が都に置くのは四千人。大内よりずっと負担は少ない」

「大内領に現れた飢民にはたらく場をもうけて救済しつつ大内領から人手を奪ってゆく？」

「左様。さらに――銭も奪ってゆく。目に見えぬ形でな」

久幸は顎に指を添え、

「博多や山口の富商から見たら……杵築は、商機の宝庫になりますな……。当然、枝の店《たな》をもうけようとする」

息子が二人か三人いる商人なら、次男坊か三男坊を杵築に動かし、杵築支店をつくる。当然――資金が動く。

「杵築の商人がふえれば、わしは彼《か》の町に棟別銭、帆別銭を課しておるゆえ、我が蔵に入る銭は――どんどんふえてゆく。またわしの計画は、作事にとどまらぬ。作事が終われば今度はあたらしい建物をつかって……いろいろ仕掛けてゆくつもりぞ」

謀聖は、語った。

経久の深謀は――杵築の町を巨大な磁石にするというものだった。富と人を、大内領、あるいは山名領から吸い取ってしまう磁石だ。敵が都の政局にかかりきりになり、あちらに釘付け《くぎづ》になっている間に――その領国の経済力をどんどん弱めてゆく。

一方で出雲を豊かにして人をふやしてゆく。

まさに――遠大なる長計であった。

……天下を平らかにするためには大内を斬りしたがえねばならぬ。だが今の尼子の力では、大内とまともにぶつかれぬ。そうやって初めて大内と戦う下ごしらえが出来

いる。

近江に潜みつつ、阿波、淡路などの味方を動かそうとする細川澄元勢力に、分裂している。

今や……丹波、摂津、和泉を拠《よ》り所《どころ》にし、大内と歩みを合わせる細川高国勢力と、
その細川政権は、永正の錯乱以降、崩壊し、分裂している。

経久はこれまで細川という強大な後ろ盾をつかって大内と対峙《たいじ》してきた。

るのだ。


細川はもはや頼りにならず大内とこと構えるなら己の体力をさらに強めるほかなかった。

「兄上の御存念……ようわかりました。左様な事情なら久幸も大社の再建に強く賛同します。ですが……大社の境内に仏閣をつくることには反対です」

「何ゆえか？　わしは都やその近くで多くの神の社を見て参ったが、多くは神仏習合だった。たとえば祇園社《ぎおんしゃ》もそうであるし、東坂本の日枝山王《ひえさんのう》権現もそうであった」

「上方ではそうなんでしょう。ですが……出雲は違います。杵築大社からは仏教の色は排除されています。──伝統に大きく反すること。社家からの強い反発が予想されますぞ……。せっかく、いすずを入れてつなげたご縁です。そのご縁を揺るがされるおつもりか？　大きな作事をしたいのであれば神道の建物だけでよいのでは？　久幸に、こだわりはありませぬ。ただ──伝統にこだわる社家の反発を危ぶむのみ」

「いや――仏堂でなければならぬ」

断固として言う経久だった。

「その意図は？」

聞きましょうというふうに弟は、身構える。経久は目を細め、

「四つ、ある。まず――神社をつくるのと、寺をつくるのなら、寺をつくる方が、職人の裾野が広い。鐘を鋳るなら大勢の鋳物師《いもじ》が要る。神社に瓦は要らぬが、寺をつくるなら夥しい瓦が要ろう？　瓦を焼く職人がどっと出雲に参る。仏師も来る。内部の荘厳にもそれぞれ職人が要る。そして、出来た寺には僧が参る」

――神社だけより、寺も作った方が、経済が刺激されるというのだ。そういう職人が出雲に居ついてくれればなおいい。

「二つ目。わしは――京など上方から、物詣での者を、もっと出雲に呼び込みたいのよ」

杵築大社には山陰のみならず遠国からも物詣でがくる。経久は、これをもっとふやしたい。

「此度の上洛で都の町衆と語らったが……童の頃、出雲まで、物詣でに行っていた者も、応仁の乱以降、絶えて行くことがなくなったと話していた。路次の安全が確保されぬ中で、神寂《かむさ》びた社を見にわざわざ出雲まで行く気になれぬと申す。神寂びた社な

ら、近場の伊勢に参ると」

　今、山陰山陽の諸侯は大内の旗の下にあつまり路次の安全は確保されている。だが、一度遠のいた足をもどすのは、なかなかむずかしい。

「都人は新しもの好きよ。杵築大社に古式にのっとった社だけでなく、あたらしい仏閣が建ったと聞けば見に行きたいのが人情だろう？　人の波が生まれる」

　──観光戦略としての仏閣なのだ。

「そうお聞きすると……兄上の御説に引きずられてしまう自分がいる……」

「三つ目。源春率いる本願聖がのう、大社の中に、己らの拠点がほしいと申す……」

　経久の手足となって大社に出入りし、探ったり、内から動かしたりしている僧や聖たち。もっともな要望だった。

「四つ目」

　今まで、謀略家、あるいは経済人の顔でものを語っていた経久は深い研鑽をつんだ学者、あるいは慈悲深い仏のような顔を見せ、

「先日……法勝寺で貧しい百姓の男女が、子供を煮て食うという一件があったろう？」

　経久による年貢の軽減、不毛な戦への不参加、十旗、十砦《じっさい》の大工事など民を食わせてゆく様々な施策により──出雲、西伯耆など、尼子領の貧窮者は目に見えてへって

いた。だが、それでも貧しい者はいた。

「はい、殺された童は……女の前の夫の子であったようです。普段からひどく、打擲《ちょうちゃく》されていたとか。痛ましい話です……」

久幸は沈痛な面差しで語った。

経久は、言った。

「それは……人の心の中の悪鬼が成すことぞ。この鬼を心の中にかかえた者が多ければ……戦国の世は決して終わらぬ。いたる所で争いがもとめられるからだ……。わしが西国を、伊勢新九郎が東国をしたがえ、宇内に安寧をもたらしたとしても――またすぐに世は乱れ、動乱の世にもどってしまうだろう。わしは戦国の世を終らしたい」

一介の牢人にすぎなかった頃――経久はさなにこう話している。

『わしは……人の心の中にある争いのもとをなくしたい』

こうも言った。

『わしは……聖人の万分の一でもよいから、心の中の争いのもとをなくす何事かに、手をつけたい。戦で死んだ者たち……戦に弄ばれた者、戦が生んだ貧窮に苦しんでおる者が、そうせよと語りかけてくる気がする』

秋の夜寒が感傷を誘うのか、さなと多くの時をすごした館だからか、亡き妻が隣の部屋にいて今にも入ってくる気がする。

……そなたに誓ったことに少しでも手をつけたい。

「一隅を照らす、と言うだろう？　心の中に羅刹をすくわせた者ではなく、一人でも、二人でも……三人でも、四人でも……周りの者に温かく和やかな光を投げかけられる者……左様な者をどんどんふやしてゆくことが肝要なのだ」

戦国の世——戦争が絶え間なくつづく、暗い殺し合いの世——を真に、終わらせたい。

その思いが、経久を突き動かしている。

「孟子にも似た一説があるが……日々の生業に追われておる者が、もっともしたしみやすく、ふれ合いやすいのが仏の教えである気がする。神道には山や樹を大切にせよという素晴らしき教えがあるが、他者を慈しむ教えは、仏典の中にこそ多く見つけられる。だからわしは……出雲でもっとも人のあつまる彼の社に、仏の教えにふれ合える場所をつくりたい。経久が別個に寺をもうけるのでは駄目だ。何やら……ありがたみに乏しかろう。杵築の大社の中にあるからこそ人は自然に立ち入り仏の教えにふれ合うことが出来るのだ」

一種の文教政策……戦国の世の先を見越した、施策なのである。

経久の杵築大社再建、そして伝統とぶつかりながらも仏教の要素を彼の大社に入れたいという大改造計画。

これは——巨大な経済の刺激策でもあったし、大内を弱める軍事政策でもあった。ユニークな観光政策でもあり、泰平の世、人々の安寧を心から望む経久だからこそ思いついた……文教政策でもあった。

——複合的な意味をもつ計画なのだ。

久幸は嬉し気に、

「兄上は……恐ろしいお人ですな。ここまで恐るべき兄をもつ弟は天下広しといえども久幸くらいでしょうな。わかりました！　やりましょう。大社側の相当な反発が予想されますが……いすずに頑張ってもらうしかありますまい」

「いすずの奴……夫の肩をもってわしにいろいろ反論してくるかもしれぬな。惚《ほ》れ抜いておるらしいから」

「そこはもう、兄上と、いすずと、いすずの夫の問題。——久幸は関知しません」


九月——経久は、動いた。

月山富田城にもどるや兵を率い——出陣した。

塩冶の叛徒の残党がまたも大西城付近で蠢動《しゅんどう》、山に潜み、夜盗などはたらき、軍資金を掻きあつめているという知らせが苫屋鉢屋衆から寄せられたのだ。

経久は瞬く間に叛徒の残党を、討滅。大西城近くの人々を安堵させた。

いや、心の深手から立ち直った姿を見せて……広大な尼子領に住む人々を安堵させた。経久をささえた、さなの死を山陰の人々もまた深く悲しみ、経久を案じていたのである。

経久はこの地から杵築大社に使いをおくり復興を全力で推進してゆく旨をつたえている。

で、いすずを、杵築大社から呼び、都の話をした後で、

「清水寺《きよみずでら》で見た三重塔のようなものを境内にすっと立たせたくてな」

例の仏堂、仏塔、鐘楼などを、大社の境内にもうけたいという夢を打ち明けると、

「いすずは……承服しかねます」

経久の熱っぽい語気に比してかなりひんやりした口調で答える長女だった。

「其は杵築の伝統に反します。夫も、北島殿《きたじま》も――」

北島家――千家家に並ぶ杵築大社の社家だった。ちなみに経久は……北島の当主に、いつか、いとうを輿入《こしい》れさせようと企んでいる。

経久は、洛中辺土で見た寺も、神社も、多くが神仏習合、仏教と神道がまじり合っていると話すも、いすずは、

「畿内がそうでも出雲がそれに合わせる必要はありますまい？　そも、仏法は天竺《てんじく》の

教え。本朝の神の社に何で仏を祀《まつ》る建物を建てねばならぬのですか？　それは、別の場所に建てればよいでしょう？」

経久は久幸に語った四つの理由をこんこんと語り、娘を説き伏せてしまった。

杵築大社側には相当な反発もあったと思われるが……いすず、源春上人、経久配下の本願聖たち、経久に取り込まれた社人の意見が、反対論を押し流した。杵築の社家には尼子の力への恐れもあったろう。

かくして再建がすすむ戦国の杵築大社に仏教の建物が次々姿を現すことになった。

経久の意向でつくられたそれらは——一切経堂、大日堂、三重塔、鐘楼などである。

それら仏堂群は経久が意図した経済効果、観光効果をもたらしたのだろうか？

——爆発的な効果があった、と言わざるを得ない。

その証拠は当時、書かれた狂言の台本に、はっきりとのこっている。

たとえば狂言「節分」では、

「妾《わらわ》はこの家《や》の者でござる。これのうは出雲の大社へ年籠りに参られて留守でござる

(わたしはこの家の者です。夫は、出雲の大社に年越しに行って留守です)」

とあり、狂言「福の神」には、

「此《こ》の辺の者でござる。何かと申すうちに年の暮になってござる。いつも嘉例で出雲

の大社へ年を取りに参る（わたしはこの辺の者です。何だかんだ言ううちにもう年の暮れです。いつも、出雲の大社に年越しに行っています）」

と、ある。

これらの台本は――京か大和国で書かれたものと思われる。

経久が仕掛けた大社内の仏閣が図に当たり、近畿から無数の庶民が、乱世の列島を西に動き、杵築大社に年越しに行っていた事実がわかるのだ……。

まさに生まれ変わった杵築大社は経久の目論見《もくろみ》通り観光の目玉となり、無数の人を、山陰の地に引き寄せた。

それだけの人間が動くことは巨大な刺激となって、経済を活性化させた。

だが……伝統に反する、経久肝煎の仏堂への、大社内の反発は根深かったようである。それらの建物は江戸の世に撤去され、残念ながら我らは目にすることが出来ないのである。

経久が杵築大社復興に強い意志をしめしたこの秋、黒正甚兵衛は……生涯二度目の春を経験した。四十三歳になった黒正。

若い頃に一度、縁付いたがすぐに離縁していた。

大西城攻めで矢傷を負った黒正の手当てを何か意図あって、経久は星阿弥に命じていた。

矢傷を負った後、黒正は大西城近くに家をかり、そこで療養している。

星阿弥もその家に入り黒正の治療をすると共に炊事をした。

やがて、黒正が月山富田城でおこなわれたさなの葬儀に全快しないまま出た時、黒正、星阿弥は、富田の黒正邸にうつっている。

星阿弥ははや三十三歳であるが、髪がみじかく顔立ちが幼いため、二十前後の娘に見える。そんな星阿弥が富田の黒正邸に入ると、この屋敷の炊事をまかされていた百姓の嫗《おうな》、とめ婆《ばあ》は、目を潤ませ、

『おや……黒正様も遂《つい》に良い人を見つけられましたかっ』

『いえ……そういう者ではありません』

星阿弥は短刀で刺すように鋭く言うも、歯がかけたとめ婆には一切効かない。

『いやあ、よかった……。よかったっ……。こんな婆さんがおったら邪魔でしょう。ひひ』

『黒正殿の手当てを引き継ぎたいのですが……』

が、その言葉はとめ婆の耳には入らず、草をねりがむ牛のようにむにゃむにゃ口を動かした老婆は、

『……よぅし、よし。杵築の方に物詣でに行きたいと思うておりましたから、幾日

か、お暇《いとま》しますわっ』

――すたすた出て行ってしまった。黒正から解放されると思っていた星阿弥だが、今しばらく黒正の世話をする仕儀になった。

星阿弥は男を知らない。

それは、幼い頃から男というものに嫌悪をもつからである。

体をつかって情報をあつめるくノ一も多い中、星阿弥は左様な忍び働きを一度もした覚えがない。

短髪、小柄、琥珀色の瞳をもつこのくノ一、驚異的な記憶力をもつので……それをつかった働きが多かったのだ。

ほかの武士の世話をまかされたなら、経久相手に激しく抵抗したかもしれない。

だが――黒正には、他の多くの男に感じる嫌悪を覚えなかった。

黒正のしたしみやすい気質、かざらぬところ、剽軽《ひょうきん》で明るいところに、仄《ほの》かな好意すらもっていた。星阿弥は経久を敬っていた。黒正はその経久と強い絆をもっている、このことは出雲では誰もが知る有名な話だが、黒正邸に入った星阿弥はその絆をありありと我が目で見ている。さなの死は悲しみの怒濤《どとう》となって黒正甚兵衛にも襲いかかり、

「北の方様、まだ、お若いのに――。おいたわしや……。のこされし殿も御子息方も

――」

黒正は連日、尼子家の人々のために激しく泣き崩れている。忍びという闇の世界に生き、滅多なことでは心を動かさぬ星阿弥だが、黒正の、経久への思いを見た時……胸に何かがしみ込む気がした。

それは温かい何かだった。

何日も共にすごしたが――星阿弥と黒正の間には何もなかった。

鉢屋衆をたばねる鉢屋治郎三郎、兵衛三郎からは、何の下知もない。しかしそろそろ忍びの務めにもどらねばという思いが星阿弥の中に生まれていた。

……今日が最後。

そう決めながら星阿弥は夕餉の味噌汁《みそしる》に玉杓子《じゃくし》を入れる。

……この屋敷もこれで見納めか。殿の命で黒正殿を探るようなことがあれば、また、来るのだろうけど。

その場合は門から入るのではない。塀をこえて忍び込む。

……それは、無いか。

味噌汁の水面を眺める琥珀色の瞳は……一抹の寂しさをたたえている。

何故、寂しいと思うのか。星阿弥は――己の心底に沈むものをわかりかねていた。

栗飯《くり》。漬物。ハガツオの膾《なます》。もずくの酢の物。里芋と椎茸の味噌汁。

そんな夕餉をこしらえた星阿弥は黒正甚兵衛の前に一人分の折敷《おしき》を置いた。

ハガツオは、日本海や中海《なかうみ》の旬の魚を取りあつかう富田の魚屋で今日かいもとめたものだ。

「そなたの……分は？」

黒正から驚いたように問われた星阿弥は、表情もなく、

「わたしはそろそろ本来の役目にもどらねば……。黒正殿の御加減もかなりようなったようですし、今宵を限りにお暇したく思います。とめ婆も直、もどるでしょう」

縦長の顔を強張《こわば》らせた黒正は、丸っこい目をさ迷わせ、

「左様か……。わしは勝手に、そなたがも少しいてくれると思うておったんだが……」

「黒正殿は勝手に判断されることが多いですよね？　それで殿に、幾度も叱られておりましょう？」

星阿弥はくすっと吹き出した。

すると、黒正の面貌が輝いて、

「三度目じゃっ」

星阿弥は目を丸げて、

「何がですか？」

「そなた、以前……全く笑わなかったのに近頃、よう笑う。今日、三度目じゃ、そなたが笑うのは」

「…………」

恥が――星阿弥を赤くしていた。感情の露出こそ、忍びがもっとも忌むことである。

「では――」

去ろうとした。

黒正は、慌てて、

「まて」

足を止めた星阿弥に黒正は、

「あの……そのぅ……何だ……」

星阿弥は睫毛《まつげ》を伏せて黒正の言葉をまつ。黒正はぎこちない声で、

「誠に……世話になった。かたじけなかった」

「礼など……いりませぬ。殿の命でそうしたまで。次は、戦場《いくさば》で共にはたらきましょう」

戦となると星阿弥は、黒正隊に配属されることが多かった。

「そうだな」

「では」

黒正は何か言いたげに上《あ》がり框《かまち》までついてきたが、薄暗い土間に降りた星阿弥はここでよいと告げ、表に出た。

門を潜った時——星阿弥は心に穴が開いたような心地になっている。

黒正邸は月山富田城の西脇門・御子守口《おこもりぐち》の近く、御子守神社の下にある。御子守神社は、鬼子母神を祀る小さな社である。右大将・頼朝が天下を治めていた頃、この地にうつされた社であるらしい。

青い夕闇が富田の町をひたしていた。

見慣れた富田が海の底にある都のように見え、その街を見下ろす巨大な城、月山富田城は——竜宮の如く思われた。

御子守神社の鳥居の前で待ち合わせしている町娘と若侍がいた。

お礼参りを終えたのか、御子守神社から赤子をだいた若い女と、白髪交じりの年かさの女が穏やかな笑みを浮かべて出てきた。

小袖姿の星阿弥はふらふらと青い町を漂っている。

板葺屋根の商家が並ぶ一際にぎやかな辺りに、来た。

扇の中に、黒く「一」と書かれた白暖簾の刀屋の店先には見事な刀が陳列され、いかにも細やかそうな、緑の小袖をまとった翁が、帳簿をつけている。

黒い揚羽蝶《あげはちょう》が白い空《くう》を飛ぶ暖簾の鞍屋では、銀蒔絵の四つ目結が入った鞍が見世棚に置かれ、ほかにも鐙《あぶみ》、金の秋草がほどこされた障泥など、馬具を並べていた。

にぎやかな声、様々な生業の男女がしきりに行きかう街を、星阿弥は寂し気にうつむいて漂う。髪結いは尼子の侍で大繁盛しており、その傍の街角で放下師が手品を見せ、人混みが出来ていた。

反物屋では赤い衣を着た女店主が様々な色の布を畳に並べ、富商の母娘《おやこ》と思《おぼ》しき二人が熱心に布をのぞいていた。

富商の娘から何か要望が出る。

女店主が奥に声をかけ、宍色《ししいろ》（薄い黄赤）の衣をまとった店の女が、棚に動き、筒形に丸められ、虹の滝のように、切れ端をこちらに見せるように少し垂らした、色とりどり、模様も様々な布の中から、一つを手に取る。

経久が巨大にした黄昏《たそがれ》の街を唇を噛みしめて星阿弥は歩く――。

……もどろう、仲間の所に。

月山富田城、鉢屋ヶ成《なり》。

……そこにしか、居場所は無い。

星阿弥は何故かとても悲しい気持ちで一番星を仰いだ。

……わたし……何を黒正殿に言われたかったのだろう？

刹那、誰かに、ぶつかり、

「――危ないじゃないか！　前を向いて、歩きなよ」

鋭い声を飛ばされた。

かなり化粧がきつい女が二人、星阿弥を睨みつけていた。

遊び女かもしれない。

いずれも絹衣をまとっている。

二人の内、肉置《ししお》き豊かな方が、麻衣を着た星阿弥を、刺すように睨み、

「何とか言いな」

こういう時、忍者は悪目立ちしてはいけない。十人の者がいれば、その中でもっとも静かで、地味な、者をよそおう。それが、忍びの者である。

小声で、

「ごめんなさい」

二人組はふんという顔で星阿弥とすれ違う。

――その時、

「星阿弥！」

聞きなれた声が、慌て気味に、後ろからかけられた。

振り返ると黒正甚兵衛が――雑踏をこっちにやってくるではないか。

驚きが星阿弥を駆けめぐっている。瞬間、黒正は……転んだ。足をすべらせた。

「痛っ……」

せっかくふさがった矢傷が口を開けたか。黒正が足をおさえて呻く。

柄にもなく面を引きつらせた星阿弥は黒正に駆け寄らんとして――立ち止まる。

……何故だ？ わたし……また黒正殿の手当てを出来ることが……嬉……。

星阿弥が自問し躊躇《ちゅうちょ》している間に見るからに酔っ払った男二人が黒正に近づいていた。

「お侍様よぅ……あんたも、わしらの仲間かぁ？ うん？」

ねじり鉢巻き、平たい顔を真っ赤にした、大きく逞しい男。いま一人は眉に傷がある細身の目付きが鋭い男。この二人が酒屋でしこたま入れてもらったのだろう、大きな瓢箪《ひさご》を時折、口にはこびながら、面白そうに小柄な侍を見下ろす。

「酒代が無《の》うなってしまってのう。尼子様は困っておる者に飯など恵んで下さると か。わしらも……酒が飲めんで、困っておるっ。一緒に飲んで恵んで下さらんか」

「そいつはいいいっ」

「それとも、わしらと飲むのは嫌かっ、お侍様」

路面に倒れ、じたばたする黒正に――酔漢二人が絡む。

星阿弥はだらしなく小袖をまとった酔っ払い二人に音もなく寄り、低い声で、

「——邪魔だ。どけ」

大柄な酔漢がギロリと目を剝いて、星阿弥に振り返る。

「——何じゃ、この女郎《めろう》は！」

ねじり鉢巻き、筋骨隆々の大男は、怒号を発し、星阿弥に詰め寄らんとした。

星阿弥は素早く男の右腕を摑み——ねじり上げた。

「うわあぁ……！」

情けない叫びが、大男から、迸り、戦力をうしなう。

もう一人、細身の男は、

「……おのれ」

さっと——抜いた短刀を構えている。刃物をにぎったその男の目は据わっていた。

道行く女が悲鳴を上げている。酔漢、いや、暴漢の意識は、一瞬、そっちに流れる。

星阿弥の左手が——突風《かぜ》となった。

男の右手首を打つ。手刀だ。星阿弥はそのまま右に振り抜いている。

反撃の暇をあたえず、星阿弥の足は——男の股を蹴った。

「あうっ——っ……」

沈みかかった男の右手から短刀がこぼれ、その小刀を星阿弥は素早く宙ですくい、

黒正を助け起こし、

「行きましょう」

右手に短刀をもった星阿弥は左手で黒正を引き青き雑踏を走る――。

と、後ろから、刃物を奪われた男が、苦し気に、

「強盗《ごうどう》じゃぁ……あの二人をつかまえてくれぇ、強盗じゃぁ……」

おかしさがこみ上げてきたが、顔には出さぬ。人気のない鍛冶屋の前を通る時、星阿弥は男から奪った短刀を店の中に放り込んだ。もう大丈夫だろうという所まで来た時、耐えかねて星阿弥は笑う。黒正も走りながら笑った。

星阿弥はあまりにおかしくて涙目になりながら、

「強盗……あいつらが強盗でしょう！　酒代強盗ですよ！」

「まさに！　まさに！」

全力で駆けてきた二人は小走りになる。まだ、笑いを顔に張り付けた星阿弥に、黒正がふと真顔で、

「また……笑った」

星阿弥も真顔になってゆく。そこはちょうど、黒正邸の前だった。

「四度目だ」

今度は黒正が――星阿弥の手を、強く、引いた。星阿弥は黒正邸に引き込まれてい

る。

二人は門を潜った所で、見詰め合う。

黒正邸の庭には樫の木が立っていた。

小柄な二人——目の高さは同じである。

黒正は言った。

「そなたにかえってほしくないと思うた。だが、いきなり今日までと言われ周章狼狽し……思っていることを何一つ言えなんだ。まだまだ、傍にいてほしいと思う」

「…………」

遠国働きで名を変え、顔を変え、動いていた時に言い寄ってきた者、迫ってきた者に覚えた強い不快感が、今はない。むしろ星阿弥の中にもまだ黒正の屋敷にいたいという温かい気持ちがある。だが……それは一時の気まぐれかもしれぬではないか。

香阿弥は——銀兵衛との恋に苦しみ、傷つき、最後には外聞衆に惨殺されたではないか。

星阿弥は迷いをかかえながら黒正を測るようにじっと黙って見詰めつづける。

黒正が一歩近寄った。

真剣な表情だ。黒正は、強い思いを込めて、言った。

「……夕餉を、共に食おう。一度きりでない、何百何千もの夕餉を」

「今宵は一人分しか……」

「釜をのぞくと、まだ栗飯があった。汁も沢山あった」

「あれは黒正殿の朝餉」

「そいつをそなたの夕餉にすればよい。話は、簡単だ」

星阿弥はまた吹き出してしまい、頬を赤らめた。で、

「……くノ一ですよ……」

黒正はまた近づいてきて息がかかるほどの間合いで、

「それが何か？　くノ一だと、夕餉を共に出来んか？」

「…………」

「星阿弥」

二人は——どちらともなく唇を吸い合った。


夕餉を共にした後、二人は添い臥《ぶ》しをしている。

星阿弥にとっては男に体を開くのは初めてであった。星阿弥は……男女のそのことを嫌悪していた。いざ、自分がそれをする時、悪い臭いのする泥を無理矢理口に詰められるような不快感に襲われるのではないかと、思っていた。

だが黒正とのそれは……痛みはあったが、怖れたほどの不快さは、なかった。

裸形の星阿弥の頬は今、黒正の腕《かいな》に乗っていて、頬と腕がふれ合うところには、ぬくもりが生まれている。黒正は深い愛情を込めてさらに星阿弥を抱き寄せる。黒正は決して勇将とはいえぬが、四つ目結の旗の下に参じてから幾度も戦場を往来しているため、その腕は鍛えられていた。

「わしの庭には……樫の樹が、あろう？　わしがそだった都の西の村にも樫があってな。又四郎といった若かりし頃の殿と初めてお会いした日の夜、その樹の下で語らったものよ。都から出雲にお供する時にその樹のドングリをひろってきて、出雲の初めの住まい――長屋住まいだったんじゃが、その長屋の庭にうえた。一度、敵に、富田を追われた時、樫の木も伐られたんでないかと思うたが、そんなことはなかった……。さらに大きゅうなってまっていてくれた。わしは長屋の一帯をかって屋敷を建てた」

星阿弥は驚き、

「都からもってきたドングリが大きくなったのが……庭の大木？」

「そう」

誇らし気な声だった。

「どんな村だったの」

「うん？」

「甚兵衛殿がすごしていた村」

「……ミノと、ゴンタという奴がおってな……」

黒正は懐かし気に、経久にあう前の己について語りはじめた。

黒正の起伏に富んだ物語に聞き入った星阿弥の口が開く。

「わたしも貧しい村に……生まれた」

星阿弥はそこで黙ってしまった。

「どんな村だったのだ?」

黒正の問いは——星阿弥の硬い沈黙に、吸い込まれる。

「宍道湖の西……小さな沼や、川や……」

「……話したくないならよい」

黒正は、星阿弥の髪を撫でている。頭を振って、話しだした。

出雲の西の大水郷地帯が——星阿弥の故郷だった。湖のほか、深い沼あり、小さな池あり、広い葦原《あしはら》あり、網の目のような水路あり、そんな所だった。

大人たちは水運にたずさわったり、漁をしたり、泥田でか細い稲をそだてたりしていた。

だから故郷の思い出は大方、泥に塗れている。

たとえば江戸の世になって北側が埋め立てられる出雲の神西湖《じんざいこ》は、もっと広い湖であったと思われる。

戦国の出雲には……巨大な水郷が広がっていたと見られるのである。

「あの村の思い出で一番美しかったのは、蓮《はす》。一面に蓮が咲き乱れる広い沼があって……」

極楽のような花の海を父が漕ぐ舟に、母、兄と乗って蓮花を眺めながら握り飯を食った記憶が、もっとも楽しい思い出だった。父は剽軽な人でいつも皆を笑わせてくれた。そんな父はしきりに星阿弥を――物覚えがよい、賢い、とほめてくれた。

「みんなで蓮を見たすぐ後……お父は病で、死んだ。お母はすぐに男を家に引き込んだ」

凶暴な男であった。

星阿弥の兄を、すぐ邪魔者扱いし、食《く》い扶持《ぶち》をへらすためといって、人商人《ひとあきびと》に叩き売っている。その時、母が男に媚《こ》び、兄を売っても仕方ないという態度を取ったことが……星阿弥は悲しかった。

男は昼も夜も、家の外でも、星阿弥の前でも、獣のように母をもとめた。

星阿弥はそれが――はじまると、泥を塗りたくられるような嫌悪を覚え、泣きながら逃げた。昼であれば誰もいない野原に隠れ夜であれば星々に見下ろされる丘に登って膝をかかえて蹲《うずくま》った。

そんな時、星阿弥は何かを数え、その数を正確に覚えてさっき見たものを忘れようとした。

たとえば、夏の野に並ぶ、太い草の茎にびっしり付着した油虫の数。その油虫を食ってまわっている、大体一つの草につき五、六匹ほどの割合で動いている天道虫の数。

何十本もある太い草の一本ごとの油虫と天道虫の数を記憶してゆく。

あるいは、夜空を仰ぎ、星の数を数え、数え終わったら、その数を覚え、また一から数えて——誤差がなくなるまでつづける。記憶力の仏、虚空蔵菩薩《こくうぞうぼさつ》そのものと考えられた、明けの明星が顔を出すまで、そんな作業をつづけた童女はやがて、

……ああ、さっきはあの星を数えなかったから……数が合わなかった。

仁多郡鉢屋十阿弥の一人、星阿弥の記憶力は、かくして磨かれている。

ある時、件《くだん》の男は、星阿弥を草刈りにつれ出し、星阿弥の体にふれた。前々から男は……ごく幼い星阿弥をぞっとするような、おぞましい目で見ることがあった。星阿弥はこの時初めて、男が自分を人買いに売らなかった理由を悟った。

その夜、星阿弥は満天の星の下、逃げている。

西に行こうと思った。西の方の村に父の妹が嫁いでいる。だが星阿弥は道に迷い、たどりつけなかった。戦国の出雲は童女が一人で生き延びられるほど生易しい所では

ない。星阿弥は、田んぼに入り、百姓に怒鳴られながら、稲穂を千切り、生米を齧《かじ》っ

て飢えをしのいだが——行き倒れた。

「そんなわたしをひろってくれたのが……放下師の一座。香阿弥という美しい娘。ただの放下師じゃなかった。乱破だった。だけど……わたしには向いていたかもしれない。香阿弥はわたしの恩人。香阿弥を殺した自在坊を——地の果てまでも追い詰めてやる」

「男を寄せ付けなかったのは……その外道のせいか？」

星阿弥はこくりとうなずいている。

「……許せぬ、その男を」

黒正の声には、怒りが籠もっていた。星阿弥が黒正の腕の中で、

「死んでいた、そいつ。乱破になってから一度だけ故郷の村に行ってみたの。……毒矢をもってね。だけど、死んでいた。あいつをうしなってわたしを産んだ女《ひと》はまだ若いのに、姥《うば》のように……。それから二度とあっていないっ」

星阿弥の声がふるえ頬を涙が走る。

星阿弥は、黒正の胸の中で、泣きじゃくった。黒正はそんな星阿弥に何も言わず、ただ温かい手で荒ぶる背中をさすってくれた。黒正に撫でられる度に星阿弥の心は少しずつ落ち着いていった。鼻をすすった星阿弥は、微笑んで、

「甚兵衛殿は……初めて会った頃から不思議と嫌じゃなかった」

「何でであろう？　されど、星阿弥……わしも、男。ずいぶん久方ぶりに斯様なことをしたゆえ、その……大変言いにくいのだが、いま一度だけ……」

小柄なくノ一は恨むように黒正を睨む。

「駄目かな？」

「………」

星阿弥は、頭を振った。

経久は——黒正、星阿弥が口には出さぬものの惹かれ合っていることを見抜いていたのである。二人の縁をむすべぬものかと思い、星阿弥に黒正の手当てを命じている。
鉢屋者、星阿弥は——黒正甚兵衛の妻となった。星阿弥は下忍を数名つかう立場になっていたが、その下忍たちも星阿弥ごと黒正家に入り、黒正の家来となった。

さて、山陰山陽諸侯が軒並み都に伺候しているため、西国一円で鳴りひびいていた兵鼓が、止んでいる。そんな中、経久は、縁結びの神がおられるという大社を起点に——山陰の経済を刺激する一方、大内領、山名領から、人、銭を吸い込む施策を静かに打ち出しはじめた。

勢いよく実行すれば——敵に睨まれる。

就中《なかんずく》、大内は防、長、豊、筑、西石見に安芸の一部、六ケ国に勢力を振るう大敵だ。

そして大内の大軍の只中《ただなか》に、嫡男、政久の四千人がいる。杵築大社の中に、仏閣をつくってゆきたい。

「荒廃した心を立て直さねば戦国の世は終わらぬ。大社の内諾は得た。諸輩は如何思うかの？」

経久は控えめな態度で家来に問うたものである。むろん、久幸に話した真意など話さぬ。

出雲に潜み、尼子の様子を探っていた外聞どもは、さっと京にもどり、陶興房に、

「尼子は……北の方をうしなったことで深い痛手を受け、神仏のことなどに心寄せるようになったようにござる」

「尼子が……のう」

……敵とはいえ……内室をうしなったのは……。

「内室をうしなったこと気の毒ではあるが……。何か裏がないか気がかりだ。も少し深く探ってみよ」

この頃、経久は、僧たちに、

「仏の教えをわかりやすく民につたえ、荒ぶる心を静めるきっかけをつくりたい……。法華経の教えを、ごくやさしい言葉で百姓、商人などにつたえられぬか？」

「かしこまりました。実は……ご領内の寺院には戦火で経典が焼けてしまった所が多いのです。まずは経をなくした寺に法華経をくばるべきかと思います」

「……わかった。都に参ったら、是非、経典を得て参る」

この発想は、戦国の世を真に終わらしたいという経久の願いに根差しており、数ある経の中で何故、法華経かといえば、尼子兄弟が牢人時代をすごした母の里、馬木《まき》、この山里は法華宗・金言寺《きんげんじ》——大銀杏《いちょう》の寺である——があることからわかるように、法華門徒が多く、経久もこの経にしたしむ機会が多かったのだろう。

こういう動きも興房につたわると——、

「ふむ……。尼子め、俗っぽい野心を無くしてきたようじゃな」

……何やら、寂しい気もするが……。

「政久めは如何しておる？」

政久周辺を探っている外聞は、

「政久めも母の喪に服すと見えて陣に引きこもってござる。ただ……件の訃報がとどく少し前、天子様が政久の笛のことをお聞きになって」

聖寿から聞いたのではないかと思う興房だった。

「是非、聞いてみたいと仰せになったのですが、政久は今の笛の腕で天子様の御前で吹くのは恐れ多いと辞退し、天王寺《てんのうじ》の楽人、浅間《あさま》某なる者を呼び、この者に笛をならっておるとか」

摂津の楽人をわざわざ都に呼び音楽修業しているという。

「その笛の音が聞こえてくる時は……あまりの見事さに、我ら忍びの者でも溜息が出るほどにござる」

政久は――陶ら大内の重臣の前でも非常に慇懃であった。陶は深く笑み、

……政久め。経久よりあつかいやすき男のようじゃな。都の水を飲み、もともとあった雅へのあこがれが強まり……ますます大人しき男になってゆく気がする。ふふ。

「わかった。御屋形様に報告してみる」

政久は――経久から、大内の者の前ではことさら従順に振る舞うよう下知されていた。

――さしもの陶興房も……動きはじめた経久に、些かも気付かなかった。

この頃、経久は主君・京極政経に呼ばれている。

出家し宗済《そうさい》と名乗っていた政経は重い病にむしばまれ、見る影もなくやつれてい

た。

経久が贈った青磁の壺に赤から橙《だいだい》、橙から黄、古《いにしえ》の女房の襲《かさね》のように色を流した紅葉が立てられていた。

障子の外にはその枝を手折った木だろうか、紅葉の影が微風にふるえていた。

「おう……尼子……」

京極政経は今にもおれてしまいそうなほど細い声を発した。

政経の寝所には、政経、経久のほかに、材宗夫人（六角家の姫）、政経の孫、京極吉童子、京極家重臣、多賀《たが》伊豆守《いずのかみ》、尼子の重臣で執事の亀井武蔵守安綱、同じく尼子家執事・河副久盛が、控えている。

病の床の傍らにはこれまた経久が贈った大きな青竹の鳥籠があり、中には二羽《わ》のメジロと一羽の鶺鴒《せきれい》が入っていた。

経久は鳥籠を穏やかな相好で見ているが後ろに控えた亀井、河副の相貌は険しい。

障子を一枚開けば、若林宗八郎ら尼子の豪の者が固唾を呑んで控えている。

おとろえ切った政経は涙がにじんだ目で、経久を嬉し気に眺めながら、

「今日の頼みが麿《まろ》の最後の頼みとなろう……」

「何を弱気なことをおっしゃいますか、御屋形様」

経久は言う。だが、政経は、

「いや……わかるのじゃよ。尼子、多賀、麿の頼みというのはな、これなる吉童子のことぞ」

多賀伊豆守は京極政経の一の家来で近江守護代であった故多賀高忠《たかただ》の子か孫だろう。

「吉童子が出雲、隠岐、飛騨《ひだ》、三ヵ国の守護職、そして先祖代々の所領を恙なく相続出来るようそなたらに後見をたのみたいのじゃ。本来は北近江も我が所領じゃが……あれなる地は一族の高清《たかきよ》に奪われてしまった」

長い幽居の末、政経は出雲、隠岐を尼子に取られ、飛騨を在地の武士に奪われた事実を……忘れてしまい、正常な判断力をうしなってしまったのだろうか。あるいは経久に大きく出ることで何か有利な条件を引き出そうと考えているのか。どちらとも取れる政経の面差しだった。経久は臆面もなく答えている。

「かしこまりました」

むろん、守護の名などくれてやる、自分は実を取ればいいと、経久は考えている。

喜悦の光が、政経の面に、差した。

「吉童子、尼子がみとめてくれたぞっ。麿がいなくなったら大事なことは経久か豆州《ずしゅう》に相談するようにな」

物心ついてからこの御殿からほとんど出たことのない少年は高く澄んだ声で、

「はい」

政経は咳き込《せこ》み、多賀伊豆守が経久に怯えと警戒がまじった顔様で、

「尼子殿。若君のこと、共におささえしましょうぞ」

「――重々、わきまえておる」

京極政経はその年の十二月四日、卒した。五十六歳だった。

*

星阿弥が出雲にもどってしまったため京に駐在する笛師銀兵衛は、将軍をささえる政久の警固と自在坊の探索、二つの大役をになっていた。

国許にもどる経久に、政久をたのむ、と言われた銀兵衛は、

『臨時雇いの範疇《はんちゅう》を大きく超えておるぞ、経久。いつもの三倍の銀を所望』

と、悪態をつきつつ……内心では頼りにされたのが嬉しいという気持ちが、ある。

近頃、銀髪がだいぶ目立ってきた銀兵衛、今日はそれを全て黒く染め、田舎者の若侍をよそおい、都大路を歩いている。

笛師というくらいだから銀兵衛の笛の腕はかなりのもの。また笛作りの腕も――天

下一級である。

政久は今、天王寺の楽人、浅間某を摂州《せっしゅう》から呼んで笛をならっている。帝の前で演奏するという。

銀兵衛のような闇を生きてきた者からしてみると雲の上の話を聞かされているようで何やら現実感がない。

さて、その尼子政久、当初は、吹きなれた笛で演奏する気だったが、

『もっと高い音が出る笛がほしい』

と言い出した。結局、銀兵衛がつくる形になった。

……親子ともども人使いが荒いわっ。

悪態をつきながらも――香阿弥をうしなって以降、ずっと、悲壮な決意がこびりついた銀兵衛の相貌は、ややややわらかくなった。銀兵衛は外聞衆元締め・自在坊を追いつづけているが手がかりは、無い。一度、自在坊からはなれてみるのも、よいかもしれぬ。

今日はよい笛がつくれそうな竹を探しに都大路を竹屋に向かっていた。

茶屋で襷掛けした娘が擂粉木《すりこぎ》を動かしている。

その娘と背中合わせに、隠居風の翁が二人、上がり框に並んで座り茶を喫していた。

剣花菱の暖簾が下がった漆器屋の前に近江の海の畔から歩いてきたのだろうか、編み笠、髭面《ひげづら》の魚売りが、天秤棒を下ろしていた。男が湖畔からかついできたらしい大笊《ざる》の上には鯉《こい》、フナ、鮎《あゆ》などが乗っていた。

その魚を漆器屋の内儀が買いもとめようとしている。

漆器屋の見世棚では黒漆塗りの椀《わん》、朱漆塗りの鉢、あるいは漆黒の盆が、やわらかい光沢で人を誘っていた。

ほかにも組紐《くみひも》屋あり。

本屋あり。

雑踏を練り歩いた銀兵衛は——にぎやかな五条大橋の上まできた。

件の竹屋は橋向こう、清水寺の近くにあるのだ。橋の欄干近くに編み笠をかぶった幾人もの算置き、人相見などが座っていた。

と、算置きの一人が、

「銀兵衛」

——真に小さい声で呟いたのである。

銀兵衛は物凄い殺意をぶつけながらその男を睨んでいる。

初老の算置きらしく鼻より上は、笠により暗い陰になっている。算置きは声を発せず、唇の動きだけで、

《わしじゃ。——自在坊よ》
殺意、憤怒、憎しみが、爆発しかかる——。自分より二十は若い侍になり切った銀兵衛は物凄い形相で算置きを睨み、今ここで自在坊を、愛《いと》しき女を弄び殺した男を、叩き斬るか否か、迷う。
……白昼で、人混みの中だった。むろん奴はそれをえらんで話しかけている。
銀兵衛の、鋭く尖った殺意をぶつけられた自在坊、肩をすくめ、唇を動かす。
《無駄じゃ。お主の周りには、我が下忍が幾人もおる》
声なく脅してきた。刹那——いくつもの殺気が、銀兵衛の逞しい体を貫く。四方《よも》から目に見えぬ矢を射られた感覚だ——。
周りには、裕福そうな町衆、汗ばんだ行商、馬借、職人風の男、物見遊山の男女、雲水、熊野比丘尼《びくに》などしかいない。だが、恐らくこの中に数多の外聞がまぎれているのだろう。銀兵衛が彼に襲いかかれば血達磨《だるま》になって転がるのは銀兵衛だ。
算置きこと自在坊は薄ら笑いを浮かべ、やはり声は出さず、
《わしの周りをいろいろ嗅ぎまわっておるようだが、無駄ぞ。お主如きにわしは討てぬ。銀兵衛……わしと戦おうと思うて尼子殿の下におるのやもしれぬが、先行きは暗いかもしれぬぞ》
「………」

《尼子殿は我が大内の傘下に入ったも同然。近頃はもっぱら、仏事などに心かたむけておるというではないか》

自在坊は、つづける。

《銀兵衛、女一人のことでいつまでもめそめそしておるのは、苫屋鉢屋衆にその人ありと言われた笛師の名が、廃るのでは？》

銀兵衛の中で憤怒が――煮《に》え滾《たぎ》る。無表情をつくった。その方が敵に読まれにくい。が、銀兵衛の無表情は、崩れそうになる。

香阿弥の屍《しかばね》は反吐《へど》が出そうな狼藉を受けたことを物語っていた。

香阿弥の亡骸《なきがら》の様子、死に顔を思い出すと、銀兵衛は平静をうしない、その鉄仮面は罅割れそうになる――。銀兵衛が黙っているのをいいことに自在坊は、

《わしがあの女を殺さねば、わしが殺されておったろう。故に――斬った。乱破の間ではようあることよ》

――ならば、ただ、斬ればよかったのだ、自在坊！

《のう、銀兵衛。尼子殿が大内にしたがったのと同じくお主もまた、我ら外聞にしたがってはどうか？　下らぬ恨みを引きずるのではなく、わしの下で術を磨いてみては如何か？》

……なるほど、うぬの狙いがわかったぞ。銀兵衛が自在坊とあっていた、外聞に心

寄せだした、などという浮説を流し、星阿弥らほかの鉢屋者にわしを疑わせ、鉢屋者の手でこの銀兵衛を葬ろうというのか。いかにもお主が考えそうな下らぬ奸策《かんさく》だ。

自在坊は急に朗らかな声を出す。

「何か、迷いがあるご様子。わしの話をじっくり聞いてみたら如何か？」

算置きが客を誘うような調子だ。竹屋に行こうとしていた若侍は、算置きに、

「昔、犬を飼っておってな。その犬が腹を壊すと道端の草を齧り、胃の中のものを吐いた。お主の話を聞くよりも——道に這《は》いつくばってその反吐を舐める方が千万倍ましよ」

「……面白い男じゃ」

自在坊は——隙だらけの所作で、立つ。銀兵衛は踏み込めぬ。無数の隙が誘いである気がしたし周りに溶け込んでいる下忍どもも気になる。

ここに自在坊を狙う練達の剣豪がいても同じ判断だろう。相手の隙を見切り、刹那で一閃《いっせん》する剣でも……圧倒的な隙の多さに打ちのめされ、微動だに出来なかったろう。

自在坊は仕事道具を橋にすて置き漂うように銀兵衛の前を通りすぎ、西——銀兵衛が来た方に歩いている。瞬く間に群衆に溶け込み掻き消えた……。紅染の衣を着た女と雲水の間を通った瞬間、何らかの術をつかい、消えたのだ。

……恐るべき乱破であった。

どっと冷や汗が出る。同時に銀兵衛にそそがれていたいくつもの鋭い眼差しが、ふつりと絶えた。下忍どもが遠ざかっていったのだった。


この年の暮れ――政久は、いもじ御所様こと祝渓聖寿の口利きもあって、帝がもよおした管弦の席に伺候、宮中で笛を披露している。

陰徳太平記は云う。

此人《このひと》（政久）は先年上洛せられし時、兼て笛の上手也《なり》と聞え有りしに仍《よつ》て、禁裏仙《せん》洞《とう》にも召されて、管弦の御遊の折節は、笛の役を勤められしとかや。


尼子政久は都一の名人に負けないくらい見事な笛の音を大舞台で堂々披露した。むろん、笛師銀兵衛がつくった笛だ。

この管弦の場に居合わせた公家娘たちは眉目秀麗なる政久の笛を聞くや、興奮状態となり、扇で口元を隠しながら盛んに囁き合った。だが出雲に山名夫人をのこしてきている政久、そのようななまめかしい声援に一切、心揺らがせ、浮つくこともなかった……。

これが、単純なところがあって、しかも女好きの国久ならば公家娘たちと同じかそれ以上の興奮に陥ったかもしれぬが、政久は違うのだ。美女たちに声をかけられても憂いをおびたかんばせで微笑み返すだけだった。これがまた、美女たちを夢中にさせてしまう。

陰徳太平記に、こう、ある。

（政久は）武芸に勝れたるのみならず、詩歌《しいか》管弦にも長ぜられ、花実相応の大将にて有りければ、伝へ聞く薩摩守忠度《さつまのかみただのり》などや斯《かく》は有りけんと、世挙《こぞ》って感嘆しぬ。

（政久は武芸にすぐれているだけではなくて、詩歌管弦にも精通し、外見だけでも中身だけでもなく、両方が優れて釣り合っている大将だから、古の薩摩守忠度などはこういう人だったのだろうと、世の人はこぞって感嘆した）

翌永正六年（一五〇九）、近江に潜んでいた、細川澄元方――阿波の猛将・三好之長が、京都東山まで出陣――。

大文字山の東、如意《によい》ヶ嶽《たけ》に陣取り義材、聖寿、配下の大名を威嚇している。

その数、三千。

三好兵の一部は恐らく大文字山にもいて都を見下ろし、気勢を上げたと思われる。

将軍・義材を守る大内義興、尼子政久、畠山尚順、武田元繁らは早速協議。二万から三万の大軍で如意ヶ嶽をかこんでいる。

一体、三好は……どうしてこんな無謀な戦をいどんだのか？

三好之長という武将の個性を考えるなら都の中に「味方」をつくっていたと思われる。

武勇だけでなく頭もまわる三好之長——かつては都を騒がした土一揆の黒幕として暗躍した男だった。

百姓や、都の貧しい町人に、戦い方をおしえ、密かに武器をわたし、恐るべき利息を絞り取っていた土倉（銀行）や、豪商を襲わせる。その一揆で得た銭の幾割かを懐に収める。

——こうやって銭をたくわえた男だった。

まさに強盗にも手を染める革命家のような顔をもつ武士だった。

三好之長が盛んに一揆を計画していた頃、京都の治安をになっていたのが侍所所司代・多賀高忠。尼子経久のかつての上役で京極政経の一の重臣だった。老骨に鞭打《むちう》ち、いわば警視総監として強盗、一揆の裏に潜む者を追跡した高忠、捜査線上に漂う三好之長の尻尾をなかなかつかまえられず……心身ともに消耗、重い病で卒してしまったのだ。

ちなみにこの三好之長の曾孫こそ後に五畿内と四国の覇者となる——三好長慶《ちょうけい》その人である。

さて、三好之長のことである。

上洛して一年になる西国大名連合軍、特に大内軍と何らかの軋轢をかかえる京侍も出はじめている。また、都の庶民にはかつて之長の一揆にくわわった荒くれ者ども——之長と親分子分の関係にある男たちが、いた。

こういう人間に密使をおくり自分が都を攻撃したら、下から蜂起、義材政権を突き崩せと之長が指示していたのは想像に難くない。

だが……二万から三万という大内、尼子らの大軍が三好を取りかこむのを見た、都の中の三好党、貝のように動かなかった……。如意ヶ嶽は誰からの助太刀もなく大内義興、尼子政久、畠山尚順、山名致豊らの大軍に一方的に攻められている。

陶自慢の猛者、若杉四郎三郎や宮川房長、尼子の猛将、牛尾三河守と牛尾遠江守、赤穴久清らが大暴れする。

三好勢三千はわずか一日で崩れ三好之長は討ち死に寸前となった。

が……運の強い、之長。天は激戦の途中で豪雨、濃霧を起こし、大内尼子ら連合軍は三好の首を目前に山の下に退かざるを得なかった。

三好之長は、この隙に霧にまぎれて逃げている。之長は主君、細川澄元をつれて、山から山へ逃げ――遂には海をわたって生国の阿波まで落ちている。近江には打倒足利義材の執念に燃える前将軍・足利義澄が、またもぽつんと、のこされた。

同年、九月二十三日。尼子経久は社殿再建が一部、終わった杵築大社に参拝している。

経久、両国造、経久の子たち――いすず、吉田国久、塩冶彦四郎、いとうのほか、造営奉行をつとめた尼子家執事・亀井武蔵守、東石見の豪族・多胡《たご》忠重《ただしげ》の姿も、あった。

この作事における亀井の辣腕はかなりのもので、経久は大いにたたえ加増した。多胡忠重は石見で自立していた豪族だが経久に心服。自らすすんで尼子の家臣同然になっていた。

杵築再建の奉行を引き受けるにあたり多胡忠重からはある提案が出された。

『尼子殿の御次子、国久殿はまだ独り身と聞く。みどもには年頃の娘がござる。その娘の婿に――是非とも国久殿をお迎えしたい』

経久は政久の嫁を迎える時、政久の意向をたしかめずにすすめてしまい――政久と桜井宗的の娘、雪の恋を砕き、若き恋人たちを深く悲しませた覚えがある。その時の苦さは経久の中に強くのこっていた。故に経久はまず国久の意向をたしかめてから、

『是非、その縁談、お受けしたく思いまする』

次男、国久の縁談は、経久を安堵させている。

……これで国久も浮ついたところを無くし落ち着いた武士になってくれるだろう……。

堯《ぎょう》の子、堯ならず、というが、国久もそうだ。傑出した武勇をもつが……学問に乏しく、軽率なところがある。

また若い頃の経久に似て遊び人気質もあった。いや、昔の経久より、浮ついている。

……政久をささえるために国久にはもっと深みのある男になってもらわねば。嫁を娶れば、よい方に変わってくれるかもしれぬ。

経久は思っていた。

さて、国久の妻、多胡夫人。どんな女性であったろう?

石見多胡家——元は京極の郎党だった。応仁の乱で石見の敵領を切り取り、この地の領主となった家だ。多胡家の血脈の源をたどれば遠く東国、上野《こうずけ》国に行きつく。

多胡家には代々異能があり、それは「博奕《ばくち》の才」だった……。

武士でありながら、あぶれ者どもにまじって多くの賭場に出入りし——誰よりも強いのだ。「多胡バクチ」と恐れられていた。その多胡家はある時点で外で博奕を打つのを止め、武道をもっぱらにし、博奕の方は内々での秘儀伝授におさえた。

御多分にもれず国久夫人のその道の腕前は相当で博奕好きの国久と勝負しても必ず勝つ。

決して美人ではないが蛙《かえる》に似た愛嬌《あいきょう》のある顔立ちで、何処か飄々《ひょうひょう》とした明るい姫だ。

肩幅広く――武芸にも秀でていた。

この多胡の娘と国久は初見で意気投合、二人は仲睦《むつ》まじくすごし、新妻はすぐに懐妊している。国久も悪い遊びをぴたりと止めたようだった。

一つ、肩の荷が下りた気がする経久なのである。

翌永正七年（一五一〇）。将軍・義材をささえる管領・細川高国は、大内勢の手をかりず、近江に二万の兵をおくり、足利義澄方、南近江の雄・六角家を討たんとした。

結果は……散々な大負けだった。

痛手を負った足利義材は出雲に急使をおくり、

「経久。やはりそなたの知勇が必要だ。もう出雲も落ち着いたであろう？　都にもどって、柳営をささえてくれぬか？」

経久の答は、

「六月に杵築の正殿を建てますゆえ、それが終わりましたら早急に上洛いたします」

経久はこの頃、主に亀井の爺《じい》の孫、亀井武蔵守に命じた、杵築の再建、復興に、熱い手応えをひしひしと感じている。

出雲国がますます富み栄え人もふえ、あらたに店をもうける他国の有徳人もいるのに対し、大内領、山名領では大軍の上方駐留により領国に重い負担がのしかかり、息切れを起こし、遂には潰れる百姓、逃散《ちょうさん》する百姓が出はじめている。実力に比して都に置いた兵が少ない尼子、年貢も大内の半分ほど。尼子領ではそう簡単に百姓は潰れず、むしろ杵築で起きていることを見ていて商いをはじめ、豊かになる百姓が出はじめるほどだった。

経久が期待した人、銭の流れが——どんどん起きている。大内領などから……それらのものが尼子領に吸い込まれている。実行役、亀井の手腕も見事だった。

杵築の栄えは、尼子の政庁のある富田のますますの繁栄をもたらした。

出雲は大陸に近く、古くから海の向うとの交流も盛んである。安来《やすぎ》には朝鮮の人々も暮し、経久は彼らとしたしく交際してきたが、明の商人もまた尼子の城下に現れるようになった。海の向うからきた商人を早速城にまねき談笑する経久だった。

法勝寺から富田をおとずれた久幸は驚き混じりに、

「吉田の町と富田が一つながりの——街になりましたな。吉田から新宮谷を抜けて富田に参ったのですが、一軒も家が途切れませぬ」

富田から独松山《どくしょうざん》をはさんだ東、国久が治める吉田は――少し前まで農村であったが、急激に発展。

今や町になっていた。

国久の個性もあるのか……白粉《おしろい》臭い女たちが酌し、なまめかしい暖簾が下がる、柳をうえた店がふえており、富田の色里、広島原《ひろしまばら》に負けない歓楽街になりつつある。

一方の新宮谷、ここは月山富田城の北にある谷で、かつては蛍が見られたが今では久幸、国久ら尼子一族の邸宅がずらりと並ぶ武家屋敷街になっていた。

つまり、新宮谷から西北を見れば、広島原の、東を見れば、吉田の、紅燈《こうとう》が見られる。

久幸が呟く。

「とくに国久の若党などが……浮かれすぎぬように、目を光らせる必要がありますが。城下が一層栄えてきたのはよいことです。……山陰の都が形になるのも近そうです」

若き日の久幸は――富田の城下から北の安来湊まで実に十キロ町屋が途切れぬ山陰の都を思い描いていた。

経久は白髪混じりとなった弟に、

「そうだな――また一歩夢に近づいたぞ」

六月、杵築の正殿を完成させた経久は次なる仕掛け――大社内の仏堂建造――を実行にうつすよう亀井武蔵守、多胡忠重らに告げ、久幸、国久に、

「留守はたのんだぞ」

自身は三男で十四歳となった塩治彦四郎をつれ精兵千七百を率い上洛の途についている。

……どの息子にも、都や沿道の多くの国々を見て視野を広げてほしい。

経久、彦四郎を守るは忍び頭・鉢屋治郎三郎。

黒正甚兵衛、星阿弥夫妻は国久をささえるべく河副久盛と雲州にのこした。

経久自身はいま少し出雲の発展を見守りたい。が、都の方から盛んに引っ張ってくる将軍家の手をあまりむげには出来ぬし……、

「近江と四国の敵が虎視眈々《こしたんたん》と上洛の機をうかがっております」

政久から気になる知らせもとどいていた。

出雲の狼が上洛するや逆襲を目論む細川澄元方は一気に大人しくなった……。

京極政経が亡くなったこともあってか、再上洛した経久は……室町幕府において、大内義興、山名致豊ら諸国の守護と席を並べる形となった。

つまり幕府は経久を「事実上の出雲守護」と遇しだした。大内家からも以前ほど強

い反論は出なかったのだ。出雲には名ばかりの守護・京極吉童子がいたが……守護を任ずる幕府自体が、吉童子より、経久を、重んじはじめている。

経久は、再び七条堀川の陣に入る。

妻をうしなった経久の許には諸大名や諸国の重臣が次々弔問におとずれた。経久はそれらの人々と彦四郎を引き合わす。

また、家臣たちにも、諸国の侍と積極的に交流するよううながした。

むろん——いずれ敵を切り崩すための情報集め、調略の蔓《つる》をのばす手がかり作り、といった意味がある。

経久はこうした交流の中で安芸の武田元繁、小笠原長隆、三隅《みすみ》らの石見国人、さらに吉川国経を通して知り合った安芸備後衆、新見蔵人を筆頭とする備中国人らと一層親睦を深めている。

経久にとってもっとも大きい収穫は——山名勢力に近づく中で因幡守護・山名豊重が、山名本家の主で但馬守護・山名致豊に不満をいだきつつあると摑んだことだ……。

経久の鋭鋒《えいほう》で伯耆山名が突き崩された今、山陰の雄、山名は、但馬の本家を、因幡の分家が、ささえていた。

この但馬本家と因幡分家の間で溝が深まっていたのだ……。

まず、但馬の山名致豊は、

「公方様は今がもっとも大事な時じゃ。尼子らは、信用出来ぬわ。大内殿と共に我が山名が公方様を全力でおささえせねば」

一方、因幡の山名豊重は、そんな本家の当主を、

「都のことも大事でございますが……我らにとってもっとも大切なのは分国。少しずつ、分国に兵をもどし、その負担を軽くし、上方よりも分国への目配りを徐々に多くしてゆくべきでござろう」

と、いさめていた。が……この諫言《かんげん》が顧みられることはなかった。

また、但馬守護・山名致豊は五畿内経済圏ばかりに目をそそぎ、尼子との経済交流など無用、と考えていたが、因幡の山名豊重は、因幡の西の伯耆、伯耆の西の出雲など、雲伯経済圏との盛んな交流こそ、但、因の発展にかかせぬと心得ていた。

経済政策でも但馬の致豊と因幡の豊重は対立している。

そんな悩める山名豊重に経久は仏の顔ですっと近づき……深い信頼を得はじめていた。

また――石見の三隅を味方にしたのも大きい。

三隅家は西石見の豪族で大内にしたがっていたが在京中に大内氏への不信を深めている。

この三隅の相談に乗る形で経久は近づき、罅が入りかかった大内三隅の関係を修復する手助けをした。三隅は謀聖を、敬うようになっている。

……よし。いつか大内を攻める時、この男、尼子の先鋒となろう。

むろん、経久は、大内、山名を警戒させぬよう、生臭い野心の全てを隠し切っていた。

話すことと言えば仏事、神事の話が多く、妻の死により神仏の領域に深い関心をいだくようになった男を、見事演じ切っていた。調略に亡き妻を利用している形だが……さならば、笑って許してくれると経久は思っていた。

一方で、経久の潜在的な敵たちも万一を考え、尼子の部将、とくに出雲国人と交流をもとうとした。

たとえば周防守護代・陶興房は……阿用の桜井宗的としきりに連絡を取っている。大いに気になる動きではあるが他ならぬ経久が出雲の諸将に、他国の武士と積極的に付き合うよう呼び掛けているのだから……宗的にだけ、興房と付き合うなとは言えぬ。

そんなことをすれば、経久が陶に鋭い敵意をいだくと自白するようなもの。

……まだ、大内と争う時ではない。機は熟しておらぬ……。

永正八年（一五一一）六月。

逆襲の機を窺っていた足利義澄、細川澄元勢力が……動いた。

三好を主力とする四国は阿波の猛兵が、瀬戸内海を続々わたり、畿内に、上陸する。

同時に播磨、備前、美作の守護・赤松家を取り仕切る故細川政元の姉で知恵深き尼、洞松院尼が、祝渓聖寿との友情より、同盟者の要請を取った。

「我が赤松家は足利義澄様、細川澄元殿の味方じゃ。都におる足利義尹は偽将軍、我らは彼の者と戦う！」

天下に公然と足利義澄、細川澄元方であると打ち出している。

今まで、義材をささえる西国諸侯は——兵糧の輸送を瀬戸内海にたよっていた。だが、赤松の敵対表明で、最大の輸送経路、内海、第二の輸送路、山陽道が、ふさがれた。

都にいる義材、聖寿、西国諸侯に、動揺が走る。

管領・細川高国と、忠節の将、畠山尚順が、

「公方様！　我らにお任せあれ。三好、赤松、何するものぞっ。薙《な》ぎ払《はら》ってくれます」

「その言やよし！　行って参れ」

少し前、足利義澄が甲賀《こうが》から差し向けた手練《てだ》れの刺客どもに酒宴の後、襲われ、始

めは剣、次に薙刀を取って大立ち回りを演じ——退けた将軍から、硬い声が、飛ぶ。

と、大内義興が、心配げに、

「四国勢、赤松勢は大軍と聞く。我が大内勢も共に参ろう」

だが、小太りで目が大きい高国、浅黒く逞しい小男、尚順は、

「いや……此は畿内のこと」「大内殿の手をわずらわせるまでもない。我らだけで十分！」

大内義興の申し出をことわった細川高国、畠山尚順は、荒ぶる阿波勢、赤松の大軍にぶつかり——大負け。命からがら都にもどってきた……。

将軍・義材の面前で軍議が開かれる。

軍議の席には将軍のほかに意気消沈した管領・高国、日本最大の大名・大内義興、謀聖・尼子経久、うなだれた畠山尚順、狼狽えた山名致豊、山名豊重、能登《のと》の畠山義元《よしもと》、安芸の猛虎・武田元繁、陶興房らが居並んでいる。

兵糧が無くなる不安が諸将の面に漂っている。大内義興が眉根を寄せて、

「西国から……都に兵糧をはこぶには、四つの道が、ある。瀬戸内、山陽道、山陰道、そして北海だ。このうち北海は若狭武田や近江が敵方ゆえ、もともと閉ざされておる。そして今回、瀬戸内と山陽道がふさがれた。のこるは……いくつもの険しい山越えがある山陰道」

因幡守護で温和な山名豊重が言う。

「諸国人や兵どもに不安が漂っておる」

飢えればどんな勇士も戦えない。但馬の山名致豊が、

「平賀《ひらが》など、安芸国人の一部は……国許に夜逃げしたようじゃな」

「この大事な時に夜逃げするとは——。公方様、元繁に命じていただければ、逃げた安芸国人の首根っこを摑んで引きもどして参りましょう！」

猛気を孕んだ低い声が、大男から放たれた。安芸分郡守護・武田元繁だ。

「平賀らは武田殿の家人ではあるまい？　貴公が、仕置きしにゆく道理はあるまい？」

大内義興がたしなめる。

身の丈、六尺七寸、火を噴きそうな赤鎧の巨人は、悔しさがにじむ鋭い目で義興を睨む。

巨体に反して……南安芸の一角を統べるにすぎぬ、小さな大名、武田元繁。安芸国人は元繁の勢力圏外にいるのだ。そんな元繁だが……安芸一国をこの手で治めたいという野望をもっている。その野望が今のような言葉につながるのだが、元繁が安芸制覇につながる言葉を発する度に、必ずや、大内から、横槍《よこやり》が、入った。

そのことを謀聖の目は——じっと見ていた。

武田元繁、不快感を振り払うように強く、

「とはいえ洛中辺土の土倉にはまだ十分な兵糧があり、今日明日で我らの糧がなくなるようには思えぬ」

元繁は反論があるかよという形相で諸将をぐるりと見まわし、

「我ら武士なれば、覚悟を決め一戦すべし！　大軍で都の四囲をかため、洛南《らくなん》に伏兵を置いて出鼻を挫《くじ》き、迎え撃つべきと思われる！」

「そうじゃな、そうするほかあるまい……」

山名致豊が、同意する。致豊の隣は、大名の席であるにもかかわらず、守護代の身分にある男が凝然と座っていた。

――経久だ。

だが、もう、ほとんどの者が……その男が「一国の守護代」でなく「数ヵ国の大名」であるとみとめていた。

――黒白沢瀉縅をまとった尼子伊予守経久。硬く瞑目し、一声も、発していない。

将軍から静かなる問いが放たれる。

「そなたは如何思う？　経久」

経久の切れ長、一重の目が、開く。銀髪がまじり出した出雲の狼は小さな顔、屈強な体を将軍の方に向け、

「洛中に陣を張り、有無の一戦をするという武田殿の謀、某は危ういと心得まする」

「何でじゃ、尼子殿！」

武田元繁が、吠える。経久は落ち着き払った声で、

「まず敵は阿波勢、赤松勢だけにあらず。近江勢も呼応して立ち上がる恐れがある。近江には前将軍・足利義澄公がおられる」

「…………」

「ゆらい、この王城の地は――攻めやすく、守り難《がた》い。其は平安京が泰平の世に開かれたからだ。守りづらい都で両面からの敵を迎え撃つ。……これ、如何なる危難を味方にもたらすか知れぬ。我が方には糧の不安がある。たとえば、敵が忍びをくり出し、我が方の兵糧蔵を焼き討ちしたら？　全軍の士気は崩れ去ってしまう」

「…………」

忍びによって城盗りしたことがある経久は、言う。

「周りをご覧《ろう》じよ。北、東、西、三方に山がある。いずれも乱破が潜みやすい」

めずらしい男が深くうなずいている。

陶興房だった。経久の股肱にして軍師・山中勘兵衛、歴戦のくノ一、香阿弥の死のきっかけをつくり、経久本人にも様々な毒手を仕掛け追い詰めようとしてきた男だ。

だが今はこの男と味方の陣営にいるのであった。

「では、尼子は如何せよと？」

将軍の声が、ひびく。

謀聖は白い歯を見せて爽やかに笑い、

「――京を、手わたしましょう」

「――手わたす……とな？」

「わざと敵をこの守り難き地に引き込み、我が方は速やかに丹波に退くのです。で、相手が上洛した途端、一気に、叩く」

「……………」

経久のあまりに大胆な策が諸将を打ちのめした。武田元繁が強髭を怒らせて、

「速やかに丹波に退くなら、当方はろくな兵糧をもってゆけぬぞ。丹波において士気が急減――全軍が崩れるのでないか？」

「某、赤松が牙剝いたと知るや伯耆におる弟に兵糧を丹波にまわすよう下知してござる」

すぐに鉢屋者を伯耆に走らせている。

「な……」

経久のあまりの手際の良さが――元繁や幾人もの大名を絶句させる。経久、微笑んで、

「御心配はもっともにござれども、我が兵、百姓は山路になれておりますれば……山越え厳しき山陰道なれど——ものの数日で兵糧をはこんで参りましょう」

いざという時の兵糧に困ってあたふたする大名もいる一方、尼子経久はもしもの時の兵糧を領内各所に十分、備蓄していたと……陰徳太平記はつたえる。そして経久が命じるや出雲の兵、人夫は疾風の迅速で、それを運搬する。

「都から丹波に退くとちょうど伯耆の兵糧と鉢合わせする、斯様な算段になりましょう」

「丹波であれば我が方の兵糧も掻きあつめられる」

細川高国が力強く言う。義材は、もう一人の知恵者に、

「陶、如何思う？」

「——尼子殿のご意見に賛成です。今、敵の士気は上がり、意気軒昂。敵とぶつかるのでなく、敵の意気がふくらむにまかすべきかと。ふくらみすぎたものは、必ず破れるゆえ……」

今度は経久が——陶の意見に深くうなずいている。

「義興、如何思う？」

「尼子殿、陶の意見が、よいかと思いまする」

「経久につづき義興、陶までかく申すのだ。者ども、丹波に退こうぞっ！」

感じていた。

義材は、しめくくった。経久は武田元繁が大いに感心した眼差しを己にそそぐのを感じていた。

経久の献策により都にいた足利義材勢二万数千人は——悉く細川高国の領国、丹波に退去。かくして、がら空きになった京には、足利義澄、細川澄元方の先鋒、細川政《まさ》賢《かた》率いる六千人が入る。

四国の細川澄元は王城の地に入った先鋒の将、細川政賢をささえるべく、一刻も早く上洛したかったが……尼子領と違って、なかなか兵、武具、兵糧がそろわぬ、といった制約があり、焦りを覚えつつも四国から動けず……貴重な時だけがすぎていった。

細川澄元、三好之長としては前将軍・足利義澄を近江から京都にすかさず動かし、将軍宣下させたい。

ところが大変な悲劇が……細川澄元方を襲っている。

近江に潜んでいた彼らの神輿、足利義澄が——死んでしまった。病死であった。

細川澄元はせっかく取った都に正統の将軍という神輿を動かせなくなった。

澄元方は夢中で、足利義澄の死を隠したが、その死の翌日には、笛師銀兵衛、自在坊が、それぞれ、尼子経久、大内義興に、

「のう、経久、どうも義澄が死んだようだぞ」「足利義澄公、上洛を目前にご逝去されたようにござる。されど、敵は血眼になって隠しておりまする」

この頃、義材が隠れたのは丹波の宇津《うつ》あるいは神吉《かみよし》辺りとつたわる。

都から見ると西北の山深き里で、朝廷の氷室があった、氷所《ひどころ》と隣り合っている。

深き山の洞窟、あるいは森の中に掘った穴の底に、茅《かや》をしき、冬あつめた雪をつめ、枯草や杉皮をかぶせて、保存する。

これが氷室である。

かつて丹波の氷所からは毎年、夏から秋、ほぼ毎日、氷が宮中にはこばれた。

とりわけ氷朔日《こおりのついたち》（六月一日）には廷臣に小分けにした氷塊がくばられたという。

貴族たちはこの氷を口にふくみ、蒸し暑い夏をすごしたのである。

この習慣が後に江戸幕府に受け継がれ、北国の雄、加賀《かが》藩が江戸城に毎年氷をはこぶ仕来りにつながる。

謡曲・氷室の舞台となった丹州《たんしゅう》氷所のすぐ傍に今――足利義材、祝渓聖寿を守る大内、尼子、山名、安芸武田ら錚々たる大名の大軍二万数千がひしめいている。恐らく名高い氷室の至近にも鎧武者どもが野営、里人をおののかせたと思われる。

将軍職を争う宿敵、足利義澄の死を聞かされた将軍・足利義材は、経久に、内々

に、

「そうか……。義澄が……。斯様な乱世でなければ笑いながら碁でも打ちたい男であったが。のう、敵の足軽雑兵もまだ──義澄の死を知るまい？　ここは義澄の死を天下に喧伝《けんでん》、敵を狼狽えさせてから上洛の兵を起こすべきと思うが、如何か？」

「一理も二理もあるご意見ですが、経久は異《い》なる意見をもちます」

「聞こう」

「澄元方の足軽雑兵は蚊帳の外に置かれておるにしても我らが知っておるくらいですから、敵の部将どもは、義澄の死を知りかなり狼狽えておるものと推察します。ここはもう間髪いれず、敵を叩くべきにござる。天下に義澄の死を喧伝する手間が勿体ない。義澄の死を知らぬふりをしつつ風のように早く兵を起こし──敵を殲滅《せんめつ》すべき局面と愚考いたしまする」

伯耆からはこばれてきた兵糧、細川高国が丹波で掻きあつめた兵糧で、味方の士気は大幅にはね上がっている。

「わかった。そなたの意見を採る。経久……都にもどっても、余をささえてくれるな？」

正直なところ、経久は、この戦いで活躍すれば、足利義材、祝渓聖寿への恩は返したのでないか、領国にもどりたいと思っているのだが……、かれている。

その日の夜、他言無用ということで義澄の死が、義材方大名に共有され、軍議が開
狼の遠吠えがしばしば聞こえ、夜ともなれば月光の中に飛ぶ梟《ふくろう》を見ることが出来る山城、丹波宇津城で開かれた軍議の席上、将軍・義材の軍師の如くなっている尼子経久は、

「この敵の動揺を突かぬ手はない。一気に都に攻め上り――夜襲、敵を薙ぎ倒すべきかと心得まする」

「余も尼子と同じ意見ぞ。諸将は何か存念があるかな？」

勝利を確信しているのか。将軍の声は、心なしか、弾んでいた。

軍議は――経久の献策通り固まるかと思われた。

「――恐れながら」

低い声を発した男が、いる。

周防守護代・陶興房だった。

「夜襲は……卑怯の戦法にござる。上様が採られるべき戦法にござらぬ」

――卑怯？

月山富田城奪還戦、三沢の夜襲への返り討ち、数々の夜戦により勢力を広げてきた

経久は、己の誇りに冷たい泥をかけられた気がしている。

「故に我ら大内家は夜襲などついぞした覚えがござらぬ。夜襲が、苦手でしてな」

小柄な周防守護代は——笑みを浮かべて長身の出雲守護代を睨みつけた。

冷泥が胸に沁み込んでくるような不快感がある。平静をたもち経久は、

「陶殿は——奇襲も、卑怯と仰せになるのか？」

……うぬは外聞をつかって打吹山で奇襲し、勘兵衛を殺めた。知っておるぞ。

興房は傲岸な面差しで、

「日の差す下の奇襲なれば古来、名立たる武士がおこなってきたことゆえ卑怯ではあるまい？　ろくな備えをせず奇襲をかけられ、崩れる方が、悪い。されど、夜襲は、違う。夜動き荒事をなす者……ほかに何がおる？　夜討ちの強盗ではないか。夜襲は我ら武士が強盗同然になることを意味し筋のよい武士ならおこなわぬ」

筋の悪い武士と言われたも同然の経久、燃えるような怒りを覚えるも、深く息を吸って己を落ち着かせる。

……落ち着け。公方様大事の一戦は、目前。ここでわしと興房が喧嘩《けんか》でもすれば——。

経久が黙り込む中、陶興房は、

「夜は——目のとどかぬ闇が多い。許されざる略奪蛮行を兵がはたらきやすい。就中《なかんずく》

京は、天下の噂の中心。公方様の軍勢は天下の範とならねばならぬ」

確固たる信念が籠もった陶の言い方だった。

「興房の意見、もっともかと思いまする」

大内義興を初め興房の意見に賛同する武士が次々現れる。

最後に、義材は、当惑気味に、

「尼子発案の如く速やかに都の敵を叩くが陶の提言にしたがい夜襲はせぬ」

大内義興は勢いよく、

「ははっ、先陣は是非、大内家に！」

「よかろう。たのむぞ、義興」

己の策が採用された流れで先陣を引き受け大手柄を立てようと考えていた経久だが、立ちふさがった陶に話の流れを逸らされ、先陣の栄誉は大内に転がり込んだ。

細身の将軍は、経久、武田元繁に、

「その方らには第二陣をたのみたい」

「……はっ」「御意！」

軍議の終わり――興房は冷ややかな笑みを浮かべながら経久を見ている。

経久は――無表情で興房を見返した。

宇津城を出ようとした時、大内家重臣、石見守護代・問田《といだ》弘胤《ひろたね》が声をかけてきた。

「尼子殿、一つ申し上げたい」

大内に先陣を取られた経久は身構える。

「何でござろう？」

色白でひょろりとした問田弘胤、人がよさそうな穏やかな目で経久を見据える。

「何というかその……先ほど当家の者がいろいろ申し上げたが……拙者、夜討ちを卑怯の戦法と思わぬ。それだけ、貴公にお伝えしたかった」

石見守護代・問田弘胤——尼子の石見攻めに散々翻弄され、苦しめられてきた武士だった。謡曲作りにたずさわるなど文化人でもある。

都に共に駐屯するうち、経久は弘胤がどんなに立場の弱い者でも、決して侮らず、言葉を荒げぬことに気付いていた。行政手腕もある弘胤。ただ、若干慌てやすいところがあるので、そこを今まで経久に付け込まれ石見戦線で苦しんできた。

尼子が攻め入るかもしれぬ大内領の鬼門——東北をまかされた武人に、経久は、

「貴殿は、大内家の宝だ。古の書に、恭者は人を侮らず、とある。——貴殿のことだ」

「……わしが大内領を攻める時、真っ先にこの男に一太刀浴びせねばならぬか……。

かいかぶりすぎじゃ」

経久は、つづけた。

「もちろん、陶殿も大内家の宝。十人の将がおれば十の考えがある。陶殿が仰せになるのも一つの道理……。いろいろな意見の相違はあるが、上様の御敵との戦では力を合わせ、足りぬところをおぎないつつ、武功をきそいたい、斯様な所存にござる」

「おう、きそい合ってゆきましょう！」

夜の木立を抜け星々に見下ろされ篝火に照らされた氷所近くの陣に経久はかえった。

軍議の顚末《てんまつ》を諸将に聞かせると、冷静沈着の政久が険しい顔で瞑目し、牛尾三河守幸家は殺意が籠もった猛気をめりめりと逞しい体から放ち、強髭をふるわして、

「おのれっ……陶、またしても――」

諸将が怒る中、西南出雲の赤い勇将、赤穴左京亮久清だけは――ふっと微笑した。

三沢為幸が鋭く、

「赤穴殿。何じゃ、その笑みは？」

常に赤い鎧をまとう赤穴久清、太眉をピクリと動かし、長くふさふさしたやや明るい色のもみ上げをさすって、

「いやさ……殿は初めは先陣をお望みだったが、今となっては二陣も悪くない、そう思《おぼ》し召《め》しなのでは？」

この雄々しき美男子、都の色町でその名を轟かせるのみならず、尼子親子の供をし

て、公家屋敷などにまねかれようものなら、零落の公家の姫たちを次々吸い寄せ……夜の京の恋路でかなり暴れているようだった。

「ではないんですか、殿？」

経久は微笑んでいる。

たしかに赤穴が言う通りなのである。経久は……いつか戦うことになるであろう敵の手並みを、間近で窺うことが出来ると思っていた。

出雲からつれてきた息子たちを見る。今は国久が国許におり、政久、彦四郎が傍にいる。

嫡男・政久は鷹揚な顔で諸将を見まわしていたが、三男・彦四郎は硬い顔でうつむいていた。もっと配下と交流してほしいのだが、どうしたわけか経久と家来が楽し気に話している時、やけに言葉少なな三男坊なのだった。

そんな彦四郎を見ていた政久が温かい声で、

「彦四郎。張り切りすぎて無茶するなよ」

兄に声をかけられた彦四郎、ぞんざいだが少し嬉し気に、

「無茶などしませんわ」

八月二十二日に丹波を発《た》った義材軍二万数千はかつて天下一の茶所として知られた洛北《らくほく》、栂尾《とがのお》に入る。栄西《えいさい》がわたした茶の種を明恵《みようえ》上人がそだてた山里である。その明

恵が修行した高山寺《こうざんじ》の東を南下した義材は、高雄山《たかお》に入っている。若き日の経久が蛍火と紅葉狩りした山だった。

迎え撃つ、澄元方、細川政賢は、

「洛中で迎え撃つのは不利じゃ。船岡山《ふなおかやま》に動くぞ！」

細川政賢勢は、船岡山に陣取る。

この都が開かれた時、北の守り神・玄武に見立てられた小山、つまり都の北にそびえる高さ百十二メートルの丘である。

八月二十四日、昼。——義材方は細川政賢が六千兵士と立て籠もる船岡山めがけて高尾から発向。女大名・洞松院尼が修行した龍安寺、金閣《きんかく》などを横目に見ながら猛進、彼の山に押し寄せている。

陰徳太平記によれば、

（大内勢は）陶持長《もちなが》入道道麒《どうき》（興房のこと）、杉三河守興重《すぎみかわのかみおきしげ》、同伯耆守重矩《ほうきのかみしげのり》、問田紀伊守《きいのかみ》、同丹後守《たんごのかみ》、同掃部頭興之《かもんのかみおきゆき》、同大蔵少輔弘胤《おおくらのしょうゆう》等を先に立て、船岡山の一の城門を一戦に乗取らんと、兵鼓をうち貝を吹いて静々と攻上れば、尼子経久、武田元繁、二陣に進み……。

夜襲を嫌う大内勢は夜明けと同時に声を殺し船岡山に殺到した。またこれと呼吸を合わせ、搦手からも河内の闘将、畠山尚順や、毛利興元、吉川国経ら安芸国人衆が押し寄せた。

細川政賢は賢《さか》しき将であった。わざと矢を射ず、引きつける。

船岡山は応仁の乱で西軍の陣になっていたから一通りの防御施設がととのえられている。たとえば崖に近い切岸《きりぎし》。

急な切岸に寄せ手の梯子が次々かけられ足軽雑兵が登ってゆく。梯子がいらぬ所では、草や岩、灌木《かんぼく》などを摑んだりして兵どもが、登ってゆく。

敵は——大内勢、畠山尚順勢が、もう少しで登り切るというところで一斉に姿を現し、

「——射よぉぉっ！」

細川政賢の号令一下、斜面上方、逆茂木《さかもぎ》と柵の上、あるいは整然と並んだ垣楯《かいだて》の上から、矢の雨が降りそそぐ。寄せ手は斃《たお》れたり、傷ついて悲鳴を上げたりした。

陶興房、問田弘胤ら、大内の部将は、

「ひるむな！」「大内の底力、都人に見せてやれぇ！　すすめーっ！」

だが手ぐすね引いてまっていた敵の矢の激しさが大内軍をひるませる。

第二陣で見ていた経久は、危ういと感じる。

刹那——木戸が口を開け槍衾《やりぶすま》をくんだ敵の精鋭を吐き出した。

大勢の足軽雑兵に槍衾をくませるという集団戦法を経久が取り入れた頃、諸侯は古

い戦い方に、こだわっていた。これが尼子の快進撃の一因にもなった。が、大内山名が、経久の戦い方を真似して以降、徐々にこのやり方が拡散、今や畿内や鎮西の大名も足軽雑兵に槍衾をくませて戦っている。まさに隔世の感がある。

細川政賢の槍衾が――陶興房の槍衾にぶつかる。

当然、山上から降りてくる敵の槍衾に、分がある。

「いかんな……。助太刀すると、大内殿につたえよ！」

陶の精鋭が押されるのを見た経久、伝令を大内陣に走らす――。

が、もどってきた、義興の答は、

「大内殿は――助太刀無用とっ！」

問田勢が斜面を横に動き陶勢を助けようとする。刹那、経久は問田勢より上、斜面の高みで、草色、土色の影が、複数動くのをみとめた。

――乱破か。

足利義澄、細川澄元が隠れていた近江には――伊賀衆と並んで天下一、と恐れられる忍びの里が、ある。

甲賀《こうが》。

澄元勢力が、甲賀の上忍の一つ、山中家《やまなか》をやとい、此度の戦陣にも夥しい甲賀忍者がくわわっている旨を、経久は、鉢屋治郎三郎の報告により、知っている。

と——甲賀衆と思しき者どもは問田弘胤率いる石見兵に何かを次々投げた。

爆発、そして夥しい白煙の噴出が——起きる。複数起きる。

忍びの武器にくわしい経久は焙烙《ほうろく》、そして鳥の子（煙玉）と見切る。

爆発と白煙は問田勢に混乱を起こす。

白煙の幕が開くと同時に——さらなる混乱が、問田勢を、襲う。

槍、薙刀、鉞《まさかり》を手にした不敵な面構えの鎧武者ども、そして薙刀足軽の一団——政賢の奇兵が目前に迫っていたのだ。

側面に浴びせられた不意打ちにより、問田勢は槍衾をくめぬ。問田弘胤率いる石州兵は悲鳴を上げて斬り散らされる。

……まずい。

経久の双眸が、光った。次の瞬間、敵兵が、叫ぶ。

「——問田弘胤討ち取ったり！　石見守護代・問田弘胤討ち取ったりぃ！」

深い嘆きが、経久の逞しい胸の中で、あふれた。

……あたら惜しい男が、討たれた。

大内は経久の中で潜在的な敵だが、その部将の死を、尼子の吉ととらえるほど、経久の志は低くないし、その器は、小さくない。

……いつか大内を討った後、家来にしたい、男であった。

「銀兵衛」

「おうよ」

雑兵の姿《なり》をした笛師銀兵衛に、経久、厳貌で、

「甲賀者が目障りだ。――片付けてくれぬか？」

「承知」

薄ら笑いを浮かべた銀兵衛以下、複数の鉢屋者が、さっと掻き消える。

忍者に向けて忍者をくり出した経久に家来が、

「安芸の武田元繁様、火急、お目通りしたいとのことっ！」

経久が許す間もなく身の丈六尺七寸の巨軀《きょく》の猛将、武田元繁が、どしん、どしん、と尼子陣を押し通ってきた。赤穴久清と同じく紅蓮の鎧をまとった安芸の巨人は……驚異的に長大な、大太刀を、引っさげている。

刃渡り九尺三寸（約二百八十センチ）。

身の丈六尺、長身の経久も大太刀をつかうが、その刃渡りは五尺（約百五十センチ）。

もし武田元繁がこの長さの大太刀を自在にあやつるなら……人間離れした、怪物と言ってよかろう。

赤い巨人は謀聖に太声で、

「尼子殿。大内殿に助太刀すると言いおくったが……無用ということじゃった」

「わしもだ」

五十四歳の経久と四十五歳の元繁、都で交流するうち、対等の関係をきずいている。

「大内殿の制止を振り切り、助太刀しようと思う。貴殿も一緒に如何か？」

元繁の考えを聞いた経久は、

「それでは大内殿の顔が立つまい？　聞けば、搦手も不意打ちで押されておる」

鉢屋者から報告が上がっていた。経久は元繁を見上げ、

「わしは、搦手にまわって、そちらに槍入れようと思う。武田殿も共に来られよ」

「――そいつはいい。どうも、二陣に控えておるのは……我が性に合わぬ」

不敵な笑みを浮かべる元繁だった。

将軍・足利義材、管領・細川高国は、高雄山にいるため、前線の指揮は大内義興が取っている。兵を動かすことへの義興の許しを得ねばならぬ。経久は誰がその使いに適任か素早く考える。尼子家は実力、人柄を重んじるが、大内家は家格を重んじる家だった。

「三沢為幸」

「はっ」

奥出雲一の名家に生まれた若武者に、経久は、厳しい顔で、

「わしと武田殿はこれから搦手に参る。その旨、大内殿につたえて参れ。今が山場ゆえ——お許しを得ずに動くが、気を悪くされんように上手く話してこい」

「御意っ！」

「我らは——搦手へまわる！　急げや殿原っ！」

経久の号令一下、尼子勢五千七百、安芸武田勢は搦手へ動く——。

経久が搦手につくと、味方——畠山尚順率いる紀伊勢、河内勢、今は亡きさなの兄、吉川国経、毛利興元ら安芸勢が船岡山の敵に切り返され、崩れ落ちてくるところであった。

経久は濛々《もうもう》たる砂煙の中、矢傷を受けて斜面を駆け下ってくる義兄をみとめ、

「吉川の義兄《あに》御」

「おお、出雲の婿殿っ」

大柄で武芸に秀でた義兄は経久を見ると安堵と喜びを浮かべたが武田元繁をみとめると、ギョロリとした目に鋭い光をたたえ、面差しを険しくしている。

また武田元繁も吉川国経を見ると——嫌そうな顔をした。

安芸武田としては安芸を一統し強力な戦国大名になりたい。その権利が、守護である己にあると思っている。吉川家としては北安芸で自立を貫きたい。もともと安芸武

田の家臣でなく、山名是豊《これとよ》という男の家来だった吉川、是豊が消息不明となった今……何で何処かの大名の下知にしたがおうか、もし我らがしたがうなら尼子殿よという強固な存念がある。

経久は吉川、安芸武田、双方と親密だった。何とか間を取りもちたいが……両家ともに頑で経久の智をもってしてもむずかしい。

左に政久、右に塩冶彦四郎をしたがえた経久は、吉川国経に、

「敵はなかなか手強いようですな」

「助太刀無用……とは、言えんな。残念ながら」

美々しき若大将、政久が柳の葉を思わせる涼しく力強い、切れ長の双眸に、闘気をたたえ、吉川国経に、

「伯父上、少しおくつろぎ下され。我ら尼子が、代わりに攻め上がって見せます！」

「たのもしいことを言うようになったではないか、政久っ！」

甥である尼子の跡取りの成長を喜ぶ思いが、国経の声からにじむ。

政久は色々縅をまとった体をさて攻め登るかという気になっていた経久にまわし、

「父上がお出ましになるまでもないこと。わたしが、蹴散らして参ります。方々、参るぞ！」

政久は、牛尾三河守、同遠江守、赤名久清、因縁のある桜井宗的、使いからもどっ

た三沢為幸、若林宗八郎ら、尼子の猛者ども勇士たちを引きつれ、船岡山を攻め登っている。

政久は経久にかわって兵たちを勇ましく指揮する。家来たちの働きも、目覚ましい。

金砕棒《かなさいぼう》と大身槍——二つの得物をつかう髭の荒武者、牛尾三河守。今日は、金砕棒だ。

鬼がもちそうな金砕棒がふせごうとする敵を次々叩き潰した。

ふだんは寡黙な牛尾遠江守は咆哮を上げて大薙刀を振りまわし、凄まじい血風を起こす。赤穴久清は愛用の熊手で敵を引っ倒し掻き殺す。

法体の闘将、桜井宗的は——出雲一といわれる弓の腕をあますところなく披露した。

宗的は鎧武者を突き破る矢を放つ、敵方の強弓《こわゆみ》の精兵《せいびょう》を下から狙い射《う》ちにし……一矢も損ずることなく射殺《いころ》していく。飛んでくる矢がひょろひょろ矢だけになると僧形の阿用城主は得物を十文字槍にもちかえ、無言で斜面にいどみ、槍技の確かさをしめす。

奥出雲の勇将、三沢為幸の得物は……足軽雑兵の武器、柄の長い、長槍だ。

陰徳太平記によれば柄の長さ、実に——三間半（約六・三メートル）。

為幸と同じ長さの槍を揃《そろ》えた足軽部隊が現れるのはもう少し後年であり、同時代で、ここまで長い武器をあやつる者は、いない。しかも為幸の槍は足軽がもつ粗悪な長槍とは違う。遥かに太かったという。誰よりも長く丈夫な武器がこの男の得物だった。

すなわち……誰も、三沢為幸に近づけぬ。近づこうとする傍から目や喉を突かれる。

若林宗八郎の長槍は、三沢の三間半の槍よりは、みじかい。

三間。だが、穂は——為幸の槍よりずっと長く、幅広い。長さ二尺七寸（約八十一センチ）の長剣状の穂だ。

——大身槍。

大力の豪の者しかつかえぬ、鎧を壊せる槍だ。

宗八郎は急所など狙わぬ。力のままに槍をくり出す。

身の丈六尺三寸強の大兵が重たい槍風を吹かす度、鎧が砕け、顔面が西瓜《すいか》割りの如く真っ二つになったり、具足に赤い斜線が引かれた鎧武者が崩れたりする。

凄まじい武者ぶりだ——。若林宗八郎を見た義兄は固唾を呑んでいる。

「何だ……あの者は……？」

「若林宗八郎。樵の倅にござった」

た。

「尼子領では……樵から虎が生まれるようじゃな」

吉川国経は度肝を抜かれるも——すぐに冷静沈着の経久が瞠目する事態が、起き

武田元繁……。

安芸の赤い巨人は手兵を率い船岡山にいどんでいる。刃渡り九尺三寸という驚くべき長さの大太刀を引っさげた元繁、見るからに重い赤鎧をまとうも、誰よりも軽々と——斜面を登り——郎党はみんなおくれている。

先頭に立って山登りする元繁の姿は——蝦夷地《えぞち》の猛獣、羆《ひぐま》の突進を彷彿《ほうふつ》とさせる。

「あれぞ、安芸の、武田じゃ！　射殺せぇぇっ——」

そんな元繁に矢が集中的に射かけられる。

が——三メートル近い、驚異の長さ、幅、厚み、重さの大剣が、横に振られるや、射られた矢は倏忽《しゅっこつ》の間に全てはね落とされた。

敵の槍衾が元繁を襲う。

九尺三寸の大太刀が——唸《うな》りを上げる。

すると、どうだろう。

敵方の槍はみんな土砂崩れに巻き込まれた杉木立のようになり——軽々と押し流されたでないか。

大太刀の返しの斬撃は細川政賢方の足軽七、八人の首に、一気に血の一文字を書く。

七、八人が、血の滝を首からこぼしてどっと倒れ、元繁はその屍に跳び乗って左右に大太刀を振るい——赤い嵐を巻き起こしている。

陰徳太平記は武田元繁について「項羽《こうう》が勇」「血気の猛将」と、表現する。

元繁が暴れるところ、血が台風となって吹き荒れ、臓物の川が流れた。経久の家来の中で怪力の猛者をえらぶなら牛尾三河守か、若林宗八郎だろう。彼らとて鬼神の武をもつが……一人《ひと》でいる時に数十名の足軽がくんだ整然たる槍衾に襲われたら、一たまりもない。無名の男たちの槍に討たれる。数人の敵なら、蹴散らせようが、数十人の槍衾となれば、足軽の援護なくして勝てないのだ。それが人間の限界である。

元繁は、違う。

この男は四十人近い精兵がくんだ隙のない槍衾、しかも有利な斜面上方を取った槍衾に、単騎、突っ込み——あっという間に二十数人を叩き潰し、槍衾全体を薙ぎ倒しつつある。

……人の規格を超えた、強さ。

鬼を餌とする、地獄の悪龍の強さだ……。

元繁が一人で崩した敵勢に割菱の旗をなびかせた武田の猛兵が襲いかかり討ち果た

す。

「……何たる……武」

経久は、呻いた。鬼吉川の血を存分に受け継ぐ吉川国経、悔し気に、

「あれぞ……安芸武田よ」

――畠山義就亡き後、天下一の武と言うてよかろう。守護の誇りが邪魔するのだろうが……いずれ、我が傘下にくわえたい男だ。

経久は目を爛々と光らせている。

「彦四郎。よう見ておけい。天下には人並み外れた豪の者がおることよ」

横に三男がいると思って話しかけ――はっとする。

経久が元繁の武に釘付けになっているうちに彦四郎は何処かに消えていた……。

国経の歯が悪戯っぽく剥かれ、

「いつ、気付くかと思うておったが……。武田の暴れぶりを見て彦四郎めは己をおさえ切れなかったのであろうよ」

彦四郎率いる塩冶勢が斜面を駆け上ってゆく様が視界に入る。

……あ奴……。

「彦四郎を死なすなっ。我らも、参るぞ！」

経久は旗本衆に呼びかける。

「よし！　十分、やすんだろう。若者にだけはたらかせていては我らの武名が廃るわ。北安芸の勇士どもよ、もう一度かかるぞっ」

義兄が咆哮、鬼吉川の兵も、尼子勢につづいて、船岡山にいどんでいる。

四つ目結、割菱、吉川の三引両をなびかす兵どもの猛撃で搦手の敵は一掃された――。

経久らが頂に達した時、大手の敵を押し返し、斬り崩した大内菱の旗をなびかす一団――陶勢もまた山上に乱入。敵を切り伏せている。経久らの反撃とほぼ同時に陶が誇る猛者――大薙刀の宮川、大力の若杉らの奮闘もあり、大内軍も、船岡山の敵を押し返していた。

大内義興、尼子経久、武田元繁、吉川国経らの働きにより船岡山に籠もった敵は一日で没倒《もっとう》された。

細川政賢ら敵将は討たれるか、捕えられ、刑場の露と消えた。

足利義澄の死、船岡山の敗北は阿波の細川澄元にしばし立ち上がれぬ深手をあたえた。

将軍・足利義材、管領・細川高国らは再び帰洛《きらく》、都人から大いに歓迎される。

朝廷では義材の帰還を帝御自ら祝われ、その席では政久が笛を吹いている。晴れの場で見事な笛を吹き、人々をうっとりさせる息子の姿を経久は目を細めて眺める。

一方、幕府でも禁裏の催しから数日後、大がかりな戦勝祝いの、宴が、開かれた。

足利将軍主催とあってこの日は相撲がおこなわれ力自慢が技をきそう。

将軍、妹将軍、管領、義興、経久、山名一門ら錚々たる諸侯、そして貴賓席に座る公家衆が見守る中、腕の太い武士同士が、力いっぱいぶつかる。

尼子家としては若林宗八郎を出したかったが……宗八郎が船岡山で手傷を負ったため別の者を出す。この者は山名致豊の家来、童坊某《どうぼうなにがし》の稲妻のような張り手で——崩れた。

童坊某……童とつくが、決して可愛《かわい》くない。

物凄い髭、胸毛、脛《すね》毛の、大男だ。

決勝は大内家家宰・陶興房の郎党、若杉四郎三郎、対、童坊某という取り組みだった。

将軍以下、諸大名、諸国人が見守る厳粛なる土俵に、若杉四郎三郎が大内を、童坊某が山名を背負って、ゆっくりと入る。

大内山名の侍は固唾を呑み、決勝の二人よりなお大きく逞しい安芸の巨人は、経久の傍でもじもじしている。

……恐らく武田殿は自ら出たかったのであろうな……。

大名である武田元繁が自ら土俵入りすることは叶わなかったが……もし出ていたら

……優勝だろう。

若杉四郎三郎と童坊某――蹲踞《そんきょ》して睨み合う。表情に乏しい馬面の若杉四郎三郎と、髷《まげ》をゆわず、長い髪を後ろに垂らして一つにたばねた毛人《もうじん》、童坊某、二人の力自慢の間で闘気が放電した。鍛え抜かれた二人の体が、汗を散らしてぶつかる。

「はっきょい、のこった！　のこった！」

行司の鋭い声が飛んだ――。

両者の力量はほぼ互角であり、まれに見る接戦となる。

分厚い声援が飛び、大技がくり出される度に――その声援は大きくなった。

軍配は若杉四郎三郎に上がるも、その勝ち方は微妙で、物言いがついた。とくに山名家から噴き上がった物言いは激しく、土俵際は荒れに荒れ、いま一度取り組みをという話に落ち着く。この決定が若杉の奥底に静かにして暗い怒りをたくわえさせたようである。

再度の取り組みがはじまるや――若杉は童坊某に猛然と摑みかかり高々ともち上げ、土俵の外に思い切り投げ飛ばしている。

巨体の童坊某がどよめきの中に頭から落ち――ゴギッ……という、一度聞いたらなかなか耳からはなれぬ、軋《きし》み音が、ひびいた。

――陰徳太平記によると童坊某は「黒血」を吐いてこと切れたという。

童坊某の死は諸大名、諸侍に、冷たい静寂を、起こした――。

……ここは問田殿初め船岡山の討ち死に者を悼み、勝ちを祝う場。全くふさわしくない。

経久は恐ろしく険しい顔で足利の兄妹の方を、見る。

細面の義材は眉根をきつく寄せ聖寿は悲し気に瞑目して硬く手を合わせていた。

山名の若侍たちがいきり立つも老練な侍たち、そして山名一門の総帥・致豊が懸命におさえる。大内山名の硬い同盟が罅われかけた瞬間だったが当主らの制止でその場は静まった。山名は――大内との対立を恐れたのである。

楽しいはずの御前試合の場が大内の山名に対する優位を見せつける場になってしまった。

細川澄元という大敵は船岡山の戦いで牙を抜かれ、痛手をこうむった。

共通の敵は再起不能に見え、都にいる諸侯の視界から消えた……。その途端、今まで味方であった者の中の微妙な対立とか、矛盾が、一気に見えだしたのだ。この日を境に櫛《くし》の歯を引くように、山陰山陽諸国人の一部が、ひっそり帰国をはじめている。

毛利興元ら安芸備後の国人が国に、かえってしまった。船岡山ではずいぶんはたらいたし、公方様への奉公は果たした、もうこれ以上、国許への負担をかけられぬというのが彼らの思いだった。

全ての武士の棟梁《とうりよう》だがほとんど兵をもたぬ足利義材、大兵力をもつが彼らの主ではない大内義興は、それを止められなかった。だが、また次の帰国の波が起きるや、これには危機感をもち、大内、山名ら大名は、時に国人衆に脅しをかけたため、何とか西国の国人がみんなかえってしまう事態はふせがれた……。

経久もまた……船岡山で一区切りついた、己の夢を果たすため帰国せねばと思う。

義材、聖寿のためにはたらきたいという思いは強い。されど幕府には、義興など他の大名もおり、経久の意向が通るとはかぎらない。都から遠くはなれた地では今日も戦がつづいていた……。

大望を果たすには——籠の中の鳥になってはならぬ。籠を破り、山陰にもどり、より高みに飛翔せねばならない。

その頃合いをはかる謀聖だが都でいま一つなさねばならぬことがある。

——三男、塩冶彦四郎の元服。

九月のその日、時雨がしとしとと都大路を湿らせていた。

東寺の五重塔も雨に煙っていた。

そのやわらかい雨につつまれながら経久は彦四郎をつれてある男の陣をたずねている。

——大国大内の宰相、周防守護代・陶興房。

経久の大切な家来を奪った過去があり、今も鋭い脅威をあたえてくる興房を、経久はある目的により、つもりにつもった宿意を隠し、おとずれた。

経久を出迎えたのは――大薙刀を取れば周防一と言われ、先日の船岡山でも大内勢一の武功を立てた長身の若党、宮川房長、将軍の御前で童坊某を投げ殺した不吉な大男、若杉四郎三郎だった。

若杉四郎三郎はじっと押し黙っていたが色黒、美形の宮川房長は、はきはきと、

「これは尼子殿！……我らが主も、尼子殿と今後の方針について申し合わせたいと申しておりましたっ。きっと、喜ぶかと思いまする！」

陽気な宮川房長と、陰気な若杉四郎三郎に案内《あない》され、経久、少年でありながら陶の猛者にひけを取らぬ体格の彦四郎は、陶陣――都のさる町衆の家である――に乗り込んだ。

小柄な陶興房、慇懃な笑みを浮かべ、若杉四郎三郎の兄で背高く、横にもかなり太い若杉太郎《たろう》、四郎三郎の弟で、同じく大柄、針金のような口髭をたくわえて目付きが鋭い若杉七郎《しちろう》を左右にしたがえ、現れる。陶の左右を守る若杉兄弟、大寺の山門に立つ一対の金剛力士のようだ。で、この二人、経久の傍にいる四郎三郎と盛んに茨のように刺々しい目で会話している。興房は、

「おお、尼子殿。ご子息もご一緒か……。みどもも妻と子を紹介したい」

多くの武将は妻を国元にのこしていたが興房は妻を都に呼んでいた。

「ちょうど、これから夕餉を取ろうと思うていたのだ。どうです、一緒に？」

「よいですな」

銀髪混じりの、経久の、切れ長、一重の涼し気な目と、興房の目尻が吊《つ》り上《あ》がった二重の目が、睨み合う。双方、笑みを浮かべているが――四つの瞳は些かも笑っていない。

興房の妻は小柄な夫より背が高い、すらりとした美女だった。

興房の子はまだ幼い。母に似てかなりととのった顔をしている。長ずれば、水もしたたる美男子となろう。見るからに賢そうな息子の肩に手を置いて興房は、

「次郎《じろう》にござる。次郎という名だが、某の嫡男にござる」

陶興房の子の中で史上もっとも名高いのは陶隆房《たかふさ》（晴賢《はるかた》）、五郎《ごろう》という名で呼ばれる子だが――まだ生まれていない。次郎を眺める興房とその妻からは深い愛情が感じられる。

経久は――子供らが幼かった頃をあざやかに思い出している。それはつまり……さながが傍にいた頃である。尼子家は、今より小さかったが、山中御殿の笑いが絶えなかった頃である。

心中秘《ひそ》かに「難敵」と位置付ける男の、子だが……陶次郎を見る経久の目尻は下が

っていた。温顔となった経久、心からの笑みを浮かべて、

「次郎殿はおいくつになられた？」

「八歳ですっ！」

凛《りん》とした声が弾んだ。

侍女が酒をもってくると興房は、

「尼子殿は酒《ささ》をたしなまれぬ。茶を、お出しせよ」

「では、わたくしが粗茶を点てて参ります」

楚々《そそ》たる足取りで退出しようとする陶夫人に、経久は、

「面倒臭い男で申し訳ござらぬ」

「とんでもない」

次々と料理がはこばれてくる。場をつなぐように、興房は、

「次郎は一度読んだ書物は全て諳んじておるのです」

……星阿弥のようだな。

経久は、大いに驚いた顔で次郎に向かって、

「ほう」

「尼子殿。何か一つ、書物の名を言うて下され」

興房がうながしたため、

「では論語はどうであろう？　次郎殿はもうお読みかな」

すると八歳の童は、すっと背をのばし、遠くを見る目付きで、水が流れるように、

「子の曰《のたまわ》く、学びて時にこれを習う、亦《ま》た説《よろこ》ばしからずや。朋《とも》あり、遠方より来る、亦た楽しからずや。人知らずして……」

一字も抜け落ちず、あやまたぬのはもちろん、経久と彦四郎、二人の後ろに控える尼子の若党、そして、陶後方の、若杉三兄弟、宮川房長、陶が都で召し抱えたという森窪典膳《もりくぼてんぜん》なる老武士、そのいずれもが固唾を呑んで聞き入ってしまう、美声であった。

ちなみに森窪典膳——細身、雪のように真っ白い総髪で、鞍馬《くらま》流の使い手という。源 義経《みなもとのよしつね》の兵法の師・鬼一法眼《きいちほうげん》にはじまる剣の流れである。

何も言わねば論語の終わりまで淀みなく暗唱しそうだったので経久は彦四郎と拍手し、

「いやはや、お見事、お見事！　驚きました！　これなる彦四郎めは十五になるのに……全然学びが足らぬ。兵書や軍記物は盛んに読《よ》み耽《ふけ》っておるようだが……。次郎殿は一度読まれただけで全てを諳んじてしまうそうだが、彦四郎は何度も読んだ書物を暗唱できます。彦四郎、好きな孫子を暗唱してみよ」

「……いえ——」

意外な言葉が返されたため――経久は訝しむ。

面貌を赤くした三男は、頑な様子で、

「某……次郎殿と違うて愚鈍なる者にござれば見苦しく言い間違え恥をかくだけでしょう。其《そ》は、塩冶の恥、尼子の恥になることにござればご遠慮いたしたく」

「……彦四郎」

厳しくたしなめようとするも興房が、

「いやいや尼子殿、そういうお年頃なのであろうよ」

と言いつつも大内の謀臣は、経久と彦四郎の間にはからずも露呈した溝を、注意深く窺うような目付きを見せた……。

興房は次郎に、

「のう、尼子殿は学識深いお方ぞ。何ぞ訊いてみたいことがあらばたずねてみよ」

「……はい。父は……四書五経の中で孟子だけは読んではならぬ、邪《よこしま》な説で溢れた書物だと、申します。尼子殿は――如何様に思われますか？」

暗記力だけではない、真の賢さがにじむ、面差しだった。

今度は陶興房の面貌に――険しい蔭《かげ》がきざまれている。

経久は温かい微笑みを浮かべて、神童と言ってよい八歳の子に、

「よいか次郎殿。十人の武士がおれば――十の顔があるように、十の考えが、ある。

故に父御とこの尼子の存念が違うから、どちらかが全く誤っているという話にはならぬ。ここを踏まえてほしい」

次郎がうなずくと経久は、

「わしは……そなたの父御とは異《い》なる考えをもつ。孟子を読んだ方がよいと思う。邪な書物とはちっとも思わぬ」

次郎はまだ何か訊きたげであったが——興房の手が制した。

ちょうどその時、茶を点てた陶夫人がもどってきたため興房は、

「そなた、この子をつれて下がってくれぬか。尼子殿は内々のお話があるようだから……」

名残惜し気な次郎が深く会釈した母に引かれて下がってゆく。

全ての料理と、茶が出そろったので、青筋を立てた興房は、ぎこちなく、

「……夕餉としましょう」

黒漆が塗られた箸を取りかける。だが、すぐに興房の箸は下ろされた。

「わしが孟子を読んではならぬと倅に言うのは孟子に主君を殺してよいという一文があるからだ」

「たしかに、ありますな」

経久は、言った。

「だがその一節で孟子は……その主君はもはや主君ではない、と言うておる」

興房は眦《まなじり》を決した。経久も、箸を置き、厳しい面差しで、

「孟子が言う、もはや主と呼べぬ主、王と呼べぬ王とは如何なる者か？　一欠片の情けもたず、一つの正しい行いもせぬ者だ。貴殿は——そのような者が人の上に立ってよいと？」

「左様な主でも主君であるならば我ら武士は身をすてて忠節を尽くさねばなるまい」

……宗的と、気が合うわけだ。

「其は、違う」

経久はきっぱりと、

「左様な者が王ならば、その国の民は塗炭の苦しみに落ちる。王を諫《いさ》める臣下も悉く斬られ、王の悪口を言う者も全て見張られ——首の山、血の川が出来る。暗澹《あんたん》たる恐怖の世だ」

「………」

経久は強い決意をにじませ、

「左様な悪王は放（追放）か伐（討伐）により——退いてもらわねばならぬ。桀紂《けっちゅう》のように」

「左様なことをみとめたら、この天下は百姓の一揆でみち溢《あふ》れてしまう！　百姓の一

揆など混乱しか生まぬ！」

大喝する興房に、経久は、静かに、

「それは違う。今、一揆を起こしておる百姓の何人が孟子を読んでいるだろう？　ほとんどおらぬはず。今天下で起きておる一揆は、主とみとめられぬ主たちの虐政で起きている」

経久と興房は——激しく睨み合う。

経久の後ろに控えた尼子の若党たち、そして陶の侍から、ふれれば血が出そうな鋭気が放たれた。

と、

「ご両人」

言葉で斬りむすんだ経久、興房に、からりとした声で横槍を入れた者がいる。

「吸い物が冷めてしまいますぞ」

宮川房長だった。風が強まり、雨が勢いづく。雨風が舞良戸《まいらど》を叩く音がする。

興房は苦笑いを浮かべて、吸い物の蓋を取っている。

「そうだな……。冷めてしまう。夕餉としましょうぞ」

経久が首肯すると、興房は、

「我ら悉く——」

「話が嚙《か》み合《あ》いませぬな」

経久は、陶の家来たちすら吸い込まれてしまいそうなほど、明るく爽やかな笑みを浮かべた。興房も釣られて笑い、

「ですな」

経久と興房——全く違う信念をもった二人はからからと笑い合った。

夕餉が終わってから経久は恭しい態度で、手をつき、

「これなる愚息、彦四郎の烏帽子親を——大内殿におたのみしたい。陶殿に取り次ぎをおたのみしたく参上した次第にござる」

しばし考えてから陶興房は、

「……わかりました。お取り次ぎしましょう」

義興に烏帽子親をたのみたく思った時から陶こそ最大の壁だろうと考えていた。だから、獣の腹に飛び込む覚悟で陶をおとずれ——取り次ぎをたのんだ。面と向かって経久に頭を下げられ、ことわれる興房ではなかった。

陶陣を出ると——雨は止んでいた。四囲では、板葺屋根の商家が寝静っていた。

……よし。これで義興や興房は、わしが出雲にかえる気だと、ゆめ思うまい。

経久は松明をもった護衛に守られながら、隣を歩む彦四郎に、

「これでそなたの烏帽子親は決まった」

「……はっ」

抑揚に乏しい声が返ってくる。

「しかし……さっきのあれは何だ？　陶殿がお気を悪くしなかったからよかったものの」

「…………」

彦四郎は歯を食いしばっている。経久は硬い顔で、

「何故、お前はいつも……そうなのだ？　船岡山でも傍におれと申すに勝手に突っ込み、矢傷を負った。武功は立てたが危ういところであったぞ」

刹那——彦四郎は猛獣の形相で経久を睨みつけた。経久は己の言葉が弾《はじ》き返《かえ》された気がした。

その日、経久の陣からややはなれた自陣に入った彦四郎は、父親譲りの鋭い目を爛々と光らせ、ととのっているが猛々しい顔に、暗い歪みをたたえ、

「親父《おやじ》殿は俺とあの八歳の童をくらべ——あの子の方がすぐれておるような口ぶりじゃった……。わしを軽んじておられるのじゃ。故に、わしは、ことわった」

「彦四郎様。それは違います」

元服し、亀井新次郎あらため亀井利綱《としつな》になった若き近臣から、諫めの言葉が出た。

真に優美な片身替りの小袖をまとった亀井新次郎利綱、面長で端整な顔をかしげ、煙るような眉をひそめ、

「お父君はそのような御方ではありません。彦四郎様を、誇らしいと思うておられるから、孫子を諳んじてみよと仰せになったはず。きっと、そうです」

「……そうであろうか。たとえば、わしと吉田の兄者が同じことをして父上に叱られたとする。父上は、吉田の兄者を叱る時、何処か面白そうに温かみのある声で叱るのだ。だが、わしの時は、真に厳しく叱る。此《こ》はわしを――」

言葉を詰まらせる主を見ながら亀井利綱はたしかにそういうことはあるかもしれぬと思っている。

吉田の兄者こと国久は……人間の芯が、明るい。

だからこれを叱る者は何処かにおかしみを感じながら叱れる。

だが彦四郎の人間の芯は、明るいとは言えない。そのためこれを叱る者に、おかしさを感じるのをはばからせる。

……どう、お慰めすればよい……？

彦四郎は思い詰めた様子で頑強な肩を力ませた。

「父上はわしの矢傷のことを言われた。船岡山で怪我した時も……言葉だけであった。足軽雑兵には温かい言葉のみならず傷口を御自ら吸われたり、晒を巻かれたり、

薬を塗られたりしていたのに……わしには言葉だけ。此は父上が足軽雑兵より、某をつまらぬ者と思し召しの証でないかっ」

「――違いますっ！」

面貌を歪ませた亀井利綱から叫び声が飛んだ。声をふるわして、

「殿が彦四郎君を大切に思っていないなら……何で塩冶など、出雲の肝というべき要地をまかせましょうか？　どうして某をはじめ多くの家来をつけましょうか？」

「…………」

目に涙をにじませて、利綱は、にじり寄る。

「富田の殿が家来を大切にされるお姿をお見せになるのは……郎党の一人一人が尼子をささえるかけがえのない力だと思し召しだからです。足軽雑兵の一人一人までいたわられるのは身分や禄《ろく》にかかわらず、皆、大切な力と……お示しになりたいのです。……一族しか大切にせぬ者が多い。そんな諸侯の中、もっと多くの者を重んじねばならぬのだと我らに……いいえ、この乱れし世におしめしになっている。決して彦四郎君を軽んじておられるわけではありませぬ！　殿の広いお気持ちは結句、貴方を守って……」

荒々しく、

「――下がれ！」

「いいえ。下がりませぬ」

「お前は、誰の家来だっ！　下がれ！　目障りだっ。――俺は一人になりたいっ！」

かつてない凶暴な怒気が――亀井利綱に叩きつけられた。この陣屋の真の主たる商人にも、聞かれかねぬ声だった。退出せざるを得なかった若き近臣は濡れ縁に出る。

雨雲が開け、光の煙のような朧月《おぼろづき》が淡い光を中庭の八つ手や藪蘭《やぶらん》にそそいでいる。

若き利綱は――一振りの短刀を取り出した。吉川家の紋が入った短刀を。

……殿に相談すべきか？　いや、それでは彦四郎君のお立場が悪くなってしまう。

彦四郎君を守り、みちびく。それこそが殿と北の方様からわたしに託された大切な役目……。

密談

「草津《くさつ》の商人、柏屋彦右衛門《かしわやひこえもん》と申しまする」

所は、近江。

東坂本の今浜屋である。

陶をたずねた翌日、さる商人を紹介したいと今浜屋が倅の家にいる経久をたずねてきた。

経久は今浜屋の顔から何かあると読み、すぐ腰を上げた。

洛中の陣を出た経久はいずれも手練れの小人数《こにんず》の武士、鉢屋衆に守られ、東海道から、大津《おおつ》を抜け、湖の畔——東坂本に入った。

何処ぞの乱破が今浜屋の床下に潜らぬよう鉢屋者に見張らせつつ若き頃、塩冶掃部介と居候した懐かしの問丸に入る。照葉から別れの文をもらったのも今浜屋だった。

今浜屋の奥、ひっそりした中庭に面した一室で、経久はでっぷり肥えた江州《ごうしゅう》草津の商人、柏屋彦右衛門に引き合わされている。

経久は——柏屋の隣に座った男がどうにも、気になっている。

江月斎《こうげつさい》——と名乗るその雲水、若い。

まだ二十歳に手がとどくまい。つるりと頭を剃《そ》っている。眉がかなり太く不敵な面構えをしており、何か深い計をたたえたような眼。色浅黒く、首太く、胸板はあつい。逞しい体から滾々と精気を放出する若き僧だった。

江月斎は、経久に、

「柏屋さんは商人のくせに算術が苦手で……。拙僧は心得あるので店を手伝っておるんです」

と、言うも経久は、

「――御冗談を。真の身分を明らかにされよ、江月斎殿」

経久は己に用があるのはこの青年と早くも見抜いている。

江月斎、浅黒い顔をつるりと撫で、きりっと、居住まいを正し、

「やはり貴公に嘘は通じぬか。尼子殿――姉と甥が、お世話になっております。某の父は近江前守護・六角高頼《たかより》。兄は近江守護・六角氏綱《うじつな》にござる」

江月斎――後に兄の死により南近江の雄・六角を継ぐ。六角定頼《さだより》と名乗ることになる。大名となった六角定頼は二つの斬新な施策を打ち出す。

一つは、大永《たいえい》三年（一五二三）の城割《しろわり》（城の破壊令）。近江各所に小城をもっていた家臣におのおのの城を壊させ、本拠地、観音寺城《かんのんじ》の近くに集住するように命じた。徹底した中央集権をはかるこの政策は徳川家康《とくがわいえやす》に大きな影響をあたえ……江戸幕府

の一国一城令の基となったといわれる。

もう一つが、その二十六年後に打ち出した、楽市楽座。

観音寺の経済力を大いに高めたこの施策は後に織田信長《おだのぶなが》に踏襲される。

戦国の覇王や天下人に大きな影響をあたえた六角定頼は近江六角家の力を最高にまで高めた名君であり、この定頼の子が信長を苦戦に追い込む六角承禎《じょうてい》である。ただ承禎の善戦は……彼個人の力というより父である江月斎こと定頼がととのえたものを、消費したにすぎない。北近江の浅井亮政《あさいすけまさ》と並んで近江のあらたなる時代を切り開く男なのである。

この時、弱冠十七歳。京都相国寺《しょうこくじ》で僧をしつつ兄を助けていた。

近江の若き軍師というべき江月斎は口を開いている。

「——尼子殿に二つの頼みがあり、お会いしたかった。同じ宇多《うだ》源氏佐々木《ささき》の流れ、是非聞いていただきたい」

経久、泰然と、

「聞きましょう」

「一つには姉と甥をこれからもよろしくお願いしたい」

六角江月斎の姉こそ——経久が出雲でかくまっている京極材宗夫人（治部少輔殿御寮人）。甥とはその子、吉童子だった。ただ、京極吉童子が明応四年の生まれなら、この叔父と甥は同い年になる。

「言うまでもないこと。経久、お二人をしかと、お守りしましょう」

「左様か……。安堵しました」

目角を立てて、江月斎は、

「ゆめゆめ、我が姉と甥を、毒殺などされるなよ。もし左様なことが起きれば――六角家はどれほど卑劣な手をつかってでも貴方を滅ぼす」

とても僧とは思えぬ形相で脅してきた。

日の本最強と言われる忍びの群れ、甲賀衆を傘下にしたがえた六角家、その家が抜いて見せた脅しはもし言葉を違えたら暗殺者の毒刃が、出雲に血の雨を降らす、というものだった。

経久は、びくともせずに、切り返すような声調で、

「――見くびってもらっては困るな。この経久、手の中の雛《ひな》をにぎり潰す真似はせぬ。もしお二人がこのわしの堪忍袋の緒を切るならば、その時は――出雲から退去していただく。近江の海へ、叩き返すまで」

江月斎、何故か、面白げに、

「叩き返すかっ……！　わかりました。左様な仕儀になったら、こっちへかえして下され！　引き受けますので！」

あつい胸をぽんと叩いて人懐っこく笑っている。

「もう一つの頼みは……まあ、これ、頼みというより尼子殿の御本心を当てると申した方がよいかもしれん」

「何だろう？」

「そろそろ出雲にかえりたいのではないですか？　尼子殿」

経久がくすりと笑うと六角江月斎は真剣な表情で言った。

「貴殿に、出雲に、去ってほしい。その方が我らは上洛しやすい。——駄目ですか？」

近江六角家は、細川澄元方だった。つまりこれ、足利義材、祝渓聖寿の敵が、経久に接触してきたのである……。澄元勢力は今、故足利義澄の遺児を神輿にかついでいる。

微笑みを浮かべた経久は、

「今浜屋、柏屋、悪いが席をはずしてくれぬか？」

商人二人がおののきながら退出すると、

「わしは公方様、曇華院主様のために、はたらきたく思うておる」

「——大内殿と上手くやるのは無理でしょう？」

小憎らしい若僧は、本質を突いてきた。

経久は首をかしげ、

「我が手の者の報告によれば……」

忍び頭・鉢屋治郎三郎の報告である。

「六角殿は、澄元を見限り我らが公方様に忠節を誓おうとされている……とのことであったが、これ、間違いかな？」

恐れ入ったという顔を見せた若き僧は、息を飲み、

「貴方には敵わぬな……。本音を申そう。当家は都におる公方様は――何方でも結構」

「わかった。都におる大軍が嫌なのだな？」

「いかにも。……いつ、近江に色気、出すかわからぬ。こっちに攻めてくるか知れぬ。故に――都におる連合軍を解体したい。みんな、退去してほしい」

とんでもない本音をぶちまけた江月斎を眺めつつ、謀聖は呵々《かか》大笑している。

「貴方が国にかえり、大内山名が京におれば――貴方は因《いん》、伯《はく》、備《び》、石《せき》などをその手におさめられるのでは？　我らはしばらくは貴方のために都で様々な騒ぎを起こし大内山名をこっちに釘付けにしよう」

「ずっとではなかろう？」

「ずっとではないですよ。言ったでしょう？　連合軍にいてもらったら困ると」

むろん、この男に尼子のために動く気持ちなど……毛ほどもない。自分たちのために動くのである。経久は笑みを深めている。

「貴殿がそこまでの生臭い本音を打ち明けたのだ。わしも、申す。――出雲にかえりたい」

「でしょうな」

「六角家は、この先、公方様の側でいくのか、澄元方でいくのか、決めかねておるのだろ？」

「左様。その時、優勢な方につく」

経久は狡《ずる》そうに笑う若き僧に、

「条件が、ある。六角が公方様、聖寿様の側に立つのなら、お二人を固く守る」

「申すまでもない」

「敵側に立つならお二人のお命までは取らぬ。もし、お命をちぢめようとする仲間がおったら、制止する。お二人のお命は――六角の名に賭けて守る」

「そいつはむずかしい条件だな……」

「ここを飲んでくれねば尼子経久、出雲に退かぬ」

「わかった、飲む」

恐ろしい眼火が経久の切れ長の双眼に灯った。冷え冷えとした凄気を放ち、経久は、「もし約束を違えれば、我が大兵が上洛した時——近江に精鋭を雪崩れ込ませ、六角なる一族、地上から、消し去る」

「……心得た」

江月斎の手がぽん、ぽんと、浅黒い頬を叩く。快活な笑顔で、

「尼子殿。貴殿のために極上の茶、わしのために般若湯をもって参った。どうです一献」

経久は茶を喫し、江月斎は酒を飲み、今浜屋の奥で、歓談する。

江月斎は経久が今まで潜《くぐ》り抜《ぬ》けてきた城攻め野合わせの話を聞き、しきりに感嘆していた。酒がまわった江月斎、冷えた声で、

「わしが貴殿なら——出雲にある国人の城を全て壊させ全国人を富田城下に集住させる」

「領国の隅々まで己の目を行きとどかせる、明の皇帝のような者になるわけか？」

「左様」

経久は静かに、だがたしかな声で、

「——山陰で、それは出来ぬ。山陰の国人は五畿内や近江の国人より、遥かに強く、大きい。領内に豊かなたたら場をかかえ、遠大なる山城を根城とするからだ」

先ほど部屋に呼びもどし相伴にあずかっていた今浜屋はすでに深酔いして畳に沈み、柏屋は夢の海を手で漕いでいた。若き僧は意志が強そうな顎に指を添えている。

「――徳で懐けるほかない？」

「左様」

経久は、うなずいた。厳しい顔で、

「それにわしは……明国の帝のように全ての力を一人がにぎるのを危ういと思うておる。たとえば、わしの子孫の中に、殷《いん》の紂王《ちゅうおう》の如き暴君が現れたら、どうする？　何万もの民をいたぶり、死に追いやる酷《むご》き者が尼子から現れ、山陰を治めたら？　そこまで強い力を尼子がもっておれば――誰もその賊を放伐出来ぬではないか？」

「……貴殿は……」

六角江月斎は、魂を、ぶち抜かれた顔を、した。

経久は端厳なる面差しで言った。

「わしは……尼子氏のためだけにはたらいておるわけではない」

茫然とする六角家の僧に、経久は、言う。

「明の商人とよう話すが……明の朝廷では帝があまりに強い力をもちすぎて、群臣は何も言えず、帝のなすことを違うと思うても、それを言えぬことが多いという……。処罰を恐れるのだ。

また、帝が愚かで能のない時は宦官《かんがん》や外戚が力をにぎる。その力をにぎった者の途方もない贅沢のためだけに……諸州の民百姓は貧窮に落とされ、毎日汗水垂らしてはたらきつづけ、ろくなものを食べておらぬ。賢帝もいよう。されど、悪帝や愚帝も極めて多い。

――一人の者が力をにぎりすぎることの、弊害だ」

「だから、国人に力を分散させる？」

「……武士だけではないぞ」

経久は眠り込む商人たちを深い慈しみをおびた眼差しで見詰め、

「わしは商いのことは商人、農事のことは百姓に、もっと聞かねばと思うておる。故にわしはたとえば杵築の町は商人に寄合をもたせ、その裁量にまかせておる」

大幅な自治をみとめているのだ。

「貴殿は同じ唐土でも今の皇帝ではなく……遥か昔、民の幸のためにはたらいた、堯《ぎょう》や舜《しゅん》などを、範とされておるのか？」

江月斎が言い、謀聖は微笑を浮かべたまま茶を啜った。

「しかし其は昔物語の中の聖王でなかなか今の世ではむずかしいのでは？」

若き僧の問いに、経久は、

「そうでもないらしい。富田に参った明の商人が、遥か西域の商人と、話したという」

その商人、明よりずっと南にある国で西域の商人とあったという。

「その西域の商人は、赤い髪、緑の目をしていたとか」

この頃——東南アジアにはすでにヨーロッパ人の手がのびていた。

「明の商人はその西域の商人から天竺よりずっと西にある国々のことを聞いた。日の本や明よりもっと大きな体の金色の髪の人々が住む国。その中に……わしが、思い描くような国があったと、明の商人は申した」

「如何なる国です？」

「その国では、王の下に城主、すなわち国人衆がおり……」

王と城主の評定に都市の商人もまねかれるという。その評定で決まったことを、

「……王は重んじ、おこなう。左様な国が……真にあるそうだ。ずっと、西に」

経久は遠い目で語った。

六角江月斎も面を輝かし、

「天竺より西に……沢山の国々があるのですな」

「左様、わしは天下に安寧がもたらされたら、大船に乗って海の外を見に行きたいものよ……。そのずっと西の国の王いや……その地の民百姓と、語らいたいものよ」

爽やかに言う経久であった。

若き日をすごした問丸で近江を背負って立《た》つ若者と語らいながら、経久の夢は近江の海どころではない、もっと広い大海《わだつみ》の向こうまで羽ばたいている。

「江月斎殿、わしは倅の頭に冠が乗ったら──動く」

明の商人が経久に話した遥か西の国とは……英国であったかもしれない。彼の地では経久と江月斎の会談から二百数十年前、王と貴族の議会に庶民の代表を呼ぶ仕来りが……ととのっているのである。

半月後。

塩冶彦四郎の頭に大内義興の手で冠が乗った。

彦四郎は、義興から興の字をもらい──塩冶興久《おきひさ》と名乗った。かくしてさなが産んだ三兄弟はいずれも元服した。

……国久につづいて彦四郎も元服したぞ。さな……。そなたに見せたかった。

経久はそんな思いを嚙みしめながら──動く。

大内山名にしたがう武士たちに共に帰国せんとはたらきかけた。

むろん、それは……大内への、反逆を、意味する。

経久が誘ったのは元より深い親交のある武将たち、都で親交をむすんだ者たちで、その読みは恐ろしいほど的中。誘いをかけた全員が同意している。

その武将たちとは——まず義兄で安芸国人・吉川国経。むろん安芸の舅、吉川経基も同意のうえだ。

安芸分郡守護で天下無双の猛者・武田元繁。

小笠原、三隅ら多くの石見国人。宮《みや》氏など備後国人の多数。新見蔵人ら備中国人。

極めつきに山名一門の副将格、というべき因幡守護・山名豊重……。

また先に帰国した幾人かの安芸国人、という想像を絶する規模だった。

経久の剛腕は——これらをごっそり、大内山名から、もぎ取った。しかも極秘裏に——。彼らが四つ目結の旗の下に参じた動機は、大内山名への、反発、尼子との古い絆、経久への恩義、打算、帰国の望みを大内に潰された鬱憤など、様々だ。

とくに安芸武田、因幡山名、石見の三隅を取り込んだのは大きい。

大内への宿意をつのらせていた安芸武田、但馬と対立を深めていた因幡山名は、守護大名だし……三隅の領土は西石見なので大内領深くを攻める足がかりとなる。

……大内山名と何年も共に動いた甲斐があったわ。

謀聖は——ほくそ笑んでいる。

経久と共に動く中で、その言葉に心服し、引き込まれていった武将が実に多かったのである。若干説得に手間取ったのが武田元繁だ。元繁は、経久に、

「わしは、妻を亡くして、久しい。実は大内殿の計らいで、その養女を娶ることにな

っての。心は貴殿と共にあるのじゃが……その縁談をどうするか、なのじゃ……」

公家、飛鳥井《あすかい》家の姫を、大内義興の養女とし、娶るという。陶が斡旋《あっせん》したという。

重たい憂鬱を浮かべた元繁は、

「わしはその姫を見たことはない。……気がすすまぬ縁談じゃ。その姫君とて、そうであろう」

陶が間に入っていることから見て剃刀《かみそり》のように鋭い策を感じる縁談である。

「大内殿から言われ……わしは、ことわれなかった……。だが貴殿と共に歩む以上、この縁談、すすめるわけにはゆかん」

尼子と武田で手をくみ、大内と戦う場合……義興の養女が武田の城にいることは、許されない。陶がすすめた縁談という一事から見て花嫁の供に外聞がいる危険が、高い。

作戦が筒抜けになるし、元繁の留守中、城で、反乱が起きるかもしれぬ。

戦国の世は——非情である。それくらいのことは平気で起きる。

「ただ、なかったことにしてくれなどとは、この京で口が裂けても言えぬ」

元繁が呟き経久は、

「そんなことをすれば貴公はすぐに大内氏から叛意《はんい》を疑われる」

太腕をくみ、苦渋が詰まった顔で考え込んでいた武田元繁が、

「……わかった。こうしよう。尼子殿が先に帰国し、大内家に反旗を翻す。その時点でまだ、わしは都におる。すると大内殿は……わしに貴殿を討てと命じるのではないか？」

経久が首肯する。元繁は思い詰めた顔で、

「わしは飛鳥井の姫を安芸につれかえり、婚儀の一日前に、指一本ふれぬまま、破談を申し出る。十分護衛をつけて、都におかえりいただく。そして大内との戦を宣言する。彼《か》の姫君のお気持ちを考えると……真に心苦しい……。されど、この方法しか、死地を切り抜ける手がない」

「……そこまで……して下さるのか」

元繁は、きっぱりと、

「安芸武田はずっと……大内に圧迫されて参った……。我が父の代から誇りをすり潰されて参った。もう……まっぴらじゃ。強すぎる敵じゃ。大きすぎる相手ぞ。されど、わしは――貴殿と共に大内氏にいどみたい」

武田元繁の気持ちが胸に流れ込んできた経久は、ぎゅっと唇を嚙みしめ、

「武田殿。わしは貴公のその心意気に応えたい。是非とも、我が一族の娘を貴公につかわしたい。貴殿と――親戚付き合いをしたい」

「その姫君、おいくつなのじゃ？」

「十七歳」

ある姫が——経久の念頭に浮かんでいた。

「十七……？　わしは、四十五じゃぞっ」

「不服かな？」

「いや、不服ではないんだが……おかえりいただく飛鳥井の姫はも少しわしに歳が近いのじゃ……。十七ならわしの九歳の倅と歳が近い。わしの息子とその姫をむすぶのは……」

経久は、きっぱりと、言った。

「——駄目だ。武田殿、わしは貴殿の人物を見込み——貴殿の妻として我が一族の娘を安芸に入れたい。それに九つの男子と十七の娘が祝言しても真の夫婦になるのには時がかかろう……。夫婦になった時、睦《むつ》み合《あ》えるかどうかも気がかりだ」

長い間、沈黙した武田元繁は、

「……あいわかった。わしは喜んで尼子の姫を迎えたいが、その十七の姫はこんな髭の四十男の許に来たくないかもしれぬ。その場合は、はっきり言うてくれい。わしは大内殿の養女を安芸につれかえり、婚儀の一日前に破談。——男やもめとして大内氏に一戦いどむ。……死を覚悟の戦じゃ。その方が踏ん切りがつくわい」

さっぱりと、笑うのだった。やはりこの男と親戚になりたいと強く思いつつ経久は深く頭を下げ——伯耆国に早馬を飛ばした。
経久が武田元繁の妻として白羽の矢を立てたのは弟で伯耆守護代・尼子久幸の息女……奈穂だったのである。末娘で十三歳のいとうは杵築のもう一人の国造・北島家に嫁がせ、杵築大社をあやつる総仕上げとしたいのだ。もうそちらの根回しをかなりすすめているのである。

兄の手紙を一読した弟の手は——強張っていた。

名ばかりの伯耆守護・山名澄之をささえ、伯州を、見事治める久幸。久幸としては近場の国人か尼子の重臣で若い者に愛娘《まなむすめ》を嫁がせたかった。

……安芸か……。出雲と接しておらず遠い。しかも、武田殿の城は吉川殿の城よりずっと南、安芸の南端。奈穂を……そんな遠くに？

婿候補が鬼をも怯えさす四十男と聞いた、夏虫は袂を顔に当てて泣き崩れている。

「殿も……酷なことをおっしゃいます」

「兄上はそなたの意向を聞きたいと仰せだ」

久幸は、奈穂に、告げた。奈穂の可憐な唇がふるえながら開く。

「武田殿は、わたくしが安芸に参ることを何と仰せなのでしょう？」

「喜んで歓迎すると。そなたが歳の差を気にするなら正直に言うてくれと。その場合は何の心残りもなく男やもめとして大内殿に一戦いどむと。そう仰せだそうだ」

——おことわりしてよいのだぞっ、奈穂。

ややふっくらした丸顔の温かみのある美人にそだった奈穂、母親似の少し下に垂れた目を細め、明るさのある髪をそよがせてうつむいた。奈穂は長いこと黙っていた。

やがて愛娘はさっと畳に額を近づけて、久幸、夏虫に、

「父上、母上。奈穂の心はさだまりました。奈穂は……安芸国に参ります。武田元繁様の妻になりとうございます」

奈穂の答がとどき、安芸武田との密約が、成るや、経久は配下の諸将をあつめた。

嫡男・政久、三男・彦四郎あらため塩冶興久、両牛尾、赤穴、三沢為幸、三刀屋為虎、桜井宗的、若林宗八郎、亀井新次郎利綱らずらりと並んだ武士たちに、

「——帰国する。急ぎ、支度せよ」

「おおおっ……」

郎党たちから、どよめきが、起きた。歓喜のどよめきが。涙をにじます武士もいる。もっとも長い者で三年。皆、かえりたくて、かえりたくて、たまらなかったのだ。

が、一人、険しい形相で、声を飛ばした武士が、いる。

「おまち下さいませ！」

阿用城主・桜井宗的だった。坊主頭を赤くし、ギョロリとした目を滾《たぎ》らせ、

「まだ、上様の御敵は阿波に健在。いつ如何なる異変があるとも知れぬのに帰国されるというのは……」

「宗的。長く国元を空けると領国の治安も悪しゅうなる。出雲の国久、伯耆の久幸から、賊がふえたとの聞き捨てならぬ報告が寄せられた。御屋形様の身にも……」

十代の少年守護・京極吉童子のことだ。

「危害がおよぶやもしれぬ」

こう言われると、宗的は弱い。法体の国人は分厚い肩を怒らせてうつむく。

「我らは船岡山で十分、はたらいた。そなたらは如意ヶ嶽でも存分にはたらいてくれた」

……もう、十分であろう。義材、聖寿への恩を返したと思うのだ。経久は己の道を歩みたいのだ。

「上様には——十分な軍資金、米穀をのこしてゆく。おのおの方、異存は、ないな？」

「——ははぁっ！」

「よし、善は急げ。速やかに支度せよ。今日中に、出立する！」

その日、手強い男、陶興房は、南山城の巡検（義興が山城守護になったのでこういう仕事がある）に出かけ、足利義材は曇華院に出かけていた。

むろん経久は絶妙の頃合いを見計らって帰国を命じている。

夥しい金銀、兵糧を義材の陣たる吉良邸におくると、経久は雑兵に金銀、米穀の一部をもたせて、曇華院に向かう。供するは、政久と、興久。

曇華院につくや黒白沢瀉縅《おもだかおどし》をまとった尼子経久は庭にまわり——色々縅腹巻を着込んだ政久、紺糸縅《こんいとおどし》の鎧をまとった興久を左右にしたがえ、ひざまずく。

庭の一隅にはもってきた米俵の山がそびえ、濡れ縁には持参の金銀を入れた木箱がつまれていた。

やがて濡れ縁に深草の原に一輪だけ咲く白百合《しらゆり》の美しさをもつ尼僧と、直衣《のうし》姿の貴人が現れた。

曇華院主・祝渓聖寿と、将軍・足利義材である。

尼子父子は、深く頭《ず》を下げている。

「尼子、直答を許す。面を上げよ。突然の、ものものしき姿での訪《おとな》い。如何したのか？　澄元方が渡海したと余は聞いておらぬが……」

義材に許された経久は面を上げて、

「上様。いもじ御所様。——長きにわたっての過分の御厚恩、経久、感謝の言葉もございませぬ。これは某の……ほんの気持ちにございまする」

「何だかもう、これが最後のような言いぶりではないか？」

「……はい。誠に心苦しいのですが国元にかえらねばならぬ仕儀にあいなりました」

聖寿が清らに透き通った声で、

「出雲で、何ぞありましたか？」

「…………」

溜息をついた聖寿は、

「都という所は……遠い昔から、下らぬ嘲りで溢れています。家柄、富貴さ、容姿、左様なことで揚げ足を取り、有望な者を貶《おとし》める。内側を見ようともせぬ。左様な輩に――嫌気が差されましたか？」

「いいえ。左様なことではありませぬ」

「では、何なのじゃっ！」

強く問う義材だった。経久は、硬い面差しで、

「上様の最も大切な望みは何でございましょう？」

「……余一人の楽しみにあらず。天下の安寧である」

「まさにその安寧のために――経久、出雲にかえりたいのでござる」

「そう言われたら……」

義材は一気に面貌を歪めて、

「止められぬではないかっ――経久ぁっ！」

声をふるわして、叫んだ。うなだれた征夷大将軍は、

「……ずっと余をささえてくれるのではなかったのか」

「上様から賜った御恩を考えればお支えしたい。切に思うのですが……こればかりは」

「今、幕府は大変な時期なのだ。安芸国人につづいてそなたまでかえってしまっては……。何とか、思いとどまってくれぬか？」

「…………」

失意の将軍の肩にその妹の手がそっとかけられた。祝渓聖寿は、静かに言った。

「兄上……尼子殿は、いくらお止めしても行ってしまうでしょう。ならば、もう、お止めせぬことです」

聖寿は、深い知性をたたえた顔を経久に向け、目に涙をたたえ、晴れやかな笑顔で、

「尼子殿には幾度も、助けていただき、沢山……ええ実に沢山を、おそわりました。ありがとうございました」

深く頭を下げたのである。尼子の三人はいま一度一礼し経久は、

「こちらこそ真実、かたじけのう思うております。お名残惜しゅうございますが……郎党どもをまたせておりますれば、これにて――」

去ろうとした。

「尼子！　山陰が落ち着いたら、また、京へ参れよっ」

義材が飛ばした声に経久は答えず――深く一礼しただけだった。

尼子の三人が風のように去り、濡れ縁にくずおれてしまった義材の背を、聖寿はさすっている。

「……不思議な……お方でしたな」

……尼子殿は大内殿と戦うために出雲にもどるのでしょう。我らとしては、大内殿の勝ちを祈らねばならぬのに、尼子殿の武運を祈ってしまうわたしがいる。不思議な御方。

聖寿は、思ったのだった。失意の兄がかえり、一人御仏に相対した尼僧は、

「……時代が、この嵐のような時代が呼び寄せた……御人だからでしょう」

南山城の巡検中、外聞衆、さらに桜井宗的の密使から、経久帰国を知らされた大内の一の重臣、周防守護代・陶興房は、湯漬けを喉に詰まらせかけ、

「……かえった？　経久が――？」

稲妻に打たれたような驚きを見せている。血相を変えた興房は、

「御屋形様に烏帽子親をたのんでおきながら……。おのれ！　急ぎ洛中へもどるぞ」

都に馬を飛ばす興房の許に、続々と外聞や、早馬が来て、

「小笠原、三隅ら石見国人、尼子に呼応して国元にかえりましたっ」「新見蔵人ら備中国人、経久にそそのかされたか都から逃げました！」「因幡守護・山名豊重殿、経久に応じたか、お姿が……」「宮ら備後国人も……」

「もう、よいわ――！」

上洛前の尼子に大内山名を核とする連合軍に立ち向かう力はなかった。

だが、経久は三年間で――着実に味方をふやしていた。経久と共に帰国した諸国の武士、彼らの国元の家来を合わせれば……数万の兵が四つ目結の旗の下に動いている。

まさに、大革命、大反乱の疾風怒濤が――西国一円に引き起こされた。

六条油小路、法華堂、大内陣に陶が入ると、すでに義興、山名致豊が深刻な顔を突き合わせていた。経久によって右腕というべき因幡山名をもぎ取られた、山名の総帥・但馬山名致豊は憤怒していた。

「伯耆の澄之、日野《ひの》山名、石見の紀伊守めにつづいて……因幡の豊重までもっ……。彼奴《きやっ》ら、真に、真に……山名家なのかっ！」

「陶。この事態、如何におさめればよい？」

大内義興に諮問された陶興房は、暗く冷えた顔様で、

「……はっ。まずこのことを見越して南条、小鴨を伯耆にかえらせたのでした。山名殿、彼《か》の二人を我が意のままに動かしてもよろしゅうござるか？」

「もちろんじゃ」

凄絶な笑みが興房の口元に浮かぶ。

「では——お耳をおかし下され」

陶は義興、致豊に、何事か囁く。義興は福々しい赤ら顔をほころばせる。

山名致豊は分厚い下唇をゆっくり舐めながら、

「その策ならば……してやったりという心地が昂《こう》じて油断した経久は滅ぶやもしれぬなぁ」

陶は低く、

「——自在坊」

今まで誰もいなかった陶の後方に眠たげな目をした逞しい山伏が現れ山名致豊を驚かせている。

「その方、すぐに伯耆に飛び、南条、小鴨に……」

陶の密命を受けた外聞の頭は薄ら笑いを浮かべ、

「承知」

さっと、掻き消えた。と、山名致豊が、

「大内殿、わしは急ぎ但馬に帰国。因幡の豊重を討とうと思う」

「わかりました。陶、その方の策を経久が潜り抜けた場合、次なる一手がいると思うが」

「国許の我が勢を石見から出雲にすすませると同時に安芸から虎を出雲方面に放ち、小癪な狼を食い殺させます」

「元繁じゃな？」

「如何にも」

まだ京にのこっていた……武田元繁が法華堂に呼ばれた。大内義興は武田元繁に、

「武田殿。我が養女を約束通り安芸につれかえり尼子討伐の先鋒を引き受けて下さらぬか？」

「御意。大内殿に烏帽子親をたのんでおきながら……。尼子の不義、見過ごせませぬ。我が大太刀で素っ首刎《は》ねて参る」

「何と心強いお言葉か……。貴公なら成し遂げられる。期待しています！」

かくして安芸の猛虎、武田元繁は荒武者どもをつれ、西にかえっている。

山陽道を行く元繁。後ろに武田の騎馬武者と、足軽雑兵、左――瀬戸内海を割菱の旗をかかげた武田水軍がすすんでいる。もう、都はだいぶ遠かった。

紅蓮の鎧に身をつつんだ武田元繁は同族、甲斐《かい》武田から贈られた巨大な甲斐駒《ごま》に跨り、先頭をゆく。すぐ隣を色黒、小柄な若武者、熊谷元直が、行く。

黒駒に跨り黒い鎧をまとった熊谷元直は複雑な面持ちで、

「しかし、尼子殿と戦うとは……。立派な御方じゃし、出雲の侍とも仲ようなったし、何でしょうな……気持ちがこう……」

安芸の巨人は、決然と、言った。

「尼子殿とは戦わぬ」

「は？」

前を睨み、熊谷にしか聞こえぬ声で、

「我が敵は――大内ぞ」

肝を抜かれた顔になった熊谷元直は口をぱくぱくさせて、後方の輿を差し、

「ど……どうされる？」

「婚儀の前日に破談とする。――尼子殿とむすぶ」

「……悪いお人じゃな、殿はぁ。あの御寮人があまりに不憫《ふびん》じゃ」

元繁は恐ろしく厳しい声で、

「大内にこきつかわれておっては武田の将来は無い。ついてくるか、こぬか？」

「愚問にござるぞ。何処までも、ついてゆきましょう。それがたとえ、地獄であっても」

武田元繁の強面が……温かい笑みでほころんだ。

「元直。死ぬ時は一緒ぞ」

「御意」

経久は五千七百の精鋭に守られ山陰道、但馬を疾駆している——。大内と並ぶ敵の心臓だが戦意十分の尼子の騎馬武者たち、足軽雑兵の槍の林から迸る殺気を恐れ、留守の山名兵は手も足も出ぬ。まさに無人の野を行くが如く尼子勢は但馬を横断する。

黒駒を小走りさせる経久に鉢屋者が追いつく。

「陶は南条、小鴨に……」

報告を聞いた経久は冷ややかな相貌で前を睨み、

「笛師銀兵衛」

「おうよ」

足軽に化けた銀兵衛が、さっと寄ってくると、

「出雲に先行し留守の者たちに……」

経久の下知を受けた銀兵衛、ニンマリ笑って、山林に掻き消えようとした。経久は銀兵衛を呼び止め、厳しい顔で、

「恐らく、あの男も来るぞ。——自在坊も、来る」

物凄い殺意が——銀兵衛から放出された……。


伯耆船上山《せんじようさん》——大山《だいせん》山系の嵯峨《さが》嵯峨しき山である。溶岩がねり上げた断崖が、頂を取りかこむ特異な地形が、船底に似ているため、この名がついたという。

南北朝の動乱の頃、後醍醐《ごだいご》天皇の行宮《あんぐう》を名和長年《なわながとし》がきずいたことで知られる。

船上山の北には林が広がり、この山林から北に駆け下ると広々とした平野に出、この平原をさらに北に突っ切ると——日本海が開ける。

山陰道は海沿いを通っており、その辺りは琴《こと》ノ浦《うら》と呼ばれ、漁村があった。

今、山陰道を行く敵を叩ける格好の所、船上山北の林に、南条宗貞、小鴨大和守率いる東伯耆勢千人が潜んでいた。

ここはちょうど南条、小鴨の勢力圏を抜け、尼子の版図に入ったばかりの所だ。

「経久めは……ここまで来ればもう大丈夫と一息つくはずよ。そこを我らが襲う算段よ」

骸骨に似た伯耆の闘将、南条宗貞は額にきざまれた横一文字の傷をゆっくり指でな

ぞり、こけた頰を笑窪《えくぼ》で歪ませている。

受け口の小男、小鴨大和守が太腕をさすりつつ、

「よも、ここで待ち伏せとは思うまい。彼奴の慌てふためく顔が目に浮かぶわい」

南条は経久に恨みをいだくが小鴨は事情が違う。この男は、略奪蛮行こそ戦の余得と思っており、それを嫌う尼子の下ではたらくのは、居心地悪く思え、経久と戦ってきた。

興房の指図で尼子を奇襲せんともくろむ南条、小鴨。

夜である。と、この日のために乱破としてやとった山賊どもがもどり、

「経久の奴……味方となった因幡ではゆるゆると休み休みすすんでやがったんですが、伯耆に入った途端、風の如く早く駆けはじめました。殿様方を恐れたんでごぜえましょう」

「経久めは尼子の領分に入ると政久率いる五千二百ばかりを境目にのこしました。で、経久、興久の五百ほどが出雲を目指し真一文字に山陰道を駆けとります」

「尼子はどうも……琴ノ浦の漁村に一泊するようですわ。人数？　……五百ほどですわ」

これらの報告を聞いた南条の額で、横一文字の傷がピクリと動く。

「尼子は、我らへの備えで政久の五千を境目にのこしたか。用心深い経久のこと……

後ろから我らに叩かれるのに備えたのだろうが、まさか横から突かれるとは思うまい」

小鴨が、声をひそめ、

「南条殿。これ、真に、経久の首を落とせるやもしれぬぞ」

——我らが経久の裏をかくか……。

凶暴な喜びが、南条の頰を、たわます。小鴨が、言う。

「南条殿、やるか？」

「殺《や》ろう」

「陶殿は夜戦を嫌うが」

「我ら、陶殿の郎党にあらず。さらにこれ、大内の戦にあらず。——我らの戦よ」

二人はうなずき合った。

たった五百で野営中という尼子経久を討つべく南条宗貞、小鴨大和守率いる千は、松明もつけず声を殺し、烏天狗《からすてんぐ》の群れの如く、夜の山林を飛び出ている——。

ものもいわず平原を突っ切る。

寝静まった漁村が見えた。海が、黒く広がっている。

琴ノ浦だ。

「経久は出雲からくる暗雲よ。その雲全て散らせや、者ども！　突っ込めぇっ

宗貞が吠え、南条、小鴨の東伯耆勢千は凄まじい喊声《かんせい》を上げて漁村に突っ込んだ
——。

突然の夜討ちに恐れをなしたか、夜警の尼子兵は槍をすて、蜘蛛《くも》の子を散らすように逃げ出した。漁家から出てきた尼子兵を馬上から槍で突き伏せ、その武士がイカが干され、網が傍に置かれた板屋に激突する音を聞きながら、南条は笑う。

……尼子といえども、他愛ないものよ！

冷たい月明かりに照らされ——一塊の武士が砂浜を、海の方に、逃げてゆくのが見えた。中に大将らしき者が二人いた。

歓喜の波が、南条の胸に、押し寄せる。小鴨が横から、

「南条殿、あれ……経久でないかっ？」

「——経久、興久じゃっ！　違いない」

——愚かな。逃げ場のない海辺に逃げるとは。都の水を呑みすぎて武略の勘が鈍ったかよっ経久！

南条、小鴨は、下馬、槍を構え、足軽雑兵をたばね、砂浜を逃げる経久らしき男を追う。

夜の海の唸り声が近づいてきた——。

——！」

重厚で鈍い潮の音が鼓膜を叩き、反発する砂が草鞋の底で軋む。南条宗貞は砂浜を駆けながら、

「経久！　見苦しいぞ、もう逃げられると思うな！」

「浦人なら夜の海に漁に出よう。見れば、武士の御様子っ！　そこに直れ！」

小鴨も罵っている。

「……よう囀《さえず》る鳥がおると思うたら小鴨か」

黒白沢潟縅の鎧をまとったその武将は冷たい月明かりに照らされながらゆっくりこちらを振り向いている。微笑を浮かべ波打ち際に佇むその男は——まさに尼子伊予守経久だった。

南条が、嬉し気に、

「……経久……」

「南条、小鴨。礼を申すぞ」

経久が言う。月光に照らされた経久のあまりの穏やかさが、南条を不安にさせる。

「……礼？」

小鴨が言うと波打ち際の経久は、采配を片手に、

「うむ。城攻めする手間をはぶいてくれた礼だ。矢！」

——！　——！　——！

海が――射てきた。

経久の采配が振られた途端、海上の夜闇から凄まじい矢が射られ、経久を飛びこえ、南条小鴨勢に降りそそぎ、味方が次々斃れてゆく。阿鼻叫喚《あびきようかん》が浜辺をおおった。

海上でいくつもの火が一気に灯っている。

見れば恐ろしい数の尼子の兵船が夜の北海にひしめいているではないか――。

獣のような咆哮を上げ、経久に突きかからんとする南条は、悔し気に、

「たばかったか、経久っ……！」

刹那――小鴨大和守の鎧で守られた心臓が、殺気の突風で突き破られ、背中から勢いよく飛び出したそれは後ろにいた小鴨の足軽の胴を破壊。小鴨と足軽は同時に呻いて砂浜に倒れた――。

「小鴨っ……」

南条が面を歪めて、叫ぶ。経久の傍ら、強弓をもち紺糸縅をまとった、大柄な若武者が、

「伯州岩倉《いわくら》城主・小鴨大和守、雲州半分城主・塩冶興久が討ち取ったり！」

「おのれ……。経久さえ討てば敵は崩れる！　者ども、ここが切羽《せつぱ》じゃ、かかれぇぇっ」

南条が咆哮、まだ戦える南条兵、小鴨兵が、経久に、殺到する。

「敵ながら見事。牛尾、宗八郎」

経久が言うや——金砕棒を引っさげた鬼のように凄まじい髭武者、実に体《げ》が大きい若武者が、経久の前に、飛び出した。

髭武者の金砕棒が血の猛風を起こし、南条兵、小鴨兵が、どんどん薙《な》ぎ倒されてゆく。牛尾三河守の金砕棒は足軽の陣笠《じんがさ》や鎧武者の兜《かぶと》を——容赦なく叩き、潰し、砂に血汁を散らしながら屠《ほふ》った。南条宗貞の前には大身槍の若武者、若林宗八郎が立ちふさがった。

槍に自信のある南条、宗八郎の足を払わんとするも、その一薙ぎを——さっと跳躍した宗八郎は難なくかわし、分厚い穂が南条の胸を突き下ろそうとしている——。

南条、さっとよけ、着地しざまの宗八郎の急所を低めにすべらせた槍で切ろうとするも、その急所切りを間一髪払った宗八郎——南条の下腹を鎧を砕きながら突き通す。

血反吐《ちへど》を吐いた南条は投げ槍の構えで経久を狙い、

「経久っ！　覚えがあろう、沼……」

その叫びは首が根こそぎ吹っ飛ばされたことで終わるも手は槍を投げる。

経久、すっと投げ槍をかわし、

「沼？」

大身槍で止めを刺した宗八郎から太い声が迸る。

「羽衣石《うえし》城主・南条宗貞、若林宗八郎が討ち取ったり！」

同時に波打ち際ぎりぎりまで押し寄せた小早という小さな兵船から――さっと一人の武士が砂浜に跳び、着地しながら、ふっと笑み、

「宗八郎に手柄を取られたか」

素槍《すやり》を引っさげた細身、壮年のその武士は宗八郎に槍術を仕込んだ、尼子家の執事の一人、河副久盛である。経久上洛中、留守を固く守ってきた河副久盛、一陣の風となるや――将をうしない狼狽える南条、小鴨勢に、突っ込む。

河副久盛は吠えながら戦う牛尾と対照的にものも言わずに槍を突き出し、神速のその槍は敵兵の目、喉を正しく突き、動脈がかよう脇の下を、押し切り、引き切る。

牛尾が行く所、南条、小鴨勢は、物凄い力で無惨にも叩き潰され、若林がすすむ所、夜討ちの敵は爆風の如き力で悲鳴を上げながら吹っ飛ばされ、河副が動く所にいた敵勢は、舞の所作の如く……ただただ、倒れてゆくほかなかった。

さらに、海から久幸や国久、執事である亀井武蔵守安綱、その長子、亀井秀綱――亀井新次郎利綱の父と兄である――ら、留守居の武士たちが上陸。敵に襲いかかった。

潰走した南条、小鴨勢は悲鳴を上げながら砂浜から山陰道に出てくる……。

その時、東から──ドドドという馬蹄《ばてい》の轟きが起こり、南条、小鴨勢は瞠目し頰を強張らせている。

経久が境目に置いた政久が率いる五千二百の兵、つまり牛尾遠江守や、赤穴久清、三沢為幸、桜井宗的らの兵である。

残敵はこの一撃で──蹴散らされた。降兵は命を助けられた。

夜の琴ノ浦、壮大なる星空に見下ろされ、尼子の重臣は久方ぶりに勢揃《せいぞろ》いした。

漁村を背にして三人の執事──亀井武蔵守、牛尾三河守、河副久盛が肩を並べて波打ち際の経久を見詰め、少しはなれた砂浜上で三人の息子、政久、国久、興久が、語らっていた。久幸はさっきの戦で傷ついた兵を手当てしている。

都に行っていた部将たちと留守を守ってきた重臣たちが話し込んでいる。

留守居の侍衆から、強い声で、

「──殿っ、お帰りなさいませ！」

「……おう。かえって参った！　よう留守を守ってくれたな」

底知れぬ威厳をまとった経久は歓喜する郎党どもを深くうなずきながら見まわし、こちらに面を向けた久幸とうなずき合った。

「南条、小鴨、共に討ち死に。その郎党も尼子に蹴散らされました」

長い髭をたくわえた山伏がひざまずいて告げていた。

琴ノ浦のほど近く。廃寺の裏、荒れた気配漂う竹藪《たけやぶ》である。

二十名ほどの山伏がひざまずく中、夜の岩山の如き頑丈な山伏が腕組みして立っていた。

——自在坊だ。

髭の山伏は、自在坊に報告している。自在坊は——南条、小鴨が討ちもらした時、経久に止めを刺すよう、興房に命じられていた。瞑目していた自在坊は、

「そこまで手ひどくやられたなら我らが出来ることはない。一度、都に退き、陶様のお指図を受けよう」

一見眠たげな目を開きながら呟くと、別の下忍がもどり、

「申し上げます。鉢屋治郎三郎、山陰道の東に網張《あみは》っておるようにござるぞ」

「……手強い男が待ち伏せしておるようじゃな……」

因縁の自在坊が出張ってくると見た鉢屋衆が帰路の街道に必殺の罠を張りめぐらしているらしい。

「街道を西に行っても弟の兵衛三郎辺りがまっておろう。そんな罠にかかる自在坊ではないわ。船上山から大山へ抜け、山脈を突き抜け、備中に入り、山陽道から都へ参ろう。敵はよも……斯様な経路で我らが逃げるとは思うまい」

外聞衆二十名は——船上山へ南下、この山の岩壁を見ながら大山へまわり込み、ブナ、栃の原生林に入り込んだ……。自在坊は前に大山寺の山伏に化けていたことがあるため、獣道にいたるまでよく知っていた。

闇の森をしばし潜行した所で自在坊は、妖気のわだかまりにふれた気がする。

——止まれ。

手振りする。

刹那、前から鋭気が複数飛んできて——自在坊の近くにいた下忍二人が、それに貫かれて斃れている。矢だ。下忍どもは驚くも、自在坊は妖しい笑みを浮かべている。

——ふふ。案の如く、鉢屋者の待ち伏せか。

実は自在坊……手下に「斯様な経路で我らが逃げるとは思うまい」などと話しつつ、本人は鉢屋衆の大山での待ち伏せを読んでいた。手下に嘘をついてここまでつれてきたのだ。

と、行く手の木陰からからりとした声が、

「自在坊殿でござるか?」

百姓が黄昏時の山から出てきた知り合いの山伏に声をかけたような、のどかな声だった。

自在坊、さすがに訝しみ、

「……何奴か？」

「尼子経久様が郎党、黒正甚兵衛と申す者にござる」

「鉢屋者の女を妻にした、黒正か……」

——というと、星阿弥めが近くにおるか？

「ようご存じですな。自在坊殿、もはや、逃げられますまい？　降参したら如何です？」

「…………」

「武士は死に急ぎ、忍びは命を惜しむ。かみ様の口癖にござる」

「降参したら尼子殿は我らを助けて下さるのか？」

「あんたは、無理でしょう……。だが、この黒正、下忍の方々は助けたい」

考え込む仕草を見せた外聞の元締めは神妙なる面持ちで、

「左様か……。下忍を、助けて下さるか……」

ゆらりと、十間以上向こうにいると思われる黒正の方に歩み寄る。

その時——円座《わろうだ》くらいの、かなり大きい生き物が、自在坊の頭上の樹から黒正の声がする方に夜気の中をすーっとなめらかに飛んでいったでないか。——ムササビだ。

このムササビが黒正の近くに潜む鉢屋者に、飛び道具か、という緊張を起こしたのを自在坊は、感じる。ムササビの滑空が生起させた一瞬の動揺を衝《つ》き、自在坊は、

「──敵は少ない！　叩き斬れ！」

神妙さをかなぐりすてて叫んだ。

外聞衆、十数人が、音もなく殺到するも、かなりの数の鉢屋衆が黒正と共に隠れていたらしい。夥しい矢がざーっと降りそそぎ、下忍どもは次々斃れていった。その混乱の中、自在坊は、鳥の子で、白煙を起こす。

《右に逃げる》

無言で手振りし、その指図を見た下忍四人をつれてさっと右の藪に飛び込んだ──。

──死間《しかん》どもには気の毒じゃが、敵は今の混戦でわしが死んだと思うじゃろう。

死間──死んで役に立つ忍びである。南条、小鴨の、敗北を聞いた竹藪で、大山の森にて下忍を死間、つまり盾とし、己は生き延びるという策を練り上げた自在坊だった。

幽邃《ゆうすい》な夜霧漂う森を音もなく走りながら、

「わしに背格好が似ておるのはそなたかの？」

いきなり──己の横を走っていた下忍の首を忍び刀で刺して惨殺した自在坊は、おののく残り三人の下忍に刀を向けて脅し、目をギラギラさせて、

「こ奴をわしに見せかける。上忍たるわしが落ち延びた方が、御屋形様のお役に立て

る」

皮膚が溶ける薬を、己が突き殺した男の顔にかけ、死体の足を傷つけ、最後に血刀を死んだ男の手ににぎらせている。足を怪我した自在坊が己の顔を焼き……自害した体《てい》をよそおったのだ。殺した男の忍び刀を奪い、

「参ろう」

恐怖する下忍どもに呟いた自在坊は花のような、匂いを感じた。眉宇が曇る。と……一匹のムササビが音もなく頭上を飛び、遥か一町先まで滑空していった。

刹那、

「――相変わらず外道だね」

行く手の闇で、女の声がした。

……香阿弥の声であった。

……馬鹿な。香阿弥は、死んだはずじゃ。

自在坊、竹藪で報告した髭の外聞、山伏女《め》の姿をした外聞くノ一、小柄な外聞、四人は固唾を呑む。また、ムササビが――左方を飛び、さっきの匂いが強まる。香阿弥の声が、

「我が殿は、傷ついた足軽や乱破の手当てだって御《おん》自らされる……。どんな身分が低い雑兵の傷口だって唇を当ててすすり微笑みを浮かべて薬を塗って下さるの。だから

——我ら鉢屋者はあのお方のために命懸けではたらくのだ。……お前はつくづく尼子の殿様と、逆だねぇ」

自在坊はどす声で、

「星阿弥かな？　悪ふざけはよすがよい」

「何で我らがお前を大山に誘ったかわかる？」

香阿弥の声から、変わった。星阿弥の地声かもしれぬ。

さっき前から聞こえた声が、今度は右から、

「お前が香阿弥をいたぶり、殺した山だから……」

自在坊は星阿弥が何処《いずこ》に潜んでいるか見切ろうとする。が——見切れぬ。

星阿弥の声は、左から、

「これは香阿弥からおそわった匂い。お前らの感覚を、鈍らせる匂いなの。お前は……わたしが何処にいるか決してわからぬ」

忍びとなって初めて感じる氷のような恐怖が自在坊を襲った。上から、

「わからない」

「うわぁぁあっ！」

悲鳴が、林床に、転がった。小柄な下忍だ。落ち葉がつもり笹《ささ》が生えた森底《もりぞこ》から槍が襲いかかり——その男の股を突き刺している。

た。

――土遁《どとん》となっ……！

自在坊が得意とする土遁をした星阿弥、下忍二人を仕留めるや、さっと林床を蠢《うごめ》き、闇に溶け込んだ。汗だくになり唇を嚙みしめた自在坊の眼前をムササビが横切る。

またも、ムササビが自在坊、そして女外聞の間を通るも――それは獣ではなく灰色の忍び装束を着た鉢屋者で、その者の薙鎌《なぎがま》が、女外聞の首をバッサリ裂いた。自在坊は忍者刀でムササビをよそおった小癪な鉢屋者を叩き斬る。

「気をつけよ」

ただ一人のこった手下に告げた瞬間、熱い痛みが自在坊の脇腹を抉《えぐ》った――。

あの髭の下忍が後ろから自在坊の脇に鎌を叩き込んだのだ。

「俺だよ。自在坊」

「……銀兵衛かっ――」

多くの人の顔を盗み、なりすましてしまう笛師銀兵衛……戦況を探りに行った髭の外聞を殺し、その者に化けていたのである。

右脇腹から血をこぼしながら自在坊の手刀は左蟀谷《ひだりこめかみ》を狙った銀兵衛の分銅を払う。銀兵衛は、鎖鎌を所持しているようだ。脇を深く抉った鎌をさっと抜いた銀兵衛はもうそれを自在坊の喉に突きつけ後ろから凄まじい力で羽交い絞めにしてくる。銀

兵衛は、耳元で、

「――刀をすてろ、自在坊」

前から槍をもった星阿弥が突進してくるのを感じる。

……怪我の功名か。痛みで、勘がもどったわ。

自在坊は迫りくる星阿弥に、忍び刀を投げてひるませ、開いた両手で鎌をもった銀兵衛の腕と拳を摑み、体を横移動。肩を上げ、顎と肩で――鎌をもった腕をもち上げながらはさみ……拘束を逃れ、銀兵衛の後ろにすり抜けんとするも、銀兵衛もさる者で、自在坊の顔面に鎌とは逆の手を突進させた。

笛師銀兵衛は――ある時は笛をつくり、またある時は笛を奏でる、繊細な指を憎き仇の双眼に潜り込ませていた。

ほじくり出す。

外聞の総師が叫びをこらえたのは……さすがであった。

脇を抉られ、両目をうしなった自在坊の鳩尾《みぞおち》を――星阿弥の槍が深々と刺している。

自在坊は岩が崩れるような音を立てて仰向けに倒れた。

銀兵衛は、虫の息の自在坊の鳩尾に足をのせ、憎々し気に、

「……やっと追い詰めたぞ」

「好きにせい。もとより、まともな死に方が出来るなどと思うておらぬわ」

「おう、好きにしよう。たっぷり、苦しませてからあの世におくってやる」

自在坊の刀を手にした星阿弥が音もなく近づいてきて――いきなり自在坊の右腕を肘のところから断ち斬った。鮮血が勢いよく噴出する。

「――何をする！」

怒気をぶつける銀兵衛に、星阿弥は、刀を押しつけ、

「早くやれ」

銀兵衛は勢いよく自在坊の首を突いて止めを刺すと、鬼の形相で、返り血を浴びながら、

「俺の言葉が聞こえなかったかっ！」

木の間から差す月明かりに輪郭を照らされた星阿弥は、悲し気に言った。

「そんなことをしても……かえってこないよ」

銀兵衛の視力をもってしても星阿弥の顔ははっきり見えぬ。だが、気配で、わかる。滅多に感情を見せぬこのくノ一は泣いているようであった。

「あの人は、かえってこないんだ」

「…………」

星阿弥は深く息を吸って、

「我らは、尼子経久様の忍び」

「――俺は、違う」

「お前は骨の髄まで尼子の忍びだよ。香阿弥がそう言っていた。『なのに、あいつはみとめない。だから……わたしと先にすすまない。馬鹿な男』……て、寂し気に言っていたよ」

笛師銀兵衛はきつく歯を食いしばる。

「――我らは尼子経久様の忍び。だから、尼子の殿様の名に恥じる戦いを、したくなかったの」


南条、小鴨の策動を突き止めた苫屋鉢屋衆は、経久より自在坊の来援を示唆された。歴戦の鉢屋者による鉄の網が張られ、大山の下忍は星阿弥が指揮している。

虚空蔵菩薩の智をもつと恐れられる星阿弥は以前、自在坊を大山で追った覚えがあり、その時、大山の地形の八割くらいは彼女の脳味噌《のうみそ》におさまった。此度の役目でもう一度、大山をめぐり地理を悉く……覚え、自在坊が入りそうな獣道を全てわり出し、下忍や黒正隊を伏せる一方、そこから敵がそれた時の罠――撒《ま》き菱など――や、山内を巡回する下忍など、万全の構えでまっていた。この山に銀兵衛と入った時点で虚空蔵菩薩か百の顔をもつ男に滅ぼされる運命《さだめ》が決まっていた。

暗雲

さて——安芸分郡守護・武田元繁は安芸にもどるや、つれかえった飛鳥井の姫に祝言の前日、指一本ふれぬまま、深く頭を下げて破談を申し出た。丸眉、目の細い、真っ白に化粧した姫君は、

「初めから……麿を騙したのであらしゃいますな？」

「……左様。貴女《あなた》をお騙し申し上げた」

安芸の巨人は面を真っ赤にして額を床板にふれさせていた。

冷ややかな声が、

「——大内殿のお怒り、わかっておいででしょうな？」

一切、涙を見せず元繁の前から去った飛鳥井の姫だが、京へかえる輿に乗った刹那、泣き崩れた……。

この姫が流した涙を思うと何とも不憫な話であるが、安芸武田が大内の頸木《くびき》を振り切るにはこれしか手がなかったのである。

かくして武田元繁は大内家との断交、尼子氏との同盟を天下に宣言、雷のような衝撃を西国にあたえ、尼子経久の姪《めい》、奈穂を花嫁としてむかえている。

一方、経久は九州の反大内党――肥前の少弐、豊後の大友、古くからの同盟相手、若狭武田にも使いをおくり、空前の規模の反大内、反山名連合を、練り上げている。

その連合は尼子経久を軸として……。

安芸分郡守護・武田元繁。吉川経基ら安芸国人衆。大内の重臣たる益田《ますだ》、吉見《よしみ》をのぞく石見国人衆。備後最大の領主、宮ら備後国人衆。新見蔵人、伊勢新九郎と同族の備中伊勢家ら備中国人衆。因幡守護・山名豊重。豊後守護・大友義長。肥前の大名・少弐資元《すけもと》。若狭守護・武田元信《もとのぶ》。そして反大内、反山名というより別の目的をもつ南近江の、六角家。

――という途方もない広がりをもっていた。

安芸武田らを味方にしたことで経久の長き手は大内の補給路、瀬戸内にまで達した。

この時、経久はたしかに時代を大揺れさせ、この列島の歴史に台風を起こした……。

尼子の叛旗、安芸武田の裏切り、南条、小鴨の討ち死に、畳みかけるようにとどく悪い知らせに腸《はらわた》を煮えくり返らせている大内義興は、

「帝も公方様も我らを引き止めてくるが……。陶、我らも帰国すべきではないかっ！」

「まだ、その時ではありますまい。今、朝幕の手を振り切って周防にかえれば、御屋形様も尼子と同じ私戦の人、と天下に思われますぞ。ご安心を。——尼子勢と三年すごすうち、彼らの弱点も見えてきたのでございます」


そこからの陶興房の……逆襲は凄まじかった。

まず、興房は、石見の大族で大内の重臣、益田、吉見を石見にもどし——尼子の西進をふせぐ鉄壁をつくりあげた。

また、勝手に帰国して大内家の怒りを恐れていた安芸国人・毛利興元に接触。

「武田が裏切った今、貴殿を安芸の武士の盟主と考えておる」

この一言で籠絡し、

「安芸武田と吉川が上手く連携出来るはずもあるまい。この地での我が方の将来は明るい」

こうやってはげまし、毛利家を反尼子方として蠢動させている。だが経久もこれには手を打ち、毛利家中に「尼子派」をつくり上げ対抗した。

安芸の隣、備後国の北には——野心家の山内《やまのうち》大和守豊成《とよなり》が、いた。

この野心家は……経久の母の故郷、馬木から見て、比婆山《ひばやま》の南を治めている。つまり山を北に越えれば尼子の本国、出雲を衝ける。興房はこの野心家、山内大和守を味方に引き込み——出雲を南から刺せる匕首《あいくち》に仕立てた。

さらに備中最大の国人・三村《みむら》の当主は大内としたしい。この三村を備中にかえし熱烈な尼子方、北備中の新見に猛攻をかけさせる。

また当主をうしない息子たちが跡をついだ南条、小鴨、深手を負った両家に手厚い支援をおこない、急速に立ち直らせた。極め付きに陶は、

「大友は尼子方となったが大友家中には、尼子を快く思わぬ者もおる。——豊後へ飛べ」

近臣を大友領豊後に飛ばす。

九州の雄で伝統的な守護大名である大友の家中には、尼子とくんで大内と戦おうという現実主義者と、守護を揺るがす尼子に嫌悪感をいだく観念論者が、せめぎ合っていた。陶の密使はこの古めかしい頭をした観念論者に近づく……。

以後、大友は尼子とくんで大内と対抗するという現実主義の路線と、大内とむすぶという観念論者の路線、二つの間を右往左往、迷走をくり返すのである。

……陶の調略はそればかりではなかった。

翌永正九年（一五一二）。

謀聖は、陶が動かす武士たちの各方面からの攻撃を弾き返しつつ——さらなる尼子の栄え、打倒大内の謀を練っている。

まず、この頃、経久の経済政策は大きな実をむすび……富田の町は、山向こうの吉田のみならず、遥か十キロ北の安来湊とも一つながりとなり、西国最大級の都市となっていた。

その人口、賑《にぎ》やかさは、人によっては、

「大内殿の山口を超えます……」

経久と久幸が若き日からずっと夢見てきた山陰の都が——遂に完成したのだ。

また、この町やそこに暮らす人々を守るための月山富田城はほぼ全山を要害化した途方もない規模となっている。

その金城湯池に鎮座する経久は備後に家来の、古志《こし》為信《ためのぶ》、黒正甚兵衛を入れ、遥か瀬戸内海に面した松永《まつなが》まですすませ、彼の内海への道を切り開かんとする一方、三村の大攻勢に喘《あえ》ぐ備中新見家を救うべく河副久盛率いる精鋭をつかわし、新見の数倍の兵で押し寄せてきた三村を撃破。感悦した新見蔵人は……月山富田城にやってきて、同盟相手ではなく、尼子の家来になりたいと、申し出た。

経久はおおらかに応じ北備中が——尼子領にくみ込まれた。

備後備中で敵と戦いつつ経久は、

……西では前から関り深い石見の多胡、高橋《たかはし》が完全に我らに臣従した。東——立ち直りつつある南条、小鴨が厄介だな。

伯耆を制してこそ大内方・但馬山名に攻められている尼子方・因幡山名を救える。西伯耆は尼子方だが東伯耆の南条、小鴨が、東への大切な血管の詰まりになっている。――この詰まりを解消せねばなるまい。

が、そんな経久に、伯耆の久幸から、不穏な知らせが、とどく。

「西伯耆の山々にかつて我らに土地を奪われた伯州牢人どもがあつまり、一大勢力となり村々を襲っております。ただの牢人とは思えず……何者かが金銀、物の具、兵糧を支援しておるようです」

――陶か……。

経久に所領を奪われた伯耆牢人たちが不穏な騒ぎを起こしているという。西伯耆に火がつけば、すぐ出雲に燃えうつる。東伯耆を攻めるどころではない。

「わかった。国久を伯耆につかわすゆえ、彼の者と力を合わして平らげよ」

荒ぶる武勇をもつ次男、吉田国久を久幸への助太刀として伯耆におくった。

この戦の中――南条、小鴨という硬い詰まりのせいで、尼子の援軍を得られなかったある男が、討たれた……。

因幡守護・山名豊重。

同族、但馬山名の攻撃を受けての討ち死にだった。かくして尼子方・因幡国が……敵方に塗り替えられた。

経久はあざやかな手並みで反大内、反山名連合をつくり上げたが、興房もまた強固な反尼子連合を生み出し、猛然と対抗している。経久は時代に大きな波を引き起こすも敵意を覚える者も多く、それらの者が結託、巨大な堤となって立ちふさがっている。

……陶興房。あの男を討たねば、尼子の将来は開けぬ。

翌永正十年(一五一三)、江月斎が——経久との約束を果たした。

六角家は少し前、細川澄元を見限り、足利義材に恭順を許された。故に相国寺の僧、六角江月斎は足利義材に、近侍するようになっていた……。

この頃、頼みの綱の経久をうしなった将軍は、日本最大の大名・大内義興、ギョロ目の管領・細川高国に不満を募らせている。

義材は民の救済——済世に心砕きたかったが、義興、高国らは消極的だったのだ。

そんな義材に巧みに近づいた江月斎は、

「一度、大内、細川の反省をうながす意味でも、都を出られ、近江に入られたら如何でしょう?」

と、そそのかし……義材は聖寿に相談もなく、六角の甘言に乗り、甲賀衆に守られて、京を逐電。

近江に姿を消している。

聖寿に相談しなかったのは「止められる」とわかっていたからだ。

大内義興は都にいながら尼子対策に専念したかったが、将軍の引き戻しに力をそそがねばならなくなった。

この隙に、西伯耆の騒擾《そうじよう》を、久幸、国久が、平らげ中伯耆まで兵をすすめた。また、因幡でも討ち死にした山名豊重の子、尼子派・豊治《とよはる》が、但馬山名方の守護を追い詰めだす。むろん、海からの、経久の支援がものを言っている。

いよいよ東伯耆かと思われたが——足元で思わぬことが、起きた。その知らせは……領内《うち》を見る目・鉢屋兵衛三郎、そして三沢為幸から、ほぼ同時に寄せられた。

「奥出雲三沢家当主・三沢為国《ためくに》殿、大内方の密使と盛んにあっているようにござる」

「兄為国が、怪しい僧としきりにあっており、この僧……陶の息のかかった者のようにござる」

かつて経久と死闘を繰り広げた奥出雲の、鉄の王、三沢一門。

その当主は、経久と矛をまじえた知将、三沢為信の孫、三沢為国だった。

為信の子、為忠も亡くなり、その嫡男が、跡を継いでいた。

尼子と三沢の死闘をほとんど覚えていない若い当主だった。

この三沢為国、青白い瓜実顔《うりざねがお》の細身の男で、生来、病弱であるため、戦にはほとんど出たことがない。為国弟の為幸は頑健な体をもち、武勇の誉れ高く、上洛戦にもしたがって長槍振るって大いにはたらき、経久に鉄の忠誠を誓っている。

経久は為国が弟に鬱屈した気持ちをもつことをよくわかっていたから、屋敷に籠もりがちな為国に何かと温かい言葉をかけ、決しておろそかにしなかった。

だが弟が都に行って経久の傍ではたらいている間、ずっと奥出雲にいた為国は、

……殿はわしを疎んじられ弟の為幸を三沢の当主にするつもりなのじゃ。

暗い心の沼で苦しむうち妄想をふくらませてしまったようなのだ。

この妄想する為国に陶の家来が接触――そそのかしたようだった。

「三沢の三分の二が某の、つまり殿のお味方。三分の一が、兄の味方です。お許しあらば……某、兄を押し込めます。もしやれと仰せなら……斬ります」

悲痛な形相で言う三沢為幸だった。角張った顔をうつむかせた為幸に、経久は、

「まだ、早い」

謀反は起こさせて討つ、が、信条である。

「為国はまだ反乱を計画しておるわけではないようだ。わしは、多くの国人の子弟を近臣にしておる。ここで為国討って、そなたに三沢を継がせたら、諸国人は疑心暗鬼に陥る。かつて、こういう家があった。その家は諸国の大名の子弟を近習にしていたが自分の近くではたらくその近習たちを、在地の大名に代わって当主にしようとした。故に、多くの大名家でお家騒動を掻《か》き起《お》こし、全てつながって天下大乱、戦国の

世となった。室町家ぞ」

経久は、自若とした様子で、

「将軍家が日の本に起こしたことをわしは出雲国に起こしてしまうかもしれぬ。そのような噂だけで、為国に手を出してはならぬ」

——反乱か。やれるものなら、やってみよ。為国。

三沢為国の反乱如きで尼子は倒れぬ鋼の自信が、謀聖にはあるのだ。

この頃、上方では将軍・義材が、妹、聖寿から、

「兄上は義興、高国の悪口を言われますが……悪口を言う者は悪口を言われるようになるもの。兄上が義興、高国の悪口を言うなら、義興、高国も兄上の悪口を言っているのです。また遠くはなれていては……疑心も生れましょう。どんなに意見がはなれていても、義興、高国と膝突き合わせて話すことを忘れてはいけません」

と、掻き口説かれ、帰京した。

翌永正十一年（一五一四）。経久の末娘、いとうが、千家と並ぶもう一つの杵築国造・北島に嫁いだ。さらに若大将、政久が——待望の嫡男をさずかっている。

この経久の孫は三郎四郎《さぶろうしろう》と名付けられた。後の、尼子詮久《あきひさ》（晴久《はるひさ》）である。

三郎四郎の誕生は尼子家のみならず出雲一円を大きな喜びにつつむ。

そんな喜びをぶち破るように……経久の武威を恐れて躊躇っていた、三沢為国が大

内義興、そして北備後の雄・山内大和守の支援を受けて、反乱を起こした。

規模は小さい。

味方する国人は誰もおらず三沢の侍の三分の二が三沢為幸に率いられ尼子方にまわった。

経久は三沢為幸、真木《まき》一族を先鋒に、奥出雲を急襲。

まず備後からのこのこ出てきた山内の援軍を強く叩いて追っ払い、反乱軍を半日で蹴散らし為国を生け捕りにした。泣きじゃくる為国について牛尾三河、河副は斬るべしと主張、為国の弟、為幸は命乞いした。経久は泣き崩れて許しを請う青白き為国を、刃物のように鋭い目でじっと見詰める。全てを見通してしまう鏡をもつような底知れなさが、経久にはあった。

「為国。これに懲りて——二度とわしに逆らおうなどと思うな。所領の一部は召し上げるが……」

如何なる裁きが下されるかと固唾を呑む部将たちの前で経久は厳かに、

「——これまで通り、奥出雲を治めよ。わしはそなたの才知を重んじるがゆえこの地をまかせておるのだぞ」

一度の裏切りは——許す。二度、三度は、許さない。経久の信条である。

「お……お許し下さるのですかっ……」

為国は、地面を掻き毟るように嗚咽《おえつ》し、忠実なる為幸も唇をぎゅっと嚙み、逞しい肩をふるわして頭《ず》を下げる。

「この一件を猛省し、一層の忠節を尽くし、今まで以上の努力で所領を治めてゆくように。また、兄弟仲良くするように。わかったら下がってよい」

退出する為国に、経久は、

「為国。――二度目は、無いぞ」

翌年、因幡で尼子方・山名豊治（故、山名豊重の子）が、但馬山名のひも付き守護を討ち取り守護となった――。

つまり因幡はまた……尼子方に塗り替えられた。

この年、経久は恐らく都で得た経典を基に、法華経の木版をつくり、何と二千部も印刷し、戦で経が焼けてしまったりした、領内の数多の寺にくばった。いつだったか僧たちとかわした約束を果たしている。

永正十四年（一五一七）。経久は六十の賀を迎える。その頭を鏡で見ればすっかり銀髪が多くなっている。

……さな……わしにのこされた時は少ないようだ。急がねば。

銀毛の狼のようになった経久は河副久盛、新見蔵人に命じ北備中から――美作へ兵をすすめる。

美作……応仁の乱がはじまってからずっと暗黒の中で悶える内戦の国だった。

山名党、赤松党、自立を願う勢力が三つ巴の戦い、血みどろの内乱に力をそそぎ、毎日のように騙し合いや闘争がつづいていた。

この紛争地帯に突如、雪崩れ込んだ河副久盛を総大将とする尼子軍。

尼子来ると知るや戦に疲れた侍や、尼子の統治に憧れていた者たちが、次々刀槍をすてて降参を申し出た——。武略にすぐれた久盛は敵をあくまでも戦う者どもにしぼり、的確に叩いていったため——短期間で美作の半ばを切り取った。

侍も百姓も美作の人々は先が見えぬ内戦より、尼子がもたらす安寧を望んだのである。

経久は軍事のみならずこの地の民政も、河副久盛に一任した。義理固き久盛から、

「美作に専念するなら月山富田城の執事は到底つとまりませぬ。二足の草鞋は、はけませぬ。山路は両方やれと申すのですが……」

と、申し出があったため、経久は笑って、美作への専念を許した。かくして富田の執事は牛尾三河守幸家、亀井武蔵守安綱の二頭体制となった。

山名に山陰道をふさがれた尼子。美作は出雲から——上洛する時、足がかりとし得る。

経久はこの頃から——明確に上洛を意識している。

守護大名・大内家とは違い、全くあたらしい秩序を世の中にもたらすための上洛、戦国大名の上洛だ。

そのような上洛を五畿内からはなれた地で構想した戦国大名は後に武田信玄《しんげん》、織田信長が現れるが、尼子経久はその初めの例であったろう……。

久盛は美作の年貢を大いにやわらげ、裁きを公正にし、内乱で深く傷ついていた民を喜ばせた。

少し後、経久は、

「山内を討つぞ」

政久、興久らをつれ突如――北備後へ雪崩れ込んでいる。散々、わずらわしい動きをしてきたこの地の野心家、山内大和守豊成を討つのだ。

山内勢は待ち伏せを仕掛けてきた。だが、山林から現れた山内の伏兵の後ろから、若林宗八郎、さらに麗しき塩冶の若党、亀井利綱の精鋭が急襲、狼狽える備後勢を突き崩す。

経久は敵の待ち伏せなど読んでいたのだ。

山内勢は瞬く間に薙ぎ倒され山内家は降伏を申し出た……。

「いやはや……尼子殿の勢いには驚かされましたわ……」

降伏を許された山内大和守豊成——蝙蝠《こうもり》の化け物を思わせる得体の知れぬ老将だった。

目は細い。かなり尖った大きな耳、横に広い貪欲そうな口が蝙蝠的なのか。長くふさふさした白髭《しらひげ》を胸まで垂らし白眉は太く、上背があり、猪《しし》皮をまとった体はかなり逞しい。

所は山内家の山城——備後国甲山《こうやま》城。

頃は、夕刻。

燭台《しょくだい》の光ががらんと殺風景な板敷きを照らしている。

大内方から尼子方となった、山内一族、どんな謀が、経久、政久、興久を襲うか知れぬため、千軍万馬の猛将たち、さらに、忍び頭・鉢屋治郎三郎、銀兵衛など鉢屋流の錚々《そうそう》が鋭い警戒をもって、入城していた。今、経久は山内大和守と夕餉を共にしているが、器に盛られた山菜や猪肉を中心とする料理の全ては尼子の毒見が念入りにたしかめていた。

「尼子殿、倅をご紹介したい。直通《なおみち》にござる」

山内大和守の嫡男、直通はがっしりした男で、唇は父親に似ていたが、目は気弱そうで、大和守ほどの思慮深さを感じなかった。

……この男の方が御しやすそうだの。

経久は、直覚する。

「よろしければ……娘もご紹介したい。さ、たま、参れ！」

山内大和守がぽんぽんと手を叩く。

紅の打掛をまとった女人が——夕刻の板敷きに静々と現れた。

その娘のあまりの美しさは尼子の部将たちに生唾を飲ませている。

細い。

腰などはとても細く、ふれれば砕けてしまいそうな脆《もろ》さが、全身にある。

顔は小さく、白磁を思わせる透き通るような色白。

ふっくらした下唇が可憐で、吊り上がった三白眼は妖美な力をたたえていた。

冷ややかな白蛇を思わせる美女であった。

「たま、尼子殿にご挨拶せよ」

「山内大和守豊成が娘、たまにございまする」

にっこりと会釈した、たまは、白湯《さゆ》を飲んでいた経久に銅の銚子をもって近づいてくる。

「わしは酒が飲めぬのだが……」

経久が逞しい肩をすくめると、たまは美しく微笑んで、

「はい。存じております。——これは甘酒にございます」

どろどろした白い甘酒が経久の碗《わん》にそそがれた。

……美しい娘だが……。

自分が若くても恋人にはしないと思う、経久だった。——何らかの警戒、違和感を経久に掻き立てる娘なのだ。

たまは酒が弱い政久にも甘酒をそそぎ、次に経久三男、塩冶興久の前に優雅に座った。

山内の娘は興久の前で銚子をもちかえている。

「塩冶様はお嗜《たしな》みになると聞きました」

興久は母、さなに似て酒豪だった。

「山内大和守が娘、たまにございます。——以後、お見知りおきを」

二十一歳の興久、たまの美しさに当てられたか、蛙が茹《ゆだ》ったような顔をしている。頬が上気している。骨がやわらかくなったか、何だかふにゃふにゃした表情になる興久だった。

興久よりいくぶん年下と思われる、たまは、真っすぐに興久を見据えながら、濁り酒をそそいだ。

経久の眉は——見る見る険しくなった。

その夜、経久が一人でやすんでいると山内大和守豊成が対面を申し出てきた。

経久はすぐ許した。山内大和守は、経久に、

「尼子殿……我らは大内方としてやってきたが今日より尼子殿の下で勇戦したい」

「真に——ありがたい。山内殿」

「ついては……あつかましいお願いがござる。わしは、貴公と、親戚付き合いをしてゆきたい。聞けば御三男、塩冶興久殿はまだご内室がおられぬとか。我が娘、たまを、塩冶殿の嫁にしていただきたい。たまの奴——塩冶殿に一目で心奪われてしまったようなのでござる……。そして、塩冶殿もたまを憎からず思し召しのようじゃったゆえ、是非……。わしは塩冶殿と戦場で見《まみ》え、その勇猛さを見、是非婿にしたいと思うたのでござる」

経久は山内大和守が興久を評価してくれることを喜びつつも、祝言の件については、まずは本人の意向もたしかめてみたいと、返した。

大和守が退出した後、経久は心に重石がのしかかったような気がした。

眉根を寄せ沈思黙考する経久、その指が脇息を、こつこつ叩く。

——わしはどうも山内の娘が……興久の嫁にふさわしくない気がする。さな……。こんな時こそそなたに相談したかった……。何故、わしを、置いていってしまったのだ。

大和守と入れ違いに嫡男、政久が目通りを願っている。

経久とさな、双方に似た、すらりと背が高い嫡男は切れ長の涼しい目を細めて、

「若林が見張りの配置換えを提案して参りました」

山内が何か企んだ場合への対処だろう。政久の話を聞いた、経久は、微笑みを浮かべ、

「宗八郎の思う通りにさせよ。のう、政久。宗八郎は此度の戦でようはたらいた。若年であるが伯耆攻めの働きを期待、伯耆守と名乗らせて禄をまし、一手の大将にしようと思う。そなたは如何思う？」

「よいかと思いまする。ところで父上――」

嬉し気に言った政久は一転、声を潜め、

「山内殿がここをたずねていたようですが……」

経久は山内がもってきた縁談について打ち明け、深刻に、

「……わしは、気がすすまぬ」

「と、言いますと？」

「上手く言えぬが……。そうだな、あの美しき娘に、妖気を覚えたのだ」

政久は見る見る険しい顔になっていざり寄り、

「父上、其は友好を望む山内殿にあまりに無礼な言い草ではありませぬか？　政久

は、たま殿に妖気など覚えませんでした」

「……………」

「わたしは父上が決めて下さった今の妻に感謝しております。何の不満も、ありません。ただ……さる女人を幸せに出来なかった一事が、今でも悔やまれます」

経久が引きはなした桜井宗的の娘、雪だろう……。これをもち出されると経久は反論が出来ない。辛そうに、政久は、

「同じ思いを弟にさせたくありません。父上、もし興久がたま殿を気に入ったのなら、あの二人を夫婦にして下され。――お願いします」

「……あいわかった」

言うほかなかった。

夜半――政久が己の陣屋にもどろうとすると、興久の陣屋から激しい怒号が、聞こえた。はてと首をかしげ見守っていると亀井利綱が鼻高く彫りの深い顔を強張らせて、陣屋から出てくる。篝火の明かりがとどかぬ銀杏の樹の下まで走ると亀井利綱はうなだれた。

「新次郎」

政久は、そっと呼びかけて、手招きしている。近くにくると、

「今のあれは……興久か？」

「……はっ」

「家来をあのように叱るのはよくない。この政久が、よくよく言い聞かせておこう」

亀井利綱は、必死に、

「若殿。どうかそれはお止め下され。——此《こ》は、塩冶家のことに候」

「わかった。何か辛いこと、そなたの手にあまることがあったら、わしか父上に必ず相談せよ。必ずだ。……よいな？」

利綱は静かに首肯する。政久は陣屋にもどりつつ、興久の荒々しさに不安を覚えたが、

……たま殿を娶れば興久の荒々しさも丸くなるやもしれぬ。

興久の答は——是非、たまを嫁にしたいということだった。

山内大和守の息女、たまが塩冶興久の妻となることが決まった……。

＊

「毛利では前年に当主の興元が病死し、今の当主は……幸松丸《こうまつまる》と言って三歳の童にす

ぎぬ」

安芸分郡守護・武田元繁は二十三歳となった可憐な妻、奈穂、十五歳となった嫡男、武田光和《みつかず》の前で話している。

大内に反撃の狼煙《のろし》を上げてから六年、安芸の猛虎は——西芸州の大内領を凄まじい武力で食い千切り、我がものとしてきた。この戦では備後松永湊に置かれた尼子の要塞から老練な水軍の将、古志為信が瀬戸内海を通じておくってくる、山陰の物資に大いに助けられた。奈穂は尼子の副将・久幸の娘。これを嫁がせた尼子家は全力で元繁をささえてくれた。

「毛利は大内方でわしが西を攻めるといつも北から攻めてきて邪魔立てして参った。ところが興元が倒れ、その倅は幼く、家中は、大内派と尼子派で争っておるという。尼子派はむろん我が味方にひとしい」

「……はい」

奈穂は真剣にうなずく。武田元繁と奈穂、歳がはなれた二人だが極めて仲睦まじい。安芸の巨人は、戦場で見せる恐ろしい形相を一切妻には見せず、心から慈しみ、奈穂もこの夫を懸命にささえていた。

「毛利は吉川と同盟をむすんでおるが、吉川は……尼子殿から、動くな、と言われれば動かぬ。つまり助太刀に出てきても座視するだけじゃ。今こそ毛利を討つべき時じや」

「親父殿」

太い声が——元繁にかけられた。元繁の先妻の子、武田光和だ。

陰徳太平記に、云う。

(光和は)力気《りよくき》人に超え、勇悍《ゆうかんよ》世に勝れ、太刀打早業凡人の及ぶ所に非《あら》ず。……其長《そのたけ》七尺余《ななしやくあまり》(二メートル十センチ以上)有りて……眼逆《さかさま》に裂け……。

(光和は人並みはずれた気力をもち、凄まじい勇猛さがあり、剣術、早業の武芸は常人が到底勝てるものではなかった。……その身長は二メートル十センチ以上あり……目は逆さまに裂け……)

武田元繁の子、武田光和——武田元繁より大きい。

横にも縦にも大きい。

色黒く筋骨隆々。只ならぬ眼光をたたえた目は、ごつごつした顔の両端近くにある。

巨獣、あるいは獣神というべき光和……怪力の持ち主である。

たとえば安芸武田の城、佐東銀山城《さとうかなやま》に登る急峻な山道に岩が、あった。

大きな岩で力自慢の男が幾人かがかりで動かそうとしても微動だにせず、通行の迷惑、とくに馬の往来の邪魔になっている。光和はこの岩の話を聞くとものも言わずにのしのし出かけてゆき、軽々ともち上げ——遥か谷底に投げ飛ばしてしまった。

奈穂は嫁いだばかりの頃、正直なところ、この血のつながらぬ息子が、恐《こわ》かった。

だが、話してみると、誰よりも威圧的な恐るべき外見に似合わず、朴訥《ぼくとつ》としていて、素直なよい子とわかったので、今は親しく言葉をかわしていた。

元服したばかりの巨獣の如き子は、同じく大男の父に、

「毛利を叩くとして敵の大将はどんな奴なんじゃろうか？」

「うむ。……毛利元就《もとなり》という奴が出てくると思う。幸松丸の叔父で、死んだ興元の弟じゃ」

光和はあまりにも太い二の腕を叩きつつ、

「元就という奴の武芸は、どんなもんなんじゃ」

「武道の誉れはとんと聞かぬ。公家のように細い、なよやかな男とか」

「ご油断めされるな。武芸は劣っても兵法に長けた戦巧者かもしれませぬ」

伯父や父の戦いを見てきた奈穂はすかさず言うも、元繁は、笑いながら、

「戦巧者……ということはあるまいよ。元就という男は、戦に出たことがないんじゃや。つまりこれが初陣になる」

毛利元就……この時、弱冠二十一歳。奈穂の従弟、興久と同い年である。

「……そうですか。けれど元繁様、どんな相手でも用心に用心を重ねて下さい」

父、久幸は誰よりも慎重で堅実な戦い方をする人で伯父ほどの鮮やかさはないが、着実に勝ちを重ねる知将であった。

「奈穂、百戦錬磨の元繁の采配、武道を、甘く見てくれるな。毛利の兵はおよそ八百であろう。西に領土を広げた我が方は……」

西安芸の大内領をそぎ取り安芸武田は大きくなっている。

「――五千。負けるはずのない戦じゃ。この戦に勝てば安芸の諸国人は皆、当家にひれ伏し、我が家は、名実ともに安芸の大名となる。我らの念願は叶う。ここまで来られたのは尼子殿のおかげじゃ」

「親父殿。俺もつれて行ってくれ！」

「ならぬ。そなたは奈穂と留守を守れ」

「――何でじゃ！」

声の風圧を叩きつけてきた息子に近づき太い首をぐいっと掻き込んだ元繁は、

「何でもじゃ。毛利の小勢でなく大内の大軍とぶつかる時がそなたの初陣ぞ」

「……わかった」

「のう、光和、そなた時折、奈穂をうっとり見ておろう？」

「邪心を起こすでないぞ。もし奈穂に妙なことをしてみよ。わしはそなたを食い千切るぞ」

「……………」

「馬鹿親父め！」

　想像を絶する怪力が――万夫不当《ばんぷふとう》の猛者、武田元繁を二間ほど吹っ飛ばした。光和が元繁をはね飛ばしたのだ。顔を真っ赤にした巨大な息子は目を泳がせ、

「そんなこと……するわけなかろうっ」

　地鳴りのような音を立てて、光和は、冬の陽に照らされた濡れ縁の上を駆け去った。そんな光和が、法勝寺でよく遊んだ乱暴者の従兄弟《いとこ》、孫四郎や彦四郎と似ているのか。やけに澄んだ冬の陽がそこはかとない懐かしさを奈穂に搔き立てる。

「大丈夫ですか？」

　光和に飛ばされて仰向けに転がった元繁に奈穂が近づく。

「何たる馬鹿力じゃ……」

　元繁は、苦笑しながら頑健な体をもち上げて、ふと真顔になると、

「体は大きいが、ほんの子供じゃ。だから、まだ……つれてゆけぬ。――戦には」

　元繁は真剣な顔で奈穂を見て、

「……奈穂、わしに何かあったら、あの子をたのむ。立派な武士にそだててくれい」

奈穂は思わず涙ぐんで、

「どうしてそんなことをおっしゃるの？　負けぬ戦と言われたのは、貴方ですよ」

「毛利の小勢如きに負ける気はせぬが、もしものことを考えるのが武人《もののふ》ぞ。万一を考えて言うたまでよ」

佐東銀山城を発った安芸武田勢五千は総大将・武田元繁、副将・熊谷元直に率いられ、毛利領目指して北上する。

対する毛利勢は、幸松丸の叔父、毛利元就率いる八百五十人。この頃、毛利と同盟をむすんでいた吉川の三百も戦場に現れるが……経久が手をまわしており吉川勢はほぼ傍観していた。

永正十四年十月二十二日におこなわれたこの戦いを、「有田《ありた》中井手《なかいで》の戦い」と呼ぶ。

この戦の顚末は安芸、否《いな》、西国全土に、激震を走らせた――。

その早馬が佐東銀山城の奈穂、光和にもたらされたのは十月二十二日夜だった。

有田中井手から馬を走らせてきた埃《ほこり》まみれの武士は泣き崩れながら、

「御屋形様は……毛利元就の罠にはまり、討ち死にをばされましたっ！　また、熊谷殿も毛利勢に討たれ、味方は散々切り崩され、敗走しておりますっ！」

「馬鹿な、何かの間違いじゃ！　天下無双の親父殿が……俺の親父殿が、毛利の小勢如きに負けるはずがないっ！」

光和は何かを食い千切るように歯噛みしながら猪首《いくび》を大きく動かし、吠えている。

……殿が……信じられぬ。

五千の猛兵を率い意気天を衝く様子で出陣した武芸にすぐれる百戦錬磨の夫が、たった八百の兵を率いる、奈穂よりも若い、初陣の男に……むざむざ討たれるものだろうか？

「北の方様、若殿様……某は御屋形様の討ち死にをこの眼で見ております。此は、真にござるっ……。しかと、お守りできずお詫《わ》びのしようもありませぬ！」

「一体何があったのか？」

青褪《あおざ》めた奈穂の問いに答えた伝令の話はおおよそ次のようなものだった。

元繁は毛利方の小城を気にしつつ、毛利、吉川勢千百余りにも備えていた。毛利への備えとして——熊谷元直の五百が堅陣をしいていた。吉川は動かなかったが、毛利はこの熊谷陣に猛然といどみかかってきた。

激しい矢戦がおこなわれている。この時、武田元繁は毛利の城が気になり動けなかった。

元就は決して武勇にすぐれた男ではなかったが、身をすてて、熊谷が降らせる矢の雨の中に突っ込み、満身創痍《そうい》になりながら熊谷陣の柵に取り付き、勇気をしめした。

元就殿を死なすなぁ、と、毛利兵が夢中で柵に殺到。厳重な柵を押し倒す。

熊谷方の老練な武士は、一時の退却は恥に非ず、ここは退いて御屋形様と合流すべし、と強く説いたが……黒糸縅をまとった若き猛将、熊谷元直は、

『御屋形様にまかされし陣を棄てて敵に後ろを見せるわけにはゆかぬ！』

と、叫び——陣に侵入した毛利兵に突っ込み、血の旋風を吹かせて暴れ狂うも、毛利方の武士が放った矢が……運悪く頭を貫き、討ち死にした。

死ぬ時は一緒と誓いあった熊谷の死は安芸の巨人を悲嘆、赫怒《かくど》させた。

『おのれ……元就っ……。よくも熊谷を！　その首、この元繁が捩《ね》じ斬ってくれるわ！』

怒り狂った安芸の猛虎は自ら元就を嚙《か》み殺《ころ》してくれると息巻き、敵城を捨て置き、のこる全軍四千余りを鶴翼《かくよく》に構えさせ——元就の八百余りに突っ込んだ。

毛利勢は……逃げた。自慢の駿馬《しゅんめ》に鞭打ち元繁は夢中で元就を追っている。

『逃げるか！　元就っ！　汚し！　返せっ』

気が付けば、武田の足軽雑兵がおくれ、元繁の周りは騎馬武者だけになっている。

その奔馬の中で元繁の馬がもっとも速いので一人突出する形となったが、自らの武に大いなる自信のある元繁はつゆ恐れず——逃げおくれた毛利兵を叩き斬り、薙ぎ倒し、憎き仇、毛利元就を追いかけた。

元就らしき男の逃走する後ろ姿をみとめた元繁は興奮した。

『元就！　それでも、武士かっ！　この元繁と一騎打ちせよ！』

逃げつつも冷静に弓矢の上手どもを左右にあつめていた毛利元就は又打川《またうちがわ》なる川をわたると、川に馬を入れた元繁の方に振り向き、

『武田元繁……真、血気の猛将。されど、謀みじかし！　者ども射落とせや！』

弓矢の上手どもが――ざーっと元繁に、矢を、浴びせる。

元繁は大太刀ではたき落とすも一本の殺気が、頑強な胸板に潜り、赤い突風になりながら、体の向こう側に突き抜けた――。

これが致命傷となり安芸の巨人は水飛沫《みずしぶき》を上げて又打川に落ちている。

総大将をうしない武田の騎馬武者たちは深い恐慌に陥る。毛利方は容赦ない一太刀をこの武田勢に浴びせ――名のある武士を散々斬り伏せた。おくれてやってきた足軽雑兵は副将につづき大将、多くの侍たちも討たれたと知るや、恐慌を起す。この恐慌する武田兵を毛利方は痛撃。壊滅させた。

智の元就が、武の元繁に、勝った。安芸武田は深手を負うと同時に、それまで無名であった、毛利幸松丸の後見人、毛利元就の武名は西国一円に轟いている。

奈穂は伯父や父が戦場にいれば、元就の罠を正しく看破、元繁を決して死なせなかったと、思った。歳がはなれた夫を深く愛していた奈穂の胸で悲しみと悔しさが悶え

る。

……わたしは、尼子の者。常に謀をめぐらし……山陰道を切り取ってきた尼子の者。わたしが元繁様の足りぬところをおぎなわねばならなかった――。

元繁は自分より年かさの武将で、しかもこれは彼が得意とする戦のことであったので、奈穂は出陣前の夫に一抹の危うさを覚えつつも、口をつぐんでしまったのである……。

戦いの顚末を聞いた光和は涙ぐみ巨体をわななかせていた。

『体は大きいが、ほんの子供じゃ』『奈穂、わしに何かあったら、あの子をたのむ。立派な武士にそだててくれい』

夫の言葉があの日のやけに澄んだ日差しと共に思い出される。

奈穂は、嗚咽したくなるのをぐっとこらえ、涙がにじむ瞳で、光和を見詰め、

「光和。今日からそなたが、安芸武田をたばねねばならぬ。取り乱すでないぞ。郎党たちは――そなたの指図をまっているのです」

……わたしが、しっかりせねば……。伯父上や父上としかと連携し、この子の足りぬところをおぎない、この家を守ってゆかねば。そして、夫の仇――毛利元就を討たねば。

安全と聞いていた花畑に突然、恐ろしい蝮《まむし》が現れ家族を害されたような衝撃を、奈

穂は覚えている。その毒蛇が元就で、元就の後ろには遥かに危険な……大蛇が隠れている。

大内だ。

元繁の死により突如、危機に陥った武の家、安芸武田は……彗星《すいせい》の如く現れた若き知将・毛利元就と、その後ろ盾、日本最大最強の大名・大内義興による深刻な挟み撃ちに、対峙せねばならなくなった。安芸武田の命運は今、若き未亡人、奈穂と、巨大な少年、武田光和の双肩にゆだねられた。

安芸の凶事は——出雲、隠岐、西伯耆、東石見、西美作、北備中、北備後、山陰山陽七ヵ国の太守、すなわち山陰の覇王にのし上がった尼子伊予守経久の耳にもすぐとどく。

……武田殿、早すぎるぞっ——。

経久は大敵・大内と手をたずさえて切りむすぶ盟友と位置付けてきた男の死を深く嘆いた。自分が嫁がせた奈穂のこれからを思うと胸を裂かれるように苦しい。久幸、夏虫にも悪いことをしたという気持ちがある。

また、武田元繁を討った毛利元就、ほとんど武名を聞いたことがなかった男の名は、経久の胸に、重くのしかかっている……。

——厄介な若武者が、安芸に、おるようじゃな……。

経久が、安芸の弱小国人、毛利の、当主の叔父、毛利元就を強く意識したのは、これが初めてである。経久は有田中井手の戦いの経緯、毛利元就なる男について、鉢屋衆をつかって細やかにしらべさせた。

しらべるにつれ元就という若者が己の戦い方を深く研究、多くを学び取っている気がしてきた……。

罠を張りめぐらした所に誘い、一気に討つ。経久が最も得意とする戦法である。

銀髪の謀聖は二十里の彼方《かなた》にいる未知の青年を思い描いている。

……恐るべき敵になる気がする。早めに叩かねばならぬようだな……。

数万の兵を動かす大名にのし上がった謀聖だがわずか八百の兵に守られた元就を直接、叩ける所にいない。

まず、尼子の月山富田城と、毛利の領地は、直線にして八十キロ以上はなれている。

また、経久が安芸に兵をすすめるには、備後から西に雪崩れ込むか、石見から南進するしかないが、二つの壁が、小さな毛利を守るかのように、立ちふさがっていた。

一つが険しい中国山地。

二つには尼子に与せぬ毛利以外の国人が途次に割拠している。備後の大内党・三吉《みよし》、安芸の宍戸などだ。

……毛利を討てば大内の大軍にさらされる武田を直接助けられる。

姫婿で盟友——元繁の仇、元就を討つには、まず安芸の隣国、備後か石見を固めねばならぬ。石見といえばこの頃――大内義興が義稙《よしたね》と名を替えた足利義材に石見守護職就任を熱烈に嘆願。義材にみとめられ石見の大内方を勢いづけている。経久への牽《けん》制《せい》だ。

経久は、言う。

「石見の守護には――山名紀伊守殿がふさわしい。この人を措《お》いて、石見守護はおらぬ」

山名紀伊守――経久が匿っている前石見守護代である。

経久としては石見の尼子方を鼓舞するためにも、毛利を討つ足がかりにするためにも、彼の地にすすまねばならぬ――。

経久は石見の大内党・福屋《ふくや》討伐のため、政久に留守をまかせ、国久、興久らをつれて大軍で発向。尼子領・東石見から――大内領・中部石見に雪崩れ込んだ。

大内方は福屋を助けるべく、石見守護代・問田興之《おきゆき》（故問田弘胤の子）、石見最大の国人、益田、益田に次ぐ力をもつ吉見、さらに長門からも大兵力をおくり、尼子とぶつかり合う。

大内の従属勢力と戦ってきた経久、その正規軍と大衝突するのは初めてである。さすがに大内はこれまでの敵とは比べ物にならぬほど強大で陶に言い含められている益田らは決戦をさけ、福屋は貝の如く城に閉じこもったため、経久は得意の短期決戦にもち込めず、戦いは年をまたぐ。

経久はこの頃、遠く瀬戸内海に面した南備後でも古志、黒正らを動かし大内方を破っている。

水戦に秀でた老練の武士、古志と、鉢屋衆をつかった、山地での奇襲、攪乱にたけた黒正、この二人、なかなかよい取り合わせで、率いる兵こそ多くないが、尼子方国人と力を合わせ——彼の地の大内方を盛んに揺さぶっている。

ちなみに備後の黒正は星阿弥が待望の第一子、長女を産んだことを文で知らせてきた。

経久はねんごろな出産祝いをおくると共にすぐに忍び働きにもどろうとしているという星阿弥に、自分の体をいたわるようにつたえている。

備後の勝利は——石見の将士を勢いづける。こちらに寝返ってくる石見武士もおり、尼子の鋭鋒は、福屋の家古屋《かこや》城を落城寸前まで追い込んだ。

が、その時、伯耆の、久幸から、

「東伯耆の南条、小鴨……陶の支援で完全に息を吹き返し、法勝寺を窺っておりまする」

南条、小鴨のあたらしい当主らも侮れない。また領外《そと》を探る鉢屋治郎三郎は、

「美作の山岳地を潜り抜け、但馬山名の援軍も伯耆入りをはかっております」

作州《さくしゅう》の半分は尼子領だが、半ばは内戦地帯だ。そこを山名は潜行していた。

南条、小鴨、但馬山名が、石見に力をそそぐ、経久の背に一太刀浴びせんと目論んでいるというのだ。

「殿！　いま少しで城は落ちます！　久幸殿にまかせて、大内勢を打っ払いましょう」

牛尾三河守の力説には猛気が込められている。大内と山名は固くむすびついており、経久が西にすすめば、東が騒ぎ、東に切り込めば、西から刺される――。

わずらわしいことこの上ないが短慮はいけない。

と、このほど山内家の姫、たまを娶った興久が、

「のう、牛尾、大内がさらなる援軍をくり出して参ったら我らは石州に孤立するやもしれぬぞ」

「興久の意見に、賛成だ。者ども――すみやかに退き、出雲の守りを固めるぞ。我らの武威は十分しめしたろう。家古屋城は、次の石見攻めで必ず抜こう」

経久は息子の発言を嬉しく思いながら言う。

尼子が東に動くや――恐れをなした伯耆の敵は瞬く間に退散。城に閉じ籠もった。

尼子の本軍が退いた後の石見では尼子方国人と大内方国人の争いが止まず、石州忿劇《そうげき》と呼ばれる事態になっている。

石見の干戈《かんか》の音を後ろから聞きつつ経久は伯耆に首をまわす。東伯耆を、睨む。

――南条、小鴨。

この二家を討たねば尼子は大内領にすすめぬ。経久は久幸と、伯耆統一計画を練った。

その時、聞き捨てならない知らせが、領内《うち》を探る鉢屋兵衛三郎から、とどけられた。

――ある男が経久に反旗を翻さんとしているという。

その男は……今は亡き経久の軍師・山中勘兵衛の従弟であり、経久嫡男、政久がかつて深く愛した女性、雪姫の父であり、出雲一の弓の名人として知られていた。

阿用城主・桜井宗的である。

桜井宗的はここ数年――尼子の急成長、それに比例する形で起きている京極家の忘却、つまり京極家が出雲武士や近国の人々にくわえ肝心の室町幕府の中においてすら……忘れられはじめていることに悲憤していた。

……何故、京極家の方が出雲を治める、この正しい状態に回帰させようという心ある武士が、わししかおらぬのか？

かつて宗的は山中勘兵衛にもし京極家の当主が経久よりすぐれた人物なら、政権、兵権を返す、こういう口約束をさせ、尼子の旗の下に帰順している。

しかしその約束が守られる気配は一向にない。

京極の当主、吉童子はこの頃、二十四歳前後だったと思われる。

恐らく元服をしていたと見られるが、その名がつたわらぬため、我らは吉童子と呼ぶほかない。宗的は出雲武士の王たるべき吉童子との対面を懇望していたが……尼子兵に幽閉された吉童子と会うことは叶わなかった。それでは優れているかどうかもわからない。

……経久めは公方様、いもじ御所様にすすめられたとかで……近頃、不遜にも、出雲国司を名乗りはじめておる！　朝廷から何ら拝命した形跡もないのに国司を僭称《せんしょう》する経久の動き、目論見――甚だ不審也。此は出雲守護・京極家に代わって尼子がずっと出雲を治めてゆこうという野心の顕《あらわ》れに相違ない。もしや……尼子は……御屋形様を――。

経久が、御屋形様こと京極吉童子を暗殺しようとしているのではないか、という妄想が経久が国司を名乗り始めた頃から、宗的の中でふくらみはじめていた。

ちなみに吉童子はこの後、数年間生きた後、亡くなったと思われるが、経久に暗殺されたのではなく、病で亡くなったと考えられる。

何故なら、吉童子の母、治部少輔殿御寮人（六角家の姫）は……吉童子と共に、出雲におり、経久から生活の庇護を受けつづけている。吉童子が夭折した後も、出雲にのこった可能性すらある。

出雲でそだった息子と違い、彼女にはいざという時の母国・近江がある。出雲がそんな危うい企みにみちた国ならどうして平気で暮らしつづけることが出来ただろう……？

二つには、六角との関りである。陰徳太平記によれば経久は六角と密約をかわし京から退去したという。その後も六角とは友誼《ゆうぎ》をむすんだと思われるが、斯様な関りがあったなら、六角家所縁の若君にそうやすやすと手を出さなかったと思われる。

もし吉童子が邪魔になったなら近江の六角領に追放したと思われる。

三つ目として――もし経久が吉童子を暗殺したなら、きっと血腥い噂が漂ったはずである。経久の足を引っ張ろうとしている近国の大名はその噂を嬉々として拡散、我らの耳にもとどいたろう。

現に、主君や、主君につながる者を手にかけたといわれる美濃《みの》の蝮、斎藤道三《さいとうどうさん》や、松永弾正久秀《まつながだんじょうひさひで》の周りには、不穏な噂が色濃く漂っている。

だが経久が吉童子に何かしたという噂は全く――無い。

これらのことは、経久が政権、兵権から吉童子を遠ざけつつも、命までは取ろうとせず、面倒を見つづけたことをしめしている。

経久は暴政を悪と見なす。

暴政を止めるためなら——簒奪《さんだつ》も止《や》むを得《え》ないと考える。

簒奪しての暴政……なら最悪だが、武力を背景にした暴政がおこなわれているなら、武で簒奪して暴政を終わらせるのは仕方ないという考えだ。

しかし吉童子は……経久によってそもそも政から遠ざけられているので、暴政をおこなう余地がない。

だから経久には吉童子を放か伐する動機がない。よって、この幼子から少年、少年から青年にそだった主君の子を、閉じ込めつつも、義理固くやしないつづけていた。

人心が荒《すさ》み切った戦国の世にあって、真にめずらかで、爽やかな武者ぶりであった……。

だが——桜井宗的はそもそも暴政が悪とは思っていない。

宗的が極悪と考えるのは簒奪である。

それを平気で成した経久だから——どんな悪事でも平気で成すと、宗的は思っている。

……経久は御屋形様のお命をちぢめる気じゃ。

この妄想は、経久からしてみたら全く根も葉もない嫌疑であったが、宗的の中では切迫した問題だった。

……あ奴は、出雲を治められる生まれでない。そのどうにも埋まらぬ溝を国司の僭称、血塗られし謀で、飛び越えようとしておる。そうに違いない。わしが一刻も早く立ち上がらねば、御屋形様をお救い出来ぬ。あの奸物《かんぶつ》めを一日も早く討たねば——京極家が危ない。

こんな危機感をつのらせていた時、まず、南条、小鴨の新当主から、密書がとどき、

「桜井殿。貴公が立ち上がって下されば、尼子を挟み撃ち出来る。貴公とて尼子につもりつもった宿意があろう？　さ、共に、戦おうぞ」

また、都の陶興房からも——、

「桜井殿。貴殿は今、出雲における武士の中で、君臣の道理をわきまえた数少ない御仁と心得る。一刻も早く義兵を挙げ、月山富田城の奸物を討ち果たし京極氏の出雲にもどしてほしい。貴殿が挙兵すれば我が大内家は全力で助太刀いたす。此は、出雲一国の戦にあらず」

という文をもらい、

……やはり陶殿は立派な武士じゃ。ようわかっておられる。何が出雲にとって正し

いのか、この乱れし世の最大の病根は奈辺にあるのかということを、しかと心得ておられる。

この陶の文が最後の一押しとなり桜井宗的は尼子経久への蜂起を決意した。

むろん、宗的の中に反乱という意識はない。反乱軍の親玉、経久に一矢報いるという心持ちだ。

永正十五年（一五一八）、七月下旬――。阿用城主・桜井宗的は一族郎党をあつめている。

陰暦七月下旬ゆえ当代の暦では九月初め。酷暑がすぎ、涼しさの足音が山野に近づいてきた頃である。阿用城中の樹にツクツクボウシが止まっているらしくその蟬《せみ》の声が、法体の城主と硬い面差しの郎党どもが向き合う暗い板敷きにしみ込んでくる。

「我ら当城を領し子孫安楽に住するは――佐々木京極不世の大恩也。尼子はたまたま京極家の代官として下向、以後は当家に無礼のみ多かった……」

政久と雪の一件、雪を側室にと言ってきた不遜なる尼子の申し出が、胸を抉る。家来も悔し気な顔で頭を垂れる。桜井の郎党は皆、宗的を弓の師として仰いでいた。

雲陽軍実記《うんようぐんじつき》によれば宗的は、こう話したとつたわる。

「一戦の利に付て多年の恩顧を忘れ、逆臣経久に膝行《しっこう》せんや。運を天に任せ当城に楯《たて》籠り、義を塩冶殿の廟《びょう》陵に尽くさん（一時の経久の勢いに媚びうって長年の京極様の恩をわすれ、逆臣経久ににじり寄ることがどうして出来ようか？　運を天にまかせ、この城に立て籠もり、義を塩冶掃部介殿の墓地にささげよう）」

この夜、絶世の美女、桜井雪姫は宗的をたずねて、色白、面長の顔を陰らせて、

「父上……尼子殿と戦われると聞きました。勝ち目はございません。ご再考下さいませ」

「勝ち目がない？　どうしてそんなことがあろうか？　まだ、一矢も放っておらぬのに、面妖なことを言う娘がここにいたものよ。伯耆に味方があり、大内殿の援軍も期待出来る。心ある出雲の者は我が旗の下に参じよう。そなた――まさか、まだあの男に未練があるのではあるまいな？」

つぶらな黒瞳を潤ませ、

「……いいえ……。わたしはただ、同じ出雲の武士同士が戦うのが苦しいだけ」

「武士……？　この出雲の何処に、武士がおる？　真の出雲武士は今は亡き塩冶掃部介殿と、この桜井の兵《つわもの》くらいのもの……。武士ならば――大恩ある京極公のためにはたらくはず。尼子の下におるのは、人面獣心の者ども、武士とはみとめがたし。山に住む豺狼《さいろう》の如きものじゃ。そなたは人里を襲う山犬をわしが射ても咎《とが》めまい？」

「はい、山犬ならば咎めませぬ」

「わしはこの出雲にのさばる山犬を狩るのであり、武士と戦うのではない。雪、この

宗的、近年またとないくらい……晴れやかな気持ちなのじゃ。戦意十分、尼子に当たろうとしておる我が兵の士気が鈍るようなことを言うてくれるな」

自室にもどった雪は、

「父上は……尼子殿と戦うことしか、お目に入らなくなった。それが飛んで火に入る夏の虫ということもおわかりにならない」

深く嘆くも雪の声に耳をかたむける人は阿用城におらず、いかんともしがたかった。

桜井宗的は、月山富田城への出仕を止め、伯耆攻めの人数も出さず、桜井領を通過した尼子の侍を襲い、城に立て籠もった。

宗的の反乱を聞いた経久は伯耆におくり込もうとしていた諸将を率い、自ら阿用に討ち入ろうとしたが、美々しき若大将、政久が、一歩も退かぬという険しき顔で、

「――父上、阿用攻めは是非、某におまかせ下され」

経久の切れ長一重の目、政久の切れ長二重の目が、睨み合う。――父子二人は鋭い眼差しで互いの心底をのぞき合う。跡取り息子は、尖った息を吐き、

「これぱかりは……余人でなくこの政久に――」

……雪姫を何処かに逃がそうというのか？　それとも、思いをかけた雪を他の者の手にかけたくないと、そなたは申すか？

「あいわかった」
かくして総大将・尼子政久に二人の弟、吉田国久と塩冶興久、牛尾遠江守、若林伯耆守らを添えた尼子の精鋭七千が、宗的が数百の兵と立て籠もる阿用城に放たれた――。

雲陽軍実記によると――、

七月下旬より阿用の城を攻玉へども、険城に猛将鉄兵籠り居て兵糧多く貯入ければ、中々力攻には成難く……（七月下旬から阿用城を攻められたが、堅城に猛将と精鋭が籠り兵糧も多かったのでなかなか力攻めには出来ず……）

政久は阿用城を包囲して攻めている。この際、政久は孫子の格言にも、父の教えにもあるように、わざと一ヵ所、防備の手薄な所をもうけ、敵がそこを突き破って何処か遠くに去るならば行かせようとしたのだが、城兵の士気は高く、城を堅守するばかりであった。

宗的は出雲国人の誰かの呼応、大内の援軍を当てにしたと思われたが……他の出雲国人で桜井の乱にくわわった者は誰もいない。前年、経久に歯向かった三沢為国も阿用攻めに弟、三沢為幸を出していた。また大内は尼子の分厚い領国をまたいで助太刀を振るうこと能《あた》わず――城方が期待した大内の援軍もない。

それでも宗的の守りは巧みで城兵の士気は驚くほど高い。弓道に徒ならぬこだわりのある宗的、矢の蓄えはかなりあるため、尼子方の攻撃には、必ず猛烈な矢の雨を浴びせてくる。さらに、阿用城中、および城外には夥しい矢竹の藪がもうけられ、鉄の備蓄も多いため、いざ射尽くしたとしても、敵は城中の矢矧《やはぎ》(矢の工場)であたらしい矢をつくれるし、宗的は盾や足軽に見せかけた案山子《かかし》などに刺さった寄せ手の矢も無駄なく再利用するよう命じていた。

老獪《ろうかい》なる宗的の抗戦に知勇兼備の政久も攻めあぐねた……。

政久は尼子と多くの因縁をかかえる不屈の老将が籠もる山城を悲し気な面差しで眺め、

……桜井殿……京極でなく尼子にその忠節をささげてくれたなら、どれほど心強い味方となったことか……。もし貴殿が斯様な御仁であったら、わたしは――。

今年、五歳になる嫡男を可愛がり、ただ一人の妻を大切にしている政久、だがもし宗的がそのような武将であったなら……自分の傍にいるのは別の女人《ひと》であったかもしれぬと思ってしまうのだった。

政久が力攻めをはばかったのはもちろん宗的の力戦ばかりが理由ではない。

――雪姫――。

力攻めの乱戦で……味方が雪を殺してしまうことを、恐れているのだ。

八月になると政久は、付城をつくるように命じている。

城攻めのための城をつくるということで長期戦の構えを見せたのである。

じわじわと、城兵を削ってゆけば、いずれ士気も下がり鉢屋衆をつかった調略（寝返り工作）の道も開けよう。

政久は付城に井楼《せいろう》をつくらせた。二重につくったという。

さて——阿用城（別名、磨石山城《とぎしやま》）は……標高三百九メートルの山を城郭化したもので、城の北東から南西にかけては全て奥深い山がつらなっている。北西を見渡すとそこには低地があり、今日《こんにち》、この低地には水田、人家が見られる。

恐らく戦国の当時は——阿用城西北の低地に、一年中水が抜けない、手強き泥田が展開、沼堀の役目をつとめ、桜井の郎党の家、百姓家が肩を寄せ合っていたと思われる。

政久が作事のため民屋数十軒を壊したとつたわる二重の櫓《やぐら》は、一列目がこの低湿地につくられ、二列目が、低地のさらに西北、磨石山と向き合う形の小山にもうけられたのではあるまいか。つまり政久の付城は——阿用城西北の低湿地から、そのさらに奥の小山までを領域とする遠大な要塞だった……。

そして、一列目の櫓、つまり湿地の井楼は、尼子陣の最前線にそびえ、城内から突出した敵、山城の低みにいる敵に矢を射かけられ、二列目の櫓、すなわち小山の櫓は城から遠く矢を放てぬものの、一列目よりずっと高い所にあるから山城のかなり高みにいる武士の動きまでも隈《くま》なく観察出来た、こう考えられるのだ。

付城が出来ると政久は城から遠い山の上の櫓から城内を窺った。

……なるほど、城内の様子はようわかるが、いかにも人が小さく見える。

と、政久は、城に近い、最前線の、ある一つの櫓に立てば、城中の御殿らしき建物と同じ高さに、しかも正面に立てると、気付いた。

女人たちが暮す山城の御殿は、山裾にもうけられることが多く、阿用城もそうだったのだ。

……あの中に……雪がおるのか――。

過去に埋もれていた最愛の恋人の美しい笑顔が政久の胸中で広がる。胸が、焦げる。

当然、その櫓からは、城中の者がもっと大きく見える……。そこに立てば御殿から出てきた雪姫をはっきりみとめられるのではあるまいか？

……見たい……。そなたを……。

政久は城に近い井楼から敵を窺いたいと話すも部将たちから危ないと止められた。

だが、磁石のように心を引いてくる、さる月の美しい夜、政久は、

「櫓からは、城の低きにおる敵に下矢《さげや》を射られる。だが、城兵は、射にくい。さらに敵は夜であれば狙いをつけられぬ」

と、案ずる家来たちに笑って言い聞かせ、湿地に立つ櫓に登っている。梯子の所には敵から狙われるのをふせぐため所々、四つ目結の陣幕と筵がかけられていた。両軍ともに静かで、涼し気な虫の声が聞こえるばかり。心を何処かに流してしまいそうな虫の唄が波となって山野をみたしている。そんな闇の中、政久は梯子を登る。

最上段に立つ。雪がいると目した御殿の周りには篝火が焚かれ、槍をもった兵たちが守っているようだった。政久を誘った秋月が黒雲に隠され——辺りは、暗くなる。

政久は笛を口に当てた。

笛を吹けば雪が出てきてくれる気がした。

吹く。

政久の笛が秋の夜長に漂わせた曲は——想夫恋《そうふれん》。

恋人を慕う曲だ。平家物語によれば、琴の名手であった小督《こごう》は、清盛《きよもり》によって引き裂かれた恋しき人、高倉《たかくら》天皇を慕って、この曲を中秋の名月の夜、嵯峨野《さがの》で奏でたという。

哀切をおびた曲が夜の城とそれを睨む陣にひびく。政久の高く透き通った笛の音はあまりに見事で……敵も味方も悲しみにひたらせ、阿用城でも尼子の付城でも、目頭に指を添える武士が次々現れた。秋風に寂し気に揺れるススキの穂のような優美な音色であった。

しばし笛を吹いた政久は御殿を見詰めている。

……顔を……見せてくれぬのだな？

月光に照らされた政久がうなだれると傍らの近習は、囁き声で、

「そろそろおもどりになりますように」

――その時だった。

御殿の方から――高く厳かな音が、断続的に、掻き立てられた。硬く弾くような音が。

……琴っ！　……そなたなのだな？

かつて政久の恋人だった桜井雪姫は琴の名手であった。政久が笛を吹き、雪が琴を奏で、言葉でなく音曲で語らった若き日々の記憶が、どっと胸に押し寄せる。

雪も阿用城の御殿の中で想夫恋を奏でていた。万感の思いを込めた音色である。

政久はすぐに、笛を口にくわえ、想夫恋を吹く。

――そなたを思わぬ日はなかった。……雪。

こういう思いを込めて吹けば、

……わたくしも同じ気持ちにございます。

そんな思いを込めて弾いたとしか思えぬ音色が……返ってくる。

敵同士になってしまった二人は音楽で語らう。

――そなたを助けたい。

政久が切実な思いを込めて吹いたとたん琴の音は止まっている。政久の笛も、止む。コオロギの唄、鈴虫の囁きが耳に入ってくる。その夜の合奏はここまでであった。

そのような合奏が幾夜かあったが、雪は姿を現さずただ琴の音だけで政久に応えていた。

ある時、政久は仮面をつけて戦場で大暴れした唐土《もろこし》の王を謳《うた》った曲を吹き、

――我が父の武威は激しい。あくまでも戦いつづけるなら、滅びしかない。潔く城門を開き降伏するように。さすれば――命は取るまい。

という思いを込めて最後は想夫恋でしめくくった。これに対して雪は、討ち死にした武将にまつわる曲を琴で痛ましく奏で、やはり想夫恋でしめくくった。

……父は討ち死に覚悟で戦っており降伏などとてもすすめられませぬ。

そんな思いを政久は汲《く》み取《と》っている。

さて、このような政久と雪のやり取りを……宗的は苦々しく思っていた。

……あの見事な笛の音、名人たる政久に違いない。だから雪はあの笛が聞こえる度

にそわそわと琴を弾く。……政久め、まだ、娘をたぶらかすのか！

顎の大きな顔から、憤懣の煮汁がしたたりそうになる宗的だが、すぐに、

——此は……天の配剤やもしれぬな。

暗い秘計が胸のもっとも奥、尼子への憎しみがつもりつもった辺りで頭をもたげた。

阿用城には抜け道がある。桜井宗的はさる霧深き朝、その抜け道をつかって城外に出、敵の目を盗んで少し駆け、矢竹の藪に隠れた。敵は鉢屋衆をつかうので細心の注意が必要だった。たゆたう霧越しに井楼がみとめられる。

そびえ立つその櫓の最上階には盾が並んでいて、今、尼子の弓足軽が数人立っている。

城と櫓の間にある竹藪に蹲った宗的、もっとも中央にいる弓足軽に弓を構え、狙いをつける。宗的はその瞬間の両腕の位置をしかと覚え、肘の高さの目印として、二本の矢竹に小刀で傷をつける。地面から数えて何節目かも覚えた。

で、霧にまぎれて動き——抜け道をつかって城中にもどった。

九月六日、夜。

また、笛の音が……件の井楼から聞こえた。桜井宗的の馬面が凄絶な笑みで歪む。

雲陽軍実記によると宗的はこの夜、三人張りの強弓を引っさげ、十四束三ツ伏《ぶせ》（拳十

四個分に指三本分の幅をくわえた長さ）の大矢を十六本支度、城を忍び出たという。ふつうの矢が十二束だから出雲一の弓の名手、桜井宗的の矢は、かなり、長い。

折しも漂い出た夜霧にまぎれて潜行。矢竹の藪に潜り込み、狙いをさだめた。

大雁股《かりまた》の矢が――櫓の最上階を狙う。瞬間、阿用城から愛娘が弾く琴の音が聞こえてきた。政久も、雪も、想夫恋を演奏している。

政久はかつてないほど激しく笛を吹き雪は静かに悟り切ったように琴で応じていた。

まるで、政久は、雪に、そなただけでも城を出られぬかと誘い、雪は……わたしは父を見捨てるわけにはゆきませぬ、どうか囲みを解き父の言い分も聞いて下さいと答えているようだった。

宗的は面貌を辛そうに歪める。気を、丹田に、ためる。

目印にしたがい射ようとした時――笛の音が足軽の頭があった所よりわずかに上から聞こえる気がした。

……そうか、政久は、かなり背が高い。

耳を信じるか、目印を信じるか。耳を信じる。

――射た。

笛の音がぶった斬られるように止まり何かが板敷きに崩れ落ちる音がして、櫓の方で悲鳴、どよめきが、起きている。

――仕留めたか？

雪は――突然、想夫恋が断ち切られたので驚いた。これまで雪は政久の誘うような笛の音を聞いても姿を見せなかった。政久の前に姿を見せれば……父を裏切ることになるような気がしたし、何か大切なものが崩れてしまうようにも思えたのだ。

だが、俄かに笛が聞こえなくなったことで雪はたちまち不安になる。

――政久様に何かあったのかしら？

血の気をなくした雪は逆らい難い力に押されて表に出た。尼子の櫓の方からは、不穏などよめきが聞こえた。

――ざわざわと胸騒ぎがする。

静寧な月明かりに照らされた濡れ縁と、琴が置かれた畳の間を行きつもどりつしていると、屈強な父が弓をたずさえ、のしのしと大股でやってきた。

肩幅が広い父の体は血腥い凄気をまとっている気がする。その暗い凄気にふれたとたん、雪は不安に胸を食い破られるような気がしている。

ギョロリとした双眸を爛々と光らせた桜井宗的は、何やらぞっとする笑みを浮かべ、

「雪……でかしたぞ。よう政久めを誘い出してくれたな？　さすが、我が娘よ」

「……誘い出す？」

「左様。そなたが彼奴を櫓の上に誘引してくれたおかげで、わしは彼奴を仕留めることが出来た」

父からもっとも聞きたくない言葉が、出てきた。雪の胆《きも》は凍りそうになった。唇がぴくぴくふるえる。鶴が縫われた打掛をまとった雪は長い垂髪を振って、必死に、

「仕留めた……。嘘……嘘で、ございましょう？　嘘と言って父上！」

「何で嘘をつこう？」

「――鬼っ！　父上は……鬼ですっ」

雪の打掛で鶴が悲鳴と共に乱れ飛ぶ。面を真っ赤に歪めた雪は逞しい父に、掴みかかっている。鎧を着た宗的は将軍木《しょうぐんぼく》の扇で雪の額を打ち据えて、

「まだ、目を覚まさぬか！　うつけ！」

雪が父に打たれるのは初めてであった。泣きじゃくりながら濡れ縁に崩れた雪を、守ろうとするように侍女が駆け寄り、

「殿！　お止め下さいませっ！　どうか、御堪忍を」

宗的は、恐ろしい形相で、

「わしはそなたを弄んだ挙句、そなたをすて、今は我が一門を滅ぼさんと当城に襲い

かかって参った敵の大将を――討ち取ったのじゃぞ！　このことを喜べず、嘆き悲しみ、実の父を罵るとは……。うぬは真に武家の娘かっ！」

　嗚咽していた雪姫は真っ赤に血走った目で宗的をきっと睨み、

「――恋しき人を殺されて何で喜べましょうや！　それを喜べなどと申す貴方こそ武士ではありませぬ。わたしの琴と、政久様の笛、二つの音のかけ合い……これを聞いて何一つ心動かされなかったのなら、やはり貴方は武士ではない！　貴方は常日頃、我らに武士とは何かをつらつら言い聞かされますが……その父上が武士の道をもっとも大きくはずれておられるのですっ！」

　鋭く叫んだ雪は自室に駆け入り、侍女が一揖して内側から障子をしめた。

　濡れ縁にしめ出された宗的は、

「愚かな……。馬鹿な娘よ」

　悲し気に呟いたのだった。

　宗的の雁股の矢は――政久の喉を貫き、うつぶせに倒れた政久は櫓の上でたちまちこと切れている。享年、三十一。あまりにも早すぎる死であった……。

　政久の訃報がとどいた時、富田の町には冷たい雨が、降っていた。

阿用城で何があったか聞いた時、経久は書見していた。書物を全く読まぬ国久、兵書と軍記物しか読まぬ興久に、どう話せば、これを読んでくれるだろうなどと考えつつ昔読んだ本をめくっていたら……もっとも期待をかけていた嫡男の死を聞かされたのである。

衝撃の矢で胸を射貫《いぬ》かれた謀聖は思わず書物を投げすてている。瞑目して、天井をあおぐ。初めは小刻みに、やがて大きくふるえながら、叫んだ。

「おのれ宗的！　……よくも、我が子をっ――。……許せぬ」

近臣がかつてふれたこともないほどの激怒が、経久から、放たれた。

六十一歳、銀髪の尼子経久は厳しい顔で、

「馬を引け！　阿用に参るぞっ」

経久は氷雨の中、黒駒を疾駆させ、阿用にいそぐ――。騎馬、徒歩《かち》の家来が、慌てて追いかけた。冷たい雨に打たれながら、何かががらがらと崩れてゆく気がする。

……ああ、政久っ……。何故この年寄りよりも早く死んでしまったのだ。

家来の前では涙を見せなかった経久、雨に打たれたその顔で次々冷たい筋が流れる。

阿用につくと雨は上がっていた。国久、興久は兄が討たれたと聞くや大いに怒って我を忘れ先頭に立って阿用城に猛攻をかけようとするも老臣や亀井利綱に必死に止められ、殿のご指示をまつようにと言われていた。

冷厳なる顔をした経久から——かつて出たことのない命令が、出された。

「蟻《あり》の子一匹逃げられぬように取りかこめ」

「御意！」

国久、興久が、咆哮する。

これまで経久は城を攻める時、必ず手薄な所をもうけている。

尼子勢七千は厳重な包囲網をしく。近づいただけで息絶えてしまいそうなほど、凄まじい怒気をまとった経久は恐ろしい形相で、

「——阿用城の者ども、一人として生かすな！　皆々斬りすてよ」

これも経久から初めて出る過酷な命令であった。重臣たちは、跡取り息子をうしなった経久を誰も止められなかった、止める言葉を言い出せなかった。

経久の号令一下、太鼓が轟き、国久、興久に率いられた尼子勢は怒りの荒波となって阿用城に押し寄せる。だが守る宗的は、武芸に秀でるだけでなく、知略にも秀でた武将であった。手兵にも強弓の精兵が多い。

阿用城は粘り強く抗い——尼子の猛撃を押し返す。

経久は退き鐘を打たせ泥だらけになった国久、興久がもどってくると、

「国久、興久——政久を討たれてその程度か！　興久、そなたは今宵、夥しい松明を

かかげて大手に猛攻をかけよ。敵が大手に総力を動かした頃合いで秘かに搦手にまわったわしと国久で城を落とす。城の取り方、見せてくれよう。搦手はこの経久が――先頭に立つ！」

「父上っ！　それればかりはお止め下されっ」

国久が面貌を歪めて叫び、重臣たちも懸命に止めるも、経久は、聞き入れなかった。

夜。

興久が経久の下知通り、凄まじい数の松明を灯し――大手に猛攻撃をかけた。

「尼子め、今宵一気に落とす気じゃ！　ほぼ全ての兵を大手にあつめよ！」

宗的が下知、桜井兵は大手に集中して尼子方に矢や石を浴びせている。

この時、経久は、

「――頃合いやよし。搦手を衝くぞ！」

陰徳太平記によると、

(経久は)瞋《いか》れる眼に紅の涙を流し、真先に進まれければ……。

経久は急峻な切岸に足軽がかけた梯子を真っ先に登る。すぐ後を、大身槍を引っさげた国久、若林伯耆守らが登る。かなり高い崖にいどむ。

さすがに宗的は、経久の動きに気付くや——一切慌てず山城の下部をすてて、上部に引き籠もり、大手、搦手双方に弓矢を構えさせ、十分引きつけて射かけてきた。

猛然たる矢の雨に尼子兵は次々射落とされるも先頭を登る経久は急斜面にしがみつき、斜め上方から飛んでくる矢を鎧の袖を盾にして巧みに受け、

「者ども——ひるむなっ！　ここを切り抜ければ城は落ちるぞっ」

「父上を死なすな！」

国久が涙を流して叫び、尼子の武士たち、足軽雑兵は、

「殿を死なすな！」「殿を死なすな！」「殿を死なすな！」「殿を死なすなぁ」

腹の底から叫びながら矢の雨を降らせる阿用城の切岸にいどんでいる。

大手の興久、搦手の経久、国久は、ほぼ同時に山上に達した。切岸上にきずかれた土塁の上に乗り込んだ経久は若武者に負けぬ太刀捌《たちさば》きで大太刀を振るい——槍薙刀で襲いかかってくる城兵を次々斬り伏せる。国久、若林が、奮闘する経久に横槍を入れようとする敵どもを大身槍で薙ぎ倒した。宗的は得意の弓矢で登ってくる尼子の武士を次々射殺すも、尼子方が山上の郭《くるわ》に雪崩れ込むにおよび、得物を十文字槍にもちかえ、経久をもとめて尼子兵に突っ込み、悪鬼となってはたらくも、塩冶家家臣、亀井利綱が顔に当てた矢にひるんだところを、幾人もの足軽に襲われ——複数の槍に突か

れ、血反吐を吐いて斃《たお》れた。

雪は城内に尼子勢が雪崩れ込むや御殿に火をかけさせた。

そして、懐剣を喉に当て、

「政久様……これでお傍に参れます」

喉を突き、火に舐められた板敷きに突っ伏した雪の美しい死に顔は……微笑みを浮かべている。

かくして阿用の桜井家は滅ぼされた。


阿用城が落ちた二日後、経久の命ですでに南条、小鴨と戦っていた久幸が伯耆から出雲に長駆して、阿用を陣払いしている兄をたずねた。国久に訊くと失意の兄は阿用城の高台にいるという。久幸は主要な建物が全て焼け落ちた阿用城に登る。

五十八歳となった尼子久幸、悲しみをたたえたその足取りは、重い。

焼け野原となった削平地に出ると崖際に経久が佇み解体されてゆく井楼を見詰めていた。

政久が討たれた櫓だった。こちらに背を向けた兄に近づいた弟は、

「兄上……」

すぐ後ろに立つと沈痛な面差しで、

「政久のこと……返す返すも無念でなりませぬ。悔しゅうござる。何と、申し上げたらよいのか……」

「…………」

これからの尼子を背負ってゆくと思われた政久の、有望な跡取りの突然の死は叔父である久幸の胸にも大きな穴を開けていた。久幸は、辛そうに、

「ただ、兄上……。政久の悲劇、これ筆舌に尽くし難き哀事なれど……戦の仕方は、今まで通りの兄上であってほしかった、久幸はそう思います」

「――この城の足軽雑兵を一人のこらず斬り捨てたことを申しておるのか？」

「……はい」

経久は、厳しい声で、

「そなたも息子を敵に討たれればわかる」

「兄上……」

久幸は死んだ城に立つ経久の横にまわり込んでいる。刹那――久幸は、強い衝撃を受け、口を閉ざした。兄は唇をへの字にむすび、眉間に険を走らせ、その頬や目元は涙で濡《ぬ》れていた。ここまで弱々しい経久を見るのは初めてだった。

「もう……何も言うてくれるな」

小さい声で言った経久は、

「ついこの間まで元気にしておったのに、この老父の手のとどかぬ所にいってしまった」

寂しい秋風が二人に吹き付けている。すっとしゃがみ、焼けた土を手に取り、はらはらと風に流した経久は、

「のう、久幸……富田までもどったら相談がある」

月山富田城にもどった経久は山中御殿の一室に久幸を呼んだ。

庭の柿に、つがいだろうか、兄弟だろうか、一組のエナガが止まっていて、梢《こずえ》から梢に、とことこうつっていた。赤い汁気がたっぷり詰まった熟柿《うみがき》がたわわに実っていて小鳥はこれをついばみにきている。庭には栗もある。その木の枝も、秋の恵みで、にぎやかだった。黄緑のイガ。褐色に色づき、内側の実が顔をのぞかせたイガ。

庭園には一叢《むら》のススキもあり、今、ススキの穂は悲し気に頭を垂れていた。

「尼子の跡目のことよ……」

経久は静かに言うと障子を己の手でしめた。たった一本の矢で多くの望みを託した跡取りをうしなった経久は久幸に向き合う形で座すと、思い詰めた顔様で、

「わしに何かあった時のために尼子の跡取りを決めておかねばならぬ。三郎四郎は……」

阿用で討ち死にした政久の忘れ形見、つまり、経久の孫だ。

「五歳。あまりに幼く、到底、尼子を、背負えぬ」

「…………」

「国久は猛勇は和漢に恥じずといえども、思慮深さというものに全くかける。謀がみじかい。やはり尼子をまかせられぬ。興久は……家来に辛く当たりすぎる。わしが直せと申しても直さん。どれだけ自分が間違っていても、自分がこうと決めた道を突きすすんでしまう。やはり当主にふさわしくないし、興久を当主にすれば、国久が黙っていまい？　詮ずるところ、尼子家を託せる者はただ一人しかおらぬのよ」

経久は、弟の目を見て真剣に、言った。

「——そなただ。久幸。わしは、そなたに尼子家を継いでもらいたい……。そなたならば、わしがやりのこしたことを全て託せるのだ。——たのむ」

経久は頭を下げている。自分の子孫でなく、弟に跡目をゆずる、この兄弟だからこそ出てきた言葉だった。

久幸は、強く言った。

「——なりませぬ。某が継ぐべきではありません。兄上には、立派な後継ぎがおるではありませんか？　三郎四郎です。三郎四郎をさしおいて何で久幸が跡取りになれましょう？

三郎四郎はおさないと言っても惣領《そうりよう》政久の嫡子です。これを太守として文がもとめられる時はわたしが心身を砕き、武がもとめられる危機は国久にこれを退けさせ、内と外を後見いたします」

久幸はつづけた。

「もしもの時と仰せになりましたが……兄上は天性堅剛。すぐ、御病気になられるようにも思えません。兄上がお元気のうちに、三郎四郎も元服し、兄上と政久の……志を継ぐ器量も自《おの》ずと顕れるに相違ありませぬ」

久幸は懇々と兄に言い聞かせ、遂に経久は内孫である三郎四郎を跡取りとすると決めた。

また、久幸はつけくわえている。

「国久を吉田から尼子にもどすべきです」

決して起きてはならぬ悲劇の連続——五歳の三郎四郎が病で急死するなど——が、起きた時の布石である。その時は……心配ではあるけれど、国久を跡取りにして久幸が後見するほかない、と久幸は考えていた。

——わたしは兄上を助けてきただけだ……。兄上の子か孫が、尼子を継がねばならぬ。わたしはその跡取りをささえるのみ。

「……わかった。そなたの申す通りにしよう」

もしものことがあったら、政久の遺児、三郎四郎を跡取りにする、その場合、後見人は久幸と、吉田家から尼子家にもどった国久とする、という経久の決定が、一族郎党につたえられている。

政久が亡くなったこの年、西国に、大揺れが、走った。大内義興、陶興房らが全軍を引きつれ京から国許にもどった。公家衆、豪商の懇望を振り切って、もどった。

実に十年ぶりに国許にもどった義興、原因は——尼子伊予守経久である。

もうこれ以上の尼子の進出を義興は座視出来なかったし、経久が引き起こした石州忽劇と呼ばれる動乱は大内に、本領をもぎ取られるのではという危機感をあたえ、あの陶も帰国派にまわったのだ——。

この頃、足利義稙と名乗っていた将軍・足利義材は大内帰国と聞くと、

「そうか……。かえるか」

と、呟き別に引き留めようとせず、管領・細川高国も形ばかり引き留めただけだった……。十年、義材、高国をささえた大内への、高貴な都人二人のこの仕打ちは何なのか？

実は長らく幕府を切り盛りする中で義材、高国、義興の間はそれぞれ罅割れを起こしていた。まず、将軍と義興の間には初めの恩賞の問題が尾を引き、将軍が尼子に見せる隠し様のない好意も義興の心を日々すりへらしている。そんな義興は何かある度

に義材に帰国を仄めかしてきたから、将軍は次第に「そんなにかえりたいなら、かえればよい」という投げやりな気持ちになっていた……。

また、大内義興と管領・細川高国の間も微妙だった……。

最大の兵力をもつ義興と、幕臣中最高の地位にある高国、両者の間で幕政をどちらが牛耳るかの綱引きがあった。

そんなわけで義興は遂に都への駐屯を止め西にもどった。まず、帰路、備後に入った陶興房率いる水軍は——古志為信、黒正甚兵衛が守る松永の要塞を瀬戸内海から猛撃。

圧倒的大軍で尼子勢を蹴散らし、尼子方国人も斬り伏せ、南備後を大内方に引きもどしている。古志、黒正、星阿弥らは、何とか出雲に走った。

大内義興、陶興房が周防山口にかえると経久も前のように活発に動けなくなった。

また、伯耆、美作、備後、石見、そして——出雲国阿用城、と連年戦い版図を広げ、謀反を押さえてきた尼子の勇士たちにも疲れがたまっている。

経久は兵をやすませ守りを堅くし内治に心を砕いた。

翌永正十六年（一五一九）、遠く東に下り伊豆、相模二国の大名となった友人、伊勢新九郎こと早雲庵宗瑞が病死したこの年、大内が帰国し都にいる義材軍がぐんとへったことで、船岡山の戦い以降、四国は阿波で大人しくしていた、あの男たちが、動いた……。

前管領・細川澄元と、その参謀、三好之長。

管領復帰に意欲を燃やし現職の管領・細川高国の肉厚の首を狙う細川澄元は三好に守られ、四国から海をわたり——上方に侵入、気勢を上げている。

この頃、京都では……政の実権をにぎろうとする小太りの管領・高国と、いろいろな意見を高国にぶつける細身の将軍・義材の綱引きが激しくなり、対立が、深まっていた。

が、共通の敵の渡海には足利義材も細川高国も大いに驚き、将軍は、

「高国……。大内も尼子もいない今、そなただけが頼りじゃ。ふせいでくれるか」

「も……もちろんにござるっ」

管領・高国、小太り、ギョロ目のこの人物、幕府の中で陰謀をめぐらしたり、朝廷工作したりするのが得意で、行政手腕もある。が……弱点がある。——戦下手だった。

管領・高国率いる上方の兵は阿波の山や海辺の村々からやってきた三好の猛兵どもとぶつかり、ぼろ負けした。

ほうほうの体で都に逃げもどった高国は将軍・義材に、

「上様……三好の勢い激しくふせげませなんだっ。共に近江に落ちましょうぞ」

実はこの時、義材には策士として名高い敵将、三好之長から、

「我ら——上様に盾つく気は毛頭ございませぬ。我らが狙うはただ、管領・高国、この一人《いちにん》にて、高国めの首を取り、我が主、澄元が管領となれば、もはやほかに望みはござらぬ。上様をお支えしたい、お守りしたいと思うておるのでござる」

……という密書をもらっていた。

祝渓聖寿は、

『三好の言葉に惑うてはなりませぬ。兄上と高国、諍いもございました。されど高国は何年も兄上をささえてくれたではありませんか。高国と行動を共にするべきでありましょう』

と、忠告していたが、近江への退避を提案された細身の将軍は冷ややかに、

「余は近江にゆかぬ。高国、そち一人で参れ」

「な……何と仰せになりますかっ——」

将軍は落ち目の管領を見捨てたのだった。将軍・義材は管領・高国が再起する目はなかろうと判断、勝ち馬に乗り、細川澄元、三好之長らと手をむすぼうと考えた。

細川高国は義材への恨みを嚙みしめわずかな家来に守られて近江に逃げている。

この義材の決断が、吉と出るか、凶と出るかは、すぐ明らかになる……。

さて、憐れな高国が消えた都には細川澄元の将、三好之長が上洛。彼が義材をささ

え幕府を切り盛りしだした。

一方――近江に逃げた細川高国にある男が手を差しのべてきた。

南近江の雄、六角の当主・六角定頼、還俗した六角江月斎その人だった……。

知将、六角定頼は、孤立した細川高国にすっと近づき、

「我が六角の兵を貴殿にいくらでもかしあたえよう。甲賀衆も存分におつかいあれ。その兵をつかい、上洛、澄元、之長を打ち払って下され」

六角江月斎あらため六角定頼の心底は、

――かつて当家は三好を匿い、その人品知り尽くしておる。謀多く欲深き男。全く油断ならぬ……。落ち目の高国を助けて恩を売り、三好を都から追っ払っておいた方が、近江は安泰じゃ。

永正十七年（一五二〇）五月。復活をもくろむ細川高国は六角家、さらに越前《えちぜん》朝倉家の援軍を得、三万もの大軍で――都に雪崩れ込んだ。

対する三好は五千人であった。

まさかこれほどの大軍を引きつれて高国が急復活すると思っていなかった義材は狼狽え、三好勢は恐慌に陥る。三好兵はあろうことか三好之長を見捨てて都から逃げ散りはじめたため……とても敵わぬと思った三好之長は息子たちと曇華院に逃げ込んだ――。

曇華院主こと祝渓聖寿は助けをもとめる三好親子を温かく受け入れた。

一方、逃げる三好勢を掃討しながら細川高国、六角定頼、朝倉などが上洛。

どうも、三好めは曇華院に逃げたらしいぞと聞きつけた高国、六角の手勢が、聖寿が住持をつとめる尼寺を十重二十重に取りかこんだ。

山賊上がりの高国の将が硬く閉じた門に怒鳴る。

「ここに、謀反人の三好之長と倅どもが隠れておると密告してきた者がござる！　早急に引きわたされよっ！　三好の奴ばらわたさぬならば、ここに押し入るまで！」

曇華院は沈黙していたが……ややあってから門が静々と口を開けている。

中から清らな雰囲気の尼僧が一人、兵どもがひしめく往来に出てきた——。

この尼が誰だか知らぬ足軽雑兵も、不思議な気品に心を打たれ……生唾を呑んで固まってしまう、そんな趣の尼であった。

清らで知的な尼僧は底知れぬ威厳をたたえて大軍に向かって言った。

「ここに、謀反人の三好之長なる者はおらぬ。わかったら、かえるがよい」

見るからに品がなさそうな、髭もじゃの足軽が、

「嘘つくないっ！」

手足がごつごつと太く肌が浅黒い足軽大将が、尼を睨みつけながら、

「尼公っ！　仏門におる者が嘘を言うてはなるまい！　ここにおると、たしかにわし

らの耳に入っとるんじゃい！　ぐだぐだぬかすと力ずくで踏み込むぞ」

尼僧は、武士どもに些かも物怖じせず、鋭い目でぐるりと兵士たちを見まわし、

「――無礼者！」

一喝した。尼は、言った。

「わたしが誰で、ここが何処だか――そなたらは知らぬのか！　ならば今日知って以後、胸にきざみつけよ。我こそは第十代将軍・足利義稙公が妹、祝渓聖寿。ここなる曇華院はわたしが修行しておる寺です。乱暴狼藉におよべばいかなる後難あるか知れぬぞ」

「…………」

「――頭が高い」

静まり返った武者どもを聖寿が威厳をもって叱るといくつもの膝が土に向かっておれ、やがて曇華院をかこむ全ての兵がひざまずいている――。

聖寿は門にもどりかけて、すっと振り返り、厳かに、

「ここにそなたらが探す者はおらぬ。わかったら、退去しなさい」

茫然とする兵たちの眼前で門がゆっくり閉じられた。

三好之長と息子たちの前にもどった聖寿は、にこにこしながら、

「さ、粥を食べましょう。お腹《なか》が空いているでしょう？」

粥に入れられた之長らの匙《さじ》から、恐縮した心情が感じられる。三好之長は肥えた猪のような顔をした巨漢であった。大きな顔をふるわせ、之長は、匙を止め、

「いもじ御所様。我ら長いこと、いもじ御所様と御兄君の敵にござった」

「そうですよね……」

考えてみれば二十七年前の明応の政変からこの方、阿波三好党はほぼ、義材、聖寿と敵対する陣営に属してきた。初めは細川政元の手下で、次に細川澄元方として義材と斬りむすんできた。

「お味方になったのはついこの間。信用出来ぬ輩とお思いでしょう？」

「…………」

「何で……わしらにお情けをかけて下さった？　何ゆえ、我らを匿って……」

聖寿は不思議そうな顔で肩をすくめ、

「決まっているでしょう？　ここが、寺で、貴方たちが困っているから――。だって寺とは……困っている人を助ける所でしょう？」

三好之長と息子たちからぽたぽたと涙がこぼれ、粥に落ちている。之長はふるえながら言った。

「長いこと武士をやってきてここまで温かい情けにふれたのは初めてにござる」

聖寿は憐れみを込めて、

「……そう？」

と、外から、

「曇華院主様っ！　やはり、ここに三好が入るのを見たという者がおり申す！　どうか、お引き渡し下されっ！」

「気になさらないで。鳥が騒いでいると思いましょうよ」

聖寿がのどかに言い、之長の息子が、嚙みしめるように、

「ああ、旨《うま》い！　これほど旨い粥はなかなかない」

之長も首肯し、

「そうよな……日夜、山海の珍味を食し、こんなに肥えてしまったが、この粥が生涯食べた飯の中でもっとも旨かった」

粥を食べ終えた三好親子は厚く礼を言い、出てゆこうとした。

「この祝渓聖寿——匿うと申したら、最後まで匿う。遠慮は無用。いつまでもいなさい」

引き止めるも、三好之長は、

「曇華院主様のご厚情、あまりにかたじけないゆえ、ご迷惑をおかけしてはならぬと思い、我ら父子、出てゆこうと決めたのでござる。みじかい間でしたがこの上なく幸せな一時にござった。——ご免」

三好之長と息子たちは曇華院を出た所で高国と六角の兵が振るう槍薙刀の柄で、散々打擲され、蹴られ、血だらけになっている。三好親子を引っ立てる兵が吠えたのか、

「やはりおりましたな！　いもじ御所様っ」

悲し気なかんばせで一人御仏に相対する聖寿は、

「……恐ろしい世の中になってしまった。尼子殿、貴方が都におられれば、畿内はここまで乱れなかったでしょうに……。貴方がすすむ道が眩き明日につながることを望みつつ、やはり心の何処かで上方にのこって兄をささえてほしかったと思うのですよ……」

西に顔を向ける聖寿なのだった。

三好之長親子は——高国の兵により刑場の露と消えた。

足利義材と細川高国の間に走った溝は深まる一方だった。

翌大永《たいえい》元年（一五二一）、将軍・義材は管領・高国の復讐《ふくしゆう》を恐れ、京を出奔——淡《あわ》路《じ》島へ逃れる。以後、義材が都の土を踏むことはなかった。

聖寿はこの時、兄の供をせず、曇華院にのこりつづけた。

義材が失意のうち、亡くなるのは出奔の二年後、聖寿が亡くなるのはずっと後、天《てん》文《もん》十四年（一五四五）である。この時、時の帝は、異例の措置を取っている。

──天下触穢《しよくえ》を、布告したのだ。

天下の全ての人に喪に服すよう命じたのである……。これは当時、天皇家、現役の将軍などにしか出されぬ措置で、前将軍の妹であるとはいえ一介の尼僧であった聖寿にこの措置が取られたことは異例と言ってよく、帝が聖寿の死を天下の一大事と思し召しであったことがわかる。

それくらいこの尼僧は都の上下に好かれていたし、朝政、幕政に大きな影響力をもっていた。

もし聖寿が将軍であったなら──政変に次ぐ政変に荒れた戦国の都は、もっと穏やかであったかもしれない。

さて、我らは経久にもどろう。

大いに期待していた嫡男の死で心に痛手を負った経久だが強い意志で杵築の再建を着々とすすめる一方、より仏の教えを身近にするためのある催しを考えていた。

……戦国の世の背景には、高い身分の者の、低い身分の者の命を奪ってもよいという──驕りがある。この驕りにつける薬がいるのだ。

経久の存念だ。

この永正十七年、経久をずっとささえてくれた安芸の岳父、吉川経基が、老衰のため、亡くなった。九十三歳だった。またこの頃に出雲では若き守護・京極吉童子がひっそりと亡くなった。経久は、政権と兵権から遠く引きはなされた若き守護を手厚く弔い、のこされたその縁者をなぐさめ、出雲にのこるようにすすめている。

吉童子の周りにいた人々は戦乱がつづく生国の近江にはもどらず経久によって安寧がもたらされた出雲にのこる道をえらんだ。初めは経久に敵意と不信をいだいていた吉童子の縁者たちだが下剋上と同時に、京極の一族を手厚く庇護する謀聖に、今では感謝をいだいていたのである。

政久の死から三年、すなわち義材が淡路に走った大永元年、長らく鎧櫃《びつ》にしまわれていた経久の鎧が、日の目をあびた。

銀髪の謀聖は安芸、石見で大内方の圧迫を受ける味方の武士を救うべく両国に盛んに雪崩れ込む。義興の留守中、版図を広げ、大胆な内政によって国力を大いに高めた経久。義興、興房が帰国した万全の大内ともぶつかれる力を、尼子は、たくわえていた。尼子と大内は安芸、石見で激闘をくり広げた。

だが——思わぬ所から横槍が入り両雄の大戦は止まった。

その横槍……京からのびている。

足利義材が淡路に消えた後、神輿をうしなった管領・細川高国は足利義晴《よしはる》という十一歳の少年を将軍に立て、幕府における一切の権柄をにぎった。経久、義興のかつての仲間、細川高国があやつり人形にするため引っ張ってきた少年、義晴は——足利義材の敵、故足利義澄の遺児だった。

この十一歳の将軍から、というよりその後ろに隠れたギョロ目の管領から、

「大内、尼子両家は早々に矛をおさめ、兵を率いて上洛、余を助けるように」

との御内書がとどいたのだ。経久も、義興も……今さら上洛して未知の少年・足利義晴をささえる気は、ない。だが、あたらしい将軍と畿内で強い力をたくわえつつあるかつての仲間、高国の申し出をあまりおろそかにも出来まい。

経久、義興は、強敵を睨みつつ矛をおさめ、それぞれ兵を退いた。

……一時の和睦だろう。

経久は思っている。

翌大永二年（一五二二）二月。経久は先年から仕度していた催しを遂に実行した。

——杵築大社の傍、稲佐《いなさ》の浜に一千百人の僧たちをあつめ、法華経の一万部読誦《どくじゅ》をおこなっている。見物人の需要を見越して商人が諸方からあつまる。

身分の高い低い、また、性別にかかわらず、誰でも仏になれる、この教えに人々がふれる機会をもうけたいという思いがある一方、経済の刺激、観光の刺激を狙った大がかりな催しであり……打ちつづく戦乱を耐えてきた配下の武士や、山陰の民衆に娯楽をあたえたのだ。

こういう硬軟織りまぜた政策のくり出し方が経久は実に巧みだった。

稲佐の浜に立つ経久は百姓商人、浦人や樵の話に耳を澄ませ、民の喜びや悩みを知ろうとする。そして、様々な身分の老若男女と気さくに語らい、そこで知ったこと、気付かされたことを、どんどん政策に活《い》かそうとする。

左様に振る舞いつつ経久の切れ長の双眸《そうぼう》は――大内の方面にもしかとそそがれていた。また、大内、山名の走狗、南条、小鴨の根城、東伯耆に、調略の手をのばしている。

三月。

大内が――動いた。

陶興房を総大将に大軍で安芸武田を攻めた。尼子とは和睦しているが、安芸武田なら攻めてもよかろう、という言い分だろう。

毛利ら大内方安芸国人が立ちふさがっているため、武田領に直接の援兵をおくれぬ経久、様々な物資を商人を通じておくってささえると共に、黒正甚兵衛率いる奇襲部隊、笛師銀兵衛、星阿弥ら歴戦の忍びたちを安芸におくり込み、秘かに、支援する。

黒正率いる鉢屋衆を多分にふくむ奇兵は大内勢を翻弄。補給を断ったり、砦に付け火したり、大内方を疑心暗鬼にさせる流言をまくなど、盛んにはたらき、陶を大いに悩ませた。

安芸武田では身の丈七尺という驚異的体軀をもつ二十歳の当主、武田光和、先代、武田元繁の未亡人、奈穂が——陶興房を迎え撃つ。

武田光和の武勇は凄まじく戦に出れば必ず血の嵐が吹き荒れた。

まさに地獄の大王のような武者ぶりで光和が現れるや大内勢は必ずおののいた。

だが、大内は大軍、陶は知将、大内方の将、毛利元就も知将、次第に大内が押す。

安芸武田勢は佐東銀山城に追い詰められている。

だが安芸武田——ここからが強い。

武田光和は父に似て思慮深さにかけるところがある。そこを上手く、奈穂が、ささえた。

知将、尼子久幸の娘、奈穂は、佐東銀山城に陶、毛利が次々仕掛ける謀、陽動作戦などを悉く看破。光和に敵の思惑、味方がとるべき最適解をさずける。

知の奈穂が、武の光和をささえ——陶率いる圧倒的大軍にしぶとく抗ったのだ。

「義母上《ははうえ》、少し敵を蹴散らしてきますわ」

巨軀の光和が落飾した奈穂の所に来て少し照れ臭げに言う。

光和の中にある奈穂へのあこがれのような気持ちが岩のようにごつごつした顔を赤く恥じらわせるのか。

亡き夫、元繁よりも、元繁に託された光和の方に歳が近い奈穂は光和が自分に寄せる憧憬に気付かぬふりをしてきた。何か間違いがあっては許されないことと思っていた。

「光和、大将の命は一つ。——もっと、己を大切にせよ。そなたはいつも先頭に立って戦うが何かあったら如何するのか？」

……わたしがしっかりしなければ。元繁様と同じ死に方を、断じてさせてなるものか。

という思いから奈穂はあえて厳しい声で叱った。

「俺を……討てる奴が、敵におるように思えませせぬ」

「そういう驕りはよくない」

「……はっ。ただ、義母上。当家はここまで押されてしまった。ここで押し返さねば……武田に明日はない。俺が先頭切らねば、味方の士気は鈍ります」

「わかりました。決して、無茶はせぬように」

「おう」

「光和、何です、その言い方は？」

「得心しましたっ！」

どしん、どしん、という地鳴りを立てて、武田光和は奈穂から遠ざかる。

光和は荒武者どもを引きつれて城門を潜る。佐東銀山城も、堅固な、山城である。

敵は斜面下方からどっと押し寄せている——。

金砕棒を引っさげた身の丈六尺の従者二名をつれた光和、鬼を左右に引きつれた閻《えん》魔《ま》大《だい》王《おう》の如き顔で、寄せ手を睨みつけた。

光和は弓を構える。

光和の弓は陰徳太平記によれば……普通の人六七人しても張り難き大弓……であったという。つまり……八人張りだ。

男八人が、全力で引き、つくり上げた弓だ。その極めて剛強で重たい弓をこの若者、軽々と引っ張り、神速で射て、遠くに飛ばせる。日本の歴史の最強の猛者は誰なのか、戦国の荒武者どもに訊けば皆々口を揃えて「鎮《ちん》西《ぜい》八《はち》郎《ろう》為《ため》朝《とも》」と答えよう。保《ほう》元《げん》の乱の頃、大いに武名を轟かせた為朝の弓は、五人張りだったとつたわる。

武田光和、膂力において——日本最強の武士と名高い源為朝を上まわるのだ。

光和が八人張りの弓を引くや——猛気が突風となり——寄せてきた大内の組頭と思しき強面の鎧武者の首を赤く吹き抜ける。——凄い速さだ。

その後ろにいた槍足軽の首も貫いた矢は、さらに後ろにいた物頭らしき武士の杏《ぎよう》葉《よう》（心臓を守る鉄板）を圧倒的な力で砕き、左胸深くに潜った。

物頭が血反吐を吐いて斃れると同時に前の二人の首が、血を爆発させ——吹っ飛んだ。

組頭はおろか、数十人の足軽をたばねる物頭をうしなった一団に、狼狽えが走る。

一矢で三人を即死させた光和、左下方を見下ろす。

鉤槍《かぎやり》を引っさげた別の物頭が盛んに兵を鼓舞しながら斜面を登ってきた。

——射る。

目にも止まらぬ殺気の突風が吹き鉤槍もった隻眼の物頭の杏葉を貫通、赤い跡を引きながら、心臓を突き破った。

あっと叫んで、その男は、斃れた。さらに光和の矢は物頭より下方にいた槍足軽二名の体を砂煙と共に倒す。

「十分、引きつけたな。射よぉおっ！」

光和は斉射を命じている。安芸武田勢が、佐東銀山城に押し寄せる大内の大軍めがけて一斉に矢を放つ。武田の強弓の精兵たちは光和ほどの勢いはなくとも敵を即死させる直線の矢を放ち、そこまでの矢を放てぬ弓足軽どもは寄せ手を傷つける矢を放った。

そんな中、光和の矢は——異彩を放っていた。

必ず二、三人討ち取ると共に、兵二、三十人をまとめる組頭、その上にいる隊長——物頭など、常に武士階級の者の命を奪っていったのである。

こうなると物頭、組頭の中には光和の矢を恐れ……前線に出たがらぬ男たちが出てくる。

そうすると、百姓や町のあぶれ者、という出自の足軽雑兵は、

「……何じゃい、うちの頭は……。ほかのところの頭が前に出て戦っておるのに、ずいぶん、後ろの方に引っ込んでしまわれたのう。わしらだけ危ない目に遭えばよいのかの」

……と、言いたくもなろう。

当然、その部隊のやる気は下がり、動きが鈍くなる。

大内の大軍は、勇猛な物頭、組頭は前に出て光和の矢にやられて混乱を起こし、臆病な物頭、組頭は後ろに下がって士気を削ぐ……どっちかをえらばねばならない悪循環に陥った。これを険しい面持ちで見ていた総大将・陶興房は、引き鐘を鳴らすように命じた。

——大内軍が退いてゆく。

刃渡り九尺三寸、刃長こそ父と同じだが……もっと分厚く、幅広の、ほとんど鋼の柱というべき大太刀をにぎった武田光和は、すかさず、

「よし、今こそ好機じゃ！　槍足軽、薙刀足軽、我につづけぇっ！」

陣に退こうとして踵《きびす》を返《かえ》した大内方に徒歩《かち》の光和、金砕棒をもった二人の従者を先頭とする安芸武田勢が——追いすがる。光和の足はあまりに早く武田の郎党どもはお

くれる。

「お、あれぞ、光和じゃ！　討ち取れぇっ、光和討って手柄とせい！」

ひょろりとした大内の物頭が光和に気付き、七、八人の槍足軽が光和に向かって槍を構えた。お前を殺して成り上がってやるぜという思いを足軽どもの穂先から感じる。

「――ふん」

風が、吹いている。

鉄柱が起こした風。鋼の柱というべき光和の大太刀が、振られたのだ――。安芸の巨獣、武田光和。光和の一振りによって足軽がくり出した七、八本の槍は……台風に直撃された、貧相な藪の、細枝の如く、吹っ飛んだ。返す斬撃は立ちはだかる足軽どもを、赤い肉餅や、臓物の川をこぼす骸に、変えた。

ただ一閃で、七、八人を討った光和、さらに四人、叩き斬り、双眼をギラつかせながら物頭に迫る。恐怖を面に張りつかせた物頭は光和の分厚い胸を槍で突こうとした。

が、光和は下段から振り上げた大太刀で、槍を遥か高くにすっ飛ばし――返す刀で兜《かぶと》をかちわっている。大太刀は頭から股までを一直線に斬り下げた。

この時、やっと……武田の兵が大内勢にぶつかった。

大内の鎧武者三人が薙刀、鉞《まさかり》、太刀など閃かせ咆哮を上げて光和に襲いかかる。いずれも一豪の者だろう。得物の構え方でわかる。

光和が大太刀を一振りするや鎧武者三人の体は血の爆発を起こし、兜首三つが転がった。

光和は天を仰ぎ蒼穹《そうきゅう》をつんざくほどの大音声《だいおんじょう》で吠えている。

「……化け物じゃ」「とても、かなわぬ」「逃げろぉぉっ」

大内勢は悲鳴を上げ、足をもつれさせて、斜面を下に逃げてゆく。

「――追え」

光和は下知。割菱の旗をなびかせた安芸武田の猛兵が逃げる大内勢を追撃する。多くの寄せ手が討たれるが、とくに光和が振るう大太刀、従者二名の金砕棒の働きが目覚ましい。

佐東銀山城を攻めはじめてから一月。大国大内の一の重臣で、その軍事を一手にあずかる男、周防守護代・陶興房の面に青黒い焦慮がにじんでいた。

興房を悩ますのは光和の、武。

光和が現れて弓を射ると必ずや味方の物頭、組頭が犠牲になる。光和が大太刀を振るって足軽と突っ込んでくると、散々切り崩されてしまい、戦どころでない。全軍に光和への怯えがしみ込んでおり、兵力、物量で、武田を圧倒する大内の包囲陣は日に日に佐東銀山城から遠ざかっていた……。

宮川房長、光和の父を討ち取り一気に名を上げた、毛利元就、この二人に搦手をまかせた陶興房は思案した結果、

「若杉三兄弟、森窪典膳、問田家中の大黒新允《おおくろしんのじょう》を呼べい」

五人の男が——呼ばれる。

いずれも身の丈六尺を超す陶家中屈指の猛者、若杉三兄弟。太郎、四郎三郎、七郎。

鞍馬流・老剣士、森窪典膳は陶配下の剣の名手三人と木刀で試合《しお》うた時、一瞬でその三人を薙ぎ倒している。痩身の飄々とした翁だが、早業の剣技をもつ。

問田の家人、大黒新允は——色黒の小男で手矢の名手だった。

手製の猛毒をたっぷり塗ったみじかい矢を、弓をつかわず、さっと敵に投げ、喉か目に、当てる。大黒新允は太刀の腕もなかなかだが、それよりも手矢で討った者の方が多い。

興房は、冷え切った声で、言った。

「光和は豪の者だが亡父に似て短慮じゃ。我が陣深くに光和を誘い、幾重もの槍衾で取りかこむ。すると光和は城にもどろうとするはず。この時、そなたらは光和を卑怯者と罵る」

「光和はもどってくるでしょうなぁ」

ゆったりした声は、森窪典膳から出た。

「うむ。その時、五人がかりで――光和を襲い、討ち取れぬか？　あるいは組打ちなどにもち込み、足軽どもが槍で突き殺す隙をつくるでもよい」

将軍の御前でおこなわれた相撲大会を血で汚して優勝した男、若杉四郎三郎が、

「組打ちなれば某、負ける気がしませぬ」

のっぺりした馬面に不穏な笑みが浮かぶ。

組打ちは刀槍をもちいず相手を制する武士の技で、ここから柔道や相撲が生まれた。

武士は相手を地に倒し、喉を短刀で掻くため、組打ちを鍛錬したのである。

若杉太郎が強く、

「この五人でかかるならどうして足軽どもの槍がいりましょうや」

「……心強し。光和の始末、まかせたぞ。ぬかるでないぞ」

その日、尼姿の奈穂は何だかひどく胸騒ぎがして……光和に常よりも用心するようつたえた。

武田光和、からりと、

「義母上は心配しすぎじゃ」

こともなげに言い、郎党をつれて、城門を潜り大内勢を追っ払っている。

光和は敵がどんどん退いてゆくので敵陣深くまで入った……。と、金砕棒の従者が、

「殿！　左右をご覧あれ！　陶の槍衾がひしひしと寄せて参りますぞ」

前、左、右から、夥しい槍兵《そうへい》が、ざ、ざ、ざ、と武田の小勢に詰め寄ってきている。

足軽と一緒に徒歩で急斜面を降りてきた光和は眉を顰《ひそ》め、

「こいつは、分が悪い。退くぞ！」

踵を返し城にもどろうとする。と、

「そこなるは武田殿か！　卑怯にも、背を見せるかよ！　名高い武名が泣いておりますぞ」

「――ん？　どこのたわけじゃ。今ものを言うたのは？」

青筋をうねらせた光和が顧みると、大内方から十文字槍を構えた大兵が現れた。

若杉三兄弟の末弟、七郎だ。

「うぬか？」

若杉七郎は、名乗りながら疾風のようになって突進、槍で胸板を突きにかかるも、

刃渡り九尺三寸の大太刀はそれをはねのけ、踏み込み様に相手の兜を叩きわり顔を真っ二つにして討ち取った。

利那――戦いに次ぐ戦いでものも言わずに疲れをためていた光和の大太刀が、われた。切っ先近くが大きく破損している。光和は刃こぼれした大太刀をすて腰に手を動かす。

光和は、刃渡り九尺三寸という驚異的長さの大太刀のほかに刃渡り三尺（約九十センチ）余りの備前一文字の太刀を佩《は》いていたのである。

が――その刀が抜かれる前に凶暴な大身槍が金砕棒の従者の喉を突き、血を啜った。

若杉四郎三郎がくり出した槍だ。

「……おのれ」

安芸の巨獣は、低く唸るように、言う。

のっぺりした馬面の四郎三郎、光和に抜く間をあたえず――首を狙って突いてきた。

槍風が、吹く。が、光和は落ち着き払った顔つきで槍の柄を手摑《てづか》みし、両手で引っ張りながら――へしおっている。四郎三郎はすかさず組み付いてきた。組打ちの名手、若杉四郎三郎、さすがに光和をはっとさせる動きを見せるも……膂力、速さ、技巧、全て、武田光和の敵ではない……。光和は四郎三郎の動きを制す。六尺豊かの若杉四郎三郎、あの将軍の前で圧倒的な相撲の強さを見せた大男だが、光和に組み付くと、痩せた童が逞しい大人に相撲をおしえてもらっている姿に見えるのである……。で、光和は鎧を着た馬面の大男をあっという間に己の頭より高くにもち上げている――。

「ん……何だ、お前？」

光和が首をかしげて訊《たず》ねたのは数間はなれた所にいた大黒新允だ。

小男は、歯を食いしばって、手にもつ矢を投げようとしている。

陰徳太平記は次に起きたことをこう描写する。

光和掻《かい》摑んで中（宙）に差挙げ抛《な》げられけるに、後ろに続きたる大黒新允に抛着《なげつ》けられ……。

光和は、若杉四郎三郎を、大黒新允に――投げた。大男を小男に、軽々と、投げた。

大きな四郎三郎が顔面に当たった大黒新允は……憐れにも首の骨をおって即死し、四郎三郎も落下時の打ちどころが悪く、絶息した。

二人の男が、光和に、突進してきた。大男と細身の老人で、大男は、

「よくも弟二人をっ」

面を赤くしながら吠え、槍をもっていて、老人は冷ややかな殺意を長い白髪と共になびかせながら太刀で襲いかかってくる――。

光和は備前一文字を抜きざまに件《くだん》の二人――後で知ったが若杉太郎と鞍馬流・森窪典膳――とすれ違い、剣をビュンと振るうと、若杉長兄と森窪典膳はバタバタと倒れている。

武田光和、源為朝の五人張りよりなお強い、八人張りの弓を引いた男、身の丈七尺のこの男こそ……為朝以上の猛者、すなわち日本史上、最強の武士、と言ってよいのではあるまいか？　光和の後にも先にも、個の強さという面で、これほどの者はいないのである。

光和はひしめく大内の槍隊に、

「少しは骨のある奴が、おったようじゃの。も少しやる奴はおるんか？」

日本最大の大名がおくり込んだ大軍は固唾を呑んでたじろいでいた。光和が一歩踏み出すと、そちらにいた大内勢は一歩退く。光和は兵と共に悠然と、佐東銀山城に引き上げる。

武田光和の規格外の武が――陶の謀を粉々に砕いた。

若杉三兄弟、大黒新允、森窪典膳、いずれも光和によって討たれた。

大内方は攻めあぐね、佐東銀山城の戦いは六月になってもつづいていた……。

ある日、陶陣に、山口の大内義興から急使が来て、

「尼子経久、二万の兵を率い、大挙して石見に攻め入りましてございますっ！」

……小癪な経久め。武田を助けるべく和議を破って攻めて参ったかっ。

眉根を寄せた陶興房に、急使は、

「御屋形様は速やかに安芸から兵を退き、周防、長門の守りを固めよと仰せですっ」

「……あいわかった。武田を滅ぼせなかったのは心残りだが、止むを得まい」

屈辱が、陶の面を険しくしている。

大内軍が去ると光和は果敢に大内に取られた西安芸を攻め、瞬く間に取り返している。

一方——二万の兵と石見に雪崩れ込んだ経久は、亀井利綱の兄で水戦に秀でた知恵深き家来、亀井秀綱、国人の宍道《しんじ》、三沢為幸らを先鋒とした。中軍は経久自ら率い、塩冶興久、両牛尾、赤穴久清、若林伯耆守らがつきしたがう。剛勇の国久は尼子の幼き跡取り・三郎四郎と出雲にのこし、久幸は伯耆、河副久盛は美作を守り、後敵に目

を光らせる。

経久の鬼謀、牛尾、若林ら猛将たちの勇戦がものをいい、尼子勢は連戦連勝した——。

半分城主・興久の働きも見事であった。

尼子の鋭い矛先は西石見の浜田《はまだ》までとどき大内領全土を震撼《しんかん》させた。

だが、浜田で、大内方——益田、吉見らがつくった堅陣を貫くべく美保関から水軍をおくり海からの奇襲を目論んでいた折、陶興房率いる大内軍二万が来着、敵は三万にふくれ上がっている。

——陶。そなたと直接刃をまじえるのはこれが、初めてよの。

謀聖の闘志は、十分だ。ここで決着をつけ興房を討ちたい。興房も同じであろう。

冷えた殺気をまとった経久は興久、両牛尾、赤穴らに、

「——夜襲を仕掛ける。恐らく陶はこれを読み、鉄壁の備えでまっている。わざと負けて、山林に誘い、山に据えた伏兵で止めを刺すのだ」

尼子勢は経久の下知通り動く。

案の定、陶は経久の夜襲を看破。

尼子方を、かこもうとする。尼子勢は——背を見せて逃げた。

だが、陶は、追ってこない。

――経久の罠を見破ったのである。

二日後、興房は、

「霧にまぎれて兵を動かし、尼子の退路を断つぞ」

だが、その動きを経久は予見。自ら兵を率い、陶の精兵を蹴散らしている。

両軍は、竜虎の如く浜田で幾度も激闘をくり広げたが……決着は容易につかない。

一進一退の厳しい攻防がつづいた。尼子、大内共に損耗、疲れは日増しにました。

どちらともなく和議の話が湧き、双方矛をおさめ、経久は富田に、興房は山口に、かえっていった。

翌大永三年（一五二三）も戦いの年だった。この年の五月、大内家の威信を低下させ、日明《にちみん》関係を悪化させたある事件が――明国の港、寧波《ニンポー》で起きている。

寧波の乱。

足利義材が亡命先でひっそり亡くなったこの年、まず、大内と博多商人が、明との交易を願い、船を寧波におくった。だが明国は日本との交易に消極的だったため大内の船は寧波でまちぼうけをくらっていた。ここに細川高国、堺商人がつかわした商船が遅れてやってきた。ちなみに大内方・博多商人と、細川方・堺商人は、日明貿易の利権をめぐって犬猿の仲である。

で、高国と堺商人の船は――明の役人に賄賂をおくり、腐敗したこの役人は先に来た大内船を脇に置き、後から来た細川船の事務手続きをはじめている。

これに、大内船が激怒した。この怒りは当然だがここからがいけない。乱世の論理で……動いてしまった。細川高国の船を襲撃、焼き払い、細川の侍と堺商人を多数討ち取った。

これに驚いた明の官憲は大内船を攻撃。大内の侍は、明の官憲に逆襲し、寧波よりさらに奥にある紹興《しょうこう》（紹興酒の紹興である）という町まで押し寄せた。この際、大内勢は、寧波と紹興の間にある複数の農村まで襲撃している。

この一報は明の中心、北京《ペキン》を揺るがし、明の皇帝を——激怒させた。

皇帝は日本という国との交易を見直さねばならないと思ったし、大内家に強い怒り、警戒をいだいた。

大内の国際的な威信は大いに傷つけられた。

また、細川高国が牛耳る日本の幕府も賄賂の一件はさておき大内家を厳しく批判。

管領・細川高国は育ての親、細川政元がどうしたかを思い出している。

すなわち天下に——大内氏の討伐を呼びかけたのである。また細川高国は、かつて共にはたらいた尼子経久に急接近してきた。高国と経久の関係は左程悪くなかったのだ。

反大内勢は勢いづき、大内方の弱小国人などは……このまま大内殿の下におって大丈夫かと不安になり出した。

彼らに大内氏への忠誠心は、ない。

頭にあるのは自家の生き残りのことだけなのだ。

肥前の少弐、龍造寺らが打倒大内の兵を挙げ、北九州の大内領を叩くや、山陰山陽諸国人の狼狽えは激しくなっている。——謀聖のほくそ笑みが見えるではないか……。

経久は早速、備後、安芸の諸国人に調略の手をまわし次々味方に引き込んだ。

北備後の三吉、南備後の木梨《きなし》らが、泣き顔で、許しを請い、服属を申し出てくる……。木梨は大内から、尼子、また大内にもどるも、変心して尼子に復帰……というふうに盛んに両雄の間を漂っている。この男たちの右往左往を経久は気にしていない……。

生温かい目で眺め、そういうものよとわり切っている。

……わしが大内を討つ頃には、心服するであろうよ。

その確固たる自信が、この男には在るのだ。

さて、寧波の乱と経久の謀が引き起こした大激動の中、ある安芸国人が月山富田城をたずねてきた。

さなの兄、吉川国経だった。

この頃、国経は隠居し、孫の興経《おきつね》が跡を継いでいた。また、隠居・吉川国経は娘を――毛利元就に嫁がせていた。

この白髪頭の吉川国経、経久の義兄が神妙な顔で、

「尼子殿。わしのたっての頼みを聞いてもらえぬだろうか？」

北安芸の無二の尼子方・吉川家は幾度も経久の求めに応じ石見に兵を出してくれていた。

「義兄上からたっての頼みと言われれば、この経久、引き受けねばなりますまい。一体、何でござろう？」

「毛利元就は、わしの婿なのじゃが……貴公は宿意があるな？」

「………」

「何とかこの宿意、といてくれぬか？　毛利家が、大内殿と手切れし、貴公とむすびたいと言うて参った。わしに取り次ぎをたのんで参った。この通りじゃ」

強い目で言うと国経は頭を下げる。

まるで将棋倒しのように大内方・国人が尼子方になびいている流れに、毛利も乗りたいと思ったか。尼子の勢いを恐れたか。

毛利家は今までの敵対を詫び、服属を申し出たいという。むろん、九歳の当主・毛利幸松丸の考えではあるまい。毛利元就ら重臣の総意であろう。

……宿意がないと言えば嘘になる。

武田元繁と経久の間には単なる同盟以上の友情があった。姪婿たるその盟友を討った元就に経久は当然、冷たい塊のような宿意をかかえていた。

もちろん、安芸武田の光和、奈穂は、元就を恨んでいた。

亡きさなの兄は、経久に、

「毛利が武田殿を攻めたのでなく武田殿が毛利を攻めて……あのような仕儀になった。攻めてきた敵に全力で奮闘するのは乱世の武士の習いであろう？」

最愛の妻、さなの家であり今まで幾度も辛い時に手をかしてくれた吉川家の望みに、経久は応えたい。さなから見たら元就の妻は——姪になる。

一方で、奈穂の気持ちを考えると……。

己の姪と、己の気持ちの側に立つか、さなの姪の側に立つか、姻戚関係によってむすばれた二つの家の間で深く悩む経久だった。

「何卒《なにとぞ》たのみたい」

もしことわった時、毛利どころか……吉川すら大内方となる恐れもあった。

「義兄上、このことよくよく、一族郎党とはかったうえでお答えしたい」

「……心得た」

夜、寝所で、経久は熟慮する。胸にはしこりがある。だが、……毛利が味方になると……大内の大軍に攻められた武田に、当家はたやすく援軍をおくれるようになる。備後の三吉領から、毛利領、そして武田領へ、援軍を動かせる。

妻が傍にいるような気がする。さなだったら、吉川家の申し出に何と言うだろう？

……それにこれは……他ならぬそなたの兄御の頼み……。

経久は毛利を受け入れるにしてもある者の許しを得ねばならぬと思った……。

険しい中国山地を、秘かに跨《また》いだ謀聖は——瀬戸内海に面した、尾道《おのみち》に潜行する。

尾道は尼子方になった木梨家の湊だった。

尾道には海を見下ろす五重塔（後に三重塔）がそびえる天寧寺《てんねいじ》、白河《しらかわ》院ゆかりの寺で山陽最大の伽藍《がらん》をもつ西国寺《さいこくじ》、足利尊氏が籠もった浄土寺《じょうどじ》など多くの古刹がある。

そうした海を見下ろす寺に入った経久、佐東銀山城から奈穂を呼び——対面した。

尼姿の姪に、山陰数ヵ国を治める尼子の主は、

「奈穂……久しいな。よう、大内、毛利らの猛攻から武田を守って参った」

深い思いを込めて声をかけている。

明るい色の髪を全て下ろしてしまった、姪は、温かい目を伏せて、

「伯父上の手厚い御助力のおかげにございます。わたしは、微力を尽くしたにすぎませぬ」

久幸にも夏虫にもよく似ている姪が尽くした力は……微力どころではないと知っている経久は、ゆっくり頭を振り、

「そなたは元繁殿や光和殿をようはげまし、知恵をさずけ、武田を堅守して参った。家中の者にも厚くしたわれておると聞いておる。これからも頼りにしておるぞ」

「ありがたいお言葉。伯父上――山陽《こちら》には、毛利のことで参られましたな？」

――さすがに鋭い奈穂だった。奈穂の声には棘がある。

久幸は、鉢屋者数名を輿入れする奈穂の従者にまぎれ込ませ安芸に入れていた。奈穂はその者たちを縦横無尽につかい、国人の動きをつぶさに摑んでいるらしい。

「……うむ。そのことよ」

「伯父上は……吉川殿の思し召しを無下にしたくないとお思いでしょう？」

奈穂はそれ以上、鋭く突き立てる気はないらしく、やわらかくも芯のある声で、

「吉川殿には大内氏にくわえてもう一つ手強い敵と思うておる相手がおり、それは当家です。安芸武田と吉川殿は幾度も干戈をまじえて参りました。伯父上のお指図がなければ吉川と武田は今でも戦っておりましょう。吉川家は当家をおさえるべく、毛利と手をくんできました……。勢い盛んな伯父上に、娘婿が討たれるのをふせぎたいのはもちろん、我が武田への牽制のため、毛利を尼子の陣中にくわえたいのでしょう」

奈穂の烱眼《けいがん》は安芸における虚々実々の駆け引きを深く見通していた。

「毛利が味方につくと……大内の大軍から武田を守りやすくなる」

「…………」

「奈穂、安芸武田の主敵は、大内か、毛利か？」

「大内です」

「ならば……この通りだ奈穂」

頭を下げた経久は、

「恨みを呑んでくれぬか？　わしは……吉川殿との義理もかきたくない」

経久が言うと苦いものを飲まされた顔でうつむいていた姪は伯父を見詰めてきっぱりと、

「……わかりました。光和は……怒るでしょうがよくよく言い聞かせます。当家は毛利への宿意を呑みましょう。わたしは武田と同じくらい尼子の興隆も大切と思うております」

「……かたじけない。奈穂」

「ただ伯父上。――毛利元就にはご油断なきよう。このことだけ言うておきます」

「……わかっておる」

出雲国月山富田城にもどった経久は、さなの家、吉川家のたっての望みであること、毛利を味方にすると武田を大内から助けやすいこと、吉川、毛利が揃って大内方となると危険であること――三つの動機から、毛利の従属をみとめている。経久は毛利側に条件を出した。和睦の使いとして、毛利元就に月山富田城に来ること、また重臣につらなる者を人質として出すことをもとめた。

元就は、果たして、来た。

かなり少ない供で。

元就の供の少なさを聞いた経久は、冷ややかな妖光を切れ長の双眸に灯し、執事の亀井武蔵守安綱、その子の亀井秀綱に、

「やはり――なかなかの男であるようだ。わしはこうやってまねいた元就を騙し討ちにするなどの卑怯を決してせぬが、元就は万一を考え、小人数で参った」

「万一の騙し討ちを考えての小人数？　大人数ではなく？」

人はいいのだが倅たち――秀綱、利綱兄弟より鈍いところのある亀井武蔵守が問う。

「小さき家から、小人数の供で参った元就を、わしが騙し討ちにしたら――我が悪名は天下に轟く。結句、我が招きが恐ろしすぎて出雲に参れぬという国人が続出、尼子の味方は少のうなる。故に小人数でくればくるほど騙し討ちの恐れはへる。元就は、こう読んだ。……賢《さかし》き男よ」

大永三年、出雲、隠岐、西伯耆、東石見、西美作、備中の大部分、備後、安芸の一部、山陰山陽八ヵ国の太守となり、動員兵力、三、四万をもよおせるほどにのし上がった尼子伊予守経久は、八百ほどの兵を動かせる北安芸の小国人、毛利幸松丸の名代、毛利元就と初めて見《まみ》えた。

この時、謀聖・尼子経久、六十六歳。毛利元就は——二十七歳であった。

烏帽子をかぶった細身、細面の毛利元就は毛利の紋・一文字に三星《みつぼし》が染め抜かれた褐色の直垂で威儀を正している。

場所は、西国随一の巨城となった、月山富田城。畳敷き大広間。

細き目をさらに細めた鷲鼻《わしばな》の元就は山中御殿の青畳を見詰めながら、慇懃に平伏し、

「安芸の国人、毛利幸松丸が名代、毛利元就と申しまする」

元就は今までの非礼、敵対の数々を陳謝し、尼子家への奉公を願い出た。元就の隣には舅で経久の義兄、白髪頭の吉川国経が巌《いわお》の如く座っていた。

元就の人物を見極めるべく呼び出した経久、複雑な思いはあれど鷹揚に、

「毛利殿の申し出、経久、嬉しゅう思うぞ」

「ありがたきお言葉にございます」

元就は慇懃に言った。経久はその内面に迫ろうとするも、なかなか感情が読み取れ

ない。

「当家は吉川殿と親戚、毛利殿も吉川殿と親戚。この縁《えにし》を大切にし、共に栄えてゆこうぞ」

「――恐悦至極にございます」

元就の宿を富田にあてがった経久は数日を共にすごしている。

まず、思ったのは……なかなか正体の見えぬ男よ、ということだった。たとえば牛尾三河守や黒正甚兵衛のような男なら、経久は四半刻《しはんどき》ほど話せばおおよそ考えていることを読み取ってしまう。元就は心の中に幾重もの壁をめぐらしており、なかなか内心まで手がとどかぬのだった。

だが元就とすごすうちに経久はいくつかのことを感取する。

元就は――経久から城攻め、野合わせの話などを聞きたがった。謀聖の謀の部分を深く畏敬、静かに吸い込もうとしている、そんな元就の確かな意志を、経久は読み取っている。

経久の遠大なる戦略、調略の部分を学ぼうとし鋭い問いを重ねる一方、内政への質問は前者に比して少なかった。元就は己を見せず経久からだけ吸い込む心胆だったのだろう。

だがそれは、老練なる謀聖には……通用しない。

経久は、手強い壁を内につくった元就と話すうち、その壁の穴や、壁の低いところを巧みに見つけ、そっと手を入れることに成功したのである。

たとえば、元就に話せるところはどんどん話し、この用心深い青年武将の警戒をほぐしつつ、巧みな問い、誘導を重ねることで——元就の考えの一端にふれている。

……わしは年貢を軽くし、百姓の負担をやわらげることで、領域を豊かに出来ると考える。

庶民、貧しき者に大規模減税をおこない、民の消費を勢いづけ経済を発展させる。

——そうやって豊かにして、兵力をととのえる。

これが経久の考えだ。

……元就は年貢を重くとるべきと考えておるようだ。

増税路線だ。そうやって税収をふやし、軍備を精強にし、防衛体制をととのえる。

この戦国という酷い時代から領国を守りたい、この思いは一緒なのだが……すすもうとする道が違うのだ。

元就と対話を重ねるうち経久は、

——奈穂が言うように、油断出来ぬ男よ。倅の興久と同い年だが……。興久より謀が深い。国久についてては申すまでもない。あの男には、元就には大いなる野心がある。——元就が力をつけすぎるのは危険だ。

英雄は英雄を知る。経久は元就の巨大な将器をみとめつつ、強い警戒をいだく。

毛利は今でこそ尼子方だが、それは尼子に勢いがあるからで、時代の潮目が変われば、わからぬ。下手に手の内を知られる分、その時が厄介だ。

……吉川の義兄御は元就を信じておるようだが……元就の野心は、吉川家をも吸い込むものではないか？

なかなか寝付けぬ老いた謀聖は寝所で半身を起こす。

「明かりをつけよ」

小姓に命じ短檠《たんけい》に火をつけさせた。銀色の頭をうつむかせ、皺《しわ》濃くなってきた端整な顔に憂いをやどした経久は、仄かな火を睨んで苦悩する。

……そなたが生きていてくれれば、元就如きにこうも思い悩まぬのだぞ。――政久。

元就がかえった後、経久は東西条《とうさいじょう》攻めの軍議をもよおす。今の東広島市辺り。安芸における大内の一大拠点だ。つまり、大内の正規兵が守っている。

近臣、亀井秀綱が経久に、

「――御屋形様」

この頃から経久は――御屋形様と呼ばれていたろう。出雲の御屋形様は本来、京極氏だが吉童子の病死により、出雲京極氏は断絶していた。出雲の庶人、侍たちは経久を自ずと御屋形様と呼ぶようになり、経久が治める隠岐など他の国々の人々も、これにならった。

「大内の本領は安芸武田から見て西、東西条は東、ここに大内勢がおることで武田は西、東、北の毛利、三方から攻められてきました。故にここを取るのは肝要……。ただ——東伯耆の南条、小鴨を先に討った方が、後顧の憂いを断てるのではないでしょうか？」

怜悧《れいり》なる秀綱の提案に多くの重臣がうなずくも経久は、

「亀井の提案、もっともなところもあるが、わしが伯耆に入れば南条は必ず、羽衣石城、小鴨は岩倉城に籠もるであろう」

経久に当主を討たれた南条、小鴨。南条の今の当主は闘死した南条宗貞の孫で底知れぬ武勇と、祖父譲りの水練の法で名高い、南条国清《くにきよ》、小鴨の今の当主は小鴨大和守の孫で獰猛《どうもう》なる荒武者、小鴨掃部助《かもんのすけ》だった。

「となると……厄介だ。彼の二つは、堅牢《けんろう》なる山城」

中国山地にきずかれた攻め難き城なのだ。

「我が尼子の隣で、南条、小鴨がしぶとく存続して参ったのは、大内、山名の手厚い助力もさることながら、地形が大きい。我らが攻めると彼奴らは必ず城に閉じ籠もり、深き山には奇兵を置き、我が方の大軍を翻弄して参った」

——知悉した東伯耆の山岳を隠れ蓑《かくみの》とした、粘りのゲリラ戦こそ南条、小鴨の真骨頂だ。

「——小敵といえども侮ってはならぬ。大軍ほど翻弄された時の士気の減りは早く、立ち直りもおそい。今、大内は鎮西の敵に気を取られておる。安芸大内勢こそ、速やかに叩くべきだ。南条、小鴨に、徒《いたずら》に手間取れば、勝機を逃す」

「なるほど……。御屋形様は安芸の大内領を攻めつつ、後ろで南条、小鴨が騒いだら、彼奴らの鎧たる山から、戦いやすい平地に引きずり出し、一気に片付ける……斯様なご心胆なのですな？」

「——左様。貝殻ごと貝を食ううつけはおるまい？　貝は、殻から出して、食うものよ」

目を爛々と燃やした、経久は評定では伏せたが、南条、小鴨を力攻めするための謀も何年か越しですすめており……それは着々と仕上げに近づいていた。

六月。経久は、雲、伯、美、石、備後の軍兵（出雲、伯耆、美作、石見、備後の兵）をもよおし安芸に入る。すると安芸の尼子方——吉川、安芸武田、毛利、国人で都からの無断帰国を大内に咎められるのを恐れて味方になった男、阿曽沼弘秀《あそぬまひろひで》、経久の施政に心服、大内方の小早川家を見かぎった武将、船木常平《ふなきつねひら》らが続々と合流。尼子軍は三万余りとなった。大内方国人、平賀、天野らは尼子の大軍を見て恐れおののき、それぞれ城に閉じ籠もり、「尼子殿が優勢じゃったら、許しを請うて、尼子方となろうぞ」などと囁き合い、大内勢と共に戦おうとする勇士はほとんどいなかった……。

毛利勢は幸松丸を総大将としたが実質的な司令官は毛利元就だった。光和と元就のもめ事を恐れた奈穂は、光和は出さず——名代をおくっている。

東西条の沃野に入った経久は安芸大内勢を瞬く間に打破、敵は大内方の安芸統治の要、鏡山《かがみやま》城に立て籠もっている。ちなみに大内の本軍はこの頃、九州の少弐、龍造寺らと斬りむすび安芸に援兵をおくれなかった。むろん、謀聖は少弐らと緊密に連絡を取っている。

この時、豊後の雄・大友が動けば歴史は違ったかもしれぬが、大友内部で尼子などの成り上がり者を嫌い、古い守護家との付き合いを大切にする一派が台頭。大友は、陶に丸め込まれ、大内と同盟し、動かなかった……。

経久率いる三万は鏡山城を取りかこんだ。

守るは——蔵田《くらた》房信《ふさのぶ》。

大内義興から安芸をまかされた将だけに、よく守り、経久も敵ながら見事と思った。

経久は強大な領国の東の守りは久幸にまかせ、西の守りは石見にほど近い半分城の塩冶興久にゆだね、月山富田城の孫、三郎四郎の傍には亀井武蔵守をつけ、次男、国久や美作方面軍団長・河副久盛らを引きつれて——安芸入りしていた。

経久は息子を鍛えたい気持ちもあり好きなように攻めてみろと国久に告げている。

……わしはあらゆる戦に調略をつかうが、もっとも調略が必要なのは城攻めだ。さて、国久、どう攻める？

三十三歳、吉田から尼子姓にもどった次男、国久。猛勇で知られる国久は仲のよい鬼吉川の荒武者と一緒になって正面から力攻めした。

鏡山城は……岩がちで険しい山を城としたものである。国久、鬼吉川ら猛者の武勇がなかなか発揮出来ない堅城で、守る男も知恵深い。頭をつかって攻めろ、という言葉が喉まで出かかるも、渋い顔でこらえ、国久に何か進言しようとする河副久盛、亀井秀綱を目で止める経久だった。

——自分で考えさせたいのだ。

……わしならば敵部将を切り崩すか、鉢屋者を忍び込ませ兵糧蔵に火をつけさせるのだが。どうして、力だけで攻めようとする？

国久は何日たっても力攻めするばかりで鏡山城はなかなか落ちなかった。

そんな時、毛利元就が下見峠《したみとうげ》の経久本陣をたずねてきて、

「尼子殿。鏡山城の守りは堅いようです。調略によって落とすのは如何でしょう？」

国久に気付いてほしかった経久は目をつむり、若き元就に、

「如何なる手をつかう？」

「はっ。蔵田房信の叔父、直信《なおのぶ》が城内におるのですが、欲深い男なのです。この男を蔵田の家督でつればころりと寝返るはず。城門を開けさせ、お味方を手引きさせます」

「……わかった。そなたにまかせる。やってみよ」

元就は世鬼《せき》一族という忍びの者をつかっていた。この世鬼一族をつかい、蔵田直信との接触に成功した元就は、ものの数日で寝返りを約束させた。——恐るべき手腕であった。

その翌日、直信は突如、国久ら尼子勢を城内に引き入れ、自身は手勢を率いて、甥で城主の蔵田房信を猛然と攻め立てている。その攻撃で蔵田の一族、重臣が幾人か討たれたという。蔵田直信の動きを見ていて知らせを聞いた経久は見る見る険しい面差しになった。

もちろん、経久が許した調略ではあったが——一族を平然と裏切って死に追いやる心が憎いし、直信の手勢の動きから止むに止まれず寝返ったのではなく、この機をずっとうかがっていたような生臭さを嗅ぎ取ったのだ。

――土壇場で変心、手心なく一族を攻めるとは、気に食わぬ男よ。房信の方が、ずっと清々しい武士だ。

叔父の裏切りで追い詰められた名将、蔵田房信は経久に使いをおくり、

「尼子殿。拙者、切腹いたすゆえ、城兵と妻子の命を助けていただけまいか？」

「――よかろう」

蔵田房信は切腹し鏡山城は落城した。城兵は助けられ、房信の妻子も助命され、房信夫人の里に道中警固の士をつけてかえされた。

阿用城では……足軽雑兵、悉く斬ったが、これは経久の戦歴の中でも悲しい例外なのである。経久は戦国の武将ゆえ戦ともなれば殺生をするが、無益な殺生はせず、奪う命を極力へらそうとしていた。

さて、甥を裏切り己の親類や甥の重臣を討って尼子勢を引き入れた蔵田直信が本陣をおとずれ、目通りを願っている。

四つ目結の陣幕が張られた尼子の本陣、奥の床几に黒白沢潟縅をまとった経久が座し、経久から見て左右に赤黒段縅をまとった国久や河副久盛など今や西国にその名を轟かせる尼子の部将たち、山陰山陽諸国人が具足をまとい、ずらりと居流れていた。

固く鎧うた経久の家来たちに左右からはさまれ、蔵田直信、毛利元就がひざまずいていた。蔵田直信はギラギラした男であった。大きな顔は脂ぎり髪と立派な髭に、

椿油《つばきあぶら》をたっぷり塗っているようで、こくのある光沢がみとめられる。双眼は濁った光をたたえていた。

「尼子殿！　蔵田直信にござる。約束通り、ご加勢しましたぞ！　恩賞を頂戴したい」

「…………」

——見るからに欲深げな男だな。この男は恩賞として鏡山城を望むだろうが、すぐにでも大内に寝返りそうな気配がする。

さらに……此度の一件で元就とこの男に硬い紐帯《ちゅうたい》が出来た気がするのも引っかかる。

……東西条のこの男が、元就とむすび、大内方にまわり武田に仇なす恐れもある……。

蔵田直信、窺うように、

「尼子殿……？」

沈思黙考する経久は腐った湯漬けを面前に据えられたような気がしていた。

「尼子殿、此度の戦、蔵田殿が内から手引きしてくれねば、お味方は苦戦したと思います る。何卒……手厚き恩賞を……」

元就が取りなしている。——銀髪の経久から、冷厳なる怒気が漂う。

「元就、わしはこの男に何か約束したか？」

「それは……」

元就は細面を青褪めさせて絶句し直信も様子が違うと気付いたか濁った視線を狼狽えたようにさ迷わす。経久は、言った。

「直信、房信を攻めるそなたの兵からは妖気が漂っておった」

「……妖気？　尼子殿……其は一体……」

山陰の覇王は――凄まじい怒りの雷を叩き落とした。

「お主は房信の叔父。本来は甥である房信を助けて、その最大の危機に当たってわしと戦わねばならぬのに、命欲しさか、城欲しさか、土壇場で房信を見限り、嬉々として甥を攻め立て、一族や甥の重臣を討ち恩賞を懇望するあさましさよ……。経久は――お主が如き家人はいらぬ。この男を引っ立ていっ！　叩き斬れ！」

ばっと駆け寄った鎧武者どもに押さえられた直信は目に涙をにじませ、

「尼子殿、それでは約束がっ――」

「わしはお主と約束などしておらぬわ！　元就に、やってみろと申しただけよ」

「それはあまりです！　蔵田殿には城を落とした功がある。この恩賞如何に！」

「――黙れ元就！」

抗議した元就に、経久は鋭く、一喝した。厳しく手で制し、

「たしかに、城を落とした功はある。そのことには礼を言おう。直信」

経久が、床几から腰を浮かし稲妻を落とすような恐ろしい目で蔵田直信を睨んでいる。直信はふるえ上がった。

「だがお主には——罪もある。土壇場に陥った城で、同族を裏切り、殺し、己だけが助かろうとする武士らしからぬあさましき行い。これを次々天下に拡散してゆく大罪を犯した」

蔵田直信の唇はふるえていた。

元就は、必死に、

「尼子殿！　それでは何故、某に調略を許された！　そう仰せになるなら許さねばよい」

経久は冷厳に、

「黙れと言うたろう、元就。こ奴を許し過大な恩賞をあたえれば、この経久が行く先々でこ奴が如き男が出てくるわ。この男を引っ立てい！」

「はなせっ！　命だけはっ、命だけはぁ……尼子殿、お願いですっ」

身悶《みもだ》えする蔵田直信が尼子の鎧武者たちに引きずられてゆく。青褪めた元就は唇を嚙みしめ兀座《こつざ》している。尼子の部将や諸国人も逆鱗《げきりん》にふれるのを恐れ固く黙していた。

経久は……同時代の武将にくらべても自分への裏切りに恐ろしく寛容な武将である。

周辺の国人が牙剝いても、一度目は許すと決めている。

直信が裏切ったのは経久ではない。なら、何故、ここまで直信を憎んだか？

直信が見せた身内へのあさましい裏切りは経久に不快感をもたらしたが、それだけではない。経久は直信を一目見て――この男は誰でも裏切ると直覚した。では、直信の将来の裏切りで誰が滅ぶ恐れがあるか、経久ではない。安芸武田家……経久のためにずっと戦ってきた奈穂や、光和だ。自分への裏切りに寛容な経久だが、奈穂や光和への裏切りには不寛容だった。

己は一国人の裏切り如きで斃れぬ鉄の自信があるが、奈穂や光和は東西条が大内に寝返るという一手で深手を負い――滅んでしまうかもしれない。

だから災いの芽を――つんだ。盟友で姪婿、武田元繁の一件で冷たいわだかまりがあり、内なる野心があると見切った元就、この元就が手がけた調略であったことも作用したかもしれない。むろん、この一事が元就に屈辱をあたえたのは言うまでもない。

鏡山城における首実検は慌ただしい雰囲気の中でおこなわれる。

う。
　というのも、
「石見の大内勢が、お味方の三隅殿を激しく攻め立てております」
　益田、吉見が石見の尼子党・三隅を襲い、両牛尾が、三隅を助けに出ているとい
う。
　……わしを狼狽えさせ安芸から手を引かせようというのだろう。
　経久は思慮しつつ首実検に出た。
　この首実検の時、事件が、起きた。九歳の毛利幸松丸は生首を見るのを恐れて首実
検に出たがらなかったのだが、毛利の家臣たちは、
「首実検に大将が出ねば他家の者に侮られます。尼子殿、武田殿に、軽んじられまし
ょう」
　と、言い聞かせ、毛利の当主たる少年は、憐れにも首実検に出てきた。そこで見た
光景が衝撃だったのだろう……。幸松丸は陣にかえった後、熱病を発している。
　経久は可愛くてたまらない嫡孫の三郎四郎とそう歳が変わらぬ毛利の幼君を大変心
配し、幸松丸に薬をおくり、人をやって安否をたずねさせた。
　元就には警戒しているが幸松丸にはふくむところのない経久だった。
「わしはこれより長駆して石見に参り、攻められている味方を助けるが、幸松丸殿は
城にもどり、ゆっくりと静養されるように。城攻めの無理がたたったのであろう、く

れぐれも安静にされよ」

経久は毛利家に帰城を許し――三万の大軍を率い、馬上の人となる。

富田から東西条の移動も実に二十八里半（約百十四キロ）と凄まじかったが……安芸東西条から西石見三隅までの移動も二十里半（約八十二キロ）ある。しかも途中に険しい山々が立ちふさがっていた。

この険しい長距離をものの数日で尼子勢は疾駆し――石見に殺到する。

同時代の戦国大名でここまでの長距離を神速移動出来たのは尼子家だけだろう。

凡俗の大名ならば、陣夫として動員された百姓が音を上げ、消極的な動きになり、全体を鈍くする。また足軽雑兵も疲労困憊《ひろうこんぱい》しついてこれなくなる。

ところが尼子家の場合、領内の百姓が経久を慕っており積極的にはたらく。山陰の地には……野良仕事をしていた折、経久に労《いたわ》りの言葉をかけられた百姓、童の頃、山陰の冷たい冬に押し潰されそうになっていた時、経久から温かい衣服をもらって涙した百姓、飢餓に襲われていた時、経久が差しのべた米で命をつなげた者、あるいはそういう話を親や妻から聞かされた者が大勢おり、この男たちが、尼子様のためにははたらきたい、と猛然と動くのだ。

さらに尼子の足軽雑兵には合戦で傷ついた時、経久からはげまされ、経久に手当てされた者が多い。尼子の兵は経久に鉄の忠誠を誓っており、ゆきとどいた鍛錬と、山陰の厳しい自然により、足腰が丈夫であった。

故に、他の大名の想像を絶する——神速の移動が可能となった。

「ま、経久は石見には来ぬじゃろう。ただ安芸に深入りできず、出雲に退くじゃろう」

などと語らいつつ尼子方の三隅や小笠原、これらを助けに出てきた牛尾三河守、牛尾遠江守と戦っていた益田、吉見は、突如、西石見に殺到した尼子勢三万に、横腹を突かれ、深手を押さえながらほうほうの体でおのおのの城に逃げ、閉じ籠もっている。

尼子の大軍は——石見最大の国人で、大内の重臣、益田の七尾《ななお》城、吉見の三本松《さんぼんまつ》城を取りかこみ、猛攻を仕掛ける。

……この際、益田、吉見を討って、石見一国を切り取ろう。

石見を取れば長門が、長門を取れば、敵の心臓・周防山口は、目前だ。

その時——気になる知らせが二つ、経久に入った。

一つは、大内の大軍が、益田、吉見を救うべく、石見を目指している。二つ目は安芸からだ。鏡山城で熱病を発した毛利幸松丸が病死した。——九歳だった。

「憐れな……」

幸松丸の死を悼む経久だが知らせの続きに眉を顰める。

「毛利領内では……御屋形様が幸松丸に首実検の立ち会いを強いたことで幸松丸が熱を発したという噂が流れておりまする」

「何？　わしのせいで幸松丸が病死したといわんばかりではないか」

それは事実ではなかった。経久は、幸松丸に首実検を強要していない。

――誰がその噂を流しておる？　志道広良《しじひろよし》か、あの男か、陶か……？

志道広良は毛利家中の大内派の筆頭だ。知恵深き策士で、その知力は元就に匹敵する。

あの男とは当然、蔵田直信の一件で誇りを傷つけられた男だ……。

毛利の中には、志道広良ら大内派、元就ら中立派、尼子派が、いる。

元就は――志道広良との関係はよいようだが、大内派には大内氏に媚びを売り、元就を馬鹿にする輩も多く、この者たちとは犬猿の仲だった。だから元就は尼子派や妻の実家で親尼子の吉川家に近づき、寧波の乱以降の尼子の勢威拡大という時流の波に乗り、毛利という家の舵《かじ》を大内の方から尼子に大きく切ったわけである。しかしその毛利で早くも別の方に向かおうとする波が生まれている。その波音を、石見に陣取る経久は聞いていた。

「――毛利の跡目はどうなる？」

経久は問う。安芸にくわしい亀井秀綱が、

「はっ。志道広良ら大内に心寄せる者は元就を、当家に心寄せる者は元就の弟、元綱《もとつな》を当主にしようとしております。中立派は右往左往しております」

元就の弟、元綱は兄と異なり、思慮に乏しいが、武勇に秀でた荒武者だった。鏡山城攻めにもくわわっており……国久ととても気が合うようであった。

……元綱の方が御しやすそうだ。国久とも意気投合しておったしな。義兄上には悪いが……元就は危険だ。

迫りくる大内の援軍に備えつつ、毛利の跡目について思慮した経久は、亀井秀綱に、

「吉川の義兄御は元就を跡目にというご存念だろうが、わしは反対だ」

――元就の野望、吉川家にすら仇なす恐れがある……。

「当家は元綱を跡目に望む。そのように毛利家中の我が方の者どもにつたえよ。中立派を、切り崩せ」

経久が月山富田城にいたならばこの計略にもっと本腰を入れられたはずだが、経久は多くの用心と知力を、目前の益田、吉見、さらに大挙して迫りくる大内の大軍にそそがねばならぬ――。

直後、さらに深刻な一報が今度は伯耆の久幸からとどいている。

「伯耆守護・山名澄之様が……」

山名澄之……この人は経久、久幸が神輿としてかつぎ上げ、十七年前に名ばかりの伯耆守護に就任したのだが、実体的な権力は、無い。伯耆の政務は久幸がとっている。

「この十七年の間にご自身が政から遠ざけられていたことにご不満をため込まれていたご様子」

久幸は澄之と上手くやってきたのだが、それでも守護としての誇りから、澄之は自身が尼子に利用されているだけではないかという不満を、十七年かけて溜めてきたようなのだ。

「澄之様の側近、行松《ゆきまつ》入道が……南条、小鴨と盛んに連絡を取り合っているようです」

行松入道は――澄之の数少ない家来で、大山教悟院《きょうごいん》の山伏でありつつ、伯耆尾高《おだか》城主でもある。教悟院と尾高城、二拠点をもち、山伏と侍、二種類の家来をもつ。老練な戦巧者で山岳戦に秀でていた。

澄之、行松入道、南条、小鴨が、反尼子の一斉蜂起をくわだてているというのだ――。

「澄之様が……ご謀反とな？」

伯耆守護・山名澄之が経久、久幸に謀反というのもおかしな話だが、伯耆の民は久幸の統治になついており、いくら守護とはいえ、力による無用の変更をもくろみ、内戦を起こすというなら、これは上から下への謀反というほかあるまい。

山名澄之の謀反計画、この重さは……石見の戦、毛利の家督どころではない。

伯耆全土を揺るがし混乱は出雲にもおよぶかもしれぬ。

――いま少しで益田、吉見を討てそうであったが……止むを得まい。兵を退くほかない。

だがいきなり和議を申し出れば敵に足元を見られる。

謀聖は――石見入りした夥しい大内の援軍を夜襲して恐慌に陥れ、敵がひるむや、

「ここらで矛をおさめませぬか？」

と、言いおくり、すかさず和議を成し遂げて三万の大軍を出雲に翻す――。

頃は陰暦八月。大気を涼しさがおおい、秋の虫が盛んに鳴き、頭を垂れた稲穂に百姓衆が鎌を入れる頃である。伯耆の動きにそなえるべく石見から一路、月山富田城にもどる経久。

澄み切った空に数多の雲、取り入れ時をむかえた田と、その向こうの亀が伏せたようなだらかな小山の連なり、その小山の竹藪、目になじんだ出雲の光景が、経久をつつんだ。

一面黄金に輝く田に鎌を入れる百姓衆は幸せそうだ。雀の声に耳を楽しませなが

ら、銀髪の謀聖は穏やかに目を細める。

……さな……そなたのいる法勝寺に夢中で馬走らせたのも、取り入れ時だったな？あれからわしは幾度、戦場を、往来したことか……。東に西に、何度、走ったものか。あの百姓衆のように和やかな日というものをすごしてみたいものよ。

それは——無理なのかもしれない。経久は彼ら彼女らが和やかな日をすごすために、戦いつづけねばならないのかもしれない。

……そなたの許にゆく日ももう近いのかもしれぬ。今出来ることを全てなし、わし亡き後の布石もしかと打っておくつもりぞ。

そんな経久に、安芸から、穏やかではない知らせが、とどく。毛利家中の大内派・志道広良が、突如、評定をもよおし、巧みな弁舌で中立派を引き込み毛利の家督を元就に決めたという。経久が石見の大戦、伯耆のきな臭い動きに全用心をそそいでいる、まさに、その虚を衝いた出来事だった——。尼子派の元綱案は広良が主導権をにぎる評定でくじけた。

……やりおるな、元就、広良。

本音を呑《の》み込《こ》み経久は、しごく穏やかな顔で、

「元就殿が跡目か。めでたいことよ。……祝いの品を、安芸に贈らねばなるまいよ」

経久が月山富田城にもどると山名澄之、行松入道、南条、小鴨らは、固唾を呑んだ

ように大人しくしているとのことだった。経久は、久幸に、

「何も、気付かぬふりをしておれ」

モグラが出てきたところで、一気に叩くのだ。

すでに手厚い香典をおくっていた経久が家督祝いの品を毛利家に贈ると、毛利元就も月山富田城に伺候し変わらぬ忠誠をのべている。

だが、元就との間に開けた深い亀裂を、経久の眼は、しかと見ていた。元就も同じだろう。変わらぬ忠誠をのべているとはいえ今の毛利は大内派がにぎりつつある。

——元就はまだ、わしからはなれるのは早いと思うておるのだろう。

ちなみに富田にいる毛利の人質には厳重な見張りがついている。

経久は、表面上は、元就に友好的に接し、元就も、慇懃なる受け答えをする。

——二人とも役者であった。

元就が安芸にかえると亀井秀綱が目通りを願い出、毛利家中の尼子派が、

「……元就に反乱し、元綱を跡目にしたいと言うております。元綱は御屋形様に心から敬服しておる由。……如何取りはからいますか？」

経久は、考える。

経久の版図は、出雲、隠岐、西伯耆、石見の大部分（益田、吉見領をのぞく）、西美作、備中の大部分（大内方・三村領をのぞく）、備後、安芸の一部に、およぶ。

これらは三種類にわけられる。

一つ目が尼子の直轄地が多い、東出雲、隠岐、西伯耆、東石見の大部分、西美作。岩盤というべき尼子の支持基盤でこの地の侍と経久は強い信頼でむすばれている。

二つ目が熱烈な尼子党国人が治める地域。西出雲の赤穴久清の封土、新見蔵人の北備中だ。ここも岩混じりの硬い地盤で、滅多に揺れぬ。元は外様《とざま》だが、江戸幕府の譜代大名が治める地に近いかもしれない。

三つ目が、外様大名というべき、何処か油断ならぬ男ども、尼子の方が勢いがあるのでそちらにまわっている、国人たちが治める地域。南備中、一応、興久の舅の山内大和守がいる備後、元就がいる安芸、石見の一部などだ。流動的地盤で何かあると大内山名にざーっと流れてゆく恐れがある……。

またこれとは別に——同盟相手であるが、尼子より立場が弱い大名、安芸武田、因幡山名がいる。

経久は毛利にそこまで衝撃の強い調略をかけた時、三つ目の地に出る影響、それが大内を利さぬかという疑いと、元就が今後もたらすであろう脅威を天秤《てんびん》にのせ思案した。

細面の亀井秀綱は三十代の働き盛り。強い力を込めて、

「某におまかせ下されば、毛利の家督、元就から、元綱に、替えてご覧に入れます」

一抹の不安が漂う。秀綱は頭が切れる。が……その名の通り、秀才というべき武士で、謀の天才であった山中勘兵衛ほどの凄みのある策が、秀綱からは出てこない。むろん秀綱も経久からまかされた調略を成功させてきた。だが秀綱から出る調略に、勘兵衛の謀計にあったような大きさや、深みは、無かった。

……昔のわしならこの手の調略はわし自らおこなうか勘兵衛にまかせたものだが。だが、経久は数ヵ国の太守で、もっと大きな仕事に追われており、このような仕事はどんどん家来にわりふらねばならない。そして……勘兵衛はもういない。

……秀綱には勘兵衛くらいの策士になってもらわねば。

遂に決断した経久は亀井秀綱を鍛える意味も込めて、

「――あいわかった。毛利の家督、元綱に替えてみよ。鉢屋者をつかえ」

が、少し後――亀井秀綱が沈痛な面差しで、声をふるわし、

「御屋形様、申し訳ございません……。某のやり方にぬかりがあったようですっ。元就に計画を気取られました。元就は弟の元綱を突如夜襲して討ち滅ぼし、元綱の党派、すなわち当家に心寄せる者を強襲――主だった者を討ち取りました。某……死んでお詫びしとうございますっ」

「馬鹿者！」

眦《まなじり》を決した経久から、怒声が、飛ぶ。

「そなたの失敗は経久の失敗でもある。そなたは——大切な家来。ただ一度の失敗で腹を切られたら、わしが困るのだ。何が失敗の原因であったのかしかと考えてみよ。そして、次は成功させろ」

失意の近臣をたしなめ、下がらせた経久の面差しは——暗い。

元就は弟を討った後も経久の謀があったとはつゆ知らなそうな顔で経久とつき合いつづけ、経久もまた、彼《か》の調略の深奥に己がいるとはおくびにも出さず、元就と向き合う。

だが、出雲の謀聖と安芸の若き謀将の間では——冷たい火花が静かに散っていた。

大永四年（一五二四）四月。この頃、経久は毛利のことに心を悩ませ、伯耆の動きを気にしていたと思われるが、それを家来に見せなかったのであろう、日御碕《ひのみさき》神社修造の大がかりな指示を出したりしている。

身軽な経久は一族郎党をつれ出雲の西北端、日御碕神社に足をはこぶ。何処の修理が必要かの検分だった。経久一流の経済刺激策で、内乱を計画しながら経久を恐れて微動だにせぬ伯耆の敵を、戦の庭に引きずり出すための策でもある。

日御碕神社は経久の娘たちが嫁いだ杵築大社から北西一里半。

北と西に、広々と海を見渡せる、溶岩がつくった断崖の上にある。

だ。

祭神は天照大神《あまてらすおおみかみ》。

この神社は、伊勢神宮《いせじんぐう》と対になる神社である。

伊勢神宮は日の出の時の天照大神を祀り、日御碕神社は日没に神を見て祀ったのだ。

いわば、落日の社。

海に近い、丹《に》塗りの柱と白壁が雅な社に詣で、検分をすませた経久は尼子一族を引きつれ、浦人の村をたずねる。

突然現れた経久に歓喜し、驚愕《きようがく》する浦人たちに気さくに声をかけた謀聖は、

「漁師の家をたずねてみようぞ。邪魔してよいか」

と言い、嫡孫で十一歳の三郎四郎、国久夫妻、国久の三人の男子——上から孫四郎、新四郎《しんしろう》、小四郎《こしろう》、その妹の美緒《みお》、そして経久三男、二十八歳となった半分城主・塩冶興久、経久の末娘で杵築国造北島夫人、いとうを引きつれて、悠然と漁師の苫屋に入った。

経久の長女で杵築国造千家夫人、いすずと、いすずの娘、政久の未亡人で三郎四郎の母（山名兵庫頭の娘）は漁家に入るのをはばかり侍女や侍にかこまれて、漁村の一隅に佇んでいた。ちなみに塩冶興久の妻で山内大和守豊成の娘、たまはここに来ていない。

『先日、病にかかり今日は体調がすぐれぬゆえ……真に残念ながら、ご遠慮したいとのことです』

身の丈六尺豊かの大男で、首太く、丸太の如き手足をもつ興久は、厳つくも凜々しい顔をかしげ、刃物のように鋭い目を細めて話している。

三男の嫁、たまにも言い置きたいことがあった経久……少し残念な気がした。

経久は煙と魚の臭いにみちた薄暗い小屋で浦人の老夫婦と笑顔で語らい、何か困っていることはないか、今、領主に望むことは何か、ごく自然に訊き出した。

内向的な若君、三郎四郎は政久に驚くほど似た目を細め、うつむき加減に経久と老夫婦の話を聞いていた。国久の子たちはこの家の煙臭さを何とも思わぬようだが三郎四郎は気になるようだ。

父、政久を──五歳で亡くした三郎四郎は母親と乳母、母親の侍女たちにそだてられていた。経久は跡取りたる孫に逞しさが足りないと気になっている。

たとえば経久は、乗馬や相撲は怪我して覚えるものと思うが……三郎四郎の母や乳母、侍女はそうではないらしい。三郎四郎がかすり傷一つ負うのも極端に厭《いと》うのである。

……こんな時……さな……そなたがおってくれれば……。わしはどうも政久の嫁や三郎四郎の乳母に、もっと武将らしく逞しゅうそだててくれと上手くつたえられぬのよ。わしの言葉は……あの者たちに上手くひびかぬようだ。

百戦錬磨の謀聖、多くの敵を薙ぎ倒してきた謀聖だが、孫の育て方に対する意見を孫のまわりで養育にたずさわっている女たちに、上手くつたえられず、悩んでいる。

武勇にすぐれた家来に三郎四郎を鍛えさせようとしても乳母や侍女たちがすぐ介入し、若君をきつい言葉で叱らないで下さいませ、などと言う。

……それでは、鍛錬にならぬ……国久ならば乳母も何も申せまいと思い、国久に甥、三郎四郎の武芸師範を命じたが……これがよくなかった。

浦人の老夫婦との話に強引にわり込んできた次男、国久を見つつ、

……こ奴は身内で遠慮がない……。

国久は熱が入りすぎ、三郎四郎を叱る言葉は激しくなり、三郎四郎は萎縮してしまった。

……武芸の鍛錬は家来にまかせ、むしろ学問を久幸に学ばせた方がよいのか？

ちなみに国久の子はいずれも武芸に秀でている。

嫡男、孫四郎は十五歳で国久より頭一つ高く、肩幅広く、腕太く、眼光鋭く、言葉少なで、猛者の片鱗《へんりん》を早くも顕し、叔父の塩冶興久に「昔のわしに似ておるわ……」と、ずいぶん気に入られている。

次男の新四郎は兄に負けない武芸の素質をにじますも穏やかで人懐っこい。

三男、小四郎は美形で国久の子でありながら学問を好み……乗馬や弓矢も得意で、経久、久幸の若い頃に似ているといわれる。

その妹の美緒は十歳で明るく活発だった。さながいたら、大のお気に入りになったろう、兄たちにまじって木刀を振りまわすのが好きな子だった。

「御屋形様。せっかくこられたゆえ、むさくるしい漁師の料理にございますがどうぞ、召し上がっていって下され。ここではいかにも手狭ゆえ日御碕の上におもちしましょう」

漁村の翁が言ったので、

「おう、喜んで馳走になろう」

経久は夕餉の礼と言って金子、絹布を村の者たちにわたし、一族郎党をつれて日御碕に向かう。周りは幾多の死闘を潜り抜けてきた、精兵ども、鉢屋衆が固めているため、たとえ刺客が潜んでいても、手出し出来ない。

トベラという木は――扉と書き、イワシなどと節分の鬼除けで戸口にさしたことから、その名がついたという。

トベラの木が大人より少し高いくらいの藪をなしていた。密なる藪に出来た小径《こみち》を経久と尼子一族はゆく。緑の洞穴同然に行く手がすぼまり前方から赤い光が差していた。

その光の中に経久たちは潜り出た。

海が――広がっていた。

海猫の叫びが頭上で聞こえ、左右を見れば矮小《わいしょう》な松、ひょろりと背が高い松が立っていた。断崖絶壁の上であり潮鳴りを立てる西の海に沈もうとする日がよく見える。

日御碕神社が神として祀る落日だった。

岩がちな地面に、家来たちが、莫蓙をしいてゆく。赤い夕陽《ゆうひ》に照らされ海の轟き、海猫の叫びを聞きながら、謀聖は、海の彼方を指す。

「あの日が沈む辺りはどの辺りか？　鎮西であろうか？　わしは若い頃、鎮西辺りまでは、四つ目結をなびかす所存であった。東はどうか？」

さっきの薮が茂り、子供たち、孫たちが佇む方に体をまわし、

「京の都にまですすむつもりであった。全て平定してな……。ちょうど同じように西日に照らされた都を比叡《ひえい》の高みから見下ろしながら今は亡き友とそのような話をしたものよ。伊勢新九郎という男だ。相模、伊豆、二ヵ国の大名となった男よ……」

銀髪の経久は目路の限り広がる海に沈む落日をもう一度振り返り寂し気に――、

「その夢……果たせなくなりそうだ」

……わしにのこされた時はもう、多くあるまい。

「父上！　何を仰せになるっ。百まで生きて下され。さすれば、果たせるわっ！」

国久が、吠えた。経久は国久を見てゆっくり銀色の頭を振り、

「そなたらが引き継げ。――出来るか？」

「おう！」

国久が野太い声で答え興久は無言で首肯した。経久は、三郎四郎、今は亡き政久の妻、いすずとその娘、国久夫妻、国久の四人の子、興久、いとうをぐるりと見まわし、

「敵はわし亡き後――そなたらの間を引き裂こうとしてくる」

国久、興久を、鋭く見据え、

「兄弟仲良く」

いすず、いとうに、

「姉妹仲良く」

まだ幼い者たち――三郎四郎や国久の子らに、

「孫たち同士、仲良く。これを心がけよ。ここにおる者同士が争ってはならぬ。……疑い合うな。心得たか？」

「得心しました！」「はいっ」「心得ました」

子供たち孫たち嫁たちは、答えた。

「――よし。武門に生まれたからには……文武両道を心がけねばならぬぞ。文とは己

の好むものだけくわしゅうなることではない。幅広くものを見る知を深めることぞ。もう何度も言うておるが……国久は書物を読むように」

「あ……はい」

「興久は兵書や軍記物のほかにもそっと視野を広げねばならぬ」

「…………」

子供たちに語りながら、孫たちにも語っているのである。

「お、夕餉が参ったようだな」

莫蓙に座り、夕餉を食す。

ウニの膾《なます》、白イカの膾、ヒラマサの膾、イサキの塩焼き、もずく、白米、海藻の吸い物。

そんな夕餉を箸でつつき、経久は白湯を、弱いくせに酒好きの国久、吉川の血を引いた酒豪、興久は濁り酒をたしなんでいる。経久は三郎四郎がウニを食わないのを見て、

「ウニが……嫌いか？」

「……磯《いそ》の臭いが、どうも苦手で」

「わたくしに似たのです」

三郎四郎の隣で政久夫人が言う。経久は、残念そうに、

「……せっかく、浦人がもってきてくれたものだ」

するると、からっとした声が、

「三郎四郎殿！　ウニがお嫌いなら、わたしに頂戴！　わたしは大好物なのよ」

国久の娘、美緒だ。母親である多胡夫人に似て、きょとんとした蛙のような愛嬌のある少女だった。三郎四郎は従妹に向かって躊躇いがちに、

「……うん」

丸い目をした美緒は経久に、

「祖父様《おおじ》。よいですよね？」

経久は、ほろ苦い顔で、微笑み、

「全く美緒は……食い意地がはっておるな」

「はいっ！　二親に似ました」

国久夫妻がぶふっと咳き込む。尼子家の人々は、どっと笑う。三郎四郎のウニを美緒が、真に美味《おい》しそうな顔で食べる。惚れ惚れするほど……幸せそうな顔で食べる美緒だった。そんなに美味しいのだろうかと不思議そうな顔に、三郎四郎は、なる。

「三郎四郎殿も、食べてみる？　この美味しさがわからないなんて、奇怪《きっかい》だもの」

美緒に言われた三郎四郎は少し迷ってから首肯し美緒がもどした皿から最後の一切れを取り、口にはこんだ。

「……どう？」

「……美味しい……かもしれない」

「よかった！」

美緒は顔を輝かせた。で、申し訳なさそうに、

「だけど……貴方の分、ほとんどわたしが食べてしまったわ……」

と、水のように酒を飲んでいた興久が、

「父上……先刻の話だが、父上はいつもわしにいろいろの書物を読めと言う。だが、孔子や、釈迦《しゃか》の言葉が、この乱世に敵を退かせるように思えぬ」

「興久……そなたはいつも父上に口答えするが、よくありませんよ」

いすずがたしなめるも経久は手で制し、据わった目で己を睨む三男に、

「そなたはいつも戦ばかりしておるのか？　戦のない時に領民を治めたり、裁いたり、今のように家人やしたしき者と飯を食うたり、談笑したりせぬのか？」

「よし、わかった。領民を治めたり、裁いたり、それには書物で得た知恵が必要かもしれませぬな。それは利綱ら、よう書物を読んでおる家人にまかせます。わしは、戦のことだけやる。さすれば……」

経久は頭を振り、

「——それは違う。亀井らに治国や裁きをまかせたとしても、そなたは戦以外のこと

をしておる時が多いはずだ。そこでふと迷うた時……孔子の、己の欲せざるところは人にほどこすことなかれ、という言葉、あるいは、善を挙げて不能をおしうれば則《すなわ》ちすすむ……善人を引き立て能なき者にしかとおしえれば、物事はすすむという言葉、これらの言葉から何一つ学びがないと思うか？」

岩場に視線を下した興久はより尖った目で、経久を突き刺す。

「孔子や釈迦は皆、古い人じゃ。わしは古い者の考えにすがらず、己の頭で考えたいのよ」

「何をごちゃごちゃ父上に口答えしておるんじゃ、興久ぁ……」

酔うてぐにゃぐにゃになった声で国久が言う。国久の顔は、赤い。

経久は言った。

「わしは残念ながらそなたの言葉が百年先、千年先にのこるように思えぬ。……わしの言葉ものこるまい……。だが、孔子や孟子、釈迦の言葉は千年後にものこった。唐土や天竺にとどまらず大海《わだつみ》をこえ遠く日の本まで轟いておる。それだけの……徳の光があるからよ。何故、そなたはそこから一摑《つか》みも学べるものがないと言い切れるのか？」

「………………」

経久は静まり返る一族を見まわし、

「……人が犬や猫、狐狸《こり》と何が違うか、わかるか？　犬に歴史があり、それを史書にして、後の世の犬につたえておるか？　猫が物語をつくり、それを子や孫の猫が楽しんでおるか？　狐狸が和歌を詠んだためしがあったか？

……歴史も、その中に生きた者たちの生々しい声がのこった古典も……物語も、詩歌も……人にだけあるものよ。人にだけある宝よ。そのかけがえのない宝に少しもふれようとせぬそなたをわしは父として残念に思うだけだ……。だから、いろいろ申すのだ、興久」

その時、尼子一族の夕餉を邪魔せぬよう遠巻きに鎮座していた群臣から亀井秀綱がやってきて、

「御屋形様、伯耆から鉢屋者が……」

打って変わって冷厳なる面差しになった経久は、

「――左様か」

黄昏の青い気にひたされた崖際に動き鉢屋者の報告を聞く。

「伯耆の山名澄之様、行松入道の勧めで法勝寺から打吹城にうつり、我らと一戦せんと目論んでおられるご様子。そこに、南条、小鴨の援兵も向かおうとしております」

……遂に動くか。澄之様。いいや、澄之。

「わかった。三郎四郎、国久、興久、参れ。何？　……国久が寝ている？　孫四郎、

新四郎、小四郎、そなたらの父を叩《たた》き起《お》こしてここに引きずって参れ」

経久が日御碕神社に詣でるや案の定、伯耆の澄之たちは動いている。

予期していたことであった。

経久は、久幸に手を出さぬよう命じ、この際、伯耆の膿を全て出し切ろうとする。

山名澄之は——行松入道がつけた兵に守られて打吹城に入るや、尼子氏の統治を終わらせ、自らが伯耆をこの手で治めると宣言、尾高城の行松入道、羽衣石城の南条国清、岩倉城の小鴨掃部助、さらに北条《ほうじょう》堤《つつみ》城の山田《やまだ》高直《たかなお》らが呼応した。

さらに反乱の火の手は尼子方・山名豊治が守護をつとめる隣国因幡にも燃えうつる。豊治の従弟で但馬山名の後押しをうける、山名誠通《のぶみち》なる者が雪崩れ込み、因幡山間部の地侍などが呼応している。敵の総本山、但馬山名と大内義興はもちろん、伯耆守護・山名澄之、因幡の山名誠通への熱烈なる支持を表明した。

経久も黙っていない。両牛尾と赤穴に西の守りをまかせた経久は、法勝寺の久幸、国久と塩冶興久、経久と興久の側近をそれぞれつとめる亀井兄弟——秀綱と利綱、若林伯耆守、黒正甚兵衛、経久の旗本となった伯耆日野衆、忍び頭・鉢屋治郎三郎、臨時雇いの鉢屋者でもう老人のはずであるがやけに若作りしている笛師銀兵衛ら錚々たる面々を引きつれ——伯耆の敵領に雪崩れ込んだ。

敵の予想を超える電撃的な動きだった——。

大永四年五月のその日、伯耆には物憂い雨が降っていた。

二十八歳の南条国清とやや年かさの小鴨掃部助は羽衣石城で遊女たちをはべらせ、酒を飲みながら、博奕を打っていた。二人は昨日まで打吹城の山名澄之の許に伺候していたが、

『尼子はこの間まで大内と戦っておりました。しばらくは、兵をやすめ、こっちには来ますまい』

などと言い、尼子は攻めてこぬかと不安がる澄之を強引に安心させて彼の地にのこし、帰城の許しを得ている。そして小鴨は羽衣石城に寄って遊んでいる。

若き南条国清は、かつて経久に討たれた南条宗貞の孫で——宗貞によく似ていた。骸骨の如き痩せた男で面長。双眼は異様な眼光でギラついていた。だが、肩の筋肉、右の上腕筋は瘤《こぶ》のように発達しており、体中に刀傷槍傷がある。

左腕は、肘より少し下からすっぽり断ち切られている。

南条の左腕を切ったのは……何と、目の前で遊んでいる小鴨掃部助という。

陰徳太平記によればある日、南条、小鴨で酒盛りをしていると、些細《ささい》なことで口論になり、逆上した小鴨が抜刀。南条の左腕をぶった斬ったのだ——。

南条の郎党は猛然と駆け込み、小鴨の侍と斬り合いになった。南条の家来に心得の

ある者がおり咄嗟《とっさ》の止血が上手くいった。片腕をうしない、郎党に修羅場からかつぎ出された南条は苦しむも……途轍《とてつ》もない生命力で息を吹き返したという。

当時の医療技術を考えれば想像を絶する話である。

さて、命の危機から立ち直った南条国清は、経久と戦うには小鴨と手をくむほかないと考えた。こうして二人は固く仲直りして……今にいたっている。

片腕の猛将、南条国清、ただ座っているだけで底知れぬ生命力の波動を滾々と漂わせる男であった。半裸で博奕を打ち、遊女がそそいだ濁り酒を口にふくんだ南条国清は、

「のう、小鴨殿よう」

「何じゃい？」

負けが込んでいる小鴨掃部頭は険しい顔だ。こちらは浅黒く毛深い小兵だが、屈強。頬に十字傷があり目は小さく受け口だった。小鴨は苛々《いらいら》と濁り酒を口にふくむ。

「御屋形様は……いろいろ小うるさく我らに指図するお方よなぁ」

「それがしたくて挙兵したんじゃから。尼子の苦労もわかるわい」

二人は――腹の底から哄笑した。

「ああ、またやられた。だがわしらの兵がおらねば何も出来ん」

小鴨が言うと、傍らにしどけなくはべっていた遊女が、

「いいんですか？　小鴨様、お屋形様にそんなこと言って」

小鴨の毛むくじゃらの腕が遊女を掻き込むように抱き寄せ、

「告げ口するなよ」

「さあ……どうでしょう？」

「生意気な。そなたの言葉を全て吸い出し告げ口を止めてくれるわ」

小鴨がしようとした強引な口づけは、次の一声で止められている。

「大変ですっ！」

鎧武者が駆けてきて、

「尼子経久、大軍を率いて伯耆に雪崩れ込み久幸と合流しました！」

「何っ？」

南条、小鴨がはっとすると、もう次の知らせが、

「申し上げます！　行松入道殿の尾高城が落とされ、入道殿……行方知れずとあいなりました」

「――もうか？」

さらに、山賊上がりの乱破が息を切らせて、

「亀井秀綱、松田《まつだ》満重《みつしげ》率いる尼子水軍、忽然《こつぜん》と天神川《てんじんがわ》河口に現れました。すると、地侍が蜂起、亀井松田と合力して北条堤城を襲ってもう落としたようですぞっ。亀井と

一揆《いっき》の者どもは天神川をさかのぼり——打吹城を目指しておりますわ！」

「それはいかん」「すぐに参ろうっ」

などと言っていると……澄之救援どころか、羽衣石城下、己の城下が何やら騒然としてきた——。バタバタと足音がして、家来が、

「殿ぉっ、博奕どころではありませぬぞ！　郎党の半ば、村々が一揆を起こし、城下に攻め寄せて来ています！　裏切り者が攻めてきます！」

鬼の形相で南条国清は、

「おのれ……経久、久幸！　早くわしの腕に槍をつけよ！」

南条国清（南条宗勝《そうしょう》ともいう）は——途中で斬られた左腕に槍を固定し、これに右手を添えて戦ったとつたわる。

尼子経久が起こしたこの戦いを——「大永の五月崩れ」と呼ぶ。

経久は長い時をかけて南条、小鴨やこれに近い領主が住む東伯耆、中伯耆に、様々な身分の者に化けた鉢屋者、昵懇《じっこん》の商人などを住まわせ、南条、小鴨に不満をいだく者、その統治に疑念をいだき、尼子の統治に憧れる者を少しずつ味方につけてきた。

また鉢屋衆や尼子の密命をおびた商人は病の身内がいる者には薬を、銭に困っている者には銭をあたえることで、味方をふやした。

こうして味方をふやしてゆく定住型の諜者とは別に伯耆各所を漂う諜者《ちょうじゃ》もいた。

鉢屋衆はもちろん、杵築の檀所持ちや、巫女たちなどである。

この定住型、漂流方、いずれの諜報網も幾本もの枝となっていて、一本を南条、小鴨が断ち切っても全てを切れるわけではなかった。この二種類の諜報網により経久は出雲にいながらにして南条、小鴨の動きなど手に取るように知り――いざ経久が伯耆に入ったら武士の反乱、百姓一揆が怒濤となって連鎖的に起きるように仕掛けていた。

この仕込みに――幾年《いくとせ》もかかった。

左腕に槍が固定された時、裏切り者の手勢が押し寄せてきて矢を放ってきた。

凶暴だが、身内と女にやさしい小鴨は、

「女ども、あっちに逃げろ！」

遊女の盾となって懸命に矢をふせぐも、南条は酌をしていた遊女をぐいっと摑み、その女を盾にして矢を受ける――。手の中で痙攣《けいれん》して死んでゆく女に、冷ややかな声で、

「……悪いな」

言うが早いか遊女の死骸をはなし、酒壺を手に取って矢を射てきた敵の顔面に投げてひるませ、一陣の風となってその男に駆け寄り、左腕に固定した槍で喉をつんざいて討ち取っている。

南条は次なる裏切り者を突き殺して恐ろしい咆哮を上げ、

「小癪な裏切り者など蹴散らしてくれるわ！」

「その意気じゃ、南条のっ」

太刀を引っさげた小鴨も隣に立ち味方をたばね尼子方に呼応する反乱軍にぶつかった。

南条、小鴨、いずれも平服だが腹巻を着込んだ敵に一歩も退けを取らない。

小鴨の太刀捌《さば》きもかなりのものだが……その小鴨の一太刀で片腕をうしなった、南条国清の槍捌きの方が――凄まじい。

骸骨の如く痩せているが強靱《きょうじん》な体をもつ片腕の猛将が咆哮を上げて左腕に固定した槍をくり出すや――もとは家来で今や尼子方となった武士の首は張り裂け、尼子を呼び込もうとする一揆の百姓の心臓は赤い穴を開けて壊され、次々血飛沫《ちしぶき》が噴き上がった。

南条、小鴨が、尼子方の蜂起を押し返す。主殿から弓場に雪崩れ込みながら戦う。

と、南条の眼は――見慣れぬ武士の一群をみとめた。

裏切り者の武士や百姓にまじって戦い、きびきび指図する知らぬ顔の鎧武者どもがいる。

――尼子の家中かっ。彼奴らを潰せば、謀反の者どもを一掃出来そうじゃ！

南条にとっての謀反だから……経久の策動により、今まさにここ、羽衣石城で起きている武装蜂起のことである。南条、小鴨は、いつの間にか南条領に入り、内乱を誘発していた小人数の尼子兵に馳せ寄る。向こうもこちらに気付き一人の素早い兵が駆けてきた。

小柄でいかにも敏捷《びんしょう》そうな若者で揉《も》み上《あ》げは長く眉太く目は細い。

「そこなるは南条殿か！」

「おう！　何じゃ、小童《こわっぱ》！」

不敵な小兵は、猛気を放ち、

「小童ではないわ！　尼子経久様が若党、乙若《おとわか》、生年十七！　これが、初陣っ。名字ももたぬ軽輩だがお主を討って——功名立ててくれん」

「小癪な小僧がぁっ、殿がうぬ如き下郎の相手をするかぁ！」

南条の郎党二人、長槍の男と小薙刀の猛者が、尼子の侍、乙若に向かう。

みじかい手槍《てやり》をもった乙若に長槍が突き出されるも、乙若、さっとかわし、手槍で長槍の男の左裾を払い、瞬時に身を低めつつ右裾も払い、茫然としている長槍の男の鳩尾を下から突いて——仕留めた。次の刹那、薙刀が乙若を襲うも後ろ跳びしてかわし、石突を前にして旋回させた槍で薙刀の武士の霞《かすみ》（こめかみ）を殴打。そのまま器用に流した槍で薙刀を巻き込みながら落とし——相手の胸、そして喉を連続的に突いて息の根を止めている。

経久は、貧農の子やあぶれ者、浮浪児などをどんどん家来にして実力や、心延《ば》えの良さなど美点があればすぐ引き立てるとの噂だが、乙若もそうかもしれない。

「少しはやるようだの、小僧っ」

言いながら隻腕の猛将は——乙若に襲いかかっている。

南条国清と乙若、数合激しく打ち合うも、決着がつかぬ。互いの槍が体を傷つけ合うが、こうなると小袖姿の南条が不利である。

と、後方でどよめきが起きる。乙若から後ろ跳びして顧みれば、新手が突入していた。

——恐ろしい大男だった……。

身の丈六尺三寸強。凜々しい顔をした鬼柄者で萌黄縅の鎧を着込み三間柄の大身槍を軽々と振るい南条兵、小鴨兵を薙ぎ倒していた——。

新手の大男が、血の雨を降らせつつ、小柄な乙若に、

「乙若、大丈夫か？」

小鴨が歯ぎしりし、

「まずい……雲伯《うんぱく》一の猛者、若林伯耆守じゃっ、これ、逃げるが勝ちぞ！」

小鴨が飛ぶように逃げ出した。小鴨の侍も、足をもつれさせて、主を、追う。

……乙若だけでも厄介だが、もっと厄介なのが来たな。

面貌を歪めた南条国清は、

「乙若、よぉく首をあらっておけよ！」

言いすてるや、立ちふさがる裏切り者や一揆の者を薙ぎ倒し、ただならぬ走力で逃げている。

「あ、逃げるかっ！」

逃げ足の速い南条、小鴨は中国山地の山林に消えた。


大永の五月崩れは——尼子の完勝に終わった。経久はわずか数日で、打吹城、羽衣石城など敵の全拠点を制圧している。長い時をかけた経久の調略、神算鬼謀、鉢屋衆を見事たばねる治郎三郎の働き、尼子が得意とする疾風同然の速攻が、この作戦を、可能にした。

内乱が起きる所に小人数の精鋭を入れて指示役とした経久は、もっとも手強い南条領に若林伯耆守と乙若——二人の猛き若武者を入れていた。

乙若は元は経久の家来、森脇長門守《もりわきながとのかみ》の草履取りだった。

六年前、この少年の只ならぬ面構え、敏捷さを切れ長の双眸でとらえた経久は、どういう身の上で草履取りをしているのか尋ねた。

乙若は不敵な目で経久を見上げこう答えている。

『親を……知りません。気付いたら、たたら場ではたらいていました。毎日怒鳴られて……炭などをはこんでいました』

そこがどのような所なのかよく知っている経久は深くうなずいた。

『俺の上にいる男はみんなをよく殴り、蹴っていました。俺も相当やられました。ある日、飯炊きの娘が嫌がっているのに妙なことをしようとしていたので、刺しました。その奴の腹を。……死んではいないと思います。で、たたら場を逃げました』

乾いた声でぶっきらぼうに言ってうなだれた乙若を眺めながら、森脇が、

『盗賊に入ろうとしていたのです。拙者がその盗賊一味を成敗した折、あまりにおさない子がいるゆえ、身の上を尋ねると同情を禁じ得なかったため……改心するよう言い、草履取りとしました』

『盗賊退治の修羅場でよくぞこの子に情けをかけた。その気働き、殊勝』

経久は眉が太い乙若を見ていてある少年を思い出し胸を刺された気がした。

――ゴンタだった。

親を知らず都の貧民窟でそだち、黒正と共に、経久の家来になったゴンタ。経久が大名として産声《うぶごえ》を上げる戦で討ち死にした。この子がどうしてもゴンタに重なる経久は、

『森脇……頼みがある。乙若を、わしの草履取りとしたい。馬好きのそなたには駿馬数頭と立派な鞍をあたえるゆえ、何卒、乙若を……』

『殿にはいつもいろいろいただいておりますゆえ、何で拙者、それをこばみましょう? 乙若は殿の下ではたらけ、果報者にござる。何もいりませぬ。どうぞ、おつかい下され』

かくして経久の直臣となった。阿用城に行く前、今は亡き政久は経久の草履取りとしてきびきびはたらく十一歳の乙若を見かけ、惚れ惚れするような笑顔で、こう言った。

『そなたはもっと食え。もっと大きな体になれば、漢の樊噲《はんかい》が如き猛者になる。急度《きっと》な』

——初陣で、政久の期待に違わぬ働きをしてみせた乙若であった。

経久は、打吹城攻めで大活躍した国久、羽衣石城下の蜂起を成功させた若林らと共に乙若をたたえ、その初陣を、激賞している。

「そなたには——この兜をあたえよう」

長方形の金の前立にきざまれた梵字《ぼんじ》が、天竺の、陽炎《かげろう》の神をあらわしている。

摩利支天。

決して敵につかまらぬ力をもつことから武士に畏敬された。

「ありがたき幸せっ！」

太く逞しい答が、小柄な乙若からかえってくる。

「そなたにはもう一つ贈り物がある。苗字《みようじ》だ。今岡《いまおか》という苗字はどうだ？」

かなり白髪が目立ってきた黒正甚兵衛が、

「たしかに、乙若はゴンタに似ておりますなあ！」

経久がゴンタにあたえた名は今岡権太郎《ごんたろう》だった。

「今岡弥五郎《やごろう》という名はどうか？　いや……よくないな。ゴンタこと、今岡権太郎はわしの初めての城盗《と》りで討ち死にした家来。別の苗字がよいな」

「御屋形様！　是非とも、その今岡弥五郎という名を下されっ。某……今岡権太郎殿の分まではたらき、武勲を立てとうございます！」

乙若が鋭く言い、黒正も、力を込めて、

「よいかと思いますぞ。ゴンタも、きっと喜ぶ！」

「わかった。今日からそなたは——今岡弥五郎だ！　何人《なんぴと》にも捕われず百千《ももち》の武功を重ね、その名を轟かせよ。はげめ！」

「ははあっ」

「国久！　黒正と若林、この今岡弥五郎をつれ、因幡に五千の兵で入り、山名誠通を討ち、守護の山名豊治殿を助けてくれ」

「御意！」

正面突破を得意とする国久に対し、黒正は山からの奇襲、攪乱を得意とする。黒正の戦い方から国久にはいろいろ学んでほしい。

と、笛師銀兵衛がぶらりと本陣にやってきて、

「経久。澄之が山に隠れておるのを見つけたぞ。如何する？」

経久は生け捕りにした伯耆守護・山名澄之を前にすると厳しい顔で――、

「澄之様。伯耆から、お立ち退き下さいますように」

「わしの国から去れと……わしに言うのじゃな？」

「貴方は無用の戦を起こされた！　命取らぬだけでもありがたいと思われよ」

魂が抜けたようになった澄之はわずかな郎党に守られて伯耆から出てゆき、もう二度と伯州《はくしゅう》の土を踏むことはなかった。山名澄之のその後は……謎につつまれている。

ちなみに政久夫人の父、山名兵庫頭は澄之か、石見守護代・山名紀伊守、あるいはこの二人の重臣と思われる。もし澄之が兵庫頭ならさすがの経久も澄之攻めには心苦しいものがあったろうし、三郎四郎にしてみると父方の祖父が、母方の祖父を攻めた形になる。

南条、小鴨、行松入道は――中国山地に潜り込み、但馬国に、逃げ込んだ。

以後、この三人はしぶとく生き延び、但馬山名の後押しを得て、度々、伯耆に侵

入。尼子の後ろを掻き乱すのである。

さて、戦国史上でもなかなか類例を見ぬ、一つの国の大半をものの数日で制圧するという電撃作戦を成功させた経久、伯耆から守護を追い出し、一国全てを尼子の分国にくわえ、多くの直領も得た。経久としてはもう少し伯耆が落ち着くのを見とどけ、国久の戦が芳しくなければ因幡入りも視野に入れていた。

が、戦国の世は――なかなかこの男をやすませてくれない。東奔西走させるのだ。

月山富田城の亀井武蔵守から知らせが来る。

「――大内義興、嫡男の大内義隆《よしたか》、陶興房、三万数千の大兵をもよおし安芸武田を討たんと目論んでおります！　また、石見の大内方の動きも怪しゅうござる」

経久の眉がうねり、すぐ傍にいた久幸の顔も、曇る。武田を見捨てるわけにはいかぬ。

「わかった。亀井秀綱、馬田《うまだ》駿河守《するがのかみ》、浅山主殿助《あさやまとのものすけ》、その方ら急ぎ出雲にもどり、牛尾遠江守、広田《ひろた》助兵衛《すけべえ》らと精兵五千を率い、吉川、毛利にも声をかけ……」

家中の尼子派を粛清し大内派と彼《か》の家を切り盛りする毛利元就はまだ一応、尼子方だった……。

「急ぎ佐東銀山城の救援に向かってくれ。この経久は伯耆をいま少し落ち着かせてから、大軍を率い、駆け付ける。興久、そなた、半分城へもどれ。石見波根《はね》要害におる牛尾三河守、および小笠原ら石見衆と固く手をたずさえ、敵の来襲に備えよ」

「御意！」「御意」「ははっ」

部将たちが勢いよく動き出す。銀髪の謀聖は久幸と顔を見合わせ溜息をついた。

底の見えぬ沼の如き男、安芸の毛利元就の城、吉田郡山城《よしだこおりやま》は経久の出兵要請を聞いても不穏な波を立てない……。粛々と兵を出してきた。吉川家も兵を出す。

一方、大内義興は武田の本城・佐東銀山城に十八歳の跡取り息子・大内義隆を大将、陶興房を副将とする二万をおくり、自らは安芸南部の湊、草津《くさつ》などを押さえ、大内軍の補給の確保をになった。義興も息子を鍛えようとしている。

そんな中、経久の命により、宮、山内ら備後勢も駆けつける。尼子の先発隊と、安芸備後国人衆は九千となって、大内の御曹司と陶ら二万が攻める佐東銀山城に急行した――。

日本最強の豪の者、武田光和と、後見人、奈穂が立て籠もる安芸国佐東銀山城。

安芸武田は元就が武田元繁を討った戦で深手を負い、その兵は三千ばかりである。

光和の武勇はやはり圧倒的だったが、二万の兵で十重二十重にかこむ大内方は陶の進言もあり――徹底的な兵糧攻めをはじめた。

つまり、遠巻きにして一切攻めず、光和が威嚇に出てきても陣から矢の雨を浴びせ、まったく、陣から出ない。これでは……安芸武田の士気は上がり様がない。

そこに亀井秀綱、牛尾遠江守、吉川家、毛利元就らが率いる援兵九千が駆けつける。

大内家の御曹司で寄せ手の大将・大内義隆が公家的な繊細さをもつ若者と聞きつけた牛尾遠江守は、兵こそ少ないが、尼子の正規兵五千でがつんと叩けば戦慣れしていない義隆は逃げ散るのでないかと舅三河守張りの積極策をぶち上げた。

副将・陶の妙算を危ぶむ亀井秀綱、毛利元就は慎重論を展開して止めんとするが、功を焦る牛尾の鼻息は荒い。経久がいない間に大手柄を立て、その覚えをめでたくしたいという思いもあったろう。牛尾に同調する武士も多く尼子方は大内の大兵二万を急襲《おそ》う。

が――陶の鉄壁の守りに弾かれ、敗走した。

これ以降、亀井秀綱はかなり慎重になり御屋形様の御来着をまつべしの一点張りで一番の強硬派の牛尾も萎縮し戦線は膠着《こうちゃく》に陥った。

そんなある日、経久が大軍（陰徳太平記は五万というが、二万くらいであるまいか）を率い、赤穴から備後に入り、こちらを目指していると聞いた秀綱が胸を撫でおろしていると、毛利元就がやってきて、

「亀井殿、夜襲をかけてみようと思うのでござる」

秀綱は危ないと反対するも元就は――大内方にはこの前の勝ちで油断があるはず、

さすがに陶殿は警戒しているでしょうが、大内軍全体としてみれば油断はある、その油断を衝きたいのだと話した。亀井秀綱は元就が指揮する安芸備後勢主導の夜襲をみとめた。


一方、経久は——安芸に先発した牛尾遠江守らの敗走を聞いて、

「……まずい戦をするものよ」

と眉を顰めた。

そしてすぐに、

——陶は用心をかかさぬが大内の大兵の中に必ずやこの勝ちで油断する輩が出てくる。風雨の夜を衝いて、それらの将の陣を叩く……斯様な奇策を亀井、牛尾らが思いつけばよいのだが……。

こう思いながら、美作から呼んだ百戦錬磨の良将・河副久盛、因幡から呼びもどした雲伯最強の猛将・若林伯耆守、熊手をあやつる赤い驍将・赤穴久清、経久に深い恩義をいだき備中で次々と尼子党をふやしてくれている、新見蔵人ら錚々たる将をつれ佐東銀山城目指して備後の野を疾駆する。と、鉢屋者が駆けてきて、報告している。

「申し上げます。毛利元就が安芸備後国人衆を率い、四千の兵で、風雨に乗じて大内方二万を夜襲。敵勢を散々追い散らしました。陶は夜襲に気付いておったのですが、

他の将たちが大混乱に陥ったため、立て直せなかったようです」

まさに経久の脳中にあった夜襲を……元就が精密になぞった形だ。

「近年、稀《まれ》に見る妙計也。さすがは、大江匡房《おおえのまさふさ》の末裔《まつえい》……」

八幡太郎義家《はちまんたろうよしいえ》に孫子をおしえた毛利の先祖の名を口にして、大いにたたえる経久だった。

だが、一人、陣屋から出、草原に立ち、満天の星を仰ぎ見た六十七歳の経久の面には、深い憂いと寂しさが、潜んでいる。

星々の一つ一つが今まで尼子のために戦い散っていった武士や忍びである気がした。

「……勘兵衛……そなたならどうした？」

――わしの来着をまたず、元就が如き夜襲をかけ、大成功させたな？　政久も……それが出来たかもしれん。久幸も、出来よう。

だが弟は伯耆から動かせない。そして、勘兵衛と、政久は、もう、いない。

「御屋形様。どうされました？」

赤穴左京亮久清の声が、した。

経久が心配だったのか紅蓮の鎧をまとった赤穴のほか、ほっそりした河副久盛、大柄で朗らかな顔をした若林伯耆守、新見蔵人も立っていた。

「考えたかった」

「何をです？」

「……運命というものだ」

経久が言うと、赤穴久清、太い声で、勢いよく、

「考えても、無駄です！　恒沙《ごうしゃ》の如く人がおり……」

ガンジス川の砂くらいという意味だ。

「一人の人の中にも、やはり恒沙の如き数の決断がある！　その星々より多い、途方もない数の決断が、明日や明後日……遠い先を決めておるのです。むろん天災など人の力ではどうにもならぬものはある……。されど、全てを決める運命など、ありませぬ。我らの先にある道を決める力、これ、天運より……人為の方が大きい。この赤穴は左様に心得まする」

「……その通りだな」

経久がうなずくと、新見蔵人が、

「そうにござるぞ！　御屋形様」

静かなる闘将、河副久盛は微笑して経久を見詰めていた。赤穴が、辺りを見回す若林に、

「何だ、宗八郎？　わしがせっかくいい話をしておるのに」

「……敵の乱破がおらぬか気になりまして」

「乱破など、どうでもいいのだっ、今はっ！　我が話を聞けい」

「どうでもよくあるまい乱破は」

経久が言い、家臣たちがどっと笑った。家来たちになぐさめられた気がする謀聖だった。

経久率いる二万の殺到と、元就の夜襲による味方の士気低下を重く見た陶興房は、何としてももう一戦し、恥を雪《すす》がんと息巻く諸将を強く説き伏せ、速やかに陣払いして南進、大内義興と合流している。陶は御曹司にもしものことがあってはならぬと考えたのだ。
一日違いで陶と矛をまじえられず佐東銀山城に入った経久は無人の野となった大内陣を睨み、
……さすがは興房。凡将ならば――わしを、まっていてくれるのだがな。

さて、瀬戸内海に臨み、大内菱の旗が整然と翻る義興本陣に入った、陶興房は、

「御屋形様。――毛利元就への調略をお命じになりますよう。毛利の家人、志道広良を通してはたらきかけ何としても彼の者を味方に引き入れたく思います。先の夜襲を

見るに、敵にすれば鴆毒《ちんどく》、味方にすれば良薬、左様な者であると見ました。元就もそれを望んでおるように思うのでござる」

「わかった。やってみよ。それより興房。当方は三万余り。経久は二万九千。北上し——雌雄を決そうと思うが、如何か？」

義興は穏やかに言う。

「さあ、どうでしょう？　鎮西や石見が気になりますが……」

毛利の調略がすんでからの方がよいと思っている興房は、
果たして興房の言葉通り、九州が揺れ、石見で火の手が上がった——。

「鎮西の少弐、龍造寺らが尼子に唆され博多を目指して進撃中ですっ！」

九州の敵が経久に誘われて大内領博多を襲撃、石見でも……、

「塩冶興久、牛尾三河守ら尼子勢が、小笠原、多胡、福屋、三隅ら石見衆と語らい、益田殿、吉見殿を討たんと息巻き、兵をすすめておりまするっ……」

福屋は……この前まで大内方だったが今は尼子方となった国人だ。国人の向背は、かくもくるくると、変わる。義興は憮然として、

「……周防、長門の守りを固めるほかあるまい」

日本最大の大名が山口にもどると、これに比肩する存在になりつつある謀聖も月山富田城にもどった。

一時は牢人となった経久だが今や出雲、隠岐、伯耆、三つの国を完全支配し、東石

見、西美作に多くの直領をもち、新見の北備中も固い尼子支持で揺らがない。

これら固い統治を成し遂げた地域は四ヵ国ほどといえよう。

南備中、備後、安芸にも多くの尼子方領主がいるが、これは自立し流動性をもっている。ただとにもかくにも山陰山陽八ヵ国に威令がとどいている。

一方の大内は——周防、長門、筑前、豊前、四ヵ国を完全支配し、西石見、安芸の一部を手堅く治め、備中最大の国人、三村も熱烈な大内党だった。

七ヵ国へ威令がとどく。これだけ見ると尼子の方が大きそうだが、大内は四ヵ国強を固く統べており、そのうち、博多を擁する筑前国の経済力ははかり知れず、二国分の力がある。暖かい山陽道の方が山陰の寒い国々より米がよく取れる。まだ大内家の方が大きい。

睨み合う両雄。間で漂う安芸、備後、石見国人の動きは……経久も、義興も、油断出来ぬものがあった。

帰城して一息ついた経久は三男で半分城主・塩冶興久についての報告を受けた。石見の陣での陣夫の使い方が荒っぽく、敵領の民に手荒な真似をする郎党がいたが、興久はこれを放置していたという。このことを近臣、亀井利綱に諌められるも激しく怒り、亀井をひどく罵ったと聞いた。経久は興久を呼び出すべきか悩んだが……あれはますます臍《へそ》をまげると思い、文で興久を叱り、亀井利綱には手厚い慰労の手紙をおくった。

かつて経久に小姓として仕え可愛がられていた亀井利綱からは、深い感謝をつづった返書がすぐきたが、興久からの文はまてど暮らせどこない。

経久は半分城の近くにいる、いすずを興久の許におくり諫めさせたが、いすずからは、

「どうも……興久は強情で……わたしの手にはあまります。母上ならば、興久をぴしゃっと上手く叱れたのですが……。また、うるさい小姑《こじゅうと》めいて斯様なこと言いとうありませぬが……たま殿は華美なるものへの関心が強く、質素倹約の心得がいま一つ足りぬように見えました。興久は、たま殿に引きずられているようでした」

いすずに言われたからだろうか、興久からの遅い文がとどく。あまり心が籠もった手紙と言い難く経久は薄暗い溜息を吐いた。

……興久への加増を考えていたが、見おくろう。

経久がもっとも大切にしている道——領民や家来を大切にする道をおろそかにしている気がした。だから、反省をうながす。何が間違っているのか、息子に考えてほしかった。

翌大永五年（一五二五）、月山富田城にて開かれた正月の宴は伯耆一国平定の祝いもかねている。伯耆の久幸や国久、興久、孫の三郎四郎初め一族郎党、ずらりと並ん

だ酒宴で、苦手な酒を一口くらい飲むかという気に経久がなった時――その知らせが耳に入った。

鉢屋兄弟からそれを聞いた経久は、一瞬、冷ややかな眼光を灯すも平静をよそおい、

「……厠《かわや》にいって参る」

厠ではなく書院で石のように沈思黙考した経久は弟を呼ぶ。久幸は経久と違い、少々酒が飲める。だから、やや、顔が赤い。今や伯耆全土をまかされている久幸は統治に辣腕を振るい、かつての敵地の百姓商人にも慕われ、その地をよく治めている。

「どうされました？　兄上」

「――うむ。この正月のめでたいどさくさにまぎれ、毛利の人質が、消えた」

鉢屋衆の厳重な監視網を掻《か》い潜《くぐ》り――毛利忍び、世鬼一族が潜り込んだ。富田があまりに栄え人口がふえすぎたおかげで諸国の忍びは動きやすくなっていた。

毛利忍びに救出された人質を、鉢屋衆が追い、世鬼者数名と、人質一人を斬ったが、

「もう一人には逃げられた」

この事件を陰徳太平記は大内義興の死後とするが元就が尼子と手切れしたのはこの

年なので大永五年に起きたと思われる。

「毛利が——手切れを決めた？　大内とむすぶ気だと？」

久幸のほろ酔いが一気に醒めてゆくのがわかった。

「……左様。安芸武田は苦しくなる。……すまぬ」

「兄上があやまることではない。どうされる？」

経久は両掌をくみ獲物を狙う獣の王の面差しで、

「揺さぶりをかけるためにこちらにもどってこぬかと甘言を弄してみよう」

「毛利内部の、尼子派、かなり弱まっていると聞きますが、これを勢いづかせる？」

「それもあるし毛利の大内派には元就と上手くいっていない輩がおる」

毛利家大内派には、元就に忠実な志道広良がいる一方……元就を軽んじ、大内氏に媚びを売ることだけに全ての心血をそそいでいる有象無象がいる。

「もし、元就がわしの言葉に少しでもなびけば、この者どもが元就を——下から突き上げてくれる。鏄を入れてくれる。敵の中の心得違いも、味方の一種と言えるのよ……」

「……なるほど」

経久は正月の宴に来ていた美作方面軍団長・河副久盛を呼び、こちらにもどってくれば安芸は切り取り次第、莫大《ばくだい》な恩賞をあたえるという言葉を添えて、毛利の城におくった。

が、元就は尼子の下にいた時と打って変わった険しい面差しで、

「――尼子殿の策はわかっておる！　当家に揉め事を起こす心胆であろう。わしは、元綱の一党の後ろにいたのが尼子殿と知っておる。どうして、その言葉を信じられよう？　二度と毛利家は尼子家と歩むことはない。お引き取り願おう」

かくして毛利は――大内方となった。元就は、大内に媚びを売ることだけしか目がない一派に、付け入る隙をあたえない。

尼子にとって安芸武田を助ける道が断たれる大きな出来事だった。

……元就……恐るべき男だ。あれがこの間までわしの下におったのは人質奪還の機をうかがっていたのにくわえ、一度、陶を戦で叩き、義興に己を高く売ろうとしていたのだ。

毛利が大内に流れる将来をふさぎ止めるために、経久は親尼子の元就弟、元綱を毛利の当主に据えんとしたが、この謀が裏目に出て元々大内派と昵懇だった元就を完全に大内の方に押した。だが、元就は安芸武田に嫁いだ奈穂の仇で、両雄が初めの対面から互いを警戒し合っていたことを思えば……経久と元就は、こうなるほかなかったのかもしれぬ。

謀聖の眼は――備後に向く。

備後国人は一応、今、四つ目結の下にあつまっていたが、大内の誘いにどっと乗る恐れがある。この地に直領を置くか新見蔵人のような男をつくることで、安芸武田を横から助け得るし、元就の脇腹を、たやすく突き刺せる。

だが、結託した二大知将――陶興房と毛利元就は経久の存念を看破したらしく盛んに備後国人に調略の魔手をのばしてきた……。

つまり四つ目結の下にいる国人を大内菱の下に引き抜こうとしている。

だが、雲州の狼と恐れられる経久は、深みのある笑みを浮かべ、

……そう、こような。ならば大内方となった国人を討ち、その者の所領を我が直領にしてくれよう。

備後の国人は何度も尼子大内間を行き来しているので、ほぼ、経久を二度裏切った人々だった。尼子勢は中国山地を越えて――備後に雪崩れ込む。

因幡を落ち着けた国久には、但馬に逃げた三人組――南条、小鴨、行松入道がいつ襲うか知れぬ国、伯耆に、入ってもらう。そして長いこと伯耆にかかわり、とくに西伯耆の発展に大きく尽くし、尼子の東を固く守ってきた久幸は経久の留守居、兼、十二歳の三郎四郎の相談役として月山富田城にもどってもらった。

もし経久に戦場で何かあった時は三郎四郎を当主とし久幸を執権とする。

もしもの時、国久より……久幸がそこにいた方がよいように思われたし、国久の能

力は前線向きだった。興久には石見方面を睨んでもらう。

　まだ十二歳の三郎四郎を戦に出すわけにはゆかぬので備後に殺到した尼子の大軍の采配を振るのは六十八歳、老骨に鞭打つ経久であった。

　尼子の大軍が備後に入るや裏切った国人を守る分厚い盾が備後の山野に並んでいる。

　毛利勢を吸収した、大内の大軍だ。総大将は——周防守護代・陶興房である。

　尼子経久、対、陶興房、毛利元就。謀将同士が竜虎の如く激しく斬りむすぶ。

　興房、元就の策を経久が見抜き大内勢に鉄槌《てっつい》を下して追い散らしたり、経久の謀を興房か元就が看破、尼子勢を敗退させたり、双方互いの罠を恐れて睨み合ったり、もはやあらゆる計は相手に通用せぬと考え正面から激しくぶつかり合ったり——虚々実々の駆け引きがくり出されるも決着はなかなかつかなかった。

　双方、犠牲ばかりがふえ、経久としては異例の長対陣になってしまう。

　備後の庶人は山に隠れ、木の間からのぞいたり、童などは梢の上に登ったりして、平地でぶつかり合う四つ目結と大内菱の旗の怒濤、二つの槍の濁流、夥しい砂煙を、固唾を呑んで見守っていた。数ヵ国の太守となった老将、経久はこの辛い戦いの中でも手負いが出れば精力的にまわり……足軽の晒を巻いたり、手ずから雑兵に薬を塗ったり、温かい言葉ではげましたりしたので、山陰の兵たちは涙をこぼしている。

……兵たちの様子を見るにここらが退《ひ》き時《どき》か。興房と、元就、二人おると、やはり手強い。これほどの強敵は初めてだ。

これ以上の戦いは双方益があるまいと陶に言いおくる経久。興房も納得して双方兵を退いている。が、陶興房は備後から安芸に入るや、

「毛利殿、安芸の尼子方を調略で切り崩してほしい」

元就に安芸の尼子方国人への寝返り工作を命じつつ自らは誘いに応じぬ者を大軍で攻め立てた。経久としては安芸を助けに行きたいが……むずかしい。安芸を攻めるには備後から脇腹を突くか石見から安芸の頭を叩いて討ち入る他ないが、まず備後を抜ける道は大内方国人の出現でむずかしくなり、石見から下るとしても、元就は安芸の大内方国人と手をむすび――国人連合をつくっている。

元就単体なら強大な尼子にとって風の前の塵《ちり》にひとしいが、国人の連合となると厄介だ。

また経久の硬い同盟相手、鬼吉川は大内との戦には積極的だが、毛利との戦には消極的で光和率いる安芸武田は大内の圧倒的猛攻に備えねばならず、毛利まで手がまわらない。

まさに天は――経久にとって急所というべき北安芸の地に毛利元就という男を配置した。

ただこれは……経久の影響も大いにあったかもしれない。

戦国の日本を見渡しても中国地方ほど多くの謀将を生み出した地は、無い。

尼子経久。毛利元就。宇喜多直家《うきたなおいえ》。陶興房も彼らに匹敵する謀将である。

だが、興房も、元就も、直家も、経久から見たら後発の武将たちだ。

——謀聖・尼子経久という巨大な彗星の輝きが、この地に謀将の誕生を誘発したように思えてならないのである。

大永六年（一五二六）、安芸備後に苦慮する経久に、急報が入る。

「大内義興、陶興房、石見に攻め込み一路、三隅殿の城を目指しております！　その数、三万っ」

陰徳太平記によると経久はこう叫んだ。

「——さらば出馬すべし！」

経久が雲伯備美の大軍三万をもよおし月山富田城を出て石見に入ると、大内の猛攻に耐え切れなかった尼子方、西の最前線——三隅家は義興に降伏している。

大内軍は尼子の城六つを抜く凄まじい勢いをしめした。

経久は敵の快進撃を止めるべく石見の浜田に押し寄せ両軍は睨み合った。

尼子経久と大内義興が——戦場で敵として至近で睨み合うのはこれが初めてである。

四つ目結を夥しく翻した三万と、大内菱を整然と翻す三万、山陰の覇者と、山陽の王、両雄はしばし浜田で睨み合い――動かなかったとつたわる……。

尼子の先鋒は細身ながら無双の槍術をもつ、冷静沈着な勇将、河副久盛と、牛尾三河守の娘婿でやはり猛者として知られる牛尾遠江守幸清。さらに馬田與三左衛門《よざえもん》と湯信濃守《しなののかみ》で三千人であったという。

第二陣に――雲伯最強の豪傑、若林伯耆守が、控えていた。

幾日か睨み合いがつづいた後、美作方面軍団長・河副久盛、牛尾遠江守ら先鋒が、動いている。大内方を挑発、すると陶興房、青景越後守《あおかげえちごのかみ》、仁保右衛門《にほうえもん》ら五千が出てきて尼子の三千と激しくぶつかり合った。

牛尾の大薙刀が荒れ狂い敵を薙ぎ倒す。河副久盛の素槍は電光石火の速さでくり出され――その度に、大内の物頭、組頭が、目や喉、脇の下などを破裂させ、鎧の隙間から夥しい血を噴きこぼして倒れてゆく。

牛尾は力で敵を薙ぎ倒すが河副は違う。

この静かなる闘将がくり出す槍は……敵が激動する戦の只中にあって鎧に守られていない一点を素早く捉え、まるで精密機械のように正確に、迅速に――くり出される。

河副の稲妻の一突きを浴びた者は声を上げる間もなく……冥途におくられた。

だが、河副の周囲では、怒号、悲鳴、罵り、雄叫《おたけ》びが、迸《ほとばし》っている。

尼子大内双方の足軽が槍で頭を叩き合ったり、つたない腕でくり出した槍の狙いがはずれ致命傷にならず、相手が痛々しい大声を上げたり、鎧武者同士が汗だくになって槍合わせして勝負がつかず、得物をすて吠え合いながら組打ちしたり、相手を蹴倒したり、足払いをかけて沈め——抵抗されながらも小柄《こづか》で喉を掻き切ったりしているためだ。

尼子の精兵が大内を押す。

陶率いる大内勢は、どっと、退き出した——。

河副、牛尾らが、追う。

この時、ひしひしと前進していた第二陣、若林伯耆守は大きな手をさっと動かし、

「——我が勢は止まれ！」

「何で止められます？　我らも、追撃にくわわるべきでは……？」

若林の与力としてつけられている老武士が、言うも、若林、穏やかに、

「——いや。これで、いい」

経久の秘蔵《ひぞ》っ子《こ》というべき若林伯耆守。かつて宗八郎と呼ばれた山里生まれの伯耆守は経久の薫陶を受け、己に足らぬのは学問と思い、近頃は武技の鍛錬のほかに、じっくり書見するようになっていた。経久を仇と憎んだ武士の子である伯耆守、ただの

武辺者ではなく計略をめぐらせられる将に、そだちつつあった。

若林伯耆守が第二陣を止めた直後――知将、陶興房が動かした宮川房長率いる別働隊五百が、牛尾遠江守率いる一団の横腹を突然、突く。

この一突きで……武はあるのだが、戦い方が直線的な、牛尾遠江守率いる一団は脆くも崩れてしまう……。荒武者の牛尾だが、こうなるとすぽっと指示が出せない。牛尾勢が崩れると河副隊も色めき立つ。

おおいかぶさるような陶兵の動きを見た河副久盛、一切動じず、

「拙者が殿《しんがり》をつとめる！　皆、退け！　慌てるでない」

巧みな槍捌きで追いすがる敵を封じ――見事兵を退かせる。

まるで仁王のように屹立《きつりつ》する大男、若林伯耆守の方に、陶に追い散らされた、牛尾、河副らの兵が逃げてくる。

後方――本陣でこれを見ていた胸板厚き半分城主・塩冶興久は、何処か陰のある声で、

「父上。宗八郎めでは陶をふせげぬのでは？」

興久の近くには白糸縅胴丸をまとった眉目秀麗なる近臣、亀井利綱、摩利支天の兜をかぶった小柄な勇士、今岡弥五郎が、いる。

何故、利綱のみならず弥五郎も興久の傍にいるのか。これまた経久が手塩にかけて

そだてた太眉の青年は――国久の与力としてつけられた因幡の戦で大手柄を立てた。

弥五郎が槍をすてて太刀で戦っていると山名兵が五人同時にかかってきた。

弥五郎は四人を太刀で斬り捨て、五人目と斬り合っていると、太刀がさすがに刃こぼれしていると気付いた。弥五郎は太刀のほかにそれよりみじかい打刀を帯に差していたので、これを抜いて戦おうとした。

江戸時代の武士が主力武器とする打刀（刃渡り二尺三寸ほど）をこの戦国の武士はいわば脇差（刃渡り一尺六、七寸ほど）代わりに帯に差し、それより長い太刀（刃渡り二尺七寸ほど）を鎖か何かで腰に吊るし、因幡の戦いに出ていたのだ。泰平の世の侍よりずっと長い物騒な武器をもち歩いているということである……。

さて、陰徳太平記によると――あるはずの打刀は戦場の何処かに落としたらしく腰になかった。そこで弥五郎は鋸《のこぎり》のように刃こぼれした太刀で最後の敵の首を斬りつけて倒し、よく切れなかったのであろう、惨たらしい話であるが……このように記録されている。


足にて（太刀を）踏付け、首を捻切って、提《ひっさ》げ来りぬ。

この話を兄、国久から聞いた興久は、

『その勇士、是非ともこちらの方面にほしい！　父上、弥五郎を我が家来にしとうござる』

経久に直談判《じかだんぱん》、経久はこれをみとめ、目をかけていた若武者、今岡弥五郎は塩冶興久の郎党になっている。弥五郎はまだ粗削りな武士でもとは低い身分の生まれだが次世代の尼子をになうと経久が位置づけ、大いに引き立てた者である。その者を興久にあずけた……この一事をもってしても、経久が興久を軽んじていたことはなかったと思われる。

さて、興久に問われた百戦錬磨の経久は、穏やかに、

「──若林は、必ず、ふせぎ、切り返す。まあ、見ておれ」

一方、逃げる牛尾、河副を追ってきた陶興房は小高い所に陣取る若林伯耆守の一隊が視界に入るや、面差しをきっとさせ、

「あれは突き崩せぬ。全軍、止まれっ！」

が……荒武者の青景越後守、仁保右衛門は、

「ここで止まれとなぁ……？　陶殿の采配も近頃鈍うなってきたんでなかろうか？」

「将、外にあっては君命も奉ぜざるありといおう？　このご下命、御屋形様のお指図でも受けられぬわ。突っ込めぇぇっ！　者ども、河副、牛尾を叩き殺して手柄とせい！」

突っ込んできた。

若林伯耆守、弁当をとどけにきた妻に樵が言うような場違いなほどやわらかき声で、

「来たか。矢」

鍛えに鍛えた弓足軽が斜面の上から大内勢をざーっと射る。大内勢は夢中で追ってきたため、騎馬武者や足の速い槍足軽が前にいて、足がおそい兵や弓足軽が後ろの方にのこされていた。だから射返せぬまま、次々射られて、倒れ、傷つき、混乱に、陥る。

しかも尼子の矢は下矢《さげや》だから——勢いがある。

若林伯耆守が突撃を命じ、尼子の騎馬武者、槍足軽の群れが斜面を一気に駆け下る。

三間柄の大身槍を引っさげ先頭で大馬を走らす若林を見た大内の騎馬武者数名が、

「あれぞ、若林ぞっ！　かかれっ」

と、六人ほどで突進するも——大身槍が血風を吹かせて吹っ飛ばす。

まるで、地滑りしてきた丸太に巻き込まれた人、あるいは嵐の大波に砕け散った小舟から海に叩き落とされた漁師の如く、大内の騎馬武者たちは鎧に大穴を開けながら、軽量物さながら吹っ飛び——石見の野に倒れた。

河副久盛の槍は鎧兜《よろいかぶと》に守られていない一点を正しく突く。若林は違う。大身槍とは通常、穂の長さ一尺以上の長く幅広い穂をもつ槍だが……若林のこの日の大身槍は柄の長さもさることながら穂の長さも圧倒的だ。それは以前《まえ》より大型化していた。

陰徳太平記は——三尺余り（約九十センチ以上）の穂、とつたえる。

幅広く……穂だけで一メートル近い長さがある鉄の化け物のような槍だ。

その圧倒的大身槍が横に吹くだけで騎馬武者が飛び、縦に落ちれば鉄兜が砕け、首より上がわれた西瓜同然になり、突かれれば——丈夫な鎧も大きくぶちぬかれた。

若林伯耆守の前に立ちふさがる大内の騎馬武者、徒歩武者、足軽雑兵が、次々血達磨となり、薙ぎ倒される。その後から尼子のほかの騎馬武者、整然たる槍衾を構えた足軽がやってきて大内勢を掃討した。

陰徳太平記に、云う。


名高き若林、余所《よそ》に聞くさへ恐しきに、況《いわん》や面前に於《おい》てをや、一合《ひとあわ》せも合すべき様無かりし……。


若林伯耆守は青景、仁保勢を蹴散らし——陶勢にまでぶつかり、押し返す。

大薙刀をつかう陶の猛将、宮川房長は善戦するも、

「先ほどは……柄にもなく熱くなりすぎたようだ。拙者が槍をおしえた若林に助けられるとは。若林を死なすな！　我らもいま一戦するぞ」

と、美作の精鋭を翻した河副久盛、さらに復活した牛尾にまでこられては一たまりもない。散々になって退いた――。

この激闘で若林の第二陣は大内の将、仁保左大夫《さだゆう》、大野《おおの》源八《げんぱち》を討ち取り、若林個人の挙げた首は三十余りだったという。これは……鎧武者の首だけで、数首と呼ばれる足軽雑兵はふくまれない。若林はこの戦で七、八十人ほど足軽雑兵を討ったのではなかろうか。

となると若林伯耆守は一度の戦で……百人以上討ったことになる。

経久は若林についてこう激賞したとつたわる。

「――稀代の勇かな」

この戦いの後、謀聖と義興はまた睨み合いに入った。

だが、双方――密使や乱破をつかい、相手の遥か後ろを騒がしていた……。

その甲斐あって遥か鎮西では経久の同盟相手、少弐が蠢動、また博多の町で、

「豊後の大友様は大内様と同盟をむすんでおられるが、近々手切れしてこの博多に攻めてくるというぞ」

事実無根の怪奇な噂が流れ、豪商たちが恐慌に陥り、義興も後ろの喧擾《けんじょう》を気にしだす。

さらに陶の謀であろう。久幸にかわって、伯耆をまかせた国久から、

「父上！　因幡の山名豊治殿の首を狙い山名誠通がまた性懲りもなく因幡に押し入りましたぞっ」

経久方の守護・山名豊治と戦う但馬山名方の男だ。

「誠通には但馬山名の援軍もおり、その援軍に南条、小鴨、行松入道の姿があるとか……」

――その三人組の名を聞いた経久の細眉がぴくりと動く。率いる兵こそ少ないが厄介な敵どもである。

経久が大内義興に停戦を呼びかけると向こうも応じた。

双方、兵を退いたが、義興に削り取られた西石見の地を、取り返せなかった。

経久が出雲にもどると因幡に入った敵どもはさっと但馬に駆けもどった……。

全力をそそいでくる大内、後ろで騒ぐ山名、国人連合をつくり上げて経久にいどもうとする毛利元就、この三者によって苦境に立たされる経久、だがへこたれていない。

経久の内政により山陰は極めて豊かになっている。東出雲では月山富田城下から中

海まで南北十キロにおよぶ巨大都市となった富田、美保関の繁栄いちじるしく、かつてと比べ物にならない。西出雲では経久が様々な政策を梃入《てこい》れしている杵築が殷賑《いんしん》を極め、鉄の積み出し港、宇龍《うりゅう》もいよいよ栄えている。国際港・博多をもつ筑前の経済力にはおよばぬが、それ以外の大内領にくらべて鉄を軸とする工業力、商業力は、徐々に追い抜いてきている。

農政でも経久は、木綿などあたらしい作物の導入、斐伊川《ひいかわ》など暴れ川の治水を精力的におこない、乱世で傷ついた山陰の地を蘇《よみがえ》らせてきた。

一方、大内は博多、山口の繁栄に胡坐《あぐら》をかき、経久ほどの内政の工夫はなかった。

陶は軍人として経久に肩を並べるが、政治家としての政策の広さや奥行きは経久に大きく引けを取る。

さらに——大内は門地にとらわれた人材登用を崩さず停滞が見られるが経久は牢人はもちろん、百姓、商人、樵、漁民、あぶれ者、野伏《のぶせり》、乱破、生まれにかかわらず優秀な者を次々家来にし、能力、心延え、志などを評価軸とし、どんどん大きく引き立てていた。

刀剣、駿馬、天目など宝物には全く執着の無い経久だが——人材への執着は並々ならぬものがあり、侍身分をあたえた鉢屋衆や、森脇の草履取りから直臣とした今岡などその最たる例である。

そんな経久の許に諸国から次々優秀な者があつまっていた。主家を滅ぼされた侍や、下層の武士に生まれたため、国元でずっと軽んじられてきたが、たしかな才をもつ牢人などである。左様な者たちを経久は喜んで迎えた。

大内は大国ゆえ家来は多いが、経久のような大抜擢がないため、家の序列によって決まる指導部の顔ぶれは――新味にかける。

たしかに陶のような武士も古《いにしえ》からの名家から出るのではあるが、実績と能力が、役職と釣り合わない男たちも大内家の評定にはずらりと並んでいるのである……。

……わしはいずれ勝つ……。そうだな……さな？

久方ぶりにさなが今も眠る、法勝寺尼子家別邸をおとずれ、亡き妻が昔えらんだ若松の丸模様の襖に手をかけた経久は寂し気に微笑む。

しんと冷える山陰の冬の夜である。先ほどまで雪が降っていたが、今は止んでいた。畳の上をゆっくり歩み腰を下ろした経久は脇息に腕をのせながら、ミノ、ゴン夕、照葉を思い出す。照葉のためにひろった貝の詰まった貝細工で鴛鴦《おしどり》が描かれた手箱、ミノの手蹟《しゆせき》が入った文箱、それらは今でも月山富田城書院に大切にしまってある。

「……そなたらとの約束も……まだ果たしておらぬ」

――苦境にあるが、ここで負けるわけにはゆかぬ。

富田詰めとなった久幸も経久の供をして懐かしの法勝寺に夏虫をつれてもどっている。

経久は久幸を呼び寄せて、

「やはり――大内と大友の同盟を崩さねばならぬ」

「同じことを進言しようと思っておりました」

六十六歳、すっかり頭が白くなった久幸が、言った。久幸の男子、次郎四郎あらため尼子経貞《つねさだ》は父に似て学問が深く、今は月山富田城に伺候し十三歳の三郎四郎に仕えている。

経久は久幸に、

「豊後の大友は陶に丸め込まれ大内方となり今や義興の姫が大友に嫁いでおる」

大友家中の与党が――大内派だ。だが、野党も、ある。

「されど大友の中には大内と戦って九国の北に覇を唱えることが栄えにつながると考えておる者もおる。ここを枝の流れではなく、主たる流れに出来れば、大内を揺らがすことが出来る」

「いかにも……。少弐殿が鎮西における味方の中心というのは……やはり心もとない。大友家を大内から引きはがすのは幾年かかると思います。ですが、やらねばなりません」

経久は遥か九州まで調略の手をのばした……。

かくして大永六年は暮れ大永七年（一五二七）となった。

長く忍び頭として経久をささえ、深手を負った後は御咄衆《はなし》として仕えていた鉢屋弥三郎が嫌がっていた畳の上で静かに息を引き取ったこの年、経久の眉を顰めさせる出来事が、尼子領の外で、起きた……。

経久の固い同盟者で反大内の重鎮、室町幕府管領・細川高国の没落である。

京のある山城、丹波、摂津、和泉四州を治め、室町幕府最大の実力者で、将軍が色あせるほどの権勢を振るってきた細川高国。次男、国久の烏帽子親たる貫禄《かんろく》十分のギョロ目の管領は近畿では天下人として振る舞ってきたが、近頃、驕りが見られた……。

細川高国の周りでは近頃、おべっか使いや、嘘つき、下らぬ意地悪に耽《ふけ》る武士など、佞臣《ねいしん》がはびこっていた。この佞臣の言葉を高国はうっかり信じ、罪のない丹波武士を斬った。

この一件が丹波武士団の怒りに火をつけ、丹波衆はごっそり、高国の宿敵、阿波細川家に寝返っている。丹波という国が丸ごと——高国の敵になった。

この頃、阿波細川家では高国の長年のライバル・細川澄元が病死しており、澄元の子、細川晴元《はるもと》が当主となっていた。

長いこと四つの国を治める高国の力を恐れ阿波に閉じ籠もっていた阿波細川家は満を持して――海を越え、摂津和泉辺りに上陸してきた。で、丹波武士団も、合流する。

こうなると管領・高国、弱い。

幕府の中で動きまわるのは得意なギョロ目の管領だが……戦下手である。

たちまち敗れ都落ちした。

都は阿波細川家が押さえ、幕府が一体どうなるのか、誰も見通せなくなった……。

経久は幕府の威光など端から重んじていないが、頭の古い国人はいる。これらの者は尼子が管領・高国が牛耳る幕府を後ろ盾に大内と戦っているからこそ、経久を支持してきた。

この幕府が……大揺れしている。経久にとって間接的な痛手であった。

もう一つ直接的な痛手となる出来事があった。

因幡守護で尼子党、山名豊治が、急死している。病と思われる。

突然、亡くなった豊治、跡取りは幼い。

大内と並ぶ敵の総本山・但馬山名の当主は、山名誠豊《のぶとよ》に代替りしていた。山名誠豊はすかさず……あの男たちを因幡におくり込む。名前が一字違いの、因幡守護を狙う男、山名誠通、南条、小鴨、行松入道だ。

さて、親尼子の管領・細川高国の没落、因幡守護・山名豊治の急死、これは尼子にとって天から降ってきた災いであり、大内にとっては好機だった。

大内義興は陶興房と共にまたも三万数千の大兵をもよおし——安芸に雪崩れ込む。

安芸の巨獣、武田光和、尼姿の奈穂率いる安芸武田と、尼子方安芸国人を滅ぼす気だ。

経久としては……安芸武田も助けたいし、因幡の若君もささえねばならぬ。

まず経久は自ら二万の大軍を率い備後から安芸に向かおうと考える。

そして、久幸に代わる伯耆の新太守、鬼の武をもつ次男、尼子国久に山中勘兵衛の子孫、山中党、精強なる水軍をもつ松田満重を差し添えて五千の兵で因幡に向かわす——。

この頃のことだろうか？

雲陽軍実記は、
山名を始め南條《なんじょう》（南条）、行松等国久の猛威に辟易《へきえき》して一戦に及ばず引退《ひきしりぞ》き、或《あるい》は山林に籠りける……。

国久の圧倒的武勇が山名、南条らを叩きのめしたと書くが、正史は違うようである。

　というのも国久が守ろうとした因幡山名の幼君の消息が歴史の闇につつまれてわからなくなり、但馬山名方・山名誠通が……因幡守護になっているからだ。幼き豊治の若君は南条、小鴨らに討たれてしまったのか。それとも月山富田城にかくまわれたか。

　実態は、手強い武勇をもつ隻腕の猛将、南条国清、健脚の山伏を数多あやつる行松入道、但馬山名の援軍らに、経久本隊の支援を受けられなかった国久たちは、かなり苦戦した。だが国久の武威も凄まじく――数多の敵兵が斃れたろう。

　実はこの頃、かつて日御碕につどった国久の勇ましい倅たちが次々元服し、国久をささえていたと思われるからだ。

　嫡男・孫四郎は、尼子誠久《さねひさ》、次男・新四郎は尼子豊久《とよひさ》、三男・小四郎は尼子敬久《たかひさ》となった。いずれも武芸に秀でるが、個性が、違う。

　誠久は叔父の興久の青年時代に似た、眼光鋭い大男で、粗暴で怪力、傍若無人。

　豊久は膂力こそ兄に劣らぬものの温厚な人格者。

　敬久は弓矢を取れば曾祖母の弟、真木上野介《こうずけのすけ》を彷彿とさせる百発百中の腕前。美形。謙虚で思慮深い性格で――長兄の誠久に批判的であった。

　国久夫妻はかなり子沢山で、この忙しい季節にも、毎年のようにあたらしい子が生まれていた……。激闘に次ぐ激闘と向き合う銀髪の謀聖もその知らせが伯耆からとどく時はすっかり皺濃くなった顔を、大きくほころばせている。

さて、宿敵・陶興房の炯眼は――経久の備後入りを読んでいた。

陶は若き謀将、毛利元就の許に奇襲を得意とする小人数だが手練れの精鋭をつかわし、安芸国人連合を率いて備後の尼子方を攻めるようにもとめ、経久を食い止めんとした。

武田を助けんとする古希をむかえた謀聖の前に……三十一歳、脂が乗り切った毛利元就と安芸国人衆、陶の精鋭、世鬼一族が、立ちふさがる。

同じ頃――安芸では三千の兵をもつ武田光和が義興、興房率いる大内の三万を超す大軍に激しく攻め立てられていた。

寡兵を率いる光和、圧倒的に不利な状況だが……支城が義興の大軍にかこまれると、必ず割菱の旗を翻して助けに出る。――見捨てられなかったのである。

凡将や臆病な将なら佐東銀山城に固く立て籠もり、援軍を得られぬ各支城の離反をまねいて自滅したろう。だが、光和は律義に小勢を率い、途方に暮れる小城を助けに出た。

その度に安芸の巨獣は手ぐすね引いて罠をこしらえていた陶の大兵に攻め立てられている。興房は光和の武が十分発揮出来ぬ谷間などに巧みに誘い込み、山林に伏せた伏兵で上から狙い射ちにするなどして光和を苦しめる。別働隊で逃げ道をふさぎ狩ろうとする。

だが、その度に——あの鋼の柱が、九尺三寸の大太刀が、嵐を起こす。

光和が通りすぎた所、足軽雑兵が屍の山をきずき、血塗《ちまみ》れの大内菱の旗や、おれた槍、砕けた刀などが散乱、暴竜が通りすぎた跡のようなのだ——。

陶の周到なる罠も光和の規格外の武に食い千切られてしまうのだ。

それでも大内の大軍は着実に——安芸武田の支城を落としてゆく。そんな苦闘の中、深入りしすぎた大内勢を突如現れた光和の手勢が激しく追い散らすこともあった。

左様な戦果があると光和は決まって目をきらきら輝かせ、奈穂に報告している。

だが、奈穂は、強く、

「光和。わたしはもう……俗世をはなれた身。この城の女主は別の人ですよ。そのお人に真っ先に報告しなさい」

たしなめる奈穂と光和を、冷たい怒りを沈殿させた目で睨む女性《にょしょう》が、いた……。

——武田光和の十代の新妻だった。

光和の妻は武田元繁と共に討ち死にした熊谷元直の娘で、奈穂は幼くして父をうしなったこの子を、深く憐れんで許嫁《いいなずけ》にさだめたのだ。

が、光和はこの妻にしたしまず、血のつながらぬ奈穂に道ならぬ思いを寄せているようなのだ。奈穂は光和の気持ちに気付かぬように振る舞い、決して過ちをおかしていない。妻をいつくしむようにと光和をさとしつづけている。光和と妻の不和に苦しむ奈穂は、

……この尼が山の北にかえった方がよいのであろうか？

北を——生まれそだった山陰の地が横たわる方を悲しい目で眺める。

……ですが、元繁様、わたくしは貴方から託されたこの家を辛い時に見捨てとうありませぬ。伯父上——どうか、一刻も早く。当家は今、危機に瀕《ひん》しておりまする。

さて、初めて戦場で太刀を合わせる経久と元就、知将同士の戦いはどうなったか？

経久率いる山陰の兵は二万人、元就率いる安芸国人衆は五千ほどだったろう。

知力が伯仲する者同士のこの戦がどうなったかは謎につつまれている。

だがその後の顚末から考えるに齢七十に達し、経験と、兵力でまさる謀聖が——元就を一蹴したと思われる。というのもこの後、すぐに陶が大軍を率いて備後入りしており、押し負かされた元就を助けるためだったとしか思えないのだ。また元就の勝ち戦についてかなり饒舌《じょうぜつ》な毛利側の軍記物がこの戦について口をつぐんでいることも一つの証と思われる。

三次《みよし》において元就を駆逐した経久の前に陶興房率いる大内勢二万が現れる――。

陶勢には、元就ら安芸国人衆にくわえ、上方や因幡で起きたことを見、

「天下の趨勢《すうせい》を見るに……大内殿の方が優勢じゃろ」

などと囁き合い、大内方にどっと鞍替《くらが》えした、南備後、西備後の国人もくわわり、
敵は三万にふくれ上がっている。北備後、東備後国人は尼子方にまわっていた。

経久率いる二万と興房、元就が率いる三万。

互いに奇策が通じぬことを知っている両者は――遂に大決戦に踏み切った。

――細沢山《ほそざわやま》の戦いである。

大内義隆記によると――この時、経久は兵を三手にわけ、大将陣は尾頭《おかしら》（尾頭付きの魚のような、前後双方に備えた陣形だろうか）、東に一点突破をはかる魚鱗《ぎょりん》、西に敵をつつみ込むための鶴翼、三つの陣を構えるという変幻のやり方で、陶とぶつかったという。

備後の空を横殴りの矢の雨がおおい、双方の砦に火矢が降りそそぎ、盆地では忽然と巨大な槍の林が二つ生まれ、それが二つの恐ろしい針鼠《はりねずみ》になって、真正面からぶつかる――。

この戦いでは兵力のほかにも陶に有利なところがあった。

まず、尼子の兵は中国山地をまたいでの戦や、山陰を東に、西に、長駆《ちょうく》、横断して

の戦が打ちつづきさすがに疲れが溜まっていた。さらに補給面で――大内が有利だ。

瀬戸内海をつかえるからだ。海路ではこんだ夥しい兵糧を、武田水軍を弾きつつ、今度は川舟に乗せ、水辺を歩く人夫に綱で引かせ、太田川《おおたがわ》、三篠川《みささがわ》と、さかのぼり、毛利領まではこべる。一方、尼子は標高一千メートルを超す山が立ち並ぶ、険しい中国山地を人馬の力でこえ、兵糧、武具を山陰の地からはこばねばならぬ。

三次から、中国山地を北に貫き……日本海にそそぐ江の川《ごうのかわ》なる川があるが、恐るべき急流で、山陰の米をはこぶ舟など、押し返してしまうのだ。

今まで連戦連勝か、悪くて引き分けを重ねてきた経久は……苦闘の末、興房、元就らに押し負けた。

三沢が仕掛けた出雲国人連合に負け、城を追われてから実に四十数年ぶりの負けであった。

だが――謀聖のここからの立ち直りが、凄まじい。

経久は三次盆地の北にある山々にいくつもの堅陣を張り、盆地を北からおおうように見下ろし、尼子を備後で崩したら出雲に雪崩れ込めと命じられている陶、勢いに乗る陶をふさぎ止めた――。盆地を見下ろす三日月形の尼子陣は遠大で、相互が密に連携、北にすすまんとする陶は固く弾かれ、先日の勝ちが嘘のような苦戦を強いられた。

また、赤穴久清の子で驍将の赤穴光清《みつきよ》率いる決死隊二千を吉川領から南進させ、邪魔だてする大内方を突き破らせて——佐東銀山城に入れ、光和、奈穂を歓喜させている。

経久が凡将ならば先の負け戦で総崩れになり大内軍が出雲に雪崩れ込み、尼子氏は滅び去ったかもしれない……。

負けからの驚異的な立て直し、この底力は何であったか——。

家来であった。

外的な優劣によって、昨日は尼子、今日は大内、明日は尼子というふうにひたすら強い者につこうと右往左往する国人衆とは別に、尼子家には、経久に、出雲を、伯耆を、いや、天下を治めてほしい……経久でなければ駄目なのだ、こう考える侍、足軽が沢山、いた。星の数ほど……いた。

この者たちは何処から来たのか？

ある者は飢えや寒さに苦しめられていた時、経久に温かい手を差しのべられた者たちだ。

ある者は主家に絶望し、あるいは主家をうしない、諸国をさすらう中で経久の噂を聞き出雲にやってきて仕官、活躍の場をあたえられ生き生きとはたらいてきた武士たちだった。

これらの侍、足軽が発した、夥しい声が最大の危機に陥った主君を、下からはげまし、驚異的な立ち直りの、原動力となっている。

一時の小知恵ではないのだ。幾年、幾十年もの積み重ねによるものなのだ……。


盆地に立ち長城と呼ぶべき尼子の壮大な山陣を見上げる陶興房は、

「尼子経久……恐るべき男よ……。戦いながら、城をつくってしまったわ——」

異例の長期戦を決断した経久が陶と戦いながらもうけた山城、つまり本陣の守りを次々工夫、いつの間にか城に練り上げた大要塞、これが——備後国ハチヶ檀《だん》城である。現代《いま》の三次市に遺構がのこる山城である……。

「中軸にハチヶ檀城、西に尼子方・三吉の比叡尾山《ひえびやま》城、東に古い小城を大城とした、国広山《くにひろやま》城、さらに経久が数多の罠を張りめぐらした南山《みなみやま》城……何でしょう……」

傍らに立つ元就は昔、唐土にいたというある化け物の名を呑み込んだ。

率然《そつぜん》。この双頭の蛇は頭を打てば尾が襲い、尾を叩けば頭が食いつき、胴を叩けば頭と尾が同時に襲い来て、人々を散々苦しめたとつたわる。

興房は硬い面差しで呟く。

「雲州に尼子経久がおらねば……御屋形様はとうに西国を切りしたがえていたろう」

元就は——経久が同じことを興房に対して思っている気がした。

ハチヶ檀城を睨む元就の細面には経久への敵意と畏敬、多くを学び、盗み取ってやるぞという執念が、漂っていた。

「経久はあの山城の連なりの北に稗《ひえ》、キビなどの畑をもうけ……」

稲よりはるかに手がかからぬ作物で畑に種を蒔《ま》くだけで勝手にのびて収穫出来る。

「補給を切ろうという我らの奇兵をつぶさに予測して打ち砕き、出雲につながる道までもうけようとしておるとか」

白い息と共に元就は言葉を吐く。雪が、ぱらつき出した。

夏にはじまった備後の戦は——冬にまでもちこされている。

危機から立ち直った謀聖は兵糧不足をふせぐ手を次々打ち守りを固めている。

大内の侵攻から山陰の地を守ると共に、陶を釘付けにして間接的に安芸武田を守っている。陶、元就らは尼子方の鉄壁を崩せず、備後の戦いは年をまたいだ。

経久はただハチヶ檀城に籠もっているだけではなかった。

経久のしたたかな謀は遠く九州を静かに、たしかに、揺さぶっていた……。

豊後の雄、大友義鑑《よしあき》の家中で……異変が、起きている。

大内氏にしたがってゆきましょうという義鑑夫人（大内義興の姫）の与党が次第に力をうしない、意見の異なる武士たちが首をもたげてきた。彼らは、

「何で山口の大内家が博多を治めておる？　我ら鎮西武士が、博多を治めるべし。大友家の興隆は大内と手を切り、尼子殿とむすぶことによって開ける」

と、主張、大友義鑑も、もっともなことよと耳をかたむけ出している。

経久の凄まじい調略が——実をむすびはじめていた。

かくして享禄《きょうろく》元年（一五二八）。大友家は突如、舅である大内義興に、手切れを宣言。

尼子や、その同盟相手で、大内家が滅ぶその日まで戦いつづけることを決意している執念の一族・肥前の少弐と手をむすび——突然、博多を目指し、怒濤の進撃をはじめた。

陶で経久を封じつつ安芸、南備後での優勢をたしかなものとしていた大内義興は愕《がく》然《ぜん》とした。この衝撃がたたったか？　長い戦いの疲れがあだなしたか。

義興は——重い病になってしまった。

義興倒れるの知らせを受けた陶興房は主君の病をひた隠しにし、経久にいろいろ理由をつくって和議を申し出ている。経久は当然、鉢屋衆によって義興の病など知っているのだが、素知らぬ体で和議に応じ、心の中で、

——義興。病などに負けるな。そなたはまだ……五十をすぎたばかりだろう。そなたを討つのは病ではなく、我が剣だ。死ぬな。

尼子、武田と戦っていた大内軍がずらりと退いて名立たる重臣が厳島《いつくしま》大明神で義興不在の評定を開き、もはや隠せなくなって、天下に義興重病の噂が漂うと、月山富田城に退いた経久は南安芸の陣中にいる義興に手紙と手厚い見舞いの品をおくった。

経久の文をふるえる手で読んだ大内義興は疲れ切った顔で微笑み、

「酒を……飲みすぎるなと言うて参ったわ。経久めが……」

——返書を書こうとするもその気力すら無かった。

陶主導の大内の重臣会議は全方位の休戦と義興を山口にもどすことを決めた。

この年の十二月二十日、大内義興は病に勝てず息を引き取った。五十二歳だった。

跡を継いだのは嫡男、義隆で武家というより公家的ななよやかさが漂う若君だった。

大内の当主に武芸は要らぬのかもしれぬが、決断力に乏しく、他人の意見に引きずられやすいという義隆の性格を間者たちから聞いている経久は、尼子が押されていた潮目が変わるかもしれぬ、いや変えて見せると思いつつ、そこに、寂しさを覚える。

──万全の大内を我が武略で討ちたかったものよ。

義興亡き大内家の利運は一の重臣で軍事をあずかる陶興房にゆだねられている。興房は、元就に、安芸国人の引き締めを命ずる一方、自らは動揺する領国を鎮めんとした。

さて、大友と大内の決裂、義興の死に動揺する安芸、備後国人に経久から味方にならぬかという調略がのびる。安芸の大内方は元就が引きしめていたが、備後の大内方国人は、

──また、尼子が優勢になるのかのう……。

風になびく葉のように右往左往しだした。一方、陶から安芸をまかされたといっていい元就は安芸の尼子方国人を討ち、徐々に力をたくわえていた……。

……陶よ。元就を重んじておるようだが、あの男は鋭い刃の如き野心をもっておる。鞘《さや》におさまっておれば危うくないが鞘から出れば大内という袋も内から切り裂こ

う。

だが、それを陶に助言する義理はあるまい。元就の動きはますます活性化し——毛利兵、あるいは元就に下知された安芸国人勢が、石見の尼子領まで侵してきた。

塩冶興久が駆けつけて蹴散らす。

この一報に晴れやかな顔になる経久だが、次の知らせに眉を濃く曇らせる。

興久が……降伏を申し出てきた毛利の足軽雑兵を笑いながら斬らせたという。

——毛利の動き、たしかに小癪である。だが、元就一人の首を取って鬱憤を散ずればよいこと。何故、命乞いをしている者まで斬る？　足軽雑兵は元就に命じられて出てきた小者。解き放てばよい。さすれば恩義を感じ、お主の味方になる者が必ずや出てくる。毛利領の案内者が見つかるかもしれぬでないか。……何故……生かしてつかうことを考えぬ？

経久は興久を詰問するも興久の答は、

「毛利の忍びが中におる恐れがあったゆえ、如何なる罠があるかわからず、斬りました。また笑って斬ったというのは根も葉もない噂にござる」

念のため人をやってしらべさせるが真相は藪の中だった。

……興久は頭がまわるところがある。証拠を、潰したのかもしれぬ。

息子への不信がたまってゆく。

……そのことがなければ、大きく加増したのだぞ……。

そんな享禄二年（一五二九）、賑々《にぎにぎ》しい富田の町を坊主頭でギョロ目、でっぷり太った男がわずかな供をつれておとずれている。壮年の商家の隠居と思しき男は、富田の栄えに瞠目し、

「京より栄えておるとは何事ぞ……」

疲れ切った供に、耳打ちする。

で、月山富田城大手門につながる土橋に悠然と踏み込み、番兵に槍を突きつけられるや、

「――道永《どうえい》が参ったと尼子殿につたえてくれい！」

「……はっ？」

「管領の細川高国、今は出家して道永と申す！　尼子殿に取り次ぎ願いたい！　こんな姿《なり》では柳営の管領と信じられんか？」

全領土、ほとんどの家来をうしない、放浪していた細川道永こと細川高国が、経久をたよって出雲に漂ってきたのだった。経久は喜んで高国をむかえ久闊《きゆうかつ》を叙した。

流浪の貴人が、尼子の許をおとずれるのは、これで何度目だろう……？

山名澄之、京極政経、足利義材、細川高国。彼らが荒んだ乱世で困り果てた時、経

久なら何とかしてくれる、そう思わせる何かが、謀聖には、あった……。

経久は久幸を細川高国に引き合わせる。三人で、密議に耽った。

昔より体がかなり肥えた高国は、経久たちに、

「尼子殿。わしは貴殿に頼みがあって出雲まで参った」

今は放浪者となったこの管領と長く手をむすび大内義興と対峙してきた経久は、

「何なりと。この経久に出来ることならば」

「わしは近江朽木谷《くつきだに》に隠れておられる将軍・足利義晴公をいま一度、京にお戻ししたい。今、都は阿波の賊軍に席巻《せっけん》されておる」

――阿波細川家の晴元の兵だ。

久幸が、慎重に、

「ですが晴元は……都には入っておりませんな」

「左様。堺に偽幕府をもうけ、足利義晴公のご舎弟、足利義維《よしつな》というお方を将軍に擬しているのじゃ」

高国は偽幕府というが、それを運営している人々にとっては本物の幕府である。

――堺幕府と呼ばれる。

……細川晴元の知恵袋、三好元長《もとなが》の献策であろう。つくづく京は守りにくい。四国に逃げやすい堺に幕府を置く。――面白い考えだ。三好元長、なかなかの武士と見え

る……。

と思いながら謀聖はさすらいの管領の話を聞く。

ちなみに、三好元長は、曇華院に匿われるも高国に斬られた、三好之長の孫である。

「わしは堺偽幕府を何としても滅ぼし正統なる将軍・義晴公に都にかえっていただきたい」

高国に、経久は、

「わかりました。堺の幕府を……」

「堺の偽幕府じゃ。これを倒し、正しい幕府を——都に据えねばならぬ」

「そのための兵をかせと仰せになるのですな？」

全てをうしなって流浪している高国のギョロ目が異様な光を放つ。徒手空拳から身を興し、城を盗《と》り、国を盗った経久が……好きな光だ。

「貴殿にとって悪い話ではない。というのもわしはずっと尼子方であったゆえ……」

「かたじけのう思うております」

「阿波細川は——大内方としてやってきた。彼奴らがかつぐ足利義維様には……大内義興めの娘が嫁いでおる」

経久は今は亡き義興のことをとやかく言いたくないが、寧波の乱の遺恨があるのだろう、高国の声には敵意が籠もっている。

「当家は大内山名にもそなえねばならず出せる兵は数千。そうすると、堺の偽幕府の兵に立ち向かうには如何にも心もとない。ほかに与同する諸侯は？」

「――おる。それをさがすため、商人に身をやつし、諸国を遊説してきたのじゃ」

高国は大きな肩をすくめ不敵に笑った。高国が口説いた諸侯は、錚々たる面々で――、

「南近江の六角、越前の朝倉、若狭の武田が、わしへの助太刀を申し出た。あとは貴殿がくわわり、貴殿の方から大友、少弐、安芸武田などにも声をかけてくれれば、堺偽幕府と大内家をしめ上げる巨大な包囲網が――天下《てんが》に立ち現れる」

分厚い自信であった。高国は戦下手だが、こういう根回しは得意だ。

「一方、敵は――堺偽幕府、大内義隆、但馬山名の誠豊の跡を継いだ祐豊《すけとよ》じゃったか？　その祐豊。北近江の浅井亮政じゃ」

高国が味方と言った勢力を本当に味方にしていることを経久は独自の情報網で摑んでいた。

「――わかりました。お味方いたそう」

……都の威光が頭の古い国人をわしの方に引き寄せ、結句、大内を追い込める。

――さらに大内という大敵と戦う以上、敵をふやすより味方をふやした方がよい。

上方の政権が友好的である方が望ましいし高国には上洛時にいろいろな恩がある。

「また、大友、少弐に声をかけるのはもちろんですが、ほかにも味方をふやしましょう」

銀髪の謀聖の顔に——深い笑みが漂う。高国、嬉し気に肥えた体を動かし、

「たとえば？」

「まず、備前《びぜん》の浦上村宗《うらがみむらむね》」

主家である赤松家を内側から食い破り下剋上した、乱世の梟雄《きょうゆう》である。

ただ、経久よりやり方が毒々しい。主君である赤松氏を殺し、その息子を脅迫し、あやつり人形としていた。また経久のような大望があっての下剋上でもない。

……好かぬ男だ。わしなら……違うやり方をする。だが、止むを得まい。

但馬山名が山陰道をふさぐ以上、浦上村宗を味方にするほかない。

「——もう一家。これ他言無用に願いたいのですが……因幡山名」

「……因幡となっ——？」

ギョロ目をしばたたかせ体を揺らした管領は、経久の言葉に驚き、

「因幡の山名誠通は貴殿が後押ししていた者を倒し、守護になった、但馬山名の手先よな？」

「……如何にも。ただ、但馬の当主が、代替わりしてから——但馬山名と因幡山名の

仲は再び悪しゅうなったのでござる。因幡を真に豊かにするなら、出雲、伯耆と商いのつながりを深めるほかない。ところが当家に宿意をいだく但馬山名はこれにいたって後ろ向きでしてな。因幡の守護は、必ずこの問題で――悩むのでござる」

自分のかつての敵が悩んでいたことと同じ悩みに取り憑《つ》かれた因幡山名誠通は但馬山名のあたらしい当主と激しい言い争いになった。元々そりが合わなかったらしく、この一件以降、溝が深まっている、その知らせを鉢屋衆から受けている。

「故にこの経久、因幡という国をいま一度、丸ごと味方に、引き抜こうと思うのでござる」

「面白い！　是非、やってくれっ。尼子殿！」

経久はすぐにこのほど元服し三郎四郎あらため尼子詮久《あきひさ》となった嫡孫、次男で、伯耆国守・尼子国久、三男で、西出雲を守る塩冶興久を呼び、細川高国を受け入れたこと、高国を助けて、反堺幕府の連合軍にくわわる旨をつたえ、

「この経久が五千を率い、上洛する。そなたらにはしかと守りを固めてほしい」

跡取りたる詮久に異存はなく、国久は大喜びで、わしを上洛軍にくわえてくれと言い出す始末。だが……興久の顔は暗い。興久は思い詰めた様子で、言った。

「詮久。悪いが、父上と、兄上と、わしだけにしてくれぬか？」

ほっそりした十六歳の詮久が下がると興久は眼火を燃やし低く囁いた。

「父上……管領殿の呼びかけに真に諸侯は応じるのですか？」

「応じる見込みが、極めて、高い」

興久は薄暗く濁った溜息をつく。経久は、訝しみ、

「何じゃ？」

「管領殿を……大内殿に差し出せば我ら大内家と和をむすべるのでは？」

国久が——噴火した。

「お主は、何を言い出すんじゃぁっ——！」

高国としたしい国久は顔を真っ赤にして、畳を叩いた。国久より大柄な興久は、強く、

「大内殿と幾度戦っても決着はつかなかった！　ここらで大内殿と和をむすんだ方が……当家は栄えるのではないか」

経久は厳貌で、

「細川殿には大恩がある。そのお人が、困り果て、この経久をたよってこられた。これを、裏切り、騙して、大内におくる……そんな汚く愚かな真似が出来ると思うか！　二度と心得違いのことを申すな」

「他の大名に梯子をはずされ……我らだけが管領殿を助ける、左様な仕儀になるのを

「……」

「あつまる見込みがあると父上は言うておろうっ！　馬鹿めっ！」

青筋をうねらせて怒鳴る国久を手で制し、経久は、興久に、

「──大内義興殿を烏帽子親とするからか？」

「……それもある」

細川高国を烏帽子親とする国久の鼻がぴくぴくとふるえる。

「大内殿をそなたの烏帽子親としたのは、この経久の──謀であった。よいか興久。大内家と当家は同じ天をいただけぬ」

大内の古い門閥主義では経久がもとめる百姓など多くの庶人の命が守られる世、飢えや寒さに苦しむ者がへる世は、もたらされない。一握りの者が金銀珠玉でかざられた御殿に暮らし、大多数の民が飢え苦しむ世がつづくだけだ。また矛盾するようであるが、他の大名を斬りしたがえねば、この戦国乱世を終わらせて泰平の世をもたらすことは出来ない。

「大内を討たずして……当家の将来はない。そして、今が討ち時だ」

「そうじゃ、そうじゃ、豊後の大友は当家の側につき、義興の跡をついだ義隆は兵馬の道につたない。管領殿の策にも十二分な成算がある」

国久が言い、経久は、

「興久、ここが、大内が勝つか、当家が勝つかの、大切な分かれ目だ。尼子が西国を、いや……天下を平定出来るかどうかの分かれ目ぞ。それがわかったなら今のような意見は申すな。とにかく、わしの腹は決まった。管領殿を助けて上方に参る。その方たちには守りをまかせた。国久は伯耆を堅守し、興久は西に目を光らせてくれ。よいな」

「――御意！」「……はっ……」

塩冶氏の居城、西出雲――半分城にもどった興久は、燗した濁り酒を飲んでいる。傍らにはふれれば砕けてしまいそうなほど細身で、透き通るような色白、妖美なる妻、たまがはべる。

たまの父、山内大和守は先頃、卒し、兄、山内直通が家督をついでいる。

塩冶興久、たま夫妻の前には酒肴《しゅこう》が置かれており、絢爛豪華《けんらんごうか》な錦の打掛をまとった、たまも酒を口にはこんでいた。ほかには興久とたまの幼い嫡男、彦四郎と乳母。そして、美しい侍女が三人、たまが杵築で見て気に入ったという巫女の舞を扇を片手に真似している。

「つまらぬ。――やめい」

半眼で飲んでいた興久から――いきなり盃《さかずき》が飛び、侍女の面にぶつかり酒と悲鳴が散る。

青畳に落ちた盃は梨の皮に似せて金粉を蒔いた梨地に、金蒔絵で塩冶の紋、花輪違《はなわちがい》が入った贅《ぜい》を尽くしたものであった。たまの趣向である。

そして、この酒席の膳や器、箸にいたるまで悉く同じ意匠で統一されていた。

屛風はきらびやかで、襖は一流の絵師に画《か》かせたもの。漆をたっぷり塗った違い棚には、明国の天目《てんもく》茶碗が置かれていた。

興久に泣き顔でわびる侍女たちに、たまが冷然と、

「下がってよい」

で、たまは、父の怒りに怯えている幼い息子に、

「彦四郎も下がりなさい」

乳母が彦四郎をつれて出てゆき灯火に照らされた夜の一室に興久と、たまだけになる。

「如何されました？」

たまの問いに、興久は、経久に大内との和平案を潰されたと話した。

たまの三白眼が細められ、小声で、

「一体御屋形様は……大内といつまで戦うおつもりなのでしょう。我ら国人衆が大内との戦に傷つき、どれほど……」

興久の様子をじっくり観察しながら妻は囁く。

「迷惑をしておるか、お考えにはならぬのでしょうか？」

酔うた興久は硬い面持ちで首肯している。たまのたっぷり紅を塗った唇が、笑む。

すぐに厳しい顔で妖美な妻は、

「備後の兄も……細沢山の戦で深手を……。もう少しで討ち死にするところでしたのよ」

「ああ……我ら国人が……」

興久は今、尼子家の者ではない。国人、塩冶家の当主だ。

「大内との境目におり富田の親父殿の盾となっておる。西出雲、東石見、北備後の国人だ」

「それら国人に守られているからこそ、御屋形様は安全な所から大内と戦えなどとお指図出来るのでしょう。御屋形様は……大内氏に本気で勝てるとお思いなのかしら？大内家は元より数ヵ国の守護。尼子は……守護代です」

「だから——何だというのじゃ！」

いきなり興久は妻に激昂《げきこう》した。たまは、猫撫《ねこな》で声《ごえ》で、

「興久様。妾《わらわ》は……貴方様の味方。怒らないで」

興久の分厚く逞しい背をゆっくりさすって、

「怒らないで。……ね？」

たまには弱い興久は小声で、

「……すまぬ」

「何にお怒りなの？　興久様」

たまは興久の後ろにまわり込み手を興久のあつい胸にそっと這わせて問う。

興久はしばし獰猛な形相で、思慮し、

「親父がわしを……軽んじておることだ」

「たしかに、興久様は敵軍がふるえ上がるほどお強く、賢い御方」

甘く囁きながら頰と頰を合わせる。髭の痛みが、たまのやわらかい頰に走る。

「なのに興久様よりどうして亀井、河副などという者の方が……多くの所領を得ているのでしょう？　おかしなことです。河副久盛は美作でいろいろはたらいているようですが、亀井武蔵守などほとんど戦に出ず、いつも富田におり、内政をおこなっているだけです」

「——そう！　その通りじゃっ！」

「あれらはただの家人。貴方様は、実子。なのにあれらより所領が狭いのは面妖のこと」

「昔から……家来に目をかけ……子供に——」

「ねえ、興久様、お父君に、加増を願い出てみたら……？　お父君が真に貴方を大切に思し召しなら快く加増に応じて下さるのではないかしら？」

興久は、大いにうなずき、

「おお……。そうじゃな。そなたは何と賢いのかっ」


経久は大友、少弐、浦上を——高国の味方にすることに成功。また、経久の芸術的ともいえる調略の紐《ひも》は因幡山名誠通に巧みに絡みつき、尼子陣営に引っ張った。ミイラ取りがミイラになったのだ。

尼子方因幡守護を倒し因幡に手先をおくり込み、枕を高くして寝ていた但馬山名祐豊は、

「御屋形様ぁっ！　因幡山名家がまた……尼子に寝返りましたっ！」

驚くべき知らせを受けて茫然《ぼうぜん》自失《じしつ》の体に陥った——。

そんな調略を成功させていよいよ細川高国と出陣しようと思っていた経久に、興久から使いが来て、

「守りを固めるにしても三千貫の所領は些か狭うござる。千貫の加増を是非、お願いしとうござる」

と、言ってきた。これを経久に取り次いだのは亀井武蔵守安綱、牛尾遠江守幸清だ

った。

長らく尼子の執事をつとめてきた経久の股肱、牛尾三河守も老将となっており、先頃、後進に道をゆずりたいということで執事職の辞職を願い出ている。なので経久は三河守の後任を遠江守とした。

亀井武蔵守、牛尾遠江守、この二人が経久、久幸の下で執事つまり家老をつとめていた。

興久の願いを聞いた経久の額に険しい皺が寄っていた。長い沈黙の後、経久は、

「子のことは……親がよう知っておる」

雲陽軍実記によると経久はこう言った。

(興久は)文学を嫌ひ、暇初《かりそめ》にも無益之殺生を好み、専ら仁義に欠け、孝道を不知《しらず》、我慢邪智《じゃち》の奢《おご》りをなす。勇を嗜む事は項羽樊噲をも不恥《はじず》、早業は狼熊を狩りて飛鳥《ひちょう》の如し。是皆大将之器に非ず。平卒の好む業也。

(興久は学問を嫌い、無益の殺生を好み、慈しみと正しさにかけ、我がままで邪な知恵があり、驕りたかぶっている。武勇は項羽樊噲に負けないし、狼や熊を狩らせれば飛ぶ鳥のような早業を見せる。これ皆、大将にもとめられる能力ではない。平侍が好むものなのだ)

経久は実に辛そうに、溜まりに溜まった三男、興久への思いを吐き出す。

「大身にすれば……興久は驕りたかぶる。そういう男だ。悪さをなし分国の煩いとなり、果ては当家の妨げにもなる。故に三千貫にとどめておる。のう、亀井、牛尾……父として子を思わぬ者がおろうか？　あれを小身にとどめておくのは今のあれが大身の器でないからよ。領国のため、家のため、あれのためでもあるのだ」

家臣に語りながら、経久は、

……さな……。そなたなら、何とする？　わしが間違っておるか？　これで、よいな？

経久は公平さを大切にする。

人間を見る時――能力、志、心延えなどを見る。どれだけ身分が低くとも敵であっても、それらのものがともなえば取り立て、重んじている。

尼子の倉奉行を長らくつとめた中井秀直《なかいひでなお》は、かつて経久の父、清貞《きよさだ》に一揆を起こし歯向かった男だった。

逆を言えばそれらのものがともなわなければ、いかに生まれが高貴でも、自分に近くても、息子でも、重んじない。

――これは他の大名とまるで評価軸が逆だった。

たとえば、経久の敵、但馬山名を見るがよい。経久が美作の経営に河副久盛を当てているのに対し、山名は因幡や伯耆といった分国の守護を必ず一門の者としていた。どれだけ無能でも、山名家の者しか守護にせず、その重臣もほぼ山名一族の凡庸なる者、欲深い者でしめられていた。高貴な生まれに胡坐をかく代わり映えのしない顔が……ずらりと並んでいる。敵は、それだけ、硬直している。

もちろん戦国の世であるから一門衆は大切である。だから経久も、久幸や国久は取り立てている。だが興久は……経久が、広い領土を治め、多くの家来をたばねるのに必要と考えているものが、あまりにも足りなかった。だから反省をうながしていた。

亀井武蔵守が声をふるわし、

「そこまで……思い詰められていたのですか。某、不肖の身なれど過分のご加増をばしていただき、塩冶殿より広い封地を頂戴し、申し訳ないことと思うておりました。御屋形様、亀井の封地を削っていただき何卒、塩冶殿にご加増を……」

「ならぬ。そなたの封地は──そなたの働きで得たものぞ。ただ、興久は大内攻めの先頭に立ってもらわねばならぬ。そのために今の所領では心もとないという言い分はわかった。北備後に千貫あたえよう」

「塩冶殿もきっと喜ばれるでしょう」

経久の言葉を聞いた、たまは、

「備後？　何故、出雲でないのでしょうか？」

興久も険しい面持ちだ。歯ぎしりしていた。

「亀井の使いがこれをもってきたそうですが、亀井は貴方の才覚を憎み……御屋形様に讒言《ざんげん》をしているのではないかしら？」

興久は恐ろしい形相になり、空《くう》を睨みつけていた。たまは、囁く。

「――きっとそうよ。全て辻褄《つじつま》が合いますもの。亀井が貴方を貶め、御屋形様が貴方を軽んじる。だから……亀井河副の所領が、貴方よりも広いのよ」

「……おのれ亀井！　許せぬっ！」

興久は血も凍るほどの敵意が籠もった声で、叫んだ。恐れおののいた小姓、侍女に目で合図して下がらせ、二人きりになると、たまは、

「何だか……これならくれてやるという気持ちで、備後を投げつけられたようで、悔しゅうございます」

「まさにそうじゃっ！　この興久、経久の三男であるにもかかわらず分地の少なさを嘆いておるのにようやく備後の千貫とは情けない限り。尼子は、山陰山陽数ヵ国を領掌するのだぞっ！　何故、備後の千貫なのか！」

「興久様。こうしては如何？　出雲の原手《はらて》の地を所望するのです。もし原手を御父君が下さるならば……御父君が興久様をおろそかにしていない証と言えるのでは？」

原手――宍道湖西岸で、出雲一の生産力をもつ沃野であった。

「そうじゃな、原手を所望しよう」

この頃、月山富田城の経久はギョロ目の管領、高国を守って今まさに出陣しようとしていた。まずは、備前に向かうのだ。

そんな慌ただしい中、半分城から興久の望みが、牛尾遠江守にとどけられている。

牛尾三河守の女婿、牛尾遠江守。武勇一筋、剛直で欲に乏しい遠江守だが……この手の問題への対応力は低い。どうしたらよいかわからず同僚の亀井武蔵守に相談している。

亀井武蔵守は頭をかかえている。青褪めて、

「……さて、弱った。倅の新次郎めが傍におるのに……何ゆえこのような書状が参ったのだ？　備後でなく原手を所望とな？　……先日の御屋形様のお話を鑑みるに、これは、お請けになるまい。どう思う？　牛尾殿」

「……まさに」

「あまつさえ御屋形様は、これから御出陣されてお忙しいのじゃぞ……。このような

文をご覧になったら、お怒りになるに違いない。結句、塩冶殿のお立場も悪しきものになるぞ。これは、我ら二人の所でとどめ、お取り次ぎ出来ぬとお返事する他ないように思う。如何か？」

「……仰せの通りと思います」

かくして牛尾遠江守は、興久の使いに、

「同役亀井ともよくよく相談したのじゃが……お願いの儀、我らが言上しても御屋形様は決して御承引なさらぬと、亀井は申す。わしも、そう思う。故にこの請願――我らお取り次ぎいたしかねる。お書付はお返しいたす。爾今《じこん》以後、似たようなご請願があっても、お取り次ぎいたしかねる……。このことよくよく、塩冶殿におつたえ下され」

経久はこの年、細川高国を守って、同盟をむすんだ浦上の領国、備前に入り、九月十六日、同国松田《まつだ》城に入ったとつたわる。すると都では高国、経久上洛の噂が大いに漂った。

恐らく都の上下は経久の上洛に熱い期待を寄せたと思われる。

経久の武名は遠く都に轟いていたし、経久が工夫を凝らした杵築には上方から詣でる者が多かった。彼ら彼女らは杵築や富田の繁栄をその目で見て、戦国の世で傷ついた京都を蘇らせてくれることを期待したはずである。

一方、塩冶氏の半分城——。

興久、たまの怒りが、爆発していた。たまは金切り声で、

「牛尾の浅知恵から出たことではありますまい！　また——亀井が邪魔立てしたのですっ」

たまが盛んに吹き込むために、興久の中には亀井への怒りがたまっていた。そしてそれは当然——自分が塩冶に入る時、傅役《もりやく》としてついてきて、いろいろ厳しい諫言をしてくる亀井武蔵守の次男、亀井新次郎利綱への憎しみにつながっていった。

雲陽軍実記によると両執事の答を聞いた興久は、

「——憎き亀井が挨拶かな。よしよし今度は父の経久に直奏して亀井を申受けん。若《も》し彼を給はらずんば、其時《そのとき》軍兵を以《もっ》て亀井が宅へ乱入し此鬱憤を散じ、直に富田の本城へ入り、大将顔する甥の晴久（この時は詮久）に泡吹せん。父は老衰の事なれば、尼子之本城家を押領し、憎しと思ふ奴原に大身之槍の味を見せん（憎い亀井の物言いよ。よくわかった。今度は父に直談判して亀井の身柄をもらおう。亀井をくれぬその時は、兵を率いて亀井邸に乱入しこの憤りを晴らしてくれよう。富田の本城にも押し

入り大将面する甥の詮久に一泡吹かせてくれる。父は老い衰えておるから、尼子の本城、本家を乗っ取り、憎い奴らに大身槍を味わわせてやる)」

鬼の王のように仁王立ちして、吠えた。この時、亀井利綱、米原小平内《よねはらこへいない》といった、尼子からついてきた郎党は御殿から遠ざけられている。

では……誰が周りにいるのか。

まずは、山内からついてきた者ども。次に――元々塩冶家に仕えていた侍たちである。

経久は塩冶掃部介を討ち取り、塩冶貞綱《さだつな》亡き後、お家騒動に手を入れ、興久を強引に養子入りさせた。

これに強く反発する塩冶の臣は蜂起して鎮圧されたが、あの時、蜂起にくわわらずに尼子への怨《うら》みを隠してじっと耐えて仕えてきた武士たちがいたのだった。半分城内ではいつの間にか……これらの武士たち女たちが、興久、たまの周りにびっちりくっついて、亀井、米原ら尼子からついてきた家来を脇に押しのけ、一大勢力となっている。

亀井利綱は……原手の一件も強く止めていた。

だが、興久は、うるさいことを言うと思っただけだった。

雲陽軍実記は興久と利綱の関係について、利綱は幾度も強諫《きようかん》したが、興久は一度も聞き入れなかったと書く。

反尼子の気持ちをもつ郎党たちが興久の決意を聞き、一瞬、満悦げな面差しをにじます中、たまは、興久に、

「こちらから押し寄せずとも亀井は参るようですね」

「何……亀井が？」

「明年二月、御屋形様は杵築大社門前で法華経一万部読誦をおこなおうと、お考えとか。……これの奉行が亀井武蔵守なのです」

「――よいことを聞いたわ」

夢を見ている。

目玉のような妖しい模様がある黒く太い木に、白っぽい幹の椿の木が、逆立ちをした色白の女の足のように二股にわかれた幹を絡みつけていた。日焼けした逞しい男が、色白の女にのしかかるようにしてまぐわっている姿に見えた。よく見れば、その黒っぽい木には目に似た模様がいくつもあった。そのすぐ隣では見上げるほど高いクヌギの巨樹に、白っぽい木の蔓が、まるで捕り物の網でもかけたように、右に左に、縦に斜に、絡みついている。気味悪くなるほど固く絡みついている。

興久は左様な薄暗い森を歩いていた。

半分城の近くは水郷で水田、湿地が広がるが、小高い所は、常緑樹を主とする、粘菌やキノコの臭いで溢れた薄暗い森が幅をきかせている。ここもそうした森であるかもしれぬ。

森の斜面を降りる興久はさっきからこちらに駆け登ってくる夥しい鼠《ねずみ》とすれ違う――。

興久ら狩りが好きな者は、鼠を嫌う。何故なら家に鼠がいると、明日の狩りの計画を山の獣に告げ口すると言われているからだ。森の底をせわしなく駆け登る鼠の群れは何か囁き合っていた。耳を澄ますと、人語で、

「逃げろ」「逃げろ」「もどれ」「逃げろ」「逃げろ」「もどれ」「逃げろ」

鼠は何から逃げているのだろう。興久は、八つ手などを掻《か》き分《わ》け、降りてゆく。矢竹の藪があったので腕で漕いですすむと――森にかこまれ、霧が水面《みなも》をたゆたう、不気味な沼が開けた。沼からは鬨《とき》の声《こえ》、法螺貝《ほらがい》の音、太鼓の轟きが、する。鼠はこれから逃げていたのか。見れば沼は血の池地獄同然となり沢山の四つ目結の旗、花輪違の旗、おれた槍、足軽の屍などが浮いたり沈んだりしていた。――生首が沈んでいる。誰の首だろう。気になって生臭い沼に手を入れ、もち上げてみる……。

その顔を見た時、汗だくの興久は叫びながら跳ね起きた――。

「だいぶ、うなされていましたね」

傍らで裸形のたまが囁く。

興久はいきなり、たまにのしかかり、口を吸う。強く摑めば砕けてしまいそうな体にむしゃぶりつき、薄い胸を乱暴に吸う。乳首を嚙む。たまから細い声が、もれた。

興久は婚《くな》いながら、

「何処までもついてくるか？」

「訊くまでもないことを訊かれるおかしさよ。……ええ。何処までも。それが、地獄でも、阿修羅《あしゅら》道でも。たまは……貴方様の妻にございまする」

「親父と戦うてもか？」

「――経久と呼んで」

動きを止めた興久の両頰にたまは両掌をかぶせた。

「可哀そうな興久様……。ここまで興久様を軽んじ、追い詰めるあのお人は父ではありませぬ。一体この天下の何処に――子供よりも家来を重んじる父親がいますか？だから、経久と呼んで」

「経久と戦してもついてくるか？」

「もちろんでございます」

興久はたまの唇を乱暴に吸い、一気に動き出した。

翌朝、興久は——吹っ切れたような、異様な上機嫌さで亀井利綱を呼んでいる。

——亀井利綱をいくつもの尖った視線が突き刺している。

正面に塩冶興久と、たま、左右に塩冶に元からいた侍たち、備後の山内からついてきた者たちが、冷ややかな嘲笑を浮かべて、ずらりと並んでいた。かしこまる利綱の面前に興久が経久におくった、原手を望む書状が乱暴に投げすてられる。書状を放った興久は、

「わしが父上におくった文を取り次ぎもせず、そなたの父と牛尾めが叩き返して参った」

「…………」

「無礼とは思わないの？　新次郎」

錦の打掛をまとった、たまから、氷のように冷たい声が浴びせられる。

「我が殿は富田の御屋形様の実子ですよ。その殿の言葉をたかだか家人風情がふさぎ止め、御屋形様の耳に入れぬ……こんな無礼があってよいのか！」

たまは美しい顔を歪めて金切り声で叫んだ。

経久の小姓をしていた頃、白皙の美少年として富田の腰元たちの熱視線を浴びてい

た亀井利綱。昔はよく洒落《しゃれ》た片身替りの衣を着ていたが、三十代となった今では紺色や赤紫の落ち着いた色の直垂をまとうことが多い。だが、袖の所にだけ白い木の葉模様を散らすなど洒落っ気をにじませるため、半分城下の商家の娘、百姓娘、漁師の娘などは十代の頃より逞しくなった利綱を見るとぽっと頬を赤らめたり、瞳を潤ませたりするのだった。

しかし半分城内――腰元たちの反応は、違う。

たまに合わせて一様に冷ややかだった。

たまが利綱に冷たい敵意をいだいていることを知っているからだ。

嫁いできた当初、たまは別段、亀井利綱に敵意を見せず、どの家臣にも一様に無関心であった。だが、利綱が自分が思っているのとは逆の進言を興久にしていると気付いた時、たまの攻撃ははじまっている。

じっと黙っていた亀井利綱は、興久を真っ直ぐに見詰めて、言った。

「殿も北の方様も――お心得違いをされているようにお見受けいたします」

「何が、心得違いじゃっ」「無礼にも程があろう!」「口をつつしめっ」

左右の武士から罵声が飛び、怒声をぶつけられるも、亀井利綱はめげない。

毅然《きぜん》とした面差しで興久に、

「此度の一件、御父君のご愛憐《あいれん》が少ない、斯様に思し召しなら其は全くの間違いにござる」

興久の顔が険しくなる。

「三千貫に据え置かれていること、これ、富田の御屋形様の深いご思慮あってのことと思いまする！」

「御思慮とな？」

「はい。残念ながら我が君は……天性、ご短慮であられる」

「いい加減にせよっ新次郎！　無礼であろう！　荒言見過ごせぬぞっ」

たまが真っ赤になって逆上し髪を振り乱して怒鳴るも、興久は、

「――最後まで言わせてやれ」

「しかし、殿……」

「黙れ！　言わせてやれ」

興久から唾がまじった大喝が飛び、たまは大人しくなった。利綱は強い声で言う。

「此《こ》は武蔵守が子息ゆえ申す訳ではありませぬ。某は、殿の郎党。亀井武蔵守が何の道理もなく邪心ゆえ殿を迫害するなら、たとえ父であっても、これを討ちにゆく所存にござる」

利綱の気勢に呑まれ左右にいた武士どもが静まり返る。

亀井利綱は、目に涙を浮かべ、声をふるわし、言った。

「どうか……お目をさまして下され。殿は御屋形様が幾度もすすめて下さった書物を片端も見られず、投げすてられ、無益の殺生をば好まれ、領民に温かい言葉をかけるでもない。ご機嫌悪しき時、些細なことで声を荒らげられ……我ら家の子を鋭く咎められる。これでは多くの臣下はついてこず、大勢の民などもってのほか。大領は治められません！　このままでは……小領しか治められませぬ」

いきなり興久は立ち上がり――利綱の前にくる。たまも、立ち上がった。

岩盤が入ったような胸と瘤状の筋肉がついた分厚い肩をそびやかした興久は、亀井利綱を見下ろすと、吠えた。

「わしが――この塩冶を継いだわしが、小領しか治められぬとな！　取り消せっ！」

利綱はきっぱりと頭を振って悲し気な顔で興久を見上げて、

「取り消せませぬ。真実にござれば。――武士に、二言は、ござらぬ！」

「このっ……」

白目を剝き、歯嚙みした興久は、大きな足でいきなり利綱を蹴倒した――。

さらに興久は起き上がろうとする亀井利綱を強く踏みつける。熊にかかられたような圧力だった。

「取り消せっ！」

利綱は、素早く頭を振る。興久は利綱の髻《もとどり》を摑むと猛然と畳の上を引きずりはじめた。

たまは金砂子、銀砂子が盛んにつかわれた扇を取り出して唇を隠す。扇に隠された口元は笑っているようだった。たまの侍女には、たまにへつらって冷笑を浮かべる者と、さすがにたじろいでいる者がいる。

興久は亀井利綱の顔を――柱に猛然と動かして寸止めしている。

「取り消せ」

怒りで冷えた声が、降ってきた。

「取り消さねば――次は、真に、やるぞ！」

興久の本気で柱に額を打ち付けられたら命が飛び散るかもしれない。たまが、愉快気に眺めているのを感じる。――亀井利綱は負けてなるものかと深く息を吸い、顔を真っ赤にして、しぼり出すような声で、

「某、千度御諫めして千度もちいられておりませぬ。今さら、何を恐れましょうやっ」

その時だった。

「殿！　何をしておられる、お止め下されぇ――」

米原小平内ら尼子からついてきた仲間たち、この城で片隅に追いやられている者たちが、異変を察して数人駆けてきて、大柄な興久を夢中で利綱から引き剝がす。

「此は一体……何事にござろうか？」

青筋をうねらせた米原小平内に、興久は、

「富田の執事・亀井、牛尾が我が言葉をふさぎ止め、取り次ごうとせぬ！　家人の分際で許し難き無礼千万である！　そのことを新次郎に申すと、わしに荒言をば吐きおった」

「許し難き荒言でした。親子ともども……殿への無礼が度をすぎよう」

冷然と言い添えるたまだった。家来に押さえられた興久は、

「新次郎……武蔵守の子なら、父の無礼を何とかせよ」

「……殿っ……」

「それが出来ぬならばこの塩冶興久、杵築に参りしそなたの父をからめ捕え、仕置きする。でなければ鬱憤が晴れぬわっ！」

憎々し気に叫ぶ主君に絶望を覚えながらも利綱は言う。

「そのような愚行をなされては、富田の御父君を、敵にまわされますぞ！」

「――望むところよ！」

米原小平内が、目を剝き、

「何をおっしゃいますかっ、上下を問わずあれほど慕われておる御屋形様に何故、実子である貴方様が……」

「天地に身の置き所が無くなりますぞ。味方など、到底、あつまりませぬぞ！」

叫ぶ亀井利綱、そして米原小平内に、興久は、

「――下がれ」

尼子からきた者たちがいなくなると、興久、たまの取り巻きの一人、小心者が、

「……あ奴らにご計画を聞かれてよかったのでしょうか？」

興久は不敵な面差しで、

「――よいよい。これでわしの怒りがいかに大きいか富田につたわろうぞ」

また別の取り巻き、陰険な顔をした男が、

「富田がこれで考えをあらためればよいですが、あらためぬ時の十分なる支度を……」

たまが、妖しい笑みを浮かべた。

「新次郎は仲間があつまらぬと言いましたが――あつめて見せましょう」

急に、傷ついたように面を伏せ、

「しかしあの男の憎らしいこと……妾のことを心得違いなどと申しました」

このたまは、興久との婚約が決まった後、今は亡き父、山内大和守に次のように言った。

『たまは――興久様に嫁《か》しとうございます。されど、塩冶の嫁にはなりとうありませ

ぬ。尼子の当主の妻になりとうございます』

蝙蝠の妖怪に似た老父は野心の汁が垂れそうな笑みを浮かべている。

『――よくぞ、申した。それでこそ我が娘じゃ。よぉし。山陰道を、盗って参れ』

その日はすぐ退出した亀井利綱だったが翌日は針の山に登る思いで出仕している。

夜、利綱はかねて決まっていた宿直を息苦しい虚《むな》しさ、嘆きに襲われながら、つとめる。

――小平内は一時のご短慮から出た言葉だろうと申すが真だろうか？　もし、謀反を企んでおられるなら、一日も早く富田に報告すべきでは？　だが、殿がかっとなって口走ったことを告げ口し殿が罰せられるきっかけをつくるのは……。

悩める利綱は御殿の濡れ縁に出た。気高い月が、利綱を見下ろしていた。

静かで澄み切った夜だった。

懐かしさが、胸をみたす。

尼子の本城がそびえ、利綱が生まれた家を見下ろす月山は――月の名所で知られる。

……月は澄んでおる。さりながらこの城の中は何と濁っておることよ。

利綱は一本の短刀を取り出した。三つ引き両と九曜、いずれも鬼吉川の紋が鞘にほどこされた短刀である。

『あれは手がかかる子だ。だが、そなたなら、守れよう。みちびけよう。西出雲は出雲安定の要。そなたに課せられるのは大切な役目です。——彦四郎を、これからの尼子をたのんだぞ新次郎』

小刀を下賜した時の経久夫人、今は亡きさなの、凛とした声が耳にひびいた。

……北の方様。申し訳ございません！　この亀井利綱、彦四郎君をお守りする、外の敵はもちろん、内なる敵からもお守りする、正しくみちびく……とお約束したにもかかわらず、その大切な誓いを果たせておりませぬっ——。ですが御屋形様と貴女様に約束した以上、この御役目、投げ捨てるわけにはゆきませぬ。

月を仰ぐ利綱の頰に一筋の涙が流れている。

初め経久は興久がそこまで愚かなことを企んでいるとは、つゆ信じられなかった。利綱や小平内が黙っていても、興久が亀井襲撃を考えているという話は半分城内の尼子から入った郎党の口から富田につたわるし、鉢屋衆は領外のみならず領内、とくに国人衆を見張っている。故に亀井利綱打擲の二日後には件の凶報は備前の経久の耳に入っていた。

国人の謀反を平定してきた経久だが……血をわけた息子が己の重臣をさらって斬

り、本城の攻撃すらも視野に入れているなどとはどうしても信じたくない。

また経久は今こそ――時代の大きな潮目ととらえている。

豊後大友、因幡山名が味方となり、大内家が当主交代で揺れている。今、高国を上洛させて、上方の実権をにぎってもらえば、反大内方は一気に勢いづく。

――この勢いをかって、大友、少弐と息を合わせて攻めれば、大内は滅ぶ。

経久の読みだ。

大内を討てば九州も経久にひれ伏すのは火を見るより明らか。さすれば、尼子は独力で、京へ上れよう。今は亡き伊勢新九郎との約束――経久が都から西を、新九郎が東を取り、天下を二分する、どちらか一方が志半ばで倒れたらのこる一方が四海を平らげる……。これを果たすのも決して夢ではない。

備前の空の下で、謀聖は今たしかに――天下安寧を視界の先に捉えている。その矢先に大きく足を引っ張る形でとどいた三男謀反の噂であった――。初め経久は信じようとせず、

「一時の短慮で左様な荒言を申したのだろう。愚かな奴め。久幸に叱らせよう」

久幸に、興久を月山富田城に呼び、叱責したうえで、何が不満なのかよくよく訊いてみるようにと使いを出すと、弟からは、

「興久めはこちらに出仕しようとしませぬ。兄上――これ只事《ただごと》ではありませぬぞ」

同時に、鉢屋衆から、

「半分城から諸方の国人衆に盛んに密使が出ておりまする」

これを聞いた経久は自ら対処しなければならぬ問題と考えた。

「そんな……。国元が騒がしいゆえ出雲にかえるなどと……」

さすらいの管領はギョロ目を漂わすも、

「出雲を落ち着かせたら必ずやお助けにもどって参る。浦上殿、管領殿をたのんだ」

顔に刀傷が走った、得体の知れぬ生臭さを感じさせる男、浦上村宗は、

「承った」

かくして経久は——月山富田城にもどっている。これが細川高国との今生の別れとなる。

経久自身の言葉で、興久に富田にくるようにつたえたが、興久は頑として出頭しない。

この時点で謀反であるが経久は動かなかった。……動けなかった。

父と子で、戦う、昨日まで仲間だった者同士で殺し合う、そんな愚かな戦を——どうしてもしたくないのだ。しかも塩冶の家中には自分が手塩にかけてそだててきた侍たちが大勢いた。亀井新次郎利綱、今岡弥五郎などだ。経久は苦し気に歯を食いしば

る。

……彼らと戦うことがどうして出来ようか。しかし、興久よ。何故、こぬ？　わしに叱られるのが恐ろしいか？　むろん、叱ろう。だが――そなたの話もじっくりと聞こう。

経久は興久を……まっていた。

興久の近くに嫁いだ、いすず、いとうも、半分城をおとずれ懸命に和解をすすめる。

だが興久は、こなかった……。

かくして不穏な緊張を孕んだ年が暮れ享禄三年（一五三〇）となる。

経久はこれまで起きた国人の反乱をその大きさまでも悉く事前に察知――平げてきた。

だが興久の反乱は何処まで広がるか予想がつかない。というのも、興久は経久の子だけに、様々な身分の者に化けさせて諸方におくる密使の全貌を鉢屋衆すら摑めていない。

この領主は興久方になるだろうと、はっきり読める者もいたが、それ以上の勢力になる恐れも、内包していた。

二月になる。経久は、大方の予想に反し、かねて計画していた、亀井武蔵守を奉行とする杵築大社の法華経一万部読誦を予定通りおこなうと宣言している。

そしてそれにつづく神事などを興久も先例通り手伝うように半分城に命じた。

父は子に……歩み寄る機会をもうけたのだ。

……謝罪しに参れ。さすれば、わしも、そなたに歩み寄る。この騒ぎを、大内や山名はほくそ笑みながら眺めておるのだぞ！

経久は興久が三千の兵を率いて亀井を襲い首を取ろうとしているという風聞が流れたため、牛尾三河守、牛尾遠江守、宇山飛騨守《うやまひだのかみ》に精鋭二千をつけ、杵築に向かう亀井武蔵守を警固すると決めた。これを受けた塩冶の半分城では、興久が、

「実の子のたっての望みより……家来の命を大事にするのかっ！」

と、荒れ狂ったとの報告が鉢屋衆から寄せられている。

亀井利綱、米原小平内などは、何をしていたか。必死に興久を止めていた。

利綱はある時、

「道理もなく、ただ、我意と欲をこじらせ御父君に弓引くこと……これ決して、殿のおためになりませぬ！　御武名を臭名に変え、全ての味方をうしなって――」

「大内殿は味方になって下さるぞ」

「大内の言葉など何で信じられましょうや？　貴方が御父君を討てば、父殺しの悪名をかぶせて貴方を討つだけですっ！　何故、敵の言葉をお信じになる？」

「利綱。勘違いすな。我が敵は、富田衆ぞ」

また、ある朝、興久が馬に乗って出かけると霧が漂う城下に生首が晒《さら》されていた。

高札を見ると、

「この者、父と母を打擲の上、生害におよんだ罪人也。死罪を申しわたされ牢におった者也」

と、書かれていた。近頃、目の周りが黒ずんできた興久は、凄絶な笑みを浮かべ、

「――いかにも亀井、米原が考えそうなことよ」

「目障りですなっ」「取り払いましょう」

近臣たちが言うも、興久は、

「――よい。彼奴らの気がすむならそのままにしておけい」

そのまま好きな鹿狩りをおこなった興久は数頭の鹿、そして山で見つけた二頭の狼の骸を引っさげさせて、半分城にもどる。日没が近づいていて不吉なカラスの声が頭上でした。

と、鍬《くわ》をかついだ百姓の夫婦と、小さな子供二人が、興久の馬の行く手を横切った。

経久なら百姓に微笑みを浮かべて話しかけ、何か困っていることはないかと訊くところだが、興久は厳烈な面差しで、

「あの者どもを――斬れ！　我が馬の前を横切るとは無礼である！」

百姓の一家を斬らせると、深草の野にすてさせた。

――親父と……経久と、袂をわかった気がするわ。

興久は赤く濁った空に経久とさなに似た顔を振り上げ、初めはくすくすと、やがて腹の底から笑った。

二月の催しは恙なく終わり……以後、神事がつづき、塩冶家はこれに金子を出している。

御父子和解なのかという噂が全尼子領に流れ、大内山名は深く眉を顰める。

――三月八日。いすず、いとうが茫然とする中、塩冶興久は突如、杵築大社に軍勢を引きつれて乗り込み、柱立てをおこなった。つまり経久に対抗しあたらしい建物をつくると宣言した。この柱立てと同時に――塩冶興久の乱がはじまったと記録されている。

経久が杵築で催しをしている時、興久が大人しくしていたのは大社と古くから結びつきがある塩冶の侍たちの進言だろう。

反乱の火の手は想像を絶する規模に広がった――。

塩冶興久の乱にくわわったのは……。

西出雲の国人で精強な水軍をもつ神西《じんざい》家。

一度、経久に謀反し寛容にも許されていた奥出雲の国人・三沢為国。

京極政経の供をして出雲にやってきた、近江守護代・多賀家の末裔、多賀隆長《たかなが》。この多賀隆長はかつて経久の上役だった京極の一の重臣・多賀高忠の孫か曾孫と思われるが、経久は西出雲にわずかな封地をあたえ、この男の娘を国久嫡男、尼子誠久の妻としていたのだが……反乱軍にくわわった。

元々頭が切れる男なので――興久の知恵袋となっている。

多賀隆長は娘婿の尼子誠久にも誘いの手をのばすも、誠久は猛然とことわった。

思うに隆長はずっと……京極様を押しのけた尼子、何するものぞという思いを隠してきたのだった。

さらに経久が大社内につくった仏堂に反対する杵築大社の一部守旧派。神社の境内に、仏教の建物があってはならないと考える者たちだ。

かつて経久に攻伐された隠岐島《おきのしま》の地侍の一部。

たまの兄で北備後の雄、山内家の当主、山内直通。

北は隠岐島、西出雲、奥出雲、北備後と、尼子領の西にかぶさる遠大な弧形をつくった。

このことからわかるのは百姓、商人など多くの者に支持された尼子の統治だが……こころよく思わぬ者がかなり出雲にいたということである。

そして、それは国人が多く尼子家への帰属心が低い、西出雲に、多かった。

彼らを突き動かしたものは何だったのか……。

一つには、今まで自立してきた国人、土豪などが、尼子にしたがえられた時の怨み。

尼子が古色蒼然《こしよくそうぜん》たる旧秩序に起こした嵐、下剋上の旋風への――強い怒り。

経久のあたらしい施策に対する反発などである。

こういう怒りや不満をかかえた者が経久にいどもうとする経久の子の許に大集結した。

さらに、反乱の震源地が西出雲で、北備後が呼応したのは見すごせない。これらの地域は大内と戦う時――前線近くか、前線そのものと言える。

つまり尼子が大内に負けたら大内の猛撃を真っ先に受ける地域である。

経久は細沢山で実に四十余年ぶりの負け戦を、した。あの年の安芸、備後戦線は苦しい戦いの連続だった……。様々な情報、深い分析により、経久には今度こそ大内に負けない、彼の家を倒し、西国を統一するという鉄の自信が、あった。だが経久ほど圧倒的な情報をもたず、謀聖ほど深い分析も出来ていない前線の国人たちは、日本最大最強の大名との戦いに、恐怖心をもっていたと思われる。

家が無くなるかもしれない、自分や家族が討ち死にしてしまうかもしれないという恐怖だ。この国人たちに、興久は、次のように言いおくった。

「大内とは戦わぬ。和議をむすぶ」

この言葉はかなりの魅力となって西出雲、北備後の国人衆を引きつけたと思われる。

興久の大反乱は尼子領の全侍を震撼させたがもっとも狼狽えたのは東石見だろう。

尼子領・東石見は反乱軍によって富田との連絡が途絶えた孤島さながらの飛び地となり、敵中に取りのこされている。

東石見、波根要害にいる牛尾兵や、国久夫人の実家、多胡家などは無二の尼子方だったが、国人などは、西に大内、南に毛利、東に塩冶、三方を敵にかこまれ、おののいている。

陶の魔手が——すかさずのびる。東石見の尼子方国人・小笠原家が、大内方に寝返った。

で、小笠原家は尼子領・大森《おおもり》銀山——三年前に博多商人が開発、大内が経営していたが、二年前、経久が奇兵をくり出して掠め取っていた——を攻撃。大内領とした。後に日本銀が全世界で流通する銀の三分の一に達し……大森銀山すなわち石見銀山の銀が、その大部分を占め、日本にヨーロッパ人が殺到する原因になることを考えれば、かなりの痛手である。

もっとも小笠原に大内への忠誠心などあるはずもなく……銀山の経営にかかわりたい一心だった。故に、大内によって銀山から遠ざけられると尼子に心寄せ始めるわけである。

この後、大森銀山の持ち主は大内、尼子ところころ変わるが、小笠原もまた次々主を変える。ある時は、大内に銀山利権を独り占めされて尼子に裏切り、またある時は尼子によって銀山から何となく遠ざけられ、大内方となって銀山を攻撃する、左様な行動をくり返す。

一方、東石見には……あの男の手ものびてきた……。

——元就。

毛利元就は孤立した東石見に盛んに侵入、勢力をのばしてゆくのである。

さて、石見は騒然となっているが、出雲はまだ薄気味悪いほど静かだった。

尼子軍も、塩冶軍も、動かず、互いを注視している。

子は父に先に攻めさせたかった。己を追い詰め、先に手を出したという烙印《らくいん》を父に押したい。攻めてきた敵を奇襲して討つという父の戦法で必勝を期したかった。

策により動かぬのである。

……父は違った。

戦いたくなかった。

この期におよんで。

興久を討ちたくないのはもちろんのこと、亀井利綱や米原小平内……塩冶方となった多くの侍や、自分がそだてた足軽たちの顔を思い出し、あの者どもと戦いたくない、命を取りたくないと強く思うのだ。

また、幼い興久——彦四郎を塩冶の地におくることに強く抗った、妻の言葉……、

『ええ、何が不安だか、わかりましたよ。さなは……あの子にはわたしたちとすごす時がまだまだ必要だと思うておるのです。彦四郎がここからはなれた塩冶で取り返しのつかぬ失敗をせぬか、ただそこが心配なのでございます』

を思い出し、稲妻に打たれたように身動き出来なかったのである……。

……わしのせいでもあるのだな……？　さな——。

経久としては息子が攻めてこぬ以上、こちらからは手を出さず、最後の歩み寄りの機会を興久にあたえたい。身を焦がす三毒を消し、髪を剃って仏門に入り、富田に来るなら、命は助けたい。反乱を宣言した以上、処罰はまぬがれない。追放し塩冶は減封、興久嫡男、幼い彦四郎に継がせ——たまの容喙《ようかい》は決して許さない。

こういう落し所を考えて経久は息子が詫びにくるのをまっていた。

一方、大内義隆は恭順を申し出る塩冶興久に、

「服属を許す。速やかに、経久を平らげよ」

だが、五月になっても両者は動かず、山口の陶興房などは、次のように言った。

「何をやっておるのじゃ興久。早く経久を攻めよ」

それは五月のとある夜であった。

陰暦の五月といえば、当代の暦で六月。

もう梅雨入りし昨日は悲し気な雨が一日中、出雲に降り、今日は、鈍い曇り空だった。そんな夜、月山富田城山中御殿で山の南、塩谷《しおたに》から聞こえるのだろうか、薄《う》っすらした地鳴りのような蛙の斉唱を聞きながら経久は坐禅をくんでいた。

月山の北、新宮谷は久幸、国久らの屋敷が並ぶ武家屋敷街だが、南、塩谷の泥田は沼堀代わりにのこしている。いつだったか三沢の夜討ちを迎え撃った谷だ。

そんな経久に、小姓が、

「御屋形様」

——興久の使いか？

「塩冶家家中、亀井利綱殿、富田に参られ、ご対面を願っておられます……」

経久は、出雲を西から東に長駆してきた亀井利綱とすぐにあった。

「新次郎。……そろそろそなたが参るような気がしておった……」

穏やかに言う。青褪めうなだれた利綱はやつれ切っていた。

「今日は和睦の使いで参ったか？　戦いを告げる使者か？」

「残念ながら……後ろの方です」

「左様か」

謀聖は、静かに、言った。

「興久様は明日、兵を起こされ、東に雪崩れ込みます。先鋒は、今岡弥五郎にござる」

これまた、経久が少年の頃そだて薫陶をあたえた、豪の者である。

「ただ某、主命でここに来たわけではありませぬ。ずっと見張られておったのですが、ここ数日、監視がゆるみ、独断で、馬に打ち乗り、ここに参りました次第。某、御屋形様と北の方様からあのお方を託され、ずっと……小平内とお止めしてきたのですが力およばず、反乱という仕儀になってしまいました。大切なお務めを果たせず、返す返すも無念でなりませぬ。某のせいですっ。お詫びのし様もございませぬ」

「――そなたのせいではない。全て興久がなしたことよ」

……そして、わしのせいでもある。

「興久がそれをえらぶなら、わしは全力で戦う。興久の謀反、許すわけにはゆかぬ」

興久に出雲を治めさせるわけにもいかない。

厳しさをにじませる経久だが、利綱に、温かくつつみ込むような声で、

「のう、新次郎。わしの不肖の倅のせいで……ずいぶんと、そなたに苦労をかけた

な。さぞ、辛い日々であったろう。長い間、すまなかった」

利綱は端整な顔を歪め、深くうつむいて、声をふるわし、

「――とんでもございません」

「塩治にはもどるな。ここに、おれ。興久を……長らくささえてくれたこと、そして、今日のこと。わしはそなたに感謝しておる。手厚い恩賞をつかわすであろう」

するとやつれ切った亀井利綱は弾かれたように顔を上げ一筋の涙を流し、

「違いますっ。御屋形様。某……助かろうとか、己一人が恩賞にあずかろうとか左様な気持ちで富田に参ったわけでは、ありませんっ！　某は興久様が叛意を天下にしめされた日から、興久様と滅ぶと決めております」

経久は眼差しを厳しくし、断固とした声で、

「何を申す？　そなたが興久と滅びる道理などない」

「この乱れし世で立派な主をもったと胸張れる侍が、どれだけおりましょうや？　某は、御屋形様をこの天下の武士の中でもっとも敬っております。御屋形様にいろいろおしえていただいた日々は……」

小姓として仕えた日々である。嗚咽しながら、利綱は、叫んだ。

「某の生涯の中で、無上の幸せにござったっ。御屋形様という主をもてた某は――天下一の果報者にござる！」

経久の目にも涙がにじんでいる。目を腕でこすり、亀井利綱は、

「某はほかならぬ御屋形様から彦四郎をたのむと言われ、今は亡き北の方様からも同様の御下命を受けました。御屋形様の御下命は今取り消せても北の方様の御命令を取り消せるお人は——この天地《あめつち》の間に一人もおりませぬっ。また……興久様に最期までしたがう武士がおるのか心配です……。いざという時、塩冶興久ほどの武士が誰も介《かい》錯《しゃく》してくれる者がいない、このこと末世までの恥にござる。某、あのお方の……介錯をばつとめる所存。今宵は御屋形様にお暇乞いをするために富田に参った次第です」

悲しみと怒りがにじんだ硬い顔をぐっと沈めて経久は瞑目する。一滴の雫《しずく》が、謀聖の頰を落ちる。

「そなたほどの賢士《けんし》が傍におりながら、あ奴は何と愚かな真似を……するものよ。あいわかった。もはや、止めまい。浦上殿はわしが酒を飲めぬと知らんようでな、美酒をくれた。悪名芬々《ふんぷん》たる浦上殿の酒だが、毒見はさせておる。飲んでゆくか？」

「喜んで頂戴します！」

「わしも、飲もう」

下戸の経久に、亀井利綱、苦笑して、

「……ご無理をなさいますな」

「今日飲まずしていつ飲むのだ？　浦上殿の酒を」

あとはもう、他愛もない話しかしなかった。昔のなつかしい話、他の小姓の面白おかしき失敗話などが出て、二人の笑い声がひびく。

別れの盃をかわしたかつての小姓は深々と一礼し経久の面前から消えた。土器《かわらけ》にのこった苦手な酒の小さな水面が、七十三歳の経久の目をとらえてはなさなかった。

城下町に出た亀井利綱は馬上から火矢を寝静まった富田の商家に放ち、

「亀井新次郎見参。富田の者どもよう聞けよ！　塩冶興久様、明日より東出雲に討ち入るぞ。逃げ支度するなら今のうちぞっ！」

己が生まれそだった町の人々に、警告を発している。番兵がばっと殺到し、利綱は槍波にかこまれるも、経久は山中御殿の窓から町の様子が只事でないと気付き、大喝する。

「亀井に手をつけるな！」

すると、

「御屋形様の仰せである！　亀井に手をつけるなっ！」

郭ごとの兵が次々に山の下に声をかけ、大手門の侍、利綱をかこむ足軽にったわった。

――さっと槍波が開ける。利綱は夜に沈んだ巨大な山城に面を向け深々と一礼すると――馬に鞭打って西に駆け去った。もう二度と振り返らなかった。

翌日。

興久が遂に出兵、尼子方の砦を落とし、村を焼き、百姓を斬り、略奪蛮行をおこなったという知らせが、入った。これを聞いた経久は厳貌で、

「外道め。軍議を開く。——諸将をあつめよ」

月山富田城大広間にあつまったのは——跡取りである孫、詮久。副将・尼子久幸。その子息、経貞。亀井武蔵守安綱、秀綱親子。すっかり白髪頭になった豪の者、牛尾三河守。牛尾遠江守。両牛尾が東石見からそれぞれ居城の牛尾城、執事としてはたらいている月山富田城にもどっていた時、乱が起きたため、今、彼の地には牛尾一族の者、郎党たちがのこされているのである。

さらに宇山飛騨守、黒正甚兵衛、山中党、若林伯耆守ら側近。忍び頭・鉢屋治郎三郎、兵衛三郎兄弟。

出雲国人の松田満重。またも経久に背いた兄、三沢為国を強諫、尼子方となった長槍の使い手、奥出雲の三沢為幸。為幸は三沢兵の半数以上を率い兄と袂をわかっている。

ずっと経久のために戦っている奥出雲の弓矢の一族、真木一党。

国人で西南出雲の守りをになってきた赤い驍将、赤穴左京亮久清、その子、光清。

ほか西出雲国人の三刀屋一族や古志為信。

また興久の乱が心配で伺候していた北備中の国人、新見蔵人。

そう。西出雲にも――赤穴、三刀屋、古志など経久を慕い、経久方にのこった者たちが多くいた。

ここにはいないがそれぞれの分国をまかせている者たち、伯耆の太守・国久、美作方面軍団長・河副久盛、隠岐守護代・隠岐宗清《むねきよ》も経久方だった。国久、河副らは反乱を聞くや月山富田城に馳《は》せ参《さん》じようとしたが、経久はそれぞれの国を守るようつたえている。

これは経久の生涯の中で……もっとも悲しい軍議であった。

経久は子と、亀井武蔵守も子と、亀井秀綱は弟と、三沢為幸は兄と、そしてここに国久の一族を呼ぶならば、国久は弟と、国久の子、誠久は自分に目をかけてくれた叔父と、さらにその叔父の知恵袋となった己の舅と戦わねばならぬ。

経久の可愛い孫の一人も――敵城にいた。多くの将たちが、敵方に一族や親友がいた。

部将たちの顔はかつてなく暗く、その目に力がない。興久をよく知る黒正甚兵衛は深い悲しみを漂わせ歯をくいしばっている。牛尾三河守は頬を小刻みにふるわせ、深紅の鎧をまとった白髪の勇将、赤穴久清も眉間に険しい皺を寄せている。

久幸は――静かに瞑目していた。

だが黒白沢瀉緘の甲冑をまとい、狼皮のしかれた鎧櫃《よろいびつ》に座した経久がまとう凄気の圧が静かな波を大広間に起こし、家来たちの顔を引きしめさせていった。

経久は、言った。

「塩冶の兵が我が方の砦を落とし、村々を焼いた。興久は戦に踏み切った。あの者をそだてたのは、わしだ。故にわしにも咎がある」

黒正ら幾人かの家来が頭《かぶり》を振っている。

「だからと言って興久の乱を座視するわけにはゆかぬ。現に焼かれている村々があり、攻め立てられている城塞があるのだ」

大内との戦争に反対という興久の言葉で掻きあつめられた国人衆は……謀聖・尼子経久との戦に駆り出されたのである。

「興久は、わしの子。わしは矛をすて、そなたらと話す時、村々を歩む時、あれの父であることから、逃れようとはせぬ。だが一度《ひとたび》矛を取り、この具足をまとい、興久の軍勢と対峙する時――あれを、子とは思わぬ。もてる全ての能をつかい、鉄槌を下す」

刹那――遠雷が聞こえた。

出雲の山野に低く重く垂れこめた分厚い雲が唸ったのだ。

「興久はとても大領を治められる器ではない。あれがわしに勝って、山陰の地がよりようなるようには思えぬ。大内に騙され――滅ぶだけだろう。出雲を、いや我が領国全土を、そこに暮らす人々を、尼子を守るために、興久を、討たねばならぬ。親子の争いが昂じてこうなったこと、その戦にそなたらを出さねばならぬこと、経久は深く詫びねばならぬ」

経久は諸将に頭を垂れた。

「だが――わし一人の力では興久の軍勢に立ち向かえぬ。諸輩の智や武が、どうしても要るのだ。この経久に力をかしてくれい！」

牛尾三河守が雷のような大音声で、

「――御意っ！」

黒正甚兵衛は面貌を歪め、赤穴久清は膝を打ちながら、諸将、口々に強く、

「御意！」「御意」「御意！」

久幸は――経久に深くうなずいた。

経久は、厳かに言った。

「軍議にうつる。まず一手目としてわしは――大内義隆殿と、同盟をむすぼうと思う」

驚きの矢が諸将を貫いている。赤穴久清が、

「恐れながら御屋形様……大内氏は塩冶殿の恭順を受け入れたと聞いております。我らが同盟を申し入れても、一蹴されるのでは？」

「うむ。大内の重臣たちもそう申すかもしれぬ。ただ、陶にわしが思うほどの武略、謀の深さがあるならば、この申し出、受け入れるはず」

……陶の謀が深くなくても陶は朱子学の徒。

主への忠、父への孝に、絶対の価値を置く学問だ。

……不孝者の興久よりは父である経久に手をかすべきなどと言うてわしを助けてくれるやもしれぬ。

いつか討たねばならぬ最大の敵、陶興房の力をかりて生き延びようとする謀だった。

「如何なる敵の動きがあるか知れぬゆえ、国久や河副は動かさぬ。興久の主力とは東出雲衆でぶつかり、西出雲衆は興久に城を取られぬようそれぞれの城の守りを固めるように」

諸将は経久の指図にしたがい──動きはじめた。

五月に本格的にはじまった反乱。当初は武芸のみならず、知略にも秀でた塩冶興久の鋭い矛先が戦いたくないと思っていたところを突然叩かれた尼子方を激しく突き破り、東に押したようである。とりわけ勇猛な若武者、今岡弥五郎率いる先鋒は東出雲の佐陀《さだ》城まで落とし尼子の本領に食い込んだ――。粗削りな純粋さをもつ弥五郎は経久に深い恩義を覚えつつ、興久に可愛がられ、その言いなりになっていた。

興久の優勢はこの年、五月二十八日、陶興房が毛利元就の軍師・志道広良に出した文にも、しかとしるされている。興房はその文の中で、塩冶の勢いをのべた後で、こうむすぶ。

「……何となく武略は又富田ニまし候ハんする哉（何となく、経久の武略が興久を凌《りよう》駕《が》してゆく気がするのだ）」

大内家の首府・山口に――同盟をむすびたいという経久の使者が来たのはこの頃と思われる。早速、新当主・大内義隆の前で評定が開かれる。

二十四歳の大内義隆。公家風の白い化粧が、瓜実顔をおおっていた。丸眉でなよやかな人だった。義隆は細くのどかな声で、

「尼子が……同盟を申し出て参った。そなたらの意見を聞かせてほしい」

「塩冶が当家にしたがっておるのでござる！　経久の同盟の申し出など、一蹴してしかるべきかと存ずる」「経久に、我らと手をむすぶ気などありますまい。ここは塩冶に援軍をおくり一気に尼子を潰すべきかと思いまする！」

それらの意見が深く胸にしみ込んだ顔をする大内義隆だった。ある一人の重臣が、固い静けさの中に、いた。義隆はその男に問うている。

「陶、そなたは如何思うか？」

興房は、低い声で、答えた。

「――はい。某は尼子の申し出、受け入れた方がよいかと心得まする」

義隆がわかりかねたように細首をかしげ、群臣がざわめき出す。

「その主意は？」

「はっ。経久のみならず興久も知勇兼備の武将。しかも、若い分、経久より、命数があり、当家の脅威になり申す。経久が勝つことも、興久が勝つことも、当家の得にはなりませぬ」

「では……何が得になると申す？」

「はい。当家の得は経久と興久が血みどろになって戦うもなかなか決着がつかず、経久があつめた知将、猛将、精鋭が――一人でも多く、死ぬることにござる」

評定の場を――冷たい黙《もだ》が、おおった。陶の謀略のあまりの鋭さに皆々慄《おのの》いたのである。

陶興房は冷笑を浮かべた。だが、目は笑っていない。得体の知れぬ妖光が灯っていた。

興房の面貌には濃い陰がきざまれている。

「故に当家としましては……塩冶の恭順をみとめつつも尼子とも同盟を結び……」

――二枚舌外交である。

「塩冶が勝ちそうになったら、尼子を秘かに助け、尼子が勝ちそうになったら、塩冶を秘かに助ける。……これをくり返す。出雲の戦を一日でも長引かせ、尼子親子が身動き取れぬ間、我らは鎮西に兵をすすめます。大友、少弐ら鎮西の諸大名を切りしたがえ、九国を一手ににぎる。彼の地をにぎれば――もはや尼子も塩冶も当家の敵にあらず。どちらか一つに手をかし、残りを滅ぼし、その後、初めに手をかした方を総力で、討滅する。さすれば御屋形様が天下を取られること嚢中《のうちゅう》の珠《たま》を取るにひとしいと心得まする」

「おお……。そ、そなたの策でゆこう！」

「はい。興久は父を討たんという不孝者の極みにて、君臣の道をわかるようには到底思えませぬ。この者の恭順を迂闊《うかつ》に信じのどかに援兵をおくり――経久を討てば虎狼《ころう》に餌をあたえるようなものにて、当家に仇なすは必定。愚の骨頂と言うべき一案かと思いまする」

若き当主に謀聖との同盟をすすめた興房は……昨年、嫡男の興昌《おきまさ》を毒殺している。

興房が殺害した息子というのは――以前、経久に紹介した、あの童子である。

何故、陶は……大切な跡取り息子を殺したのか？

陰徳太平記によれば、陶の嫡男、次郎は学問に秀で、星阿弥ばりの天才的な記憶力をもち、弓馬の道の達者――すなわち武芸に秀で、乱舞、詩歌管弦も得意だった。何事にも器用で、ある時、幸若大夫が山口へ下向、義隆の前で舞ったことがあったが、陶が屋敷にかえった折、戯れに、

『どうじゃ次郎、先刻の舞を真似してみぬか？』

というと――一度見ただけの舞を完璧に模倣するどころか、本職の幸若大夫より見事な舞であったという。まさに……神童である。

陶興房がこの嫡男に寄せる期待は尋常ならざるものがあった。

だが、賢い次郎こと興昌だけに自分がこうと思うことは鋭く言うことがあった。

たとえば今は亡き大内義興が美少年であった次郎を閨《ねや》に誘った。すると、陶次郎は、

『武士は閨で主を喜ばすものではなく、武芸や学問でおささえする者。お断りいたします』

と、言った。経久と違い……主君の命に絶対の価値を置く陶は、この嫡男の受け答えを不快に思い、叱りつけた。また興昌は大内義隆が当主になると、主君の怠惰さ、優柔不断さ、武芸や政への関心の乏しさを嘆き、日夜、屋敷で舌鋒《ぜっぽう》鋭く義隆を批判した。

これは主君を強く批判することなどもってのほかと考えている父、興房の逆鱗にふ

れた。

興房は次第に息子はいずれ義隆公に謀反を起こし、地上でもっとも嫌う男――尼子経久のようになるのではないかという強迫観念をいだいている。

胸の霧が濃くなる中……暗い決意が、沈殿した。

……御屋形様をお守りするため、わしが息子を討たねばならぬのかもしれぬ。

こうして陶興昌毒殺事件は引き起こされた。興昌享年、二十六歳だった。

嫡男を殺めた興房は、この子なら、大内家をささえてゆくだろう、義隆公を守ってゆくだろうと考えた次男を、跡取りとした。

この興房次男こそ……後の陶隆房《たかふさ》（晴賢《はるかた》）なのである。

隆房が後になすことを思えば知将、陶興房の目はこの時曇っていたと言わざるを得ない。

興房による嫡男毒殺を苫屋鉢屋衆から聞いた経久は、

『……何と、愚かなことをしたのだ、興房……』

興房の首を狙っている経久だがその嫡男に宿意はない。深く嘆き、

……わしはな、そなたの子が義興に閨に誘われてことわったと聞いた時、胸がすく思いがしたものよ。わしなら、その子の肩を叩いてようやったと言ってやったわ。

経久は衆道に思うところがあるのではない。強い者、立場の上の者が力にまかせ、

関係を強要する、これが嫌なだけだ。強要される相手が女性《にょしょう》でも美少年でも、同じに嫌なのだ。

……わしが周防守護代なら、翌朝、義興の許に乗り込み、御屋形様、嫌がる我が子を閨に誘わないで下されと言うてくれるわ。義隆の行状を批判したゆえ毒殺……わしは大内家を滅ぼし、そなたを討とうとしておる者だが、此度のことは悲しいぞ。

そなたほどの男が何ゆえわからぬ？　そのような曇りなき見識をもつ者こそが……大内氏をささえるもっとも頼もしい柱石になろうが。そこをどうして、見誤る？

──陶。

ともかく経久の読み通り──大内家は経久との同盟に応じている。

経久は七千の兵を率い、今岡弥五郎が籠もる佐陀城を攻めた。

国人の城、あるいは伯耆など他国を攻める時、孫子の教えにしたがい、逃げ口をもうけてかこんできた経久だが──この時は阿用城を攻めた時に似た厳しさを漂わせていた。

それだけ平和な出雲に反乱を起こした興久への怒りは……凄まじかった。

「逃げ口をもうけぬようにかこめ」

十重二十重に取りかこんだ。主力は、尼子の旗本──東出雲衆、西伯耆衆である。

佐陀城というのは当時、宍道湖の北に広がっていた小さな湖、佐陀水海《みずうみ》の東岸にそびえる丘を城としたものである。

経久の本陣は——満願寺城《まんがんじ》に置かれたのだと思われる。

満願寺城は佐陀水海から宍道湖に抜ける水路の西にあり、これまた小高い丘を水城としたものだ。この丘の中腹には満願寺という天を衝くような大銀杏がそびえる寺がある。

言い伝えによれば淳和天皇《じゅんな》の頃、弘法大師《こうぼうだいし》がおとずれて開基したという。

満願寺城は尼子方の補給をになっていたと思われる宍道湖に接し、西を見下ろせば塩冶の本隊が馳せてくるであろう街道を監視出来た。

経久はある時、船に乗り佐陀水海に出て、佐陀城の「堅固不堅固の所を歴覧」したという。やがて寄せ手に命じ攻めはじめるも、城中には小柄ながら相当な武勇をもつ弥五郎をはじめ、朝山九郎太郎《あさやまくろうたろう》、杉本勘解由《すぎもとかげゆ》など経久の薫陶を受けた部将たち、多くの戦いで鍛え抜かれた練達の武士が二十七名おり、この二十七名が、経久からおそわった鉄の防御態勢で見事に足軽雑兵を指揮して戦ったため、凄まじい抵抗を見せた。

経久が鍛えた城兵が経久を苦しめる。尼子の歴史の中でももっとも……辛い戦だった。

寄せ手も、城方も、辛い。何故なら敵の中に親兄弟、親友などを、見つけることが多い。そんな時、尼子方も、塩冶方も、涙をこらえ、面貌を歪めて、戦っている。

敵が手の内を知り尽くしているからか。それとも、味方の士気がやはり上がらなかったのか？　さしもの謀聖も己が鍛えた男たちが籠もる城を攻めあぐねている。

塩冶の花輪違や備後山内の白黒一文字の旗が翻る城は、予想を超えるしぶとさを見せた。戦局を変えたのはある一家の投入だったとつたわる。

その一家は鬼の武をもち――伯耆を治めていた。

尼子国久。そして国久の息子たち、誠久、豊久、敬久らだ。

出雲に馬を駆けさせながら国久は雨雲を睨み、雨滴で顔を濡らしながら吠える。

「……大馬鹿者がぁっ」

父よりも大柄で暗く荒んだ猛気を放つ誠久は、柄は長くないが、穂の幅、厚みが異様なほどある重たげな大身槍を引っさげて、馬走らせながら、

「叔父御は……俺を可愛がって下さった。いつも相撲をおしえて下さった。何でじゃ！」

三間柄の長槍の使い手、豊久は温厚な顔で、

「叔父上は……悲しい御方よ」

冷静沈着の人である三男、敬久は麗しい顔をかしがせて、手綱をにぎり、何も言おうとはしなかった――。やさし気な顔の敬久だが陰徳太平記によると……「普通の弓

四五張合《はりあわ》せたらん程の大弓」の使い手であったという。恐ろしく長く太い大矢が、敬久の靫《うつぼ》には入っていた。

出雲の館が新宮谷にあったため「新宮党《しんぐうとう》」と呼ばれ全尼子の武士の中で最強の名をほしいままにする国久一家が、出雲にくると、戦局は雪崩を打って変わった。

国久と三兄弟が、経久と連携、怒濤の猛攻撃をかけるや城方が次々討ち取られている。

だが、その戦果を——経久も、国久も、喜べない。

久幸がこの戦いに参加した記録はないため恐らく月山富田城で十七歳の詮久を固く守り、補佐していたと思われる。攻めの経久に対し、守りの久幸。兄弟はおのおの得意を存分に発揮しているのである。久幸がいるからこそ、本城は無事であった。

さて、国久の登場で尼子方は一万人ほどになっていたと思われる。

一方、城方は——数百にまでへっていた。

追い詰められた佐陀城将・今岡弥五郎は、ある日、軍議を開いた。

経久から拝領した摩利支天の兜をかぶった弥五郎の鋭い目には悲しみがにじんでいる。

「さすがは……御屋形様よ。もう少し粘れると思うたのじゃが」

例の二十七人の武士で評定を開いている。うち一人が頭を振りながら、

「兵糧も残りわずかじゃ」

「このまま座して死ぬるより御屋形様の陣に夜襲をかけて、突き破り、西に逃げて、我が殿に合流するほかないように思う」

弥五郎の大胆な意見にもっとも年かさの武士が、面の皺を深め、

「全ての夜襲を見通されて、必ず、返り討ちにする。それこそが、御屋形様の必勝の法ぞ。あまりにも危うい」

「いいや、御屋形様とて風雨の夜の夜襲は見通せぬのでないか？　ここにおっても、滅ぶだけじゃ。風雨の夜なら御陣を突き破れる気がする……」

かくして風雨の夜——経久が張った陣を貫くと決まった。

八月八日、夜——暴風雨が出雲で吹き荒れていた。

闇夜に、雷電天地を動かし、湖上の怒濤翻りて平沙を吹き上げるほどだったという。

稲光が閃く度に、まるで氷柱が降りそそいでいるような、白く長く、太い雨滴、荒れ狂う湖面が見え、すぐに闇に落ちる。また次の稲妻が夜を裂き、雷が轟くや、金色の摩利支天の前立、ずぶ濡《ぬ》れの弥五郎が白く眩《まぶ》しく照らされた——。土砂降りの湖面を見下ろしていて一瞬で闇に沈んだ弥五郎は、

「これぞ……摩利支天のご加護よ」

猛烈な雨風に揉まれながら今岡弥五郎率いる塩冶兵数百は、夜の城を出、時折白い雷光に照らされながら――寝静まった尼子陣にそろそろと向かう。

足軽が斧《おの》で柵を破壊。忍び込む。さすがに寄せ手は、陣屋に閉じ籠もってやすんでいた。

ずぶ濡れの弥五郎らは陣屋と陣屋の間を静かに駆け抜ける。

第二陣の柵が見えてきた。

そこは普段、佐陀水海に近い野原であったが今や泥水が大いにたまり、湖とつながった泥の浅瀬のようになっている。雷電が閃く度に――パッと明るくなって無数の雨粒が起こす白い小柱のような飛沫《しぶき》が、見えた。

何かを感じた弥五郎は右手を睨む。稲妻が駆け――闇に潜んだ夥しい弓足軽を照らした。

今岡弥五郎は心を打ちぬかれたような顔で、懐かしそうに、

「……気付いておられたのですな……」

刹那――土砂降りにまじって矢の雨が塩冶勢に降りそそいだ。

「戦えぇっ！」

弥五郎の咆哮は雷鳴に叩き潰され、口を大きく開けた顔が閃光《せんこう》に照らされた。

尼子の弓隊はさっと左右に開け、騎馬武者の一群と槍足軽が突進してくる。

激しい戦となった——。

両軍共に闇の中で斬り合い、雨と、泥に揉まれ、雷火によって敵を見切り、槍を突き出し合う。天で光が駆ける度、雨にまじる血飛沫、組打ちする鎧武者、泥水を散らして転がる足軽、ぶつかる刃と刃が、絵師が合戦の一瞬を描いた鬼気迫る修羅絵のように、一瞬パッと照らされて、また暗くなり、次の雷光で別の形でもつれる姿、さっき誰かを斬った男がもう槍に突かれて転がっている姿が、眩く照らされるのだった。

突撃した尼子方は尼子誠久率いる騎馬隊と尼子豊久率いる槍隊だが、弥五郎の反撃は物凄く、この二人が率いる伯耆の荒武者を押し返している——。

これを見た誠久、豊久の弟、弓の名手、敬久は水軍に命じて弓隊を嵐の中、湖に入れ、船の上で弓足軽を並ばせ、矢衾をつくって射かけた。

今岡率いる城兵がどんどん泥飛沫を立てて斃れる。

敬久はそんな中、二十七人の名のある武士、その下の鎧武者だけを狙った。

敬久の強弓が唸る度、例の大矢が一直線に飛び——さっきの雷光の時は声高に指図したり激しく斬りむすんでいた武士が、次の落雷が眩く照らした時には、もう鎧を壊され、心臓に大穴を開けて……泥の中に沈んでいた。

こうして塩冶勢は散々斬り伏せられ勝負は決した。経久は生きのこったわずかな塩冶兵が降伏を申し出ると、これを許した。

翌朝、雨が上がる。透き通った光に照らされて、経久が討ち取った鎧武者の首を一人一人たしかめてみると——今岡弥五郎の首だけがない。首をかしげ、経久は、

「はて、弥五郎はその辺りに水隠《みがく》れして——わしの首を狙っておるのではないか？　その辺りの水辺、くわしくさがしてみよ」

足軽がさっと動き湖畔をさぐってみると……水草がさわさわと動いている。怪しんだ足軽たちが近づいて槍で水草をさっと掻きのけると——果たして水に隠れた弥五郎が息継ぎをしていた。

足軽たちは一斉に槍を突き出し弥五郎は水中に隠した太刀で、反撃しようとするも、さすがに激戦による疲れが溜まっており、足軽の幾本もの槍に難なく討ち取られた。

弥五郎の首がとどくと尼子の侍は経久に目をかけられていたのに反乱軍にくわわり、経久の命を狙って湖に隠れていた弥五郎を憎んで、ずらりと木に架けられた二十六人の武士の下に、その首を架けようとした。

すると経久は弥五郎の今までの働きをしみじみと語り、最後にこう言ったとつたわる。

「——彼の者は摩利支天の乗移らせ給ひたれば、いかでか衆人の下には掛くべき（この者は摩利支天が乗り移ったような者ぞ。どうして、衆人の下にかけてよいことがあ

ろうか？）」

恐縮する侍たちに、

「もっとも上にかけよ」

今岡弥五郎の首を一番上にして二十七人の武士たちの首が架けられると経久は、しばしそこを動こうとしなかった。経久の皺深き顔に、勝利の喜びは見られない。あるのは重たい苦しみだけだった。経久の手が固く合わされる。変わり果てた寵愛《ちょうあい》の武士たちの、首に、

「……弥五郎……政久がな、そなたは樊噲の如き者になると言うたろう？　阿用の戦の少し前よ……。あの頃、そなたと敵同士になるなどとはゆめ思わなんだぞ。内蔵《くらの》助《すけ》。そなたの槍にはだいぶ……味方も手こずったようだ。河副仕込みだものなぁ、そなたの槍は。勘解由……牛尾の飲み仲間であったそなたがどうして――」

一人一人にいたわるように声をかけてゆくのである。

この銀髪の謀聖の姿を見た国久、牛尾三河守ら尼子の将士で、涙せぬ者はいなかった。

経久は佐陀の戦が落ち着くと味方の討ち死に者の全て、すなわち部将や将校というべき鎧武者のみならず、出自が百姓の足軽雑兵にいたるまで一人一人の名を呼んで手厚く供養している。また敵もねんごろに弔った。今岡弥五郎ら二十七人は富田城下、

城安寺《じょうあんじ》、巖倉寺《いわくらじ》に、その首級をおくり追福作善を心を込めておこなった。

実は富田には佐陀城に籠もった武士たち兵士たちの家族が大勢いた。

雲陽軍実記によればこの者たちは、背いた者たちへの経久の心がこもった供養を見て、
家中の親類、大いに歓《よろこ》び、猶更経久公に奉公忠信《ちゅうしん》をぞ励みける。

(佐陀城兵の親類たちは、大いに喜び、一層経久のためにはたらくようになった)

経久の戦後処理に向かう姿からは……興久が起こした大きな分断を、修復しようという深い配慮が見られるのである。激しい内戦が起きてしまったが……憎み合い、罵り合うのではなく、ささえ合ってゆこう、力を合わせてこの深い傷を癒してゆこうという思いが、感じられるのである。またそのような配慮以前に——自分が可愛がってきた家来たち、大切にしてきた兵たちを、このような戦で死なせてしまって申し訳ない、深くその死を悼みたいという抑えがたい気持ちがあったのである。

——興久はどうしたか？

佐陀城抜かれると聞き、反乱軍は深い混乱に、陥っていた……。まず有力な味方で

ある奥出雲の三沢為国などは自城に引き籠もり、兵を出してくれとたのんでも微動だにしなくなってしまった。ただ、為国についていうと弟の為幸に攻められそれどころではなかった。

また、これは分が悪いと見てさっと姿を消し……逃げ出す兵も現れている。

一時は、山陰道を大きく揺さぶった塩冶興久の乱であったが——経久の一撃で、蜘蛛の子を散らすように崩れ出し、勢力を激減させている。

たまは般若《はんにゃ》の形相で、

「どうして……大内殿は我らに援軍をおくって下さらぬのでしょう？　大内氏が富田方とも同盟をむすんだなどという……俄かには信じ難い噂が巷に流れておりますが……」

興久も、半眼で、

「……わからぬ」

——大内家は……尼子と塩冶が長く殺し合い、共倒れになることを願っておるのです。

硬い面差しで控える亀井利綱は己の内にある考えを言わなかった。

誠久の舅でありながら興久の謀臣をつとめる、元京極家重臣・多賀隆長が、

「殿。ここは御方様と若君を備後山内領にお逃がしした方がよいと思います」

「……嫌でございます。たまはここにのこり、城を枕に討ち死にする覚悟です」

「いや、わしが城を出れば何があるか知れぬ。彦四郎さえおれば再起も出来る。そなたは彦四郎をつれて備後の義兄上の許に行ってくれ」

興久が言うと、たまは意外に素直に……、

「……はい」

興久は、たまと幼い息子に山内から来た家来をつけ、備後に逃がした。

この時点で……今まで、興久を散々煽《あお》り、経久との戦をけしかけていた、塩冶に元々いた侍の幾人かは、興久を見捨ててふっと姿を消しており、そうした者でのこっている者がいても、軍議でなかなかいい意見が出せない。

では今、誰が半分城の軍議で中心になっているかといえば亀井利綱や米原小平内……もはや縁を切った父が鍛えに鍛えた男たち、尼子から塩冶に入った武士なのだった。

軍議を開いた興久は、

「佐陀の守りは堅いようじゃ。北にある山に入って佐陀城を迂回《うかい》し、その東にある……末次《すえつぐ》城を北から不意打ちするのはどうじゃ？」

末次城――より経久の勢力圏の深みにある城だ。今の松江《まつえ》城であり、宍道湖に面した水上交通の要で城下にはにぎやかな湊があったと思われる。守るは若林伯耆守だった。

「佐陀が襲われるなら敵も読めるが末次が襲われるとは若林もよも思わぬのでないか？」

米原小平内が険しい顔で、

「若林は雲伯一の豪の者。近頃は兵書もよく読み……謀も練れてきているようなので侮ってはなりませぬ。あまりにも危険な御策かと思います」

経久に暇乞いした亀井利綱はもはやここにいたっては――もてる全ての力をつかって興久を守り、経久と、戦う所存であった。

……北の方様から託された短刀をつかい、幾度仏門に押し込もうとしたことか。刺そうと思ったことすらあった。だが……出来なんだ。御不憫であったからだ。幼くして二親から引きはなされ、敵地に入らざるを得なかったこの御方が――。

こう思っている亀井利綱は、

「奇襲をかけるほかないという殿の御存念には賛成でござる。されど、我が方の兵は少なく、一度の奇襲で勝負を決する他ありませぬ。末次を取って若林が首刎ねて、勝敗が決しましょうか？　決しませぬ。富田がのこっておるからです。故に――ただ一度の奇襲は宍道湖を夜秘かに横断、別所《べつしょ》から岩坂《いわさか》、駒返峠《こまがえりとうげ》に抜けて――富田の町に西から斬り込み御父君と有無の一戦をするほかありませぬ」

もう亀井利綱、経久はもちろん父の亀井武蔵守、兄の亀井秀綱と斬りむすぶ覚悟を固めているのである。ところが……興久はこの奇襲を決断出来ぬ。月山富田城には謀聖のほか、久幸、兄の国久率いる猛兵ども、両牛尾、さらに経久に呼ばれ昨日富田入りしたという、美作方面軍団長・河副久盛らが率いる大軍がひしめいているというからだ――。

経久の待ち伏せに一蹴されるかもしれぬのを恐れるのだ。

「いや……末次を取って若林を討てば敵も狼狽え、わしの方につく武士も出て参ろう。三沢も勢いづくはず。佐陀城を迂回して末次城を取るべし」

かくして多賀以下数百の兵を半分城にのこした塩冶興久、亀井利綱、米原小平内は精鋭二千をつれまず、かつて山中勘兵衛が隠棲《いんせい》していた、宍道湖の西、鰐淵寺《がくえんじ》辺りの深山幽谷に入った。そこから宍道湖北側につらなる山並みに入り木の間隠れに東に潜行。

佐陀城の北側をやりすごし宍道湖の東、末次城の北に位置する山林に抜けた。

西出雲の山と、末次の裏山、これ全てつながっており人里を通らず――移動出来た。

興久率いる二千が末次城にひたひたと迫ったのは夜中であった。

末次城というのは自然の山や丘などを利用したものではなく、宍道湖の東に人造の大きな丘をつくり、この丘を要塞化したものである。

その城が行く手で黒く大きな影となっている。

「――寝静まっておるぞ、若林め油断したな。かかれ！」

一気に鬨の声を上げた塩冶勢二千は黙り込む末次城を猛襲する。土塁に取りつき、逆茂木を引き払う。全て人がつくった斜面を登り切り高々とした土塀の傍まできた。

その時だった。塀の上に――ざっと夥しい人影が現れ次々に矢を射かけ、石を投げてきたではないか。塩冶勢が倒れる。悲鳴を上げる。

若林伯耆守は、気付いていた――。

興久は出雲各所に張られた苫屋鉢屋衆の警戒網を甘く見ていた。その網の目を全て掻い潜り末次を衝くなど……無理であった。

「ええい、ひるむなっ！　盾で矢をふせいで登れ！」

興久の号令一下、盾兵が斜面にいどむ。味方も火矢を下から射て次々ぼやを起こし敵を攪乱する。が――土塀の上に巨人の如き影が現れるや三尺ばかりという途轍もなく長い穂をもつ大身槍で登ろうとする塩冶勢を――死の滝同然の勢いで突き落としている。

その左右にも槍兵がざっと現れ塩冶勢に上から槍を入れた。

――若林か。わしはいつの頃からかお主が憎かった……。何故じゃ？　……お主が親父に贔屓されているからじゃ。新次郎も同じ理由で嫌いであった。今岡は、父と母を知らぬ。わしと似た臭いがして許せた……。

周りで戦い次々と倒れてゆく両軍の兵たち。興久は歪んだ笑みを浮かべた。

……わしと親父の諍いに、お主ら全て巻き込み、地獄に落としてしまったかよ。

大身槍を引っさげ黒糸縅をまとった塩冶興久は足軽にまじって斜面に取りつく。襲い来た矢を鎧の袖で受け、兜で弾き、頭を低めてかわし、投石に苛立ちながら、

「若林！　塩冶興久見参！　雲伯一などという虚名に胡坐を搔きおって……。武士の端くれならば、相手せいっ！」

興久のそれより大きい大身槍をもった若林は――どしんと音立てて土塀から斜面に飛び降りるや巨槍をすっと構え、悲し気に、

「塩冶様。――御首級《みしるし》頂戴いたします」

「何が御首級頂戴するじゃっ、貴様如き下郎に討たれる興久ではないわ――！」

斜面のかなり上まで登った興久から怒りの突風が吹き――若林伯耆守に叩きつけられる。

若林の槍風が吹き、興久の刺突を横にさらう。両者は同じ武器、大身槍を激しくぶつけ合い、いくつも、火花が、散った。若林がやや優勢か。が、塩冶方の矢が若林の肩に当たり相手がひるんだ刹那――興久の大身槍が若林の太腿《ふともも》を刺している。

呻きをこらえる若林伯耆守にもう一突きくらわせようとしたが若林の郎党も斜面におりてきて槍を入れてきたため、そ奴らを薙ぎ払い、突き殺す。

と、

「殿！　味方は押されております！　崩れかかっておりますぞ」

米原小平内の声がして、亀井利綱も、

「宍道湖から富田勢の後ろ巻き七千が参りましたぞっ！」

――親父か？

経久ならば興久は全軍でぶつかっていったろう。が、

「大将は下野守久幸殿！　副将は紀伊守《きいのかみ》国久殿！　国久殿の御子息三人、亀井武蔵守、両牛尾、河副美作守久盛、宇山、広田ら七千にござるっ」

数刻前。経久は鉢屋者から興久が宍道湖の北にある山並みを秘かに動いていると知らされた。この時、経久は佐陀で亡くなった兵士たちの名を一人一人読み上げ追善供養をおこなっていたが、反逆の三男の動きを知るや、一瞬面に苦悩を浮かべた後、静かなる顔様で、

「恐らく興久は末次城か佐陀城を北から襲うつもりだ。わしはこの仏事を中断したくない。久幸、大将となり行ってくれるか？　国久らをつける」

「御意」

去りかけた久幸は、嫡男を桜井宗的の矢でうしない、今は三男と戦っている兄を顧み、

「兄上……もし興久を捕えたらその時は……」

仏堂に差し入る赤い西日に銀髪を照らされた山陰の王はこちらに背を向けたまま長いこと石仏の如く黙している。

秋風が吹いて、竹藪が、囁き合った。赤い空でカラスも鳴いていた。

赤蜻蛉が飛んできて閑寂とした寺の擬宝珠《ぎぼし》に止まった。

「……前に申したはずだ」

赤蜻蛉が、飛び立つ。

久幸は辛そうに、唇を嚙みしめる。

「――御意っ……」

末次城の土塁で久幸、国久来ると聞いた興久は、

――叔父御と、兄者か……。

経久に深い敵意をいだく興久だが、久幸にわだかまりはない。久幸は塩冶を継いだ興久の相談に乗ってくれてしばしば温かく気づかってくれた。気の荒い兄、国久とは

昔から気が合い、仲がよかった。国久の嫡男、誠久を、興久は、可愛がってきた。興久が漂わしていた圧倒的な猛気が急に小さくなっている。毒気が抜かれたようになる。

「……退くぞ」

力なく言った。

「若林、勝負あずけた！」

興久は邪魔立てする城兵を大身槍で突き上げ、夜空にかかげて斜面に叩きつけ、駆け降りる。が、この時にはもう国久率いる精兵が宍道湖から上陸し逃げる塩冶勢の横腹に矢を浴びせ槍を突き入れてきた。刹那——敵から飛んできた矢が亀井利綱の腹に深く入った。利綱の面貌が大きく歪む。

「亀井っ！」

興久が叫ぶと、利綱は、悲壮な形相で、声をふるわし、

「我が君、某がここで敵をふせぎますゆえ、どうかお退き下されっ！」

この時、興久は……誰がもっとも大切な家来だかわかった。

「わしもここで戦う」

「何をおっしゃいますか、殿っ」「どうか、お退き下され！」

近臣に強く押されながら、興久は、

「亀井……すまなかった」

亀井新次郎利綱、寂し気に微笑むと、

「小平内！　殿を備後山内領にお逃がし奉れっ！」

利綱が殺到する新宮党と戦おうとすると何故か米原小平内が隣にいるではないか。

小平内、利綱に、

「易《やす》きを己で取り、難《かた》きをわしに押しつけるな。わしはな新次郎……あのお方がああなられてから自分らしゅう生きた日は無かったよ……。最期くらい自分らしゅう生きたい。わしはあのお方の家来でなく、お主の親友《とも》として、お主と共に、死にたいのじゃ！」

乱戦の怒号、悲鳴、水飛沫が湖を騒がす中、利綱はギュッと面貌を歪め、肩をふるわし、

「……嬉しいぞ。だが、小平内よ。そこまでの友誼を覚えてくれるなら親友の最後の頼み、聞いてくれるのだろう？　興久様を、たのむっ！　あのお方のご最期の時、誰もお傍にいないのでないか、そこが気がかりでな。山内まで逃がしての家来ではないか？」

「……つくづく律義者じゃなぁ。そして、大馬鹿者じゃっ！」

「それくらいしか取り柄がない」

「だから友なのじゃよ。――仕方ない。引き受けてくれるわ！　さらばっ」

「さらば！」

小平内は興久を追い、亀井利綱は宍道湖の浅瀬に駆け入り、次々上陸してくる新宮党を食い止めようとする。槍衾がぶつかってくる。

矢傷がひどく、痛い。だがそれを振り払うように――利綱は吠えた。

国久が鍛えた精鋭の幾本もの槍が利綱の細身の体を貫く。血反吐を吐き水飛沫上げて勢いよく倒れた利綱の体から――一振りの小刀がはなれ、湖底に沈んだ……。

小平内は薙刀を振るって尼子兵を斬り、興久に追いつき、末次城の北にある山にわけ入っている。この時、興久の周りにいる兵は七、八十人ばかりになっていた。

二人はこのまま山中をさ迷っていても鉢屋者をつかった尼子の山狩りにかかるだけなので、危険を承知で佐陀水海まで出て、舟をさがそうと話し合う。

「佐陀水海から宍道湖、で、宍道湖を南に突っ切り――奥出雲を目指すのです。三沢殿と共に戦ってもよし、ご妻子がおられる山内を目指してもよし」

「……そうじゃな」

興久率いる七、八十人の塩冶勢は重く鈍い朝霧の中、佐陀水海の北に出てきた。

と、濃霧の中、人影が三つ走ってくる。かっと睨むと味方である。

「……もしや殿……殿でござるな？　ここを先に行った所で若林が兵二百を率いて待ち伏せしておりますぞ」

興久らは知る由もないが若林伯耆守は——今日、塩冶様をお逃がししたら大きな災いになる、どうされるかは御屋形様次第だが、捕縛せねば、と、思い、興久は佐陀水海に出るのではと読み、足の痛みをこらえながら馬走らせ待ち伏せしていたわけである。興久が山中をさ迷っている間、若林は平坦《へいたん》な街道を駆けたため、先回り出来た。

「恩賞目当てとは思うが小癪な真似をしてくれたものよ、若林……。面白い！　先ほどの続きをしてくれようぞ。膾にしてくれるわ」

向かっていこうとする興久をがっと摑んで止めた小平内は、押し殺した声で、

「勝ち目はありますまい。この霧にまぎれて、舟をさがしましょうぞ」

霧深い水際で舟をさがすと——漁師が打ちすてた舟を、一艘《そう》だけ見つけている。ちなみにここは弥五郎が討ち死にした水辺からそう遠くはなれていない所である。
七、八人しか乗れぬ舟に興久と幾人かの家来を乗せたところで——西、霧の向こうから鎧武者と足軽が殺到してくる物音がざわざわと起こった——。
「——来おったか……若林」

呟いた米原小平内に、舟の上の興久は、

「小平内、早く乗れ！」

「若林が参りました。……どうやら、ここでお別れのようにござる」

　小平内は水辺から答えた。興久の舟が遠ざかってゆく。同時に西から、太腿に血だらけの晒を巻いて、一尺の穂からが大身槍なのにそれが三尺と恐ろしく長い大身槍をにぎった武士が、兵二百ほどを引きつれて現れた。雲伯一の猛者、若林伯耆守だった。

　霧が、後続の兵の影をぼんやりと薄くしたり、全く飲み込んだりする。

　冥府から引導をわたすために現れた軍勢に見えた。小平内は、言う。

「若林殿かな？　主君の御子息をここまで追い詰める……心得ある武士のお振る舞いに思えぬが、如何かな？」

　前方に佇む巨大な影から、怒気の波動が霧にのってやってくる。この大騒ぎを起こした者への怒りであるらしい。若林伯耆守は沈痛な声で、

「塩冶殿はもはや父とは思わぬなどと常日頃、公言されておるとか……。斯様な時だけ子と言われてもな。わしはただ、御屋形様のお悩みの種を一日も早く……。それだけよ」

　雲伯一といわれる巨大な影から放たれる圧は凄まじく、そこそこの武芸はあるも、ひょろりとした小平内は圧倒されかかったが、つとめて明るく、

「左様か……。だが、わしもお主を行かせるわけにはゆかぬなぁ」

——これでよかろう？　新次郎。

「塩冶興久様が家臣、米原小平内。——参るっ！」

小平内率いる塩冶勢、七十人ほどはかつての仲間に辛そうな顔で突進してゆく。

見れば……霧の向こうからくる尼子勢も悲痛な顔ではないか。

ぶつかり合った。

小平内と若林、数合打ち合うも……若林の動きが、鈍い。血だらけの晒をちらりと見て、

「お怪我をされておられるな」

「——何の」

やはり若林の刺突が常よりもおそい。小平内は、よける。

刹那——下段から上へはね上がった小平内の薙刀が若林伯耆守の左耳を切り飛ばした。

「……おのれ」

歯を食いしばった伯耆守は大身槍を小平内に投げつけて傷つけ、刀を抜くや薙刀をはね飛ばし、返す刀で小平内の首を刎ねて——討ち取った。

だが矢傷を受け、塩冶興久の槍で腿《もも》を深く刺され、小平内により左耳をうしなった若林伯耆守はもう戦えなくなってしまった。湖畔にいた塩冶勢は若林の兵に討ち果た

される も……漆黒の鎧をまとった反乱の総帥は、湖上の霧に消えた。

若林伯耆守が深手を負い大変な熱病を発したと聞くやすぐさま黒駒に跨り、月山富田城から末次城に向かった銀髪の武士がいる。経久である。

経久がついた時――家来の手で城にはこばれた若林の顔には死相が張りついていた。働き盛りの只中で死病に取りつかれた猛将は力ない目で経久を見上げ、

「もうこれで……御奉公出来ぬことが、何とも悔しゅうございます」

目に涙を浮かべた経久は、

「まだまだ、はたらいてくれぬと困るぞ。宗八郎！」

「御屋形様、米原小平内殿は……真の勇士にございました。最後に小平内殿と槍合わせ出来て……某、幸せにござった。のこされし米原殿の妻子にも是非、手厚い恵みを垂れていただければと思うのでござる」

「――わかった」

むろん、若林伯耆守の妻子も手厚く保護しようと思っている経久だった。

若林は苦し気に歯を食いしばり、

「今が一番……尼子家が辛い時かと……。ですが、夜は、必ずや、明けまする。御屋形様ならきっと……」

その目から生気がうせている。

「宗八郎ぉっ――――！」

雲伯一の猛将、若林伯耆守は――逝った。

興久の乱は亀井新次郎利綱、若林伯耆守、今岡弥五郎、米原小平内、多くの優秀な家来を尼子家から奪った。とりわけ利綱は知勇兼備の得難い武士であったし、伯耆守、弥五郎にいたってはこれからの尼子の武をになってほしいと経久が期待していた侍たちだった。

――興久。わしは決して、そなたを許さぬ。この戦で……誰がそなたを、守った？そなたが疎んじてきた家来でなかったか？　家来こそ、宝と、わかったか？　――まだ、わからぬか？　父は決して……そなたをおろそかにしたわけではないぞ。尼子の宝というべき家来を、幾人もそなたにつけたではないか、興久――。

興久を許さぬと決めている経久だが、興久の家来については許せる者と許せぬ者がいた。

若林の名を自ら読んで経を上げる。手厚い加増を遺族に約束し、いたわりの言葉をかけ、十分な香典をわたす。その後、経久は打って変わった厳しい表情を家来に見せている。

阿用城を攻める時の経久に似た、冷ややかな凄気が末次城の経久をかこむ家来たちを打つ。

「――多賀を討つ。いろいろ、そそのかしておったようだ」

疾風《はやて》となった尼子勢は神速で西出雲に動く――。

大内は、多賀、神西ら、西出雲にのこる、反乱の与党を支援――兵糧や牢人をやとう金子などをおくろうとしていたが、その支援がとどく前に尼子軍が殺到。

半分城は慌てふためき、多賀隆長は経久の矛先がとどく一歩前に大内領に夜逃げした――。経久は将がいなくなった半分城を切りしたがえ、その勢いで神西を攻め、降伏させた。

神西家がこの後も尼子家にしたがっていることから見て、厳しく叱られ、寛大にも許されたようである。国人に愛和と寛容で接したとつたわる経久ならではの措置で……他の大名なら神西一族を滅ぼす者の方が多かったと思われる。

大内領に駆け去った多賀隆長は……どうなったか？　その後、大内の家臣となる。

だが後年、彼の一族は、九州の騒乱の中で、滅ぶ。

さて西出雲の反乱軍が一掃されたため尼子領本体と孤立していた東石見がまたつながり……尼子の統治を慕いつつ大内の脅威に怯えていた東石見の民衆は、歓喜した。

さて……興久は何処《いずこ》に逃げたか？

備後に、逃げていた。たまが産まれた山内家の甲山城に逃げていた。

この時点で――塩冶方は、甲山城の塩冶興久、たま夫妻。たまの兄で甲山城主・山内直通。奥出雲の三沢為国。隠岐島の山に籠り尼子方の隠岐守護代を悩ます地侍たち。

これらが、残存している。

経久と同盟しつつ興久の恭順をみとめている大内はこれら反乱勢力に手厚い支援をおこなう一方、尼子が反乱で動けぬ間に九州を征服しようと——彼の地に大軍をおくり込んだ。

尼子と同盟をむすぶ少弐、大友らとの激しい合戦が起きる。

圧倒的に兵力で勝る大内が押しまくり、とくに兵が少ない少弐が苦しむ。

だがここに——一人の知将が、いた。この時点まで……全く無名の将であった。

鍋島清久《なべしまきよひさ》。

その男の名だ。

少弐方・鍋島清久の奇襲により大内の大軍は大敗走している。

田手畷《たでなわて》の戦いという。

ただ一度のこの負けによって、「尼子が動けぬ間、九州を制圧する」という陶の目論見に、大きな狂いが出た。大内は少弐、大友相手に苦戦の泥沼に沈み、義隆の傍にぴったりついてささえていたかった陶が、彼の地に九州にゆかざるを得なくなるのである……。

謀聖の切れ長の双眸は——反乱軍と対峙しながら、西を、鎮西の戦いを、じっと見ていた。

……大内はわしが何かしても動けぬな。一応、大内と同盟しておるが、あの山が欲しい。

反乱軍を支援している時点で大内は同盟者とは呼べまい。

経久の調略の手が……石見小笠原家にのびる。小笠原家は、塩冶興久の乱により、混乱、大内方に寝返り——大森銀山こと石見銀山を経久から、奪った。彼の銀山の産出量は急速にのび山陰の鉄、銅を押さえて力をのばした銀髪の謀聖の注目を浴びていた。

さて、小笠原は……大内の手で銀山利権から遠ざけられ、日々悶々《もんもん》としていた。

そこに経久から巧みな誘いがあり、心ぐらつかせ——また、尼子方に裏切った。

いま一つ信の置けぬ野心家ではあったが経久は大喜びで、

「よう、もどってこられた、小笠原殿」

で、享禄四年（一五三一）。

「野武士、牢人の姿をした黒正と、牛尾遠江守の手勢を貴殿に添えるゆえ、共に大森銀山を奪い返そう。銀山のことには——貴公にもたずさわってほしいと思うておる」

この一言で小笠原の心を摑み、夥しい鉢屋衆をふくむ黒正隊、牛尾隊を、彼の地に入れ、小笠原と一緒に大内の番兵を蹴散らし、巨大な富の山を奪ってしまった。

「経久め！　同盟を破棄したなっ」

経久からしてみるとどの口が言うのかという気もするが……大内義隆、陶興房は激しく怒る。経久は大内に使いをおくり、

「どうも此度のこと……石見衆と野武士、牢人がやったことのようですな。当家の者も一部まじっていたようですが、その者たちは——大内殿が同盟をむすんでおるのに我が方の叛徒を助けておることを怒り、先走ってしまったようですな。当家の方は、大内殿と敵対する気はござらぬ」

煮え湯を飲まされた義隆、興房だが、九州で激闘をくり広げており如何ともしがたい。早くも夥しい銀が出たという知らせが経久を微笑ませる。

石見銀山はこの二年後、大内の猛攻で取り返され、さらに四年後、尼子が再び奪い返す。

大内に一矢むくいた経久の目は——奥出雲に向く。

十八歳となった孫、詮久に初陣をかざらせる意味もあり、詮久を引きつれた謀聖は三沢為国を急襲。三沢の半分強の兵を率いて尼子方となった三沢為幸を先鋒として——三沢方を破砕。

二度、経久に歯向かった三沢為国……今度は許さなかった。

経久は為国を切腹させた。また、鉄山を一部、没収した。弟の三沢為幸を初め出雲武士でこれに異論をはさむ者はいなかった。三沢の家督は為幸が継いだ。

六月。

尼子の援軍をしばらくまっていたギョロ目の管領・細川高国が、痺《しび》れを切らし、備前の奸雄《かんゆう》・浦上村宗と本格的な上洛戦を引き起こしていた。

高国の敵、細川晴元は人望に乏しく高国動くと聞くや主に摂津などで高国に呼応する侍が次々立ち上がり——浦上を主力とする高国勢は一気に二万にふくれ上がっている。

高国方には浦上村宗に父を殺されるも、浦上の勢いを恐れ、浦上の言いなりになってきた主君・赤松氏の当主がうなだれながらつきしたがっていた……。細川高国、浦上村宗の二万に対し、細川晴元方は一万で率いるは知勇兼備の驍将、三好元長であった……。

摂津でおこなわれた戦は半数の兵しかいなかった三好の大勝利に終わり、高国方は総崩れとなり——高国、浦上村宗は息絶えた。

原因は、浦上をずっと恨みながらそれを隠してしたがってきた赤松に、三好元長の調略の手がのび、その心を鷲摑《わしづか》みにしたからである。

戦がはじまり法螺貝が轟くや赤松の小勢は忽然と三好に寝返り——浦上の本陣に後

ろから遮二無二に切り込み、高国、浦上の兵に大恐慌を起こし、そこに正面から三好の精鋭が突撃、細川高国の大軍は幻のように崩れ去った。

大物《だいもつ》崩れという。

経久がここにいなかったのはまだ、塩冶興久が中国山地の南から出雲を睨んでいたし、隠岐でも内戦がつづいていたからだ。内乱で荒れた領内の立て直しにも追われている。

謀聖が高国の傍にいたらどうなったろう？

歴史にもしもは禁物だが……恐らくは違う結果になったと思われる。

経久ならば——赤松の兵をくわえることに警告を発したろうし、仮にそれを許しても三好の調略を見破ったように思えるのである。

経久は、細川高国の死を嘆く。高国にはいろいろ世話になったし、全てをうしなったところから再起せんとする高国を見て若き日の己を思い出し、応援したかった。また親尼子、反大内の管領・高国に都入りしてもらうことで——大内を大きく揺るがせたかった。

だが、都で不動の力を手にしたのは親大内の細川晴元だった。

田手畷で陶の目論見は大きくぐらつき、興久の乱と経久の不在が起こしたと言っていい大物崩れで、経久の構想もまた大きく崩れている。

天文《てんもん》元年（一五三二）。経久は隠岐に援軍をおくり、隠岐宗清を助け、塩冶方の反乱を鎮めた。かくして興久を守るは──備後山内家だけになった。

興久は──味方全てを薙ぎ倒され、俎上《そじょう》の魚にされた。

翌年、安芸に……亀裂が、走る。

日本最強の猛者・武田光和は腹心、熊谷一族の力をかりながら、尼子が苦しくその支援を受けられぬ時も圧倒的大軍で押し寄せてくる大内、様々な調略を仕掛けてくる毛利をよくふせぎ、南安芸で、奮闘していた。

が……光和夫人は長い間、夫に怒りをつのらせていた。光和が自分に関心をしめしてくれない一方、血のつながらぬ母、奈穂に敬慕を越えた念をもっていると感取したからだ。

光和夫人の怒りは限界に達し離縁を申し出──実家の熊谷家にかえった。

この一件で光和夫人の兄で亡き父に勝るとも劣らぬ荒武者、熊谷信直《のぶなお》が激怒している。

すると元就がすっと熊谷家に近づき、安芸武田最大の柱石、熊谷の心が毛利方にかたむいた。熊谷を味方にして安芸における毛利の力が一気に急拡大、武田のそれを上まわった。

この年の暮れ、雪の夜、久方ぶりに尼子一族が月山富田城山中御殿にあつまっている。

尼子経久。嫡孫の詮久、詮久の妹二人。この三人の母、つまり政久夫人。

尼子久幸、夏虫夫妻。

尼子国久夫妻。誠久、豊久、敬久、美緒と、その下の子ら。

いすず、いとうとその子ら。

久幸の子、経貞とその妻。

……幾年か前、斯様な場に出ていた、興久一家、そして遠く安芸武田に嫁ぎ、大内の侵攻、毛利の調略を光和と共に必死にふせいでいる奈穂が、ここに、いなかった。

食事が終わると伯耆太守・国久の娘、美緒は自分の弟や妹のみならず一族の幼い子供をみんなあつめて末席の方で楽し気に遊びだす。

明るく愛嬌のある乙女にそだった美緒に一族の幼児たちは皆懐いているようである。

老いた経久はそんな孫娘を微笑みを浮かべて眺めていた。

経久、久幸、夏虫はぼてぼて茶を、国久、誠久らは燗した酒を飲んでいる。

「どうも近頃……さなの夢を見る。そろそろこちらに参れと言いにくるようだ」

経久が微笑みながら言うと厳つい顔を赤くした国久が声を張る。

「父上！　去年も、そうおっしゃっていましたぞ。不吉なことは言わんで下されっ」

「そうです。御屋形様、この詮久……まだまだ未熟者、御屋形様にはこれからもお元気であってもらわねば困ります」

政久に似て端整だが父より繊細そうな顔を固くして詮久が言う。細身の詮久、武芸の鍛錬にも長く力を入れてきて逞しくなりつつあるが、まだ若き日の経久、政久にくらべて頼りないところがあり、神経が細かすぎるところがあった。そんな跡取りに、

「ねえ、詮久様、貴方、もう二十歳でしょう？　そこはわたしがいますからご安心下さい、御屋形様はゆるりとお休み下さい、くらいのことは言わないと！　祖父様はもう御歳なのよ。いつまではたらかせるつもりなのよ」

からりとした声をかけた者が、いる。

子供らと遊んでいた美緒がすっと顔を上げて言ったのだ。詮久は従妹に指摘されて恥ずかし気にうつむくも、美緒の父、国久は豪快な大声で、

「たしかにそうじゃな！」

美緒の兄、誠久、豊久もどっと笑い、白髪頭の久幸は微笑みながら首肯した。

弓の名手である敬久は快活すぎる妹に、

「美緒……詮久殿にあまりご無礼なことを申すでないぞ」

やわらかく笑んだ経久は十九歳になった美緒に穏やかに、

「美緒、此方に参れ」

母に似て蛙に似た愛嬌のある乙女は山陰山陽八ヵ国に威を振るう祖父の傍に来る。

「そなた……昔から、詮久のこと憎からず思うておるようだの？」

――わし亡き後、一門が興久の乱が如き内輪揉《うちわも》めを起こし陶、毛利に付け入られぬか、心配だ。

きょとんとした美緒は見る見る耳まで赤くなり、目を伏せる。

「どうだ？　――詮久の嫁になってみては」

美緒は焼けるのでないかというほど赤くなり、詮久も恥じらいで顔を火照らせている。目を白黒させた国久が酒を喉に詰まらせかけ卒倒しそうになりながら、

「ち、父上っ！　いきなり、何を……。従兄妹同士ですぞっ！」

「よいではないか？　従兄妹同士でも」

「美緒、お前はどうなんじゃ！」

国久の強い声を背に浴びた美緒は、すっと詮久に近づいて畳に手をつくと、頭を下げ、

「美緒は詮久様に――惚れております。ずっと前から……好いております。詮久様はどう？　もしお嫌いならはっきりおっしゃって。父上に他の殿御をさがしてもらいます」

皆の注目が詮久にあつまる。子供らも、固唾を呑んで黙し、沈黙が広間をおおう。

紅潮した詮久は、美緒を真っすぐ見詰めて、言った。

「わたしも……美緒を憎からず思うておる」

「……憎からず、程度なの？」

美緒は頭を下げたまま言う。

「昔から——そなたを好いておる。この詮久の傍に来てくれ、美緒」

「——はい。喜んで！」

「決まりだな」

経久が言い、いすずが、

「今日は何とめでたい日か」

「真に！」

と、夏虫が強く言い、子供らから、黄色い歓声が上がる。美緒は、涙ぐんでいた。

経久と久幸はうなずき合った。実は昨日、久幸と話す中で、

『詮久と荒武者揃いの国久の一党がゆくゆく何か諍いを起こさぬか気がかりです』

久幸が話し経久ももっともと思ったため、この計画を考えたのだ。

美緒に詮久と国久の家——新宮党のかすがいになってほしい経久だった。

翌天文三年（一五三四）。経久は孫で尼子の正嫡・詮久と伯耆太守・尼子国久の長女、美緒の婚儀を月山富田城でおこなった。苦しい戦い、そして父と子の暗い内乱を

乗り越えた尼子家に降って湧いた婚儀は残暑厳しい七月におこなわれ、群臣に熱っぽい歓喜をもたらした。

その熱い喜びがやや落ち着き、夜に聞こえる虫の音がいよいよ秋を感じさせる頃、経久は詮久、久幸、まだ出雲にいた国久、そして二人の執事、亀井武蔵守、牛尾遠江守、さらに白髪頭の股肱で元執事・牛尾三河守らを——山中御殿に呼んだ。

牛尾三河守は長らく東石見波根要害にいることが多かったが、このほど彼の地を遠江守や孫にまかせ、牛尾家の城、月山富田城近くの牛尾城にもどっている。経久は牛尾が傍にもどってきたのは嬉しいが老いにより第一線を退いたわけで、そこは少し寂しい。

「孫の婚儀も無事終え、わしはあと二つのことをやり遂げたら——隠居しようと思う」

経久は厳しい面差しで言う。詮久が口を開きかけるも、経久は、

「わしはもう七十七だ。若いそなたに尼子をゆだねるべき時が……きておるのだ」

人間五十年といわれた時代に七十七まで生き、ほぼ全ての戦略を考え、合戦にも出て、政を取り仕切り、謀も練っている経久の胆力、体力は驚異的なものがあった……。その指導力たるや若き日にくらべて些かも衰えずますます磨きがかかっていた。

だが、時は戦国。いかなる突発の事態がいつ何時襲いくるか知れぬ。経久自身は体力の衰えを日々感じており、何かあった時の即応などについて考えると、……もう、若い者にゆずらねばならぬ。

「父上がおやりになる二つとは？」

国久が問う。

「うむ一つには——興久のこと」

多くの者が暗い顔になる。

興久としたしかった誠久、そして、いとうなどは、興久の命乞いをしていた。一部家臣からも左様な声が上がっている。だが経久は、決して、許すつもりはない。久幸も同じだ。

経久は塩冶掃部介を討ち月山富田城を奪った日、民に三つの約束をした。

その一つが——公平さをもたらすことだった。

広い天下を見れば不公平な大名が多くいた。身内ばかりを重んじ、身内の不祥事、乱行には目をつむるも、家来はでっち上げの罪で斬り、暮らしがきつすぎて訴えてくる百姓がいれば、不遜だと言って命を潰す。

経久はこれとは逆の道をゆき多くの身分の者たちから支持され版図を広げてきた。門地にとらわれず人物をよく見て家来を抜擢し、息子といっても領主の資質にかけると思えば無闇《むやみ》に加増しなかった。結果、自分より領地が広い重臣がいる……という不満が興久にたまり、反乱につながったが、経久はこの方針を変えるつもりはない。

興久が起こした反乱を他の部将が起こしたらどうか？

興久の反乱は今岡弥五郎、亀井利綱、若林宗八郎、尼子の将来を背負っていける武士を多く殺した。足軽雑兵も多く斃れ、塩冶軍は、村々に蛮行もおこなった。

国人の寝返りより遥かに大きな害があり、厳罰は、まぬがれない。

故に興久も——その剣をまぬがれないというのが経久の論理である。それでも……子である。当然、殺したくはない。だが、大名として、武将として、心を鬼にして斬らねばならぬのだ。

厳正なる面差し、確固たる語調で、

「もはや山内のほか興久の味方はおらず、その山内すら興久を……もてあまし気味になっておるようだ。わしは使者をつかわし興久に腹を切らせようと思う」

七十四歳、すっかり白髪となった久幸が、経久に、

「誰をつかわされます？」

「興久も……よく知る老臣だ」

苦し気にうつむく国久からも異議は出なかった。

「もう一つは——毛利元就」

元就は興久の乱などの虚を衝き、かつての元就と比べ物にならぬほどの力をたくわえていた……。むろん、数ヵ国を治める尼子の力の方が遥かに大きいが、

「厄介なのは、元就率いる大内方の国人の連合だ。さらに元就を攻めると必ずや、陶率いる大内の援軍が出て参る。これがもっとも厄介だ。石見からだと大内に気取られやすいゆえ、元就は備後から忽然と横腹を突いて討つべきだ。興久のことが……終わり、山内を片付けた後、わしは、元就を討つ。わしの代で倒しておかねばならぬ男である気がする……」

毛利を突き破るか、取り払えば、大内方の中に孤立する、安芸武田を救う道が開ける。

「――毛利を討ったらわしは隠居する」

「この詮久、未熟者ゆえ……その後の軍略をおしえていただきとうございます」

孫の所望に銀髪の謀聖は、

「安芸武田を固く助けつつ、大内との同盟を当面崩さぬこと。大内は今、鎮西から手がはなせぬゆえ、当家を憎みつつも同盟を崩せぬ。故に当家は、東に旗すすめるのだ」

浦上村宗の討ち死に以降、浦上と赤松、そして第三勢力の激しい争いがつづく旧赤松領――播磨、備前、東美作などへの出兵を指示している。

「わしは今の尼子でも兵略がしっかりしておれば大内に勝つ自信はあるが……家来はそうでもないことが、興久の蜂起でようわかった」

興久の乱は、親子の諍いが起こしたが、これを大きくした力というのは——大内氏への恐れ、大内と戦いたくないという思いであった。

「当家が大内より小さいからである。ちょうど今、浦上村宗亡き後の彼の地は、混乱しておる。——誰かが鎮めねばならぬ。ここを併呑《へいどん》すれば、当家は、出雲、隠岐、伯耆、美作、備前、播磨、東石見、北備中、備後の半ば、元就亡き後の安芸を制する大大名となる。因幡山名も我が方ゆえ……当家は山陰山陽十一ヵ国の太守となる……」

かくしゃくたる様子で話す経久は切れ長の双眸に冷ややかな眼火を燃やし、とても七十七と思えぬ精気を滾々と放出していた。

久幸が強い面差しで、

「大内と肩を並べる、いや大内を凌駕する大大名……日の本最大の大名といえましょう」

「さすれば、九州勢の力などかりなくても、当家単独で大内を討てる。大内との決戦に——恐れ、動揺をいだく味方も少なくなるはず」

興久の乱がはからずも露呈した問題点を克服するため、経久は……大きく方針を転換、新機軸を打ち立てたのだ。

「また、もしわしが毛利退治前に病で倒れるなどしたら、毛利攻めは慎重を期すようにな……。備後か石見をしっかり地固めする、これを怠りなくすすめてから毛利を討つ方がよい。……でないと足元をすくわれるやもしれぬ」

若い詮久と、策略にかけるところのある国久が、元就の罠にかかるのを危ぶんだのだ。

八月十日。奥出雲は馬木から中国山地、比婆山をこえて、備後山内領に入った、白髪、小柄な侍が、いる。剽軽な顔をした武士である。尼子の使いだ。

陰徳太平記によると尼子経久が山内につかわした使者は……黒正甚兵衛であったという。

黒正は甲山城に入るや――いつ尼子に攻められるか戦々恐々としていた山内直通に、

「我が殿は山内殿と、興久様の一件で矛盾におよばれたこと、本意ではないと、仰せにござる。何故なら、そもそも両家が婚家になったのは誼《よしみ》をむすぶためでありましょう？　その本意を達せず塩冶殿の乱で諍いをもったこと、甚だ無念であると仰せにござる」

興久の義兄、山内直通は、沈んだ顔で、

「当家も……同じにござる」

「ならば、山内殿、塩冶殿を此方へおわたし願いたい。塩冶殿が何の罪もない御人なら、これを死地におくり込むのははばかられる、そう山内殿が思われるのももっともな道理。されど、塩冶殿は、我が領内で……多くの罪を重ねられ出雲を追われた御仁にござる。山内殿は出雲を逃げた火付け、盗賊なら此方におわたし下さいますな？」

「もちろんじゃ」

黒正は、目を光らせて、

「ならば――塩冶殿もお引きわたしいただけますな？　もしわたしていただけぬなら……」

皆まで言わせず、山内は、

「……いいや。わたせぬ。塩冶殿はただの火付け、盗賊ではない。我が妹婿である。亡き父は塩冶殿をいたくご鍾愛《しょうあい》であった」

「しからば塩冶殿とこの黒正めを、一目あわせていただけませぬか？」


興久も黒正甚兵衛との対面を望んでいた。

かくして、北備後、甲山城の一室で、黒正は塩冶興久と対面している。

興久の傍らには錦の打掛をまとった、たまが、いた。

対面早々、黒正は――衝撃に打ちのめされた。刀で削り取られたような興久の窶《やつ》れが黒正を驚かせている。不敵であった顔は、頬がげっそりこけたせいで、ほっそりして見える。眼が血走っており無精髭《ぶしょうひげ》が生えている。体も痩せ、一回りも二回りも小さく見えた。

塩冶興久は以前の猛気が嘘のように、弱々しく言った。

「久しいの……黒正」

「だいぶ……お痩せになりました」

「たまはそう言うんじゃが自分ではわからん。そうかの？」

美しく冷ややかなたまは——前見た時と何ら変わっていなかった。釘《くぎ》を打ち付けるような目で、黒正を、睨んできた。

「御屋形様から文をおあずかりしております」

興久は黒正がわたした経久の文を無言で読んだ。一読するとじっと考え込んでいる。

たまが手をのばし、興久が文をわたす。

「興久殿……宝とは何か？　家の子郎党也。其を得心したならば、己を裁くべし。……経久」

読み上げたたまはきっとなって、

「何ですかっ！　これは」

「自決せよと仰せか」

やつれ切った興久から出たのは、やけに澄んだ、悟り切ったような声だった。黒正は頬に力を入れ、何かをこらえるように、

「もう……逃げるなと仰せでした。天地《あめつち》の間に、逃げ場はないと。武士ならば……」

「黒正！　無礼でありましょうっ。ここが何処だかわかっておるのか！　妾の兄が城ぞっ」

赤い錦を翻して立ち上がった、たまは扇で黒正を差し、鋭く怒鳴った。黒正は叫んだ。

「最期くらい武士らしゅうせよと仰せにございましたっ！　彦四郎様っ！」

「……あいわかった」

「……殿？」

たまが身震いしながら問いかけると、興久は寂し気に微笑んで、妻に、

「たま……わしは……生まれ変わっても、そなたに、惚れてしまうのかもしれぬなぁ。そしてまた我らは……とんでもないことをなしてしまうのかもしれぬな。いや、それは止めておこう。次こそは、閻魔《えんま》も許さず、我ら二人して阿鼻地獄《あびじごく》に突き落とされるだろう」

肩をすくめて、

「そいつはご免こうむりたい」

「何を……言っているの？」

たまの瞳から一滴の涙がこぼれた。

「黒正、父上に――つたえてくれ」

経久を父と呼んだ興久は面を沈めて黒正に表情を見せず肩を大きくわななかせて、

「彦四郎が……興久が、過まっておりましたっ！」

「たしかに、おつたえいたします」

「まだ戦えます！」

「たま、もうよい」

「この者を斬りすてれば――尼子は大挙して山を越え、この地に攻めかかって参ります。その時、大内殿、毛利殿に援軍をたのみ……」

「もう、よいと言うておろうっ！　兄者や、叔父御や、誠久と、戦いたくない。わしはもう……。同じ出雲の武士ともう戦いたくないのじゃ！」

大喝した興久は茫然としたたまの華奢《きゃしゃ》な肩に手をかけ静かな面差しで、

「――わしは、腹を切る。清久《きよひさ》をたのむぞ」

元服した嫡男、彦四郎あらため清久の行く末をたのんだ。たまははらはらと崩れる。

・

「たのめるか、黒正」

引き攣った笑みを浮かべた興久の手が、首をゆっくりさする。

天文三年八月十日。塩冶興久は備後国甲山城にて──切腹した。介錯は黒正甚兵衛だった。

興久の首がはこばれてくると経久は月山富田城千畳平《せんじょうひら》の広場にて首実検をおこなっている。

首実検の際、大将は──梨子打《なしうち》烏帽子をかぶり鎧に身をつつむ。これに参加する将兵も鎧兜に身をつつみ弓や槍などをたずさえる。合戦が終わっていても、固く鎧う。死者に対する礼とも、敵が首を取り返しにくるのをふせぐためともつたわる。

──四つ目結の陣幕が広々とした台地に張られていた。

経久の床几には、狼皮がしかれていた。経久は狼皮の尻鞘に入った新身国行《あらみくにゆき》を腰に佩《は》き、梨子打烏帽子に黒白沢瀉縅の鎧をまとい、床几に座っていた。

経久の右手に孫の誠久が大身槍をにぎって立っており、左に誠久の弟、敬久が強弓をたずさえて立っていた。いずれも具足をまとった久幸、国久、詮久ら尼子一門は経久の後ろに膝ついており、左右には両牛尾や河副久盛、赤穴久清ら名立たる部将がいずれも具足に身を固め、ずらりと居流れている。

やがて烏帽子、直垂姿の黒正が静々と入ってきた。黒正の手は首台に乗った興久の首を恭しくささげもっていた。

厳しく重たい沈黙が立ち込め――経久が右手を太刀にかけると、誠久は大身槍を、敬久は弓を、首に向かって構える。

黒正は経久からややはなれた所に首台を置いてあらかじめ用意されていた砂を一つまみ首にかけた。砂加持という。

黒正が、言った。

「塩冶興久様にござる」

経久は左目の端で――興久をとらえていた。この時……首を正面から見てはいけない。大将が見るのも目の端だし、奏者、即ち黒正が向けるのもやや横に向けた顔だった。

儀式は、黒正の退出後、経久が扇を振れば終わりなのだが、経久は太刀から手をはなしておもむろに立ち上がっている。首に向かって歩み寄っている。

異例のことに諸将ははっと息を飲むが、御父子でゆるりとご対面をされたいのだろうと思ったのだろう、誰も何も言わぬ。経久が近くに来ると黒正は小刻みにふるえていた。諸将が固唾を呑む中……経久は、鬢《びん》（頭の横）から「塩冶興久之首」と書かれた首札が下がった息子の首を見下ろしていた。やがてひざまずくと静かに手を合わせた。

経久は死んだ息子に向かってゆっくり手をのばし両手で首をまわすように、正面を向けるようにして、もち上げた。

——してはならない行為であった。だが、どうしても興久を正面から見てやりたい。

真っ正面から見た、息子の顔は……やつれ切っていた。頬肉がそぎ落とされ、無精髭が生えている。

……陶が己の子を毒殺したと聞いた時、何とひどい父がいたものよと思うたが……わしも同じことを彦四郎にしてしまった。

陶は主君を守るため、嫡男を毒殺し、経久は多くの家来と領民を守るため、興久を警戒し、争いとなり、最後には討たざるを得なかった。

如何に戦国の世といえども……痛ましすぎた。

……ああ……彦四郎よ、こんなに痩せてしまって。さながな……止めたのだ。そなたを塩冶に行かすなと。

謀聖の双眸から次々光るものがこぼれた。首をもつ手が、激しくふるえる。

……なのにわしは行かせた。あの時、行かせなければ、こうはならなかったのか?

彦四郎――。あんなに小さくて……さぞ寂しく、不安だったろうなぁ。

「あっ……」

経久から、声が迸った。皺深き面貌をふるわし、肩を振動させた経久から、苦しみを掻き毟るような声が、しぼり出された。

「ああっ……ああ……」

刹那、経久は、顔を真っ赤にして歯を苦し気に食いしばり首をもったまま、横に倒れている。一瞬の沈黙の後、

「兄上っ――！」「父上？　父上！」「御屋形様！」「御屋形様……」

無数の足音が殺到している。

経久は陰徳太平記によればこの後、「人心地も付かざりける」……つまり人事不省に陥ったという。その後、昏睡《こんすい》から目覚めた経久は「再び本の如く立つこと能《あた》はず」、つまり二度と歩行出来なかったとするのだが、これは誤りであろう。

何故なら謀聖は……この二年後、七十九歳で、備後安芸に出陣しているからである。

経久を襲った病は脳梗塞かもしれない。

一時は昏睡に陥り生存すら危ぶまれた経久だが、驚異的な恢復《かいふく》を見せた。

歩行の困難にも苦しめられたが杖をつけば歩けるようにもち直したし、体の一部が麻痺《まひ》して馬には乗れなくなったが、輿に乗れば出陣出来た。

――わしの目の黒いうちに元就めを討たねば。子孫どもが、心配じゃ。また安芸武田を救う道筋をつけねば。奈穂をあの辛い城に嫁がせて……。久幸たちに申し訳が立たぬわ。

この一念が常人の想像を絶する再起を可能とした……。

それから二年かけて、反乱で傷ついた出雲を内治でよみがえらせ、天文五年（一五三六）には輿にのり標高一千メートルを超す高峰が立ち並ぶ中国山地を越え、備後山内領に雪崩れ込んでいる。この頃、山内は毛利元就に……従属していた。

死病から驚くべき復活を遂げた謀聖は瞬く間に山内を撃破。

因縁の敵、山内直通を強制隠居させ、自らに近い者を当主とし、落飾していた、たまは、尼寺に押し込めた。そして興久とたまの子、経久にとっては孫である清久は月山富田城におくり――尼子の侍とした。

たまへの怒りは強い。

それでも寺へ押し込めるにとどめている。基本的に、経久は、敵地に入った時、非武装の者を攻撃しないが、たまはある意味、完全武装した武士より危険な女である。

……だが、まがりなりにも興久が愛した女であり、経久の孫、清久から見ると……

母である。しかももはや一兵も動かせない尼僧で尼子家に何か出来るとは到底思えなかった。

経久は山内を平らげた勢いで——毛利を攻める。

塩冶興久の乱に乗じた毛利元就は石見の一部や、備後にまでその手をのばしていた。ますます力をたくわえていた。

経久は精鋭数千を率い、安芸国人衆を率いる元就も、ほぼ同数だった。

何故、経久の兵がここまで少ないか？　経久は今こそ内乱の只中にある旧赤松領——東美作、備前、播磨——、そして備中を取るべき好機と考え、十分やすませた精兵二万を彼の地に雪崩れ込ませているのだ。総大将は若き跡取り、詮久で、副将は国久、そして美作方面軍団長・河副久盛がささえている。彼の地への調略も……万全だ。

謀聖は他の大名の想像を絶する大胆な二正面作戦をおこなっているのだ。

何故、大軍を東にすすませながらの安芸攻めを急いだか？

まずは自身の寿命も気がかりであったし、出雲の狼の老練なる嗅覚は、

——陶は、出てこぬ。鎮西の戦に一区切りつけ、兵をやすませておる。今、攻めるべし。

七十九歳の尼子経久と、四十歳の毛利元就の、二度目の激突。ほぼ同数の対決。

軍配は――謀聖に上がっている。

経久は備後に出てきた元就をたちまちに打ち負かし、安芸に追い返すや、興に乗って果敢に指揮、四つ目結の旗を、安芸に雪崩れ込ませている。

同時に石見でも兵を動かし元就を翻弄、元就が石見で奪った地を根こそぎ取り返した。

元就は、備後、石見の領地を全て、うしない、安芸でも、圧倒され、窮地に陥った。

――大内はこの毛利の危機に動けなかった。

陶は疲れ切った兵をやすませていたし……若き大内義隆は経久の命を受けて石見で蠢動《しゅんどう》する小笠原長隆が気になり、尼子が起こす様々な動きを茫然と見詰めているだけだった。

謀聖がこの時、電撃的に落とした城は……東は備後志和地《しわち》城、西は安芸壬生《みぶ》城など多くの城で、安芸山県《やまがた》郡も全土が四つ目結に席巻され――凄まじい猛威であったとつたわる。

一方、河副久盛は、美作全土を攻略し、詮久、国久率いる大軍は統一された勢力もなくばらばらに抵抗するだけの備中、備前をまるで無人の野を行くが如く……切り取った。

播磨にも尼子に誼通じる武士が次々現れた。

尼子の版図は――空前の規模となった。出雲、隠岐、伯耆、東石見、美作、備前の一部、備中、備後の半ば、北安芸におよび、因幡はその従属国で、播磨にも尼子と音信をかわす武士が噴出し始めている。

山陰山陽十一ヵ国に威令を轟かすことが出来る。経久の武名は遠く、陸奥《むつ》や薩摩の人々にもしきりに轟いたと思われる。

この頃であろう……。

天下の人々は、一度は牢人に沈むも一代で這《は》い上《あ》がり多くの国を盗った、この不屈の老将を……こう呼んだ。

「山陰山陽十一ヵ国の太守」

こうも言われた。

「日本に二人となき大名」

畿内の武士は尼子の上洛を予感して身を竦《すく》め、都の商人、職人は期待をもってまち構えたと思われる。

経久は尼子をこの時点で日本最大最強の大名にした。

だが……経久の長い戦いはここまでであった。

尼子の怒濤の快進撃を前に出雲から振り下ろされた剣を喉に突きつけられた気がし

ていた毛利元就、追い詰められた元就がある朝、起きてみると……安芸の山野を埋め尽くした四つ目結の旗は忽然と消えていた。

同時に、播磨を睨んでいた詮久、国久も、月山富田城に軍勢を翻している。

元就が世鬼一族によって諜知《ちょうち》したところでは経久の病ということだった。

深く胸を撫で下ろした元就だが、何故だろう、心なしか寂し気に、

「尼子殿……貴公ほど恐るべき武士、この元就、今まで見た覚えがない気がする。この先も……見《まみ》えられるか、どうか」

・

安芸の野において再び発作を起こした経久。歩行が、むずかしくなっていた。

そんな経久が月山富田城で臥していると夜、寝所をおとずれた者がある。

燭台の明かりに照らされたその者は灰色の忍び装束をまとい……経久の顔をしていた。

「銀兵衛……悪戯はよしてくれ」

横たわった経久はほろ苦く笑む。

あらゆる者の顔を盗んでしまう異能の乱破も、くすりと笑い、

「今日は、暇乞いに参った」

「……左様か」

「先の安芸の戦で、体がすっかり動かんと思うた。この銀兵衛も……老いた。畑などつくって静かに暮らしたい」

経久は悪戯っぽく、

「お前は尼子の忍びとして実に長く、はたらいてくれたな。……礼を申す」

「お前の忍びになった覚えなどないんだがな。腐れ縁で……そうなってしまった。のう、経久。あと一度だけ――体が動く気がする。大内の部将か、安芸の国人、誰か一人の名を言うてくれい。お主の流儀に反するのだろうが、その者の命取って参る。それが、最後の土産だ。どうだ？」

経久は、言った。

「わしの流儀に反する。闇討ちを仕掛ければ、相手もこちらに闇討ちを仕掛ける……。有為な者の命が突然の凶刃で次々うしなわれ、憎しみの連鎖と、混乱が、つづくだけだ。乱世を終わらすという我が志に反する」

「……言うと思ったよ。では、わしは備後の尼寺の傍で隠棲しよう。あの、たまという女、尼になったが、何かせぬか気がかりでな……。わしが心配することでもないんだが、あの女が何か企てぬか、野良仕事しつつ、見張ってくれよう」

「……そこまでしてくれるのか、笛師銀兵衛」

「お前にはいろいろ楽しませてもらったからな。――さらばだ」

去りかけた不思議な乱破に、山陰の王は、嗄れ声で、

「何か困ったことがあったら、わしか久幸に言えよ」

「何もないと思うぞ。何せ、堂々たる天涯孤独の身ゆえ」

「……それでもだ」

笛師銀兵衛はふっと笑うと――暗がりに、搔き消えた。

巨星落つ

病から一度はもち直して見せた経久だが今度は二度と立ち上がれなくなってしまった。

床からはなれられなくなった経久は翌年、八十歳で家督を詮久にゆずった。

謀聖は、この時、二十四歳の新当主に、

「内のことは全て久幸にたずねよ。兵事については国久に訊け。ただ国久は武はあっても文なきゆえ……僻事《ひがごと》も多かろう。河副美作守の意見もよく聞くように」

また、民と家来を大切にすること、一家和合して親しみ深くすることを、言い聞かせた。

経久の孫、詮久を当主とし、久幸と国久を補佐役とする新体制が、はじまった。

この年、詮久はまた国久をしたがえて大挙して播磨に出兵。

赤松勢力を軽々薙ぎ倒し、播磨一国をほぼ掌中におさめている。

この頃が、尼子の最盛期であったろう。経久も孫の快勝を聞き、病床で微笑んだろう。

だが、天高く上った日もやがて落ちる。最盛期とは……影が差しはじめる時でもある。

月山富田城で留守を守っていた新当主の大叔父、久幸は——敵地での詮久、国久の振る舞いを聞いて、不安を覚えた。

というのも経久は敵地の侍や百姓に、気さくに話しかけ、怖がらせなかった。穏やかに、決して偉ぶらずに話しかけ、初めて経久を見た敵地の侍も……次の日にはすっかり手懐けていた。かといって、媚びを売るのとは違う。人々は次々に経久という男の度量に惹き込まれていった。どんどん、敵を吸い込み……味方をふやしていったのだ。

だが、詮久は敵地の侍に対し、かなり居丈高——つまり傲慢であり、それを補佐しなければならぬ国久は、さすがに経久の薫陶を受けているので、傲慢ではないが、人の扱いが粗野で、ぞんざいだった。

二度の遠征で美作、備中、備前、播磨四ヵ国全土を切りしたがえ五畿内を目前にした詮久は月山富田城にもどっても万能感にひたっていた。

「尼子の力が大内より——勝ったわ」

まるで自分の武略で国を四つ制圧したと思っているようだった。

久幸は、雪のような白髪頭を振り、

……大きな心得違いだ。東にすすむのを成功させたのは、兄上の武略。また兄上やわしがすすめておいた調略のおかげである。さらに、河副久盛、牛尾遠江守ら兄上が鍛えた将や数多の兵……荷駄隊の百姓たち、もう二度と馬に跨り采配を振ることのない兄上を慕う数知れぬ百姓がいつものように大いにはたらいてくれたからである。何故、その沢山の人の力を、詮久様は見ぬ――？　あたらしくしたがえた地も兄上の如く見事に固めたとは言えないぞ。これは御諫めせねば……。

経久と二人三脚、ほとんど分身として尼子を引っ張ってきた久幸は心を込めて諫めた。

だが詮久は守りの戦に秀でた知恵深き大叔父の話に不快になっただけだった。

山陰山陽十一ヵ国に威令を轟かす尼子は、この時点で天下最大最強の大名だった。

その事実と二度の遠征の大成功が――新当主・詮久を天狗《てんぐ》にさせている。

詮久は山海の珍味を並べた酒宴、連歌の会、茶会に耽り出し、詮久とその側近は錦の美服などで着飾りもっぱら御殿で遊びに耽りだした……。

ある日、すっかり皺深く、体も小さくなってしまった夏虫が、久幸に、

「……近頃、いつも浮かぬ顔をされておられますね？」

「御屋形様がな――」

夏虫に滅多に城中のことを話さぬ久幸は言う。御屋形様とは詮久のことだ。

「千貫（約一億円）の小茄子《なすび》なる茶器をかわれた……」

「…………」

「兄上ならばな、千貫あればその千貫でやとえるだけの、謀臣、猛者、忍び……すぐれた家来をやとう。あるいは兵糧の備蓄、堤の普請などにつかったろう」

悔しさが八十近い久幸の顔を険しくしていた。月山富田城の奥深くで病床から動けなくなっている経久、近頃耳も遠くなってきた経久は、恐らくこの話を聞かされていない。毎日のように経久を見舞っている久幸は胸が刺される気がする。夏虫も辛そうに、

「御屋形様は正宗《まさむね》とか安綱《やすつな》の名刀……明珍《みようちん》の鎧なども沢山あつめておられるとか」

「それら大将がもつ名刀が幾振りあっても大内勢はふせげぬ。大内を退けられるのは——足軽がもつ数千本の槍よ。兄上ならば名刀をあつめる銭があったら、足軽の槍を数多揃え、その切れ味を——鋭くする。名刀をかってもそれは家来にあたえて喜ばせるためであった」

叔父であり舅でもある国久からも注意してほしい久幸だったが……国久その人も弱いくせに酒盛り好きだから、詮久の酒宴の多さについて言うと、

『ま……そこはよいんじゃないでしょうか。あれだけの大勝ちの後ですし、酒盛りで侍どもが鼓舞されるというのもありますから……』

などと言うのである。

娘の美緒は、国久より……よほどしっかりしており、祖父の経久を敬愛しているので、詮久に「もっと大殿を見習って、質素倹約につとめなければ。大内にも毛利にも全く油断出来ませんよ」などと言うのだが、深く睦み合っている詮久に、「そなたの中には今、我が子がおるな。そなたは戦のことなど考えず、ゆっくり体をこそいたわってほしいのだ。尼子の守りはわたしがしかとつとめておる」などと言われると、この天文八年（一五三九）詮久の子を身ごもっていた美緒は、あまり強く言えなくなる。

それでも奥御殿の外が気になって夫の振る舞い、領国の治め方などについて尋ねても夫がつけた侍女――昔、詮久の母、政久夫人に仕えていた侍女たち、その娘たちなど――は、

「御屋形様は大殿様の歩まれた道をしっかり歩まれ見事に国を治めておいでですよ」

などとやわらかい防衛線を張って……詮久をかばうのだった。

夏虫は、辛そうな顔で、

「大殿様からお叱りいただければ……」

「……兄上を煩わせたくない……。それは、最後の手だ」

次に発作が起きれば――。久幸は、それを気にしている。

「作州から河副殿が来られておる。同じことを憂えておる。二人して、諫言してみよ

う」

　翌日、月山富田城山中御殿で宿老の久幸、河副久盛は一千貫の茶器について詮久を諫めた。詮久は苛々聞いていたが、やがて傲岸な面差しで、

「大内にそなえねばと申すが……大内では今年、陶入道が卒したばかり」

　大内の大黒柱・陶興房はこの年、病で倒れた。六十五歳だった。

「すぐには兵を動かせまい？」

　久幸は、山陰山陽十一ヵ国を統べる若き当主に、

「しかし陶は置き土産とばかり大友との同盟を成し遂げました」

　尼子の急拡大が、大内を戦慄させ、大友と手をくませた——。

　美作一国の太守となり領民に慕われている白髪の河副久盛、深刻に、

「毛利の跳梁《ちょうりょう》も見過ごせませぬ。経久公に一蹴され……大人しくなっておりましたが近頃、また跳梁跋扈《ばっこ》しお味方の国人などを激しく攻め、急速に蘇っております」

　経久の名が出た時、神経質そうな詮久の顔に、一瞬、険しさが漂う。久幸は見逃さぬ。

　……そうか……我が兄が眩しすぎるのか。だから目を逸らしたい、我が兄が成したことを、己が成したと思い込みたい。

　その誤魔化すような思い込みが……やがて、自分は祖父に負けないくらい偉大だと

いう、自分の中だけの真実につながり、それが危うい驕りにつながった、と久幸は読んだ。

若き詮久は色白の顔、切れ長の目をきっとさせ、

「毛利など――三千ばかりしか兵がおらん。この詮久が山陰山陽十一ヵ国から数万の兵をあつめれば、ものの一両日で滅ぼせるわ！」

「毛利を叩けば大内が出て参ります。大内氏を侮ってはなりませんっ！」

久幸は毅然とした顔で叫ぶも日本一の大名の座を受け継いだ若者は、

「大内が出てきたら面白い。もろともに片付けてやろう」

久幸、河副、同時に、

「――御屋形様！」

「下がれ」

何かが、われる、巨大なものが一気に崩れてゆく音を聞いた気がする尼子久幸だった。

「下がれと仰せですぞ。下野守殿、美作守殿」

左右から冷たく鋭い視線が――久幸と、美作の太守・河副久盛、強い絆でむすばれた老将二人に突き刺さっていた。豪奢な直垂で着飾った若き近臣たちの目だ。

この若侍たちは、一体、何処から出てきたのか？

この者たちは……経久をささえて東奔西走した家来たちの子か孫だった。爛《ただ》れた暮らしにひたり、その日の糧にすら困る百姓や、孤児に見向きもせぬ天下の頂に君臨する武家貴族たち。彼ら彼女らを憎んで経久は旗を挙げた。だが、その旗が翻る地が大きくなるや……尼子家の中からあたらしい武家貴族が生まれていたのである。

左様な若い派閥、そして前々から詮久にこびりついている侍女たちが力をにぎり昔の尼子を知悉する久幸や久盛が次第に押しのけられている。

またこの頃から詮久は……国人に冷たく厳しい態度で当たりはじめた。

……これも兄上とは逆。兄上の頃は……赤穴や新見蔵人など、兄上に惚れぬいている国人が沢山いた。むろん、裏切る国人もおる。だが、赤穴、新見は決して裏切らぬ。そういう国人がいなくなってしまうぞ。

今でこそ国人は尼子が日本最大の大名だから詮久を恐れてしたがっている。

……だが、恐れという絆ほど脆いものはない。恐れなくなれば、砕けるからよ。

——たとえば大内に負けたとしよう。尼子が、弱いと見るや、全ての国人がはなれていってしまうぞ。兄上の頃はそんな辛い時ほど赤穴や新見などがささえてくれたのだ。

悲嘆する久幸の足はいつの間にかしんと冷えた山中御殿の奥に向かっていた。

若松の丸の襖がさっと小姓たちによって開かれる。兄が望んでしつらえさせた襖だった。

入る。

冬の寝所に火鉢が置かれていて、かなり痩せてしまった謀聖は寝床に横たわり昏々と眠っていた。老いた久幸は兄の傍らに座すとうなだれた。

……兄上。尼子が……どんどんおかしな方に流れております。久幸の力不足にござる。兄上から詮久様をたのむと言われたのに……。

と、

「久幸」

経久が——目を開いて久幸を見上げていた。

「何ぞ……辛いことでもあったか？」

このところ久幸がたずねてもずっと寝ていたりする兄が口をきいてくれたのが無性に嬉しく、久幸の面はぱっと輝いている。唇を嚙みしめてから、明るく、

「何も、ござらぬっ」

耳が遠いので声を張った。と、経久は、囁くように、

「………」

「何と言われましたか？」

か細い声で、兄は、

「嘘つき……め。昔……父上に剣の稽古で叱られた時、木の陰で泣いておったろ？　あの時の顔に似ておったぞ。あの木は……まだ、あるか？　何があったか兄に話してみい」

「何も、ござらぬっ」

するると経久の手がぎゅっと久幸の手首を摑む。意外なほど強い力が手首にくわえられる。

「――嘘つくな」

久幸は、話した。何処まで理解しているか不安だったが兄は大略理解したようだった。

「御屋形様を悪く言いたくありませんが、御自身を大きゅう見せようとしておられる」

経久は目をつむったまま、

「――何が足りぬ？」

「自信。真の、自信。兄上に……己を大きゅう見せる必要などなかった」

――貴方が戦場《いくさば》を駆けめぐられる時、軍略をば語られる時、我らいつも……大きなるものを眩しく見上げておりました……。

「自信だけではない」

経久は、深い洞察がにじむ目を開いて、

「信頼が、足りぬ。国人への信頼じゃ。……不憫な子じゃ……。幼くして国人の一本の矢で――父をうしなった。興久も、西出雲の国人であった。国人衆をいつ己を襲うかわからぬ者どもと考えておる。だがそれでは……誰も、ついてこなくなる。……よくぞ、知らせてくれた。この経久から話しておこう」

「兄上のご心配を深めるようなお話をしてしまい申し訳ございません」

経久は、頭を振った。

詮久は経久の前では殊勝な態度を見せたようである。だが、彼とその取り巻きは――久幸が告げ口したと憎み、この一件以降ますます激しく久幸を攻撃している。

天文九年（一五四〇）、天下無双の武田光和が病になり――急死した。

光和には妾腹の子しかいなかったため衝撃に揺らぐ安芸武田から奈穂の早馬が来て、急ぎ新当主を立ててほしいという。当主によって大幅に発言力を削られている宿老、久幸は、安芸武田の親戚・若狭武田から養子を入れることを提案。これはみとめられた。

が……若狭武田から入れた当主は凡庸で安芸の巨獣が去った大穴を埋める力がなかった。

大内義隆、毛利元就の動きが、活性化している——。

早速、新当主・詮久周辺の若い塊から、毛利討伐の大軍を詮久にもよおさせ、祖父に負けぬ手柄を立てさせようという声が、出はじめた。

月山富田城大広間で尼子詮久が開いた評定には二人の宿老、内政担当で八十歳の尼子久幸、兵事担当で四十九歳の尼子国久を始めとする重臣がずらりと並んでいた。

謀聖はこの時、当然、病床にあり、

老病日に随《したが》ひ、重らせ玉ひ、寝食稍《しだいに》衰へ、針灸《しんきゅう》、湯薬の療治も叶ひ難く……。

一命頼み少なく思われる経久に久幸、国久、詮久ら一門、重臣、ほとんど傍をはなれず看病し声をかけている様子であったという。

評定がはじまると山陰山陽十一ヵ国の太守・詮久は何処か危うい……自信を漂わせ、

「毛利を叩き潰すべきかと思う。元就の小勢を考えるに、わし直々に出雲、伯耆、隠岐、石見、美作、播磨、備前、備中、備後、安芸、十ヵ国の大軍三万を引きつれて攻めれば、これを打ち砕くこと嚢中の珠をひろうようなものであろう」

と、合戦をよく知らぬ、若き取り巻きが、勇ましく、

「よろしゅうございますな！　毛利の小勢は三千。大内義隆公……勇気少なき御仁なれば出てこぬでしょう」

この頃、陶の九州遠征で肥前を切り取った大内家は、周防、長門、筑前、豊前、肥前五ヵ国と、西石見、安芸の一部を治めていて尼子の強勢に圧倒されていた。

「毛利を蹴散らせば、大内は――唇亡びて歯寒しの体になり日夜を置かず滅びましょうぞ。さすれば西三十三ヵ国遠からず全て御屋形様のものになるは必定」

「天下も見えて参りますなっ！」

若き近臣たちの勢いある声に押され詮久は微笑む。たしかに、今の尼子は天下にもっとも近いが、その土台をつくったのは……詮久ではない。

「――おまち下さいませ」

尼子下野守久幸は嗄れ声を発した。

「かつて経久公は、御自身が采配を振らぬのならば、石見、備後のどちらかをしかと固めてから毛利討つべし、かく仰せになりました」

謀聖ならば、元就の調略をより鋭い謀で切り返すか、あるいはわざとかかったうえで逆に元就を滅びに誘ったりする。だが、余人では足元をすくわれる。元就なら安芸で張った罠に尼子勢を釘付けにしておいて、毛利攻めの足場、石見、備後の国人を寝返らせ、帰り道を遮断する……などということをやりかねない。故に彼の二国の固めが肝なのだ。

「元就は小勢といえども蜀《しょく》の孔明が如き謀をもつ男。……油断してはなりませぬ」

久幸が話しはじめると詮久は嫌な顔をする。

それでも多くの重臣が見ているので、黙って聞いている。久幸は、言った。

「この久幸に一案――ありまする。まず、某に一万の兵をおあたえあれ。石見に攻め込みます。小笠原、多胡、福屋、佐波《さわ》ら、我が方の国人、豪族を引きつれて、大内方・益田、吉見を討ち、吉見の三本松城に立て籠もり山口を窺いまする。すると大内氏は……いつ本拠を攻められるか知れぬ、左様な疑心暗鬼に陥り、毛利が攻められても動けなくなりまする。また国久に一万の兵をさずけ――備後を取らせます。この両国を固めた後、詮久様は赤穴表に二万の兵で入られ赤穴光清と……」

隠居した赤い驍将、赤穴久清の跡を継いだ、働き盛りの、すぐれた武士である。

「米原綱広《つなひろ》を左右の軍師とし安芸を睨んでいただく。元就が国久を襲おうとしたら、この二万で横腹を突き、元就が我が本国を奇襲せんとしたらこの二万でその額に正面から――斬りつける。元就が動かねば三方から安芸に圧をくわえつつ調略をかける。安芸国人にしてみたら北に詮久様の二万、西に我が一万、東に国久の一万をかかえる形になり申す」

この頃――尼子の動員兵力はゆうに五万を超えていた。

「安芸の大内方国人は耐えかねて次々当家に靡《なび》く。元就は、孤立してゆく。この時に毛利を攻めればいともたやすく……」

「叔父上、それでは二、三年もかかろう？」

太い声が、久幸に浴びせられた。……もう一人の宿老、尼子紀伊守国久だった。

「やはり元就はもっと短期でがつんと叩くべきじゃ！」

……国久……。

国久に横槍を入れられると思っていなかった久幸は、一瞬刺されたような顔になる。国久は詮久の取り巻きに圧迫されている久幸を気遣ってくれるのだが……評定で久幸と真逆のことを言ったりして混乱させる。根回しや、説得をしようとしても、自分が強く思うことは頑としてゆずらない。

その国久は言う。

「元就に父上ほどの謀があるようにも思えぬ。三千ばかりの、小敵。過大に評価するのはよくない。我が方の勢いは十分！　御屋形様が言われるように、大軍で一気に叩くべし」

叔父かつ舅の強い後押しを得た詮久は満悦気な顔になり、

「うむ、実《げ》に、実に」

「――お待ち下さいませ！　ここは経久公に仰せ合せられ、御思慮のほどを聞こし召されるべきかと存じまする」

凜とした芯の通った声は、歴戦の勇将、美作の太守・河副久盛から放たれた。

「それがよいかと思いまする」

久幸も、強く言い、頑健な体をした老将が、

「隠居の分際でまぎれ込んだ評定なれど、この牛尾三河も……やはり経久公が元就に深く用心されていたことが思い出されてなりませぬ。ここはお知恵をおかりするべきかと！」

「この黒正も同じ意見にござる。経久公の御思慮を拝聴したうえで如何様にでもご意見をくわえられたら如何でしょう？　ちなみに某は下野守殿のご意見がよいように思いました」

経久をささえ……幾度もの戦いを潜り抜けてきた老将たちが久幸、久盛の側に、立った。

「……あいわかった。下野守、紀伊守、共に先君の許に行ってくれるな？」

当主は言う他なかった。


若松の丸の襖が——小姓の手で、すっと開かれている。

詮久は下野守久幸、紀伊守国久、二宿老をつれて経久が横たわる寝所に入ると傍らにひざまずき、評定の顚末について話した。

この時、尼子を一代で西国の覇者に押し上げた男は、八十三歳であった。

経久は、途中、長い間、目をつむっていたが、やがて薄らと目を開けて聞いていた。近頃、兄の聴力はかなり落ちており……意思の疎通が困難な場合が多い。久幸の中にうっすらした不安が漂う。

経久の口が——開く。雲陽軍実記によれば経久は苦し気にこう言った。

「——義勝《よしかつ》（久幸）が軍配我が心に能《よ》く合へり。小勢成《なり》とて、元就を侮る事なかれ」

「ははっ」

急に素直になる、あるいは素直さをよそおう詮久を——厳しく見据えた謀聖から、強い気が、放たれる。往時を彷彿とさせる気が。謀聖はがくがくふるえながら身を起こそうとする。久幸が介添えすると半身を起こした経久、孫を睨んだまま苦し気だが確固たる声で、

「……よいか詮久。わしと久幸はな、兄弟心身を労し、硬く凍える雪の夜も、奥出雲の山野ですごし、燃えるような夏の空の下、甲冑に身をつつみ汗にまみれながら長き道を往来し——大敵と戦って参ったのだ。

兄弟同功。されど、わしが大将、久幸が副将なのは、わしが数年早く生まれただけのこと……。久幸が大将になっても何ら不思議ではなかった。政久、阿用に没した後、わしは……久幸にゆずろうとしたが、幼くとも政久の嫡子ゆえ、是非汝《なんじ》に相続さ

せよと、わしをはげまし、諫めたのは他ならぬ久幸ぞ。

……汝、この恩を、ゆめ忘却するなよ」

「……はっ」

「興久は逆心をいだき当家を取ろうとしたゆえ滅んだ。国久は興久の兄だが、この者に異心はない。粗野だが、正直者である。久幸にくわえ国久も大切にするように。心得たか？」

「得心しましたっ」

だが、退出するや急に冷ややかな気を放った詮久は、やはり毛利を直撃すると宣言。先君のお言葉にしたがうべきと、姪孫《てっそん》を叱り、あくまでも手堅い戦法を取るようにすすめる久幸に——詮久の取り巻きたちは「臆病野州」という筆舌に尽くし難いほど酷いあだ名をつけて盛んに攻撃した。

その攻撃をしているのは……久幸から見たら孫、曾孫世代の、尼子の昔の戦を何も知らぬ、美服をまとった、苦労知らずの侍たちなのである。たしかに守りの戦、内政に力を発揮してきた久幸は攻めと謀の経久にくらべて華々しい武功は少ない。だが、この人が……後ろ、伯耆や富田を堅守してこその経久の働きだった。それすらも見えぬ者どもの攻撃なのだ。

また国久は……経久の言葉に詮久がしたがわなかったのには鼻白んでいたが、自分の意見が採用されたので、あまり強く、婿である甥を、叱らぬのだった。

山中御殿を退出、夜の郭を歩く久幸は悲し気に月山の上、満天の星をあおぐ。

ふと馬木の炭焼き小屋から半町ほどはなれた所にあった、山林を切り倒して出来た草地から見た、星空が思い出されている。夏虫に恋する久幸をつつんでくれた星夜だった。

……臆病野州か……。

久幸に同情する声も、家中に多い。だが権力をにぎるのが詮久の取り巻き連中なので左様な声が押し潰されていた。

……いつの間にか、小粒な侍が多くなったものよ。もっと心得のある清々しき武士は……おらぬのか？　おるのだろうな。だがあの星空を美しいと思うて息を飲む者と、心動かされずに行きすぎる者がおるように、詮久様の目に……その清々しき者が入らぬのだ。

久幸の諫言空《むな》しく尼子詮久は分国から三万の大軍をもよおし――元就を力攻めすると決めた。久幸案と違って大内を動けなくする策もなく、ひたすら力で潰すという戦略である。

まず六月、小手調べとばかりに国久が三千の兵を率いて備後から安芸にすすむも……深山に隠れた毛利の伏兵、岩山の上に張りめぐらされた元就の罠——岩を落とす罠、木を落とす罠などにかかり、あえなく撃退されている。

本隊三万の出立は、八月十日とさだめられた。

その前日、八十歳の尼子久幸は——鎧兜に身を固め、月山富田城山中御殿、経久の寝所をたずねている。あの後、謀聖は誰とも言葉をかわせなくなった。経久は一日の大半を眠りの中で漂うようになっていた。

あれは、この稀代の風雲児の最後の気力がしぼり出した言葉だったのである……。

眠れる謀聖の傍らにひざまずいた久幸は、

「兄上、どうも、此度は駄目ですなぁ。久幸——今生のお別れに参った次第にございます」

経久は——答えてくれない。ただ、眠りつづけている。

うつむいた久幸から数滴の涙が畳に落ちた。

これを見た、経久の傍にいた心ある人々で涙せぬ者はいなかった。

「久幸ももう過分の年寄りにございますゆえ命散らす儀を全く惜しむつもりはあらねども……分国が乱れてゆくのが、ひたすら悲しいのでございます。兄上が創り上げたものが崩れてゆくのが——悔しいのでござる」

唇を噛みしめた久幸は眠れる兄を深い愛情が籠もった目で眺め、

「詮久は、驕り、短慮がひどく、いくら諫めても承引ございませぬ。当家は一度、滅亡の淵《ふち》に瀕し、我ら兄弟、郎党二人で、馬木の里に潜みました。鉄が生まれる山に隠れました。あそこで鍛えられたからでしょうか……？　兄上は再び旗を挙げ、武略、知略をめぐらし、十一ヵ国の太守と呼ばれるまでになりました。その功業が……あの者どもの手で……泥の中にすてられることだけが、悔しいのです！」

長いこと黙って経久の顔を見てその手を取って穏やかな顔になると、一人別れの盃を口にし、深く一礼して、立ち上がり、

「兄上……今までかたじけのうございました。これでお別れです」

——八月十日出立した尼子勢三万は、総大将・尼子詮久、副将・尼子久幸、尼子国久、国久の子息三名、牛尾三河守、牛尾遠江守、河副久盛、山中一党、三沢為幸、三刀屋蔵人《くらんど》、赤穴光清、黒正甚兵衛など、尼子の本軍というべき出雲、伯耆、美作勢、あるいは隠岐守護代・隠岐宗清といった隠岐兵、小笠原など石見国人、庄《しょう》などの備中国人や、宮、三吉ら備後国人など山陰山陽十ヵ国からあつまった錚々たる顔触れだった。

また、鬼吉川の当主・吉川興経は元就と手切れして先鋒をつとめている。

詮久は、武勇勝れる牛尾遠江守に、

「そなた、二千を率いて佐東銀山城に入り——安芸武田を助けよ」

こちらの注意を引きつけようと、大内の一打が武田を襲うやもしれぬ。凡庸な新当主と奈穂が守る佐東銀山城の助太刀として牛尾が南下している。かくして二万八千となった尼子方は九月四日、毛利の本城・吉田郡山城の北、風越山《かざこしやま》に陣取った。

対する毛利勢は三千にもとどかず……二千四百人。

もちろん籠城した元就、近隣の百姓、商人などに、皆、妻子をともなって籠城するように言っており、民衆もふくめた城内の人数は八千人だった。

吉田郡山城というのは山城であり、一つの山を城としたものである。

この山の中に八千人が潜んだわけだが、ほとんどが非戦闘員で、戦える者の数は尼子の十分の一以下だった。大内方の安芸国人のほとんどが尼子を恐れて城に閉じ籠もり、固唾を呑んで、成り行きを見守っていた。はっきり毛利方と公言したのは元就の娘が嫁いだ宍戸家と、竹原《たけはら》小早川家くらいだった。

さて詮久と元就の将器をくらべるにこの戦いかなり苦しくなると覚悟を固めている久幸だが、きたからには尼子を勝たせるつもりだった。勝ったうえで——長いこと安芸で荒武者どもをたばねて孤軍奮闘してきた奈穂をねぎらいにゆきたかった。

そんな久幸は——三つの懸念をもっている。

一つは、大内の援軍。大内より大きくなった尼子を警戒、まだ出てこないが、侮っていい大名ではない。

二つには、兵糧の補給。中国山地を越えてきているのでやはり難がある。

さらに経久時代は多くの武士が質素倹約につとめていたので、おのおのの部将の兵糧の備蓄が沢山あり物資が実に豊かであった。

ところが……詮久時代になると、美服や、詮久が凝っている茶会にもってゆく茶道具、名刀、美しい屏風などの宝、連日の遊女遊びなどに銭を費やして……肝心の兵糧の備蓄がおろそかになっている武士がふえていた。

さすがに、牛尾三河守、河副久盛、黒正など古い武士はしっかりしていたが……この三万の兵はしっかりしていない者を多分にふくむため、全体の物資の総量は、へる。

経久の時よりも兵糧や矢の集まりが悪いなと久幸は見るのである。

また、年貢の重さは経久時代と変わらなかったが……荷駄隊としてはたらく庶人の目の輝き、動きが、かつてより鈍い。地味な問題ではあるが実はこの問題の方が大内の援軍より大きな問題ではないかと久幸は考えている。

三つ目が……国人衆の真意。久幸が見るに詮久、国久がしたがえた備前衆、播磨衆などの心服の深さはかなり疑わしい。

……古参の国人の当家への忠節、親愛も……へってきている気がする。

原因は詮久の尖った冷たい態度だろう。

詮久は国人に軽んじられたくないのだろうが、これが——国人との関係を傷つけていた。

……そんなことはないのだろうが仮に三沢、三刀屋をふくむ全国人が一気に敵に寝返ったとすると、我が方の半分くらいが敵方になるぞ……。国人にも、いろいろおる。義理固い者、欲深い者、生き残るので精一杯な者、後ろの二つは……弱いと見れば、さーっと強い方に走ってゆく。

——これら全てを考えるに、速戦即決、しかないですな？　兄上。

この戦に出られない出雲の兄に語りかけ、その孫に、

「ことここにいたっては一日も早く城を落とすのが肝要。速戦即決。これにかぎります」

出陣前ほどの自信が感じられない若き当主、詮久、悩まし気に、

「……どうすればよいと？」

「——総攻めの御命令をお出し下され。元就相手にこの場で考えた急場凌《しの》ぎの調略など、一切通用しませぬ。総攻めしかない。御決断を」

だが、詮久も取り巻き連中も、硬く黙り込み、その決断は……つかなかった。

——失敗を恐れておられるのか……？

何と、臆病野州と罵られていた久幸が、戦場では、もっとも積極的な策を口にし、戦いの前に勇ましいことを言っていた人々が、戦場につくなり消極的になってしまったのだ。

総大将から総攻撃の命令が出ない。

では、どうするか？　尼子方は数百とか、数千で、城の近くまで行き、城から出てこい、などと罵り、挑発する。あるいは空き家となった民屋に火付けする。消火や、放火を阻むために、敵が城から出てくるのをまつ。これくらいしかすることがなくなった。

元就の戦の運び方は――巧みであった。

たとえば元就は尼子の挑発にびくともせず、固く兵を閉じ籠もらせ、尼子方が引き上げてゆく頃合いで――稲妻の如き奇兵を城門からくり出し、後ろを鋭く刺して、すっと退く、こういう攻撃をくり出した。

またある時は元就は竹藪などに伏兵を据え、挑発に出てくる尼子勢を突然叩いて痛撃をあたえるなどした。

さらに、わざと小競り合いで負けて――さっと逃げ、尼子の挑発部隊が追ってきたところで、いきなり罠にはめ、斬り伏せる、など様々な手で尼子の大軍を翻弄している。

謀聖・尼子経久を畏敬しつつも敵意をいだき、したがいつつもはなれ、長きにわたって戦ってきた元就。経久から調略と軍略の養分を多分に吸い取った安芸の謀将は、謀聖の孫を苦しめていた——。

九月下旬、吉田郡山城内に入った間者が、

「元就は、我らの本陣が、風越山から三塚山《みつかやま》に動くと大層厳しいと度々もらしております」

老練なる久幸は、すかさず、

「……怪しゅうございますな……。三塚山は——吉田郡山城の、南。大内の援軍が参るなら南からくるゆえ、我が方は北の元就と南の大内勢に挟み撃ちされます。敵城の北、山陰に退きやすいこの山を動くべきではないでしょう。恐らく元就は……当家の間者が傍におるのを見越して真意とは逆のことを言うたのでありますまいか？」

久幸を——臆病野州と軽んじている詮久は、首をかしげ、

「叔父御はどう思われる？」

意見をもとめられたもう一人の宿老、国久は厳つい赤ら顔をしかめてしばし熟慮し、

「三塚山に動いても面白いかもしれませんな。元就がそう申しておるんなら」

牛尾三河守も……、

「たしかにここからですと敵城が遠い。三塚山辺りに動いた方が……敵城が近まり、我が方の威容で敵の士気を大幅に削れるかもしれませぬぞ」

「祖父尊公は兵事は紀伊守に訊ねよと言われた。牛尾も同意見なら、それがよかろう。陣を動かすぞ」

詮久の決断だった。

この場にいなかった河副久盛は久幸の所に飛んできて、厳しい顔で、

「下野守殿……貴公がおられながら何ゆえ三塚山への陣替えをみとめられた？」

「……お止めしたが聞き入れられなかった」

「――死地に引きずり込まれますぞ」

河副は青褪め、白髪頭を振り、止めに走るが……本陣はうつされた。

かくして尼子勢二万八千は風越山から三塚山と青山《あおやま》の間辺りに陣を動かしている。

……きっと、罠なのだ。そうなのだろ元就？

尼子方最長老・久幸はあらたなる本陣から、吉田郡山城を睨む。二千四百の兵と立て籠もる元就を思い浮かべながら睨む。

さて……毛利方・竹原小早川の小勢五百が、勇気を振りしぼって三万近い尼子勢がいるこの地に、元就を助けるために、出てきた――。

「小癪な小早川め！　ひょこひょこと出てきおって。揉み潰してやれぃ！」

尼子詮久、切るような声で命じ、牛尾三河守が、

「我が孫をつかわして下され。豪の者ゆえきっとお役に立ちまする！」

尼子方・湯原宗綱《ゆはらむねつな》が千五百を率い——小早川を討ちに行く。

湯原宗綱は牛尾遠江守の子であるが遠江守の生まれた湯原家に跡取りがいなかったのだろう。佐陀水海の畔、水郷を治める湯原の家をついでいたのだ。

ところがこの時、大内の先発援軍——周防からきた精鋭千五百——が、急行。小早川にくわわり湯原が討ちに行った敵は予想を超えて多くなっていた。元就の攪乱の連続的成功で小さな負けがつみ重なっているからか、圧倒的大軍なのに全てが上手くいかない、尼子方なのだ。もっともっと深い理由を探るなら尼子の苦戦は……この家を長いこと率いてきて、今、月山富田城の奥深くで床についている一人の武人の不在に因るものだった。

謀聖が抜けた穴はかくも大きく深いのである……。

さて、予想を超えて多くなっていた小早川に湯原は苦戦。これを城から見ていた元就がすかさず奇兵をくり出し挟み撃ちにしたため、湯原宗綱は崩れ、新本陣に退かんとした。

時は夕暮れ。湯原は田んぼにはさまれた細道を馬で駆けていたが何ぶん不案内の地

である。誤って馬ごと——深田に乗り入れてしまった。

深田とはこの頃、日本各地にあった深い泥田で、大人が首辺りまで沈んだりする。

あるいは深い沼同然になっていて並の稲よりずっと背が高い赤米を、種蒔《たねま》きしたりする田だ。

木曽義仲も——これに、殺された。

今、湯原の馬はやっと頭を出すばかりくらいに沈み己の太腿も泥に巻き込まれている。

この夕暮れの深田に毛利兵が殺到した——。焦りと悲しみに駆られた湯原は、

「尼子家家臣・湯原宗綱と申す！　敵に心あるお人がおられるならば……頼みが、ござるっ！　わしが首にかけし諏訪《すわ》様のお守りを佐東銀山城におる父、牛尾遠江守にとどけていただきたいっ！」

「……毛利の兵、山縣《やまがたや》弥三郎《さぶろう》。たしかに心得ました！」

湯原宗綱は——山縣弥三郎に斬られた。

「こんなことなら……孫でなくわしが行けばよかった！　あたら、若い者をっ——」

四つ目結が翻る本陣で頑丈な体をわななかせむせび泣く牛尾三河守だった。

これを深い悲しみをもって見詰めていた久幸はもう何度もくり返してきた提案をす

る。

「当地に入って二十三日……。このような小さな負けをくり返していては全軍の士気が日々削られてゆきます」

詮久も、毛利如き小敵すぐ揉み潰せると息巻いていた華美な鎧兜に身を固めた若い取り巻きたちも、一様に押し黙っている。

「大内の大軍が来る前に城を落とさねば、勝機はござらぬ。敵は二千四百。我が方、二万数千。どうか――総攻めをお命じ下され」

「下野守殿の仰せの通り、総攻めを御決断下され、御屋形様！」

美作の太守・河副久盛が言い、国久もうなずくも――総大将・詮久は険しい顔で押し黙るだけだった。久幸は徒労感に打ちのめされながらも、冷ややかな妖光を双眼に灯し、

「総攻めをお命じにならぬなら卑怯な策ですが、一つの手しかござらぬ」

「何だ？」

「元就の娘が――宍戸の五龍《ごりゅう》城に嫁いでおりまする。数千の兵をくり出し、この五龍城を落とし、元就の娘を、人質にとる。これで元就を脅し――開城させる」

「それは……経久公の戦い方と違う」

久幸の歯が――がっと、噛み合わされる。兄の言葉を破って、十分な手を打たず、

この地に押し寄せながら、今、兄をもち出した詮久への憤りが込み上げたのだ。

「詮久様、此度の御発向、この久幸が富田で幾度も幾度も御諫めしたにもかかわらず某を臆病などと謗《そし》り、全くご承引ありませんでしたな。今日の敵のあり様、勇も智も味方に倍しておりますぞ！　これで大内が来たらどうされるおつもりか？」

久幸は険しい顔で、叱った。一気に斧鉞《ふえつ》を振るうか、敵がもっとも手をつけてほしくないところに手をのばすか、どちらかしかない。

だが、答は無い。長い沈黙の後、久幸は、ぽつりと、

「……天道、満《み》てるを欠く」

久幸が立ち上がり、陣屋を出ると、河副久盛も、後を追っている。

「少し歩こう」

久幸は言った。

夜である。二人は足軽の焚火《たきび》と焚火の間を人気がない所まで歩き、秋の星空を仰いだ。流れ星が流れた。久幸は山陰にまでつづくであろう星空を仰ぎながら悔し気な声を出す。

「——負ける。此度の戦……負けるぞ。河副殿」

「……如何にも……」

「天下無双の尼子家が……これほどの大軍を擁しながら、たかだか二千余りの小勢に

負けてしまうっ」

——申し訳ありません。兄上。

経久だけではない。清貞に晴《はる》。亀井の爺に河副の爺。真木弾正に真木上野介。ゴンタ。

軍師・山中勘兵衛。鉢屋弥三郎。

さなに政久。香阿弥。若林伯耆守。そして、反乱軍にくわわるも、弓引く前に経久の許をおとずれたという亀井新次郎利綱。

これまで経久、久幸兄弟を見守ってくれた尼子家の人々、散っていった重臣たち、今はもういない人たちが一斉に思い出され、涙が、久幸の皺深き頬を流れた。

「何が原因なのでしょう?」

河副が言う。久幸は、こう言ったという。

「経久堅固に御坐《おわ》しし時は、萬《よろず》の国政正路《しょうろ》にて、殊に倹約を専らとし給ひしかば、諸士とも富饒《ふじょう》に候ひき(経久が丈夫であった頃は、全ての国政が正しくまわり、ことに倹約を心がけたので、諸侍には真の豊かさがあった)」

久幸は、つづける。

「これはさすがに美緒様が止めたというが……詮久公の周辺は唇《くちびる》膾《なます》などと申し、酒宴の折、鯛《たい》の唇だけを食べて他の身をすてていたという。大明渡りの錦の衣を着た者

ども が、鯛の唇だけ食って他をすてる……」

久幸は悲し気に、

「これが――真の豊かさと言えようか？　詮なきことに金銀をなげうつゆえ、美々しき蒔絵の鞍はあれども、それを乗せるべき、逞しい馬がおらぬ。仲間内の茶会にもってゆく高価な茶道具のために百人おった家人を五十人にへらしたゆえ、いざという時の兵が足りぬ。

唇膾のおかげで――兵糧蔵の米がへる。挙句の果ては街道の手入れや堤の修復が疎《おろそ》かになっておる。手ひどき回禄の沙汰（火事）が山で起きたら？　大水が襲いかかってきたら？　水火村民におよぶこと、これ必定ではないか」

「……まさに……」

「この乱世における真の豊かさとは……沢山のすぐれた家来が守りを堅め、人々が安らかに暮らし、蔵には兵糧がうずたかくつまれ、いざという時の馬が厩《うまや》にずらりと並んでおることよ。……人馬が疾風《かぜ》の如く駆ける街道も、手抜かりなくもうけられておることよ」

経久の時代は、そのようなところが抜かりなかった。

「これは泰平の世でも大切なこと。唐の賢帝は錦を焼いて、朝廷を引きしめたというではないか」

ぎゅっと拳をにぎりしめた久幸から、悔し気な声が――しぼり出された。

「ものを大切にして、人を大切にしてこなかったから、形ばかり重んじ、心をおろそかにしたから、たかだか数年で見る見る衰えた。我らは今――必敗の道を歩んでおる」

陰徳太平記によると、二人はその後、酒を飲んだようである。

其後《そのご》は風花雪月の談に遷《うつ》り、一献の興を催せり。(その後は四季折々の花や景色のことを談じ、一献の酒を共にした)

と、書かれている。

十月十一日、安芸に来て一月強……総攻撃の命令がいまだ出ぬ中、痺れを切らした国久が三人の息子をつれ、子飼いの伯耆勢、さらに幾人かの国人に声をかけ、総攻めではないが一万の大軍を出して城を攻めようとした。

すると元就は……意外な行動に、出た。

「何……？　元就が出てきた？　たった千の兵で？」

喜びが、国久の厳つい顔をほころばせる。

「自ら死にに出てくるとは殊勝ではないか元就っ。かかれい、討ち取れぇ！」

と、弓の名手で思慮深い三男、敬久が、

「父上。――此は元就の罠を疑うべき局面では？」

「何を知ったようなことを、罠があったとしてあれしきの小勢で何ほどのことが出来よう」

大柄で獰猛な目付きをした長兄、誠久も雷のような声で、弟に、

「そうじゃぞ敬久！　罠を、臆病の隠れ蓑にしてはならぬ」

「この敬久を臆病とな？　それを、下司《げす》の勘繰りと申す。言っていいことと悪いことが」

「二人とも兄弟喧嘩《げんか》は止めい。国人衆が見ておるっ。突っ込むぞ！」

大身槍をもった国久の号令一下、国久父子に率いられた尼子の最精鋭・新宮党が咆哮を上げて突出、諸国の国人衆もつづく。武の国久が――一万を率い、智の元就率いるいかにもか細げな千人に突っ込んだ。四つ目結と、毛利の一文字に三つ星がぶつかり合う。

と、元就が――すっと采配を振った。

すると、どうだろう。国久から見て左右にある藪から毛利の伏兵、五百と二百が現れ両脇の下を刺すような形で尼子の一万に突きかかった。国久は小勢と見切ったが兵は違う。人数不明の敵に左右から襲われた心地が、して、混乱に陥る。とくにいま一

つ詮久に懐いておらず、この一ヵ月の対陣で士気が下がっていた国人衆が逃げはじめた。

国人衆が崩れたことで新宮党も色めき立っている。大身槍を振るって奮戦していた国久、誠久も、収拾がつかなくなった。

「小癪な毛利のからくりよ。仕方ない、一旦退け！」

国久が大軍を翻す。

すると元就は……たった千七百の兵で、国久の大軍をひたひたと、追いかけてきた。

何と元就は二万数千の兵がいる尼子の本陣近くまで、きた——。

予想を裏切りつづける元就の動きに、

「——おのれ、元就！　我らを愚弄するかっ」

と、怒る兵もいるし、たった千七百で国久の大軍を押し返した元就を……恐れはじめている者もいる。この時、尼子本陣を守る者で猛然と毛利に突っ込んだ驍将がいる。

奥出雲の鉄の王・三沢為幸。

二度経久に背いて切腹させられた兄と違い、経久を慕い、尼子のためにはたらきつづけてきた部将だ。三間半の長槍の使い手だ。雲陽軍実記によれば為幸はこの時、仁多郡鉢屋十阿弥に黒皮縅《くろかわおどし》の鎧を着せて己の前後左右にずらりと並ばせたという。

――三沢に仕える鉢屋衆の頂点に君臨する、十人の、凄腕《すごうで》の術者である。

この十阿弥はかつて経久が戦った頃の十阿弥から世代交代していたと思われる。

三沢為幸、十人の歴戦の忍びに、

「狙うは――元就の首のみっ！　前《さき》の御屋形様なら……そう下知される。参るぞ！」

三沢の突撃は……さすがに凄まじかった。

為幸は騎馬武者を率い、自ら長槍を振るって毛利兵を突き倒し、十人の鉢屋流の錚々にも元就だけを狙わせた。が、元就の周りも当然、忍者の奇襲を厳戒して、世鬼一族が固めている。武士と武士、忍びと忍びがぶつかり合う。三沢為幸は一人で元就の旗本、十三人を討ち取ったところで、毛利の矢が七本当たり、さすがにひるんだ瞬間、切れ味鋭い足軽の槍が幾本も首や胸を貫き――こと切れた。

十阿弥も悉く討たれ、奥出雲の鉄の王が率いた軍勢は総崩れとなった――。

左右にいた尼子勢が毛利勢を摑み、潰そうとするが、その手をさっと逃れて――城に退き固く門を閉じてしまう元就だった。

本陣を守っていた久幸は安芸の謀将の山城を睨んでいる。鎧の重さが、老身にこたえる。

……何故、元就が……わずかな兵で我が本陣を襲ったか。――大内に見せるためよ。

大内は前より大きくなった尼子の当主が経久並みの名将であったら如何しようと固唾を呑んで山口から注視していた。毛利を助けねばと思いつつ迂闊に動けなかった。

……だが、元就は、見せた。大丈夫だと。来るぞっ——。大内が……。兄上……安芸に貴方と同じくらい恐ろしい謀将が出てしまいましたわ。

元就は——尼子が雪崩れ込んでからずっと、大内義隆に助けをもとめていたが大黒柱——陶興房をうしなった大内家は動かなかった。しかし、元就が二千足らずで一万の国久を押し返したと聞いた山口の大内館では、

「……何じゃ、詮久に、経久ほどの将器はないな」「昔の尼子ほど強くないぞ」

という声が強まり遂に安芸の元就に大規模な援軍を出すと決めた。

十一月二十六日、山陰の大軍にかこまれた元就を救うべく防長豊筑四ヵ国の大軍一万余りが山口を出立している。

率いるは——陶隆房。弱冠二十歳。

陶興房の次男であり美しくも勇ましい若大将で、これが、初陣であった。陶興房の薫陶を受けた大薙刀の使い手・宮川房長、策士・江良房栄《えらふさひで》らが隆房をささえる。

十二月三日、安芸の山野に大内菱の旗がずらりと立てられ——吉田郡山城は歓喜し、北安芸の寒風に唇を青褪めさせていた、尼子勢二万数千は意気消沈した。

総大将・尼子詮久にしてみると……力攻めの失敗を恐れて動けぬまま、大内の大軍が来てしまったのでますます力攻め出来なくなった。かといって自分が命じた戦争なので戦果を挙げぬまま退却を命じられない。だから、結果として三ヵ月間もここにいつづけ、ただ兵糧を消費し、領国に負担をかけつづける結果になっている。

完全に機を逸したのである。

中国山地が両軍の上に雪を降らしはじめる。

年が明け、一面の雪野原、雪山となった安芸ではまだ、冷たい睨み合いがつづいていた。

天文十年（一五四一）正月十一日、大内が、動いた。陶隆房率いる一万以上の大内勢はこれまで吉田郡山城を正面にした時、尼子方から見て右手にある山に陣取っていたが、さっと陣払いし——尼子方から見て左前方、吉田郡山城の左に見える天神山《てんじんやま》に動いた。

より城に近づき毛利を固く守る意をしめした。

新手——大内勢の動きを睨んでいた久幸は、兵が疲れておらず、士気も高いと見る。

一方、味方の足軽を見れば顔色がどんよりしていて目に活力がない。

これはいけない、経久ならどうしたろうと久幸は思い、温かい言葉で足軽、雑兵を励ます。だが、総大将にその意志が無いため……久幸一人では限度がある。

久幸は雪をぱらつかせてくる重たい雲を眺めながら、

——どうすればよろしいですか？

《退け》

謀聖の声が、胸にこだました気がした。

月山富田城で明日の命も知れず、寝所からはなれられない経久が、この苦戦の様相を知っているとは思えぬ……。だが、久幸は自分が兄を思っているのと同じくらい、兄も自分たちを案じている、だから気持ちが通じ合ったのだと思いたかった。

……詮久様は戦果を一つでも挙げねば退けぬとお思いです。これも、わかる。何の戦果もないまま退けばどうなりましょう？　国人衆は一気に大内方に走ってしまう。大負けしても、戦果なく退いても——どちらにしろ地獄という様相になりつつありまする。

《味方の士気は——低い。元就は必ず、奇襲して参る。そこに罠をもうけ、精鋭により一太刀浴びせ、これを一応の戦果とする。二つ目が雪に乗じて一気に退く。毛利、大内は、必ずや追って参る。この時、雪山に伏兵を隠し散々打ち破って戦果とする。場合によったら元就と陶の若造を討てるかもしれぬ》

謀聖なら——こう言う気が、した。

それは久幸が考えたことなのだろうが、あたかも兄の声が聞こえたように感じたのだ。

久幸は、亀井秀綱と秘かに会い、今の構想をつたえ、

「わしの意見を聞いて下さらぬ。お主の口から今申したようなことを、御屋形様に進言してくれぬか？」

秀才というべき秀綱は——詮久の覚えめでたいが、詮久の若い側近集団とは距離があり、久幸の教えをしばしば乞いに来ていた。

「……わかりました。下野守様、某、一つ策を考えたのですが……毛利が次に奇襲してくるとして、全軍で、勝負を決めに来る気がいたします。この時、吉田郡山城はがら空きになるはず。それを乗っ取ってしまうのはどうでしょう？」

久幸、亀井秀綱の目が、同時に光っている。

「——面白い。いかにも、兄上好みの策である。左様な時はそれもすすめてみい」

正月十三日、払暁——まだ明けやらぬ中、

「毛利が朝駆けを仕掛けて参りました！」

久幸は白い息を吐きながら歳を感じさせぬ手際で緋縅の鎧をまとい、赤い鉢巻きをしめ雪上に菰《こも》をしいた道を歩み、総大将の陣屋に向かう。元就は尼子の本営から見て北——川をはさんだ宮崎長尾《みやざきながお》の陣におよそ二千四百の兵で突っ込んでいるという。

が……吉田郡山城には槍をもった人影が夥しく並び、旗も盛んに翻っているという。

……二千数百？　ほぼ全軍ではないか？　というと……城はがら空きか？


久幸が本陣に行くと諸将がそろっていた。

凍るような陣屋の中、部将の一人が、白い息を添えて、言う。

「宮崎長尾は三段備えにござるが元就率いる奇兵二千数百は早くも第一陣・高尾《たかお》豊前《ぶぜんの》守《かみ》殿の二千を、突き破りました！」

士気の違いが矛先の鋭さに出ている。

「さらに元就、息もつかせず第二陣、黒正甚兵衛殿の千五百に襲いかかり黒正殿は……早くも押されております」

「まずは、宮崎長尾に一手つかわそう」

詮久は、言った。思い詰めたような固い表情だった。亀井秀綱が言う。

「御屋形様、宮崎長尾の助太刀も大切ですが二千数百で攻めておるなら城はがら空きのはず。——大挙して城を攻め、取ってしまうのは、如何でしょう？」

「それがな亀井……どうも吉田郡山城には夥しい兵の影が立ち並んでおるとか。大内勢が入っておるのやもしれぬ」

と、河副久盛が、

「某の鉢屋者が先ほど物見からもどったのですが、その人影というのは……城中の腰元、下女、水汲《みずく》み童に薪取りの翁、さらに百姓に竹槍《たけやり》もたせて並ばせたもののようにござるぞ」

「何？　それでは今——吉田郡山城をガツンと叩けば取れるではないかっ」

国久が生き生きと言うも、詮久は神経質そうに眉をふるわし唇を噛みながら、

「いや、それこそ元就の罠かもしれん。後ろに精鋭がおるのやもしれぬ。また、天神山の大内勢一万余りを忘れてはなるまい」

亀井秀綱は、詮久に、

「それならば——この本陣の第一段目をいかにも毛利に怖気付《おじけづ》いておるように見せかけます。第二陣に、精鋭たる新宮党の方々を伏せ、元就がこちらにも攻めてくるようなら覆滅し、元就が城に引き上げるようなら一気に背中に一太刀浴びせ、元就の首を狙う。元就さえ討てば大内の大軍も戦意をうしない国元に退くかと思われます」

「よいな。それでいこう」

詮久は同意する。久幸の案が、秀綱の口をかりて、通った。

降りはじめた雪の中、諸将が動き新宮党が元就を迎撃する構えを取ると、

「黒正隊、元就に切り散らされ——四散しております！　黒正殿の消息はわかりませぬ」

「宮崎長尾の三段目・吉川興経殿、毛利勢と激しく斬りむすび、押し返しております！」

鬼吉川の当主・吉川興経は吉川経基の曾孫であり、荒武者だった。

吉川勢の剛勇もあったろうが、やはり地元の者であり疲れも少なかったのかもしれない。とにかく吉川の奮戦が、尼子本陣を、安堵させた。

元就は吉川手強しと見るや兵を退き、こちらを窺うような素振りを見せる。

——来るがよい、元就。十全なる備えをもうけておるわ。

久幸が考えた備えで新宮党、河副久盛、牛尾三河守などがまち構えている。

だが元就は動かなかった……。また、左前方、天神山の大内軍も微動だにせぬ。

降りしきる雪、肌を切りつける寒さの中、久幸は赤い鉢巻きや鬢にしみ込む冷たさを覚えながら、雪の欠片がまぶし込まれた眉を顰め、

——何かがおかしい。……何を企んでおる、元就……。

謀聖が、策を発動する一刹那前のような得体の知れぬ凄気が戦場を漂ったのだ……。

その時、後ろで——鬨の声が、弾けた。慌てふためいた伝令が、

「申し上げます！　陶隆房率いる大内勢一万余り、突如、ご本陣の後方から襲いかかって参りましたっ！」

……前におった陶の倅が、後ろにまわり込んだと？　この雪の中で――。

弱冠二十一歳の周防守護代・陶隆房に宮川房長、江良房栄ら、今は亡き隆房の父、陶興房の薫陶を受けた老練なる武士たちが進言した、作戦だった。むろん、その策をさっと聞き入れてすぐ実行にうつした陶隆房の果断はさすがであった。

尼子方は鉢屋衆をもちろん本陣裏手や天神山近くにも伏せていたが、その者たちは、陶が放った外聞に悉く斬られている。

――企んでいたのは、元就だけではなかった。

己を落ち着かせた久幸が厳しい顔で詮久の陣屋に入ると若い側近たちは狼狽えていた。

さすがに経久の孫である詮久は動揺を押し隠していたが、その側近たちはほとんど恐慌を起こしかけている。後ろからの痛烈な一太刀を浴び崩れかかっている尼子本陣で、

「――狼狽えなさるな！」

久幸の叱責が、飛ぶ。緋縅をまとった久幸は、眼をかっと開き鋭く、

「さあ――ふだん勇ましいことを言うておられる方々は今こそ武の見せ所にござるぞ！　戦の前には、勇ましく、いざ戦をはじめてみれば、途端に大人しゅうなるというのは――畳の上で泳ぐのと同じにござるぞっ！」

詮久の側近たちは皆、何も言わず、青筋を立てて押し黙り、伏し目がちにしていた。

「今日の戦、臆病野州が討ち死に仕《つかまつ》れば、陣払い出来ると思いますぞ！　ではこれにて」

郎党二名とさっと踵を返す。

「下野守殿っ！」

詮久の声がかかるも――久幸は答えなかった。入ってきた詮久側近とぶつかりかけると、

「臆病野州が通りますぞ。さ、どかれよ！」

雪の中に、出る。兜をかぶる。従者が薙刀をわたす。白い息を吐き、

「参るぞ」

久幸の手兵の多くは息子の経貞あらため詮幸《あきゆき》にあずけていて、詮幸は新宮党の傍にいた。だから今、久幸が動かせる兵はたった七百。その七百人を率い、四つ目結の旗を真ん中に立て、久幸は雪山を走り――陶の大軍が来るという方に向かう。

降りしきる雪が、顔を冷たく濡らす。

まるで水墨画のように白と黒の中に閉ざされた林が左右に広がり、中央に雪原が開けた所に出ると――斜面下方から凄まじい大軍が大内菱を翻して殺到してきた。

陶だ。

一万の大内軍が怒濤となって駆け登ってくる。

「ここで止める！　槍衾」

久幸の手勢七百が――ざっと槍衾を構える。

敵も興房が兄から盗んだ戦法……壮大な槍衾を押し広げて殺到してくる。

まるで、角が何百何千も生えた巨大な大蛇が猛速で這ってくるようだ。

恐ろしい数の鉄――槍の穂、太刀、鎧兜の鉄――が、久幸に迫ってくる。

鉄を生む里で出会った乙女を思い出す。

……やはり、かえれなんだわ。

鉄の女神の社を思い出す。よく、夏虫と逢引《あいび》きをしたのだ。

京極を討つ謀、大望を兄から聞いたのもその社だった。

若き日の経久は、久幸に、こう言った。

『血のつながりのない人々なのかもしれぬ。だが、その何千何万もの人々を……一度守護代をつとめたわしは、すておくわけにはゆかぬのだ』

こうも、言った。

『わしは出雲の人々にささえられ……二十八まで生きてこられた。出雲の民の請願で首の皮がつながったのだ。その恩に報いねば一匹の犬、一匹の猫にも劣ろう。――故にわしは起つ。……もし賛同できぬなら、わしは一人でも起つ』

その兄に、いや……その男に、何処までもついてゆこうと決めて、久幸は今日まではたらいてきたのだ。

「兄上。……ここまでのようです」

小さく呟いた久幸は、

「──突っ込めぇっ！」


尼子下野守久幸は──この戦いで、壮絶な最期を遂げた。八十一歳だった。

経久に次ぐ尼子の大黒柱が倒れた瞬間だった。

河副久盛、牛尾三河守らは久幸が向かったと聞くやすぐ手勢を率い、そちらに向かったが一歩おそかった。久幸の手勢の突撃は凄まじく、そこに河副、牛尾もくわわり、急を聞いた国久なども駆けつけたため、尼子と陶は凄まじい戦いになり、激闘は日没におよび、雪も強まったので両軍矛を引いている。

この夜の軍議で尼子方は撤退を決めた。

猛吹雪にまぎれて──出雲に退いた。

毛利、陶は翌朝これに気付いて追うも深い積雪にはばまれた。

また、激戦の中……雪中で孤立していた黒正甚兵衛は、毛利勢の只中にいた。

黒正は仕方なく毛利兵に化け、尼子兵の首片手にさ迷っていると、果たしてものものしい護衛にかこまれた毛利元就の前に、漂い出た。そのように陰徳太平記に書かれている。

さて、黒正を毛利兵と勘違いした元就は黒正がもっている尼子の武士の首を見て、

「――一段見事」

と、声をかけたという。

……今、斬りかかれば元就を討てるのか？

黒正は思ったが元就の周りを手強そうな旗本が幾人も固めており、決意はつかなかった。

黒正は……その一太刀が振るえぬまま毛利勢から離脱、出雲にもどれた。

ちなみにこの日、元就が吉田郡山城に並ばせていた兵は女子供、百姓などであった。

あそこで城を衝くのが尼子の最後の勝機であった。

このただ一度の負け戦は山陰山陽の地図を大きく塗り替えた。

まず、尼子に追い出されていた赤松、浦上勢力が怨みを乗り越えて手をむすび、播磨、備前に、復帰する。この地の侍は詮久に懐いていなかったためたちまちこれら二ヵ国は赤松、浦上らにもぎ取られた。

が――美作は河副久盛、よくこれを治め、美作の人々は久盛をよく慕っていたから、この地は尼子の分国として微動だにしなかった。

もっとも揺れたのは大内、毛利に近い、安芸、備後、石見。まず安芸の国人はほぼ全て大内方となる。安芸最大の尼子方、安芸武田家は――大内、毛利の猛攻を受けて滅亡した。

安芸武田の当主は逃げたようであるが……奈穂がどうなったかは、杳《よう》として知れない。

――安芸武田と運命を共にしたのか、それとも山陰の地にかえったのか謎につつまれている。もし奈穂が佐東銀山城で自害したのなら、久幸夫人は無惨にも夫、娘をほぼ同時にうしなった形になる……。

備後の宮、三吉、石見の小笠原、福屋などの国人が次々と大内方に塗り替えられる。

また、備中の三村も大内方にもどっていった。

大内家が日本最大の大名に返り咲き、尼子は山陰山陽十一ヵ国の太守から――出雲、隠岐、伯耆、美作四州と東石見、北備中の六ヵ国を領分とし、因幡を従属国とする大名、すなわち七ヵ国の太守まで後退している。

むろん、心ある武士はただ一度の負け戦ではない、久幸が指摘していたようなことが背景にあるとわかっていた。

さて、尼子の敵——大内義隆、陶隆房、毛利元就らからしてみたら今こそ出雲を攻め時のはずである。だが、彼らは躊躇う。

——あの男がまだ存命であった。

謀聖・尼子伊予守経久。

一度は牢人に沈むも、わずか一代で、山陰山陽十一ヵ国の太守と呼ばれるまでにのし上がり、知勇全備と畏怖された男。それだけではなく諸国人や多くの侍、百姓にまで厚く慕われている男。

経久の存在と、彼が工夫を凝らした西国最大級の堅城・月山富田城の威容が、大内、陶、毛利を躊躇わせている。

苫屋鉢屋衆が固い守りを固める月山富田城の奥底、山中御殿の内情は謎につつまれており、彼らは結局のところ経久の病状がいかほどのものか、くわしく知り得なかった。だからいつ何時……経久が切れ長の双眸にカッと光を灯し、負け戦で傷ついた諸将を叱り、はげまし、巻き返しの謀を稲妻のように放ってくるか知れぬと恐れ——固唾を呑んで出雲を凝視した。経久が死ぬまであの鉄の国に手が出せない、指一本ふれられぬと思っていた。

尼子の諸侍、山陰の多くの人々は……その日が一日でもおそければよいと願っていた。

だがそれは刻一刻と近づいていた。

天文十年、十一月十三日。

孫の詮久が、吉田郡山城の戦いで大敗してちょうど十ヵ月後のその日。

出雲は――初雪につつまれている。

思いのほか、深い雪になりそうだ。山里の百姓などは縄をなう手を止めてその雪に目をこらし、この雪が経久公の病を重くしなければいいのになどと囁き合っていた。

さすがに抜け目ない商人と違って、百姓や樵、浦人はまだ、経久を「御屋形様」と呼んでしまう。詮久という名から、この前、尼子晴久《はるひさ》に名を変えた若い殿様が、御屋形様だとの実感が、まだ湧かぬのだった。

経久はしんと静まり返った山中御殿の一室でまどろんでいる。

ふと、目が覚めると――若松の丸の襖がゆっくり開くところであった。

一人の侍が、入ってきた。

――久幸であった。

ただ……若い。

二十歳前後くらいの久幸なのだった。

「どうしたのだ？……そなた、たしか安芸……」

久幸は二重に大きい目をほころばせ、

「久幸はずっと、出雲におりましたぞ。さ、兄上、参りましょうぞ」

こちらに近づいてきた久幸に、経久は、

「何処に参るというのか？　わしの体は、まるで動かぬ」

「皆、まっておりまする。某が手を引きますゆえ……」

久幸が経久の手を引く。何故だろう……。体が、軽くなってゆく気がする。

不思議なことに経久の体は久幸に引かれると起き上がっている。

歩けないはずなのに——歩ける。そして、一歩歩くごとに、経久の体は若返ってゆく。

寝所を出、しばし歩み、濡れ縁から表に出た時には、すっかり守護代になったばかりの経久に、青年の経久に、なっている。

さっきまで寒かった気がするが、今は暖かい。

うららかな春のようである。

久幸にみちびかれて山里らしき場所を歩いている。

茅葺《かやぶき》の民屋がいくつか並んだ中を歩いているが、人気《ひとけ》はなかった。

それら百姓家の向こうに大きな桜の木が何本もあって、そこから眩い風に乗った花びらが経久、久幸の方にいくつも流れてくる。

花散里《はなちるさと》を歩む青年の経久は、

「皆……とは誰だ？」

「すぐに、わかるよっ！」

明るい声が経久の下の方で弾ける。

褐色に日焼けした、どんぐり眼の、粗衣を着た少女が、経久の小袖を引っ張っていた。

懐かしさ、嬉しさが、経久の面をおおう。

「ミノっ！　久しいな……」

ミノは白い歯をにっと嚙み合わせて笑った。

太眉の少年、ゴンタも、傍にいた。

「又四郎様っ」

ゴンタが言う。経久はミノとゴンタに、

「クロマサはどうした？」

「クロマサは……まだこないの」

ミノは微笑んだ。

「さあ、又四郎様、行こう！　みんな、まっているよ」

ミノにうながされ久幸、ゴンタもつれてすすむと、青々とした草原が開けた。

その草原は高台にあるらしく対面に雪を孕んだ中国山地の高峰が並んでいる。

「……このような所が富田にあったのだな？」

春風に吹かれながら久幸が、

「ええ。ございました」

草原で宴をしている人々がいる。

よく見ると向き合うように飲食している人々の中心で乱舞している一組の男女がいる。

女性の方は、たおやかで美しく、袿姿《うちきすがた》で垂髪。男の方は烏帽子をかぶった痘痕面の大男だ。照葉と塩冶掃部介であった。

「まあ……」

照葉は扇を下ろして微笑み、掃部介はきっと腕組みして、顎を上げ、

「又四郎……わしはお主に、いろいろ言いたいことがある！」

「それはも少し後にしていただけませぬか？」

短髪、ギョロ目、馬面のがっしりした男から声が出る。山中勘兵衛が掃部介の傍に座っていたのだった。よく見ると経久と深くかかわってきた人々、尼子をささえ、も

う二度と今生であえぬと思っていた人々が、一堂に会しているではないか。

亀井の爺。真木上野介。香阿弥が宗八郎と話している。そして、鉢屋弥三郎。新次郎もいる。

「そうじゃ、掃部介……。わしからもたのむ。その儀は後にしてやってくれ」

嗄れ声を放ったその人は、銀髪で冷ややかな目をしており、銀の四つ目結が入った黒い直垂をまとっていた。その隣に穏やかな微笑みを浮かべた女人が座っており経久と久幸を深い慈愛が籠もった目で見詰めていた。

「父上……母上……」

清貞と晴だった。

「そう言えば……」

ある人を経久がさがすと、現せんと話し込んでいた分厚い胸板をもつ安芸の闘将、吉川経基が、

「あちらにおるようじゃぞ」

その女《ひと》は——藍染の小袖に襷掛けし、木の薙刀をもち、幼い子に稽古をつけている。

経久は草地の奥にいるその母と子に近づいて、

「又四郎、またずいぶん、筋がようなったな？」

「父上！　お帰りなさいませ」

さなが、風に声を乗せて、

「又四郎よりも彦四郎を。谷の方に近づいて、危ないのです」

一つにたばねたさなの髪が青く清々しい風にくるまれてふわっと巻き上がる。

「彦四郎！　そっちは危ないぞ。此方へ参れ！」

経久が高台の縁、谷の方に行こうとしていた彦四郎を呼びもどす。きかん気が強く、拗《す》ねたような顔をしていることが多い彦四郎が経久めがけて駆けてくる。

青き山脈に体を向けた経久の傍に、爽やかな笑みを浮かべたさな、凜々しき少年、又四郎もくる。経久ははしゃぐ彦四郎を肩車して、

「遠くを見たいなら、この父の肩に乗れい」

尼子経久はこの日——永眠した。八十四歳であった。

謀聖と畏怖され、したしまれた、めずらかな男の死は……その広大なる版図に生きる多くの人々を、深く嘆かせた。

尼子家その後

敵は……すぐ動いた。大内義隆である。

経久が逝くや安芸、備後の国人のみならず……尼子の膝元というべき、西出雲、奥出雲の国人、宍道、三刀屋、三沢為幸の子、三沢為清《ためきよ》、古志などが、大内家に寝返りを打った。

尼子に元々忠誠心の低い国人もいたが、三刀屋、古志など、経久には深くしたしみ、懸命にはたらいてきたのに、晴久の代になって急に心がはなれた者たちもいた。

そしてあろうことかこの国人たちは共に大内に寝返った備後、石見の国人などと一緒に、

「大内殿が尼子を攻めるなら道案内いたしとうございます」

などと言いおくり……これに嬉々とした大内氏は尼子攻めを決定。

総大将に大内義隆、副将に陶隆房、さらに毛利元就や、先に寝返った国人衆などを引きつれて――総勢四万五千で出雲に雪崩れ込んだ。

この時、多くの国人が裏切った西出雲で尼子方として、圧倒的な大内の大軍を敢然と迎え撃った国人も、いた。

七十二歳の赤穴久清と、赤穴光清親子。――そう。かつての赤い驍将だ。経久から久の字をあたえられた久清は二千の兵をよくはげまし……赤穴城で凄まじい大内の大軍をふせごうとした。

赤穴親子はよく戦うも多勢に無勢、光清は討ち死にし、のこされた老父、久清は遂に城を明けわたすも大内に降らず――月山富田城への退去をみとめられた。

赤穴城が落ちたことで大内の四万数千の大軍が出雲に雪崩れ込んだ――。

謀聖の死から……わずか数ヵ月後のことである。

さて、殺到した大内の大軍を今度は赤穴勢とは別のものが、弾き返そうとした。

巨大な城である。

月山富田城。

今は亡き謀聖が工夫、秘計をこらした天下無双の山城に、固く立て籠もった尼子方に、大内勢はなかなか有効な手が打てなかった。苦戦した。すると……大内の当主、もともと優柔不断な義隆は少し前の尼子詮久（この時は尼子晴久）と、同じ状況に追い込まれている。

なかなか総攻撃の命を出せず、ただ時と糧だけを費やした。

すると……配下の国人、この前、尼子から大内に鞍替えした、出雲の、三沢、三刀屋、広田や、石見の小笠原、本城《ほんじょう》、出羽《いずは》、安芸の吉川、備後の宮一族や杉原、経久が

当主を交代させた山内など、夥しい数の国人が、

「この御方……大丈夫か？　尼子殿の下におった方がよかったんではないか？」

などと狼狽えだし……あろうことかまた、変心。尼子への裏切りを決意した。

今挙げた国人を初め多くの国人が手勢を引きつれ月山富田城に駆け込みを願い、

「先だっての裏切り、間違っておりました！　どうか、もう一度我らをつかって下されっ」

と、尼子詮久あらため晴久に服属を願い出た――。

経久よりも神経質で疑い深い晴久は相当な不信感、怒りをもったと思われるが、経久時代を知る老臣たちの忠告もあったろう、ぎこちない笑みを浮かべて彼らを許している。

一昨年と逆――大内から尼子への、国人衆の一斉寝返り、集団変心により、城の外には茫然とする大内義隆、陶隆房、毛利元就らが急減した兵と共にのこされる一方、月山富田城内は兵が急増し、士気がはね上がった。

「どうすれば……よい？　陶、元就」

義隆は狼狽える。

そこに経久が鍛えに鍛えた精鋭が突撃したからたまらない。たちまち、大内軍は総崩れし……義隆、陶、元就はほうほうの体で西に逃げた。

——まさに死せる謀聖が生ける大内、毛利を走らせたのである。

この負け戦以降、大内義隆は戦を恐れ、御殿に閉じ籠もり、政にも背を向けて、遊び暮らすようになった。乱世の現実から目をそむけた。

これに危機感をもったのは故陶興房の子で兵事のほとんどをあずかる陶隆房だった。

大内内部で——義隆と、一の重臣・陶の対立が深まってゆく。

一方、大内を負かした尼子の勢いは強まっていたが、尼子家内部でも……罅が入りはじめていた。というのも大内への勝ちでまた天狗になり出した当主・尼子晴久と、叔父で舅でもある尼子国久の一党・新宮党との対立が、立ちあらわれてきた。

国久に興久のような野心はない。ただ、短気な国久なので……尼子を思うあまり、甥で婿である晴久を激しい言葉で叱った。これに晴久は不満をためてゆく。

また、国久の嫡男で稀代の荒武者である誠久と——晴久の遊び仲間というべき軟弱な取り巻き連中、そして武芸の心得はないが書類仕事などで頭角をあらわしてきた、ほっそりした官僚集団の仲も、悪かった。

晴久の祐筆《ゆうひつ》で鼻が高い男がいた。誠久は、この男にいきなり近づいて、

「肝心の武名は高くないのに、鼻だけが高いな」

などと言い、この男の鼻を摑んで——骨を砕き気絶させてしまった。

また、こんなこともあった。

晴久の側近に美しい髭で評判の男がいた。

恐らく、髭にたっぷり油を塗り、美服で着飾った、洒落者であったろう。

乱暴者の誠久はこの男の髭を殿中でいきなり掴み、畳にねじ伏せて、

「醜き髭よな」

弟の敬久は兄の乱行を激しく叱り、

「兄上は……御屋形様の側近に、何か、おっしゃりたいことがあるのでしょう？　そうでなくて乱暴するなら――もはや兄とも思いませぬ。……そうだと、おっしゃって下さい。ですが兄上、何か、ご不満があっても其を乱暴によって世にしめしてはなりませぬ。言葉の力をかりなくては……」

と、荒ぶる兄を諫め、当主・晴久との仲を取りもとうとした。ちなみにこの頃、次兄、豊久は討ち死にしていた。また晴久は妻、美緒を愛していたし、「国久の一族を大切にせよ」が、偉大なる祖父、経久の遺志であったから、まだ決定的な何かは起こらなかった。

誠久の乱暴というのは天下泰平の豊臣《とよとみ》の世に、戦国の世を懐かしみ、様々な狼藉をはたらいた歌舞伎者《かぶきもの》のそれに近かったかもしれない。

――巨大な破裂はまず大内の方から、起きた。

陶隆房が、大内義隆を、討った。大寧寺《たいねいじ》の変という。

この反乱は、尼子晴久に嫌でも叔父、塩冶興久の乱を思い出させたろう。

――もう一人の叔父、国久は、舅殿はわしに……歯向かわぬか？

そんな不安が晴久の心を漂う。ちょうどこの頃、長い間、当主・晴久と、叔父、国久のかすがいの役割を果たしてきた愛妻、美緒が――亡くなった。

孤独と猜疑《さいぎ》心に駆られる尼子晴久に、あの男の調略の影が安芸から忍び寄る。

――謀将、毛利元就の魔手である。

元就は二通の偽手紙、元就自筆の書状と、国久の筆跡を完璧に模倣した書状を、晴久の手にわたるようにし、晴久に「叔父、国久は元就に内通し、わしに謀反を企んでおる」と、思い込ませることに成功。

惑乱した晴久は……新宮党の人々――叔父で尼子の軍事を長く取り仕切ってきた、鬼神の武をもつ猛将、尼子国久とその息子たち、自分から見たら従兄弟にあたる誠久、敬久、その弟たち、彼らが鍛えた尼子軍最強部隊というべき精鋭を、滅ぼさねばならないと考えた。晴久はまたも……祖父の言葉に逆らおうとしていた。

天文二十三年（一五五四）、尼子晴久は叔父、国久、従兄、誠久を、暗殺。敬久やその弟たち、武勇にすぐれた猛兵たちが立て籠もる新宮谷の館を急襲し、皆殺しにしてしまう。

新宮党事件という。

謀聖の死から十三年後の出来事だった。

この乱世の只中にあって晴久は……最強の精鋭集団を己の手で、滅ぼした。戦国の世に立ち向かう太刀を自ら砕いた。

しばし尼子が、身動き出来なくなるのは当然であろう。

この隙に——元就が動く。陶と歩調を合わせてきた毛利元就は猛然とこれに牙剝き、わずかな兵で陶の大軍を壊滅させる。

その時つかったのは……十分なる罠を張りめぐらした地に、敵を誘い込み奇襲して討つという、謀聖得意の戦法だった。

世にいう厳島《いつくしま》の戦いである。

まさに、尼子、大内、二大巨頭の内に出来た罅を利用し巧みに動いた元就は、山口に雪崩れ込んで陶の残存勢力を瞬く間に薙ぎ倒し、一気に、山陽の覇王にのし上がる。

吉田郡山の負け戦、新宮党事件で暗い影を背負った尼子に、旭日昇天《きょくじつ》の勢いの毛利が——大軍で押し寄せる。出雲への侵攻がはじまった時、すでに晴久は亡く迎え撃ったのは経久から見て曾孫にあたる世代であった。

劣勢にある尼子をささえ何とか守ろうとする武士たちが、いた。

国人などよりずっと小さな所領をもつ、沢山の侍たちだ。この武士たちは何処から出たか、経久の記憶が色濃い東出雲から、あるいは久幸をよく覚えていた西伯耆の小さな侍たちである。こういう沢山の武士が——尼子を最後まで守ろうとした。

そして、その人々をささえる、別の勢力があった。

……民である。

出雲や伯耆の民が——尼子を守るために立ち上がったのだ。

尼子家に強制されたわけではない。自分の意志で、立ち上がったのである。

たとえば、出雲の百姓は、毛利の大軍に厳重に取りかこまれた尼子の城に、兵糧をかついで入れようとした。毛利の足軽に鉄砲で撃たれる危険があってもである。

あるいは尼子の軍勢と共に立て籠もった百姓もいたし、毛利軍の秣《まぐさ》集め、薪刈りを懸命に妨害した百姓もいた。

伯耆日野の民衆にいたっては尼子に呼応して蜂起し、攻め込んできた毛利勢を攻撃した。

ある一つの大名を守ろうとしてここまで戦う。これは……日本の他の戦国大名が治めた地域の民を見た時、類例を見ぬことなのである。

ふつう、戦国の世の百姓は大名同士の戦に無関心である。大抵、山に籠もって戦をやりすごし、戦が終わると勝った方から恩賞にあずかろうとして、落ち武者狩りに出る。

出雲、伯耆の民とは逆に負けた方に襲いかかる。

何故、ここまで……無関心なのか？

それはほとんどの戦国大名が、民の命や暮らしに無関心だったから、ずっと民は無視されてきたからである。

戦ともなれば平気で村々を襲い、女子供を攫い、凌辱《りょうじょく》したり、銭に替えたりする。

経久は、ここが、違った。

常に領国を歩きまわり、百姓や、商人、樵や、浦人に気さくに語りかけ、女子供、老人、誰にもわけへだてなく接した。何か困っていることはないか訊ね、その身の苦《く》患《げん》に寄り添おうとし、飢えている者に食をあたえ、他の大名から見向きもされなかった、無数の人々の命、暮らしを、常に守ろうとしてきた。

誰にも声を聞いてもらえぬ、無数の名もなき人々の声に、決して偉ぶらずに耳をかたむけ、はげましてくれた。

年貢は他の大名の半分以下だった。それでも大丈夫だったのは、たたら製鉄などの豊かな産業、交易で領内を潤し、そこで潤った商人に応分の負担をもとめたことにある。だが商人たちも尼子領は他の大名の領土より遥かに安全で暮らしやすかったので、別に異存を申さなかった。経久が打ち出す様々な経済の刺激策は、百姓、商人、貧富を問わず多くの人々に支持されたろう。

だから出雲を中心とする山陰の民は……この尼子という家に、崩れてほしくなかった。

他の大名がそれをそこなったり無視したりする中、その大名は自分たちの命、暮らし、もう一つつけくわえるならば……尊厳……を、大切に守ってくれた。愛《め》でてくれた。

だから――尼子を守りたいのだ。

広い領土を治める武家貴族・国人には様々な情報が入ってくる。その情報を元に、己らの領土を守るために、尼子、大内、毛利、こっちが強そうじゃのなどと分析、右往左往しているわけである。

領民にそこまでの情報はない。素朴に、尼子を守りたいのだ。

理屈ではない。――湧き上がって来る思いなのだ。

また、

……毛利様だと年貢は倍になるとな？　それは、いかん。

生活を防衛する意味もあったろう。

尼子家は晴久の代に乱れがあったが、年貢は軽いままだったのである。

だから――守ろうとした。

そして民――百姓や商人、樵に浦人という予想外の援軍を得た尼子相手に、齢《よわい》七十近い、熟練の老将となった毛利元就はその戦歴上最大の苦戦を強いられた。元就の熾《し》烈《れつ》な侵略戦は実に四年の長きにわたったが、草の根の人々にささえられた尼子の抵抗は粘り強かった。

元就は出雲の山野で戦いながら――もうとっくに亡くなったあの男と、謀聖と戦っている気がしたろう。

「……経久……まだわしを苦しめるのか」

毛利の大軍に十重二十重に包囲され、長い籠城戦に苦しめられた月山富田城が遂に城門を明け尼子氏が滅び去るのが永禄《えいろく》九年（一五六六）。

だが、まだ尼子は終わらない。

かの軍師・山中勘兵衛の曾孫、知勇兼備の、山中鹿介《しかのすけ》が――新宮党事件の折、ただ一人、逃げのびた誠久の遺児を京都東福寺で発見。この少年を旗頭に尼子再興運動を巻き起こすや――毛利領となった山陰の侍はもちろん、百姓もどっと立ち上がって助けるのである。

鹿介の尼子再興運動は実に三度にもおよび……十万以上の大軍を動かす巨大大名に成長していた毛利を苦しませる。

この最後の抵抗の火が完全に毛利に消されるのが、天正《てんしょう》六年（一五七八）。世は——謀聖が望んだ安寧の世に、大きく歩みはじめた頃だった。

引用文献とおもな参考文献

『雲陽軍實記　郷土資料シリーズ２』　島根郷土資料刊行会
『改定　史籍集覧第十冊　纂録類　塵塚物語』　近藤瓶城編　臨川書店
『陰徳太平記　上』　香川正矩　宣阿著　藝備史料研究会
『改定　史籍集覧第十三冊　細川勝元記』　近藤瓶城編　臨川書店
『群書類従第二十輯　合戦部　細川両家記』　塙保己一編　続群書類従完成会
『戦記資料　吉田物語』　杉岡就房著　歴史図書社
『戦記資料　中国地方戦国軍記集　大内義隆記』　歴史図書社
『因伯叢書　第二冊　伯耆民談記　羽衣石南條記』　佐伯元吉編　名著出版
『孟子　(上)(下)』　小林勝人訳注　岩波書店
『新訂　孫子』　金谷治訳注　岩波書店
『新雲陽軍実記　戦国ロマン広瀬町シリーズ⑥』　妹尾豊三郎編著　ハーベスト出版
『塵塚物語　原本現代訳〈63〉』　鈴木昭一訳　教育社
『風雲の月山城　尼子経久』　米原正義著　人物往来社
『尼子氏関連武将事典』　島根県広瀬町観光協会（現安来市観光協会広瀬支部）　妹尾豊三郎編著　ハーベスト出版

『戦国大名尼子氏の研究』　長谷川博史著　吉川弘文館
『図説日本の城郭シリーズ⑩　尼子氏の城郭と合戦』寺井毅著　戎光祥出版
『出雲の中世　地域と国家のはざま』佐伯徳哉著　吉川弘文館
『尼子とその城下町　戦国ロマン広瀬町シリーズ⑤』　妹尾豊三郎編著　ハーベスト出版
『月山富田城跡考　戦国ロマン広瀬町シリーズ②』　妹尾豊三郎編著　ハーベスト出版
『尼子一族と月山富田城』吉村雅雄著　原書房
『中世武士選書21　大内義興　西国の「覇者」の誕生』　藤井崇著　戎光祥出版
『室町戦国日本の覇者　大内氏の世界をさぐる』　大内氏歴史文化研究会編　伊藤幸司責任編集　勉誠出版
『列島の戦国史③　大内氏の興亡と西日本社会』　長谷川博史著　吉川弘文館
『大内義隆のすべて』　米原正義編　新人物往来社
『ミネルヴァ日本評伝選　大内義隆　類葉武徳の家を称し、大名の器に載る』　藤井崇著　ミネルヴァ書房
『中世武士選書33　足利義稙　戦国に生きた不屈の大将軍』　山田康弘著　戎光祥出版

『連載　室町の兄妹・流れ公方と忘れられた尼』　毎日新聞社
『歴史群像シリーズ⑨　毛利元就　西国の雄、天下への大知略』　学習研究社
『歴史群像シリーズ㊾　毛利戦記　大内、尼子を屠った元就の権謀』　学習研究社
『毛利元就のすべて　新装版』　河合正治編　新人物往来社
『山陰・山陽の戦国史　毛利・宇喜多氏の台頭と銀山の争奪』　渡邊大門著　ミネルヴァ書房
『歴史群像シリーズ⑫　戦国九州軍記　群雄苛烈なる生き残り血戦』　学習研究社
『戦国の城　中　西国編　目で見る築城と戦略の全貌』　西ヶ谷恭弘著　伊藤展安イラストレーション　学習研究社
『歴史群像シリーズ㊲　応仁の乱　日野富子の専断と戦国への序曲』　学習研究社
『戦国合戦大事典　五　岐阜県　滋賀県　福井県』　戦国合戦史研究会編著　新人物往来社
『室町幕府守護職家事典【上】』　今谷明　藤枝文忠編　新人物往来社
『図説　島根県の歴史』　内藤正中編　河出書房新社
『たたら製鉄の歴史』　角田徳幸著　吉川弘文館
『美鋼変幻【たたら製鉄と日本人】』　黒滝哲哉著　日刊工業新聞社
『鉄のまほろば　山陰　たたらの里を訪ねて』　山陰中央新報社

『別冊歴史読本　忍びの者132人データファイル』　新人物往来社
『歴史群像シリーズ㉛　忍者と忍術　闇に潜んだ異能者の虚と実』　学習研究社
ほかにも沢山の文献を参考にさせていただきました。

【謝辞】
本書の執筆にあたり、月山富田城についての多くの興味深いお話を聞かせて下さった安来市立歴史資料館の平原金造館長、経久寺についてご教示下さった全国尼子一族会の浅岡益久副会長、満願寺城をご案内いただいた金亀山満願寺の金田範由住職、吉田郡山城についてご教示いただいた安芸高田市歴史民俗博物館の秋本哲治副館長に、心から感謝致します。

本書は文庫書下ろし作品です。

|著者| 武内 涼　1978年群馬県生まれ。早稲田大学第一文学部卒業。映画、テレビ番組の制作に携わった後、第17回日本ホラー小説大賞の最終候補作となった原稿を改稿した『忍びの森』で2011年にデビュー。'15年「妖草師」シリーズが徳間文庫大賞を受賞。'22年『阿修羅草紙』で第24回大藪春彦賞を受賞。主な著書に『秀吉を討て』『駒姫―三条河原異聞―』『敗れども負けず』『東遊記』『暗殺者、野風』『源氏の白旗 落人たちの戦』「源平妖乱」シリーズなど多数。

謀聖《ぼうせい》 尼子経久伝《あまごつねひさでん》 雷雲《らいうん》の章《しょう》

武内《たけうち》 涼《りょう》

2023年３月15日第１刷発行

講談社文庫

定価はカバーに
表示してあります

発行者――鈴木章一
発行所――株式会社 講談社
東京都文京区音羽2-12-21　〒112-8001
電話 出版 (03) 5395-3510
販売 (03) 5395-5817
業務 (03) 5395-3615

Printed in Japan

KODANSHA

デザイン―菊地信義
本文データ制作―講談社デジタル製作
印刷――株式会社KPSプロダクツ
製本――加藤製本株式会社

ISBN978-4-06-531043-4

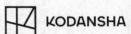

講談社文庫刊行の辞

二十一世紀の到来を目睫に望みながら、われわれはいま、人類史上かつて例を見ない巨大な転換期をむかえようとしている。

世界も、日本も、激動の予兆に対する期待とおののきを内に蔵して、未知の時代に歩み入ろうとしている。このときにあたり、創業の人野間清治の「ナショナル・エデュケイター」への志を現代に甦らせようと意図して、われわれはここに古今の文芸作品はいうまでもなく、ひろく人文・社会・自然の諸科学から東西の名著を網羅する、新しい綜合文庫の発刊を決意した。

激動の転換期はまた断絶の時代である。われわれは戦後二十五年間の出版文化のありかたへの深い反省をこめて、この断絶の時代にあえて人間的な持続を求めようとする。いたずらに浮薄な商業主義のあだ花を追い求めることなく、長期にわたって良書に生命をあたえようとつとめるところにしか、今後の出版文化の真の繁栄はあり得ないと信じるからである。

同時にわれわれはこの綜合文庫の刊行を通じて、人文・社会・自然の諸科学が、結局人間の学にほかならないことを立証しようと願っている。かつて知識とは、「汝自身を知る」ことにつきていた。現代社会の瑣末な情報の氾濫のなかから、力強い知識の源泉を掘り起し、技術文明のただなかに、生きた人間の姿を復活させること。それこそわれわれの切なる希求である。

われわれは権威に盲従せず、俗流に媚びることなく、渾然一体となって日本の「草の根」をかたちづくる若く新しい世代の人々に、心をこめてこの新しい綜合文庫をおくり届けたい。それは知識の泉であるとともに感受性のふるさとであり、もっとも有機的に組織され、社会に開かれた万人のための大学をめざしている。大方の支援と協力を衷心より切望してやまない。

一九七一年七月

野間省一

講談社文庫 最新刊

伊坂幸太郎
P K
〈新装版〉
勇気は、時を超えて、伝染する。読み終えた瞬間、新たな世界が見えてくる〝未来三部作〟。

西尾維新
掟上今日子の旅行記
怪盗からの犯行予告を受け、名探偵・掟上《おきてがみ》今日子《きょうこ》はパリへ！　大人気シリーズ第8巻。

佐々木裕一
領地の乱
〈公家武者信平《のぶひら》ことはじめ(十二)〉
とんとん拍子に出世した男にも悩みは尽きぬ。広くなった領地に、乱の気配！　人気シリーズ！

瀬戸内寂聴
すらすら読める源氏物語(下)
「宇治十帖」の読みどころを原文と寂聴名訳で味わえる。下巻は「匂宮《におうのみや》」から「夢浮橋《ゆめのうきはし》」まで。

山口仲美
すらすら読める枕草子
清少納言の鋭い感性と観察眼は、現代のわたしたちになぜ響くのか。好著、待望の文庫化！

輪渡颯介
怨《おん》返《がえ》し
〈古道具屋　皆塵堂〉
恩ある伯父が怨みを買いまくった非情の取り立て人だったら!?　第十弾。〈文庫書下ろし〉

武内　涼
謀聖　尼子経久伝
〈雷雲の章〉
尼子経久、隆盛の時。だが、暗雲は足元から湧き立つ。「国盗り」歴史巨編、堂々の完結。

朝倉宏景
エール
〈夕暮れサウスポー〉
戦力外となったプロ野球選手の夏樹《なつき》は、社会人チームから誘いを受け――。再出発の物語！

講談社文芸文庫

柄谷行人

柄谷行人対話篇Ⅲ 1989－2008

東西冷戦の終焉、そして湾岸戦争を通過した後の資本にどう対抗したらよいのか？　根源的な問いに真摯に向き合ってきた批評家が文学者とかわした対話十篇を収録。

かB20

978-4-06-530507-2

フローベール　蓮實重彥 訳

三つの物語／十一月

生前発表した最後の作品集「三つの物語」と、若き日の恋愛を描き『感情教育』の母胎となった「十一月」。『ボヴァリー夫人』と並び称される名作を第一人者の訳で。

解説＝蓮實重彥

フD1

978-4-06-529421-5

講談社文庫　目録

2022年12月15日現在